U0534116

人文传统经典

全评新注世说新语

{上}

蒋凡 李笑野 白振奎 评注

人民文学出版社

图书在版编目(CIP)数据

全评新注世说新语:全2册/蒋凡,李笑野,白振奎评注.—北京:人民文学出版社,2021
(人文传统经典)
ISBN 978-7-02-011655-3

Ⅰ.①全… Ⅱ.①蒋…②李…③白… Ⅲ.①笔记小说—中国—南朝时代 ②《世说新语》—注释 Ⅳ.①I242.1

中国版本图书馆 CIP 数据核字(2016)第 112848 号

责任编辑　李　俊
装帧设计　陶　雷
责任印制　任　祎

出版发行　人民文学出版社
社　　址　北京市朝内大街 166 号
邮政编码　100705

印　　刷　三河市鑫金马印装有限公司
经　　销　全国新华书店等

字　　数　871 千字
开　　本　880 毫米×1230 毫米　1/32
印　　张　41.25　插页 4
印　　数　1—8000
版　　次　2009 年 3 月北京第 1 版
印　　次　2021 年 6 月第 1 次印刷

书　　号　978-7-02-011655-3
定　　价　98.00 元(全 2 册)

如有印装质量问题,请与本社图书销售中心调换。电话:010-65233595

目　录

前言 …………………………………………………… 1

上　卷

德行第一 ……………………………………………… 3
言语第二 ……………………………………………… 61
政事第三 …………………………………………… 194
文学第四 …………………………………………… 228

中　卷

方正第五 …………………………………………… 363
雅量第六 …………………………………………… 447
识鉴第七 …………………………………………… 497
赏誉第八 …………………………………………… 533
品藻第九 …………………………………………… 673
规箴第十 …………………………………………… 754
捷悟第十一 ………………………………………… 789
夙惠第十二 ………………………………………… 799
豪爽第十三 ………………………………………… 808

下　卷

容止第十四 ………………………………………… 825

1

自新第十五 ……………………………… 858

企羡第十六 ……………………………… 864

伤逝第十七 ……………………………… 872

栖逸第十八 ……………………………… 893

贤媛第十九 ……………………………… 918

术解第二十 ……………………………… 963

巧艺第二十一 …………………………… 978

宠礼第二十二 …………………………… 993

任诞第二十三 …………………………… 1000

简傲第二十四 …………………………… 1058

排调第二十五 …………………………… 1078

轻诋第二十六 …………………………… 1147

假谲第二十七 …………………………… 1181

黜免第二十八 …………………………… 1200

俭啬第二十九 …………………………… 1210

汰侈第三十 ……………………………… 1219

忿狷第三十一 …………………………… 1233

谗险第三十二 …………………………… 1243

尤悔第三十三 …………………………… 1248

纰漏第三十四 …………………………… 1268

惑溺第三十五 …………………………… 1277

仇隙第三十六 …………………………… 1287

前　言

一

　　学习或研究魏晋六朝文学,有几部重要著作是必备之书:一是文学总集萧统《文选》,南朝齐梁以前的中国古典优秀作品,大多精选在册,一目了然;一是古典文论名著刘勰《文心雕龙》和锺嵘《诗品》,其理论影响至今仍是痕迹宛然;一是刘义庆《世说新语》[1]。三者鼎足而立,可见其文学价值和重要历史地位。

　　《世说新语》是一部优秀的古典笔记小说,它网罗诸多魏晋士人的遗闻逸事和文坛佳话,在历史的动态发展中活脱地展现了魏晋时代的社会风情和士人内在的心灵世界,构成了一幅活动的魏晋社会人生的形象历史画卷。它不仅是了解和研究魏晋清谈及其玄学思考必读的活资料,更重要的是,它是一部艺术上成功的文学名著,其语言精练简约,蕴藉隽永,妙语如珠而风趣横生,在幽微的哲理思考中,蕴涵了深沉的人生慨叹,从而给后世以无尽的启迪。作者在一个思想奔逸、玄思深邃的玄学时代中,塑造了翩翩来去的五百多个风流人物,个个鲜活地跃动于字里行间,其俊逸风流的艺术形象,无不栩栩如生,给人留下了玩味不尽的深刻印象。《世说新语》以其独特的艺术魅力及其文化影响,为我国古典文学宝库留下了一笔丰厚的文化遗产。

这样一部名著的文本,宋代以后国内流传的,主要是淳熙十五年陆游刻本和淳熙十六年湘中刻本。陆刻本今佚,但其成果幸赖明袁褧"嘉趣堂"翻刻本得以保存;湘中本清初犹见,有徐乾学"传是楼"藏本,后来又有沈宝砚的《校语》,从此略知其貌。但此本今已不知去向,《中国古籍善本书目》未见登录。淳熙两宋本相继亡佚,实为可叹。但幸运的是,更早一些的绍兴八年董弅的刻本却仍存世间。该刻本自南宋末年流入日本,便为国人所未见,先存"金泽文库",后入前田氏的"尊经阁",上世纪初才以珂罗版影印传回国内,1956年文学古籍刊行社影印刊行了王利器先生的"断句校订"本,原本现仍藏于日本"尊经阁文库"[2]。此前国内长期流行的宋刻本是陆游、湘中两种,尽管用这两种刻本作为蓝本的研究成果及重雕本最为丰富,多有优胜处,但就版本本身的价值看,余嘉锡先生断言:"三种宋刻本,以第一种董弅本最佳。"[3]朱一玄先生更确切地说明:"现存最早的接近刘孝标注本的最完整的本子,是宋绍兴八年董弅刻本。"[4]

刘义庆的《世说新语》(以下简称《世说》)原著,自有注、抄、刻始,便被删削改易。在今天能见到的最近真的版本当是唐写本,惜为残卷,只有《规箴》、《捷悟》、《夙惠》、《豪爽》四门51则,其次,便是宋绍兴年间的董刻本了。

董弅,字令升,东平(今属山东)人,两宋之交学者、书画理论家董逌之子。其郡望自谓广川,"盖欲附仲舒裔耳"(《四库全书总目》)。绍兴七年(1137)始知严州。在知严州期间,颇富文化建设之功,修《新定严州志》;又编刻《严陵集》,许多没有专集作者的诗作依赖此集而得以存其梗概;而其《世说》刻本则尤有价值。这一刻本不仅近真而完整,而且其后附有汪藻的《叙录》,传本和《叙录》一道,堪称是南宋初年对《世说》版本及《世说》文本本身研究的一次总结。

前辈学人十分珍视董刻本,运用其校勘成果以求真,近年也引起了时贤的关注,多有研究成果,但对这样一部传世的具有独特价值的传本本身之面貌、特色仍有进一步说明的必要。

二

这里我们从两个方面概要叙述董刻本近真的面貌。

(一)从文句看,董刻本所保留的用语或更合于原本面貌,或于义更胜。

以今见文献参校,及以《世说》本身之内在蕴涵的"理校",不难体味,从文句看,董刻本所保留的用语或更合于原本面貌,或于义更胜。兹取以下诸例说明之:

《政事》(18)"王、刘与林公看何骠骑,骠骑看文书不顾之。王谓何曰:'我今故与林公来相看,望卿摆拨常务,应对共言,那得方低头看此邪?'……""共言",后来的袁褧、凌濛初刻本等皆作"玄言"。这里当以董刻本为是。考之《世说》,"共言"为当时谈玄的常用说法。时人不直接说"玄言"、"谈玄",而说"共谈"、"口谈"、"共论"、"共语"、"清言"、"言理"、"微言"、"论理"、"往反"、"言",等等。董刻本作"共言"更合于原本面貌。

《品藻》(3)庞士元语"陶冶世俗,与时浮沈,吾不如子;论王霸之馀策,览倚伏之要害,吾似有一日之长"。"倚伏",袁褧刻本作"倚仗"。这里明显以董刻本为是。"倚伏",在此语境中为庞士元所引《老子》典故,"祸兮福之所倚;福兮祸之所伏"(五十八章)。谓了悟祸福相互依存转化的玄理、要义;"要害",谓枢机关键或规律。这样,庞士元的思理高深就不言而喻了,所表现出来的正是名士风貌。倘作"倚仗",则此言句义窒碍难通,不知作何解释了。故余嘉锡《笺疏》以绍兴董刻本为是。

《品藻》(12)"王大将军在西朝时,见周侯辄扇障面,不得住。后度江左,不能复尔。三叹曰:'不知我进伯仁退。'""三叹曰",袁褧、凌濛初刻本作"王叹曰"。此当以董刻本近真而于义更胜。"王"仅指姓氏,前面已有"王大将军",作为主语可通贯而下,后面省却姓氏,无碍文义。而作"三叹"则不同,愈发见出王敦南渡得势后,骄矜得意的神态,使人物性格鲜明醒目。

《任诞》(15)"阮仲容先幸姑家鲜卑婢。及居母丧,姑当远移,初云当留婢,既发,定将去。仲容借客驴,箸重服,自追之,累骑而返,曰:'人种不可失!'即遥集之母也"。"定",袁褧刻本不改,沈宝砚校本作"迺"。作"迺"亦通,然而不如作"定"于义更长。在这里用"迺",是一个副词,解作"竟然",有出乎意料的意思,乍看去似有助故事波澜,增强戏剧性,故徐震堮先生认为"迺"义为长(《世说新语校笺》),然而细味起来,则无如"定"隽永。"定"有终究、到底之意,说的是,其结果没有以阮咸原来的主观意志而改变,到底将婢带走了。这个结果包含了其姑对阮咸惠爱至深的苦心和深思熟虑后的决断。因为这是一个婢,而且为异种鲜卑,以阮咸的身份与之生情留恋,无疑是公然挑战世俗、礼法,妄取祸端,其后果不测自明。如此,则其姑对阮咸之爱及聪慧明智,便于一"定"字——她最后的行为中,深含无遗了。有了这一层,才愈见阮咸的"任诞"。他的惊世骇俗之举是动人的,但事实上的结果,正是因此而使他付出了长期沉沦闾巷,被摒于仕途之外的代价。这样看来,"迺"富于暂时的刺激,表达的只是阮咸的瞬间感受与激动果行,突出了故事的戏剧性,而作"定"则相反,它更有深味,更耐咀嚼。"初云"之允诺与"定"之翻悔相映带,深含了时代因素、其姑的矛盾、复杂心理和对事情因果关联的理性判断。在如此一个短则故事里,不止正面表演

4

的主角阮咸,就是隐含幕后的其姑的形象也都丰满活跃了起来;因在他们的形象中,饱含着时代特点、个性特征等丰富的信息而使故事深富意味了。这正表明《世说》之品格不以波澜、悬念见长,而是以隽永、深刻独擅胜境,所以作"定"更为本色,更像《世说》的语言。

《捷悟》(7)"王东亭作宣武主簿,尝春月与石头兄弟乘马出郊。时彦同游者连镳俱进,唯东亭一人常在前,觉数十步,诸人莫之解。石头等既疲倦,俄而乘舆,向诸人皆似从官,唯东亭弈弈在前,其悟捷如此"。此则袁褧刻本等皆作"石头等既疲倦,俄而乘舆回,诸人皆似从官,唯东亭弈弈在前,其悟捷如此",相沿流传。董刻本、唐写本"回"作"向",就文意说,当以"向"为是。倘为"回",则难以解读,石头舍马乘舆,回车而返,这样原超越几十步而在前行的东亭,随方向回转,反而在后似从官了,喜剧意味不在"诸人",而落在了东亭,明显此非"捷悟",反成了"笨伯"笑料,适与本则所要表述的意思相反。而作"向",为表时间的副词,写出刚才从容马队的"诸人",现在因石头兄弟舍骑乘舆而使得他们列队车后,跨马相随,形同"从官"了,此时"唯东亭弈弈在前"。这一对比,才见出东亭先见之明远在"时彦"之上的"捷悟"。可见唐写本、董刻本为是,保留了原本的真实面貌。故通行的现代诸本,徐震堮《校笺》以"作'向'为是",杨勇、张万起、刘尚慈诸先生也都采纳了唐写、董刻的用法。

《豪爽》(6)"王大将军始欲下都,更分树置,先遣参军告朝廷,讽旨时贤。祖车骑尚未镇寿春,瞋目厉声语使人曰:'卿语阿黑:何敢不逊!催摄面去,须臾不尔,我将三千兵槊脚令上。'王闻之而止"。"更分"袁本作"处分",而唐写本、董刻本、沈校本同作"更分"。"处分"为处置、处理、安排之义,与下文"树置"一起,是说王敦要安排设置官员。实质上故事要表达的是,王敦包藏祸心,拥兵威胁,按自己的意愿重新设置官员,安插党羽,即"更分者更动处分,有所树置也"〔5〕,其要害是更换现有官署的执事人员,以为其实现野心铺平道路。显然"处"显得平平,"更"比"处"表义更深刻,更传神。故徐震堮、杨勇等先生亦皆以唐写、董刻为是。

以上都说明董刻本颇能体味《世说》,保留其本色,而这种保留也表达了董弅对《世说》文本、风格的熟悉和他卓有识见的学养。从而使《世说》得以近真的面貌保留下来,原著作之胜情胜意不致被损害,不致因失之毫厘而谬以千里,诓哄了后来的读者,就文献价值说来,这恐怕是最为珍贵的。

(二)董本的错误处,仍为近真传本的风貌。

可以用来作为董刻本近真品性的反证是,董刻本有些错误处,也是近真传本的面貌。它表明,董弅雕本在未及深察时,并没有主观臆断,妄加改易,而是尽量一仍其旧,"故亦传疑,以俟通博",忠于实情。兹亦取诸例,加以说明:

董刻本《文学》(80)习凿齿因忤旨"出为荥阳郡",袁褧刻本作"衡阳",是。但朱铸禹先生的《世说新语汇校集注》指出,《晋书》卷八十二习凿齿的本传也作"荥阳",这显系当时写本就如此,非董刻致误。这或是董弅对"旧语"在未及弄清楚的时候,"故亦传疑,以俟通博",而保留了原样。

董刻本《尤悔》(3)"陆平原沙桥败,为卢志所谗,被诛"。"沙桥",袁褧刻本为"河桥",王利器考证:"案,作'河桥'是,《通鉴》卷一一四《晋纪》三六注'沙桥在江陵北'。据《晋书·陆机传》'列军自朝歌至于河桥'则河桥在朝歌附近,与江陵之沙桥,地望之差何止千里。"〔6〕这一点,刘孝标本则注引《陆机别传》也可以佐证:"及(陆)机于七里涧大败,(孟)玖诬(陆)机谋反所致,(司马)颖乃使牵秀斩(陆)机。"又《晋书·陆机传》:

6

"(陆)机军大败,赴七里涧而死者如积,水为之不流……"七里涧,《通鉴》卷八十四《晋纪》六注:"《水经注》:鸿台陂在洛阳东北二十里,其水东流,左合七里涧。"朝歌在洛阳东,则陆机兵败之河桥(七里涧),在洛阳、朝歌之间,而近于朝歌。孝标所引《别传》是概说,"河桥"讲得更具体指实,是以个别代全体战场的借代手法。无论如何,是洛阳、朝歌间的"河桥"而非江陵之"沙桥",王利器、刘孝标两说,皆可对之确证无疑。董刻本用"沙桥",未及深察而致误,然并非只有董刻本误,后来沈宝砚以淳熙十六年湘中刻本为底本校勘时也未出校,仍作"沙桥"。此亦为当时写本如此。

董刻本《言语》(108)刘孝标注引《庄子·渔父篇》:"子修心守真,还以物与人,则无异矣。""无异",今本《庄子·渔父篇》作"无累"。作"无异"则此句无法释读,然而不独董本,诸本皆同,为原初诸传本之误。

董刻本《雅量》(40)刘孝标注:"徐广《晋纪》曰:'泰元二十年九月,有蓬星如粉絮,东南行,历须女至央星。'""央星",袁褧刻本同,沈宝砚校本作"哭星"。《晋书·天文志》作"哭星";王利器引《开元占经》卷八十六、《御览》卷八七五引《晋中兴书》载《世说》此事作"历女虚危,至哭星"[7]。可见淳熙十五年陆游的刻本也据所见原刻,误作"央星",袁据此重刻时未及校改。

上举诸例,可以窥见一般情形,这些都说明当时传本之间差异甚大,董弅雕本在未及深察时,并没有主观臆断,妄加改易,而是尽量传其原来面貌。

综合前述诸项,我们可以看到,董弅刻本所保留的《世说》的近真的面貌,对《世说》的阅读、品味,对《世说》的研究都有其独特的价值,就版本意义上说,这在今天能见到的诸传本中,它近于本真面貌的文献价值是很值得玩味深思的。

三

董刻本另一个独特的价值,是来自它所保留的宋代文人汪藻对《世说》的研究成果。

董刻本中保留的汪藻《叙录》,是今见最早对《世说》进行全面研究的成果,其贡献和价值,学界曾给予关注,这里在过去研究的基础上,从董刻本价值的角度,再做一点钩沉。

汪藻,"幼颖异,入太学",宋徽宗崇宁五年(1106)进士及第,因忤权贵,仕宦并不顺利,所以终生"博极群书,老不释卷……多著述"[8]。其中《世说叙录》便是极有价值的《世说新语》研究著述。它介绍了北宋年间《世说》的家藏和校勘情况,并厘正了此前纷扰难清的诸如名称、卷数、版本等问题。汪氏在胪列、辨析了诸家说法之后,做出了这样一些结论:关于书名"晁氏诸本皆作《世说新语》,今以《世说新语》为正";关于卷数"以九卷为正";关于篇数"定以三十六篇为正"。这在形成绍兴八年董弅刻本时起了作用,董刻本刊行时,不但名称、篇数与汪氏同,而且将三十六篇厘为上、中、下三卷。其后出现之诸本,大抵采用了这些做法。

汪藻《叙录》中还有极具价值的《考异》一卷。该卷录五十一事,为今见最早的注本——齐梁间人敬胤所注。其注文广引当时诸记,以明《世说》所记人物、事迹,这与后来刘孝标注有相同之处,但其剪裁,不如孝标精要,显得芜杂,所引群书亦不如孝标广博,不过作为早于孝标之注,其开拓之功,功不可没,因而仍有值得重视之处。

其一,敬胤引书保留了当时的史料,有些与孝标不同,而仅见于敬胤注,故为史家所珍视,并援引以征史实。

其二,汪藻颇疑"敬胤专录此,传疑纠谬",而且所载五十一事,有三则为传本所无,其馀"悉重出"。汪氏所疑甚是。敬胤之注多对刘义庆之著"传疑纠谬"。而其"纠谬",不仅勘正史实,且在叩问中将《世说》作为"小说"的性质,也不自觉地揭示了出来。如其第一则(原在《世说·言语》29)"元帝始过江",敬胤就颇疑此则故事的真实性。针对元帝说"寄人国土"及顾荣对元帝呼"陛下",其纠谬云:"元帝之镇建业,于时天下虽乱,而朝廷尤存,经年之后,方还本国葬太妃,方伯述职,何谓为寄也?"诚然,司马睿当时虽镇建业,但不过方伯而已,并不是皇帝,何来以君主的姿态去感受出"寄人国土"之羞惭?敬胤又驳:"元帝永嘉元年,以顾荣为安东军司。五年(元帝)进号镇东,荣为军司。其年荣卒。后七岁,元帝方为天子,岂得此时,便为'陛下',已曰'迁都'邪?"刘义庆撰述此事,传闻而已,顾荣并未及呼陛下,当时也没有称帝迁都之事。可见敬胤勘正史实之用功。这点已为余嘉锡先生的研究所采纳。由于史官文化的强劲惯性,即使魏晋时人,也还习惯以"真实"来看待当时的笔记小说,即使是干宝《搜神记》也概莫能外。因此,在这样的时代风气下,敬胤以史家征实的态度去看待《世说》,因而发谬叩问,也属自然之事。然正是这一驳问,见出了《世说》一书的真性质,它与当时的《语林》等旨趣相类,"要为远实用而近娱乐",后来刘孝标作注就不这样胶着,而是或驳或申,旨在"映带文本,增其隽永"[9]。这一性质,已为后来用文学批评的眼光看待《世说》的批评家所自觉领悟,刘辰翁等批评《世说》就略其玄黄而取其神韵,不再执着于征实,而是评点人物与文章神采。在后来的史家眼里,即刘孝标也是文学家,而非史家[10]。由此可见,敬胤这位早期的《世说新语》研究家的贡献和其成果的价值。

其三，敬胤所录五十一事，实为专题研究，它们相对集中在当时影响甚大，几乎是左右东晋王朝命运的几个势族和豪帅人物身上。刘琨、祖逖为一组，凡八则。祖逖、刘琨无论从北伐健将，还是从北来流民豪帅的角度说，都是东晋一朝颇具内涵，引人注目的专题。王敦一组，凡十六则；王导一组，凡二十三则。琅邪王氏是助成司马睿东晋政权的最重要、最核心的势族之一，他们一方面要求巩固王权，另一方面又力争代表世家大族利益，使得王权和世族利益平衡发展，对此，他们所起的作用都是无人能代替的。无论王敦的起兵威胁司马政权，还是王导以"网漏吞舟"之政维系江左政局，东晋享国百馀年，实非偶然。琅邪王氏的这两个人物，无疑都是东晋一朝最醒目的专题。不知敬胤是否如孝标全面注过《世说》，但仅就此五十一则看，就足以证明敬胤是以研究者的视角去面对《世说》的，并给我们留下了成果和启发[11]。

汪藻除了别具慧眼保留了敬胤注之《考异》一卷外，还对"凡《世说》人物可谱者"，做了谱牒。谱牒既是汪氏的研究成果，也是后人阅读《世说》的工具。它已经引起了当代史学家的重视和使用[12]。

最后，汪藻又对"无谱者二十六族"的人物在《世说》中出现的一人之不同称谓做了索引排列，甚便《世说》的阅读。后来，明代凌濛初刻本及一些校本，虽详列《世说》中一人之不同称谓及同姓名者、名与字同者，以期方便读者，但毫无疑问，论学术贡献汪氏的谱牒应记首功。

总之，董刻本所保留的汪藻《叙录》，可说是对《世说》文本及《世说》研究都进行了较难得的清理。仅就这一点看，董刻本的文献价值便为其他诸刻所无法代替。

四

如前所述,董刻本的价值是重要而独特的,之所以会出现这种情况,其深层原因在于,其实不止晏殊、汪藻等学者,即董弅本人也是以研究者的态度和学养去对待《世说新语》的,这在其刊本的跋语中说得很明确[13]:"晋人雅尚清谈,唐初史臣修书,率意窜定,多非旧语,尚赖此书(按,指晏殊手校本)以传后世。然字有伪舛,语有难解,以它书正之,间有可是正处。而注亦比晏本时为增损。至于所疑,则不敢妄下雌黄,故亦传疑,以俟通博。"以上说法,所可注意者应有三点:

(一)董弅对"旧语",也就是《世说》原本的本真面貌特别关注,不满于"唐初史臣修书,率意窜定"。他面对当时诸种传本以及包括唐初史臣所修之正史在内对《世说》的运用,都报以审慎的批判、筛选的态度,而其批判所建立的标准,就是力求保持《世说》原貌。尽量还原其旧,不能"率意"对待,更要剔出其"窜定"成分,所以董弅选取了当时所见更为近真而可信的晏殊手校本作为底本。就底本的选择本身看,便说明了董弅曾做过一番研究,而这种研究所守持的是求真、求实的科学态度,他企望以《世说》的真面貌传世。至少,这是他重刻《世说》时心中所追求的目标。

(二)在选取了晏殊手校本后,董弅的工作并未了结,而是进一步研究,"以它书正之"。所谓"正之"就是在当时所能见到的传本中去对比研究,做了甄别、剔抉的还原工作。仅以汪藻《叙录》所列十馀种传本的情况观察,便可以说明,董弅当时所见传本,不乏足资参考、是正的有价值的资料。在这样的基础上,他做了慎重的甄别、剔抉,不是全面改造,而是对"字有伪舛,语有难解"处,"间有"校订。所为"增损"者,有其依据,这点恐是不容置疑的。经过这样一些努力,拿出的底本,就成为一个相对详善的传本。以其所追求的目标看,这个传本,的确更为近真。

(三)董弅在处理这样一个底本时,遵循了"多闻阙疑"的治学原则。"至于所疑,则不敢妄下雌黄,故亦传疑,以俟通博。"这在前文的介绍中,已经看到了,对于传本异说,对于未及弄清楚的地方,他没有强作解人,而是一仍其旧,保留了原貌,提供给后来者去作自己的思考。

董弅的夫子自道,除明显属雕工形近误刻及漏刻者外,证之以版本全貌,基本是可信的。

另一方面,也是因为董弅以研究者的姿态和学养对待《世说》,使他能识别并推重当时杰出研究成果,不止版本取优,再加勘订,而且能将汪藻的成果一并刻入书中,充分显示了宋代的研究水平,足以泽惠后学。董弅的这种态度和工作,使得这一刻本成为至南宋初年为止,众多学者对《世说》传本及《世说》文本本身研究的一次全面的总结,并将其成果以新刊版本的形式保留了下来。

董刻本自身经过了这样较为严谨的处理,又采择当时传本的众多研究成果,使其具有近真的本色,力求切近《世说》文本的历史原貌,在今天,它所显示的文献价值和艺术价值,正如余嘉锡先生所评,在诸传本中堪称"最佳"了。

以上事例,说明了董刻本的学术价值。本注评,即选取绍兴董刻本为底本,尽量保持其原貌,同时也从诸校本吸取其校订成果,并在注中予以说明,以期尽可能完整、准确地把握文本。在此基础上,挖掘其内涵,剔抉其神韵。

我们深知解读《世说新语》并非易事,虽已经有很多学者对之校勘、笺识,也有诸多今注今译本行世,还有对当时语言的专门研究著作,但对每则故事的发覆索隐,征求神韵,赏会妙处,仍然需要诸多努力。《世说》受魏晋玄风的影响,其写作重在"得意忘言",因而语言简约精练,文字隽永有味,作者的深邃思考和思想意趣,常是意在言外,而尽得风流。解读这样一部著作,就需要做许多《世说》之外的功夫,体会当时特殊的历史文化、独有的思想特色,以及由此而造就的一系列独特的历史人物,他们的生动、灵妙,都需在这一背景中去求证,因而,我们在探求故事的本事及言外之义、味外之旨的时候,首先深入到当时的历史文化背景中去,尽可能求取一个近真的面貌,尽可能准确地把握人物,将其风流韵味做还原的评点。同时,我们不仅注意到它的言外之味在当时的作用和影响以及历史意义,也关注到它给予今天人们的新的启发,将社会、人生、审美等连贯起来,既做史的求证,又做审美赏会,进一步引发了现代联想,突出经典重读那温故知新的意义。忠实于原作,求得其神韵,赏会其妙处,追寻其启迪意义是我们的努力和期望所在。

总之,阅读《世说》,最难的不是表面的语言文字的训诂解释,而是在结合时代以还原历史的综合能力和整体把握,以便进一步解开寓藏在语言文字背后的"言外之意"——即故事的精神实质,作为历史的借鉴。我们尽量把故事安放在一定的历史文化背景之中,力求还历史的真实面貌,让读者知其然,明白"是什么"的问题,这是颇有难度的;进一步,还必须让读者知其所以然,明白作者之用心,他这样的写作,用意何在?这是弄清"为什么"的问题;最后,还必须让读者明其所当然,也就是从故事的启悟来思考人生,站在时代的高度做现代反思,明白自己应该如何行动与实践,弄清楚我们应该"怎么想"的问题。用精约的语言,力求揭示上述三个"W"(即"是什么"、"为什么"和"怎么想"),让读者不仅知其然,还要知其所以然,进一步还要明其所当然。环环相扣,步步深入,任重道远,可不勉哉!

以下简略介绍一下注评的体例。

1. 对版本、校勘的处理。本注评以宋绍兴八年董弅刻本为底本,吸收前贤的校勘成果,并在注中标明。本书侧重评点,因而注释尽量简约。

2. 对古今字、异体字、正俗字的处理。因文字改为简体,古今字、异体字、正俗字,无法一一依照董刻复原,祈谅。今后若出繁体文本,当力求存原貌而少作改动。因为原作多用俗体字,见其从俗倾向,在文学史的雅、俗之争中,有助于明了笔记小说的走向。

3. 评点从每则故事本身的特点出发,或评人物,或评思想特色,或揭示当时风俗、风貌,或评点写作特色,或评言语韵味,在评点中对已往评点的成果尽量吸收,择善而从。由于评点为每人独立写作,作者的行文风格不强做统一。

本书的写作,蒋凡撰写上卷的《德行》,中卷的《规箴》、《捷悟》、《夙惠》、《豪爽》以及下卷的全部注评;李笑野撰写《前言》和上卷的《言语》、《政事》、《文学》注评;白振奎撰写中卷的《方正》、《雅量》、《识鉴》、《赏誉》、《品藻》注评。全书由蒋凡审阅。

对《世说新语》作全面的现代视角的评点,对我们说来,是一次大胆的尝试,缺点、不足之处在所难免,敬祈读者批评指正。

【注】

〔1〕关于《世说新语》之撰著者究竟是刘义庆,还是其门客所为,研究者有不同意见,这里不拟讨论。

〔2〕见《日藏汉籍善本书录》,严绍璗编著,中华书局 2007 年 3 月版

1253页。董刻绍兴本,另有一本今藏日本宫内厅,但缺汪藻《叙录》,并非完本。

〔3〕见《世说新语笺疏·凡例》,上海古籍出版社1993年版。

〔4〕见《世说新语汇校集注·序言》,上海古籍出版社2002年版。

〔5〕见《世说新语汇校集注》,朱铸禹校注,上海古籍出版社2002年12月版512页。

〔6〕见《世说新语·校勘记》,王利器断句校订,文学古籍刊行社1956年6月版66、67页。

〔7〕同上,33页。

〔8〕见《宋史·文苑七》卷四百四十五。

〔9〕鲁迅《中国小说史略·〈世说新语〉与其前后》,人民文学出版社1981年版。

〔10〕见唐长孺《魏晋南北朝史论拾遗》,中华书局1983年版。

〔11〕敬胤是否全面注过《世说》,研究者也有不同意见,此点我们别有说。

〔12〕见田余庆《东晋门阀政治》,北京大学出版社1989年版。

〔13〕朱一玄《世说新语汇校集注·序言》:今见的董弅刻本"后边所附的宋汪藻《世说叙录》末尾残缺,董氏的跋语也就因而不可得见。幸而这个跋语能在宋淳熙戊申陆游重刻本上保存下来,才使我们藉以了解到宋绍兴本的校刻经过"。

上　卷

德行　第一

【题解】　今本《世说新语》(以下简称《世说》)共三十六门类,人称以《论语·先进》所载孔门四科(德行、言语、政事、文学)冠其首。此话不假。但若论其区分门类的标准及其精神实质,则因作者及所录人物的生活年代不同,已具有魏晋六朝时代的新鲜风貌,而不必与先秦两汉传统儒家观念尽皆相同。魏晋六朝的时代思潮,玄风炽煽,释理禅义,熏染了一代士人。因而魏晋士人的思想面貌,道德标准及其言语行事,既继往,又开来,在旧模式中又具有新内容和新突破。本门所称"德行",当作如是观。汉郑玄曾云:"德行,内外之称,在心为德,施之为行。"(《周礼·地官·师氏》注)所谓"德行",顾名思义,是道德与品行,指人们的道德观念及其行为实践。但如"言皆玄远,未尝臧否人物"的阮籍一类人物,已成为魏晋士人心仪之典型,正见当时道德观念的微妙变化及其时代复杂性。

1.1　陈仲举言为士则[1],行为世范[2],登车揽辔[3],有澄清天下之志。《汝南先贤传》曰:"陈蕃字仲举,汝南平舆人。有室荒芜,不扫除。曰:'大丈夫当为国家扫天下。'值汉桓之末,阉竖用事,外戚豪横。及拜太傅,与大将军窦武谋诛宦官,反为所害。"为豫章太守[4],《海内先贤传》曰:"蕃为尚书,以忠正忤贵戚,不得在台,迁豫章太守。"至,便问徐孺子所在[5],欲先看之[6]。谢承《后汉书》曰:"徐穉字孺子,豫章南昌人。清妙高时(他本作'跱'),超世绝俗。前后为诸公所辟,虽不就,及其死,万里赴吊。常预炙鸡一只,以绵渍酒中,暴干以裹鸡,径到所赴冢隧外,以水渍绵,斗米饭,白茅为藉,以鸡置前。酹酒毕,留谒即去,不见丧主。"主簿白[7]:"群情欲府君先入廨[8]。"陈曰:"武王式商容之闾[9],席不暇煖[10]。许叔重曰:'商容,殷之贤人,老子师也。'车上跽曰式。吾之礼贤,有何不可!"袁宏《汉纪》曰:"蕃在豫章,为穉独设一榻,去则悬之,见礼如此。"

【注】

〔1〕陈仲举(?—168):陈蕃字仲举,汝南平舆(今属河南)人。性方峻,不交非类。不畏强御而直言极谏,终为宦官所害。士则:士人典则。

〔2〕世范:世人典范。

〔3〕登车揽辔(pèi配):登上公车而持缰驭奔。泛指出仕为官。

〔4〕豫章:古郡名,治所在今江西南昌。

〔5〕徐孺子:徐穉字孺子,汉末隐者,有"南州高士"之称。

〔6〕看:探看,访问。

〔7〕主簿:官吏名称。汉时中央及地方郡县均置此属官,职在典领文书,参与机要,办理政事。

〔8〕府君:古时太守敬称。廨(xiè械):官署。

〔9〕武王:指周武王姬发。式:通"轼",车前横木,这里作动词用,指乘车前往。商容:传说中的殷商遗贤。闾:里巷之门,这里指家门。

〔10〕席不暇煖:席子尚未坐暖。煖,"暖"的异体字。

【评】

据《后汉书·陈蕃传》,同一故事,是东安太守礼遇周璆,与《世说》不同。然唐王勃《滕王阁序》有"徐孺下陈蕃之榻"的名言,充分说明了《世说》的影响及魅力。礼贤下士,是当时人们称颂的美德,与士人们匡时救国的理想密切相关。史称陈蕃性

"方峻",不交非类。但对贤人高士则不因其地位卑微而轻之,悬榻示敬,正见其评价人物以道德为先,而非以功名爵禄为准。本则故事,言约旨远,正气凛然。"澄清天下"诸语,掷地铿然有声,见后汉志士仁人力挽狂澜理想之远大。思想是行为的指南,陈蕃最后明知必死,而慷慨赴义,终成一代士人之典范。

1.2 周子居常云[1]:"吾时月不见黄叔度[2],则鄙吝之心已复生矣[3]。"子居别见。《典略》曰:"黄宪字叔度,汝南慎阳人。时论者咸云'颜子复生'。而族出孤鄙,父为牛医。颍川荀季和执宪手曰:'足下,吾师范也。'后见袁奉高曰:'卿国有颜子,宁知之乎?'奉高曰:'卿见吾叔度邪?'戴良少所服下,见宪则自降薄,怅然若有所失。母问:'汝何不乐乎?复从牛医儿所来邪?'良曰:'瞻之在前,忽焉在后,所谓良之师也。'"

【注】

[1] 周子居:周乘字子居。汉末汝南安城(今河南正阳东北)人。《世说·赏誉》第1则刘注引《汝南先贤传》云:"天姿聪朗,高峙岳立,非陈仲举、黄叔度之俦不交也。……为太(泰)山太守,甚有惠政。"

[2] 时月:泛指数月。黄叔度:汉末汝南慎阳(今河南正阳)人。出身贫贱而德行高尚,世誉之颜渊再生。《后汉书·黄宪传》论曰:"将以道周性全,无德而称乎?"所谓"无德",言其"德大无能名焉"。

[3] 鄙吝之心:浅薄庸俗的贪婪之心。

【评】

据《后汉书·黄宪传》,语出同郡陈蕃、周举之口,当属传闻有异之故。但同时也从另一个方面说明,黄宪道德高尚,士人有口皆碑,故范晔传论称其"言论风旨,无所传闻",美其道德之广大无涯,与道家无德之谓至德相似。宪一介布衣,乡间兽医之子,能够流誉人口,当与汉末士林清议或汝南月旦有关,隐约透露出激清扬浊的传统美刺精神,是医治浊世的一剂清醒剂。

1.3 郭林宗至汝南[1],造袁奉高[2],《续汉书》曰:"郭泰字林宗,太原介休人。泰少孤,年二十,行学至城皋屈伯彦精庐。乏食,衣不盖形,而处约味道,不改其乐。李元礼一见称之曰:'吾见士多矣,无如休(林)宗者也。'及卒,蔡伯唱(喈)为作碑,曰:'吾为人作铭,未尝不有惭容,唯为郭有道碑,颂无愧耳。'初,以有道君子征,泰:'吾观乾象、人事,天之所废,不可支也。'遂辞以疾。"《汝南先贤传》曰:"袁阆(阆)字表(奉)高,慎阳人。友黄叔度于童齿,荐陈仲举于家巷。辟大尉掾,卒。"车不停轨[3],鸾不辍轭[4]。诣黄叔度,乃弥日信宿[5]。人问其故,林宗曰:"叔度汪汪如万顷之陂[6],澄之不清,扰之不浊,其器深广,难测量也[7]。"《泰别传》曰:"薛恭祖问之,泰曰:'奉高之器,譬诸氾滥,虽清易挹耳。'"

【注】

[1] 郭林宗:(127—169):郭泰字林宗。汉末太原介休(今属山西)人。学识渊博,居家教授,生徒千数。尝游京师洛阳,与李膺友善,名震京师,士林宗望。还乡时,送者车千乘。以清议品题士人公卿,不入仕途而愈增其身价。

[2] 袁奉高:袁阆字奉高,汉末汝南慎阳人。刘注引《汝南先贤传》作"袁闳",余嘉锡《笺疏》证其误。按:袁宏字夏甫,袁安玄孙,史称安为汝阳人。

[3] 车不停轨:指谈话不长即继续前行。轨,车辙。

[4] 鸾不辍轭(è 饿):车铃之声不断。辍,停止。轭,马具,状如"人"字形,驾车时套于牲口颈上以资牵引。

[5] 弥日信宿:一连几天。弥日,整天。信宿,二夜连宿。

[6] 汪汪:深而广袤。万顷之陂(bēi 杯):烟波浩渺,未可深测。陂,池塘,这里喻其广如湖泽。

〔7〕"澄之不清"以下四句:喻其人德行,高深难测。

【评】

郭泰是汉末在野的士人清议领袖之一。当时的乡间清议,一方面与举荐人才有关,一经品题,身价陡增;另一方面汉末社会极端腐败,宦官集团与外戚集团,此起彼落,争权夺利,进一步掀起党锢之祸,镇压正直士人,于是朝廷钳口,所以乡间清议又转为对抗黑暗专制的舆论动员。郭泰离京,千乘相送,犹如一次抗议大游行,道理在此,说明人心所在。其称美黄宪"澄之不清,扰之不浊",正是处于混浊之世,士人保持其高洁人格以示不与世俗同流合污的清醒认识。据《后汉书·郭泰传》,宦官集团谋杀陈蕃等,泰悲恸而叹:"人之云亡,邦国殄瘁。"正说明当时士人对于国事的关心与无奈之心态。晋葛洪批评郭泰:"周旋清谈间阎,无救于世道之凌迟"(见《抱朴子·正郭》篇),实在是不明形势的过激偏见。另,近人陈寅恪以为魏晋"清谈之风实由郭泰启之",从理论思辨角度着眼,间接说明了汉末清议与魏晋清谈的渊源关系,也可另备一说(见万绳南整理《陈寅恪魏晋南北朝史讲演录》,黄山书社1987年版,第45页)。

1.4 李元礼风格秀整〔1〕,高目(自)标持〔2〕,欲以天下名教是非为己任〔3〕。薛莹《后汉书》曰:"李膺字元礼,颍川襄城人。抗志清妙,有文武隽才。迁司隶校尉,为党事自杀。"后进之士,有升其堂者,皆以为登龙门。《三秦(秦)记》曰:"龙门,一名河津,去长安九百里。水悬绝,龟鱼之属莫能上,上则化为龙矣。"

【注】

〔1〕李元礼(110—169):李膺字元礼,汉末颍川襄城(今属河南)人。在朝清议领袖之一,与杜密并称"李杜"。因反对宦官专政,被太学生称为

"天下模楷"。后遭党锢之祸,死于狱中。

〔2〕高目:诸本作"高自",是。标持:犹标置。高自标持,即自我要求和评价都很高。

〔3〕名教:指儒家以正定名分为中心的传统礼教。

【评】

《后汉书·党锢列传》序云:"逮桓、灵之间,主荒政缪,国命委于阉寺,士子羞与为伍,故匹夫抗愤,处士横议,遂乃激扬名声,互相题拂,品核公卿,裁量执政,婞直之风,于斯行矣。"于此可见汉末清议的风气及其政治影响。李膺是当时党人领袖之一,为了发扬清议以正世风,就必须注意培养人才,李膺奖拔士人,着眼于此。当时士人舆论,特别是太学生,几乎是以李膺之言为准的,所以有"李膺言出于口,人莫得违也"之说(见《太平御览》卷四四七引袁子正语)。士人得其赏识,自然身价百倍。跃登龙门之叹,比喻生动贴切。另,汉末清议影响举荐用人,后来又逐渐影响魏晋之世九品中正的品评,于是世家大族日渐成形,如经李膺品题的颍川陈寔、荀淑二氏,终成魏晋南北朝的高门士族。

1.5 李元礼尝叹荀淑、锺皓[1],《先贤行状》曰:"荀淑字季和,颍川颍阴人也。所拔韦褐弓牧之中,执案刀笔之吏,皆为英彦。举方正,补朗陵侯相,所在流化。锺皓字季明,颍川长社人。父祖至德者(著)名。皓高风承世,除林虑长,不之官。人位不足,天爵有馀。"曰:"荀君清识难尚[2],锺君至德可师。"《海内元(先)贤传》曰:"颍川先辈,为海内所师者:定陵陈锺(稺)叔,颍阴荀淑,长社锺皓。少府李膺宗此三君,常言:'荀君清识难尚,陈、锺至德可师。'"

【注】

〔1〕荀淑(83—149):汉末颍川颍阴(今河南许昌)人。好学而不为章句,见讥于俗儒。以德行及识人闻世。治事明理,人称"神君"。后弃官归隐。时贤李固、李贤等拜他为师。锺皓:汉末颍川长社(今河南长葛)人。隐居密山,敦《诗》、《书》而悦礼乐,教授门徒千馀人。与同郡陈寔、荀淑、韩韶称颍川四长。后为郡功曹,旋自劾去。公府征辟不赴。

〔2〕清识:识见清朗。尚:超过。

【评】

品题人物,是汉末清议的重要内容之一。此风一开,迅速蔓延,席卷了魏晋六朝。而汉末李膺、郭泰等,是其先驱。其所品题,高度概括而言约旨远。故经其品题即士林传诵,并非偶然。时代需要和个人的敏锐观察能力,都有关涉。

1.6 陈太丘诣荀朗陵[1],贫俭无仆役。《陈寔传》曰:"寔字仲弓,颍川陈(许)昌人。为闻喜令、太丘长,风化宣流。"乃使元方将车[2],《先贤行状》曰:"陈纪字元方,寔长子也。至德绝俗,与寔高名并著,而弟谌又配之。每宰府辟召,羔雁成群,世号三君,百城皆图画。"季方持杖从后[3],长文尚小[4],载著车中。既至,荀使叔慈应门[5],慈明行酒[6],馀六龙下食[7],张璠《汉纪》曰:"淑有八子:俭、绲、靖、焘、汪、爽、肃、敷(旉)。淑居西豪里,县令苑康曰:'昔高阳氏有才子八人。'遂署其里为高阳里。时人号曰八龙。"文若亦小,坐箸膝前[8]。于时太史奏真人东行[9]。檀道鸾《续晋阳秋》曰:"陈仲弓从诸子侄造荀父子,于时德星聚,太史奏:'五百里贤人聚。'"

【注】

〔1〕陈太丘:陈寔(104—187)字仲弓,汉末颍川许昌(今属河南)人。

曾任太丘长,故云。其治政清明,百姓安业,以公正直名闻世。时人评云:"宁为刑罚所加,不为陈君所短。"党锢祸起,自请系狱。卒时远近赴吊,刊石立碑,谥文范。荀朗陵:荀淑曾任郎陵侯相,故云。

〔2〕元方:即陈纪。以至德孝养闻。初,征辟不就。董卓入洛后,逼授五官中郎将,后官至尚书令、大鸿胪。年七十一,卒。将车:扶车前进。

〔3〕季方:陈谌,寔少子。有令名而早卒。持杖:替父亲拿拐杖。

〔4〕长文:陈群(?—237)字。祖寔、父纪。孔融高才倨傲却与群交,由是显名。后参曹操丞相军事。入魏迁侍中、尚书,制九品官人法,形成一代门阀制度。后为司空、录尚书事,封颍阴侯,卒谥靖。

〔5〕叔慈:荀靖(128—190)之字,淑第三子。少有俊才,动止以礼。卒,士人惜之,追谥玄行先生。应门:在门口应接宾客。

〔6〕慈明:荀爽(128—190)字,一名谞,淑第六子。幼而好学,早通经传,征辟不应。在荀淑八子中,人称"荀氏八龙,慈明无双"。著《诗传》、《易传》等。后官至司空。与司徒王允谋诛董卓,事未行而病卒。行酒:巡行劝酒。行,汉魏时常用语,犹赐也,即按客一一分送物品。

〔7〕馀六龙:荀淑八子,人称八龙。除应门靖、行酒爽外,尚有俭、绲、焘、汪、肃、敷(旉)六人。下食:传送饭菜。

〔8〕文若:荀彧(163—212)字。祖淑、父绲。少有才名,后为曹操的重要智囊谋士。其为人礼贤下士,知人善任,而德行兼备。官至尚书令,因忤曹操自杀。郄:通"膝"。

〔9〕太史:史官名,属太常。掌国史及天文历法。真人:得道之人。

【评】

汉魏之际,颍川人才济济,居中原之冠。如陈寔、荀淑等家族,均以德行著称,为人师表而图画百城。故事描摹二家德素,风景俨然,使一次普通的应酬宴会,化为宣扬贤人德行的"化妆"表演。所谓"太史奏真人东行"云者,不过是作者的狡狯之笔,夸显星象以应人事,目的仍在宣扬传统名教及贤人政治。但是,隐于故事背后,又是美中见刺的小说笔法,暗寓其激清扬浊的批判现实精神。还有,故事提到的两个小孙辈陈群和荀彧,后来居上,不仅官阶声名超越前辈,就是道德观念,也与父、祖有所不同。具体考察由陈寔至陈群,由荀淑至荀彧的颍川二族,又可见出"德行"标准的微妙变化。陈群和荀彧,后来都是曹操集团的重要骨干。宋朱熹于此大加挞伐:"且以荀氏一门而论之,则荀淑正言于梁氏用事之日,而其子爽已濡迹于董卓专命之朝,及其孙彧则遂为唐衡之婿、曹操之臣,而不知以为非矣。盖刚方志大之气,折于凶虐之馀,而渐图所以全身就事之计。"(见余嘉锡《笺疏》称引朱熹《答刘子澄书》)按:朱子之讥,胶柱鼓瑟于汉儒传统名教之说,而无视时代的重大变化,实非的论。但其所言,却也揭示了从汉末到魏晋,有关"德行"观念的历史变化,即在祖孙之间,业已大异。以忠君为至德,弥近弥淡,故曹魏及司马二朝,儒者仕宦于篡弑相继之朝而不以为非。称孝而乏忠,这是魏晋时代道德的新油彩。

1.7 客有问陈季方[1]:《海内先贤传》曰:"陈谌字季方,寔少子也。才识博达。司空掾公车征,不就。""足下家君太丘[2],有何功德,而何天下重名[3]?"季方曰:"吾家君譬如桂树生泰山之阿[4],上有万仞之高[5],下有不测之深;上为甘露所沾[6],下为渊泉所润。当斯之时,桂树焉知泰山之高、渊泉之深?不知有功德与无也!"

【注】

〔1〕陈季方:即陈谌。

〔2〕足下家君:指谌父陈寔。足下,与人交谈或书信时用以敬称对方。太丘:指陈寔。

〔3〕何:"荷"的古字,承担。诸本作"荷"。重名:高名,大名。

〔4〕阿(ē婀):山隅,山坳。

〔5〕仞:古代长度单位,一仞八尺。
〔6〕霑(zhān沾):浸润。

【评】
　　汉末清议品题之风,不仅盛于政坛,同时潜入家庭文化生活之中。以生动的修辞譬喻来品题父亲的高尚德行,陈谌引以自荣自傲,见其善为家族声誉做宣传。其桂生泰山之喻,高深难测之譬,形象具体而生动,有如亲临其境而目睹太丘风采。妙用意象,悟人甚多。颍川陈氏家族,寔议论不畏权贵,多直接的道德评议;而谌之品题,却开始汉末清议向魏晋审美意识方向的转化和过渡。其演变轨迹值得注意。对于诗赋文章修辞艺术的运用,也会产生积极影响。

1.8　陈元方子长文有英才[1],《魏书》曰:"陈群字长文。祖寔尝谓宗人曰:'此儿必兴吾宗。'及长,有识度,其所善,皆父党。"与季方子孝先[2]《陈氏谱(谱)》曰:"谌子忠,字孝先。州辟不就。"各论其父功德,争之不能决。咨于太丘,太丘曰:"元方难为兄,季方难为弟。"一作"元方难为弟,季方难为兄"。

【注】
　　〔1〕陈元方:即陈纪。长文:陈群字,纪子。英才:英彦硕才。
　　〔2〕季方:即陈谌。孝先:陈忠字,谌子。

【评】
　　成语"难兄难弟"肇源于此。难者,不易也,这是在动态发展的行为比较中确立的概念。兄弟道德品行俱佳,原是可以同列齿并,难以轩轾。但人又是在时间的流逝中存在,犹如逆水行舟,不进则退。因此,兄弟二人都必须严格要求自己而不能有丝毫的松懈,一旦自满自傲,一方进而一方退,则优劣高下立判,怎

12

可保持"难兄难弟"的齿列之位呢？太丘之言，富有人生哲理而颇耐咀嚼。不过，后世语词的引申发展，"难兄难弟"性质变异，另有二人同恶、难脱困境之意，"难"作"患难"解，意义由褒入贬，这又另当别论。

1.9　荀巨伯远看友人疾[1]，《荀氏家传》曰："巨伯，汉桓帝时人也。亦出颍川，未详其始末。"值胡贼攻郡[2]。友人语巨伯曰："吾今死矣，子可去[3]。"巨伯曰："远来相视，子令吾去。败义以求生，岂荀巨伯所行邪？"贼既至，谓巨伯曰："大军至，一郡尽空。汝何男子，而敢独止[4]？"巨伯曰："友人有疾，不忍委之[5]，宁以我身代友人命[6]。"贼相谓曰："我辈无义之人，而入有义之国[7]！"遂班军而还[8]，一郡并获全[9]。

【注】

〔1〕荀巨伯：汉末颍川人。生平不详。

〔2〕胡贼：中原人对当时北方少数民族侵扰武装的蔑称。史称，桓帝永寿、延熹年间，乌桓、南匈奴、鲜卑诸部族武装多次侵袭边庭九郡，诸胡多为汉军所败，"惟鲜卑常自来自去"。故余嘉锡《笺疏》以为荀巨伯所遭遇的"胡贼"为鲜卑，疑是。具体时间、地点失载。

〔3〕子：你。古时第二人称代词。

〔4〕男子：非指男子汉，而是泛称毫无功名的白衣之士。止：停留。

〔5〕委之：抛弃他，离开他。

〔6〕宁：宁肯，甘愿。

〔7〕国：此非指国家，而是泛称地方。古时多诸侯封国，故常以"国"称地方。

〔8〕班军：班师，撤军。

〔9〕全:安全,不破碎。

【评】

　　故事发生在汉末桓帝时,地点在北方边庭地区。故事使人联想起先儒那"舍生取义"的老话题。《孟子·告子上》云:"生,我所欲也;义,亦我所欲也。二者不可得兼,舍生而取义者也。"但古往今来,真能实行者有几?贼兵攻城,"一郡尽空"——守土有责者早已舍义求生而溜之大吉了。其实,不仅是守土有责的地方官吏,即是高高在上的朝廷名公巨卿,将军校尉,又有哪个站出来为国为民尽忠死战呢?汉末"胡贼"纵横,并非因敌人强大,而是朝廷内部腐败直接造成的,其罪责主要在这帮"败义以求生"的无耻之尤。但是天道未丧,"舍生取义"的高风亮节,在民间草莱见其薪火之传。荀巨伯之言,慷慨诚挚,掷地有声。他在战乱中坚持留下照顾病友,而全然没有考虑自己与病友,二者生命孰轻孰重的问题。在安危攸关的紧急关头,难道还要先去思考所救之人,是老、是少、是健康、抑或病人,是否值得伸出救援之手等冷酷的理念吗?唐韩愈《原道》云:"行而宜之之谓义。"只要是正义之路,就应该义无反顾地坚持到底。古人于荀巨伯,有"千古一朋"之颂,其心胸之坦荡,至今仍激动人心。

1.10　华歆遇子弟甚整〔1〕,虽闲室之内〔2〕,俨若朝典〔3〕。《魏志》曰:"歆字子鱼,平原高唐人。"《魏略》曰:"灵帝时,与北海邴原、管宁,俱游学相善,时号三人为一龙:谓歆为龙头,宁为龙腹,原为龙尾。"陈元方兄弟恣柔爱之道〔4〕。而二门之里,两不失雍熙之轨焉〔5〕。

【注】

〔1〕华歆(huà xīn 化欣)(157—231):汉魏之际平原高唐(今属山东

禹城)人。汉献帝时官拜豫章刺史,为政清静不烦,吏民感受。后入拜尚书、侍中,代荀彧为尚书令。入魏,官至司徒。遇:对待。子弟:子侄后辈。整:严肃,整饬。

〔2〕闲室:私室。

〔3〕俨:俨然,庄严整齐貌。《三国志》裴注引华峤《谱叙》曰:"每策大会,坐上莫敢先发言。歆时起更衣,则论议讙哗。歆能剧饮,至石馀不乱,众人微察,常以其整衣冠为异,江南号之曰'华独坐'。"朝典:朝廷盛典。

〔4〕陈元方兄弟:指汉末以陈纪为首的颍川陈氏兄弟一家。恣:放任,听凭。

〔5〕雍熙:和睦友善貌。轨:轨则,法度。

【评】

在三国时代,华歆是个人物。史称其"议论持平,终不毁伤人",与昔日汉儒之直言极谏、杀身成仁异其旨趣,从而成为向魏晋"口不臧否人物"的清谈之风过渡的人物。《世说》称其"德行",当然也就染有过渡时期的新风尚,而并非以尽忠朝廷皇帝为准的。《三国志》本传裴注引孙盛评曰:"歆既无夷、皓韬邈之风,又失王臣匪躬之操,故挠心于邪儒之说,交臂于陵肆之徒,位夺于一竖,节坠于当时,……咎孰大焉!"批判极其严厉。但华氏事二朝而"节坠",具魏晋之特色。其"德行"为魏晋篡夺相继、弃旧迎新的时代风气使然,提倡孝而羞言忠,不足为怪。故《世说》以华歆登《德行》门,具体说明了不同时代各有其道德标准,汉儒传统观念也会产生动摇、发展和变化。

1.11 管宁、华歆共园中锄菜[1],《傅子》曰:"宁字幼安,北海朱虚人。齐相管仲之后也。"见地有片金,管挥锄与瓦石不异,华捉而掷去之[2]。又尝同席读书[3],有乘轩冕过门者[4],宁读如故,歆废书出看。宁割席分坐[5],曰:"子非吾友也!"《魏略》曰:"宁少恬静,常笑邴原、华子鱼有仕宦意。及歆为司徒,上书让宁。宁闻之,笑曰:'子鱼本欲作老吏,故荣之耳。'"

【注】

〔1〕管宁(158—241):汉魏之际北海朱虚(今山东临朐东南)人。史称其敬善陈寔。避乱辽东,聚邑讲学,"讲《诗》、《书》,陈俎豆,饰威仪,明礼让,非学者无见也"。后返中原,朝廷征辟不就,以布衣终。

〔2〕捉:拾起。

〔3〕同席:古时铺席而坐,"同席"即同坐一席。

〔4〕轩冕:古时公卿大夫所乘轩车和冕服。轩,古代一种前顶较高而有帷帐的车子,供贵族高官乘用。冕,泛指古时帝王或公卿大夫的礼帽。

〔5〕割席而坐:割断坐席,分开座位,以示志趣不同。后来引申为绝交。

【评】

　　汉魏之际是个大动荡的年代,各色人等,纷纷登台表演,其处世哲学,形形色色。管、华二人,各异旨趣。史称管宁睿智,料事准确,具预见性,故能避乱而善终。他一生淡泊功名,征辟不赴,而专心以讲学教育为务,从而获得了社会的尊敬。司空陈群上书朝廷颂其德行,云:"(宁)行为世表,学任人师,清俭足以激浊,贞正足以矫时。"人的一生,从小看八十。故事发生时间,当在管、华二人年轻同游京师国学之时。华志在功名,故轩冕轰然而废读出观,形象展示其歆慕富贵的内在心态;相反,管则无意功名而专心向学,其内在心境平静无波,轰然轩车和他岂生关涉?管氏后来备受尊敬,在年轻时已埋下成功的种子。《孟子·告子上》曰:"今夫弈之为数,小数也。不专心致志,则不得也。弈秋,通国之善弈者也。使弈秋诲二人弈:其一人专心致志,惟弈秋之为听;一人虽听之,一心以为鸿鹄将至,思援弓缴而射之,虽与之俱学,弗若之矣!为是其智弗若与?曰:非也。"借用孟子所讲故事来比喻管、华二人之读书,十分贴切。所谓"割席",不必拘泥字面,如划线而坐,表示距离,也是"割席"之态。华之废书出观,思鸿鹄而射富贵,其致讥于史家,已在此见出端倪。至于锄地见金,管视而不见,非真不见,如佛家之"无心",见其自然,故与瓦石无异;华则"捉而掷之",其"捉"为真,"掷"则作伪作态,其恋财之心,矫饰之态,思绪流程,形象毕现。宋刘辰翁评曰:"捉掷未害其真,强生优劣,其优劣不在此。"似非的论。

1.12 王朗每以识度推华歆[1]。《魏书》曰:"朗字景兴,东海郯人。魏司徒。"歆蜡日[2],《礼记》曰:"天子大蜡八,伊耆氏始为蜡。蜡,索也。岁十二月,合聚万物而索飨之。"《五经要义》曰:"三代名腊:夏曰嘉平,殷曰清祀,周曰大蜡,总谓之腊。"晋博士张亮议曰:"蜡者,合聚百物索飨之,岁终休老息民也。腊者,祭宗庙五祀。《传》曰:'腊,接也。祭则新故交接也。秦汉已来,腊之明日为初岁,古之遗语也。'"尝集子侄燕饮[3],王亦学之。有人向张华说此事[4]。张曰:"王之学华,皆是形骸之外[5],去之所以更远。"王隐《晋书》曰:"张华字茂先,范阳人也。累迁司空,而为赵王伦所害。"

【注】

〔1〕识度:见识气度。王朗(?—228):本名严,东海郯城(今山东郯城)人。以通经拜郎中,后迁会稽太守。居郡惠爱于民。后被孙策所逐,北归曹操。入魏后官至司空,上疏劝育民省刑。曾为《易》、《春秋》、《孝经》、《周官》作传。

〔2〕蜡(zhà诈)日:古代岁末合祭百神的重要节日,当时有会饮的风俗。

〔3〕燕饮:宴会饮酒。燕,通"宴"。

〔4〕张华:范阳方城(今河北固安西北)人。博学多才,贯通今古,以诗赋文章称名于世。为晋武帝筹设灭吴方略,一统天下。惠帝时官至司空,死于八王之乱。

〔5〕形骸之外:喻外在之物,而非内在实质。形骸,人的形体躯壳。

【评】

在宋本中,此则与上则相连为一。但因其内容非一:上则褒管宁而贬华歆,此则誉华歆而讥王朗。毁誉不一,故据诸本分为二则。

魏晋之际,士人道德观念变化颇大。华歆之徒,于汉魏之替,威逼旧主,侍欢新朝,斯时清议,不以为异,仍然成为当时人们津津乐道的风流人物。贤如曹植,誉歆"志存太虚,安心玄妙。处平则以和养德,遭变则以义断事"(《辅臣论》),是个德义俱佳的典型。于此可见,魏晋士人于德行,另有不同于汉儒传统之标准。但是,余嘉锡《笺疏》于此大加挞伐,云:"自后汉之末,以晋六朝,诗人往往饰容止、盛言谈,小廉曲谨,以邀声誉。逮至闻望既高,四方宗仰,虽卖国求荣,又翕然以名德推之。华歆、王朗、陈群之徒,其作俑者也。……此其优劣,无足深论也。"余氏借他人之酒杯,浇自己的块垒,因其现代视角,发人生之浩叹,自有其合理成分。但移之古人,评价则未必公允,因时事推移,历史标准非一之故。如王朗,《三国志》裴注谓其高才博雅,严整慷慨,"常讥世俗有好施之名,而不恤穷贱,故用财以周急为先"。观朗为人,廉己济困,其德行较敛聚自养之徒,不可同日而语,岂能一笔抹煞?

1.13 华歆、王朗俱乘船避难[1],有一人欲依附,歆辄难之[2]。朗曰:"幸尚宽,何为不可?"后贼追至,王欲舍所携人。歆曰:"本所以疑,正为此耳。既已纳其自托[3],宁可以急相弃邪[4]?"遂携拯如初[5]。世以此定华、王之优劣。华峤《谱叙》曰:"歆为下邽令,汉室方乱,乃与同志士郑太等六七人避世。自武关出,道遇一丈夫独行,愿得与俱。皆哀许之。歆独曰:'不可,今在危险中,祸福患害,义犹一也。今无故受之,不知其义,若有进退,可中弃乎?'众不忍,卒与俱行。此丈夫中道堕井,皆欲弃之。歆乃曰:'已与俱矣,弃之不义。'卒共还,出之而后别。"

【注】

〔1〕华、王避难事:程炎震据华峤《谱叙》,以为"是献帝在长安时事。王朗方从陶谦于徐州,不得同行也"。见余氏《笺疏》称引。

〔2〕辄(zhé 哲):则,就。难:刁难,拒绝。

〔3〕纳:接纳,接受。自托:把自己的安危托付别人。

〔4〕宁:岂,难道。

〔5〕拯(zhěng 整):拯救,援助。

【评】

"言必信,行必果"(《论语·子路》),是孔夫子的教导,也是古人行"义"的一种传统美德。华歆阅历丰富,见多识广,做事预先估计到困难和特殊情况,而不轻于应允。此非心存不善,而如刘辰翁所评,是"阅世而后知其难",具有先见之明。而一旦允诺,则言出如山而不可动摇,绝不能因自己有难就抛下难友而不顾,即使为此丧命,也将坚守诺言而义无反顾。小人则反之,浪言相招,急则相弃,言而无信,仁义不存。故李卓吾评云:"此君子小人之所以分也。彼平时爱买好,急则不顾。故凡买好者,皆非其心也。小人奉事不顾后,大率难以准凭,若此,国家将安得用之乎?"古人有"疾风知劲草"之言,在和平时期,可能大家相安无事;而一旦大难降临,则君子小人,各显其庐山真面目而优劣自分。

1.14 王祥事后母朱夫人甚谨[1]。《晋诸公赞》曰:"祥字休征,琅邪临沂人。"《祥世家》曰:"祥父融,娶高平薛氏,生祥。继室以庐江朱氏,生览。"《晋阳秋》曰:"后母数谮祥,屡以非理使祥,弟览辄与祥俱。又虐使祥妇,览妻亦趋而共之。母患。方盛寒冰冻,母欲生鱼,祥解衣,将剖冰求之,会有处冰小解,鱼出。"萧广济《孝子传》曰:"祥后母忽欲黄雀炙,祥念难卒致。须臾,有数十黄雀飞入其幕。母之所须,必自奔走,无不得焉。其诚至如此。"家有一李树,结子殊好,母恒使守之。时风雨忽至,祥抱树而泣。肃(萧)广济《孝子传》曰:"祥后母庭中有李,始结子,使祥昼视鸟爵,夜则趁鼠。一夜,风雨大至,祥抱泣至晓,母见之恻然。"祥尝在别床眠,母自往闇斫之[2]。值祥私起[3],空斫得被[4]。既还,知母憾之不已,因跪前请死。母于是感悟,爱之如己子。虞预《晋书》曰:"祥以后母故,陵迟不仕。年向六十,刺史吕虔檄为别驾。时人歌之曰:'海、沂之康,寔(实)赖王祥;邦国不空,别驾之功。'累迁太保。"

【注】

[1] 王祥(184—268):魏晋时琅邪临沂(今属山东,琅邪,一作琅玡、琅琊)人。以至孝闻世,传统"二十四孝"有其"卧冰求鱼"故事及图画。汉末避乱庐江,后为徐州别驾。入魏官至司空,晋拜太保。祥及弟览,为琅邪王氏发达之始祖,后来如敦、导等皆其子孙。谨:恭谨,小心。

[2] 闇:通"暗",暗中。斫:以刀斧砍杀。

[3] 值:正巧。私起:起床小便。

[4] 空斫得被:扑空斫在被上。

【评】

　　史上王祥以孝著称,并因此成为魏晋显宦。魏晋之后,篡弑相继,改朝换代频繁。传统道德"忠孝"并称,至此"忠"字日渐淡出,惟留下一个"孝"字支撑道德门面。司马晋朝,因弑魏帝高贵乡公,更于"忠"君之事,讳莫如深,从此改倡"以孝治国"口号。正因时代的新需要而时来运转,王祥之孝,成为典范。王祥,《晋书》卷三三有传。其历仕三朝,政绩无闻,以"孝"名成为一个滑头政客而已。高贵乡公之难,他虽惺惺作态而口称"老臣无状";但同时又接受司马恩典,入晋封侯拜相,依违两端而另结新欢,何"忠"之有?其临终遗命子孙,也只是"扬名显亲,孝之至也"之言,可见其意识深处,家族利益至为重要,而不见"忠孝"并称之名,这就揭示了魏晋六朝高门士族意识本质之特色。王祥之流位居台辅而"不预政事",仅是司马氏"以孝治国"的政治标本而已。朝廷利用王祥之"孝"名,王祥同样也利用朝廷来兴盛其家族利益。后来琅邪王氏家族,衣冠极盛,而与两晋南朝相始终,祥与弟览,开创之功不可没。

1.15 晋文王称阮嗣宗至慎[1],每与之言,言皆玄远[2],未尝臧否人物[3]。《魏书》曰:"文王讳昭,字子上,宣帝第二子也。"《魏氏春秋》曰:"阮籍字嗣宗,陈留尉氏人,阮瑀子也。宏达不羁,不拘礼俗。兖州刺史王昶请与相见,终日不得与言。昶愧叹之,自以不能测也。口不论事,自然高迈。"李秉(康)《家诫》曰:"昔尝侍坐于先帝,时有三长史俱见,临辞出,上曰:'为官长当清、当慎、当勤,修此三者,何患不治乎!'并受诏。上顾谓吾等曰:'必不得已而去,于斯三者何先?'或对曰:'清固为本。'复问吾,吾对曰:'清慎之道,相须而成,必不得已,慎乃为大。'上曰:'卿言得之矣。可举近世能慎者谁乎?'吾乃举故太尉荀景倩,尚书董仲达,仆射王公仲。上曰:'此诸人者,温恭朝久,执事有恪,亦各其慎也。然天下之至慎者,其唯阮嗣宗乎!每与之言,言及玄远,而未尝评论时事,臧否人物,可谓至慎乎!'"

【注】

〔1〕晋文王:即司马昭(211—265),三国时河内温县(今属河南)人。懿次子,师同母弟。继兄师任魏之大将军,专擅朝政。灭蜀后,封晋公,加九赐,进位相国,已成篡魏开晋之势。后弑高贵乡公曹髦而立曹奂为帝,封晋王。死谥文,故称晋文王。阮籍(210—263):三国时陈留尉氏(今属河南)人。父瑀为建安七子之一,籍则为"竹林七贤"之一。曾官步兵校尉,故称"阮步兵"。当时著名的思想家及诗文名家,又是玄学清谈的代表人物。

〔2〕玄远:玄妙高远。

〔3〕臧否(zāng pǐ 赃痞):批评褒贬。

【评】

司马昭之评,见籍形骸而遗其内。籍著名《咏怀诗》嘲讽虚矫声势的伪善礼法之士云:"外厉贞素谈,户内灭芬芳。放口从衷出,复说道义方。委曲周旋仪,姿态愁我肠。"刻画入木三分。其《大人先生赋》讥伪善"君子"如寄居裤裆之群虱,"饥则啮人",自以为有无穷之乐;而一旦"炎丘火流,焦邑灭都,群虱死于裤中而不能出,……悲夫",又何尝不臧否人物?其内心之是非,明明白白。故当时礼法之士,疾之如仇。但内心之思想,难以作为刑法之根据,如政敌钟会之徒,数以时事问之,欲因其可否而致之罪。籍皆以醉酣无言而获免。《晋书》本传云:"籍本有济世志,属魏晋之际,天下多故,名士少有全者,籍由是不与世事,遂酣饮为常。"其外"至慎",痛饮美酒称名士,正是出于政治上的自我保护意识,是英雄失路的一曲悲歌。司马昭誉之,实是对于当时士人"不慎"言行之警告。直至屠刀砍杀了籍友嵇康,人们才恍然大悟。

1.16 王戎云[1]:"与嵇康居二十年[2],未尝见其喜愠之色[3]。"《康集叙》曰:"康字叔夜,谯国铚人。"王隐《晋书》曰:"嵇本姓奚,其先避怨徙上虞,移谯国铚县。以出自会稽,取国一支,音同本奚焉。"虞预《晋书》曰:"铚有嵇山,家于其侧,因氏焉。"《康别传》曰:"康性含垢藏瑕,爱恶不争于怀,喜怒不寄于颜。所知王濬冲在襄城,面数百,未尝见其疾声朱颜。此亦方中之美范,人伦之胜业也。"《文章叙录》曰:"康以魏长乐亭主壻,迁郎中,拜中散大夫。"

【注】

〔1〕王戎(234—305):魏晋时琅邪人,王祥族人,当时清谈名士,"竹林七贤"之一。入晋官至尚书令、司徒。

〔2〕嵇康(223—262):三国时谯郡铚(今安徽亳县)人。"竹林七贤"之一。曾任中散大夫,故称嵇中散。当时著名思想家、文学家、清谈名家。因其主张越名教而任自然,抨击礼法之士,不与司马氏统治集团合作,盛年被杀。

〔3〕愠(yùn运):含怒,怨恨。

【评】

嵇康与阮籍,史上并称"嵇阮"。《晋书》本传称康"性静寡欲,含垢匿瑕,宽简有大量。学不师受,博览无不该通,长好《老》《庄》,……故能越名教而任自然,……审贵贱而通物情"。其喜愠不形于色,并非没有自己的主张与独特个性,而是与阮籍有同样的苦衷。其内在个性之慷慨峻烈,远过于籍,却又不得不强加压抑,其内心悲愁之痛,有过于籍辈。故其《与山巨源绝交书》云:"阮嗣宗口不论人过,吾每师之而未能及,……至为礼法之士所绳,疾之如仇雠。"他临刑时作自责诗又云:"欲寡其过,谤议沸腾,性不伤物,频致怨憎。"以此,他虽与阮籍皆为一代天才,但其所遇,却没有阮籍幸运。只要统治者看不顺眼,即可杀一儆百,管你有什么德行与才干!

1.17　王戎、和峤同时遭大丧[1]，俱以孝称。王鸡骨支床[2]，和哭泣备礼。《晋诸公赞》曰："戎字濬冲，琅邪人，太保祥宗族也。文皇帝辅政，锺会荐之曰：'裴楷清通，王戎简要。'即俱辟为掾。晋践祚，累迁荆州刺史，以平吴功，封安丰侯。"《晋阳秋》曰："戎为豫州刺史，遭母忧，性至孝，不拘礼制，饮酒食肉，或观棋弈，而容兒（貌）毁悴，杖而后起。时汝南和峤，亦名士也，以礼法自持。处大忧，量米而食，然憔悴哀毁，不逮戎也。"武帝谓刘仲雄[3]：王隐《晋书》曰："刘毅字仲雄，东莱不夜（掖）人，汉城阳景王后也。亮直清方，见有不善，必评论之。王公大人，望风惮之。侨居阳平，太守杜恕致为功曹，沙汰郡吏三百余人。三魏金曰：'但闻刘功曹，不闻杜府君。'累迁尚书司隶校尉。""卿数省王、和不[4]？闻和哀苦过[5]，使人忧之。"仲雄曰："和峤虽备礼，神气不损；王戎虽不备礼，而哀毁骨立。臣以和峤生孝，王戎死孝[6]。陛下不应忧峤[7]，而应忧戎。"《晋阳秋》曰："世祖及时谈以此贵戎也。"

【注】

〔1〕和峤（？—292）：魏晋时汝南西平（今属河南）人，参见《方正》第9则刘孝标注。官至中书令。为政清简得民，有风格，善礼法，朝野许其能正风俗人伦。家财富而性至吝，人称有"钱癖"。大丧：指父母之丧。据《晋书》戎传，时戎遭母丧，而峤遭父丧。

〔2〕鸡骨支床：形容骨瘦如柴而憔悴倚床。

〔3〕武帝：指晋武帝司马炎（236—290）。刘仲雄（？—285）：刘毅字仲雄。魏晋时东莱掖（今山东莱州市）人。官至尚书左仆射。性方正謇忠。曾当面讥晋武帝为汉之桓、灵二帝。主张废九品中正制度，未果。

〔4〕省：探望。卿：第二人称代名词。徐震堮《校笺》附录《世说新语词语简释》云："下于己者或侪辈间亲暱而不拘礼数者称'卿'。"

〔5〕过：过度。据《晋书》及诸本"过"下有"礼"字。

〔6〕生孝：尽孝而无害于健康。死孝：哀毁尽孝而伤身。

〔7〕陛下：臣下对帝王的尊称。

【评】

司马开晋，因其篡弑，故于"忠义"二字，讳莫如深。但作为朝廷国家，总要有其思想伦理作支撑，万般无奈之际，提倡"以孝治国"作为门面。标榜王戎辈之"生孝"、"死孝"者以此。王戎其人，虽忝为"竹林七贤"之末，但论其德行，与嵇、阮相去甚远。戎位居台辅，而性好聚敛，何德于民？史称其"与时舒卷，无謇谔之节。自经典选，未尝进寒素，退虚名，但与时浮沈，户调门选而已"。傅咸曾上疏严劾，请免其官，上不从。晋武帝重戎之"孝"，实是别有用心，为当时的士族门阀统治，修建牌坊门面而已。另外，无论是和峤备礼而泣的"生孝"，或王戎鸡骨支床的"死孝"，若与"孺子终日啼而不嗌，和之至也"（《王阳明全集》卷二七《与许台仲书》）之童心相比较，其虚伪炒作之内诈，自然暴露无遗了。

1.18 梁王、赵王〔1〕，朱凤《晋书》曰："宣帝张夫人生梁孝王肜，字子徽（徽），位至太宰。柏夫人生赵王伦，字子彝，位至相国。"国之近属〔2〕，贵重当时。裴令公《晋诸公赞》曰："裴楷字叔则，河东闻喜人，司空秀之从弟也。父徽，冀州刺史，有俊识。楷特精《易》义。累迁河南尹、中书令，以卒。"岁请二国租钱数百万〔3〕，以恤中表之贫者〔4〕。或讥之曰："何以乞物行惠〔5〕？"裴曰："损有馀、补不足，天之道也〔6〕。"《名士传》曰："楷行己取与，任心而动，毁誉虽至，处之晏然。皆此类。"

【注】

〔1〕梁王：即司马肜（tóng 同），懿子。永康初，与赵王伦共废贾后，

赵王伦篡位,为阿衡。死后议谥,博士蔡克责其"国乱不能匡,主颠不能扶",谥号曰灵。赵王:即司马伦,懿第九子。废贾后,旋即篡位称帝,兴兵与诸王战,兵败诛灭,实为八王之乱罪魁祸首。

〔2〕近属:近亲。按:梁、赵二王,皆为武帝叔父。

〔3〕裴令公:即裴楷,曾官中书令,故云,又称"裴令"。善《老》、《易》,当时著名清谈名家。二国租钱:指从梁、赵二国税收所获钱财。

〔4〕恤:抚恤,救济。

〔5〕乞物行惠:乞讨钱财以施恩惠于人。

〔6〕"损有馀"以下二句:裴楷为玄学家,精于《易》、《老》之学。《周易》中有《损》、《益》二卦,《益卦·彖传》云:"损上益下,民说无疆。"《老子》云:"天之道其犹张弓乎?高者抑之,下者举之;有馀者损之,不足者与之。天之道,损有馀而补不足。"其思想观念肇源于此。

【评】

在晋初玄家中,裴楷素有"清通"之名。所谓"清通",就是思维清明,见识通达,言行不为传统礼法名教所拘束。这与当时玄家的理论主张及生活态度有关。在玄风熏陶之下,玄家名士对"德行"有自己的独特认识。向权贵乞讨钱物,有悖传统道德;但乞物以恤贫贱,则是替天行道而另当别论。在当时新玄家看来,损有馀以补不足,顺自然而合大道。体则天道,讲究实惠,就是至德,何羞之有?实际上,如《易·益》卦象辞所说,适当地"损上益下",可以达到"民说(悦)无疆"的新境界,这不是更有利于巩固封建统治吗?可惜古代的统治者大多鼠目寸光,思想如裴楷之"清通"者,寥若晨星,他们反其道而行之,大多重在"损下益上",以掊克聚敛为急务,而置民于水火之中,天下怎能不乱?西晋速亡,原因很多,但统治者竞豪奢而务聚敛,无情敲剥百姓,也是重要原因之一。裴楷"损有馀,补不足"之言,冲口而出,情真自然,读之能无思乎!

1.19 王戎云:"太保居在正始中[1],不在能言之流[2]。及与之言,理中清远[3],将无以德掩其言[4]!"《晋阳秋》曰:"祥少有美德行。"

【注】

〔1〕太保:王祥官拜太保,故云。正始:魏齐王芳年号(240—248)。

〔2〕能言之流:特指当时如何晏、王弼之流的玄家清谈名士。

〔3〕理中清远:道理适中而清新玄远。中,六朝人口语,事理得当之称。

〔4〕将无:魏晋口语,与"得无"同,犹言"莫非",表示模糊肯定之意。

【评】

如前所述,王祥身为三公而政绩无闻,是否因其能力低劣?非也。清谈领袖王戎誉其"理中清远",并非浪言。处在当时改朝换代的大动荡年代,司马集团屠戮名士如何晏、夏侯玄、嵇康之辈,极其惨酷,绝不手软。正因明了形势,所以王祥虽具能言内质,外表却偏是拱默装呆。这实是光华敛尽以求明哲保身的人生态度。祥之"德行",如此而已。不呆装呆,能言无言,这不仅是个人,更可见出时代的悲哀。

1.20 王安丰遭艰[1],至性过人[2]。裴令往吊之[3],曰:"若使一恸果能伤人[4],濬冲必不免灭性之讥[5]。"《曲礼》曰:"居丧之礼,毁瘠不形,视听不衰。不胜丧,乃比于不慈不孝。"《孝经》曰:"毁不灭性,圣人之教也。"

【注】

〔1〕王安丰:王戎因平吴之功,封安丰侯,故称。遭艰:犹丁艰,指遭父母之丧。

〔2〕至性:指至孝之性。

〔3〕裴令:指裴楷。

〔4〕恸(tòng痛):悲痛大哭。伤人:伤害健康。

〔5〕灭性:只因悲痛过度而伤身害命。

【评】

　　如前所述,王戎以"死孝"流誉士林,史称"世祖(武帝)与时谈以此贵之",这与晋朝"以孝治国"的方略有关。上有所好,则下必甚焉,所以会有"死孝"反常现象出现。但纵观王戎一生,以自我为中心,聚敛成性,刻薄下民,怎会产生因孝致死的念头呢?王戎、裴楷,同为玄学清谈名家,但相比之下,裴之"清通"难及。站在新玄学立场,裴楷寥寥数语,一针见血地戳穿了世俗礼教的虚伪。以裴楷之分析,王戎"死孝"只能有以下两种可能:一是孝子本非真实想死,而只是做给人看,因矫饰以邀盛名,故裴楷"若使一恸果能伤人"之语,使用的是假设句,并非真有其事,言外之意,斥其虚伪;一是若真的因其至性而亡,则"不免灭性之讥",违背人性自然,连生命都不知爱惜,还有什么好赞扬的呢?无论其"死孝"是真是假,二律背反,王戎及其所代表的世俗道德观念,在玄家的眼光中,都免不了原形毕现。

1.21　王戎父浑有令名〔1〕,官至凉州刺史〔2〕。《世语》曰:"浑字长原,有才望。历尚书、凉州刺史。"浑薨〔3〕,所历九郡义故〔4〕,怀其德惠〔5〕,相率致赙数百万〔6〕,戎悉不受。虞预《晋书》曰:"戎由是显名。"

【注】

〔1〕王浑:晋初有二王浑:一是晋阳王浑,字玄冲,官至司徒,封京陵侯;一是琅邪王浑,字长原,官凉州刺史,封贞陵亭侯。这里指后者。令名:美好声名。

〔2〕凉州：古地名，汉置十三刺史部之一，辖境相当于今甘肃、宁夏和青海湟水流域、内蒙古纳林河、穆林河流域。魏晋时治所姑臧（今甘肃武威）。

〔3〕薨(hōng轰)：古时诸侯贵族或高官显爵之死称薨。

〔4〕九郡：据《晋书·地理志》，武帝时凉州辖八郡：金城、西平、武威、张掖、西郡、酒泉、敦煌、西海。至惠帝元康五年，分敦煌、酒泉二郡地，别立晋昌郡，方称九郡。故余嘉锡《笺疏》据《太平御览》卷五五〇引作"州郡"，疑是。义故：义从故吏，指随从部曲及故旧属吏。

〔5〕德惠：恩泽惠泽。

〔6〕致赙(fù付)：赠送丧仪。赙，以财物助人办理丧事。

【评】

在《世说》中，王戎是个风流人物，其"成功"看来并非偶然，或者和他早知宣传自己的炒作之术有关。至少，他借死去的父母为自己拉了不少"广告"。前述"死孝"的表演，即是一例。其却父丧之赙，也有两种可能：一是戎年轻时尚未贪鄙成性，后来之贪，是生活大染缸所致，说明其性格及人生道路，有个发展过程；一是颇具远见的"广告"意识。戎性本狡狯，贪大不贪小，琅邪王家，魏晋时已成高门望族，家底丰厚，区区丧葬费之赠，又何足道哉！故却赙以邀誉，陶珽评其"第欲显名，刻意自苦"，史称戎"由是显名"，信然。于此可见，戎自年轻时即颇工心计，善于推销自己，为自己未来的"成功"作开拓和努力。这和今天社会上常见的自我"炒作"差不多，请读者不要看花了眼。

1.22 刘道真尝为徒[1]，《晋百官名》曰："刘宝字道真，高平人。"徒，罪役作者。扶风王骏虞预《晋书》曰："骏字子臧，宣帝第十七子，好学至孝。"《晋诸公赞》曰："骏八岁为散骑常侍，侍魏齐王讲。晋受士，封扶风王，镇关中，为政最美。薨，赠武王。西土思之，但见其碑赞者，皆拜之而泣。其遗爱如此。"以五百疋布赎之[2]，既而用为从

29

事中郎[3]。当时以为美事。

【注】

〔1〕刘道真:刘宝字道真。少贫贱,"常渔草泽,善歌啸,闻名莫不留连"(见《世说·任诞》)。为司马骏赏拔,后成为士人领袖而与王衍齐名,一经其品题,身价陡增。故陆机入洛之初,张华以为其所宜拜访者,"刘道真是其一"。可见当时刘宝在士林中的声望。为徒:罚为刑徒。

〔2〕扶风王骏:即司马骏。刘注谓"宣帝第十七子",误。据《晋书》卷三八《宣王传》,司马懿生九子,骏第七。十七子应为七子之讹。疋:通"匹"。赎:赎罪,这里指以布匹财物抵罪,赎回人身自由。

〔3〕从事中郎:官名,魏晋时节镇将帅的幕僚。

【评】

故事主角是扶风王司马骏。魏晋实行九品中正制,是个门阀社会,士庶之别,实有天渊之隔。刘宝出身贫寒,官场之上,原无置足之地。但司马骏慧眼卓识,赏拔于草莱刑徒队中,确非常人能及。后来高平刘氏,自宝之后,又衍为山东兖州的高门士族,一时传为美谈。史称司马骏幼极聪慧好学,能著论,文有可称,及长,又能"清贞自守,宗室之中最为隽望"。后因忠言直谏忤武帝意,"遂发病薨",很可能因政见不同而被逼致死。其赏拔寒隽,拔于刑徒,冲破门阀偏见,确非容易。可见司马统治集团中人,并非尽皆昏庸,当与其好学深思有关。惜武帝不用其良,西晋速亡,不亦宜乎!

1.23 王平子、胡毋彦国诸人[1],皆以任放为达[2],或有裸体者。《晋诸公赞》曰:"王澄字平子,有达识,荆州刺史。"《永嘉流人名》曰:"胡毋辅之字彦国,泰山奉高人,湘州刺史。"王隐《晋书》曰:"魏末,阮籍嗜酒荒放,露头散发,裸袒箕踞。其后贵游子弟阮瞻、王澄、谢鲲、胡毋辅之徒,皆祖述于籍,谓得大道之本。故去巾帻,脱衣服,露丑恶,同禽兽,甚者名之为通,次者名之为达也。"乐广笑曰〔3〕:"名教中自有乐地〔4〕,何为乃尔也〔5〕?"

【注】

〔1〕王平子:即王澄(267—312)。出自琅邪王氏。兄衍为西晋士林清谈领袖,誉澄"阿平第一"。有士人"经澄所题者,衍不复有言,辄云'已经平子矣'"。澄由是显名于世。澄官荆州刺史,日夜纵酒,不以军政为意。曾残杀巴蜀流民,激起民变。后因故为王敦所杀。胡毋彦国:即胡毋辅之,晋清谈名士。史称有知人之鉴。性嗜酒,任纵不拘小节。与王澄、王敦、庾敳俱为太尉王衍亲昵,号称"四友"。永嘉乱后,南渡卒于湘江刺史任上。

〔2〕放任为达:以放纵率性为通达。

〔3〕乐广(?—304):字彦辅,南阳淯阳(今河南南阳东南)人。少孤贫,寒素为业,与物无竞。其清谈析理,与王衍并称,卫瓘以为有正始遗风。官至尚书令,八王乱中,以故忧卒。

〔4〕名教:指以儒家正名定分的传统礼教。乐地:快乐境地。

〔5〕何为乃尔也:为什么竟然如此呢? 尔,如此,这样。

【评】

魏晋以后,儒家名教的思想统治日渐衰落,当时部分清谈玄家名士,以老庄自然之道相抗衡,其趋极端者,率性任诞,裸裎为达,倾向于以人生态度的离奇放荡,来表现自己所企求的超凡脱俗的浪漫情调,并且常以违名教而任自然相号召。但同样作为玄家清谈名士乐广则不走此极端,其思想立场与郭象暗合,主张儒、玄双修,折衷于儒家名教与玄学自然之间,以为儒家之学未可尽去,如能灵活对待而时出新解,则也自有"乐地"。儒、玄双修,调和名教和自然,正体现了魏晋统治者的思想要求。与郭象相比,郭以著书注《庄》在哲学及理论思辨方面影响很大;乐广则因善言辞而不便笔墨,以清谈立世,随着时间流逝,其思想消逝于历史之中。著书与口谈，优劣自显。不过，从乐广的话中，透露了当时玄家清谈阵营也甚为复杂，对待儒家名教时有不同态度和意见。玄学清谈，从行为方式到思想观念，也是千姿百态，各行其道。

另，《任诞》第13则"阮浑长成"刘注引戴逵《竹林七贤论》曰："乐令之言有旨哉！谓彼非玄心，徒利其纵恣而已。"谓作达任诞者为不懂玄学，亦可备参考。

1.24　郗公值永嘉丧乱[1]，在乡里，甚穷馁[2]。乡人以公名德[3]，传共饴之[4]。公常携兄子迈及外生周翼二小儿往食[5]。乡人曰："各自饥困，以君之贤，欲共济君耳，恐不能兼有所存。"公于是独往食，辄含饭着两颊边[6]，还，吐与二儿。后并得存，同过江[7]。《郗鉴别传》曰："鉴字道徽，高平金乡人，汉御史大夫郗虑后也。少有体正，耽思经籍，以儒雅著名。永嘉末，天下大乱，饥馑相望。冠带以下，皆割己之资供鉴。元皇征为领军，迁司空、太尉。"《中兴书》曰："鉴兄子迈，字思远。有干世才略，累迁少府、中护军。"郗公亡，翼为剡县[8]，解职归，席苫于公灵床头[9]，心丧终三年[10]。《周氏谱》曰："翼字子卿，陈郡人。祖弈，上谷太守。父优，车骑咨议。历剡令、青州刺史、少府卿。六十四而卒。"

【注】

〔1〕郗公：郗鉴（269—339），字道徽，晋高平金乡（今属山东）人。东晋初官至司徒、进位太尉，位至朝廷三公，故称。明帝时，鉴都督扬州，牵制王敦；成帝时，平祖约、苏峻有功。永嘉：晋怀帝司马炽年号（307—312）。永嘉五年，匈奴族武装攻陷京师洛阳，怀帝被俘。史称永嘉之乱，不久西晋亡。

32

〔2〕穷馁(něi):穷困饥饿。

〔3〕名德:名望道德。

〔4〕饲(sì 四):通"饲",饲养。

〔5〕外生:即"外甥"。

〔6〕着:置放。颊(jiá 夹):面颊,脸的两侧。

〔7〕江:指长江。按:永嘉乱后,中原士人纷纷渡江南下避乱。

〔8〕为剡(shàn 善)县:当剡县令。剡县,在今浙江嵊州。

〔9〕苫(shān 衫):居丧草垫。

〔10〕心丧:心中悼念,孝子之外的一种守丧之礼。

【评】

在丧乱饥馑之时,饿殍遍野,千金易得而一饭难求。而郗鉴却能含饭吐哺二儿,绝不快活独饱,这与《庄子》寓言中的相濡以沫,如出一辙,见主人公真人性。故事以一典型细节,状人物生动形象,可资创作借鉴。又刘辰翁评云:"两颊所箸能几,足哺二儿?儿非甚小,在谷气不绝耳,哀哉!"一方面道出了时代悲剧,一方面又点明了生命之顽强。因其谷气不绝而获生,一口之饭,岂是琐事!其功德胜造七级浮图。

1.25　顾荣在洛阳[1],尝应人请,觉行炙人有欲炙之色[2],因辍己施焉[3]。同座嗤之[4]。荣曰:"岂有终日执之,而不知其味者乎?"后遭乱渡江,每经危急,常有一人左右己[5]。问其所以,乃受炙人也。《文士传》曰:"荣字彦先,吴郡人。其先越王勾践之支庶,封于顾邑,子孙遂氏焉,世为吴著姓。大父雍,吴丞相。父穆,宜都太守。荣少朗俊机警,风颖标彻。历廷尉正。曾在省与同僚共饮,见行炙者有异于常仆,乃割炙以啖之。后赵王伦篡位,其子为中领军,逼用荣为长史。及伦诛,荣亦被执,凡受戮等辈十有馀人。或有救荣者,问其故,曰:'某省中受炙臣也。'荣乃悟而叹曰:'一餐之惠,恩令不忘,古人岂虚言哉!'"

【注】

〔1〕顾荣(？—312)：两晋之际江南士族领袖之一，与陆机、陆云同时入洛，时称"三俊"。南渡后，代表江南士族拥护和支持司马睿在江南开国，是为东晋。洛阳：西晋京师。

〔2〕行炙人：端送烤肉之人。炙，烤肉。但后一"炙"名词动化，欲炙，想吃烤肉。

〔3〕辍：停止。

〔4〕嗤：嘲笑。

〔5〕左右：扶持，保护。

【评】

"德行"一词，德在内而行在外，外现的行为是受内在意识的指挥。当然，思想意识又有自觉与不自觉之分。顾荣看到整天端着热腾腾、香喷喷的烤肉奔跑的人，却一口也享受不到，于是推己及人，"辍己施焉"，这一行动应该是受内在潜意识的驱动，是一种自然而然而不想回报的"无心"之举。这说明儒家传统道德中的恕道，已在他心中生根发芽，无所不在。魏晋之际，中原流行玄学，而江南则"服膺儒学"，所受学术风气熏染有异。顾荣不想回报而有好报，又说明了人性良心所在。

1.26 祖光禄少孤贫[1]，性至孝，常自为母炊爨作食[2]。王隐《晋书》曰："祖讷字士言，范阳遒人。九世孝廉。讷诸母三兄，最治行操，能清言。历太子中庶子、廷尉卿。避地江南，温峤荐为光禄大夫。"王平北闻其佳名[3]，以两婢饷之[4]，因取为中郎[5]。《王乂别传》曰："乂字叔元，琅邪临沂人。时蜀新平，二将作乱，文帝西之长安，乃征为相国司马，迁大尚书，出督幽州诸军事，平北将军。"有人戏之者曰："奴价倍婢[6]。"祖云："百里奚亦何必轻于五羖之皮耶[7]!"《楚国先贤传》曰:"百里奚字井伯,楚国人。少仕于虞,为大夫。晋欲假道于虞以伐虢,谏而不听,奚乃去之。"《说苑》曰:"秦穆公使贾人载盐于虞,诸贾人买百里奚以五羊皮。穆公观盐,怪其牛肥,问其故,对曰:'饮食以时,使之不暴,是以肥也。'公令有司沐浴衣冠之,公孙支让其卿位,号曰五羖大夫。"

【注】

〔1〕祖光禄:即祖纳,曾官光禄大夫,故称。纳,一作讷。与闻鸡起舞,中流击楫的祖逖为异母兄弟。

〔2〕炊爨(cuàn窜)作食:烧火做饭。

〔3〕王平北:即王乂,曾任平北将军,故称。佳名:美好名声。

〔4〕饷:赠。

〔5〕中郎:官名,即从事中郎,诸王、节镇或州郡属官。

〔6〕奴:一指男性奴仆,一是对人的鄙称。这里二义双关并用。

〔7〕"百里奚"句:祖纳称引古贤故事以自况。羖(gǔ古):黑色公羊。

【评】

　　详味故事,表面上是因祖纳侍母至孝而入《德行》门;但故事的重心实在后半段"有人戏之"后祖纳之自我解嘲,故明王世懋以为应"入于排调"之门。其实,祖纳称引古贤百里奚的故事以自喻,正见其内心的自我价值评价。人讥其"奴价倍婢"——你只值两个婢女之价,但祖纳不在乎人们的无知嘲讽,他心知肚明自己的价值,即在于治国安邦、辅助霸业的理想,并不以一时之屈曲而湮没自己内在的理想光辉。顽强坚持自己的道德理想,岂非至性至德!

　　1.27　周镇罢临川郡[1],还都,未及上[2],住泊青溪渚[3]。《永嘉流人名》曰:"镇字康时,陈留尉氏人也。祖父和,故安令。父震,司空长史。"《中兴书》曰:"清约寡欲,所在有异绩。"王丞相往看之[4]。《丞相别传》曰:"王导字茂弘,琅邪人。祖览,以德行称。父裁,侍御史。导少知名,家世贫约,恬畅乐道,未尝以风尘经怀也。"时夏月,暴雨卒至[5],舫至狭小[6],而又大漏,殆无复坐处。王曰:"胡威之清[7],何以过此!"即启用为吴兴郡[8]。《晋阳秋》曰:"胡威字伯虎,淮南人。父质,以忠清显。质为荆州,威自京师往省之。及告归,质赐威绢一疋。威跪曰:'大人清高,于何得此?'质曰:'是吾俸禄之馀,故以为汝粮耳。'威受而去。每至客舍,自放驴,取樵爨炊,食毕,复随旅进道。质帐下都督阴赍粮要之,因与为伴,每事相助经营之,又进少饭。威疑之,客诱问之,乃知都督也。谢而遣之。后以白质,质杖都督一百,除其吏名。父子清慎如此。及威为徐州,世祖赐见,与论边事及平生。帝叹其父清,因谓威曰:'卿清孰与父?'对曰:'臣清不如也。'帝曰:'何以为胜汝邪?'对曰:'臣父清畏人知,臣清畏人不知,是以不如远矣。'"

【注】

〔1〕临川郡:古郡名,今属江西。罢:有二义,一是罢免,一是结束。按:据刘注谓"所在有异绩",则非因过罢官,而是任期已到而结束郡务。后述"王丞相(导)往看之",即是内证。都:京都,指东晋京师建业(今南京)。

〔2〕上:上任。一般注为上岸。但详味周镇并非犯过罢官,实是任期满而回都听候调选,前任已罢而后任未接,故称"未及上"。

〔3〕住泊:驻泊。清溪渚:清溪水岸。清溪是三国东吴所开河渠,在建业附近,是通往京师的重要漕运河道。

〔4〕王丞相:指王导。

〔5〕夏月:夏天。卒:通"猝",突然。

〔6〕舫(fǎng仿):船。

〔7〕清:清廉、廉洁。

〔8〕吴兴郡:古郡名,治所乌程(今浙江吴兴县)。

【评】

俗话说:"无官不贪。"概括了古代官场的贪赃腐败。在此大形势下,激清扬浊,就是政界的上等德政。想来当时周镇之"清",是有些名声的,所以当他驻泊清溪船上时,王丞相及时赶去看望,如果他是犯错罢官,作为朝廷宰辅,王导岂有此举?东晋开国江南,以清官相号召,以便团结民众,共同抗敌,同时见出了王导的远见和德政。

1.28 邓攸始避难〔1〕,于道中弃己子、全弟子〔2〕。《晋阳秋》曰:"攸字伯道,平阳襄陵人。七岁丧父母及祖父母,持重九年。性清慎平简。"邓粲《晋纪》曰:"永嘉中,攸为石勒所获,召见,立幕下与语,悦之,坐而饭焉。攸车所止,与胡人邻毂。胡人失火烧车营,勒吏案问胡,胡诬攸。攸度不可与争,乃曰:'向为老姥作粥,失火延逸,罪应万死。'勒知,遣之。所诬胡厚德攸,遗其驴马,护送令得逸。"王隐《晋书》曰:"攸以路远,斫坏车,以牛马负妻子以叛。贼又掠其牛马。攸语妻曰:'吾弟早亡,唯有遗民。今当步走,担两儿,尽死,不如弃己儿抱遗民。吾后犹当有儿。'妇从之。"《中兴书》曰:"攸弃儿于草中,儿啼呼追之,至暮复及。攸明日系儿于树而去。遂渡江。至尚书左仆射,卒。弟子绥,服攸齐衰三年。"既过江,取一妾〔3〕,甚宠爱。历年后,讯其所由,妾具说是北人遭乱〔4〕,忆父母姓名,乃攸之甥也。攸素有德业,言行无玷〔5〕,闻之哀恨终身,遂不复畜妾〔6〕。

【注】

〔1〕避难:此指避永嘉之乱,时邓攸被匈奴族石勒部俘虏,后逃出。

〔2〕全:保全。

〔3〕取:通"娶"。

〔4〕具说:详细陈说。

37

〔5〕德业:道德操守。玷(diàn店):玉石污点。

〔6〕蓄:养。

【评】

　　有关邓攸的"德行",古今议论纷纷。刘注引《中兴书》,谓"攸明日系儿于树而去"一节,更是激起公愤。刘应登云:"按邓攸弃儿全侄,局于势之不可两全耳。儿追及之,系之而去,毋乃无人心、天理乎？不复有子,于此见天道之不诬也。"俞德邻谓"追而不及,尚当怜之,追及而缚于道旁,其绝灭天理甚矣"。故王世懋一针见血地指出:"本欲颂邓公高谊,乃令成一大忍人,《中兴书》于是为不情矣。"邓攸之儿,弃后能追而及之,则已是具奔跑能力之童,弃之尚情有可宥,缚于树上,无异直接残杀生命,为人父母,于心何忍！为声名而炒作乎？又过于鲜血淋漓之残酷。晋人好名,至此极矣。《晋书·良吏》本传也记载此事,可见传闻甚广。不过,刘辰翁另有一解,云:"谓系儿树上者,喜谈全侄,而甚之也。使其追及,任所能行,何事干系？言系者谬,罪系又谬。"可备参考。

　　1.29　王长豫为人谨顺〔1〕,事亲尽色养之孝〔2〕。《中兴书》曰:"王悦字长豫,丞相导长子也。仕至中书侍郎。"丞相见长豫辄喜,见敬豫辄嗔。《文字志》曰:"王恬字敬豫,导次子也。少卓荦不羁,疾学尚武,不为导所重。至中军将军。多才艺,善隶书,与济阳江彪(彪)以善弈闻。"长豫与丞相语,恒以慎密为端〔3〕。丞相还台〔4〕,及行,未尝不送至车后。恒与曹夫人并当箱箧〔5〕。长豫亡后,丞相还台,登车后,哭至台门；曹夫人作箧〔6〕,封而不忍开。《王氏谱》曰:"导娶彭城曹韶女,名淑。"

【注】

〔1〕谨顺:恭谨和顺。

〔2〕色养:承顺父母颜色以尽孝养之道。

〔3〕慎密:谨慎严密。端:原则,根本。

〔4〕台:指朝廷中央衙门。尚书省称中台。时导为尚书省长官,故云。

〔5〕并当:收拾,料理。箱箧:泛指箱子。

〔6〕簏(lù 路):竹箱,泛指箱笼。

【评】

王悦(长豫)能登上《德行》门的光荣榜,不仅沾了祖宗太保公(祥)的光,更是两晋"以孝治国"的门面,因为他成了当时"色养"之孝的典型。随顺颜色,听大人言,作乖孩子,给父母以心里安慰,当然也是一种孝道,但并不是传统孝道的主要内容。王祥给琅邪王氏后代的临终遗嘱中有"扬名显亲,孝之至也"之言。而扬名显亲的最佳途径,就是中举做官光宗耀祖,仅是色养之孝,只满足家门之内父母的心理,是无法在外获得美爵显宦的,这是一方面。另一方面,作为父母如王导,尽管是东晋开国名相,但人非圣贤,谁能无过?如果父母有错而子女一味随顺,这不是加重矛盾与扩大过错吗?因而"色养"之道本质上考虑也不一定是真孝。儒经《周易》中有《蛊》卦,"干父之蛊,小有悔,无大咎"(九三爻辞),主张"干父之蛊,用誉"(六五爻辞),强调纠正父辈错失的独立思考。实事求是地纠正父母之过而加以改革,以便真正光大祖先事业而扬名显亲。这是传统孝道的更为重要的内容,可惜被王导忽视了。王悦一生缺乏独立思考,没有什么成就,也就不奇怪的了。不过故事写王导父子情深,倒是真挚感人而形象如画,是很值得一读的。

1.30 桓常侍闻人道深公者[1],辄曰:"此公既有宿名[2],加先达知称[3],又与先人至交[4],不宜说之。"《桓彝别传》曰:"彝字茂伦,谯国龙亢人,汉五更桓荣十(九)世孙也。父颢,有高名。彝少孤,识鉴明朗。避乱渡江,累迁散骑。僧法深,不知其俗姓,盖衣冠之胤也。道徽高扇,誉播山东,为中州刘公弟子。值永嘉乱,投迹扬士(土),居止京邑。内持法纲,外允具瞻,弘道之法师也。以业滋清净,而不耐风尘,考室剡县东二百里岬山中。同游十馀人,高栖浩然。支道林宗其风范,与高丽道人书,称其德行。年七十有九,终于山中也。

【注】

〔1〕桓常侍:桓彝,曾官散骑常侍,故云。道:评论,品题。深公(286—374):据《高僧传》,谓出于琅邪王氏家族。但是否为王敦之弟,则无考而难信。

〔2〕宿名:素旧声名。

〔3〕先达:前辈名贤。知称:赏识赞许。

〔4〕先人:死去的父祖。至交:深厚交情。

【评】

观桓彝之为人,守宣城时,适值苏峻之乱,势孤力屈,而"辞气壮烈,志节不挠",义在致死而已,彪炳忠义之举,实其内在道德之外现,皆出于平素之自然。平时不在背后随便议论先贤,也是一种道德积淀。人生于复杂的社会,好在背后议论人之是非,如长舌妇一般,蜚语流言,坏人功德,是一种极不道德的行为。桓彝则反其道而行之,事虽小而意义不小,以此入于"德行"榜,正见作者深意。

1.31 庾公乘马有的卢[1],《晋阳秋》曰:"庾亮字元规,颍川鄢陵人,明穆皇后长兄也。渊雅有德量,时人方之夏侯太初、陈长文之伦。侍从父琛,避地会稽,端拱嶷然,郡人严惮(惲)之,觐接之者,数人而已。累迁征西大将军、荆州刺史。"伯乐《相马经》曰:"马白额入口至齿者,名曰榆雁,一名的卢,奴乘客死,主乘弃市,凶马也。"或语令卖去。《语林》曰:"殷浩劝公卖马。"庾云:"卖之必有买者,即复害其主,宁可不安己而移于它人哉?昔孙叔敖杀两头蛇以为后人[2],古之美谈。"贾谊《新书》曰:"孙叔敖为儿时,出道上,见两头蛇,杀而埋之。归见其母,泣,问其故,对曰:'夫见两头蛇者,必死。今出见之,故尔。'母曰:'蛇今安在?'对曰:'恐后人见,杀而埋之矣。'母曰:'夫有阴德,必有阳报,尔无忧也!'后遂兴于楚朝,及长,为楚令尹。"效之,不亦达乎!"

【注】

〔1〕庾公:庾亮(289—340)的敬称。他历仕东晋元、明、成三朝,作为外戚,曾执国政,显赫于朝。的卢:传说中的凶马之名,骑之不利主人。

〔2〕孙叔敖:芈氏,名敖,字孙叔。春秋时楚令尹,助庄王成其霸业。

【评】

人性极其复杂。人皆有恻隐之心,见溺而思援手,这是人性的一面。但为蝇头小利而落井下石,嫁祸于人者,又比比皆是,这同样是人干的。人性之善或恶,与古代君子小人的义利之辨同在。历史上的卢马是否真能害主,不可得知。但庾亮之言:"宁可不安己而移于他人哉?"态度坚定,掷地有声。庾亮能成为东晋开国时期的风流人物,当与其高尚道德声誉有关。史称,亮葬时,何充叹曰:"埋玉树于土中,使人情何能已!"其仁德得人心,于此可见一斑。无独有偶,历史上前有刘备,汲汲于仁义而"以人为本",故结物情而得人心,终济大业。据《三国志·蜀书·先主传》裴注引《世语》,谓备寄荆州刘表时,蒯越、蔡瑁将以计杀之,备知潜逃,"所乘马名的卢,骑的卢走,坠襄阳城西檀溪水中,溺不得出。备急曰:'的卢:今日厄矣,可努力!'的卢乃一踊三丈,遂得过",后追者至,已不及矣。刘备借的卢马救命。马之或吉或凶,祸福相生,关键非马,而在驭者人心之所在。

1.32 阮光禄在剡[1],曾有好车,借者无不皆给。有人葬母,意欲借而不敢言。阮后闻之,叹曰:"吾有车,而使人不敢借,何以车为[2]?"遂焚之。《阮光禄别传》曰:"裕字思旷,陈留尉氏人。祖略,齐国内史。父颢,汝南太守。裕淹通有理识,累迁侍中。以疾,筑室会稽剡山,征金紫光禄大夫不就。年六十一卒。"

【注】

[1] 阮光禄:即阮裕,曾以金紫大夫征,故称。《世说》作者刘义庆为避宋武帝刘裕名讳,从不称阮裕之名。剡(shàn 善):古县名,在今浙江嵊州。

[2] 何以车为:车有何用?何……为,反诘句式。

【评】

"德行"之"德",得也,在得人心而与人融洽相处。正确处理人与物的关系,也是内在之德的自然表现。魏晋贵族,竞先豪奢,一饭至数百万,尚称无可下箸。如此之人,不刻剥百姓以厚自奉养,行吗?故当时聚敛财物成风,甚至有所谓"钱癖"、"马癖"之称。以此,财物积聚愈多,伤人之心愈疠。失民心则失天下。西晋之亡,即是教训。有鉴于此,阮裕等正直士人汲取历史教训,反其道而行之,不为物累而有肥遁之志。财物为人服务,与人共,弊之无憾。思借车者,以为用于送葬凶事,不吉利,所以不敢向裕开口。但裕则以为车不为人所用,是人对己的不信任,是失民心的表示。故以"何以车为"自责,毁车以自表心旌。车辆一旦成为隔离群众的难以逾越的障碍,就会失掉民心支持,毁车之举,实在是拆除障碍的远见卓识。李贽称阮裕"好名多事",实际不然。阮裕辞征辟而就二郡太守,他性本好静,但坦言为生计出仕,言之自然真挚,岂有虚矫之态?故史称其以"德业知名",并非浪言。

1.33 谢弈(奕)作剡令[1],《中兴书》曰:"谢弈字无奕,陈郡阳夏人。祖衡,太子少傅。父裒,吏部尚书。弈少有器鉴,辟太尉掾,剡令,累迁豫州刺史。"有一老翁犯法,谢以醇酒罚之[2],乃至过醉而犹未已。太傅时年七八岁,箸(著)青布绔[3],在兄厀边坐[4],谏曰:"阿兄,老翁可念[5],何可作此!"弈于是改容,曰:"阿奴[6],欲放去邪?"遂遣之。

【注】

[1] 谢奕(?—358):字无奕,谢安长兄,陈郡阳夏谢氏家族在东晋初期的代表人物之一。

[2] 醇酒:烈性酒。

[3] 太傅:指谢安,卒赠太傅,故云。箸:同"著",穿。青布绔(kù裤):黑布裤子。

[4] 厀(xī西):通"膝"。膝盖。

[5] 可念:可怜。

[6] 阿奴:长者对幼小者的爱称,有如今吴方言中的"阿囡"。这里是兄对弟的昵称。

【评】

儿童的成长,其道德品行,从小看八十。谢安童蒙总角之时,即自然见其恻隐之心,这在门第高贵的陈郡谢氏家族中,应该说是无意之中开了一个好头。后来长兄奕早逝,谢安就成了东晋王、谢家族中的主要代表人物,并且非常注意孩子的童蒙教育,其子侄谢道韫及谢玄,能够成为一代风流人物,即与谢安所给予的成功的童蒙教育有关。

1.34 谢太傅绝重褚公[1],常称"褚季野虽不言,而四时之气亦备[2]"。《文字志》曰:"谢安字安石,弈(奕)弟也。世有学行。安弘粹通远,温雅融畅。桓彝见其四岁时,称之曰:'此儿风神秀彻,当继踪王东海。'善行书。累迁太保,录尚书事,赠太傅。"《晋阳秋》曰:"褚裒字季野,河南阳翟人。祖䂮,安东将军。父洽,武昌太守。裒少有简贵之风,冲默之称。累迁江、兖二州刺史,赠侍中、太傅。"

【注】

〔1〕褚公:对褚裒的敬称。褚裒(póu抔)(303—349),晋康帝皇后之父,朝廷议以"不臣之礼",力辞执政,而赴外镇。官征北大将军。曾率军三万北伐,败后上疏自贬,忧慨发愤而卒。见《晋书·外戚传》。

〔2〕四时之气:谓春、夏、秋、冬四季冷热变换。

【评】

褚裒是当时颇有责任心的一代风流人物,外渊默不言,内慷慨有器识。谢安所称之言,实是形象生动的人格比喻。意谓褚裒外虽不言,内里却心知肚明而自有是非褒贬,是个德行高尚而有原则的人。四季之气运行于外,寒温冷热明白于内,大事绝不含糊。因四季之中有春有秋,又寓《春秋》褒贬之义,故史称其有"皮里阳秋",外面虽不随便臧否人物,而心里自有是非褒贬,有独立主见而不随声附俗。

1.35 刘尹在郡[1],临终绵惙[2],闻阁(阁)下祠神鼓舞[3],正色曰[4]:"莫得淫祀[5]。"《刘尹别传》曰:"惔字真长,沛国萧人也,汉氏之后。真长有雅裁,虽筚门陋巷,晏如也。历司徒左长史、侍中、丹阳尹。为政务镇静信诚,风尘不能移也。"外请杀车中牛祭神[6],真长答曰:"丘之祷久矣,勿复为烦[7]。"《包氏论语》曰:"祷,请也。"孔安国曰:"孔子素行合于神明,故曰丘之祷久矣。"

【注】

〔1〕刘尹:刘惔,字真长,曾任丹阳尹,故称。谢安妻兄,尚明帝女庐陵公主。会稽王司马昱为相,与王濛并为其座上清谈之客。性简贵自重,与王羲之友善。卒年三十六。

〔2〕绵惙(chuò 辍):弥留时气息绵绵欲绝,指病重或病危。一说人临死前,置绵鼻端察看气息之有否。

〔3〕祠神鼓舞:祭神时巫师击鼓跳舞。

〔4〕正色:脸色庄重。

〔5〕淫祀:滥设非礼之祭。

〔6〕外:指在外祭祀之吏属。杀车中牛祭神:晋人驾车用牛,乘骑以马。杀驾车牛以祭神,是晋人常事。

〔7〕"丘之祷久矣"二句:语出《论语·述而》篇,谓孔子病,子路请祷,子曰:"丘之祷久矣!"不许祷神。

【评】

刘惔性好老庄,放任自然而有知人之明,曾多次建议朝廷适当抑制桓温野心,颇富政治预见性,惜上不纳。其居官行道家自然无为之政,故孙绰诔辞有"居官无官官之事,处事无事事之心"之的评。他认为自己一生,光明正大而清清白白,死生乃人之自然,祀神祈祷何益于寿?表现了内在纯正坦然之心,内无怍愧,外则无惭神明,所以借《论语》中孔子的话以自况,说明自己一生行为自然合乎神明,不必另行祷神,在生死之际,犹无改于平日风流优雅之风范,表现了一种潇洒脱俗的深沉人生态度。

1.36 谢公夫人教儿[1],问太傅[2]:"那得初不见君教儿[3]？"答曰："我常自教儿[4]。"《谢氏谱》曰："安娶沛国刘耽女。"案：太尉刘子真，清洁有志操，行己以礼。而二子不才，并渎货致罪，子真坐免官。客曰："子奚不训道之？"子真曰："吾之行事，是其耳目所闻见，而不放效，岂严训所变邪？"安石之旨，同子真之意也。

【注】

〔1〕谢夫人：谢安夫人为东晋清谈领袖人物之一刘惔之妹。父耽，沛国人。

〔2〕太傅：指谢安。

〔3〕初不：从不。

〔4〕常自：经常，常常。

【评】

谢安答言，虽率尔而对，但态度认真。安雅善清谈，故言微旨远，令人咀嚼回味。对于童蒙教育，在魏晋时代产生了两种不同的教育方式：一是继承汉儒的传统经学教育方式，重在师承的知识积累，一篇《尚书》题目，讲解动辄十几万言，在传授知识时多采用填鸭式满堂灌的方法；一是受清谈玄家的影响，力图摒弃传统教育的经学模式，在"为什么"的反复诘难中，采用了启悟思维的新式教育方法。安之于教育，即取玄家新立场。他本人也是清谈名家，只因政绩卓著而掩其玄家之名。从这则故事看，似乎谢安轻忽了孩子的教育，所以被妻子埋怨。实则不然。主要是刘夫人以传统思维模式来衡量，一时还不理解丈夫的不言之教——一种特殊的家庭教育子女的方式。所以谢安说：我经常以自己的言行作榜样来启悟孩子。他回话理直气壮，益见其真，强调的是不言之身教。提倡以身作则的身教启悟，在孩子的独立反思中，为童蒙教育另辟一片新洞天。其子侄如谢玄，能成为德政双优的一代风流人物，当与谢公的言传身教有关。

1.37　晋简文为抚军时[1],《续晋阳秋》曰:"帝讳昱,字道万,中宗少子也。仁明有智度。穆帝幼冲,以抚军辅政。大司马桓温废海西公而立帝,在位三(二)年而崩。"所坐床上[2],尘不听拂[3],见鼠行迹,视以为佳。有参军见鼠白日行[4],以手板批杀之[5],抚军意色不悦。门下起弹[6],教曰:"鼠被害,尚不能忘怀,今复以鼠损人,无乃不可乎[7]?"

【注】
〔1〕晋简文:指晋简文帝司马昱(320—372),穆帝年幼即位,昱任抚军大将军总理政务。后来大将军桓温专擅朝政,先废海西公,后立司马昱为帝,第二年崩。
〔2〕床:坐榻。
〔3〕听:听任、准许。
〔4〕参军:官名,王国或军镇的重要属官。
〔5〕手板:即"手版",又称"笏"。古时官吏上朝或见上司时的狭长方形小板,质地有竹、木、象牙之不同,用以记事或备忘。
〔6〕门下:下属。弹:弹劾。
〔7〕教:古时王侯或长官发布的指示或命令。无乃:恐怕,表示委婉语气。

【评】
　　人称简文清虚寡欲,尤善玄言,留心于典籍,而不以居处为意,凝尘满席,而坐处湛如,其自然之德如此。但坐床听任鼠迹白日横行,则又见其矫饰作态,于儒不合仁义,于道则损其自然,如刘辰翁之所评:"此复何足与于德行,正应弹鼠,不应弹人。"其道德岂足以号召天下而力挽狂澜哉!其见欺于桓温,实不足怪。故史称其"无济世大略",而被谢安评为"(晋)惠帝之流"——即亡国之君也,其德其能,如此而已!其事入于《世说》之《德行》门,或是作者好奇之笔。

1.38　范宣年八岁[1],后园挑菜,误伤指,大啼。人问:"痛邪?"答曰:"非为痛。身体发肤,不敢毁伤[2],是以啼耳。"《宣别传》曰:"宣字子宣,陈留人,汉莱芜长范丹后也。年十岁,能诵《诗》、《书》。儿童时,手伤改容,家人以其年幼,皆异之。征太学博士、散骑常侍,一无所就。年五十四卒。"宣洁行廉约。韩豫章遗绢百匹[3],不受。《中兴书》曰:"宣家至贫,罕交人事。豫章太守殷羡见宣茅茨不完,欲为改室,宣固辞。羡爱之,以宣贫,加年饥疾疫,厚饷给之,宣又不受。"《续晋阳秋》曰:"韩伯字康伯,颍川人。好学善言理。历豫章太守、领军将军。"减五十疋,复不受。如是减半,遂至一疋,既终不受。韩后与范同载[4],就车中裂二丈与范,云:"人宁可使妇无裈邪[5]!"范笑而受之。

【注】

〔1〕范宣:《晋书·儒林传》谓字宣子,与刘注不同。东晋著名儒学教育家,当时与范宁并称"二范"。著《易论难》、《礼论难》行世。

〔2〕"身体发肤"二句:语见《孝经》:"身体发肤,受之父母,不敢毁伤,孝之始也。"无故毁伤身体,则为不孝,此所以啼哭。

〔3〕韩豫章:指韩伯,时任豫章太守,故称。曾为王弼《周易注》补注《易传》之系辞、说卦、杂卦等,是当时著名玄学名家。疋:通"匹",古时一匹四丈。

〔4〕同载:共乘一车。

〔5〕妇:此专指妻子。裈(kūn昆):内裤。

【评】

范宣总角童年,即聪慧能言,因刀伤之疼痛而啼哭,对孩童而言,出于自然的生理反应。但当人问之,则有"身体发肤,不敢毁伤"之语,说明他早已熟读《孝经》,较一般儿童,表现了一种面对突发事件的早慧和思考。晋人提倡"以孝治天下",故作者因其与"孝"搭上关系,勉强挤入《德行》门。实际上,以之入《夙惠》门或《言语》门更为合适。至于宣之廉洁故事,则直入《德行》之堂而无愧。韩伯在故事中虽为配角,但其"人宁可使妇无裈邪"之词,言语可人,性情极真,笑谑中显出语言艺术的魅力,同时也成功地刻画了韩伯的诙谐性格,对于衬托范宣之廉洁,起了很好的作用。还有,范宣是个教书先生,在古代,教书职业清苦,没有多少人去走他的后门,这对范宣保持廉洁本性大有帮助。如果换在今天,人们急于子女成龙成凤,于是向主管教育的官员或先生搞公关、走后门,已成风气。这时要像范宣那样廉洁自律,恐怕就需要很高的定力了。

1.39 王子敬病笃[1],道家上章应首过[2],问子敬:"由来有何异同得失[3]?"子敬云:"不觉有馀事,唯忆与郗家离婚[4]。"《王氏谱》曰:"献之娶高平郗昙女,名道茂,后离婚。"《献之别传》曰:"祖父旷,淮南太守。父羲之,右将军。咸宁(安)中诏尚馀姚公主。迁中书令。卒。"

【注】

〔1〕王子敬:即王献之(344—388),出于琅邪王氏家族。曾任谢安长史,官至中书令,故称王令或王大令。据《晋书·后妃传》,尚简文帝女新安公主。少有令名,"风流一时之冠"。其书法已造神境,与父羲之并称"二王"。病笃:病重。

〔2〕道家:此指道教之徒,而非诸子之道家。上章:道士替病家上章奏给天帝,祈求谅解和祛病延年。首过:自首其过以忏悔。

〔3〕由来:历来。异同得失:偏义复词,指过失或罪错。

〔4〕郗家:高平郗氏家族,特指前妻郗道茂。

49

【评】

　　王羲之、献之父子,世事天师道教,因此,子敬病中之时,才会由道士上章首过,这大概和西方天主教徒向上帝忏悔一般,为的是求得内在的心理平衡。事虽迷信,言却真诚,故辞甚哀楚,所谓人之将亡,其言也善,展现了献之心灵世界的真实。为什么献之对离婚如此悔恨?是否因其花心再娶公主,成为陈世美般的负心人呢?非也。原来王献之与前妻郗道茂,青梅竹马,两小无猜。出妻而再娶公主实是上命难违,史称"子敬灸足以违诏"(见《宋书·后妃传》引江斅语),以自残的方式来逃婚,但没有成功。这说明献之和郗道茂,感情甚笃,其离异实出于强大的政治压力。此献之所以悔恨终身也。其悔过出于内心真情的自然流露,而无丝毫的虚假和矫饰之态。人生悲剧很多,高门士人同样无法逃脱厄运,这是时代和制度使然。

　　1.40　殷仲堪既为荆州[1],值水俭[2],食常五椀盘[3],外无馀肴[4],饭粒脱落盘席间,辄拾以啖之[5]。虽欲率物[6],亦缘其性真素[7]。每语子弟云:"勿以我受任方州[8],云我豁平昔时意[9]。今吾处之不易,贫者士之常[10],焉得登枝而捐其本[11]?尔曹其存之[12]。"《晋安帝纪》曰:"仲堪,陈郡人,太常融孙也。车骑将军谢玄请为长史。孝武说之,俄为黄门侍郎。自杀袁悦之后,上深为晏驾后计,故先出王恭为北蕃。荆州刺史王忱死,乃中诏用仲堪代焉。"

【注】

　　[1]殷仲堪(?—399):善清谈,当时与韩康伯齐名。为荆州:任荆州刺史。按:当时荆州为掌控长江中上游的军事重镇。

　　[2]水俭:水涝成灾,田谷歉收。或谓"水俭"为"岁俭"之讹,岁俭,

年岁歉收。见黄汝琳《世说新语补》校刊。于义亦通,可另备一说。

〔3〕五椀盘:魏晋六朝流行于南方的小型成套餐具,亦称"五盏盘",有一托盘和盘中五只小碗组成,盛菜容量有限。

〔4〕肴:菜肴。

〔5〕噉(dàn但):同"啖",吃。

〔6〕率物:为人表率。

〔7〕缘:因。真素:真朴自然。

〔8〕方州:大州。方,大。

〔9〕豁(huò或):豁散,豁免,引申为舍去。

〔10〕贫者士之常:见《说苑·杂言篇》荣启期答孔子之语。

〔11〕登枝捐本:因官职高升而忘本。

〔12〕尔曹:你们,指仲堪子弟辈。

【评】

　　勤俭是传统美德,古人早有"成由勤俭破由奢"(李商隐诗)的警句。人性勤俭,则自然清虚寡欲而不为物累;不为物累,则顺天理而获民心,于事无不济矣!这是出自内心本性而以行道济世为目的,故为真勤俭,是一种美德。反之,则为虚假的勤俭,是一种失德的表现。史称殷仲堪迷信事神"不吝财贿",但却"急行仁义,啬于周急",则其示俭以"率物",一方面是其鄙吝天性的自然流露,另一方面是做表面文章,以炒作的自我宣传来博取名声而已。其爱惜粒饭,外无馀肴,而不周急于民,何德之有?以之入《俭啬》门似乎更合适。

　　1.41　初,桓南郡、杨广共说殷荆州[1],宜夺殷觊南蛮以自树[2]。《桓玄别传》曰:"玄字敬道,谯国龙亢人,大司马温少子也。幼童中,温甚爱之,临终,命以为嗣。年七岁,袭封南郡公。拜太子洗马、义兴太守。不得志,少时去职,归其国。与荆州刺史殷仲堪素旧,情好甚隆。"周祗《隆安记》曰:"广字德度,弘农人,杨震后也。"《晋安帝纪》曰:"觊字伯道,陈郡人。由中书郎出为南蛮校尉。觊亦以率易才悟者(著)称,与从弟仲堪俱知名。"《中兴书》曰:"初,仲堪欲起兵,密邀觊,觊不同。杨广与弟佺期劝杀觊,仲堪不许。"觊亦即晓其旨。尝因行散[3],率尔去下舍[4],便不复还,内外无预知者。意色萧然[5],远同鬭生之无愠[6]。时论以此多之[7]。《春秋传》曰:"楚令尹子文,鬭氏也。"《论语》曰:"令尹子文三仕为令尹,无喜色;三已之,无愠色。"

【注】

〔1〕桓南郡:指桓玄(369—404),袭父温之爵南郡公,故称。安帝时任江州刺史、都督荆州八郡诸军事,率军东下,篡晋自立,建国号楚。旋被刘裕击败,斩首京师。杨广(?—399):曾官淮南太守,南蛮校尉,后与弟佺期俱被桓玄攻杀。殷荆州:指殷仲堪。

〔2〕殷觊(jì 计):《晋书》"觊"作"顗"。南蛮:官名,指南蛮校尉之军职,地位仅次于将军。

〔3〕行散:魏晋士大夫喜服五石散又称"寒食散"以养生,五石散药性猛烈,服后须散步调适,发泄药性,称行散或行药。

〔4〕率尔:随意,随便。下舍:馆舍住所。

〔5〕萧然:超然洒脱。

〔6〕鬭生:指春秋时楚国縠於菟,即令尹子文。子文三为令尹无喜色,三罢令尹无愠色。愠:怨怒之色。

〔7〕多:褒美,赞扬。

【评】

　　殷觊与仲堪为兄弟,一地为官,但二人心思却大不相同。仲堪封疆大吏,地位远高于觊,但为实现政治野心,不顾兄弟情义,屡逼殷觊就范,并设计夺其南蛮校尉以壮大自己。见利忘义,此乃小人行径。觊早已识破其心,视南蛮如弊履,去之而不复顾。史称仲堪将兴兵内伐,觊谏之曰:"夫人臣之义,慎保所守,朝廷是非,宰辅之务,岂藩屏之所图也!"仲堪不从而恨之,在形势甚明的情况下,觊又训斥仲堪:"我病不过身死,但汝病在灭门!"(《晋书》卷八三本传)世人赞美殷觊,见其为国为家之远见卓识,岂论区区南蛮官职之有无哉!

1.42　王仆射在江州[1],为殷、桓所逐[2],奔窜豫章[3],存亡未测。徐广《晋纪》曰:"王愉字茂和,太原晋阳人,安北将军坦之次子也。以辅国司马出为江州刺史。愉始至镇,而桓玄、杨佺期举兵以应王恭,乘流奄至。愉无防,惶遽奔临川,为玄所得。玄篡位,迁尚书左仆射。"王绥在都[4],既忧戚在貌,居处饮食,每事有降。时人谓为"试守孝子"[5]。《中兴书》曰:"绥字彦猷,愉子也。少有令誉。自王泽至坦之,六世盛德。绥又知名于时,冠冕莫与为比。位至中书令、荆州刺史。桓玄败后,与父愉谋反,伏诛。"

【注】

[1] 王仆射:王愉(?—404)曾官尚书左仆射,故称。在江州:在江州刺史任上。

[2] 殷:指殷仲堪。桓:指桓玄。

[3] 豫章:郡名,治所在今江西南昌。

[4] 王绥(?—404):愉子。愉、绥父子因不满刘裕见杀。

[5] 试守孝子:谓未知父之生死而先有丧容,故曰"试守"。试守,秦汉时正式用官吏之前的试用称"试守",犹今见习。

【评】

王绥"试守孝子"之行,与晋廷"以孝治天下"思想相凑泊。但其"试守"之忧,是真,是假?是忧父之存亡,抑或忧己之名位?值得思考。史称其"少有美名,厚自矜迈,实鄙而无行",桓玄之篡,急攀为中书令。有"孝"而无"忠",正见其道德特色。故其身死之后,"名论殆尽",何德之有?一个贵族恶少,因其善作姿态而误入《德行》门榜,是对历史的嘲弄,悲哉!

1.43　桓南郡玄也。既破殷荆州[1],收殷将佐十许人,咨议罗企生亦在焉[2]。《玄别传》曰:"玄尅荆州,杀殷道护及仲堪参军罗企生、鲍季札,皆仲堪所亲仗也。"桓素待企生厚,将有所戮[3],先遣人语云:"若谢我[4],当释罪。"企生答曰:"为殷荆州吏,今荆州奔亡,存亡未判[5],我何颜谢桓公!"《中兴书》曰:"企生字宗伯,豫章人。殷仲堪初请为府功曹,桓玄来攻,转咨议参军。仲堪多疑少决,企生深忧之,谓其弟遵生曰:'殷侯仁而无断,事必无成。成败天也,吾当死生以之。'及仲堪走,文武并无送者,唯企生从焉。路经家门,遵生绐之曰:'作如此分别,何可不执手?'企生回马授手,遵生便牵下之,谓曰:'家有老母,将欲何行?'企生挥涕曰:'今日之事,我必死之。汝等奉养,不失子道。一门之内,有忠与孝,亦复何恨!'遵生抱之愈急。仲堪于路待之,企生遥呼:'今日死生是同,愿少见待。'仲堪见其无脱理,策马而去。俄而玄至,人士悉诣玄,企生独不往,而营理仲堪家。或谓曰:'玄性猜急,未能取卿诚节,若遂不诣,祸必至矣。'企生正色曰:'我殷侯吏,见遇以国士,不能共殄丑逆,致此奔败,何面目就桓求生乎?'玄闻,怒而收之,谓曰:'相遇如此,何以见负?'企生曰:'使君口血未干,而生此奸计,自伤力劣不能剪定凶逆,我死恨晚尔!'玄遂斩之,时年三十有七。众咸悼之。"既出市[6],桓又遣人问:"欲何言?"答曰:"昔晋文王杀嵇康,而嵇绍为晋忠臣[7]。王隐《晋书》曰:"绍字延祖,谯国铚人。父康,有奇才隽辩。绍十岁而孤,事母孝谨。累迁散骑常侍。惠帝败于荡阴,百官左右皆奔散,唯绍俨然端冕,以身卫帝。兵交御辇,飞箭雨集,遂以见害也。"从公乞一弟以养老母。"桓亦如言宥之[8]。桓先曾以一羔裘与企生母胡,胡时在豫章,企生问至[9],即日焚裘。

【注】

〔1〕桓南郡:桓玄。殷荆州:殷仲堪。破:击破,打败。

〔2〕咨议:全称是咨议参军。当时公府、节镇皆设此官,以参谋军事。罗企生时为殷仲堪的咨议参军。

〔3〕将有所戮:将要行刑杀人。

〔4〕谢:谢罪以求原谅。

〔5〕存亡未判:生死未明。

〔6〕市:原指洛阳东市杀人之地,这里泛称杀人刑场。

〔7〕"昔晋文王"二句:晋文王指司马昭。他于魏景元四年(263)下令杀害名士嵇康。后康子绍,经山涛推荐而成为晋臣,官至侍中。八王之乱时,为保护晋惠帝而死于乱军之中,故《晋书》以之入《忠义传》。

〔8〕宥(yòu佑):宽恕、饶恕。

〔9〕问:音问,消息。

【评】

故事发生在安帝隆安三年(399),地点在荆州治所江陵。为主尽忠,在今天看来,表现了一种人身依附的关系,是愚蠢的,但在古代,却是一种当然的道德规范。罗企生身为贫寒之士,官不过地方佐吏,但其人生态度,与王愉、绥父子之反复小人行径,大相径庭。重义轻生,节烈严霜;颈加白刃,而志不可屈。其铮铮之言,掷地有声。其母胡氏,见问至而焚裘,大义凛然,有其母乃有其儿,可见一门忠义之风。其荣获"德行"榜,正可为卖友(甚至是卖国)求荣者诫。

1.44 王恭从会稽还[1],周祇(祇)《隆安记》曰:"恭字孝伯,太原晋阳人。祖父濛,司徒左长史,风流标望。父蕴,镇军将军,亦得世誉。"《恭别传》曰:"恭清廉贵峻,志存格正。起家者(著)作郎,历丹阳尹、中书令,出为五州都督、前将军、青兖二州刺史。"王大看之[2]。王忱,小字佛大。《晋安帝纪》曰:"忱字元达,平北将军坦之弟(第)四子也。

55

甚得名于当世,与族子恭少相善,齐声见称。仕至荆州刺史。"见其坐六尺簟[3],因语恭:"卿东来[4],故应有此物,可以一领及我[5]。"恭无言。大去后,即举所坐者送之。既无馀席,便坐荐上[6]。后大闻之,甚惊,曰:"吾本谓卿多,故求耳。"对曰:"丈人不悉恭[7],恭作人无长物[8]。"

【注】

〔1〕王恭(? —398):孝武帝后兄,安帝舅父。与殷仲堪、桓玄等,二次兴兵清君侧,兵败被诛。会稽:郡治在今浙江绍兴市。

〔2〕王大:即王忱,因小字佛大,故称。

〔3〕簟(diàn 垫):竹席。

〔4〕卿:第二人称代词,用于上称下、尊称卑,或同辈间亲昵而不拘礼数之称呼。

〔5〕及:给予,赠予。

〔6〕荐:草垫。

〔7〕丈人:对长辈的敬称。王忱是恭的族叔,故云。

〔8〕长(zhàng 丈)物:多馀的东西。

【评】

故事发生在王恭年轻时随父坦之从会稽到京师的时候,正可见其性情之自然。史称王恭诛后,"家无财帛,唯书籍而已,为识者所伤"。可见他虽居显宦,但一生清廉。在"无官不贪"的黑暗时代,清官总比贪官好,清廉简朴当然是一种美德。"恭作人无长物",并非矫饰炒作,而是清新可人的本色语,诚如刘辰翁所评:"无紧无要,有襟有度。"生活琐事之中,正见其人生原则。但遗憾的是,王恭为人,志大才疏,不顾条件,屡兴晋阳之甲,事败被人反噬。悲夫!

1.45 吴郡陈遗[1],未详。家至孝[2],母好食铛底焦饭[3]。遗作郡主簿[4],恒装一囊[5],每煮食,辄贮录焦饭[6],归以遗母。后值孙恩贼出吴郡[7],《晋安帝纪》曰:"孙恩一名灵秀,琅邪人。叔父泰,事五斗米道,以谋反诛。恩逸逃于海上,聚众十万人,攻没郡县。后为临淮(海)太守辛昺斩首送之。"袁府君山松,别见。即日便征[8]。遗以聚敛得数斗焦饭,未展归家[9],遂带以从军。战于沪渎[10],败,军人溃散,逃走山泽,皆多饿死。遗独以焦饭得活。时人以为纯孝之报也。

【注】

[1] 吴郡:郡名,治所在今江苏苏州。陈遗:《南史》入于《孝义传》。

[2] 家:在家,居家。

[3] 铛(chēng 撑):锅。焦饭:今之锅巴。

[4] 主簿:官名,为朝廷台省或地方郡县属吏,主管簿籍文书。

[5] 囊:口袋。

[6] 贮录:收集贮藏。

[7] 孙恩(?—402):孙恩以东南沿海岛屿为根据地,于隆安二年(398)起事,自号征东将军,攻略东晋沿海诸郡,朝廷全力御之。恩于元兴元年(402)败亡。出:到。

[8] 袁府君:袁山松。参见《排调》第60则刘注。曾著《后汉书》百篇,善音乐,改编《行路难》曲,酣醉纵歌,"听者莫不流涕",与羊昙、桓伊并称乐坛"三绝"。便征:立刻出征。

[9] 未展:未及,来不及。

[10] 沪渎:水名,在今年上海市东北,即今吴淞江下游一段。

【评】

陈遗孝母,故事宛然有致,纯然出于一片真情。《世说》所载及于刘宋时人者,少之又少,唯有谢灵运、王谧、傅亮等少数高门士族。陈遗故事发生在晋末,而其人则卒于宋,故可与谢灵运等并称宋人。以一介江南寒士而跻身"德行"高榜,在门阀社会中,人谓三生有幸,其幸在纯孝之名而不以微贱弃之。如余嘉锡《笺疏》评云:"自中原云扰,五马南浮,虽王纲解纽,风教陵夷,而孝弟之行,独为朝野所重。……故虽江左偏安,五朝递嬗,犹能支柱二百七十馀年,不为胡羯所吞噬,……而孝乃为人之本,……岂可不加之意也哉!"世界再乱,也要有某种道德或思想作支撑,才不至于漫无方向。于此可见思想道德的重要社会作用。

1.46 孔仆射为孝武侍中[1],豫蒙眷接[2]。烈宗山陵[3],孔时为太常[4],形素羸瘦[5],着重服[6],竟日涕泗流涟,见者以为真孝子。《续晋阳秋》曰:"孔安国字安国,会稽山阴人。车骑愉第六子也。少而孤贫,能善树节,以儒素见称。历侍中、太常、尚书,迁左仆射、特进,卒。"

【注】

〔1〕孔仆射:东晋孔安国(?—428),曾任左仆射,故称。孝武:晋孝武帝司马曜,驾崩后谥孝武,庙号烈宗。侍中:官名,晋时皇帝身边的顾问人员,参与机密大事。

〔2〕豫:通"预"。眷接:礼遇,厚待。

〔3〕山陵:原指皇帝陵墓,这里名词动化,指驾崩。

〔4〕太常:官名,即太常卿,朝廷九卿之一,掌礼仪,祭祀,并备顾问。

〔5〕羸(léi雷):瘦弱。

〔6〕重服:重丧孝服。

【评】

此孔安国,非汉代《尚书》专家孔安国,但同样是一介儒生。古人云:滴水之恩,当涌泉相报。他因蒙受孝武帝的赏拔,心怀感激,故于孝武驾崩之后,身穿重丧孝服而悲戚不已。作为太常卿,是为朝廷百官表率;但更重要的是,这纯然出于内心真性情的流露,并非装腔作势的热炒。试想,"竟日涕泗流涟",再优秀的演员也很难做到。情真而悲恸,是其德行之所在。

1.47 吴道助、附子兄弟[1],居在丹阳郡后[2]。遭母童夫人艰[3],道助,坦之小字。附子,隐之小字也。《吴氏谱》曰:"坦之,字处靖,濮阳人。仕至西中郎将功曹。父坚,取东苑(莞)童俭女,名秦姬。"朝夕哭临,及思至[4],宾客吊省,号踊哀绝[5],路人为之落泪。韩康伯时为丹阳[6],母殷在郡,每闻二吴之哭,辄为悽恻,语康伯曰:"汝若为选官[7],当好料理此人[8]。"康伯亦甚相知,韩后果为吏部尚书[9]。大吴不免哀制[10],小吴遂大贵达。郑缉《孝子传》曰:"隐之字处默。少有孝行,遭母丧,哀毁过礼。时与太常韩康伯邻居。康伯母,杨(扬)州刺史殷浩之妹,聪明妇人也。隐之每哭,康伯母辄辍事流涕,悲不目(自)胜,终其丧如此。谓康伯曰:'汝后若居铨衡,当用此辈人。'后康伯为吏部尚书,乃进用之。"《晋安帝纪》曰:"隐之既有至性,加以廉洁,俸禄颁九族,冬月无被。桓玄欲革岭南之敝,以为广州刺史。去州二十里,有贪水,世传饮之者,其心无厌。隐之乃至水上,酌而饮之,因赋诗曰:'石门有贪泉,一歃重千金。试使夷齐饮,终当不易心。'为卢循所攻,还京师。历尚书、领军将军。"《晋中兴书》曰:"旧云:往广州饮贪泉,失廉洁之性。吴隐之为刺史,自酌贪泉饮之,题石门为诗云云。"

【注】

〔1〕吴道助、附子兄弟:指吴坦之、隐之兄弟。

〔2〕丹阳:郡名,治所在今江苏南京东南。郡后:郡守府廨之后。

〔3〕遭艰:指遭父母之丧。

〔4〕思至:一谓通于"缌绖",指穿守丧孝服。一谓"思至"为"周忌"

形、音之讹。见余嘉锡《笺疏》引李慈铭说。

〔5〕号踊:边哭边顿脚。

〔6〕为丹阳:任丹阳尹。

〔7〕选官:负责组织人事的选举之官。

〔8〕料理:魏晋口语,指安排、照顾。

〔9〕吏部尚书:中央朝廷负责选举的最高长官。

〔10〕哀制:礼制规定中的守丧之期。

【评】

　　吴坦之、隐之兄弟因其"死孝"入"德行"荣誉之榜。但吴坦之"不免哀制"——因悲伤过度而死于守丧之期,这是不明生、老、病、死乃人之自然的大道理。生命不存,则什么都说不上,有何价值可言?但因其言行合于晋时道德需要,所以应以历史眼光视之;如今时过境迁,后人当然不会仿效。倒是韩母恻隐之心,写得颇为生动。如刘辰翁所评:"本为二吴孝行,而韩母在焉,善观人者也。"喧宾夺主的神来之笔,于写作也是一法而可资借鉴。

言语 第二

【题解】 "言语"位列第二,循孔门四科之例。可在《世说》这里,已是旧瓶装新酒。

在孔门,其言语之杰,宰我、子贡所标志的,言语是为政事服务的工具,注重的是春秋时行人辞令之大用,"利口巧辞",出使四方,长于专对,不辱使命。一句话,孔门的言语之教,是将其作为从政的利器去重视的。而《世说新语》已经淡化了前述作用,它标志的是魏晋才士的风貌、神采。一门"言语",精妙纷呈:或玄虚简远,言近而旨遥;或巧慧机敏,辩俊而味长;或深蕴学养,儒雅而切理;或感物精审,片言而入微……每一谈吐,都摇曳着说话人的智趣才情,展现着他们那自由的精神,独立的人格,深湛的学养,鲜明的个性,表达着辞令艺术的成熟。这里的108则各具面貌,然而皆隽永精彩,风神奕奕。

2.1 边文礼见袁奉高[1],阆(阆)也。**失次序**[2]。《文士传》曰:"边让字文礼,陈留人。才隽辩逸。大将军何进闻其名,召署令史,以礼见之。让占对闲雅,声气如流,坐客皆慕之。让出就曹,时孔融、王朗等并前为掾,共书刺从让,让平衡与交接。后为九江太守,为魏武帝所杀。"**奉高曰:"昔尧聘许由,面无怍色**[3]。皇甫谧曰:"由字武仲,阳城槐里人也。尧、舜皆师而学事焉。后隐于沛泽之中,尧乃致天下而让焉。由为人据义履方,邪席不坐,邪膳不食,闻尧让而去。其友巢父闻由为尧所让,以为污己,乃临池洗耳。池主怒曰:'何以污我水?'由于是遁耕于中岳颍水之阳,箕山之下,终身无经天下色,死葬箕山之颠,在阳城之南十里。尧因就其墓,号曰箕山公神,以配食五岳,世世奉祀,至令(今)不绝也。"先生何为颠倒衣裳[4]?"文礼答曰:"明府初临[5],尧德未彰[6],是以贱民颠倒衣裳耳!"按袁阆卒于太尉掾,未尝为汝南,斯说谬矣。

【注】

〔1〕边文礼:边让,字文礼,汉末陈留人。有才名,能辞赋,甚得当时名士推重,官至九江太守。建安中,为曹操所杀。袁奉高:即袁阆。刘注作"闳",误。详见《德行》3注。

〔2〕失次序:谓举止失措,不得体。

〔3〕怍(zuò作):惭愧。

〔4〕颠倒衣裳:语出《诗经·齐风·东方未明》:"东方未明,颠倒衣裳。颠之倒之,自公召之。"衣,上衣;裳,下裳。诗谓情急之中,将衣、裳倒置,无法穿上,手忙脚乱。此借为匆忙失措。

〔5〕明府:"明府君"的省称。汉代人称郡太守为"府君"或"明府君"。余嘉锡注引程炎震语"汉时吏民通称守相为明府"。袁奉高为太尉掾,并未出守过汝南或陈留,此"明府"之称,不过是当时吏民对地位高的长官之习称。

〔6〕尧德:尧之谦让美德。彰:显现。

【评】

袁奉高为太尉掾,身当要津,有荐才之贤;边文礼"心性通达,口辩辞长"(《后汉书·边让传》),正怀才求沽,所以一见袁奉高,生怕失去机会,心理压力之大,竟至于无所措手足,乱了阵脚,亦在情理之中。史称边让"少(年少时)辩博",本则记其在情急之中亦显出"占对闲雅,声气如流"的才干,一席对答,顺势而出,于当下情景中既解释了"失次序"的缘由,又表白了对袁的崇敬,确是活画出了边让的口才和机智。此情此景,急湍转流,展演了才士的风采。

刘辰翁认为袁出言以尧聘许由自况是"不足道"的,准确揭示了这位权高势重的贵族之狂妄。与边的闲雅应对相比,袁阆相形见绌,露出其迂拙、浅俗。这也印证了郭泰对他的评论:"奉高之器,譬诸氾滥,虽清而易挹。"(《后汉书·黄宪传》)

2.2　徐孺子_{穉也}。年九岁〔1〕,尝月下戏。人语之曰:"若令月中无物〔2〕,当极明邪〔3〕?"《五经通议》曰:"月中有兔、蟾蜍者何?月,阴也;蟾蜍,亦阴也,而与兔并明,阴系于阳也。"徐曰:"不然,譬如人眼中有瞳子〔4〕,无此必不明。"

【注】
〔1〕徐孺子:参见《德行》1注。
〔2〕令:使。月中物:传说月中的黑影为蟾蜍。
〔3〕当:一定。
〔4〕瞳子:瞳仁。

【评】
此记徐孺子幼童时节,一段充满童趣的问对。前面一问,对孩童说来似显深奥,但却发人遐想;后面一答,"近取诸身,远取诸物",类比思维,结论妙趣横生而又不无道理。一问一对,见出徐孺子的聪明机敏。正是这种敏于事的天资,使他后来能博通经史、洞达世情,在后汉晚期天下欲崩之际,看到"大树将颠,非一绳所维,何为栖栖不遑宁处",于是,屡被推举征辟,皆不仕。隐居晏然,家贫而"常自耕稼,非其力不食。恭俭义让,所居服其德",成为口碑很好的"南州高士"。(见《后汉书·徐穉传》)

63

2.3 孔文举融也。年十岁[1],随父到洛。时李元礼有盛名,为司隶校尉[2]。诣门者,皆隽才清称及中表亲戚乃通[3]。文举至门,谓吏曰:"我是李府君亲[4]。"既通,前坐。元礼问曰:"君与仆有何亲[5]?"对曰:"昔先君仲尼与君先人伯阳有师资之尊,是仆与君弈世为通好也[6]。"元礼及宾客莫不奇之。太中大夫陈韪后至[7],人以其语语之。韪曰:"小时了了[8],大未必佳。"文举曰:"想君小时,必当了了。"韪大踧踖[9]。《续汉书》曰:"孔融字文举,鲁国人,孔子二十四(二十四,当为二十)世孙也。高祖父尚,钜鹿太守。父宙,泰山都尉。"《融别传》曰:"融四岁,与元(兄)食梨,辄尉小者。人问其故,答曰:'小儿,法当取小者。'年十岁,随父诣京师。河南君(尹)李膺有重名,融欲观其为人,遂造之。膺问:'高明父祖尝与仆周旋乎?'融曰:'然。先君孔子与君先人李老君同德比义,而相师友,则融与君累世通家也。'众坐莫不叹息,佥曰:'异童子也!'太中大夫陈韪后至,同坐以告,韪曰:'人小时了了者,长大未必能奇。'融应声曰:'即如所言,君之幼时,岂实慧乎?'膺大笑,顾谓融曰:'长大必为伟器。'"

【注】

〔1〕孔文举:孔融(153—208)字文举,鲁国(今山东曲阜)人,孔子二十代孙(《后汉书》),汉末著名文学家。献帝时为北海相,故人称"孔北海",后任少府、太中大夫等官职。为人性刚直,喜直言,因触怒曹操为操所杀。

〔2〕李元礼:见《德行》4注。司隶校尉,官名,掌管纠察京师百官及京师近郡犯法者,"秩比二千石",官俸、职能,皆与郡太守相当。

〔3〕诣(yì义):前往,到。隽才:才智出众的人。清称:有声望的人。中表:古代称父亲的姐妹(姑母)之子为外兄弟;称母亲的兄弟(舅父)姐妹(姨母)之子为内兄弟,外为表,内为中,合称"中表兄弟"。通:通报,引见。

〔4〕李府君:司隶校尉与郡太守相当,因称李元礼为"李府君"。

〔5〕仆:古代谦称,即指"我"。

〔6〕先君:先人,指祖先。仲尼:孔子名丘,字仲尼。春秋鲁国(今山东曲阜)人,儒家学派创始人,古代著名的思想家,教育家。伯阳:《史记》称,老子姓李,名耳,字伯阳。道家学派创始人,古代著名的思想家。师资:老师。《史记》载孔子曾向老子请教问"礼",故此称"有师资之尊"。弈世:累世,代代。通好:交好,交谊深厚。汉魏以师友为通家。

〔7〕太中大夫:官名,掌议论,秩比千石。陈韪(wěi委):《后汉书》作陈炜,生平不详。

〔8〕了了:聪明。

〔9〕踧踖(cù jí 促急):局促不安的样子。

【评】

在汉末,孔融以刚直敏慧、道德文章而名播天下。本则故事说明,他的刚直敏慧与口才在少年时代就条发颖竖,有大过人之处,确乎令人拍案称奇。

文中的李元礼是个大人物,名重当时,一言可使人跃登龙门,身价百倍。十岁的孔融想到要拜访他,一则是慕名,二则也未尝不存有请其提拂,获得声名的愿望。能有这样想法的少年本已是早慧,而一席妙语,不但有出人意表的机巧,更见出他勤学的底蕴,所以出语即征服了举座名士,博得满堂叹赏。这片段真可谓精彩至极,以至跨越千载,仍馀馨不竭。

可是自恃聪明,也会误事。接下来的一个片段,同样精彩,但正如凌濛初评价:"机锋太迅,太自佳,惟不免祸耳。"机敏迅捷,然而不留馀地,逼得人"大踧踖",这便是忘了祸从口出而自取其祸的根苗了。后来孔融被杀,原因复杂,但其性格惯性也是导火索。《后汉书》本传说他多次弄得曹操尴尬,令其"数不能堪"。有一显例,很能说明这个问题:击败了袁绍的曹操,听任儿子曹丕将袁绍貌美的儿媳据为己有,孔融当面嘲讽这事:"武王伐纣,以妲己赐周公。"曹操问"出何经典",融对曰:"以今度之,想当然耳。"这一说便把曹氏欺世盗名,又掠人妻女的丑行彰露无遗。以此,一旦有人故意给孔融构罪,曹操一旦抓了把柄,就毫不犹豫地将这位大名士满门抄斩了。

2.4 孔文举有二子,大者六岁,小者五岁。昼日父眠[1],小者床头盗酒饮之[2]。大儿谓曰:"何以不拜?"答曰:"偷,那得行礼[3]!"

【注】

〔1〕昼日:白天。

〔2〕盗:偷。

〔3〕那得:怎能。

【评】

这里与本门第九则内容雷同,刘辰翁说:"后锺毓、锺会事同,疑只一事,讹而二之。后者是。"无论孰为本事,孰为讹增,这种辗转流传皆可看作是魏晋饮酒风气的反映。名士健饮,所以家家备酒,这由孔融名言"坐上客恒满,尊(樽)中酒不空,吾无忧矣"(《后汉书·孔融传》)可见一斑。既然备酒,又有家君的楷模,便不由得不发生小儿好奇,模仿大人饮酒的事情。小儿乘大人不防而偷酒喝,这事本来就滑稽有趣,再加上这场景中的如此对话,便更显得伶俐可爱。"酒以成礼",综观《仪礼》,每一庄重礼仪,皆有酒赞其成,酒与礼实不可分。在《诗》、《礼》传家的士大夫门庭,孩童自有濡染,知酒为行礼之物,所以出现了这番对话。

王世懋说本则:"可称'夙慧',未足当'言语'。"或许小儿对话,用老成人腔调,越显机巧可爱,因而编入此门。

2.5　孔融被收,中外惶怖[1]。时融儿大者九岁,小者八岁,二儿故琢钉戏[2],了无遽容[3]。融谓使者曰:"冀罪止于身[4],二儿可得全不?"儿徐进曰:"大人岂见覆巢之下,复有完卵乎[5]?"寻亦收至[6]。《魏氏春秋》曰:"融对孙权使有讪谤之言,坐弃市。二子方八岁、九岁。融见收,弈棋端坐不起。左右曰:'而父见执。'二子曰:'安有巢毁而卵不破者哉?'遂俱见杀。《世语》曰:"魏太祖以岁俭禁酒,融谓'酒以成礼,不宜禁',由是惑众,太祖收法焉。二子髧龀,见收,顾谓二子曰:'何以不辟?'二子曰:'父尚如此,复何所辟!'"裴松之以为《世语》云融儿不辟,知必俱死,犹差可安,孙盛之言,诚所未譬。八岁小儿,能悬了祸患,聪明特达,卓然既远,则其忧乐之情,固亦有过成人矣! 安有见父被执,而无变容,弈棋不起,若在暇豫者乎? 昔申生就命,言不忘父,不以己之将死,而废念父之情也。父安尚犹若兹,而况颠沛哉! 盛以此为美谈,无乃贼夫人之子与! 盖由好奇情多,而不知言之伤理也。

【注】

〔1〕孔融被收:曹操因对孔融"积嫌忌"而早有灭融之心,这时,与融旧有不睦的御史大夫郗虑又"构成其罪",曹操遂责令他的军谋祭酒路粹周纳成文,"枉状奏融",终以"谤讪朝廷"等罪名,逮捕孔融,下狱弃市,"妻子皆被诛"。事在汉献帝建安十三年。收:逮捕。中外:朝廷内外。惶怖:惶恐。

〔2〕故:依旧,照样。琢钉戏:余嘉锡注引周亮工《因树屋书影》说明此戏,是古代用钉为玩具的一种儿童游戏。

〔3〕了无:毫无,完全没有。遽容:恐惧的脸色。

〔4〕冀:希望。

〔5〕大人:对长辈的敬称。覆巢:打翻的鸟巢。

〔6〕寻:不久,随即。

【评】

　　孔融十六岁即与边让等名士"齐声称",后以刚正不阿,敢于面对贪官势力和凶恶的宦官阵营,揭发其罪恶而名重天下,几乎成为清流士人的代表。连大将军何进、穷凶极恶的董卓也不敢轻易对之加害。随献帝迁都许昌,孔融仍在朝廷引领议论,可见其声望地位。此番曹操真的将他逮捕,朝廷内外怎不震惊、恐惧。而在这种情形下,融二幼子却安之若素,照旧游戏。这并非是小儿因无知而无畏,恰恰相反,他们心如明镜。一句透辟的比喻,形象地描绘了孩子从容面对破家灭族的灾难,说明了政治的严酷。这精妙深刻的比喻成为活跃千古的经典语句。

　　2.6　颍川太守髡陈仲弓[1]。案寔之在乡里,州郡有疑狱不能决者,皆将诣寔。或到而情首,或中途改辞,或托狂悖,皆曰:"宁为刑戮所苦,不为陈君所非。"岂有盛德感人,若斯之甚,而不自卫,反招刑辟,殆不然乎?此所谓东野之言耳!客有问元方[2]:"府君何如?"元方曰:"高明之君也。""足下家君何如[3]?"曰:"忠臣孝子也。"客曰:"易称:'二人同心,其利断金;同心之言,其臭如兰[4]。'王廙注《系辞》曰:"金至坚矣,同心者其利无不入。兰芳物也,无不乐者。言其同心者,物无不乐也。"何有高明之君,而刑忠臣孝子者乎[5]?"元方曰:"足下言何其谬也!故不相答。"客曰:"足下但因伛为恭而不能答[6]。"元方曰:"昔高宗放孝子孝己[7],《帝王世纪》曰:"殷高宗武丁有贤子孝己,其母早死,高宗惑后妻之言,放之而死,天下哀之。"尹吉甫放孝子伯奇,《琴操》曰:"尹吉甫,周卿也,有子伯奇,母死,更娶,后妻生子曰伯邽,乃譖伯奇于吉甫。于是放伯奇于野。宣王出游,吉甫从,伯奇乃作歌,以言感之。宣王闻之,曰:'此孝子之辞也!'吉甫乃求伯奇于野,

68

而射杀后妻。"董仲舒放孝子符起[8]。未详。唯此三君,高明之君;唯此三子,忠臣孝子。"客惭而退。

【注】

〔1〕髡(kūn昆):古代剃去头发的刑罚。陈寔,字仲弓,详见《德行》6注。此云"颍川太守髡陈仲弓",考诸史传,未见陈仲弓被髡事。仲弓曾两次被捕,一是县吏疑其杀人而逮捕,后"考掠无实",很快就被放了出来;二是党锢祸起,他为伸张士人的正气,令天下对正气有所依归,便自己"请囚"入狱,又"遇赦得出"。本则之说,程炎震认为,大约是因前面被囚的事情而"增饰之",即或本诸曾有之事而传闻异辞,未见得如孝标所说的齐东野语,纯是胡编滥造。

〔2〕元方:陈纪,字元方。陈寔长子。以"至德"扬名,正直敢言,最终官拜大鸿胪。

〔3〕家君:父亲的尊称。

〔4〕"二人同心"句:语出《周易·系辞上》。谓二人能同心同德,其力量之锐利,可以切断金属;同心相应的话,其气味如同香兰一样可意动人。臭,嗅的本字。

〔5〕刑:此用如动词,用刑之意。

〔6〕因伛为恭:伛(yǔ与),脊梁弯曲之病,即驼背。此句谓,病伛的人不得不弯腰弓背,貌似恭敬,其实内心并不然。

〔7〕放:放逐。

〔8〕董仲舒:汉代大儒。

【评】

《周易·系辞上》说:"言行,君子之枢机,枢机之发,荣辱之主也。言行,君子之所以动天地也,可不慎乎?"言语辞说表现了一个人的判断力,也说明着论辩水平,在价值天平上,确实关乎荣辱。这里主客之辩,就表明了两人判断力的不同,荣辱之高下。客拘于常识、习惯性思维,以高明之人必办高明之事,很少犯错误为出发点,并据此而凌厉其论辩攻势,甚而断言,陈纪方犹病伛者,拿驼背当恭敬,其实是无法做答。机锋劲健,似乎逼对手到了死地。可对手的确比"客"高明。他跳出这种单一、极端的思维方式,以更深刻的社会认识、更开阔的眼界为依据,如凌濛初言:"刑辟之招,政未必不在盛德。世途足慰,是非何常。"尤其在汉末纷纭复杂的政治环境下,单纯的常识已不能保证一个人的判断力了,对于亲历汉末政治环境磨砺的士人来说,这个道理很简单,所以陈纪方先是不屑做答,后被纠缠,不得不沛然以对。他的这番话,就常识说,高明之人也难免有过错,而更深一层是说,生活中的"是非何常"是影响人正常判断的更复杂的因素。这就比"客"的思维方式更深刻、更具广角性,其判断水平也就不言而喻了。他的回答也映照出了"客"的浅薄轻率,"客"只能"惭而退"。客之败是由较低层次的判断力所支撑的论辩水平,自取其辱,理所当然。也由此可见,当时所崇尚的"言语",是以智慧、学识为根基的口才,于是士人的形象便显得更深刻、更灵动,也更富有魅力。

2.7 荀慈明与汝南袁阆相见[1],荀爽一名谞。《汉南纪》曰:"谞文章典籍无不涉,时人谚曰:'荀氏八龙,慈明无双。'潜处笃志,征聘无所就。"张璠《汉纪》曰:"董卓秉政,复征爽,爽欲遁去,吏持之急,起布衣,九十五日而至三公。"问颍川人士[2],慈明先及诸兄[3]。阆笑曰:"士但可因亲旧而已乎[4]?"慈明曰:"足下相难,依据者何因[5]?"阆曰:"方问国士而及诸兄,是以尤之耳[6]!"慈明曰:"昔者祁奚内举不失其子,外举不失其雠,以为至公[7]。《春秋传》曰:"祁奚为中军,请老,晋侯问嗣焉。称解狐,其雠也,将立之而卒。又问焉,对曰:'午也可。'其子也。君子谓祁奚可谓能举善矣。称其雠,不为谄;立其子,不为比。"公旦《文王》

之诗,不论尧、舜之德而颂文、武者,亲亲之义也[8]。《春秋》之义,内其国而外诸夏[9]。且不爱其亲而爱他人者,不为悖德乎[10]?"

【注】

〔1〕荀慈明:荀爽,字慈明,荀淑第六子,当世硕儒。详见《德行》6注。袁阆,字奉高,东汉汝南人,官至太尉掾,参见《德行》3注。

〔2〕颍川:魏晋郡名,治所在许昌(今属河南)。汉魏之际,当地人才济济,居中原之冠。如荀淑、陈寔等家族,均以德行著称,为人师表而图画百城。参见《德行》6。

〔3〕及:谈及。

〔4〕但:只、仅。亲旧:亲戚朋友。此句意谓,推举士人,不可仅仅因为是亲朋故旧。

〔5〕相难:责问。因:余嘉锡校订作"经"。

〔6〕尤:责怪、指责。

〔7〕至公:最公正。

〔8〕公旦:即周公,姓姬名旦,周文王子,武王弟。助武王开国建立周朝,后辅佐幼主成王,为周初政治家。文王:此指《诗经·大雅·文王之什》,十篇作品,皆颂美文王、武王的至德、业绩。亲亲之义:亲近亲族是仁义的根本。《礼记·中庸》:"仁者,人也,亲亲为大。"《孟子·尽心上》:"亲亲,仁也。"

〔9〕《春秋》:我国最早的一部编年体史书,亦为儒家经典之一。传为孔子据鲁国史书删述而成。内其国:内,亲近。国,自己的国家。外:疏远。诸夏:周天子所分封的其他诸侯国。《公羊传·成公十五年》:"《春秋》内其国而外诸夏,内诸夏而外夷狄。"

〔10〕"且不"句:《孝经·圣治章》:"父子之道,天性也,君臣之义也。父母生之,续莫大焉,君亲临之,厚莫重焉。故不爱其亲而爱他人者,谓之悖德;不敬其亲而敬他人者,谓之悖理。"悖,违背。

【评】

袁阆问颍川"国士",荀爽竟把自己的哥哥们给抬举了一通。对此,不仅袁阆,怕是所有的俗士都会瞠目结舌,口议腹诽。于是有了荀爽的辩难,他句句援引经典,雄强有力,无可辩驳。文章也戛然而止,想必袁阆已无辞以对。但荀爽的硕学与口才恐还不是入载本书《言语》门的真正理由。汉武帝"罢黜百家,独尊儒术",并以此选官,诱以利禄之途,儒家经典遂成汉代最大的学问,但也同时沦为"干禄"之具,流衍下来,章句之学遂成风气,经学渐渐变得枯朽沉闷,作为名缰利锁而戕害着人性,读书人株守"师法"、"家法"而皓首穷经,"说五字之文,至于二三万言,……幼童守一艺,白首而后能言;安其所习,毁所不见,终以自蔽"(《汉书·艺文志》)。此习渐至汉末,愈演愈烈。荀爽之论把儒经原本生动存在的人性成分,入情入理地拈入当下情景。一席对答扫尽腐儒的章句之习,表现了傲然自视的鲜明个性,在当时是震撼人心的。这种人性、个性的展露,正是他辩难中闪耀着光彩的地方,同时开魏晋士人风气之先,所以入载本书而耀其光华。

2.8 祢衡被魏武谪为鼓吏[1],正月半试鼓[2],衡扬枹为《渔阳掺挝》[3],渊渊有金石声[4],四座为之改容[5]。《典略》曰:"衡字正平,平原般人也。"《文士传》曰:"衡,不知先所出,逸才飘举。少与孔融作尔汝之交,时衡未满二十,融已五十,敬衡才秀,共结殷勤,不能相违。以建安初北游,或劝其诣京师贵游者,衡怀一刺,遂至漫灭,竟无所诣。融数与武帝笺,称其才,帝倾心欲见,衡称疾不肯往,而数有言论。帝甚忿之,以其才名不杀,图欲辱之,乃令录为鼓吏。后至八月朝会大阅试鼓节,作三重阁,列坐宾客。以帛绢制衣,作一岑牟、一单绞及小裈。鼓吏度者,皆当脱其故衣,箸此新衣。次传衡,衡击鼓为

《渔阳掺挝》,蹋地来前,蹑䠓脚足,容态不常,鼓声甚悲,音节殊妙。坐客莫不忼慨,知必衡也。既度,不肯易衣。吏呵之曰:'鼓吏,何独不易服?'衡便止,当武帝前,先脱裈,次脱馀衣,裸身而立,徐徐乃箸岑牟,次箸单绞,后乃箸裈。毕,复击鼓,掺槌(挝)而去,颜色无怍。武帝笑谓四坐曰:'本欲辱衡,衡反辱孤。'至今有《渔阳掺挝》,自衡造也。为黄祖所杀。"孔融曰:"祢衡罪同胥靡,不能发明王之梦[6]。"皇甫谧《帝王世纪》曰:"武丁梦天赐己贤人,使百工写其像,求诸天下。见筑者胥靡衣褐于傅岩之野,是谓傅说。"张晏曰:"胥靡,刑名。胥,相也。靡,从也。谓相从坐轻刑也。"魏武惭而赦之。

【注】

〔1〕祢衡:汉末名士,博闻强记,擅长文章,但"尚气刚傲,好矫时慢物",逆曹操,忤荆州牧刘表,触怒江夏守黄祖,终为祖所杀。参见刘孝标注,及《后汉书》本传。魏武,即曹操,其子曹丕代汉称帝,追尊操为太祖武皇帝。鼓吏,掌鼓的小吏。

〔2〕正月半:正月十五。

〔3〕扬:举起。枹(fú浮):鼓槌。渔阳掺挝(càn zhuā惨抓),鼓谱名。

〔4〕渊渊:形容鼓声。《诗经·小雅·采芑》"伐鼓渊渊"。金石声:钟磬类乐器发出的铿锵、清越之声。

〔5〕改容:脸色改变,指感动。

〔6〕胥靡:古代服劳役的刑徒。相传商王武丁夜梦得圣人,便使人依梦中形象图画出来,命四处寻找,终于在傅岩找到了正在服劳役的傅说(yuè月),遂举以为相,因而出现了殷商的中兴。

【评】

支撑着人生信念的聪慧和才情,构成了狂士自信、自怜的性格基础。他们更在乎的是自己英发的生命品性,给生命过程带来的如霞光彩,因"淑质贞亮,英才卓砾……思若有神"而傲视一切俗物。祢衡便是这一群体的典型代表。他"始达颍川,乃阴怀一刺,既无所之适,至于刺字漫灭"(《后汉书·祢衡传》)。年轻的才士,无视于人才济济、高明往来的颍川衣冠,竟觉得没哪一个值得他趋门拜访。这与汉末栖栖遑遑奔走权门,企仰高明品题奖掖的士风,形成了鲜明的对照。这也就毫不奇怪,曹操谪其为鼓吏,辱之同伶优,他仍以超越俗辈的表演令人改容,展露奇才而傲视这玩天下于股掌的当世雄豪。以祢衡的聪明,他何尝不懂得在曹操面前针锋挑战的后果,但他要表达的是自我生命的飞扬闪光,不同凡响。谁都别想让他逊顺,他就是要以聪慧、才情和个性,张扬他生命的价值。在这里,孔融的辞说可谓与祢衡异曲同工。在谦和、恭顺的比喻辞面之下,又藏着一个尖锐的对比——祢衡才同傅说,而曹操"明王"之"明"无法比肩武丁,因此就不要梦想,得而驾驭如此贤才了。两个难茹难吐的芒刺,直逼得曹操以羞"惭"作罢。

2.9 南郡庞士元闻司马德操在颍川[1],故二千里候之[2]。至,遇德操采桑,士元从车中谓曰:"吾闻丈夫处世,当带金佩紫,焉有屈洪流之量,而执丝妇之事[3]?"《蜀志》曰:"庞统字士元,襄阳人。少时朴钝未有识者。颍州司马徽有知人之鉴,士元弱冠往见徽,徽采桑树上,坐士元树下,共语自昼至夜。徽异之,曰:'生当为南州士人之冠冕。'由是渐显。"《襄阳记》曰:"士元,德公之从子也。年少,未有识者,唯德公重之。年十八,使往见德操,与语,叹曰:'德公诚知人,实盛德也!'后刘备访燕(世)事于德操,德操曰:'俗士岂识时务,此间自有伏龙、凤雏。'谓诸葛孔明与士元也。"《华阳国志》曰:"刘备引士元为军帅(师)中郎将,从攻洛,为流矢所中,卒,时年三十八。德操曰:《司马徽别传》曰:"徽字德操,颍川阳翟人。有人伦鉴识。居荆州,知刘表性暗,必害善人,乃括囊不谈议。时人有以人物门

（问）徽者，初不辨其高下，每辄言'佳'。其妇谏曰：'人质所疑，君宜辩论，而一皆言"佳"，岂人所以咨君之意乎！'徽曰：'如君所言，亦复佳。'其婉约逊遁如此。尝有妄认徽猪者，便推与之，后得其猪，叩头来还，徽又厚辞谢之。刘表子琮往候徽，遭问在不。会徽自锄园。琮左右问：'司马君在耶？'徽曰：'我是也。'琮左右见其丑陋，骂曰：'死庸！将军诸郎欲求见司马君，汝何等用（田）奴，而自称是邪！'徽归，刘头箸帻出见琮。左右见徽，故是向老翁，恐，向琮道之。琮起，叩头辞谢。徽乃谓：'卿真不可。然吾甚羞之，此自锄园，唯卿知之耳。'有人临蚕求蔟箔者，徽自弃其蚕而与之。或曰：'凡人损己以赡人者，谓彼急我缓也，今彼此正等，何为与人？'徽曰：'人未尝求己，求之不与，将惭。何有以财物令人惭者？'人谓刘表曰：'司马德操，奇士也，但未遇耳。'表后见之，曰：'世间人为妄语，此直小书生耳！'其智而能愚皆此类。荆州破，为曹操所得，操欲大用，会其病死。"**子且下车。子适知邪径之速**[4]**，不虑失道之迷。昔伯成耦耕**[5]**，不慕诸侯之荣；**《庄子》曰："尧治天下，伯成子高立为诸侯。禹为天子，伯成辞诸侯而耕于野。禹往见之，趋就下风而问焉，子高曰：'昔尧治天下，不赏而民劝，不罚而民畏。今子赏罚而民且不仁，德自此衰，刑自此立。夫子盍行邪？毋落吾事！'"**原宪桑枢，不易有官之宅**[6]。《家语》曰："原宪字子思，宋人，孔子弟子。居鲁，环堵之室，茨以生草，蓬户不完，桑枢而瓮牖，上漏下湿，坐而弦歌。子贡轩车不容巷，往见之，曰：'先生何病也？'宪曰：'宪闻无财谓之贫，学而不能行谓之病。今宪贫也，非病也。夫希世而行，比周而友。学以为人，教以为己。仁义之慝，舆马之饰，宪不忍为也。'"**何有坐则华屋，行则肥马，侍女数十，然后为奇？此乃许、父**[7]许由、巢父。**所以慷慨，夷、齐所以长叹**[8]。《孟子》曰："伯夷、叔齐目不视恶色，耳不听恶声，与乡人居，若在涂炭。盖圣人之清也。"**虽有窃秦之爵，千驷之富**[9]，《古史考》曰："吕不韦为秦子楚行千金货于华阳夫人，请立子楚为嗣。及子楚立，封不韦洛阳十万户，号文信侯。"以诈获爵，故曰窃也。《论语》曰："齐景公有马千驷，民无德而称焉。"孔安国曰："千驷，四千匹。"不足贵也。"士元曰："仆生出边垂,寡见大义,若不一叩洪钟、伐雷鼓,则不识其音响也[10]！"

【注】

〔1〕南郡：郡名，治所在今湖北江陵。庞士元：见刘孝标注。又，士元清识善谈，有谋略，深为刘备器重，与诸葛亮并为军师中郎将。随刘备入蜀，出计策，收益州，后攻洛城中流矢，卒。司马德操：见刘孝标注，汉末名士。颍川：郡名，治所在许昌。

〔2〕故：特意。候：拜访。

〔3〕带金佩紫：金指金印，紫指紫绶。汉代三公、将军、列侯带金印，佩紫绶。此指高官显爵。洪流之量：指气概非凡。洪流，大水；量，气度。丝妇：妇女做的采桑养蚕之事。

〔4〕适：仅仅，只。邪径：小路，便道。

〔5〕伯成耦耕：见刘孝标注，伯成不慕诸侯之荣，安于耕种。耦耕，二人并排耕作，此泛指耕田。

〔6〕原宪：见刘孝标注。桑枢：用桑木作门轴，喻简陋贫寒。

〔7〕许、父：即许由、巢父，皆尧时的隐士。尧让君位给许由，由不受，又召其为九州长，由不欲闻，洗耳于颍滨。巢父饮牛，见其洗耳，问其故，而云："污我犊口。"牵牛上流而饮。见皇甫谧《高士传》。

〔8〕夷、齐：伯夷、叔齐。商末孤竹君二子，反对武王伐纣，认为是以暴易暴，非行仁义，耻食周粟，饿死于首阳山。

〔9〕窃秦之爵：指吕不韦。千驷之富：指春秋时齐景公。见刘孝标注。

〔10〕边垂：即边陲，边疆，边远之地。伐：敲击。雷鼓：古祀天用的响鼓。

【评】

余嘉锡认为：以士元通家子的身份和其人伦修养，不应安坐车中呼而语，对德操如此不恭，且出言鄙陋，又："观其问答，盖仿（扬雄）《客难》、《解嘲》之体，特缩大篇为短章耳。此必晋代文士所拟作,非事实也。"就此篇内容和形制看,余说诚为的论。然而,虽可看作晋人拟作,篇中的精神却真实地反映着当时士人的风采。德操有雅望贤能而从容耕桑,此旌表隐士在浊世、浊政中急流勇退,全人格,远祸患,表现出超凡的智慧。而能躬行践履,又需有特立不移的操守。其言其行,确为"洪钟"、"雷鼓"。从中也见出司马徽战国才士般的论辩雄风。

2.10 刘公幹以失敬罹罪[1]

《典略》曰:"刘桢字公幹,东平宁阳人。建安十六年,世子为五官中郎将,妙选文学,使桢随侍世子。酒酣坐欢,乃使夫人甄氏出拜,坐上客多伏,而桢独平视。他日公闻,乃收桢,减死,输作部。"《文士传》曰:"桢性辩捷,所问应声而答。坐平视甄夫人,配输作部,使磨石。武帝至尚方观作者,见桢匡坐正色磨石。武帝问曰:'石何如?'桢因得喻己自理,跪而对曰:'石出荆山悬岩之巅,外有五色之文,内含卞氏之珍。磨之不加莹,雕之不增文,禀气坚贞,受之自然。顾其理枉屈纡绕而不得申。'帝顾左右大笑,即日赦之。"文帝问曰:"卿何以不谨于文宪[2]?"桢答曰:"臣诚庸短,亦由陛下纲目不疎[3]。"《魏志》曰:"帝讳丕,字子桓,受汉禅。"案:诸书或(咸)云桢被刑魏武之世,建安二十[二]年病亡。后七年文帝乃即位,而谓桢得罪黄初之时,谬矣。

【注】

〔1〕刘公幹:刘桢,字公幹,东平(今属山东)人。当时著名诗人,建安七子之一。曾任曹操丞相掾属。罹罪:获罪。事见刘孝标注。

〔2〕文宪:法律。

〔3〕庸短:平庸短浅。纲目:王先谦本作"网目",指法网。不疎:即太密。疎,"疏"的异体字。

【评】

刘桢其人,在《诗品》里列在当时最杰出的诗人曹植之后。

77

之所以如此,就是特推重他作品的"骨气"。钟嵘评其诗:"仗气爱奇,动多振绝,真骨凌霜,高风跨俗。"此等风骨和才气,表达着一种不能无端屈挠的才士品格。其才性使之在举座当中独敢"平视"曹丕夫人,凌濛初叹曰:"平视自佳。"刘辰翁评点:"狂宜有此。"后答曹丕之问,愈见出其骨气。丕发问的主题词是"文宪",公幹婉转其词,退中反刺,等于一是冒犯太子尊颜,二是婉刺曹氏多科条,密网令人损性。其言虽为申辩,实则反驳,篇中旨趣,便是对个人尊严与价值的顽强护卫。一个场景,活画出刘公幹辩捷巧对的才士风情。

2.11 锺毓、锺会少有令誉[1],《魏书》曰:"毓字稚叔,颍川长社人,相国繇长子也。年十四,为散骑侍郎,机捷谈笑有父风,仕至车骑将军。"年十三,魏文帝闻之,语其父锺繇[2]《魏志》曰:"繇字元常,家贫好学,为《周易》、《老子》训。历大理、相国,迁太傅。"曰:"可令二子来。"于是敕见[3]。毓面有汗,帝曰:"卿面何以汗?"毓对曰:"战战惶惶,汗出如浆[4]。"复问会:"卿何以不汗?"对曰:"战战栗栗[5],汗不敢出。"

【注】

〔1〕锺毓、锺会:魏锺繇二子,颍川长社人。毓,字稚叔,官至廷尉、青州刺史,督徐州、荆州军事,死后追赠车骑将军,谥惠侯。会,字士季,官至司徒。受命伐蜀,蜀破,欲率军谋反,内部先乱,为乱军所杀。魏以谋反论其罪。令誉:美好的声誉。

〔2〕锺繇:字元常,汉末举孝廉为郎,多才艺,是当时著名书法家。其为官勤谨,历侍魏武、文帝、明帝,官至太尉,死谥成侯。

〔3〕敕(chì 赤)见:皇帝下令晋见。

〔4〕战战惶惶:发抖恐惧的样子。浆:水。

〔5〕栗栗：义同"战战"。

【评】

裴松之《三国志》卷二十八注引锺会为其母所作的《传》云："黄初六年，生会。"《三国志》文帝本传载，丕于黄初七年去世，是文帝去世，会始两岁。又，《三国志》锺毓本传说，毓年十四为散骑侍郎，"太和初，蜀相诸葛亮围祁山，明帝欲西征，毓上疏……"太和初即文帝去世次年。则文帝时，毓或及十三岁而会远未及。此条云，毓、会十三见文帝，后注《世说》者颇疑"此条记年皆有误"。（朱铸禹《世说新语汇校评注》）

显然，如果据史考证，则本条客观事实的真实性是大可怀疑的，然而，作为笔记小说的艺术构思，却反映了那一时代风尚的真实性。依据传闻，撮凑这样一则故事，并去欣赏、沉潜于其中的言语巧对、人物风貌，是当时那种唯美心理和珍视生命精神的真实体现。况且，故事生动描摹出两个少年性情、品格之不同，不失为一则意味隽永的美文。

同是出生于书香之家，同沐浴着锺繇儒雅练达的父风，可二子性情差异甚大。毓"机捷谈笑，有父风"（《三国志·锺毓传》），一生严谨、忠诚，历仕明帝、齐王芳、曹髦、元帝朝，屡上疏匡谏，甚至不惜得罪炙手可热的大将军曹爽，表现了对司马集团的耿耿之忠。这则故事里的"战战惶惶，汗出如浆"，如点睛一样，活现出其人朴实而机捷的性格特征。锺会则不然，机捷善辩但不诚实，失之于浅浮。就生理而言，汗不似泪，可以主观控制。真的惶惧，汗是不由自主的，绝非"敢"与"不敢"。"战战栗栗，汗不敢出"，孩童的这一谎言，由于机巧敏捷而貌似玲珑可爱，可它却映射着其人的性格走向。后来的锺会，多巧智事人，以"精练策数"、多谋而显名，时比之于汉初智谋之士张良，人谓为"子房"。可他在深谙世情处却远逊于子房，所以破蜀后盲目自信,"我自淮南以来,画无遗策,四海所共知也"(《三国志·锺会传》),欲仗恃自己的智谋和十几万大军,废掉早已在朝廷内外经营成熟、盘根错节、实力雄厚、老于计谋的司马氏,终于以"谋反"罪殒命。其实,从小看八十,锺会晚年的悲剧,早已在少年时代埋下了根苗。

2.12　锺毓兄弟小时,值父昼寝,因共偷服药酒[1]。其父时觉,且托寐以观之[2]。毓拜而后饮,会饮而不拜。《魏志》曰:"会字士季,繇少子也。敏惠夙成。中护军蒋济著论,谓'观其眸子,足以知人'。会年五岁,繇遣见济,济甚异之,曰:'非常人也!'及壮,有才数,精练名理,累迁黄门侍郎。诸葛诞反,文王征之,会谋居多,时人谓之'子房'。拜镇西将军,伐蜀。蜀平,进位司徒。自谓功名盖世,不可复为人下,谓所亲曰:'我淮南以来,画无遗策,四海共知,将此欲安归乎?'遂谋反,见诛,时年四十。"既而,问毓何以拜?毓曰:"酒以成礼,不敢不拜。"又问会何以不拜?会曰:"偷本非礼,所以不拜。"

【注】

〔1〕药酒:《北堂书钞》卷八十五《续谈助》引《小说》作"散酒"。徐震堮谓:"'散'即'五石散'之类。"(见《世说新语校笺》)

〔2〕时觉:当时即醒。寐:装睡。

【评】

关于这一则故事,余嘉锡谓"此与本篇孔文举二子盗酒事略同。盖即一事而传闻异辞"。性质同前篇一样,或属传闻,但虽事同一辙,其摹写人物却皆符合各自的性格。本篇写一拜一不拜,参见前篇,都映现出毓、会兄弟二人的不同秉性,所以也不失真实、生动,不能完全看作同一模本的传闻。锺繇这样的名流,家中常备药酒,从中可见魏晋饮酒、服药风习之一斑。

2.13 **魏明帝为外祖母筑馆于甄氏**[1],《魏末传》曰:"帝讳叡,字元仲,文帝太子,以甘(其)母废,未立为嗣。文帝与俱猎,见子母鹿,文帝射其母,应弦而倒。复令帝射其子,帝置弓,泣曰:'陛下已杀其母,臣不忍复杀其子。'文帝曰:'好语动人心!'遂定为嗣,是为明帝。"《魏书》曰:"文昭甄皇后,明帝母也。父逸,上蔡令。烈宗即位,追封上蔡君。嫡孙象袭爵,象薨,子畅嗣,起大第,车驾亲自临之。"**既成,自行视,谓左右曰:"馆当以何为名?"侍中**[2]**缪袭曰**:《文帝(章)叙录》曰:"袭字熙伯,东海兰陵人。有才学,累迁侍中、光禄勋。""**陛下圣思齐于哲王,罔极过于曾、闵**[3]**;此馆之兴,情钟舅氏,宜以'渭阳'为名**[4]**。"**《秦诗》曰:"《渭阳》,康公念母也。康公之母,晋献公之女。文公遭骊姬之难,未反而秦姬卒。穆公纳文公,康公时为太子,赠送文公于渭之阳,念母之不见也。我见舅氏,如母存焉。"案《魏书》,帝于后园为象母起观,名其里曰"渭阳",然则象母即帝之舅母,非外祖母也。且"渭阳"为馆名,亦乖旧史也。

【注】

〔1〕魏明帝:曹叡,曹丕之子,魏第二代君主,死谥明皇帝。外祖母:文帝甄皇后之母。明帝即位,追封外祖父甄逸,谥敬侯,令其嫡孙甄象袭爵。甄氏有侯府之尊。筑馆于甄氏:即在明帝舅氏甄府建造馆舍。

〔2〕侍中:官名,侍从皇帝左右,出入禁宫,应对顾问。

〔3〕圣思:圣明的想法。齐:等同。哲王:圣明的君主。罔极:没有穷尽。《诗经·小雅·蓼莪》叙孝子思亲报德,历说父母养育之恩及自己无从报答的痛苦。诗中有"欲报之德,昊天罔极",后多用"罔极"隐含子女大孝。曾、闵:即孔子的弟子曾参和闵子骞,均以孝行著称。《史记·仲尼弟子列传》载,孔子因曾参能通孝道而收为门徒,其孝行动人,并说《孝经》即是他所作。《论语·先进》载,孔子曾赞叹闵子骞之孝:"孝哉闵子骞!

81

人不间于其父母昆弟之言。"

〔4〕渭阳:用《诗经·秦风·渭阳》典,秦康公见舅思母,送别舅氏晋文公,诗曰:"我送舅氏,曰至渭阳。何以赠之,路车乘黄。我送舅氏,悠悠我思。何以赠之,琼瑰佩玉。"

【评】

魏明帝母子可谓"患难母子"。其母甄氏,曹丕得之于袁熙,以貌美而恩宠有加,生曹叡和东乡公主。后曹丕登基,有山阳公奉送二女,又有诸贵人,丕恩幸别移,甄氏因失宠而生怨艾,竟"遣使赐死"。其祸殃及嫡长子曹叡,迟迟不能立嗣。裴松之《三国志》注引《魏略》说,文帝曾一度欲立他姬子为太子。经历了这般变故,母子之情非同一般。所以,曹叡一登基就追谥其母为"文昭皇后",并将外公、舅氏一并抬举。其中不仅仅是秉承旧制,深怀那段患难也是重要因素。此番筑馆于舅氏之家,个中背景深为侍中缪袭所理解,他的话不同于一般的阿谀奉承,而是带有动人的真意。其为馆所命之名,实亦妥帖。凌濛初评曰:"'渭阳'一名,侍中腹笥可测。"《渭阳》小诗,平易朴素,情深意挚,见舅思母,馀味绵长,契合曹叡思亲情景,从而引发丰富的联想。故事无论是否有"乖旧史",这一描写,于情于理都令人有真实之感,侍中命名之妙也如画龙点睛。

2.14 何平叔云[1]:"服五石散,非唯治病,亦觉神明开朗[2]。"《魏略》曰:"何晏字平叔,南阳宛人,汉大将军进孙也。或云何苗孙也。尚主,又好色,故黄初时无所仕。正始中,曹爽用为中书,主选举,宿旧者多得济拔。为司马宣王所诛。"秦丞相(秦承祖)《寒食散论》曰:"寒食散之方,虽出汉代,而用之者寡,靡有传焉。魏尚书何晏首获神效,由是大行于世,服者相寻也。"

【注】

〔1〕何平叔：何晏字平叔，《三国志》作何进孙。少有才，正始初为曹爽所用，名盛于天下。好老庄，与夏侯玄、王弼等倡导玄学，开魏晋清谈之风。

〔2〕五石散：由石钟乳、硫黄、白石英、紫石英、赤石脂五种矿物药研成的粉末。因服后身体烦热，必须"寒衣、寒饮、寒食、寒卧，极寒益善"又称"寒食散"。神明：指人的精神。开朗：爽朗。

【评】

何晏"少以才秀知名"（《三国志》本传），读书甚多，著述也颇丰。作为当时的思想家，他性好老庄，立言以体"无"为本，与天才少年王弼一起，倡树了旨在通识达变，个人体悟的正始之音、玄学之风。这一风尚的现实意义，就是冲决了以往最庄严的儒家传统名教的道德准则，淡化了群体——社会认同的价值标准，而崇尚个人精神的独立和自由。在生活上，曹操因纳其母而收养他，自小长养在宫中，"见宠如公子"，后又"尚公主"，成了驸马爷，风流落拓，其性"无所顾惮"，我行我素。这便形成了何晏颇具个性的精神气质，此则之言，便是这种气质的生动表达。他有条件去研究、尝试"五石散"，也有兴趣去体认服用"五石散"给人带来的气血畅旺的异常感受，于是出此自得之言。他开魏晋玄风之先，也是服药之风的始作俑者。

2.15 嵇中散语赵景真[1]：嵇绍《赵至叙》曰："至字景真，代郡人。汉末，其祖流宕，客缑氏。令新之官，至年十二，与母共道傍看。母曰：'汝先世非微贱家也，汝后能如此不？'曰：'可尔耳！'归便就师诵书。早闻父耕叱牛声，释书而泣。师问之，答曰：'自伤不能致荣华，而使老父不免勤苦。'年十四，入太学观，时先君在学写石经古文，事讫，去，遂随车问先君姓名。先君曰：'年少何以问我？'至曰：'观君风器非常，故问耳。'先君具告之。至年十五，佯病，数数狂走五里三里，为家追得。又灸身体十数处。年十六,遂亡命。径至洛阳,求索先君不得。至邺,沛国史仲和,是魏领军史涣孙也,至便依之,遂名翼,字阳和。先君到邺,至具道太学中事,便逐先君归山阳,经年。至长七尺三寸,洁白,黑发,赤唇、明目,鬓(须)不多,闲详安谛,体若不胜衣。先君常谓之曰:'卿头小而锐,瞳子白黑分明,视瞻停谛,有白起风。'至论议清辩,有从横才,然亦不以自长也。孟元基辟为辽东从事,在郡断九狱,见称清当。自痛弃亲远游,母亡不见,吐血发病,服未竟而亡。""**卿瞳子白黑分明,有白起之风**[2]。严尤《三将叙》曰:"白起,平原君劝赵孝成王受冯亭,王曰:'受之,秦兵必至,武安君必将,谁能当之者乎?'对曰:'渑池之会,臣察武安君小头而面锐,瞳子白黑分明,视瞻不转。小头而面锐者,敢断决也;瞳子白黑分明者,见事明也;视瞻不转者,执志强也。可与持久,难与争锋。廉颇为人,勇鸷而爱士,知难而忍耻。与之野战则不如,持守足以当之。'王从其计。""**恨量小狭**。"赵云:"**尺表能审玑衡之度**[3],《周髀》曰:"夏至北方六千里,冬至南方十三万五千里,日中树表则无影矣。周髀长八尺,夏至,日晷尺六寸。髀,股也。晷,勾也。正南千里,勾尺五寸;正北千里,勾尺七寸。《周髀》之书也。**寸管能测往复之气**[4]。《吕氏春秋》曰:"黄帝使伶伦自大夏之西,昆仑之阴,取竹之嶰谷生,其窍厚薄均者,断两节间而吹之,以为黄钟之管,制十二筩,以听凤凰之鸣;雄鸣六,雌亦六,以为律吕。"《续汉书·律历志》曰:"十二律之变,至于六十,以律候气。候气之法,为室三重,户闭,涂衅必周,密布缇幔,以木为案,加律其上,以葭莩灰抑其内,为气所动者,其灰散也。以此候之。"**何必在大,但问识如何耳**[5]。"

【注】

〔1〕嵇中散:即嵇康,曾作中散大夫,见《德行》16注。赵景真:赵至字景真,代郡(今河北)人,有才学,与嵇康相熟。晋太康中以良吏入洛都,知母亡,呕血而卒,年三十七。

〔2〕白起:战国末年秦国名将,屡败韩、魏、赵、楚等大军,拔七十馀

城,封武安君。后被秦昭王赐死。恨:遗憾。

〔3〕尺表:尺许长,用来测日影以记时的标杆。审:测定。玑衡:观测四时天象的仪器。

〔4〕寸管:九寸竹管,用于测定音律。

〔5〕但:只,仅。

【评】

刘辰翁评曰:"本语量狭,文采支离,可恨尔。"辰翁觉得,以器物之长短来说心胸气量之大小,不伦不类,缺乏正常的逻辑关联,辞面便支离破碎,无统一流畅之美。其实,在此语境,两人皆心照不宣,又恰显出景真"议论精辩,有纵横才气"。(《晋书·赵至传》)

司马迁评白起:"鄙谚云:'尺有所短,寸有所长。'白起料敌合变,出奇无穷,声震天下,然不能救患于应侯。"白起天才将军,长于横扫天下,短于应对朝廷内部的争斗。终为应侯范雎所算,死于非命;因此,太史公以"鄙谚"的尺寸短长之喻,来慨叹惋惜这位天才。嵇康以白起比况景真,景真脱口而答,既见敏捷精辩才气,又见学问修养。其气量之句,承太史公言而来,又将尺寸长短,转入"尺表"、"寸管"功能,并将这一转落在"识"上。孔子曾把"学"与"思"结合起来,同等强调,"学"而"思",得之即为"识"。这是学问修养的不二法门。可是至汉代的经学末流,将"学"庸俗为利禄之具,便忽略了"识"——独立思考,自成见识的重要性,这便忽略了个体人格的独立与价值。讨论至此,一扫汉代腐儒积习,以"识"为高标。在景真看来,只有"识"才是一个人的价值准的,"量"倒在其次,所以,有白起之风,虽乏气量,并不失为具有风流雅望的天才。然而,景真确实心胸不宽,经不住未尽奉养之孝而母亡又未及面别的打击,呕血而卒。他也有白起才长量狭的特点。由此看来,嵇康识人的确深刻。

2.16 司马景王东征[1],《魏书》曰:"司马师字子元,相国宣文侯长子也。以道德清粹,重于朝廷,为大将军,录尚书事。毌丘俭反,师自征之。薨,谥景王。"取上党李喜以为从事中郎[2]。因问喜曰:"昔先公辟君不就,今孤召君,何以来[3]?"喜对曰:"先公以礼见待,故得以礼进退;明公以法见绳,喜畏法而至耳[4]。"《晋诸公赞》曰:"喜字季和,上党铜鞮人也。少有高行,研精艺学。宣帝为相国,辟喜,喜固辞疾。景帝辅政,为从事中郎,累迁光禄大夫、特进,赠太保。"

【注】

〔1〕司马景王:即司马师,见刘孝标注。东征:魏高贵乡公正元二年(255)镇东大将军毌丘俭与扬州刺史文钦,矫太后诏,历数大将军司马景王罪状,举兵反于淮南。司马景王统大军征讨。

〔2〕上党:郡名,秦置,治所在壶关(今山西长治北)。李喜:《晋书》本传作李憙。从事中郎:魏晋时三公、郡王、州郡所置之佐吏。

〔3〕先公:指司马懿。辟:征召。孤:王侯自称。

〔4〕见待:对待我。绳:约束、整治。见绳,约束我。

【评】

徐震堮《世说新语校笺》引《后汉书·周黄徐姜申屠列传》事,与此事相类。显宗与荀恁戏曰:"先帝征君不至,骠骑辟君而来,何也?"对曰:"先帝秉德以惠下,故臣可得不来。骠骑执法以检下,故臣不敢不至。"《晋书·宣帝纪》载:曹操为司空时,征辟司马懿,懿"知汉运方微,不欲屈曹氏",称疾谢绝,后曹操为丞相,再征,并命使者:"若复盘桓,便收之",懿"惧而就职"。此类出处为封建专制时代常情。专制利剑之下,臣子原无个体自由可言。

本则故事,看似调侃幽默的问对,实际表现了在下者的无奈,故隽永而耐人寻味。

2.17 邓艾口吃,语称"艾艾"[1]。《魏志》曰:"艾字士载,棘阳人。少为农人养犊。年十二,随母至颍川,读故太丘长碑,文曰:'言为世范,行为士则。'遂名范,字士则,后宗族有同者,故改焉。每见高山大泽,辄规度指画军营处所,时人多笑焉。后见司马宣帝(王),王辟为掾。累迁征西将军,伐蜀。蜀平,进位太尉。为卫瓘所害。"晋文王戏之曰[2]:"卿云'艾艾',定是几艾?"对曰:"凤兮凤兮,故是一凤[3]。"朱凤《晋纪》曰:"文王讳昭,字子上,宣帝次子也。"《列仙传》曰:"陆通者,楚狂接舆也,好养性,游诸名山,尝遇孔子而歌曰:'凤兮凤兮,何德之衰!往者不可谏,来者犹可追。'后入蜀,在峨嵋山中也。"

【注】

〔1〕邓艾:见刘孝标注。又《三国志》本传载,邓艾不仅能征善战,而且有战略眼光,司马懿大兴军屯就颇多接受邓艾的建议,他自己驻军处"荒野开辟,军民并丰",这些业绩使他成为在曹魏当时,贡献、影响最大的人物之一。但平蜀之后,他"深自矜伐",不从司马文王之命,最后实际上是为文王所害。艾艾:古时同别人说话时称自己的名,以示谦恭,邓艾口吃,所以别人听来,迭称艾艾。

〔2〕晋文王:即司马昭,封晋王,死谥文王。

〔3〕凤兮:《论语·微子》:"楚狂接舆歌而过孔子曰:'凤兮,凤兮!何德之衰!往者不可谏,来者犹可追。已而已而,今之从政者殆而!"故:本来。

【评】

本则记趣,谐谑幽默。口吃的邓艾,面对文王问,竟能一口气,流畅地说出了完整的句子,并且巧妙使用了《论语》故实,确实满纸风趣,令人欢然而笑,同时又儒雅不俗,王世懋赞曰:"仓卒对,乃妙绝。"

2.18 嵇中散既被诛[1],向子期举郡计入洛[2],文王引进[3],问曰:"闻君有箕山之志,何以在此[4]?"对曰:"巢、许狷介之士,不足多慕[5]。"王大咨嗟[6]。

《向秀别传》曰:"秀字子期,河内人。少为同郡山涛所知,又与谯国嵇康、东平吕安友善,并有拔俗之韵,其进止无固必'固必'诸本作'不同'),而造事营生业,亦不异常。与嵇康偶(耦)锻于洛邑,与吕安灌园于山阳。不虑家人有无,外物不足怫其心。弱冠著《儒道论》,弃而不录。好事者或存之。或云:'是其族人所作,困于不行,乃告秀,欲假其名。'笑曰:'何复尔耳?'后康被诛,秀遂夫(失)图。乃应岁举,到京师,诣大将军司马文王,文王问曰:'闻君有箕山之志,何能自屈?'秀曰:'常谓彼人不达尧意,本非所慕也。'一坐皆悦。随次转至黄门侍郎、散骑常侍。"

【注】

〔1〕嵇中散:即嵇康,魏曹奂景元四年(263),因锺会构陷,被司马昭所杀。

〔2〕向子期:见刘孝标注。举郡计:被郡守选任为上计吏。计,即上计吏。汉魏时考核地方官吏的做法,年终,县将本地方的户口、垦田、钱、粮、盗贼、狱讼等事统计汇编为计簿,上报至郡;郡再汇编成计簿由郡守遣吏将副本上报朝廷。郡级执行此任务的人员皆称"上计吏",或简称"计吏"。洛:洛阳,魏都城。

〔3〕文王:即司马昭。

〔4〕箕山之志:隐居不仕的志向。箕山,相传为尧时许由隐居之地,后以喻隐居不仕。

〔5〕巢、许:巢父、许由,见本篇第9则注。狷介:拘谨偏激。

〔6〕咨嗟:赞叹,叹赏。

【评】

刘辰翁评:"向之此语,如负叔夜。"朱铸禹案曰:"注引《别传》所云,向为人殆一无定见者流,其对司马氏之言'彼人',实隐指叔夜。若是,则大负流水之奏矣。"并谓嵇康枉引向秀为同调,秀本无操守,负友求荣。细按向子期,觉此论未必尽然。

秀为当时玄谈名家,深好老庄之学,解喻老庄,"发明奇趣,振起玄风,读之者超然心悟,莫不自足一时也"(《晋书·向秀传》)。此秀之答司马昭,或可从其所悟玄理求之。向秀之《庄子》注,今大体亡佚,而郭象注俱存。据《晋书》,郭象注是发挥了向秀见解的,"今有向、郭二《庄》,其义一也"。郭象注《庄》的一个基本观念,即是强调"物任其性,事称其能,各当其分"。明于性分之适,脱却俗累,就会得到自然之真,而得到自然之真,就会"遗其所寄"。山林、庙堂就其形式说并无两样,心任自然,丢弃此外壳,即可获得自由境界。而"狷介"是太拘执了,于不可为之时,守持自己的价值观,张扬不苟同流俗的个性,这并非老庄的达观之境,从体悟玄理说,它是"不足多慕"的。从世俗层面上看,其客观效果确似投司马昭所好。然而,读向秀《思旧赋》和本传,他后来"在朝不任职,容迹而已",则秀实非"无定见",更非属卖友求荣者。此问对,就深层次说,是描绘了一段玄言风采。

2.19 晋武帝始登祚,探策得一[1]。《晋世谱》曰:"世祖讳炎,字安宇(世)。咸熙二年受魏禅。"王者世数,系此多少[2]。帝既不悦,群臣失色,莫能有言者。侍中裴楷进曰[3]:"臣闻天得一以清,地得一以宁,侯王得一以为天下贞[4]。"帝悦,群臣叹服。王弼《老子注》云:"一者,数之始,物之极也。各是一物之所以为主也。各以其一,致此清、宁、贞。"

【注】

〔1〕晋武帝:司马炎,见《德行》17注。登祚:即皇帝位。祚,朝堂前

东面的台阶。皇帝即位登祚阶以主持祭祀。探策:用蓍草占卜。

〔2〕世数:王位传承世代的数目。系:取决于。

〔3〕裴楷:见《德行》18注。

〔4〕"臣闻"三句:《老子》第三十九章:"天得一以清,地得一以宁,神得一以灵,万物得一以生,侯王得一以为天下贞。"一,即"道"。贞,正。

【评】

　　王世懋评曰:"此故自应至此。魏篡汉无几而亡,晋篡魏亦应无几而亡。"探策得一,预兆晋祚不永,这使武帝殊感别扭,因而闹得一时气氛紧张。裴楷之论"取绝捷",虽"供奉语"亦"不妨雅致"(王世贞),打破了"群臣失色"的僵局。

　　探策——《易》筮,以五十蓍草反复抽数推算才可得出一爻一卦。此推演"探策得一",依汉儒象数《易》学的解释,《乾》卦位列第一,象征天、龙、帝,是尽善尽美的吉卦。《乾》卦六爻,初九爻第一。初九讲"潜龙勿用",而此时的武帝,篡位登祚,已是"飞龙在天"。武帝问的又是"世数","得一"者,不是一年,就是一代。依象数《易》,是大大的凶兆。但裴楷引玄入《易》,以义理解之,说武帝是得道之君,可以使天下安宁。这一解释别开生面,解除了紧张气氛。虽不免谄谀之嫌,但其援《老》释《易》,言趣相似,思理如一,表现了当时玄家义理的新观念,确是别具神采。他的急中生智,源于学问修养,在此情景,又见出这位名士的儒雅风度。

　　2.20　满奋畏风[1]。在晋武帝坐,北窗作琉璃扇屏风[2],实密似疏,奋有难色。帝笑之。荀绰《冀州记》曰:"奋字武秋,高平人,魏太尉宠之孙也。性清平有识,自吏部郎出为冀州刺史。"《晋诸公赞》曰:"奋体量清雅,有曾('曾'字衍)祖宠之风,迁尚书令,为荀顗('荀顗'当为'苗愿'之形讹)所害。"奋答曰:"臣犹吴牛,见月而喘。"今之水牛,唯生江淮间,故谓之吴牛也。南土多暑,而此牛畏热,见月疑是日,所以见月则喘。

【注】

〔1〕满奋:见刘孝标注。史有满奋身长八尺,体貌"丰肥,肤肉溃裂,每至暑夏,辄膏汗流溢"(见《三国志·满宠传》裴注;《太平御览》卷三七八)的记载,未详其何以"畏风"。

〔2〕琉璃:一种有色而半透明的矿物制品,近似玻璃,汉代自西域传入。扇:指成板状、片状的材料。有本作"扉",误。句谓晋武帝的北窗是用一块块琉璃镶嵌而成。

【评】

《事类赋》卷一引《风俗通》:"吴牛望见月则喘,使之苦于日月,怖而喘焉。"(见余嘉锡笺疏)该句后为成语"吴牛喘月",比喻见到曾备受其苦的同类事物,就条件反射,本能地产生恐惧心理。晋武帝看着满奋对琉璃窗产生错觉,十分好笑,然而满奋很敏捷,见武帝笑,即时悟到自己的错觉,巧妙解嘲,显得幽默有趣。

王世懋推测:"盖奋厌职事烦剧,故有此言。"但味此情景,似不至阴阳曲折,深言事君。此可看作纯粹一喜剧场景,表达了时人所推崇的机敏巧对,故入《言语》门。

2.21 诸葛靓在吴[1],于朝堂大会[2]。《晋诸公赞》曰:"靓字仲思,琅邪人,司空诞少子也。雅正有才望。诞以寿阳叛,遣靓入质于吴,以靓为右将军、大司马。"孙皓(晧)问[3]:"卿字仲思,为何所思?"对曰:"在家思孝,事君思忠,朋友思信,如斯而已[4]。"

91

【注】

〔1〕诸葛靓(jìng竟)：见刘孝标注。据《三国志·吴书·孙亮传》、《三国志·魏书·诸葛诞传》载，魏司空诸葛诞于甘露二年(257)五月，起兵反抗司马氏专权，遣子靓入吴为质以求援助。靓后仕吴，为右将军、大司马。吴亡，隐居不出。

〔2〕朝堂：国君与朝臣聚会议事的厅堂。

〔3〕孙晧(249—284)：字元宗，孙权孙。晧，史作"晧"。初封乌程侯，吴景帝孙休死，晧继帝位，在位十七年。吴亡，降晋，封归命侯。

〔4〕斯：此。

【评】

这也是一段君臣对话，在孙晧是随意戏乐，而诸葛靓之答却自有深意。孙晧是荒唐君主，"粗暴骄盈，多忌讳"，滥事杀伐，虽功臣近宠，如有忤逆也毫不留情。亡国之际他自认："历位数年，政教凶悖……虐毒横流。"(见《三国志·孙晧传》裴松之注)诸葛靓是外来之士，虽得重用，为吴建过功业，但面对如此反复无常的残暴君王，仍不能不谨慎戒惧。此答既巧妙地回应君问，又很好地表白了自己，强调其忠诚。片言只语，表达了他深藏块垒的兢兢畏忌。

2.22 **蔡洪**洪《集录》曰："洪字叔开，吴郡人，有才辩。初仕吴朝，太康中，本州从事举秀才。"王隐《晋书》曰："洪仕至松滋令。"**赴洛**[1]**，洛中人问曰："幕府初开，群公辟命，求英奇于仄陋，采贤隽于岩穴**[2]**。君吴楚之士，亡国之馀，有何异才而应斯举**[3]**？"蔡答曰："夜光之珠，不必出于孟津之河**[4]；旧说云：随侯出行，有蛇斩而中断者，侯连而续之，蛇遂得生而去，后衔明月珠以报其德，光明照夜同昼，因曰"随珠"。左思《蜀都赋》所谓"随侯鄙其夜光"也。**盈握之璧，不必采于昆仑之山**[5]。韩氏曰:"和氏之璧,盖出于井里之中。"**大禹生于东夷,文王生于西羌**[6]。案《孟子》曰:"舜生于诸冯,东夷人也。文王生于岐周,西戎人也。"则东夷是舜,非禹矣。**圣贤所出,何必常处**[7]。**昔武王伐纣,迁顽民于洛邑**[8],《尚书》曰:"成周既成,迁殷顽民,作《多士》。"孔安国注曰:"殷大夫心不则德义之经,故徙于王都,迩教诲也。"**得无诸君是其苗裔乎**[9]?"案:华令思举秀才入洛,与王武子相酬对,皆与此言不异,无容二人同有此辞。疑《世说》穿凿也。

【注】

〔1〕蔡洪:见刘孝标注。晋惠帝元康初为松滋令,有才名,著《孤奋论》。洛:洛阳,西晋都城。

〔2〕幕府:本为军队出征时,将帅所用的帐幕,因称将军府为幕府,这里指军政大吏办理公务的衙署。群公:指有开府资格的朝廷大吏,其开府即可招引人才,以为衙署的属官。辟命:征召、任命。仄陋:同"侧陋",指出身卑微。岩穴:本为山洞,此指隐居之所。

〔3〕"吴楚"句:吴楚泛指江浙、两湖一带,是东吴旧地,吴亡,所以此谓"亡国之馀",以蔑称灭亡之国的遗民。斯举:此次选拔人才的举措。

〔4〕夜光之珠:即随珠,亦作"隋珠",见刘孝标注。孟津:古黄河的渡口名,此指黄河。

〔5〕盈握:满把,形容其大。昆仑之山:昆仑山,古代传说该山产美玉。

〔6〕东夷:古代对东方各族的称呼,此泛指东方偏远之地。西羌:羌族在西,此指西方偏远之地。

〔7〕常处:固定的地方。

〔8〕顽民:殷商遗民中不顺从周王朝统治的人。《尚书·多士》:"成周既成,迁殷顽民。"

〔9〕得无:莫非,或许。苗裔:后代子孙。

【评】

　　此条,刘孝标颇疑其穿凿,余嘉锡《笺疏》亦推断其为华令思事。《晋书》卷五十二载华令思对王武子问,确与此条大同小异。《世说》在撰结过程中,或容有甲乙错置之误,但不妨碍其准确记录当时精神。

　　蔡洪,吴郡人;华令思,广陵人,皆为故吴国才士。吴亡,江东才俊纷纷入洛求仕,而中原士人傲视江东亡国遗民,其心理的顽固障碍,可以王武子之说为典型——"危而不持,颠而不扶,至于君臣失位,国亡无主"(《晋书·华谭传》),这是冠带之士的耻辱,"亡国之馀"更何谈辅弼之才干。因而,这班北方中原士人对奔赴而来的南士,报以蔑视和嘲讽。面对持有狭隘自傲心态的战胜者之挑衅,南土才士采取了迎头痛击的态度。人才之产,本无定处,而自傲的你们也难保不曾是"亡国之馀",将双方拉到了同等地位,句句在理,痛快淋漓,精神爽健,辞辩巧妙,堪称"俊辩"。不过,口舌之辩,虽逞一时之快,但其中却隐含了南、北士族的不和与斗争,现状如此,国家力量内耗,不久即西晋灭亡。中原狂士,自己也不免于"亡国之馀"的命运,悲哉!

2.23　诸名士共至洛水戏[1],《竹林七贤论》曰:"王济诸人尝至洛水解禊事。明日,或问济曰:'昨游,有何语议?'济云云。"还,乐令广也。问王夷甫曰[2]:"今日戏乐乎?"虞预《晋书》曰:"王衍字夷甫,琅邪临沂人,司徒戎从弟。父乂,平北将军。夷甫早知名,以清虚通理称。仕至太尉,为石勒所害。"王曰:"裴仆射善谈名理,混混有雅致[3];《晋惠帝起居注》曰:"裴颜字逸民,河东闻喜人,司空秀之少子也。"《冀州记》曰:"颜弘济有清识,稽古,善言名理,履行高整,自少知名。历侍中、尚书左仆射。为赵王伦所害。"张茂先论《史》、《汉》,靡靡可听[4];《晋阳秋》曰:"华博览洽闻,无不贯综。

世祖尝问汉事,及建章千门万户,华画地成图,应对如流,张安世不能过也。"**我与王安丰**戎也**说延陵、子房,亦超超玄著**〔5〕。"《晋诸公赞》曰:"夷甫好尚谈称,为时人物所祭(宗)。"

【注】

〔1〕洛水:即今河南洛河,源出陕西,东经洛阳等地,至巩县(今巩义市)洛口入黄河。戏:嬉戏,游乐。

〔2〕乐令:乐广,曾作尚书令,另见《德行》23注。王夷甫:王衍(256—311)字夷甫,见刘孝标注。"以清虚通理称",为当时清谈名家,"妙悟若神","妙善玄言,唯谈《老》、《庄》为事"。为政多谋略,不以经国为念,而善思自全之计,然终为石勒所害。(见《晋书》本传)

〔3〕裴仆射(yè业):即裴頠(267—300),见刘孝标注。博学多才识,"时人谓頠为言谈之林薮"。撰《崇有论》以推尊儒术,崇扬礼法,贬斥何晏、王衍等言"无"之蔽。名理:考核名与实之关系,循名责实,辨别、分析事物的是非、道理。混混:滚滚,《孟子》:"原泉混混,不舍昼夜。"此形容言辞滔滔不绝。雅致:高雅的情致。

〔4〕张茂先:即张华,见《德行》12注。《史》、《汉》:指《史记》、《汉书》。靡靡:娓娓,动听的样子。

〔5〕王安丰:即王戎,见《德行》16注。延陵:春秋时吴王寿梦的少子季札,封于延陵(今江苏武进),称延陵季子,博学有贤能。子房:即西汉张良,助高祖刘邦定天下,封为留侯。超超玄著:议论超拔高妙、深入透彻。

【评】

依刘孝标注,本则谈论诸名士于洛水修禊时的情况。

修禊,应劭《风俗通义》卷八引《周礼》、《尚书》,述其为古俗。《诗经·郑风》韩诗说"三月桃花水下之时,郑国之俗,三月上巳,于溱、洧两水上,执芄兰招魂续魄,祓除不祥也"。"修禊"本是一桩春日除恶祭,沐浴祈福的颇为热闹的俗间事,到了魏晋,这一节日成了名士们的宴游沙龙。王羲之著名的《兰亭集序》说的就是永和九年(353),四十馀雅士名流,高会兰亭,曲水流觞,赋诗唱和,堪称一时盛会,而序文中叙写的感受与思考,其情怀悲天悯人,恳恻深挚,让人更清晰地看到了上巳节日士大夫们的一番情致。

本则所记虽早于王羲之的兰亭集会,但两者情趣风味却是一致的。

"朝贤上巳禊洛"(《晋书·王戎传》),这一活动自然将朝贤名士集会到了一起。这时,思想的碰撞、学识的交流,又构成了知识精英洛滨修禊活动的生动内容。思索天人之际,体味当下生命意味是他们都共同关心着的主题,因此一旦相遇,即从不同角度阐发己见,辩难推究。不论是形而上的名理,还是史家记述过往的人生经验都可成为话题。每个人都有自己的体会与高见,表达出来,各具风采,或"混混有雅致",或"靡靡可听",或"超超玄著",在思理碰撞中相互启迪。如此动人的风采,源于他们的自信、自负,其自信、自负又源于学识、才干,于是各具个性的气质风貌就通过他们自己的言语讲论生动地展现出来了。

2.24 王武子、《晋诸公赞》曰:"王济字武子,太原晋阳人,司徒浑第二子也。有隽才,能清言。起家中书郎,终太仆。"孙子荆[1]《文士传》曰:"孙楚字子荆,太原中都人也。"《晋阳秋》曰:"楚,骠骑将军资之孙,南阳太守宏之子。乡人王济,豪俊公子,为本州大中正。访问宏(楚)为乡里品状,济曰:'此人非乡评所能名,吾自状之。'曰:'天才英特,亮拔不群。'仕至冯翊太守。"各言其土地人物之美。王云:"其地坦而平,其水淡而清,其人廉且贞[2]。"孙云:"其山崔巍以嵯峨,其水㳌渫而扬波,其人磊砢而英多[3]。"按《三秦记》、《语林》载,蜀人伊籍称吴土地人物,与此语同。

【注】

〔１〕王武子：见刘孝标注。《晋书》卷四十二本传，言其善《易》、《老》《庄》，长于清谈，当时与和峤、裴楷齐名。娶晋武帝常山公主为妻，官历侍中、太仆。为人尚武有勇，性情豪爽。孙子荆：亦当时豪爽之士，见刘孝标注。《晋书》卷五十六本传，言其才藻卓绝，爽迈不群，多所陵傲，缺乡曲之誉。年四十馀始仕。与王济相知甚深。

〔２〕淡：言水质好，清而甘甜。贞：正，正直。

〔３〕辠(zuì 最)巍：山险峻的样子。嵯峨：形容山势高峻。泙渫(yá dié 押蝶)：浪波叠起的样子。磊砢：树木多节。比喻人有奇特的才能。

【评】

本则刘孝标注、王世懋评皆疑其有误。王曰："注是也。吴、蜀当此语是本色。按王、孙同为太原人，不当风土之异如此。"

倘酌量风物之异，确如上述推论。然此则之妙，正在于山水风物描摹中所透出的言语之美。王济之言，于山水人物描摹中，渗透着一种清雅之美，颇有老、庄境界。表达了王济"有隽才，能清言"的气质修养。孙子荆言则巧于状物。述景物，用近乎拟人化的手法；说人物，用拟物手法，将山水人物合二为一而说得灵动可感。"泙渫"，余嘉锡《笺疏》引《一切经音义》释为"谓冰冻相著也"。波浪叠起，似冰之相拥相著，亦如人之亲昵嬉戏，则波浪之状，流湍之态便注入了一段生命的灵气，使水的气韵风貌活灵活现。一句话，说得山魄水魂栩栩而来。"磊砢"，《说文》："磊，众石貌。""砢，磊砢也。"磊砢为双声连绵词，状石之众多，委积魁磊。又转而形容树木如磊石之多节。这里，孙楚以物状人，将峥嵘奇崛的精神气质和奇特英发的才思描绘如自然景象一般可睹可亲，富有内涵。孙楚的山水人物之说，也表达了其人"天才英特，亮拔不群"的才俊。

这里说山水人物的言语之妙，已如作诗一样，迁想妙得，隽永精美。

2.25 乐令女适大将军成都王颖[1],虞预《晋书》曰:"乐广字彦辅,南阳人。清夷冲旷,加有理识。累迁侍中、河南尹。在朝廷用心虚淡,时人重其贞贵。代王戎为尚书令。"《八王故事》曰:"司马颖字叔度,世祖第十九子,封成都王、大将军。"王兄长沙王执权于洛[2],《晋百官名》曰:"司马乂字士度,封长沙王。"《八王故事》曰:"世祖弟(第)十七子。"遂构兵相图[3]。长沙王亲近小人,远外君子,凡在朝者,人怀危惧。乐令既处朝望,加有婚亲,群小谮于长沙[4]。长沙尝问乐令,乐令神色自若,徐答曰:"岂以五男易一女[5]?"《晋阳秋》曰:"成都王之起兵,长沙王猜广,广曰:'宁以一女而易五男?'犹疑之,遂以忧卒。"由是释然,无复疑虑[6]。

【注】

〔1〕适:女子出嫁。成都王颖:司马颖,《晋书》记其为晋武帝第十六子,而非第十九子。

〔2〕长沙王:晋武帝第六子,封长沙王,拜抚军大将军,在京师洛阳执掌朝廷大权,与成都王颖兴兵相图,兵败被杀。

〔3〕构兵:兴兵,交战。

〔4〕远外:远离,排斥。朝望:在朝廷享有威望。群小:众小人。

〔5〕易:换。

〔6〕释然:放心的样子。无复:不再。

【评】

李贽评此条:"弃一女保五男,盖古有此语,乐用之,非乐实有五男也。"李评是,《晋书》本传记其实有三男:凯、群、谟。

乐广以长于"约言析理"而为当时名流推重。本则既记其言语特色,也描摹了一个有修养、谙达宦海风云,敏感、成熟的政治人物。面对长沙王的猜虑,以他在朝的地位、声望及与成都王颖的特殊关系,正面辩白是徒劳的。这里切近人情的一语回应,不仅机敏,而且真实得令人再无可猜疑。刘辰翁评曰:"一语坦然,敬服敬服。"可叹的是,事实并非如本则所言"由是释然,无复疑虑",刘孝标注与《晋书》并言长沙王"犹以为疑,广竟以忧卒"。乐广的存在,对构兵于成都王的长沙王说来,确实事关重大,其心理可以理解。而"广竟以忧卒",也说明士处乱世,真要"宅心事外",岂是易事!

2.26 陆机诣王武子[1],《晋阳秋》曰:"机字士衡,吴郡人。祖逊,吴丞相。父抗,大司马。机与弟云并有俊才,司空张华见而说之,曰:'平吴之利,在获二隽。'"《机别传》曰:"博学,善属文,非礼不动。入晋,仕著作郎,至平原内史。"武子前置数斛羊酪[2],指以示陆曰:"卿江东何以敌此[3]?"陆云:"有千里莼羹,但未下盐豉耳[4]。"

【注】

〔1〕陆机:见刘孝标注。参《晋书》本传,其为吴郡吴县华亭(今上海松江)人,当时著名的文学家。吴亡入晋后,累迁太子洗马、著作郎。曾任平原内史,故称"陆平原"。事成都王颖,颖兴兵攻掌权于洛阳的长沙王司马乂时,任陆机为后将军、河北大都督。机兵败遭逸,与弟陆云同为颖所杀。王武子:见本门24注。

〔2〕斛(hú 湖):古量器名,十斗为一斛。酪:一种奶制食品。

〔3〕江东:指自今芜湖以下的长江南岸地区,即江南。敌:相当,对当。

〔4〕千里:湖名,在今江苏溧阳市东南,以产莼菜著名。莼羹:莼为水生植物,采其嫩茎、叶做羹汤为吴地风味名菜。盐豉(chǐ 尺):即豆豉,煮熟发酵后,以盐制过的黄豆瓣,用为调味佐料。余嘉锡引陆游《剑南诗

稿》卷二十七《戏咏山阴风物》自注云:"莼菜最宜盐豉,所谓'未下盐豉'者,言下盐豉则非羊酪可敌,盖盛言莼菜之美尔。"

【评】

　　王济"少有逸才","为一时秀彦",同时也是京洛狂士,斗才斗富,目空一切,甚至对皇帝也倨傲不逊。陆机为江南俊才,出身之家"功名奕世,将相连华",然而却是以亡国之馀的身份,拜见这位京洛狂士。有意趣的是,当此情景两人相会,唇齿之间,又各不相让。王济之问居高临下,语带轻蔑,陆机之答绵里藏针,不买这位狂士的账。余嘉锡引徐树丕《识小录》卷三云:"千里,湖名,其地莼菜最佳。陆机答未下盐豉,尚能敌酪,若下盐豉,酪不能敌矣。"刘辰翁亦谓:"最得占对之妙,言外谓下盐豉后,(其味美)尚未止此。第语深约,可以意得,难以俊赏耳。"两说皆能揭示陆机应对之语的内涵及其妙处。就对话来说,陆机以其俊才胜了王济,而两者又俱见性情,故《晋书》称"时人以为名对"。从"言语"角度说来,妙语如绘,活灵活现地表达了两个人的性情,也情趣盎然地展现出了陆机机智敏捷的才华,此即为《世说》记述人物之妙。

　　2.27　中朝有小儿,父病,行乞药[1]。主人问病,曰:"患疟也。"主人曰:"尊侯明德君子,何以病疟[2]?"俗传行疟鬼小,多不病巨人。故光武皇帝尝谓景丹曰:"尝闻壮士不病疟,大将军反病疟耶?"答曰:"来病君子,所以为疟耳[3]!"

【注】

　　〔1〕中朝:晋南渡以后,称建都于中原的西晋为"中朝"。中朝都洛阳,历四帝,五十四年。

　　〔2〕尊侯:晋人习语,在人子之前称其父为"尊君"、"尊公"、"尊

侯",犹尊大人。明德:美德。

〔3〕为疟:疟谐"虐"音,即"为虐"。

【评】

王世懋评本则:"转语佳甚。"

原本的说法是疟鬼弱小而为祟,只能祸害德行不彰、身体羸弱的小人,若依此逻辑,则令尊大人害此疾病,还是"明德君子"么？孩童临此窘迫,用谐音一转,妙语解困,表现的智趣,颇为可爱动人。

谐语解困、解颐,不但表现了临机智趣,而且也是一种民间语言艺术,从先秦至魏晋从未消歇,到南北朝民歌中则更见异彩。《世说》不因这一形式"俗"而不取,可见该书尚美、尚智的倾向。同时,这也是时代风尚,刘勰作《文心雕龙》也不因不够"大雅"而摒弃"谐隐"这一文体,对其中蕴涵的"辞浅会俗,皆悦笑也"的智慧与幽默给予肯定。

2.28 崔正熊诣都郡,都郡将姓陈〔1〕,问正熊:"君去崔杼几世〔2〕?"答曰:"民去崔杼,如明府之去陈恒〔3〕。"《晋百官名》曰:"崔豹字正熊,燕国人。惠帝时,官至太傅(仆)丞。"

【注】

〔1〕崔正熊:崔豹,字正熊,作《古今注》三卷传于今。都郡:大郡。都郡将:都郡的首长。余嘉锡谓:"都郡将者,以他郡太守兼都督本郡军事也。"

〔2〕去:距离。崔杼:春秋时齐国大夫,杀了自己的国君齐庄公。

〔3〕明府:魏晋时,对郡首长太守、刺史的尊称,亦称"明府君"。陈恒:春秋末期的齐国大夫,杀了自己的国君齐简公。

【评】

　　弑君,不仅罪在不赦,而且在封建道德中是永留恶名的耻辱。《左传·襄公二十五年》载,崔杼杀了齐庄公后,史官秉笔直书:"崔杼弑其君。"崔慌得杀了这史官,但史官的弟弟仍如此直书,崔又杀了其弟,另一弟弟又如此写,崔无可奈何,只好作罢。另一面,南史氏闻说齐的史官都因此而被杀了,义无反顾,冒死"执简以往",准备继续直书下去。可见这是大原则大是非,而对弑君者说来,又是遗臭万年的肮脏事。这里都郡将和崔正熊开了一个大玩笑,调侃他是崔杼的后裔,崔针锋相对,马上回敬"明府",同理推断,你姓陈,大约也应当是"陈恒"后裔了。"陈恒"即"田常",他不仅杀了齐简公,而且是田氏篡夺姜氏齐国的关键人物。杀人国君,篡人社稷,陈氏比崔氏更有甚者。崔正熊的回答不仅机敏而且见出他的学养,因此颇显动人的意趣。

　　徐震堮《世说新语校笺》以为:"此条入《言语》不如入《排调》。"若按前述情形,则入《言语》,或许是作者更看重对话中以机敏、学养为底蕴的人物言语之美,而不认为这里有多少可肯定的喜剧、调笑成分。其实它貌似玩笑,内容却严肃沉重,王世懋曰:"此问者自卖破绽",确是一语中的。由此说来,本则的精彩处并不在都郡将的"幽默",却恰在崔正熊针锋相对维护尊严的回答。

2.29　元帝始过江[1],朱凤《晋书》曰:"帝讳睿,字景文。祖伷,封琅邪王。父恭王瑾嗣。帝袭爵为琅邪王。少而明惠,因乱过江起义,遂即皇帝位。"《谥法》曰:"始建国都曰'元'。"谓顾骠骑曰:"寄人国土,心常怀惭[2]。"荣跪对曰:"臣闻王者以天下为家,是以耿、亳无定处[3],《帝王世纪》曰:"殷祖乙徙耿,为河所毁。"今河东皮氏耿乡是也。"盘庚五迁,复南居亳。"今景亳是也。九鼎迁洛邑[4]。《春秋传》曰:"武王克商,迁九鼎于洛邑。"今之偃师是也。愿陛下勿以迁都为念。"

【注】

〔1〕元帝:晋元帝司马睿,东晋第一位皇帝,在位七年,庙号"中宗"。

〔2〕顾骠骑:顾荣,死后赠侍中、骠骑将军。怀惭:心怀惭愧之情。

〔3〕耿:古邑名,又名邢,在今河南温县东。商代自祖乙到阳甲时都于此。亳(bó博):古邑名,在今河南商丘市,商汤时都城。

〔4〕九鼎:相传夏禹铸九鼎,为国之重器,王位的象征。商灭夏,迁九鼎于商邑;周灭商,又将其迁于洛邑(今河南洛阳)。

【评】

余嘉锡笺云:"顾荣卒于元帝未即帝位以前,不当称陛下。"司马睿此言为其"始过江",尚未建立东晋朝廷时的心理,顾荣之对,也是江东世族对是否拥戴北来权势的态度回馈。

当晋怀帝时,司马睿作为镇东大将军,都督扬、江、湘、交、广五州诸军事,移镇建业(今南京市),虽然他成了晋王朝督统江南的最高军政长官,然而实际形如高级难民。江北八王混战,继之以胡骑攻逼,已是"中原萧条,白骨涂地",世家大族四散奔逃,西晋王朝家当丧尽,名存实亡。北方琅邪王司马睿,在实际掌握王朝军政大权的北海王司马越的安排下,先期过江,准备江北失守后,退据江南。这时,江东世家大族未遭中原那样大规模、旷日持久的战乱,生活相对优裕,实力较为雄厚,开始时瞧不起这班北来奔命的"伧父"的。在这样的情境下,"始过江"的司马睿的这番感慨,具有真实性,道出了江北贵胄大族们流离江表的普遍心理,容纳了万千悲慨,极显真情动人。

然而,他剖白内心的对象是"江东首望"的顾荣,对话就别有一番意味了。这既是情词恳切的剖白,也是对这位江东大族头面人物的拉拢与探询。顾荣的回答同样妥帖得体。江东大族搞清楚了,要想维护自己的利益,必须有一个能代表自己的政权,而这位为北来大族所拥戴的江东之主所要组织的政权,正是能代表他们利益的新政权。所以,顾荣这话,并非谀词,恰是情词恳切的态度回馈。

这一对话选在《世说·言语》中,或许因为在当时情景里,两个人的话都有所为而发,但在话语中又都显得率真、诚恳,人情味十足,在这里不仅见出"言语"颇耐玩味,同时也描画了说话人的风神。

另外,参见《前言》,敬胤对本则故事,曾辩之凿凿,力说其有失真实性,它恰证明这则记载作为传闻、故事的灵动,不失其情理之真,形象之真,显出《世说》这部笔记小说的精妙况味。

2.30 庾公造周伯仁[1],虞预《晋书》曰:"周顗字伯仁,汝南安城人,扬州刺史浚长子也。"《晋阳秋》曰:"顗有风流才气,少知名,正体嶷然,侪辈不敢媟也。汝南贲泰渊,清操之士,尝叹曰:'汝、颍固多贤士,自顷陵迟,雅道殆衰。今复见周伯仁,伯仁将祛旧风,清我邦族矣!'举寒素,累迁尚书仆射。为王敦所害。"**伯仁曰:"君何所欣悦而忽肥**[2]**?"庾曰:"君复何所忧惨而忽瘦**[3]**?"伯仁曰:"吾无所忧,直是清虚日来,滓秽日去耳**[4]**。"**

【注】

〔1〕庾公:即庾亮,见《德行》31 注。又《晋书》本传述其"美姿容,善谈论,性好《老》《庄》,风格峻整,动由礼节"。造:拜访。周伯仁:见刘孝标注。

〔2〕欣悦:诸本作"欣说"。

〔3〕复:又。忧惨:忧伤。

〔4〕直是:只是。清虚:清静虚无,少尘念。渣秽:污浊,指尘俗之念。

【评】

周𫖮是世家子,"少有重名"。为人风格与庾亮有相近处,"正体嶷然","风格峻整",正直敢为,睿智健谈。二人交往中,言语便颇显睿智才情。《晋书·周𫖮传》曾记过他们的对话:"庾亮尝谓𫖮曰:'诸人咸以君方乐广。'𫖮曰:'何乃刻画无盐,唐突西施也。'"本则的对话也是如此。本来"胖"、"瘦"这种话头很世俗,李贽就说本则"太无味",刘辰翁也说"极鄙而隐",但寻绎起来,还是可以体会出其中的味道。

一是言语往还中的机敏睿智。欣悦则肥,忧惨则瘦,此乃人之常情,所以伯仁以此问肥,庾亮以此问瘦,两人问对皆机敏有意趣。二是伯仁最后一答,不仅机敏还风神摇曳。至少在表面上,周𫖮、庾亮都不看重官位而看重作为,所以,伯仁之言并非故作高标,而是内心的一种崇尚——清虚淡泊,归之自然,以此来代替俗想,于是赘肉便日去而瘦。清虚淡泊,归之自然,又恰恰是当时士大夫所标榜的一种雅致,故尔此言此语便有了动人的意趣。

2.31 过江诸人,每至美日,辄相邀新亭,藉卉饮宴〔1〕。《丹阳记》曰:"新亭,吴旧立,先基崩沦。隆安中,丹阳尹司马恢之徙创今地。"周侯𫖮也。中坐而叹曰〔2〕:"风景不殊,正自有山河之异〔3〕!"皆相视流泪。唯王丞相导也。愀然变色曰〔4〕:"当共勠力王室,克复神州,何至作楚囚相对〔5〕?"《春秋传》曰:"楚伐郑,诸侯救之。郑执郧公锺仪献晋,景公观军府,见而问之曰:'南冠而絷者为谁?'有司对曰:'楚囚也。'使脱之,问其族,对曰:'伶人也。''能为乐乎?'曰:'先父之职,敢有二事!'与之琴,操

105

南音。范文子曰:'楚囚,君子也。乐操土风,不忘旧也。君盍归之,以合晋楚之成。'"

【注】

〔1〕过江诸人:西晋末年,中原失守,绝大部分世族豪强纷纷过长江,避地江南。后元帝司马睿建立东晋政权,这些世族集团的人物又在朝廷任职。这里的"诸人",即指世族集团的人物。美日:风和日丽的日子。新亭:亭名,三国时吴建,旧址在今南京市西南的长江边。藉卉(huì会):坐在草地上。卉,草。

〔2〕周侯:即周顗,见《言语》30。《晋书》本传说周顗"弱冠,袭父爵'武成侯'",故称。中坐:坐中。

〔3〕不殊:没有不同。自有:只有。

〔4〕王丞相:即王导,是辅助司马睿建立东晋政权的主要人物之一。政权建立,王导后为丞相。愀(qiǎo巧)然:脸色变得严肃的样子。

〔5〕戮(lù录)力:和力,并力。神州:古称中国为"赤县神州",此指中原。楚囚:见刘孝标注,这里借指处境窘迫的人。

【评】

余嘉锡引赵绍祖《通鉴注商》谓:"此大概言神州陆沉,非复一统之旧,故诸名士闻之伤心,相视流涕。"

坐中周顗的一席话,道出了诸名士共同的心理感受。王朝龟缩于半壁江山,诸公成了流离难民,今昔沧桑,丧家沦落之感是痛彻肺腑的。越是"美日",就越令人伤心。周顗一向"正体嶷然",敢作敢为,他的这番话尚带有发自内心的忧患和一种豪气,其浩叹,是山河变色令人悲不自胜的感觉。然坐中"相视流泪"者,倒真像"楚囚相对",徒然悲怆,窘迫无计。

王导不愧是领袖群伦的人物,他的话并非故放大言。早在西晋时代,王氏家族就累世公卿,有大功于王室,而王导又少年知名,"识量清远",参东海王越军事,与琅邪王司马睿"素相亲善"。"(王)导知天下已乱,遂倾心推奉(司马睿),潜有兴复之志"(《晋书·王导传》)。在他参与谋划下,西晋崩溃前夜就与司马越有计划地经营江左。他最终拥戴司马睿,成功地建立了江东政权,脚踏实地,实践着他的"兴复之志"。这里的话,是他一贯作风的自画像,有谋略、能实干,胸襟高迈。因而,他的话不仅掷地有声,而且富有感召力。在国难当头时刻,一个爱国有为的政治家形象跃然纸上。

本则诸人诸语皆真切如绘,刘辰翁概括其中的意味:"俯仰情至。"

2.32 卫洗马初欲渡江,形神惨悴,语左右云[1]:"见此茫茫,不觉百端交集。苟未免有情,亦复谁能遣此[2]!"《晋诸公赞》曰:"卫玠字叔宝,河东安邑人。祖父瓘,太尉。父恒,黄门侍郎。"《玠别传》曰:"玠颖识通达,天韵标令。陈郡谢幼舆敬以亚父之礼。论者以为出王眉子、平子、武子之右,世咸谓'诸王三子,不如卫家一儿'。娶乐广女,裴叔道曰:'妻父有冰清之姿,婿有璧润之望,所谓秦晋之匹也。'为太子洗马。永嘉四年,南至江夏,与兄别于梁里涧,语曰:'在三之义,人之所重。今日忠臣致身之运,可不勉乎?'行至豫章,乃卒。"

【注】
〔1〕卫洗马:即卫玠,官拜太子洗马,故称。惨悴:忧伤憔悴的样子。左右:身边侍从人员。
〔2〕茫茫:江水浩荡无边的样子。百端:指各种忧思愁绪。苟:如果。未免:不免。遣:排遣。

【评】
卫玠被后人评为中兴名士第一。
引发卫玠感慨的是亡国之际的捐家园,渡江南奔,面对浩茫大江,百端交集,难堪愁绪。宗白华先生曾有过说明:魏晋时代人"精神上的真自由、真解放,才能把我们的胸襟像一朵花似的展开,接受宇宙和人生的全景,了解它的意义,体会它深沉的境地。近代哲学上所谓'生命情调'、'宇宙意识'遂在晋人这超脱的胸襟里萌芽起来。卫玠初欲过江,形容惨悴,语左右曰:'见此茫茫,不觉百端交集,苟未免有情,亦复谁能遣此?'后来唐初陈子昂《登幽州台歌》:'前不见古人,后不见来者。念天地之悠悠,独怆然而涕下!'不是从这里脱化出来的?而卫玠的一往情深,更令人心恸神伤,寄慨无穷"(《论〈世说新语〉和晋人的美》)。卫玠将自我的心灵遭际,融进人生、宇宙这浩茫无涯的境界,于是他的愁绪感慨就超然于自我之外,有了更能动人的力量,也便能超越时间的界限,不断唤起读者的共鸣。王世懋读此就曾说过:"至今读之欲绝,况在当时德音面聆者耶?"刘应登评此,也强调它的超逸:"此匆匆出语耳,而微辞逸旨,超然风埃之表。江左诸公,叔宝真言语之科也。"

2.33 顾司空未知名,诣王丞相[1]。丞相小极[2],对之疲睡。顾思所以叩会之[3],《顾和别传》曰:"和字君孝,陈(吴)郡人。祖(祖,当为曾祖。)容,吴荆州刺史。父(父,当为祖)相,晋临海太守。和总角知名,族人顾荣雅相器爱,曰:'此吾家之骐骥也,必振衰族。'累迁尚书令。"因谓同坐曰:"昔每闻元公顾荣。道公协赞中宗,保全江表[4]。邓粲《晋纪》曰:"导与元帝有布衣之好。知中国将乱,劝帝度江,求为安东司马,政皆决之,号'仲父'。晋中兴之功,导实居其首。"体小不安,令人喘息[5]。"丞相因觉,谓顾曰:"此子珪璋特达,机警有锋[6]。"

【注】
〔1〕顾司空:顾和,死后追赠司空,故称。王丞相:即王导。

〔2〕小极:身体略感疲困不适。

〔3〕叩会:拜问交谈。

〔4〕元公:即顾荣,见《德行》25注。顾荣死后谥"元",顾和是其同族晚辈,故称其为"元公"。协赞:协助辅佐。中宗:晋元帝司马睿的庙号。江表:指江南。从中原看,江南地区在长江之外,故称。表:外。

〔5〕喘息:呼吸急促。此处表示焦虑、精神紧张的样子。

〔6〕圭璋特达:圭、璋都是古代帝王、诸侯在典礼或朝会时所执的玉器。古以玉象征美德和聪明。此句本《礼记·聘仪》语,意谓美德、才能出众,不需人介绍,自然就会通达。

【评】

尚未知名的顾和,想要得到名重天下的王导来提携奖掖,却又不巧,正赶上丞相疲困休息,于是顾和动脑筋,表现了他的"机警"。就"言语"说来,他组织的话确实精要完备,短短的一席话,说明了他的身世、对丞相的仰慕及关切。王导一向对"江东首望"的顾荣礼遇有加,这一望族后辈的这番话,足以引起王导的注意。顾和的"言语"确是"机警有锋",见其聪明急智。这样,自然达到了目的,得到丞相的赞赏,"由是遂知名"(《晋书·顾和传》)。但刘辰翁从另一个角度看到了本则的妙处:"《世说》长处,在写一时小小节次,如见可想。"这里更见精彩的是场景、细节的描绘,把"一时小小节次",写得如在目前。

2.34 会稽贺生,体识清远,言行以礼[1]。贺循已见。不徒东南之美,《尔雅》曰:"东南之美者,有会稽之竹箭焉。"实为海内之秀[2]。

【注】

〔1〕会(kuài快)稽:郡名,治所在山阴(今浙江绍兴)。贺生:贺循,字彦先,会稽山阴人。《晋书》卷三十八有传。出身《礼》学世家,博览群

书,尤精《礼》学。经陆机举荐,入朝任太子舍人,京师八王之乱起,去职归乡。后作为江东世族代表人物,和顾荣等一起支持元帝司马睿建立东晋王朝。为元帝所倚重,仕太常,领太子太傅,卒赠司空。生:先生之省称,对有道德学养人的敬称。体识:胸襟、见识。

〔2〕不徒:不只是。东南之美:见刘孝标注,此谓东南的杰出人才。秀:杰出的人才。

【评】

本则"不徒东南之美,实为海内之秀"句,见《晋书·顾和传》,是王导赏评顾和的话。余嘉锡《笺疏》引李慈铭云:"按'会稽贺生'上,疑有脱文。"余嘉锡谓:"此不知何人之言,《世说》自他书摘出,失其本末耳。"这一则确实与《言语》的常例不符,失去了《言语》描摹魏晋人物气质的特色,所以凌濛初看它:"甚似《赏誉》。"

2.35 刘琨虽隔阂寇戎,志存本朝[1],王隐《晋书》曰:"琨字越石,中山魏昌人。祖迈,有经国之才。父蕃,光禄大夫。琨少称隽朗,累迁司徒长史、尚书左右丞。迎大驾于长安,以有异勋,封广武侯。年三十五出为并州刺史,为叚日䃺(段匹䃺)所害。"谓温峤[2]曰:"班彪识刘氏之复兴,马援知汉光之可辅[3]。《汉书叙传》曰:"彪字叔皮,扶风人,客于天水。陇西隗嚣有窥觎之志,彪作《王命论》以讽之。"《东观汉记》曰:"马援字丈渊,茂陵人。从公孙述、隗嚣游。后见光武曰:'天下反覆,盗名字者不可胜数,今见陛下寥廓大度,同符高祖,乃知帝王自有真也。'帝甚壮之。"今晋阼虽衰,天命未改。吾欲立功于河北,使卿延誉于江南。子其行乎[4]?"温曰:"峤虽不敏,才非昔人,明公以桓、文之姿建匡立之功,岂敢辞命[5]!"虞预《晋书》曰:"峤字太真,太原祁人。少标俊清彻,英颖显名,为司空刘琨左司马。是时二都倾覆,天下大乱,琨闻元皇受命中兴,忼慨幽、朔,志存本朝。使峤奉使,峤喟然对曰:'峤虽乏管、张之才,而明公有桓、文之志,敢辞不敏,以违高旨?'以左长史奉使劝进,累迁骠骑大将军。"

【注】

〔1〕刘琨:见刘孝标注。出身士族,能诗文,有才略。西晋末,怀帝永嘉元年(307)出任并州刺史,加振威将军。愍帝初,拜大将军,都督并、冀、幽三州诸军事。他力拒刘聪、石勒,后因孤军无援,投段匹䃅,希望与之联合抗敌,旋为䃅所害。追赠侍中、太尉,谥愍。隔阂寇戎:被寇扰中原的匈奴、鲜卑军所阻隔,不能与晋王室联络。志存本朝:志在拯救晋室。本朝:晋王朝。

〔2〕温峤:见刘孝标注。当时追从姨夫刘琨,在并州为谋主,"琨所凭恃焉"(《晋书·温峤传》)。建武元年(317)奉刘琨命出使江南,拥戴司马睿即帝位,建立东晋王朝。受司马睿重用,留为散骑常侍,后官至中书令,为东晋名臣。

〔3〕"班彪"、"马援"句:见刘孝标注。他们在两汉之际,王莽败政,天下大乱时,看出群雄中只有刘秀才是继统复兴汉室之主,便支持了刘秀。事见《后汉书》本传。汉光:即东汉光武帝刘秀。

〔4〕阼:东阶,主人之位。天子登基称"践阼",此指王朝的国运。延誉:播扬声誉,宣传功业。其:助词,表示命令、劝勉,犹"可"、"可要"。

〔5〕明公:尊称有官职、地位的人。此指刘琨。桓、文:即春秋时齐桓公、晋文公。他们先后作为诸侯盟主,引领诸侯匡辅周室。姿:资质,才干。匡立之功:辅助朝廷,建立功业。

【评】

"琨少负志气,有纵横之才"(《晋书·刘琨传》),曾与祖逖一同"闻鸡起舞",壮怀激烈,有经世之志。后在怀、愍帝时,领并州刺史、大将军,都督并、冀、幽三州,可谓受命于危难之际,身当最前敌。他几乎是孤军奋战于北方,坚持十馀年,招抚流亡百姓,志存晋室,直至被害。这里与温峤之言,一如其人其诗,"气猛神王,意概不凡","忠义之气自然形见",其睿智、胆识与胸襟志气都跃然纸上。温峤之对也诚恳、生动。他不只是刘琨同道,也是其知音,在天下危难之时绝不苟且,知难而进。相比之下,一个昂扬壮烈,一个沉实稳重,个性俱异,但字里行间都荡逸着令人感愤的同赴忧患的英雄气概。

2.36　温峤初为刘琨使来过江。于时江左营建始尔,纲纪未举[1]。温新至,深有诸虑。既诣王丞相,陈主上幽越,社稷焚灭,山陵夷毁之酷,有《黍离》之痛[2]。温忠慨深烈,言与泗俱,丞相亦与之对泣[3]。叙情既毕,便深自陈结,丞相亦厚相酬纳[4]。既出,欢然言曰:"江左自有管夷吾,此复何忧[5]?"《史记》曰:"管仲夷吾者,颍上人。相齐桓公,九合诸侯,一匡天下。"《语林》曰:"初,温奉使劝进,晋王大集宾客见之。温公始入,姿形甚陋,合座尽惊。既坐,陈说九服分崩,皇室弛绝,晋王君臣莫不歔欷。及言天下不可以无主,闻者莫不踊跃,植发穿冠。王丞相深相付托。温公既见丞相,便游乐不住,曰:'既见管仲,天下事无复忧。'"

【注】

〔1〕温峤:见《言语》35 注。于时:当时,即晋元帝建武元年(317)。江左:江南。营建:指政权的经营创建。始尔:开始。尔,助词,无实义。纲纪:法度、秩序。举:建立。

〔2〕王丞相:王导。陈:述说。主上:皇上,此指晋愍帝司马邺。建兴四年(316),匈奴刘曜围长安,城中绝粮,愍帝出降,刘曜掳愍帝至平阳,西晋亡。次年杀愍帝。幽越:囚禁、远迁。社稷:古代天子必立社(土神)稷(谷神)而祭祀,因以社稷作为国家标志,社稷之有无,表示国家之存亡。山陵:指帝王坟墓。夷毁:铲平毁坏。《黍离》:原为《诗经·王风》中的诗篇。据说该诗是周大夫行役,路过西周都城,见故都的宗庙、宫室都长起了禾黍,于是作歌,哀叹西周的覆亡。后"黍离"就成了痛悼亡国的典故。

〔3〕泗:鼻涕。

〔4〕陈结:倾谈结交。酬纳:酬答接纳。

〔5〕管夷吾:见刘孝标注。其为春秋时的名相,辅佐齐桓公成就了霸业。这里以此喻王导。

【评】

在北方,晋怀帝被掳,匈奴首领刘聪置酒高会,"使帝著青衣行酒";愍帝被掳,刘聪出猎"令帝行车骑将军,戎服执戟为导",置酒大会,"使帝行酒洗爵。反而更衣,又使帝执盖",一国之尊,被当作小丑一样尽情调笑、戏谑,国人已难堪这种奇耻大辱,加之以亡国之痛,还有戎寇横行,尸骨遍野,这些都是浴血奋战在北方的温峤所亲闻亲历的,其切肤之痛不难想见。温峤又与刘琨有着共同的宏愿——"建匡立之功",因而,初过江,见到一切都在草创,没有头绪,自然忧心忡忡;见到王导,如同见到亲人,痛诉忧苦,这一切都描摹得真切感人,陈梦槐说:"全在描画出生韵,使我唏嘘酸痛。"描画这一过程、情景之后,出以对王导的赞叹,更显得真实。这种描摹的动人之处,不在于对王导的赞叹,而是温峤那种如释重负的神情。它精妙地表达出这位志士仁人,立宏愿复兴王朝的真诚。

2.37 **王敦兄含为光禄勋**[1]。《含别传》曰:"含字处弘,琅邪临沂人。累迁徐州刺史、光禄勋。与弟敦作逆,伏诛。"**敦既逆谋,屯据南州,含委职奔姑熟**[2]。邓粲《晋纪》曰:"初,王导协赞中兴,敦有方面之功。敦以刘隗为间己,举兵讨之,故含南奔武昌,朝廷始警备也。"**王丞相诣阙谢**[3]。《中兴书》曰:"导从兄敦举兵讨刘隗,导率子弟二十馀人,旦旦到公车泥首谢罪。"**司徒、丞相、扬州官僚问讯,仓卒不知何辞**[4]。**顾司空时为扬州别驾**[5],**授(援)翰曰**[6]:"王光禄远避流言,明公蒙尘路次,群下不宁,不审尊体起居何如[7]?"

【注】
　　〔1〕王敦:字处仲,晋琅邪临沂(今属山东)人,王导堂兄。妻为晋武帝女襄城公主,拜驸马都尉。晋室东迁,与王导一起辅佐元帝,任要职,握重兵,镇守扬州、荆州等重镇。公元322年起兵谋反,入京都建康。王含:见刘孝标注。光禄勋:官名,九卿之一,领管光禄、大中、中散、谏议等大夫及羽林郎、五官、虎贲、左右等中郎将。
　　〔2〕逆谋:余嘉锡《笺校》谓当为"谋逆"误倒。南州:城名,东晋时建,军事重镇,为建康的西南门户,故址在今安徽当涂。委职:丢弃官职。
　　〔3〕王丞相:即王导。见《德行》27注。诣阙:到皇宫门口。谢:请罪。
　　〔4〕司徒、丞相、扬州:指当时王导所任官职。扬州:指扬州刺史。余嘉锡《笺校》谓当时王导为司空,任丞相为成帝咸康四年(339)的事情。官僚:王导所任诸官府中的僚属。仓卒:突然,匆忙。
　　〔5〕顾司空:顾和,见本篇33注。别驾:刺史的佐吏。
　　〔6〕授翰:"授",诸本作"援","援"字是。援翰,拿起笔。
　　〔7〕远避流言:此是对王含弃职奔姑孰,从王敦反的一种委婉讳饰的说法。蒙尘:蒙受风尘。也是对王导率族人日日到阙下泥首请罪的委婉说法。路次:路中。群下:指众属吏。不审:不清楚。尊体:犹言贵体。起居:指日常生活。

【评】
　　王敦握重权、重兵,据守重镇,并且平定蜀中之乱有大功,一时威势逼主,晋元帝"畏而恶之",宠用刘隗、刁协以资防范。王敦本雄豪"有问鼎之心",此时受到刘隗、刁协钳制,便以"清君侧"、诛刘隗为名,兴兵反,其兄王含也弃职"叛奔于敦"(《晋书·王敦传》)。对王氏家族而言,这谋逆之举是意味着灭顶之灾的,更有"刘隗劝帝悉诛王氏"(《晋书·王导传》),王氏家族之危可以想见。所以王导率族人日日到阙下泥首请罪。见周顗入宫,王导呼而语"伯仁,以百口累卿!"(《晋书·周颢传》)其危如累卵之时的乞哀告怜,真惊心动魄。在如此危难之时,王导僚属出来探询、劝慰是情理之中的事。但情形却十分微妙,王导一面是时刻有被诛灭可能的"罪臣",一面又是他们的现任上司,于公于私,探询、劝慰令僚属们着实左右为难。在这样的情景中,看出了顾和的聪明,一句话既慰问了王导,又不为好事者留下任何话柄。参见本篇33则,王导未枉识顾和,顾和也未辜负王导。本则更加印证了顾和"机警有锋"的风流神采。

2.38 郗太尉拜司空[1],语同座曰:"平生意不在多,值世故纷纭,遂至台鼎[2]。朱博翰音,实愧于怀[3]。"《汉书》曰:"朱博字子元,杜陵人。为丞相,临拜,延登受策,有大声如钟鸣。上问扬雄,雄对曰:'《洪范》所谓鼓妖者也。人君不聪,空名得进,则有无形之声。'博后坐事自杀。"故《序传》曰:"博之翰音,鼓妖先作。"《易·中孚》曰:"上九,翰音登于天,贞凶。"王弼《注》曰:"翰,高飞也。音者,音飞而实不从也。"

【注】
　〔1〕郗太尉:郗鉴,见《德行》24注。司空:官名,三公之一,晋属一品官。
　〔2〕多:大。事故:世事。台鼎:古代以台鼎喻三公。台,三台星,上台、中台、下台;鼎有三足。晋以太尉、司徒、司空为三公,他们是执掌军政大权的最高官吏。
　〔3〕朱博:见刘孝标注。刘孝标注"音者,音飞而实不从也"句,诸本为"飞者,音飞而实不从也"。

【评】
　　郗鉴"少孤贫",然勤奋自厉,博览群籍,通世故,明事理,于纷乱之世,刚而不吐,柔亦不茹,从容儒雅,博得人厚爱与信赖,有大名于天下,是当时北来流民的领袖人物。当其"拜司空"位极人臣之时,又以朱博自警,益发见其谙练洞达之雅。

西汉末成、哀帝时的朱博,与郗鉴的经历有相似之处,都是由贫贱而登三公显位。所不同的是,朱博不能学,以狭气好交,为人廉俭,聪明果断,由佐吏"历位以登宰相"(《汉书·朱博传》)。他只知驰骛进取,而不思道德事理,终于身败名裂。这印证了《易经》"翰音登于天"——追逐名声其实不副,结局必凶的古训。郗鉴以朱博故事来告诫自己,正深见其平生修养,绝无矫情文饰之态。其知进知退,从容豁达的一句话,解得其人浑实、生动,呼之欲出。刘辰翁赞曰:"解得精实。"

2.39　高座道人不作汉语,或问此意[1],简文曰[2]:"以简应对之烦。"《高座别博(传)》曰:"和尚胡名尸黎密,西域人。传云国王子,以国让弟,遂为沙门。永嘉中,始到此土,止于大市中。和尚天姿高朗,风韵遒迈。丞相王公一见奇之,以为吾之徒也。周仆射领选,抚其背而叹曰:'若选得此贤,令人无恨。'俄而周侯遇害,和尚对其灵坐作胡咒数千言,音声高畅,既而挥涕收泪,其哀乐废兴皆此类。性高简,不学晋语。诸公与之言,皆因传译。然神领意得,顿在言前。"《塔寺记》曰:"尸密黎宋(冡)曰高坐,在石子冈。常行头陀,卒于梅冈,即葬焉。晋元帝于冡边立寺,因名'高座'。"

【注】

〔1〕此意:这里的原故。

〔2〕简文:东晋简文帝司马昱。见《德行》37注。

【评】

简文帝的性情是清虚寡欲,多玄言而少俗累,凝尘满席也能坐处湛如,不以为意。另一方面,当时桓温骄横于天下,咄咄逼人,做皇帝的前后,简文都是"拱默守道而已",所以他清谈可以无顾忌,而世俗应对则尚"简贵",免得话多得祸。然而,他此刻的这番话又正合沙门"心观"旨趣。佛家以为,看得见摸得着的一切实相都是空的,因此对世界万物的实相要用"现观"的认识办法,也就是"心行言语断"(《中论·观法品》),用心去直接体会对象,与对象合而为一,无需通常的思维活动,也不要语言的中介,所谓"如哑受义",这比语言的表达、传授更为清晰、深刻、真切。胡僧不作汉语正是佛家境界,胡语汉语有何关系?只要心行顿悟,证成正果就好;因此简文的话让人颇有玩味的馀地。

2.40 周仆射雍容好仪形[1]。诣王公,初下车,隐数人,王公含笑看之[2]。既坐,傲然啸咏[3]。王公曰:"卿欲希嵇、阮邪[4]?"答曰:"何敢近舍明公,远希嵇、阮。"邓粲《晋纪》曰:"伯仁仪容弘伟,善于俯仰应答。精神足以荫映数人。深自持,能致人而未尝往焉。"

【注】
　　〔1〕周仆射:即周顗,见《言语》30注。雍容,仪态大方从容。仪形:仪容形貌。
　　〔2〕王公:即王导,见《德行》27注。隐:依,让人搀扶。
　　〔3〕啸咏:亦作吟啸、长啸、歌啸等。啸,《说文》"吹声也",段玉裁注"蹙口而出声也"。即吹口哨,其声长而清越。啸咏是魏晋人崇尚的风度、逸韵。
　　〔4〕希:仰慕。引申为仿效。阮:阮籍,见《德行》16注。嵇:嵇康,见《德行》15注。二人皆"竹林七贤"中大名士。
【评】
　　周顗颇有些名士风度,少年时即"神采秀彻,虽时辈亲狎,莫能媟也"(《晋书·周顗传》),自有一段风神气骨。作尚书左仆射,常醉不醒,人称"三日仆射"。他来到王导家,受到礼遇,可坐下却傲慢啸咏起来。当王导问他这副做派是不是仰慕人家大名士时,周𫖮真"善于俯仰应答",一席话说得真诚妥帖。周𫖮不是阮、嵇那样的真名士,作为官场中人,他能真诚钦敬王导,心口如一,便很动人了,更何况应口回答,如此妥帖呢。可见,言语的精彩,还有赖于人本身的精彩。

2.41　庾公尝入佛图,见卧佛[1],《涅槃经》云:"如来背痛,于双树间北首而卧。"故后之图绘者为此象。曰:"此子疲于津梁[2]。"于时以为名言。

【注】

〔1〕庾公:庾亮,见《德行》31注。佛图:佛寺。卧佛:指侧身躺着的释迦牟尼像。见刘孝标注。

〔2〕津梁:桥梁,此喻佛家济度众生。

【评】

东晋时期,佛教已盛,士大夫对佛教一般知识甚为熟悉,大家能够心领神会,于是才会有这样的"名言"。

佛教的神圣真理——"四圣谛"(苦谛、集谛、灭谛、道谛),给人生以"苦"的基本价值判断,佛家的全部热诚,就是要普度众生脱离人生此岸苦海,登彼岸佛国净土。而作为佛祖的释迦牟尼,正是肩负重任的佛家领袖,因而,以情理论,他应是最辛苦的,恰如船夫于渡口渡人,往返不息,疲于劳作。见此卧佛,庾亮以俗喻雅,于情于理皆有所关合,其智其趣,遂成幽默。蕴涵这样大有意味的智趣,刘辰翁赞说它"有味外味"。

2.42　挚瞻曾作四郡太守、大将军户曹参军,复出作内史[1]。《挚氏世本》曰:"瞻字景游,京兆长安人,太常虞兄子也。

父育,凉州刺史。瞻少善属文,起家著作郎。中朝乱,依王敦为户曹参军,历安丰、新蔡、西阳内史。见敦以故坏袭赐老病外部都督,瞻谏曰:'尊袭虽故,不宜与小吏。'敦曰:'何为不可?'瞻时因醉,曰:'若上服皆可用赐,貂蝉亦可赐下乎?'敦曰:'非喻所引,如此不堪二千石。'瞻曰:'瞻视去西阳,如脱屣耳!'敦反(怒),乃左迁随郡内史。"年始二十九。尝别王敦,敦谓瞻曰:"卿年未三十,已为万石,亦太蚤[2]。"瞻曰:"方于将军,少为太蚤;比之甘罗,已为太老[3]。"《挚氏世本》曰:"瞻高亮有气节,故以此合(答)敦。后知敦有异志,建兴四年与第五猗据荆州以拒敦,竟为所害。"《史记》曰:"甘罗,秦相茂之孙也。年十二,而秦相吕不韦欲使张唐相燕,唐不肯行,甘罗说而行之。又请车五乘以使赵,还报秦。秦封甘罗为上卿,赐以甘茂田宅。"

【注】

〔1〕户曹参军:官名,掌民户、祠祀、农桑等。内史:官名。晋袭汉制,郡县与封建并行,在王国中设内史,其职位、体制同于郡太守。

〔2〕万石:汉制,丞相、太尉、御史大夫年俸号称万石,后以万石泛指高官。蚤:通"早"。

〔3〕方:比。甘罗:见刘孝标注。

【评】

挚瞻,《晋书》无传,于《周访传》中提及"贼帅杜曾、挚瞻、胡混等"。余嘉锡《笺疏》引李慈铭云:"其冤甚矣。"余先生亦考证推论,认为:"挚瞻自以忤敦而死,而名为贼帅,何其谬耶!"

挚瞻与王敦甚为熟悉,在与王敦打交道的过程中,见出挚瞻的确"高亮有气节"。王敦蜂目豺声,是一个野心勃勃、残忍霸道的军阀。这点当为挚瞻所熟知。本则里,王敦之语带有欺凌、霸道意味。挚瞻不畏淫威,着实回敬了他一个软钉子,不卑不亢,机敏巧妙。王敦昧此馀音,只能徒增恨恨。挚瞻终"以忤敦而死",此亦终证见其气节。

119

2.43　梁国杨氏子九岁,甚聪惠[1]。孔君平王隐《晋书》曰:"孔坦字君平,会稽山阴人。善《春秋》,有文辩。历太子舍人,累迁廷尉卿。"诣其父,父不在,乃呼儿出。为设果,果有杨梅。孔指以示儿曰:"此是君家果。"儿应声答曰:"未闻孔雀是夫子家禽[2]。"

【注】

〔1〕聪惠:惠通"慧",聪明有智慧。

〔2〕夫子:对男子的尊称,此指孔君平。

【评】

　　本则见出孔君平的幽默和九岁杨氏子的聪慧。孔因杨梅而故意逗孩子,说这是你们杨家的水果。谁知小儿机灵,应口以同样的联想回驳了孔君平。如此敏捷巧对让人拍案称奇。这样的智趣是可以引起人们普遍、经久的欣赏的。所以,同一事情,张冠李戴,版本不少,未知孰是。余嘉锡《笺疏》列:《太平御览》引《郭子》为杨修与孔融作此对答。《太平广记》引《启颜录》作杨修与孔君平对答。敦煌本《残类书》亦作:"杨德祖少时与孔融对食梅。融戏曰:'此君家果。'祖曰:'孔雀岂夫子家禽?'"余先生谓:"皆一事传闻异辞。"影响这样广泛,可见人们对智慧、幽默的崇尚和喜爱。

2.44　孔廷尉以裘与从弟沉(沈)[1],《孔氏谱》曰:"沉字德度,会稽山阴人。祖父奕(奕),全椒令。父群,鸿胪卿。沉至琅邪王文学。"沉辞不受。廷尉曰:"晏平仲之俭,祠其先人,豚肩不掩豆,犹狐裘数十年[2],刘向《别录》曰:"晏平仲名婴,东莱夷维人。事齐灵公、庄公,以节俭力行重于齐。"《礼记》曰:"晏平仲记(祀)

其先人,豚肩不掩豆,君子以为俭也。"又曰:"晏子一狐裘三十年,晏子焉知礼?"《注》:"豚,俎实也。豆,径尺。言并豚之两肩不能掩豆,喻少也。"卿复何辞此?"于是受而服之。

【注】

〔1〕孔廷尉:即孔坦,见本篇43则。从弟:堂弟。沉:《晋书》作"沈"。

〔2〕祠其先人:祭祀他的祖先。此刘孝标注引《礼记》下"晏平仲记其先人","记"诸本作"祀","祀"字是。豚肩:豚,小猪;肩,猪肘。此为祭品。豆:古食器,形似高脚盘,多有盖。祭祀时常用。

【评】

《晋书》本传称孔坦"少方直,有雅望,通《左氏传》,解属文"。是个深通情理的人,在吴兴内史任上,属地饥荒,他运自家米以赈穷乏。本则说了他深重兄弟情谊,画出一个"有雅望"者的一贯性格。

裘皮大衣向来为贵重之物,因而孔沉不敢轻易接受。于是,孔坦举前贤为例,裘乃身份的表征,与奢侈无关,晏平仲以节俭重于时,却不辞狐裘。先贤如此,堂弟大可欣然接受此赠。这一做法,就生活经验说,他解除了孔沉顾虑,效法先贤理所当然,同时也表达着孔坦殷勤至诚的心意。这里凸显着动人的真诚,言语不多,却令孔坦的形象栩栩如生。

2.45 佛图澄与诸石游〔1〕,《澄别传》曰:"道人佛图澄,不知何许人,出于敦煌,好佛道,出家为沙门。永嘉中至洛阳,值京师有难,潜遁草泽。闻石勒雄异好杀害,因勒大将军郭默(黑)略见勒,以麻油涂掌,占见吉凶数百里外,听浮图铃声,逆知祸福。勒甚敬信之。虎即位,亦师澄,号'大和尚'。自知终日。开棺无尸,唯袈裟法服存焉。"林公曰:

121

"澄以石虎为海鸥鸟[2]。"《赵书》曰:"虎字季龙,勒从弟也。征伐每斩将搴旗。勒死,诛勒诸儿,袭位。"《庄子》曰:"海上之人好鸥者,每旦之海上从鸥游。鸥之至者数百而不止。其父曰:'吾闻鸥鸟从汝游,取来玩之。'明日之海上,鸥舞而不下。"

【注】

〔1〕诸石:指羯人石勒、石虎等,公元319—352年建立后赵,先后都襄国(今河北邢台西南)、邺城(今河北临漳西南)。

〔2〕林公:支遁。字道林,东晋名僧。刘孝标注"海鸥鸟"句云语出《庄子》,然事见今本《列子·黄帝篇》,今本《庄子》无,余嘉锡《笺注》以为:"刘《注》所引,(《庄子》)逸篇之文也。《列子》伪书,袭自《庄子》耳。"

【评】

佛图澄自始识石勒于葛陂(今河南新蔡县北)军营,至石虎死的前一年逝去,计三十馀年与诸石"游"。(见《晋书》本传及《高僧传》卷九)

佛图以慈悲为怀,而"诸石"尽豺虎之性。石勒将兵征战,动辄活埋降卒,有时多达"万馀",其姐夫与之"戏言",勒大怒,"叱力士折其胫而杀之";石虎更有甚者,自少年就"性残忍",征战中"至于降城陷垒,不复断别善恶,坑斩士女,鲜有遗类"。对他自己的儿子也不手软,处置其子石宣,"以铁环穿其颔而锁之",令人"拔其发,抽其舌",最后"断其手足,斫眼溃腹"于积柴之上纵火焚烧,"烟炎际天",而他自己率数千人登台以观之;其子辈更逾于此,曾被立为太子的石邃,"荒淫酒色,娇恣无道","装饰宫人美淑者,斩首洗血,置于盘上,传共视之。又内诸比丘尼有姿色者,与其交袤而杀之,合牛羊肉煮而食之,亦赐左右,欲以识其味也";石斌、石宣、石韬、石鉴等等,无不荒淫贪狠,其行径令人发指,有甚于桀纣豺虎(见《晋书·载记》石勒、石虎本传)。佛图澄"悯念苍生,欲以道化勒"(《高僧传》),与诸石游,并降服了石勒、石虎,都称他为"大和尚"。以慈悲为怀的佛图澄,面对豺虎之性的"诸石",并与之"游",支道林将此比作《庄子》的"海鸥鸟"事。徐震堮《世说新语校笺》解说:"刘辰翁曰:'谓玩虎于掌中耳。'案此语未允。盖谓澄以无心应物,故物我两忘也。"

云其"忘",实不能"忘",优游"诸石"豺虎之中,略有疏忽则后果可知。佛图澄以高僧之姿,降服群豺,正见其智慧之高和"悯念苍生"之诚。"海鸥鸟"之比,不过是更加突出地渲染了当时人们对佛图澄飘逸优游超凡之境的歆羡、叹美而已。

2.46 谢仁祖年八岁,谢豫章鲲子别见。将送客,尔时语已神悟,自参上流[1]。诸人咸共叹之曰:"年少一坐之颜回[2]。"仁祖曰:"坐无尼父,焉别颜回[3]?"《晋阳秋》曰:"谢尚字仁祖,陈郡人,鲲之子也。韶龀丧兄,哀恸过人。及遭父丧,温峤吊之,尚号叫极哀。既而收涕告诉,有异常童。峤奇之,由是知名,仕至镇西将军、豫州刺史。"

【注】

〔1〕谢豫章:谢鲲,曾作豫章太守。刘孝标注"鲲子别见","子"字衍。将:携,谓携之送客。自:已经。参:参与、进入。上流:上等、上品。

〔2〕坐:同"座"。颜回:即颜渊,孔子门下最出色的弟子,以德行著称。

〔3〕尼父:孔子。孔子字仲尼,其死,鲁哀公在诔文中称之"尼父"(见《礼记·檀弓上》)。父:古代男子之美称。

【评】

谢尚为早慧英才,《晋书》所谓"神悟夙成",王导曾把他比作王戎,呼为"小安丰"。故事的确见其颖秀绝伦的辩悟,这一点,和昔日以颖秀辩悟负有盛名的王戎可以相提并论。"戎每

123

与(阮)籍为竹林之游,戎尝后至。籍曰:'俗物已复来败人意。'戎笑曰:'卿辈意亦复易败耳!'"领悟妙捷,随口回答富于机辩诙谐;本则与王戎之辩如出一辙,童言无忌,但其自信与机辩的快利又颇有名士味道,因而显得精彩动人。凭这根基素质,年八岁"自参上流",在当时风尚之下,前途无可限量。

2.47 陶公疾笃,都无献替之言,朝士以为恨[1]。《陶氏叙》曰:"侃字士衡,其先鄱阳人,后徙寻阳。侃少有远概,網(綱)维宇宙之志。察孝廉,入洛,司空张华见而谓曰:'后来匡主宁民,君其人也!'刘弘镇江(沔)南,取为长史。谓侃曰:'昔吾为羊太傅参佐,见语云:"君后当居身处。"今相观,亦复然矣。'累迁湘、广、荆三州刺史,加羽葆鼓吹,封长沙郡公、大将军,替(赞)拜不名,剑履上殿,进太尉,赠大司马,谥桓公。"按王隐《晋书》载侃临终表曰:"臣少长孤寒,始愿有限,过蒙先朝历世异恩。臣年垂八十,位极人臣,启手启足,当复何恨?但以徐寇未诛,山陵未复,所以愤慨兼怀,唯此而已。犹冀犬马之齿,尚可少延,欲为陛下北吞石虎,西诛李雄。势遂不振,良图永息。临书扼腕,涕泗横流。伏愿遴选代人,使必得良才,足以奉宣王猷,遵成志业。则虽死之日,犹生之年。"有表若此,非无献替。仁祖闻之[2],曰:"时无竖刁,故不贻陶公话言[3]。"《吕氏春秋》曰:"管仲病,桓公问曰:'子不讳,谁代子相者?竖刁何如?'管仲曰:'自宫以事君,非人情,必不可用。'后果乱齐。"时贤以为德音[4]。

【注】

〔1〕献替:"献可替否"的略语。对君主进献可行之人,除去不可行之人。为直言谏诤。恨:遗憾。刘孝标注"侃字士衡",《晋书》本传作"士行";又,"刘弘镇江南",袁本作"刘弘镇沔南","沔南"是。

〔2〕仁祖:谢尚,见前篇。

〔3〕贻:遗留。话言:言论。

〔4〕德音:善言。

【评】

《晋书·陶侃传》载,咸和七年六月侃疾笃,上表,此表前段如刘孝标引,后段即推赞王导、郗鉴、庾亮等几位当时名臣,谓"器用周时,即陛下之周(公)、召(公)也"。如刘孝标注,不可谓"都无献替之言"。然此则动人处在于仁祖之言。无"替"言者,因朝无竖刁之类乱亡之臣。与齐桓公比,晋有群贤当朝,陶公无管仲之忧,故不必诤谏。在东晋门阀政治中,平衡诸高门世族利益,稳定朝廷以图国家发展,是当时士人的共同心理要求。而仁祖这番话,既解陶公,又嘉时贤,于陶公、于时贤、于当朝皆大欢喜,可谓"德音"正合人心需求,于此可见仁祖言语之巧。

2.48 竺法深在简文坐,刘尹问〔1〕:"道人何以游朱门〔2〕?"答曰:"君自见其朱门,贫道如游蓬户〔3〕。"
《高逸沙门传》曰:"法师居会稽,皇帝重其风德,遣使迎焉。法师暂出应命。司徒会稽王天性虚澹,与法师结殷勤之欢。师虽升履丹墀,出入朱邸,泯然旷达,不异蓬宇也。"或云卞令〔4〕。别见。

【注】

〔1〕竺法深:竺潜,字法深,俗姓王,年十八出家,为晋代名僧。简文:即简文帝司马昱。据《高僧传》,时简文为会稽王、丞相。刘尹:即刘惔,见《德行》35注。

〔2〕道人:六朝时称僧人为道人,僧人亦自谦称为"贫道",意"谓我寡少此道"。朱门:红漆的大门,指达官显贵之家。

〔3〕蓬户:编蓬草做成的门,指贫苦寒门之家。

〔4〕卞令:卞壸,徐震堮《世说新语校笺》以为简文执政时,卞壸已死四十馀年,故断非卞壸。

【评】

简文、刘惔皆善清谈,惔"雅善言理",惔为简文"谈客","蒙上宾礼"(《晋书·刘惔传》)。名僧竺法深游简文处也是为了清谈。名家凑泊,于是有了这样的对白。刘惔因佛家尚"空",而戏问道人何以如俗间风气,奔走权门。言下之意,还是有所执着。道人之答,也很精妙,正因一切皆空,所以"朱门"、"蓬户"无复差异。在彼是以俗见观察,在我是以佛道行事,各行其是,两不相碍,因而,"道人何以游朱门"之问,毫无意义。本则可见,言语智巧,不唯天资聪颖,也来源于学养。名僧博学道深,应声而辩,机锋劲健,令"谈客"之问难,顿时化为妄诞。

2.49 孙盛为庾公记室参军[1],《中兴书》曰:"盛字安国,太原中都人。博学强识,历著作郎、浏阳令。庾亮为荆州,以为征西主簿,累迁秘书监。"从猎,将其二儿俱行,庾公不知,忽于猎场见齐庄[2],时年七八岁,庾谓曰:"君亦复来邪?"应声答曰:"所谓'无小无大,从公于迈'[3]。"

【注】

〔1〕记室参军:官名,掌表章、文书的幕僚。
〔2〕齐庄:孙放;字齐庄。孙盛次子。
〔3〕"无小无大"二句:出《诗经·鲁颂·泮水》。小、大,指官职大小。公:鲁僖公。于:无实义。迈:出行。此句原义谓,不论官职大小,都跟随鲁僖公出行。

【评】

孙盛"博学,善言名理",是当时的清谈名家,也是著名史家,所著《晋阳秋》,时人赞为"良史"。这样一个有着文化、学问氛围的家学环境,自然对孩子在知识、文化、智力等方面的增进、开发大有裨益。所以,孙放才七八岁就能够出语不凡。他应声回答庾亮的问话,不仅见其机敏,也见出学养。他所称引的《诗经》作品,是颂美鲁僖公武功和威德的诗篇。诗中渲染鲁僖公能文能武,征服淮夷,威风凛凛,有才干,有美德,是人们效仿的楷模,大小官员,都乐于追随。庾亮当时为六州都督,领江、荆、豫三州刺史,进号征西将军,是东晋王朝顶梁柱般的人物,为朝野所瞩望。颂美鲁僖公的诗,正好可以移用来赞美庾亮。何况孙放又巧做意转,把原诗写官职的大小,转换成年龄的大小,使引诗应对具有独特的幽默。尽管孙放引诗的时候,未见得有多少周全之想,只是孩童机灵敏捷的巧应,但听者庾亮,却可因原诗而感受更多。所以,孙放的这一回答,着实精彩。

2.50 孙齐由、齐庄二人,小时诣庾公[1]。公问齐由何字,答曰:"字齐由。"公曰:"欲何齐邪?"曰:"齐许由[2]。"《晋百官名》曰:"孙潜字齐由,太原人。"《中兴书》曰:"潜,盛长子也。豫章太守殷仲堪下讨王国宝,潜时在郡,逼为谘议参军,固辞不就,遂以忧卒。""齐庄何字?"答曰:"字齐庄。"公曰:"欲何齐?"曰:"齐庄周[3]。"公曰:"何不慕仲尼而慕庄周[4]?"对曰:"圣人生知,故难企慕[5]。"庾公大喜小儿对。《孙放别传》曰:"放字齐庄,监君次子也。年八岁,太尉庾公召见之。放清秀,欲观试,乃授纸笔令书,放便自疏名字。公题后问之:'为欲慕庄周邪?'放书答曰:'意欲慕之。'公曰:'何故不慕仲尼,而慕庄周?'放曰:'仲尼生而知之,非希企所及;至于庄周,是其次者,故慕耳。'公谓宾客曰:'王辅嗣应答恐不能胜之。'卒长沙王相。"

【注】

〔1〕诣:拜访。

〔2〕齐:等同。许由:见《言语》9注。

〔3〕庄周：即庄子。名周,战国时人,与老子同为道家学派的代表人物,崇尚天道自然,主张清静无为。《庄子》一书记载其主张。

〔4〕仲尼：即孔子。

〔5〕圣人生知：《论语·季氏》："生而知之者,上也；学而知之者,次也。"孙放此言是说,圣人不学而知,一般人只能学而知之,所以,圣人是很难企慕的。

【评】

魏晋清谈之风的理论根据即是《易》、《老》、《庄》,法自然,任天真,是时代思潮的风尚。风尚所及,连初识学行的儿童也濡染浸润,这里虽是庾亮与两小儿开的玩笑,但却充溢着清谈味道。庾亮"善谈论,性好《庄》、《老》"(《晋书·庾亮传》)；两小儿应对聪敏,大有"谈论"慧根,也崇尚《庄》、《老》,性喜许由的任天真及庄子的任自然,正合玄学品格,因而庾亮"大喜小儿对"。

2.51 张玄之、顾敷是顾和中外孙,皆少而聪惠,和并知之,而常谓顾胜〔1〕。亲重偏至,张颇不厌〔2〕。敷别见。《续晋阳秋》曰："张玄之字祖希,吴郡太守澄之孙也。少以学显,历吏部尚书,出为冠军将军、吴兴太守、会稽内史。谢玄同时之俊,论者以为南北之望。玄之名亚谢玄,时亦称'南北二玄'。卒于郡。"于时,张年九岁,顾年七岁。和与俱至寺中,见佛般泥洹像〔3〕,弟子有泣者,有不泣者。和以问二孙。玄谓："彼亲故泣,彼不亲故不泣"〔4〕。敷曰："不然。当由忘情故不泣,不能忘情故泣〔5〕。"《大智度论》曰："佛在阴庵罗双树间,入般涅槃,床北首,大地震动。诸二(三)学人忢然不乐,郁伊交涕。诸无学人,但念诸法,一切无常。"

128

【注】

〔1〕中外孙:孙子和外孙。儿子所生为中,女儿所生为外。聪惠:即聪慧,"惠"通慧。胜:优。

〔2〕亲重:亲近、爱重。偏:偏向,侧重一方。厌:满足,满意。

〔3〕般(bō波)泥洹(huán环):梵语音译,也译作"般涅槃",简称"涅槃",意译为"圆寂",佛教所谓德备障尽,脱离一切烦恼,获得自由无碍境界。僧人之死也称"涅槃"、"圆寂"。

〔4〕"彼亲"二句:袁本做"被亲故泣,不被亲故不泣"。

〔5〕此句刘孝标注"二学",诸本作"三学",佛家诫、定、慧为三学;一说佛家谓初果、二果、三果为三学人。

【评】

顾和偏向孙子而外孙不满。寺院一问,其动因或是顾和有意让孙子展露才能来平复外孙的心理,但就两人的回答看,真是各有特色,难分高下。外孙的回答聪明并含着率真的童趣。虽是最崇敬的人死去,人们也会依亲情的感受程度而有不同的情感表达,这是人之常情。言下也借题表达了对外公偏向的抗议。顾敷的回答,故作高深。"圣人忘情,最下不及情"是清谈家们的玄学命题。忘情,是要修炼到极高的境界,才会对喜怒哀乐之事无动于衷。小儿在此情景能以这样的话头来应对,固然表达了聪明和才学,但年七岁讲如此玄深的话题,已无童趣。如果顾敷真的修炼到这样的境界,却也是顾和的悲哀,妄用了亲情苦心。综观两答,诚如李贽评价:"俱胜。俱有规讽。"

2.52 庾(康)法畅造庾太尉,握麈尾至佳[1]。公曰:"此至佳,那得在?[2]"法畅曰:"廉者不求,贪者不与,故得在耳。"法畅,氏族所出未详。法畅箸《人物论》,自叙其美云:"悟锐有神,才辞通辩。"

【注】

〔1〕庾法畅：《高僧传》卷四作康法畅，所记与本则同。麈尾：《世说音释》："鹿之大者曰麈，群鹿从之，视麈尾所传而往，故谈者挥焉。"其形制似羽扇，上圆下平，附以长毫毛。

〔2〕在：留存。

【评】

据《高僧传》，这位康法畅也是健谈名僧，还著有《人物始义论》。他"常执麈尾行，每值名宾，辄清谈尽日"。麈尾，不仅标志着名士的雅致，也因是群鹿所瞻，清谈家挥动指授而谈，便具有领袖群伦的意味，因而它是清谈家所喜爱之仪饰。孙盛与殷浩两个大名家，谈辩不休，情急之中还"掷麈尾"，以至毫毛都落到了饭上。康法畅所执麈尾好而能一直留存，这在当时是有一点显眼的，所以庾亮要发疑问。名僧之答也别有意味。方外之人，不理俗家的一套风气，廉者自然不求，贪者欲求，超拔不理，恰也是一派名士风度。

2.53　**庾稚恭为荆州**，《庾翼别传》曰："翼字稚恭，颍川鄢陵人也。少有大度，时论以经略许之。兄太尉亮薨，朝议推才，乃以翼都督七州，进征南（西）将军、荆州刺史。"**以毛扇上武帝，武帝疑是故物**〔1〕。傅咸《羽扇赋》序曰："昔吴人直截鸟翼而摇之，风不减方、圆二扇，而功无加。然中国莫有生者。灭吴之后，翕然贵之，无人不用。"按庾怪以白羽扇献武帝，帝嫌其非新，反之。不闻翼也。**侍中刘劭曰**〔2〕：《文字志》曰："劭字彦祖，彭城谏亭人。祖讷，司隶校尉。父松，成皋令。劭博识好学，多艺能，善草隶。初仕领军参军。太傅出东，劭谓京洛必危，乃单马奔扬州。历侍中、豫章太守。"**"柏梁云构，工匠先居其下，管弦繁奏，钟、夔先听其音**〔3〕。钟，钟期也。夔，舜乐正。**稚恭上扇，以好不以新。"庾后闻之曰："此人宜在帝**

左右。"

【注】

〔1〕庾稚恭：见刘孝标注。庾翼为庾亮弟。据《晋书》卷七十二，庾亮另一弟庾怿献白羽扇给成帝司马衍，其事与本则所记相同。考庾翼生于305年，值晋惠帝永兴二年，去武帝之卒已十馀年，献扇事不当为庾稚恭与武帝事，当如《晋书》，为庾怿献白羽扇给成帝。故物：旧东西。

〔2〕侍中：官名，见本篇13注。

〔3〕柏梁：汉代台名，汉武帝时建造，故址在陕西长安城内。武帝尝置酒台上，诏群臣和诗，能七言者乃得上。云构：高耸入云的屋宇楼台。构，建构。钟夔：钟，钟子期，春秋时楚人，精通音乐；夔，舜时乐官。钟、夔合称，泛指古代精通音乐的人。

【评】

羽扇流行于当时，一者以实用，二来也成了艺术品，颇有欣赏价值。既流行，便会有些精品为人所珍爱。朝臣将自己的爱物奉献给皇帝，这在情理之中，如同楚人献曝，献的是一番心意。可皇帝挑剔，就非同小可。本则的意味，在于刘劭的解释。他巧譬疏解，入情入理，将奉献者的心意委婉引发出来，平息了皇帝的不快，免去了臣子的祸端。而这一切，又绝非是讨好献者，可见这位侍中的才能和品行，不止言语机智、学养广博，人品也淳厚动人，所谓"君子成人之美，不成人之恶"。这里的一席解说，使刘劭儒雅淳厚的君子形象，生动可感。

2.54 何骠骑亡后，何充别见。征褚公入〔1〕。既至石头，王长史、刘尹同诣褚〔2〕，褚曰："真长，何以处我？"真长顾王曰："此子能言。"因视王，王曰："国自有周公〔3〕。"《晋阳秋》曰："充之卒，议者谓太后父褒宜秉朝政。褒自丹徒入朝,吏部尚书刘遐劝裒曰:'会稽王令德,国之周公也,足下宜以大政付之。'裒长史王胡之亦劝归藩,于是固辞归京。"

【注】

〔1〕何骠骑:何充,字次道,晋康帝时为骠骑将军。褚公:即褚裒。见《德行》34 注。

〔2〕石头:城名。在建康西二里,地形险固,为军事要冲。王长史:王濛,字仲祖,为司徒左长史。刘尹:即刘惔,见《德行》35 注。

〔3〕周公:西周成王之叔,名姬旦。他辅佐年幼的成王,代掌朝政,平定叛乱,建立制度,巩固了周朝政权。参刘孝标注,此指会稽王司马昱。刘孝标注"于是固辞归京","京"下脱一"口"字。当时褚裒镇京口。

【评】

这一则故事,言语不见得精彩,但却颇见分量;褚公的判断、做法,则更令人钦服。

褚裒是康皇后的父亲,这时康皇帝的儿子穆帝二岁即皇帝位,朝中可谓六神无主,康皇后召褚公辅政,理所当然。然而,事情并不那么简单。何骠骑生前就坚决反对庾亮诸外戚掌政,皇帝也因舅氏干政而颇显尴尬。此番褚公到京,又是外戚问权。另一面,刘惔、王濛都是会稽王司马昱的老友,而会稽王是穆帝的本家。所以刘惔、王濛主动见褚公说项,意谓会稽王是辅政最佳人选,你外戚就不要再乱了司马家事。褚公是有器识的人,渊默有城府,早有"皮里阳秋"之评,听刘、王之言,也就固辞而还镇京口。在这样一些复杂的关系中,王长史的一句"国自有周公",抵得上千军万马,了却了一场血腥的权力争斗。

2.55 桓公北征[1],经金城[2],见前为琅邪时种柳,皆已十围[3],慨然曰:"木犹如此,人何以堪!"攀枝执条,泫然流泪[4]。《桓温别传》曰:"温字元子,谯国龙亢人,汉五更桓荣后也。父彝,有识鉴。温少有豪迈风气,为温峤所知。累迁琅邪内史,进征西大将军,镇西夏。时逆胡未诛,馀烬假息。温亲勒郡卒,建旗致讨,清荡伊、洛,展敬园陵。薨,谥宣武侯。"

【注】

〔1〕桓公北征:桓温曾有三次北征,刘盼遂《世说新语校笺》考订,此次当为太和四年(369)之征。时桓温已58岁。

〔2〕金城:地名,在今江苏句容北。东晋成帝咸康元年割丹阳郡之江乘县设琅邪侨郡,治所在金城。

〔3〕围:量词。两臂合抱的圆周长。

〔4〕泫(xuàn眩)然:流泪的样子。

【评】

东晋朝廷据半壁江山,始终风雨飘摇,豪雄之士对此懦弱王朝多隐有问鼎之心。桓温自幼即被目为"英物",豪爽有风概,多略果行。十五岁为父仇,枕戈泣血,志在必报,后果手刃仇家三兄弟。其志其略,时人比之为孙仲谋、司马宣王之流亚。他青年起家,建功立勋,威震天下,面对如此王朝也志存问鼎,《晋书》说他:"以雄武专朝,窥觎非望。"可见,这豪雄高爽的桓温并不掩饰自己的勃勃野心。刘盼遂《世说新语校笺》考订:"海西公太和四年,温发姑孰伐燕。金城泣柳事,当在太和四年之行。由姑孰赴广陵,金城为所必经。攀枝流涕,当此时矣。"温于成帝咸康七年(341)做琅邪内史,至此已三十年,自己也由英发时节而届暮年,日月逾迈,志向未果,虽云北伐可以树威,继续进取,然而,毕竟人已垂垂向晚。本则正是以这样的内蕴显现着怆然悲慨。刘辰翁评曰:"写得沉至,正在后八字耳。若止于桓大口语,安得如此惨怆?"其实,在这里,"桓大口语"与后八字并重。魏晋任情酗酒,风流雅望大多未及五六十岁即凋谢,桓温虽"性简"、慎酒,可年望花甲也已自觉时不我待,望此见证岁月无情流逝的柳树,其心中的慨怨诉之于口语,正可说是流泻无馀;后八字的描写,因将自感英雄迟暮,不堪衰迈之情态写得真切,故而此情此景方显出惨怆沉至的情感分量,两者舍其一则无此表现深度。于是,它也便由个别而一般,在这一点上,牵起了后世人们的情怀。

2.56　简文作抚军时[1],尝与桓宣武俱入朝[2],更相让在前[3],宣武不得已而先之,因曰:"伯也执殳,为王前驱[4]。"《卫诗》也。殳,长一丈二尺,无刃。简文曰:"所谓'无小无大,从公于迈'[5]。"

【注】

〔1〕简文:晋简文帝司马昱,见《德行》37注。抚军:将军的称号,即抚军大将军。

〔2〕桓宣武:桓温,谥宣武。

〔3〕更相:互相。

〔4〕"伯也"二句:《诗经·卫风·伯兮》句。伯,长兄;殳(shū书),兵器,长一丈二尺,有棱无刃。原诗为妻称颂丈夫之辞。

〔5〕"无小"二句:见本篇49注。

【评】

时司马昱以会稽王进位抚军大将军、录尚书六条事,辅佐朝政;桓温为大司马掌控实权,而年略长于司马昱,曾被封为临贺郡公、南郡公。

本则的一番对答,尽显两人智趣。桓温虽雄心勃勃,立大功而收时望,咄咄逼人,但司马氏的皇权并不是轻易可以取代的,他仍得拿出臣子模样。所以谦恭其貌,一面"相让",一面脱口而出,表示自己只是王家劲健奋勇的走卒。而俏皮的是,此情此景,在辞面上又正符合司马昱会稽王的称谓及自己略长于司马昱的臣子身份,一句"伯也执殳,为王前驱",既富学问,而又妙趣无穷。司马昱应声之对,更见敏捷。迫于桓温的强势,不但自己的地位受其左右,就是整个王朝也要仰仗这位手握重权的"大司马"。所以司马昱更其谦恭,不但"让",而且将桓温比于鲁僖公之领袖群伦,不论官职大小都乐于追随。此句在辞面上也正和了桓温"公"的称谓。脱口引用古《诗》成句,能达到如此境地,确如刘辰翁所评:是"两用各极其致"的"捷然天对"。

2.57 顾悦与简文同年[1],而发蚤白[2],《中兴书》曰:"悦字君叔,晋陵人。初为殷浩扬州别驾。浩卒,上疏理浩。或谏以浩为太宗所废,必不依许。悦固争之,浩果得申,物论称之。后至尚书左丞。"简文曰:"卿何以先白?"对曰:"蒲柳之姿[3],望秋而落[4];松柏之质,凌霜犹茂[5]。"顾凯(恺)之为父传曰:"君以直道,陵迟于世。入见王,王发无二毛,而君已斑白。问君年,乃曰:'卿何偏早白?'君曰:'松柏之姿,凌霜犹茂;臣蒲柳之质,望秋先零。受命之异也。'王称善久之。"

【注】
  〔1〕顾悦:见刘孝标注,《晋书》作顾悦之。
  〔2〕蚤:通"早"。
  〔3〕蒲柳:柳树的一种,又名水杨、蒲杨,秋天早凋。
  〔4〕望:临近。
  〔5〕犹:尚。

【评】
  顾悦的回答,是一个精妙的譬喻。在词面上联类不俗,取譬皆为牵人遐想、深有意味的美景美物,两物相对比之中又含着谦逊儒雅;在词底却张扬着个性,即刘孝标注中所谓"受命之异"。

味其辞气,顾悦并不因象征着衰老的早生华发去叹老嗟卑,而是从容妙对,神情自若。在这巧喻妙对中,应答者的内在个性、气质之美,溢于纸上。

2.58　桓公入峡[1],绝壁(壁)天悬[2],腾波迅急,《晋阳秋》曰:"温以永和二年,率所领七千馀人伐蜀,拜表辄行。"乃叹曰:"既为忠臣,不得为孝子,如何[3]?"《汉书》:"王阳为益州刺史,行部至邛僰九折坂,叹曰:'奉先人遗体,奈何数乘此险!'以病去官。后王尊为刺史,至其坂,问吏曰:'非三(王)阳所畏之道邪?'吏曰:'是。'叱其驭曰:'驱之!王阳为孝子,王尊为忠臣。'"

【注】

〔1〕桓公入峡:永和二年冬,桓温率军自江陵溯长江上行伐蜀,经三峡。入峡,进入三峡。

〔2〕绝壁:陡峭的崖壁。天悬:耸入云天。

〔3〕如何:等于说"奈何",即"怎么办?"

【评】

当壮盛之年的桓温(时年34岁),豪气慨然,乘盘踞蜀地的李势形微势弱,便"志在立勋于蜀",上疏朝廷,不等复诏就率兵而行。面对三峡天险的"绝壁天悬,腾波迅急",他的话豪爽可爱,显出"英物"之气。

"身体发肤,受之父母",不能毁伤谓之"孝";冲锋陷阵,不惜性命,为国立勋谓之"忠"。对此两难的选择,桓温借"王阳为孝子,王尊为忠臣"(见刘孝标注引《汉书》)的故事慨兴浩叹。就在这似乎无可如何之惆怅、叹息中,突显了他绝不却步的个性。不难体会,他的话,重心是落在"既为忠臣"一端的。其意气豪情鼓动人心,既显出率真的性情,而感召将士奋勇相从的

"大略",也可在无迹之迹中求之了。

2.59 初,荧惑入太微[1],寻废海西[2];《晋阳秋》曰:"泰和六年闰十月,荧惑守太微端门;十一月,大司马桓温废帝为海西公。"《晋安帝纪》曰:"桓温于枋头奔败,知民望之去也,乃屠袁真于寿阳。既而谓郗超曰:'足以雪枋头之耻耳。'超曰:'未厌有识之情也。公六十之年,败于大举;不建高世之勋,未足以镇厌民望。'因说温以废立之事。时温夙有此谋,深纳超言,遂废海西。"简文登祚[3],复入太微,帝恶之。徐广《晋纪》曰:"咸安元年十二月,荧惑逆行入太微,至二年七月,犹在焉。帝惩海西之事,心甚忧之。"时郗超为中书,在直[4]。《中兴书》曰:"超字景兴,高平人,司空愔之子也。少而卓荦不羁,有旷世之度。累迁中书郎、司徒左长史。"引超入曰:"天命修短,故非所计。政当无复近日事否[5]?"超曰:"大司马方将外固封疆[6],内镇社稷[7],必无若此之虑。臣为陛下以百口保之[8]。"帝因诵庾仲初诗[9]庾阐《从征诗》也。曰:"志士痛朝危,忠臣哀主辱。"声甚悽厉。郗受假还东[10],帝曰:"致意尊公[11],家国之事,遂至于此。由是身不能以道匡卫[12],思患预防。愧叹之深,言何能喻[13]!"因泣下流襟。《续晋阳秋》曰:"帝外厌疆(强)臣,忧愤不得志,在位二年而崩。"

【注】

〔1〕荧惑:火星的别名,因隐显不定令人迷惑,故名。古人视为灾星。太微:星宿名,三垣之一,位于北斗之南,由十颗星组成。古人认为是天庭,对应人间的朝廷。

〔2〕寻:不久。海西:即海西公司马奕,晋哀帝之同母弟,继哀帝即位,后被桓温废为海西公,另立简文司马昱为帝。其因由见刘孝标注。

〔3〕登祚:即皇帝位。

〔4〕郗超:任桓温大司马,深得信任,立简文为帝后,迁中书侍郎,实代桓温监督朝廷而权重当时。在直:在宫中值班。

〔5〕政当:只应。"政"通"正";当,表揣度的口气。近日事:指桓温废海西事。

〔6〕方将:正要。固:巩固,加强。封疆:疆界,引申为边防。

〔7〕镇:安抚。

〔8〕百口:犹言一族人。保:担保。

〔9〕庾仲初:庾阐,字仲初,为散骑侍郎,领大著作,作《扬都赋》,为世所重。诗:指庾仲初《从征诗》。

〔10〕受假:休假。东:指会稽,因在京城建康之东,故时人以东指会稽。

〔11〕尊公:对别人父亲的敬称。此指郗超的父亲郗愔。愔忠于王室而超为桓温谋主,废立之事,即超与桓温始谋,见刘孝标注。

〔12〕是身:此身,犹言"我"。匡卫:匡正、护卫。

〔13〕喻:表达。

【评】

　　简文帝的君位,处在外逼于北方异族的压力,内慑于权臣之强悍,朝夕不保,战战兢兢的尴尬境地。而他自己既无雄才亦乏胆识,谢安评价他是"惠帝之流",虽未免过刻,但其政治才略平平却是实情。然而,他敏感、捷慧更具文人气质,颇有当时的名士风味。"荧惑入太微"使他时时想起海西公的遭遇,不寒而栗,与郗超语,可谓其心愁苦,几番言语,一意三叠。一则因郗超为桓温心腹,想通过郗超试探桓温实情。得到的回答只是桓温目前无暇虑及废立,郗超虽敢以"百口"担保,可简文并没有得到定心丸。二则诵诗,以性情侧讽郗超,试图唤起他为臣的良知。但是郗超在心底里早对司马王室失去信心,相信"天下之责将归于公(桓温)矣"(《晋书·郗超传》),作为桓温谋主,又

138

怎会受此诗句的感动呢？三则想通过"致意"尽忠王室的"尊公"，来规讽这位敢谋王权废立的"不肖子"。然而，史称郗超与桓温之谋，对他的父亲一概保密，此时简文的良苦用心、哀哀之情又能起什么作用呢？本则故事，一个敏感、细腻，愁肠百结的尴尬君王的形象跃然纸上，显出了《世说》的精彩。简文帝一如魏晋名士，君王的独特身份，使他尴尬，然骨子里的性情，又使他的表达方式绝不是居高临下，深于谋算，而是风情摇曳，有着感人的人性。

2.60　简文在暗室中坐[1]，召宣武，宣武至[2]，问上何在[3]。简文曰："某在斯。"时人以为能[4]。《论语》曰："师冕见，及阶，子曰：'阶也。'及席，子曰：'席也。'皆坐，子告之曰：'某在斯，甚（某）在斯。'"注："历告坐中人也。"

【注】

〔1〕简文：晋简文帝司马昱，见《德行》37注。

〔2〕宣武：桓温，卒谥宣武，见本篇55注。

〔3〕上：皇上，指简文帝。

〔4〕能：才能，此特指口才。

【评】

刘辰翁评本则说："似讥不见也。"

简文故意导演这戏剧性的一幕，在他自己是寓有深意，而从旁观察则未免书生意气。《论语》是汉代以来的启蒙读物，可说是只要识字的人，没有不知《论语》的。孔子耐心引导盲人，遍告之，见其仁者之心。而简文用此，设局以讥桓温无视他司马氏皇权的存在及尊严，但是这对桓温说来，真同儿戏。"时人以为能"，是崇尚其聪明捷辩的口才，以为此情此景，幽默寄意，一语双关,实则可能弄巧成拙。无能的是作为在"上"的简文,而可爱的是作为才子的司马昱。就魏晋人物的才情风貌说来,本则动人处,是简文的童稚般的巧言,逞才使性而不计后果。

2.61 简文入华林园[1],顾谓左右曰:"会心处不必在远[2],翳然林水[3],便自有濠、濮间想也[4],濠、濮,二水名也。《庄子》曰:"庄子与惠子游濠梁水上。庄子曰:'鲦鱼出游从容,是鱼乐也。'惠子曰:'子非鱼,安知鱼之乐邪?'庄子曰:'子非我,安知我之不知鱼之乐也?'庄周钓于濮水,楚王使二大夫造焉,愿以境内累庄子。庄子持竿不顾,曰:'吾闻楚有神龟者,死已三千年矣,巾笥而藏于庙。此宁曳尾于涂中,宁留骨而贵乎?'二大夫曰:'宁曳尾于涂中。'庄子曰:'往矣!吾亦宁曳尾涂中。'"**不觉鸟兽禽鱼,自来亲人**[5]。"

【注】

〔1〕华林园:宫苑名。西晋时洛阳有华林园,东晋在建康(今江苏南京市)仿洛阳名园修三国吴时旧宫苑,亦名华林园。

〔2〕会心处:领悟、领会,心神交融之处。

〔3〕翳然:林荫遮蔽的样子。

〔4〕濠、濮:皆水名。濠,在安徽凤阳县东北。濮,古黄河济水的分流。见刘孝标注,因庄子的寓言,后人以"濠、濮"指高人隐士的逍遥垂钓之所。想:情怀。

〔5〕不觉:袁本作"觉"。亲:亲近。

【评】

作"濠、濮间想",恐怕是简文发自内心的向往。内外重压,使得这位无力支撑下去的君王,想到庄子与惠子的濠上之乐。一声饱含复杂情感的喟叹,却恰好揭示了简文乃至魏晋人所具有的深刻的审美意识。只有挣脱了世俗功利,心境神思翳然入林水中,才能与丰富无限、动人情怀的山水林鸟作"会心"的共鸣,才能获得超然悠美的愉人感受。这是简文的深刻感悟,也是魏晋人山水审美的宣言,他"清言迳造"(刘辰翁语),一语道破。

就《世说·言语》来说,简文具有诗人气质的感受力,其脱口之语近乎诗意,自然优美,而更重要的恐怕还是此语引发时人共鸣,所以入选。

2.62 谢太傅语王右军曰[1]:"中年伤于哀乐[2],与亲友别,辄作数日恶[3]。"王曰:《文字志》曰:"王羲之字逸少,琅邪临沂人。父旷,淮南太守。羲之少朗拔,为叔父廙所赏。善草隶。累迁江州刺史,右军将军、会稽内史。""年在桑榆[4],自然至此,正赖丝竹陶写[5],恒恐儿辈觉,损欣乐之趣[6]。"

【注】

[1] 谢太傅:谢安,见《德行》33注。王右军:王羲之,见刘孝标注。

[2] 哀乐:悲哀和快乐,此偏指悲哀,伤感。

[3] 恶:指心境不好。

[4] 桑榆:落日馀晖所照桑树、榆树的顶端。转指日暮,用以比喻人的晚年。

[5] 丝竹:弦乐器和管乐器,借指音乐。陶写:写通"泻",陶冶性情,宣泄忧闷。

[6] 欣乐:高兴,快乐。

【评】

刘辰翁曰:"自家潦倒,忧及儿辈,真钟情语也。此少有喻者。"两位大名士,均为一代风流,引领雅望。作为政要,他们为王朝所倚重,各有建树,同时也饱尝了为政之艰难险厄;作为雅士,他们深通天命意味,从容游宴,诗酒管弦自娱,认真享受、品味当下生命,在这两方面他们都达到了时人仰望的境界。现在他们谈论老境感受。谢安之语,道着对人生、人情眷恋的深情,愈老愈敏感,愈老愈伤情,这种真情流泻,不由得不打动人心。王羲之语,以达人之观,体会人生,劝慰谢安。《易》曰:"日仄之离,不击缶而歌,则大耋之嗟,凶。"《易》告诫,垂老之人,若不顺其自然,作歌自娱,必将导致老暮穷衰的嗟叹,这将是凶兆。"赖丝竹陶写"以度桑榆晚景,正是王羲之深味《易》理奥旨,洞悟人生的妙语。但同时,他又细腻地想到,王、谢这鼎盛家族的富贵子弟,别因长辈的垂老的心态、娱逸作乐而产生错觉,年轻轻的就学着放纵,即《世说笺本》所谓:"常恐儿辈认我好之,遂亦仿效以为欣乐之具,为虑儿辈沉溺,致损我欣乐之趣。"这一念想,忧及儿辈,恐其不知世事艰难,放纵逸乐而毁了一生,如此,也就从根本上失去了长辈暮年"丝竹陶写"的欣乐之趣。右军之言,舐犊之情洋溢纸外,"真钟情语也"。

一番对话,真情真态种种,表达着魏晋人深情于人生的动人风采。

2.63 支道林常养数匹马[1]。或言道人畜马不韵[2]。支曰:"贫道重其神骏[3]。"《高逸沙门传》曰:"支遁字道林,河内林虑人。或曰陈留人,本姓关氏。少而任心独往,风期高亮,家世奉法。尝于馀抗(杭)山沉思道术,行吟独畅。年二十五,始释形入道。年五十三,终于洛阳。"

【注】

〔1〕支道林:见刘孝标注。为东晋名僧,善玄理,是当时佛学"般若学"的代表人物,多才艺,长于草隶。与王洽、刘惔、殷浩、许询、郗超、王羲之、谢安等名流游好。常:同"尝",曾经。

〔2〕道人:六朝称僧人为道人,僧人亦自称"贫道"。韵:风雅。

〔3〕神骏:骏逸有神采。刘孝标注中"沉思道术",袁本作"沉思道

行"。"行吟独畅",袁本作"泠然独畅"。

【评】

僧人在东晋舞台,本是雅人角色,优游方外,注解着魏晋风流。而"马,怒也,武也"(《说文解字》),自上古它就与粗武豪强、征战杀伐或达官显贵的高轩驷乘联系在一起。一句话,马为世俗之物。这一观念、心理,由来古远而且根深蒂固。沿此惯性,名僧养马,确给人们一些异样的心理感受,所以或言"不韵"。但对支道林说来,此乃地道的俗人之见。在支道林眼里,看到的,不是俗间那往来战场或引车就道的马,而是神飞骏放、自由奔逸的英物,是高蹈尘风之外,翩翩翱翔的心神寄托。刘辰翁评:"高视世外。"洵为的见。因修养气质而自有高韵的风雅神采,往往是难为一般人所理解的。这位高僧讲经时善掘精义而或遗章句,就为俗人所讥,只有谢安是其知音,评云:"此乃九方堙(皋)之相马也,略其玄黄,而取其骏逸也。"(《高僧传》)其讲经风格与养马而赏会神骏一样,正见其人卓然独拔、善得天心的雅韵。

2.64　刘尹与桓宣武共听讲《礼记》[1]。桓云:"时有入心处,便觉咫尺玄门[2]。"刘曰:"此未关至极[3],自是金华殿之语[4]。"《汉书叙传》田(曰):"班伯少受诗于师丹。大将军王凤荐伯于成帝,宜劝学,召见宴昵,拜为中常侍。时上方向学,郑宽中、张禹朝夕入说《尚书》、《论语》于金华殿,诏伯受之。"

【注】

〔1〕《礼记》:又称小戴礼记,西汉博士戴圣编定,共四十九篇。为儒家经典之一,记载古代礼乐、仪节、教育思想等方面的内容。

〔2〕入心:会心,领悟。咫尺:八寸为咫,以咫尺喻距离极近。玄门:

语出《老子》"玄之又玄,众妙之门",后用以喻高深的境界。

〔3〕关:关涉,到。至极:最高境界。

〔4〕自是:本是、只是。金华殿:西汉未央宫中殿名。见刘孝标注,此用"金华殿之语"指儒生讲经的老调常谈。

【评】

《礼记》是礼学论著,专门阐发典制仪礼之大义,涵盖着由形而下的礼制仪节到形而上之哲理大道,所以桓温听来会有所感悟而大发赞叹。但是,经生之论难免师守家法,循规蹈矩,泥于礼制仪节,是讲不出礼之妙谛精华的,所以刘惔听来有"金华殿语"味道。刘惔"每奇温才",对桓温的政治才干有所认识,但两人气质风貌有很大差异。桓温志在经营天下而刘惔"性简贵","尤好《老》《庄》,任自然趣",是风流才士。因而,桓温对节人之礼、整理群类的工具敏感欢喜,而刘惔不能满足于此,更希望听到对"礼"之精谛的发明。所以,刘惔以"高自标置"的自负与高傲,对经生的讲解予以尖刻的否定。两人的性情志趣,气质风貌,因志向需求不同而异其趣,这在对白中表现得清晰如画。

2.65 羊秉为抚军参军,少亡,有令誉[1]。夏侯孝若为之叙,极相赞悼[2]。《羊秉叙》曰:"秉字长达,太山平阳人。汉南阳太守续曾孙。大父魏郡府君,即车骑掾元子也。府君夫人郑氏无子,乃养秉。韶龇而佳。小心敬慎。十岁而郑夫人薨,秉思容尽哀,俄而公府掾及夫人并卒,秉群从率礼相承,人不间其亲,雍雍如也。仕参抚军将军事,将奋千里之足,挥冲天之翼,惜乎春秋三十有二而卒。昔罕虎死,子产以为无与为善,自夫子之没,有子产之叹矣!亡后有子男,又不育,是何行善而祸繁也?岂非司马生之所惑欤?"羊权为黄门侍郎[3],侍简文坐。帝问曰:"夏侯湛别见。作《羊秉叙》,绝可想[4]。是卿何物[5],有后不?"《羊氏谱》曰:"权字道舆(與),徐州刺史悦(忱)之子也。仕至尚书左丞。"权潸然对曰[6]:"亡伯令问凤彰[7],而无有继嗣[8]。名播天听[9],然胤绝圣世[10]。"帝嗟慨久之。

【注】

〔1〕令誉:美好的声誉。

〔2〕夏侯孝若:夏侯湛,字孝若。西晋有名的文士。叙:文体名,叙述、评价死者的生平。赞悼:赞美、哀悼。

〔3〕黄门侍郎:官名,职任为侍从皇帝,传达诏命,掌门下事。

〔4〕绝可想:绝,极;可想,可心、称意。

〔5〕何物:何人。物指人,晋人口语。

〔6〕潸(shān 山)然:泪流满面的样子。

〔7〕令问:即令闻,好声誉。夙:早。彰:显。

〔8〕继嗣:后代。

〔9〕天听:指皇上的听闻。

〔10〕胤(yìn 印)绝:断绝后代。胤,后代。圣世:指当代。

【评】

司马迁借伯夷事迹,深深指问所谓"天道无亲,常与善人"之说的真实性。论理,积善之家必有馀庆,积恶之家必有馀殃,而事实上并非尽皆如此,这一悖论的确给人以莫大的困惑。本则中,羊权的潸然应对,还偏重于对其伯父的痛惜,而简文则早已越出羊权话语所表达的具体感受,他的"嗟慨久之",就不只是同情。这种"绝可想"的人物,竟落得"无有继嗣"的境地,它牵起简文心思的,怕还是印证了羊秉实情后,与《羊秉叙》的作者有着相同的感慨吧?眼前的事实和"司马生(迁)之所惑"(见刘孝标注引《羊秉叙》)一起,撞击着简文心灵,引起了敏感而善究玄理的简文的更深的感想。本则含蓄地刻画了敏感而具有丰富内心世界的简文这一人物。这也恰是魏晋人的显著特点,在这里,简文不是君主而是一个生动的魏晋名士。

2.66 王长史与刘真长别后相见[1],《王长史别传》曰:"濛字仲祖,太原阳人。其先出自周室,经汉、魏,世为夫(大)族。祖父佐(佑),北军中侯。父讷,叶令。濛神气清韶,年十馀岁,放迈不群。弱冠检尚,风流雅正,外绝荣竞,内寡私欲。辟司徒掾、中书郎,以后父赠光禄大夫。"王谓刘曰:"卿更长进。"答曰:"此若天之自高耳[2]。"《语林》曰:"仲祖语真长曰:'卿近大进。'刘曰:'卿仰看邪?'王问何意,刘曰:'不尔,何由测天之高也。'"

【注】

〔1〕刘真长:刘惔,见《德行》35注。刘孝标注:"世为夫族",纷欣阁本作"大","大"是。

〔2〕若天之自高:就像天自然的高。语出《庄子·田子方》:"至人之于德也,不修而物不能离焉。若天之自高,地之自厚,日月之自明,夫何修焉!"

【评】

王濛、刘惔齐名友善,为当时清谈宗主,皆自视甚高。刘惔在此引《庄子》语以自我标榜,李慈铭批评曰:"人虽妄甚,无敢以天自比者。晋人狂诞,习为大言,所谓精理玄辞,大率摭袭佛、老浮文支语,眩惑愚蒙,盛自衿标,相为欺蔽。"(《世说新语汇校集注》)"天之自高",本无所谓"长进",而蒙人夸赞"长进",便以"天之自高"自我比况,目空一切,可见刘惔的回答确是"盛自衿标"。刘应登认为"皆戏语",戏语如此,也见自负之狂。

2.67 刘尹云[1]:"人想王荆产佳,此想长松下当有清风耳。[2]"荆产,王微(徽)小字也。《王氏谱》:"微(徽)字幼仁,琅邪人。祖父义,平北将军。父澄,荆州刺史。微(徽)历尚书郎、右军司马。"

【注】

〔1〕刘尹:刘惔,见《德行》35注。

〔2〕想:想象、推想。

【评】

刘惔"清远,有标奇"(《晋书》),这话也见出他"标奇"之论。琅邪王氏是负着盛名的家族,王微(《晋书》作"徽")也出仕为官。按世俗的思维定式,名门贵胄之家,子弟定"佳";但是却被刘惔一语道破,正如同人们习惯心理,以为长松之下当有清风一样,其实未必然。话语比喻清雅,道理发人深思,表达了刘惔这位名士的见识和放达个性。刘惔善作逆向思维,思想更为深刻。

2.68 王仲祖闻蛮语不解[1],茫然曰[2]:"若使介葛卢来朝[3],故当不昧此语[4]。"《春秋传》曰:"介葛卢来朝鲁,闻牛鸣,曰:'是生三牺,皆用之矣。其音云。'问之而信。"杜预注曰:"介,东夷国。葛卢,其君名也。"

【注】

〔1〕王仲祖:王濛,见本篇66刘孝标注。蛮:古时对南方少数民族的通称。

〔2〕茫然:迷惑的样子。

〔3〕介葛卢:见刘孝标注,春秋介国国君,传说能听懂兽语。

〔4〕故当:肯定。不昧:懂得、明白。

【评】

　　古来列国分封的政治格局和小农经济的基础,使得商品交换、文化交流不能发达,这就决定了方言、方俗的顽强,客观上,它给人们的交流造成了很大的障碍。《孟子》就记有楚人学齐语的困难;有面对"南蛮鴃舌之人"的困惑。《左传》记载,同是北方的秦、魏,其语言也互不相通。汉代扬雄专门以当时的活语言为对象写了《方言》著作,以方便人们的言语沟通。可见,方言隔阂,由来已久。王濛山西晋阳人,南来江左吴地,吴方言与北方方言语音相去远甚,王濛听起来自然如入迷雾,如听鸟语,困惑不解。他对此感受,讲了一句类似幽默的俏皮话,比蛮夷吴人为鸟兽。这一面固然表现了这位大名士的敏慧,另一面,也见出其中的刻薄。史称王濛"有风流美誉,虚己应物,恕而后行""王濛温润恬和"(《晋书·王濛传》)。观本则语,见出作为累世贵族,其骨子里的高傲,面对非类,他并不"温润"也不"恬和",更不"恕",而是报以一种轻蔑的刻薄评价。一语表达了他骨子里的属性,也表达了魏晋名士的贵族属性。

　　2.69　刘真长为丹阳尹[1],许玄度出都就宿[2]。《续晋阳秋》曰:"许询字玄度,高阳人,魏中领军允玄孙。总角秀惠,众称祖(神)童,长而风情简素。司徒掾辟,大(不)就,蚤卒。"床帷新丽[3],饮食丰甘。许曰:"若保全此处,殊胜东山[4]。"刘曰:"卿若知吉凶由人,吾安得不保此!"《春秋传》曰:"吉凶无门,唯人所召。"王逸少在坐曰[5]:"令(令)巢、许遇稷、契,当无此言。"二人并有愧色[6]。

【注】

　　[1]刘真长:刘惔,见《德行》35注。丹阳在东晋是京师建康的门户,

京都地区的行政长官称尹,丹阳尹相当于京畿地方长官。

〔2〕出都:离京。刘孝标注中"司徒掾辟,大就,蚤卒"。袁本作"不就","不就"是。

〔3〕床帷:床铺帷幛。

〔4〕东山:山名。在今浙江上虞市西南。谢安早年隐居于此,临安、金陵亦有东山,谢安也曾游憩,后因以东山代指隐居。

〔5〕王逸少:王羲之,见本篇62刘孝标注。按,《世说》诸本皆作"卿若知吉凶由人,安得不保此!"唯《晋书·王羲之传》记此作"卿若知吉凶由人,安得保此!"

〔6〕巢、许:见本篇9注。稷、契(xiè谢):稷,周之始祖,名弃,发明农业,为尧之稷官。契,殷之始祖,舜之司徒,佐禹治水有功。后世以稷、契指称贤臣。

【评】

许询是隐士,《晋书》虽无传,然其名声却不小,常与谢安、王羲之、支遁等大名士往还。余嘉锡先生《世说新语笺疏》引《建康实录》八说他"幼冲灵,好泉石,清风朗月,举酒永怀",皇家屡征不就,"策杖披裘,隐于永兴西山,凭树构堂,萧然自致"。可算是远俗的高雅隐士。然而本则所记,却是另一番景象。玄度艳羡刘惔的华屋美食,全然忘怀追求萧然自致的清高自由,表达了一副享乐庸人之趣的俗士面孔。刘惔亦如此,志在保全其既得的安乐窝。王羲之一席话,说破了两人思量"保全"的俗想,令其有愧色。若真如此,则一官一隐两名士皆虚伪得浊臭逼人。这是从"全人"的角度看名流。不过观史所录,并不如是。玄度舍宅为寺,家珍悉赠,倘艳羡享乐则不必舍宅散财,所以刘辰翁、王世懋对此记颇表怀疑。刘曰:"不谓真长、玄度有此谬谈。"王曰:"二君故复有此破绽邪?"或者此为小说家言,拿许询、刘惔这班大名士寓言述事,以鞭挞当时的假名士、假隐士之虚伪。

2.70 王右军与谢太傅共登治(冶)城[1]。《扬州记》曰:"治(冶)城,吴时鼓铸之所。吴平,犹不废。王茂弘所治也。"谢悠然远想,有高世之志。王谓谢曰:"夏禹勤王[2],手足胼胝[3];《帝王世纪》曰:"禹治洪水,手足胼胝。世传禹病偏枯,足不相过,今称'禹步'是也。"文王旰食[4],日不暇给[5]。《尚书》曰:"文王自朝至于日昃(昗),不遑暇食。"今四郊多垒[6],《礼记》曰:"四郊多垒,卿大夫之辱也。"宜人人自效。而虚谈废务[7],浮文妨要[8],恐非当今所宜。"谢答曰:"秦任商鞅,二世而亡,《战国策》曰:"卫鞅,卫诸庶孽子也,名鞅,姓公孙氏。少好刑名学,为秦孝公相,封于商。"岂清言致患邪[9]?"

【注】

〔1〕王右军:王羲之,见本篇62刘孝标注。谢太傅:谢安,见《德行》33注。冶城:故址在今江苏省朝天宫一带,三国时吴王孙权所筑。

〔2〕夏禹勤王:禹是传说中著名的治水英雄,帮助虞舜治水,历时十三年,多次路过家门而不入。勤王:为王事尽力。

〔3〕胼胝(pián zhī 骈枝):长老茧。

〔4〕旰(gàn 绀)食:天晚了才吃饭。旰,晚。

〔5〕日不遑给(jǐ 挤):时间不够用。

〔6〕四郊多垒:原指四外郊野都是营垒,战事紧逼。此指王朝不宁,到处是战火。

〔7〕虚谈:空谈,指不切实际的清谈。

〔8〕浮文:浮华不实的文辞。

〔9〕清言:清谈。

【评】

这里涉及对当时最盛行、最敏感的现象——玄言清谈的评介。谢安本人善玄理,能清言,出于对玄家清言之精神实质的真正了解,他用明白简洁的语言,回答了王羲之的批评。王氏所称"虚谈废务,浮文妨要",如果针对当时士族贵要不务世事,不以国计为重的实际情况而言,是对的。但若把一国之政治危机,归罪于玄家之清言,则与历史实际不符。玄言仅是清言家之思想争鸣,是无能量把国家推向灭亡深渊的。事实正相反,魏晋清谈,恰是统治阶级的有识之士,针对汉代儒学之僵化,为王朝的统治、发展另觅一条新途径的理论争鸣。谢安针对王羲之的以史例证的批驳,也很有说服力。秦重法家,焚书坑儒,企图消灭百家争鸣,然而却由强而衰,二世而亡。"岂清言致患邪?"这一历史反思,很有说服力。他说明一个国家的兴亡,原因很复杂,不能把清谈与亡国画等号。在这个问题上,王、谢相比,谢的思考要更深入全面,更了解思想理论的运动与发展,更懂得思想理论建设对现实的意义。

刘应登:"右军之言真当时之药石。谢傅引秦喻晋,亦不类矣。"王世懋:"此在谢自为德音,然王是救时急务。"所评失于对清谈的全面省察。

2.71 谢太傅寒雪日内集[1],与儿女讲论文义。俄而雪骤[2],公欣然曰:"白雪纷纷何所似?"兄子胡儿曰:胡儿,谢朗小字也。《续晋阳秋》曰:"朗字长度,安次兄据之长子,安蚤知之。文义艳发,名亚于玄。仕至东阳太守。""撒盐空中差可拟[3]。"兄女曰:"未若柳絮因风起。"公大笑乐,即公大兄无奕女[4],左将军王凝之妻也。《王氏谱》曰:"凝之字叔平,右将军羲之第二子也。历江州刺史、左将军、会稽内史。"《晋安帝纪》曰:"凝之事五斗米道。孙恩之攻会稽,凝之谓民吏曰:'不须备防,吾已请(请)大道,许遣鬼兵相助,贼自破矣。'既不设备,遂为恩所害。"《妇人集》

曰:"谢夫人名道韫,有文才,所箸(著)诗赋、诔、颂,传于世。"

【注】

〔1〕谢太傅:谢安。内集:家庭内部集会。

〔2〕骤:疾,急。

〔3〕差:略。拟:比。

〔4〕大兄无弈女:"弈"袁本作"奕","奕"是。谢奕,字无奕,谢安兄,见《德行》33注。无奕女即谢道韫,名韬元,聪慧有才辩,人称有林下风。

【评】

陈郡谢家一门才子,家庭集会自然雅有风致。谢朗,《晋书》称其"善言玄理,文义艳发",本则他对景摹状,亦见玄思才情。"骤"为米雪疾落景象,其状自然如空中撒盐,自天迅落,洁白一片,而不似鹅毛软雪,纷纷扬扬。面对此景,谢朗可谓善摹其形。道韫则不泥于眼前实景,迁想妙得,状雪之神韵,把飘扬飞舞之美,天涯无垠之感,注入了景相之中,使其深富意境,灵动有韵致。此可谓如九方皋相马,善得其神。《扪虱新话》评说:"谢氏二句,当各有谓,固未可优劣论也。"刘辰翁却说:"有女子风致,愈觉撒盐之俗。"陈梦槐亦云:"道韫答更娟美。"后世多因道韫之句而艳称其优。道韫句,的确更富诗意,更见妙想的神悟,更具诗人的天分。然就才思敏慧,捷于应对而言,此情此景,二人所拟一实一虚均见慧根。

2.72 王中郎令伏玄度、习凿齿[1]《王中郎传》曰:"坦之字文度,太原晋阳人。祖东海太守丞,清淡平远。父述,贞贵简正。坦之器度淳深,孝友天至,誉缉朝野,标的当时。累迁侍中、中书令,领北中郎将,徐兖二州刺史。"《中兴书》曰:"伏滔字玄度,平昌安丘人。小有才学,举秀才。大司马桓温参军,领大著作。掌国史,游击将军,卒。习凿齿,字彦威,襄阳人。少以文称,善尺牍。桓温在荆州,辟为从事,历治中、别驾,迁荣(衡)阳太守。"论青、楚人物[2]。滔《集》载其论,略曰:"滔以春秋时鲍叔、管仲、隰朋、召忽、轮扁、宁戚、麦丘人、逢丑父、晏婴、涓子;战国时公羊高、孟轲、邹衍、田单、荀卿、邹奭、莒大夫、田子方、檀子、鲁连、淳于髡、盼子、田光(文)、颜歜、黔子、于陵子仲、王叔(斗)、即墨大夫;前汉时伏征君、终军、东郭先生、叔孙通、万石君、东方朔、安期先生;后汉时大司徒、伏三老、江革、逢萌、禽庆、承幼(少)子、徐防、薛方、郑康成、周孟玉、刘祖荣、临孝存、侍其元矩、孙宾硕、刘仲谋、刘公山、王仪伯(伯仪)、郎宗、祢正平、刘成国;魏时管幼安、邴根矩、华子鱼、徐伟长、任昭先(光)、伏高阳。此皆青土有才德者也。凿齿以神农生于黔中,《邵南》咏其美化,《春秋》称其多才,《广汉》之风,不同《鸡鸣》之篇,子文、叔敖,羞与管、晏比德。接舆之歌《风兮》,渔父之咏《沧浪》,汉阴丈人之折子贡,市南宜僚、屠羊说之不为利回,鲁仲连不及老莱夫妻,田光于屈原(田文不及屈原),邓禹、卓茂无敌于天下,管幼安不胜庞公,庞士元不推华子鱼,何、邓二尚书独步于魏朝,乐令无对于晋世。昔伏羲葬南郡,少昊葬长沙,舜葬零陵。比其人,则准的如此;论其士(土),则群圣之所葬;考其风,则诗人之所歌;寻其事,则未有赤眉、黄巾之贼。此何如青州邪?"滔与相往反,凿齿无以对也。临成,以示韩康伯。康伯都无言,王曰:"何故不言?"韩曰:"无可无不可[3]。"马融注《论语》曰:"唯义所在。"

【注】

〔1〕刘孝标注中"东海太守丞",袁本"丞"作"承","承"是。

〔2〕论:评论。青、楚:青,指青州,在今山东境内,渤海沿岸及泰山一带。楚,指楚国旧地,今长江中下游一带。伏是青州人,习是楚人,故各自论赞自己家乡历史名人。

〔3〕无可无不可:语出《论语》,原为孔子对仕或隐,认为只要义之所在,哪种做法都可以。后指怎么样都可以,对人或事无明确的可、否态度。

【评】

品评人物作为汉魏以来的风尚,不仅名家品题月旦当代人物,而且扩展到对乡党地域历史人物的评论。在故事中,王坦之并就伏、凿所论向韩康伯讨教,期盼名士的高度评价。但面对期盼,王坦之失望了,然而却看到了韩康伯的妙对与风度。康伯"清和有思理",人谓其能"澄世所不能澄,而裁世所不能裁",精习《周易》,善为折中。这里"无可无不可"的态度,表现了他的不澄、不裁。这种青、楚历史人物之论既无谈玄价值,又无关当代士风,康伯引孔子的话巧妙地予以否定,体现了含蓄、闲远的魏晋人物风度。

2.73 刘尹云[1]:"清风朗月,辄思玄度[2]。"《晋中兴士人书》曰:"许询能清言,于时士人,皆钦慕仰爱之。"

【注】
〔1〕刘尹:即刘惔,见《德行》35注。
〔2〕玄度:许询,见本篇69及本则刘孝标注。

【评】
　　许询的人格特征,就是一种"清风朗月"般的人生境界,其才情文咏,一生形迹,尽赋予对清澄人生的况味与追求,因而标示了这一生命境界的范本。刘惔虽跻身名利场中,然其"少清远"、"好《老》《庄》,任自然趣"的性格、学养,使其对许询风范欣羡之,因而,本则的感喟,其情怀如诗如画,与清风朗月相媲美。亦如清雅诗句。

2.74 荀中郎在京口[1],《晋阳秋》曰:"荀羡字令(令)则,颖川人,光禄大夫崧之子也。清和有识裁,少以主婿为驸马都尉。是时殷浩参谋百揆,引羡为援,频莅义兴、吴郡,超授北中郎将、徐州刺史,以蕃屏焉。"《中兴书》曰:"羡年二十八,出为徐、兖二州。中兴方伯之少,未有若羡者也。"登北固望海云[2]：《南徐州记》曰："城西二（北）有别岭入江，三面临水，高数十丈，号曰北固。""虽未睹三山，便自使人有陵云意[3]。若秦、汉之君[4]，必当褰裳濡足[5]。"《史记·封禅书》曰："蓬莱、方丈、嬴（瀛）洲，此三山，世传在海中，去人不远。尝有至者，言诸仙人不死药在焉。黄金白银为宫阙，草物禽兽尽白，望之如云。及至，反居水下。欲到，即风引船而去，终莫能至。秦始皇登会稽，并海上，冀遇三神山之奇药。汉武帝既封秦（泰）山，无风雨变至，方士更言蓬莱诸药可得，于是上欣然东至海，冀获蓬莱者。"

【注】

〔1〕京口：今江苏镇江，东晋为军事重镇。

〔2〕北固：即北固山。

〔3〕陵云意：飞升入云的感觉。陵，通"凌"，袁本作"凌"。

〔4〕秦、汉之君：此指秦始皇、汉武帝。两人都幻想长生不死，求神仙，寻仙药，事见《史记》中的《秦始皇本纪》和《封禅书》。

〔5〕褰（qiān牵）裳濡足：撩起下衣，涉水浸足。

【评】

登北固山，纵目无碍，江天之间又缀以灏气烟霭，这种江天景色，自会让人有与自然冥合的感受。一睹此景，荀羡油然联想起传说中的海上三座仙山境像，其言语所描绘的审美心理，便使人超然，使江山含有灵气，而秦皇、汉武求长生不死故事的连缀引入，再使登临景色令人神思不已，富有极广阔、极灵妙的想象空间。这一番言语，不只表达了荀羡巧辞幽默，更表达了魏晋人对山水自然之美的审美感悟。

2.75 谢公云[1]："贤圣去人，其间亦迩[2]。"子侄未之许[3]，公叹曰："若郗超闻（闻）此语[4]，必不至河汉[5]。"《超别传》曰："超精于理义，沙门支道林以为一时之俊。"《庄子》曰:"肩吾开(问)于连叔曰:'吾闻言于接舆,大而无当,往而不反,坚梯(怪怖)其言,犹河汉而无极也。'"

【注】

〔1〕谢公:谢安,见《德行》3注。

〔2〕去:距离。迩:近。

〔3〕未之许:不赞同他的说法。

〔4〕郗超:见刘孝标注,少而卓荦不羁,有旷世之度,善谈玄,信佛理。开(开),袁本作"闻","闻"是。

〔5〕河汉:银河。见刘孝标注引《庄子》,比喻谈话迂远,不切实际。刘孝标注中"肩吾开于连叔","开"袁本作"问","问"是。"坚梯其言","坚梯"袁本作"怪怖","怪怖"是。

【评】

孔子曾说:"仁远乎哉?我欲仁,斯仁至矣。"(《论语·述而》)孟子亦有名训,"尧舜与人同耳"(《孟子·离娄下》),认为"人皆可以为尧舜"(《孟子·告子下》),贤圣在己,欲之则至,人人都有成贤作圣的可能性,贤圣并非超人。谢公善思辩,以古人圣贤未远的思路教育、激励子弟。子侄不赞同,引起了他的感叹,他们倘有郗超的精于理义、思辩之俊就好了。本则言语,活画出了谢公善以思辩启人心智的玄家风度,和他厚爱子弟的动人情致,也表现了他对卓荦之才的倾心推崇。

2.76 支公好鹤[1],住剡东岇山[2]。《支公书》曰:"山去会稽二百里。"有人遗其双鹤[3],少时翅长欲飞,支意惜之,乃铩其翮[4]。鹤轩翥不复能飞[5],乃反顾翅,垂头,视之如有懊丧意。林曰:"既有陵霄之姿[6],何肯为人作耳目近玩[7]!"养令翮成,置使飞去[8]。

【注】

〔1〕支公:支道林,见本篇45注,著名僧人,时称支公。好(hào浩):喜欢。

〔2〕剡(shàn善):县名,晋属会稽郡,治所在今浙江嵊州市。岇(áng昂):山名,在剡县境内。

〔3〕遗(wèi未):赠送。

〔4〕铩(shā杀):伤残。翮(hé和):鸟羽的茎。

〔5〕轩翥(zhù住):振翅。

〔6〕陵霄:直升云霄。袁本作"凌霄"。姿:资质,才能。

〔7〕进说:袁本作"近玩"。近玩,身边宠爱的玩物。

〔8〕置:释放。

【评】

支公养鹤放鹤,同其养马而爱其神骏一样(参见本篇63),都是对翩然翱翔于自由之境的神往,从中可见支公精神,它也是魏晋精神风貌又一生动描画。刘梦槐评曰:"事属冲旷,意太怆伤。"该则与本篇63略为不同的是,养鹤放鹤中间,流淌着一段怆然感伤的意味,也是一种两难的选择。最后之举说明,还是任自然才能真正地体现真爱。在生命中,自由是最可宝贵的。

2.77 谢中郎经曲阿后湖[1],问左右:"此是何水?"《中兴书》曰:"谢万字万石,太傅安弟也。才气为后(高俊),蚤知名。历吏部、西中郎将、豫州刺史、散骑常侍。"答曰:"曲阿湖。"《太康地记》曰:"曲阿本名云染(阳),秦始皇以有王气,凿北阮山以恐(败)其势,截其直道,使其阿曲,故曰曲阿也。吴还为云阳,今复名曲阿。"谢曰:"故当渊注渟箸(著)[2],纳而不流。"

【注】

〔1〕曲阿后湖:湖名,又名练湖,在今江苏丹阳城北。参见刘孝

157

标注。

〔2〕故当:当然、自然是。渊注:大量汇聚注入。渟(tíng 亭)箸:停滞、积聚不流。箸,同"著"。

【评】

谢万是谢氏族中的虚浮之士,"才器隽秀,虽器量不及(谢)安,而善自衒曜"(《晋书·谢万传》),但小聪明还是有的。本则见出他善悟的聪明。见山之阿曲而使水渊渊汇聚,纳而不流,因有感悟。至于感悟出什么道理,《世说笺本》云:"此语不详其义,似借曲阿湖以喻为人不应曲己从人,阿谀取容,谓既名为曲阿,宜乎水之停著不流、藏垢纳污也。"张万起、刘尚慈《世说新语译注》谓:"此感慨的喻意是:学识上只有兼收并蓄才能渊博而深厚。"无论所悟何义,在这里它最突出的是,表现着时人将人生的品味融入山水审美的鲜明倾向。这里更醒目的是在山水观照中介入了"理"的思趣,于物我交流中感悟了人生哲理。在谢万言语中,展现了魏晋人山水审美心理的丰富性,从而在这一细微处,诠释着魏晋风度中的另一方面内涵。

2.78 晋武帝每饷山涛恒少〔1〕,谢太傅安也。以问子弟〔2〕,车骑玄也。答曰〔3〕:"当由欲者不多〔4〕,而使与者忘少。"《谢车骑家传》曰:"玄字幼度,镇西奕(奕)弟(第)三子也。神理明俊,善微言。叔父太傅尝与子侄燕集,问:'武帝任山公以三事,任以宫(官)人,至于赐予,不过斤合,当有旨不?'至(玄)答有辞致也。"

【注】

〔1〕晋武帝:司马炎,见《德行》17 注。饷:馈赠。山涛:字巨源,西晋河内怀县(今河南武陟西南)人。好《老》、《庄》,与阮籍、嵇康等交友,为竹林七贤之一。在魏为郎中、吏部郎;入晋为吏部尚书、司徒等。恒:常。

〔2〕谢太傅:谢安,见《德行》33 注。子弟:本家子侄晚辈。

〔3〕车骑:此指谢玄,谢安侄,死后追赠车骑将军。
〔4〕当:或许,表揣度。

【评】

谢安对自家子弟的深情厚爱,表现在热切地期望子弟都能成为生于阶庭的芝兰玉树,成人成器。为此,作为长辈,他循循焉善诱人,以启发式的智慧感召,来教育子弟。本则既表现了谢安的善于启发,也表现了谢玄的聪明颖悟。

晋武帝以政宽仁厚来补救司马氏谋取皇权过程中,闹得"天下名士少有全者"的人心之危,所以武帝一朝,常行宽惠恩赏。而山涛是景帝司马师以来一直为王朝所重用的重臣,及武帝"迁右仆射、加光禄大夫、侍中"执掌选举,后再拜"司徒"。这样的重臣要员,喜恩赏的晋武帝却每饷恒少。这凸显了山涛为官清廉的品质和智慧。山涛早孤、居贫,没有深固的根基背景,又处于权利争斗的中心,他一方面"中立于朝",在纷繁的权利之争中,保持清醒头脑,另一方面,勤政寡求,一生"贞慎俭约",清廉到连皇帝都看他"清俭无以供养"而于心不忍。真正是"欲者不多"了。因此,他能年七十九而善终,被谥曰"康"。一生形迹,于政有事功,于己有名德,可谓达到了为臣者的难能境界。山涛虽"欲者不多",可晋武帝的"与者忘少",绝非是其心中无数而健忘,是他以"厉以恭俭,敦以寡欲"的深刻用心,来力矫曹魏以来奢侈之风,从而稳固本朝统治的基本做法使然。这对赏赐的授受两者说来,能达到如此的神会,实属不易。

这样一段现代史的活教材,被谢安用活了,不必喋喋不休地诲尔谆谆,只一启发,颖悟的后生就感受到了。在谢玄虽表面是应声而答的言语敏捷,实则让人感到了应答背后的无尽余味。

2.79 谢胡儿语庾道季[1]:道季,庾龢小字。徐广《晋纪》

曰:"穌字道季,太尉亮子也。风情率悟,以文谈致称于时。历仕至丹阳尹,兼中领军。""诸人暮当就卿谈[2],可坚城垒[3]。"庾曰:"若文度来,我以偏师待之[4];康伯来,济河焚舟[5]。"《春秋传》曰:"秦伯伐晋,济河焚舟。"杜预曰:"示必死。"

【注】

〔1〕谢胡儿:谢朗,见本篇71刘孝标注。

〔2〕暮:袁本作"莫",莫、暮古今字,晚上。当:将。谈:清谈论辩。

〔3〕坚城垒:本为加固城防,此指认真做好准备。

〔4〕文度:王坦之,字文度。偏师:军队的一部分,非主力。

〔5〕康伯:韩伯,字康伯,清谈名家。济河焚舟:此指一拼到底,决不后退。

【评】

真正的论辩令人如亲临战场一般。陶珙曰:"此真可谓舌战矣。"(《世说新语汇校集注》引)一片临战紧张的景象。由此可见当时风气,清谈论辩为不容含糊的一桩严肃事项。论战之高下结果,是会影响到对一个人的价值品评的,所以充分估计到对手的实力、状况,然后有所准备。这是智慧、学养的较量,也是"标会"理论水准的拼搏。言语选此条,充分表现了当时清谈论辩家的精神状貌。

2.80 李弘度常叹不被遇[1]。《中兴书》曰:"李充字弘度,江夏鄳(鄏)人也。祖康(秉)、父矩,皆有美名。充初辟丞相掾、记室参军,以贫,求剡县,迁大著作、中书郎。"殷扬州殷浩别见。知其家贫[2],问:"君能屈志百里不[3]?"李答曰:"北门之叹,久已上闻[4]。《卫诗·北门》刺仕不得志也。穷猿奔林,岂暇择木[5]!"遂授剡县[6]。

160

【注】

〔1〕不被遇：没有得到机遇，受到当权者的赏识。遇，知遇。

〔2〕殷扬州：指殷浩，任扬州刺史，见《德行》34注。

〔3〕屈志百里：指做县令。屈志：降志以求，迁就。为客气话。百里：古代一县所辖约百里，因代指一县或县令。

〔4〕《北门》：《诗经·邶风》诗篇，"出自北门，忧心殷殷。终窭且贫，莫知我艰。"诗序说此诗抒写仕宦不得志，不受重用。杨勇《世说新语校笺》引顾炎武语谓，《北门》本出《诗经·邶风》，《世说》注屡以邶、鄘、卫三者通名卫诗者，则六朝之时，尚有古之遗制也。

〔5〕穷猿：穷途末路之猿。此喻处境窘迫之人。

〔6〕剡（shàn善）：县名，今浙江嵊州。

【评】

才士不遇，本是悲剧，也是才士最不堪忍受的人生尴尬，而与不遇相连的，就是生活的窘迫。为摆脱尴尬、窘迫而求仕，是古才士的常情。本则李充除对此表达得真率之外，其措辞，亦确见才情。"穷猿奔林，岂暇择木？"比喻真切、生动，将其窘迫之境、怆然之哀，描摹得淋漓尽致。

2.81 王司州至吴兴印渚中看[1]。《王胡之别传》曰："胡之字修龄，琅邪临沂人也。廙之子也。历吴兴太守、征侍中、丹阳尹、秘书监，并不就。拜使持节，都督司州诸军事、西中郎将、司州刺史。"《吴兴记》曰："於潜县东七十里，有印渚，渚傍有白石山，峻壁四十丈。印渚盖众溪之下流也。印渚已上至县，悉石濑恶道，不可行船；印渚已下，水道无险，故行旅集焉。"叹曰："非唯使人情开涤[2]，亦觉日月清朗。"

【注】

〔1〕吴兴：郡名，辖境相当于今浙江临安、馀杭、德清一带，治所在

乌程。

〔2〕开涤:开阔,涤荡。

【评】

魏晋重情,不仅对人,也移情于山水自然。刘勰《文心雕龙》"登山则情满于山,观海则意溢于海",是对时人情感体验的最好概括。本则是山水体验的一个生动记录。王修龄观览、察看吴兴印渚,为山水之美所动,他的直接体验就是,如此景色,令人心胸开阔,荡涤了一切尘俗杂念、污秽之想,使心怀如同山水一样,清爽秀彻,注入着一段富有自然之趣的生命力。于是,再看日月,也非同以往,所见更加滢澈、明亮。魏晋人陶冶山水,面对人生,个人的气质风貌便自然清新超拔。

2.82　谢万作豫州都督[1],新拜[2],当西之都邑[3],相送累日,谢疲顿。于是高侍中往[4],《中兴书》曰:"高崧字茂琰,广陵人。父悝,光禄大夫。崧少好学,善史传。累迁吏部郎、侍中,以公累免官。"径就谢坐,因问:"卿今仗节方州[5],当疆理西蕃[6],何以为政[7]?"谢粗道其意。高便为谢道形势[8],作数百语。谢遂起坐。高去后,谢追曰[9]:"阿酃故粗有才具[10]。"阿酃,崧小字也。谢因此得终坐。

【注】

〔1〕谢万:见本篇77刘孝标注。豫州:州名,西晋时治所在今河南汝南辖今豫东、皖北地区,东晋于江南置侨郡,镇江西。都督:官名,掌一州或数州军事。谢万当时所领官职为"豫州刺史、领淮南太守、兼司豫冀并四州军事、假节",执掌方面军政大权。

〔2〕拜:授官。

〔3〕当西之都邑:将向西前往都督府所在的城邑。

162

〔4〕于是:在这时。

〔5〕仗节:手持符节。此指出任地方长官。方州:地方州郡。

〔6〕疆理:分界治理。疆,划分。西蕃:西部藩国。蕃通"藩",藩国,此指大的行政区域。豫州镇江西,在都城建康西,故称。

〔7〕为政:处理政务。

〔8〕形势:指政要。

〔9〕追:追溯,回忆。

〔10〕粗有:略有。才具:才能。

【评】

高崧善史书,为当时智谋之士。简文辅政时桓温擅威,率军北伐,军次武昌,简文深为忧患,崧为简文谋划,陈说祸福利害以服桓温,去主之辱,立主之威,可谓智士能臣。而谢万对于政事、军谋可说是一个"绣花枕头",遇到实务摆出一副啸咏高傲的姿态,虚浮无实才。崧在谢万领此要职时,来长篇大论地教导他一番。可以感受到他谈话的精彩,竟把这位本来"善自衔曜",又累得疲惫不堪的贵公子说得来了精神,"起坐"而听。谢万一定受益不少,然而其自视甚高的虚浮秉性作祟,当人面只吝啬地对高崧稍加肯定——"粗有才具"。如此"言语"自画出了谢万的傲诞形象。

2.83 袁彦伯为谢安南司马〔1〕,安南,谢奉别见。都下诸人送至濑乡〔2〕。将别,既自凄惘〔3〕,叹曰:"江山辽落〔4〕,居然有万里之势〔5〕。"《续晋阳秋》曰:"袁宏字彦伯,陈郡人,魏郎中令焕(涣)六世孙也。祖猷,侍中。父勖,临汝令。宏起家建威参军,安南司马记室。太傅谢安赏宏机捷辩速,自吏部郎出为东阳郡,乃祖之于冶亭,时贤皆集。安欲卒迫试之,执手将别,顾左右取一扇而赠之。宏应声答曰:'辄当奉扬仁风,慰彼黎庶。'合坐叹其要捷。性亮直,故位不显。在郡卒。"

163

【注】

〔1〕谢安南:谢奉,字弘道,东晋会稽山阴(今浙江绍兴)人。曾官安南将军、广州刺史、吏部尚书。司马:官名。魏晋时将军府及州郡设司马,掌管兵事。

〔2〕都下:京城。濑(lài 赖)乡:古地名。在东晋京城建康附近。

〔3〕凄惘:伤感怅惘,若有所失。

〔4〕辽落:空旷辽远。

〔5〕居然:显然;确实。

【评】

多情自古伤别离,屈原有"悲莫悲兮生别离"(《九歌》)的句子,江淹说:"黯然销魂者,唯别而已矣。"(《别赋》)这些句子都说出了别离的感受,而本则将别离的感受落实在江山辽远、万里之势的形象之中,就别有一番趣味。魏晋人将人情感受与山水自然相结合,便有了另外一番审美境界。就是发一感喟,也味同吟诗。此句曾引出评家的评点。刘辰翁云:"黯然销魂,直是注情语耳,未在能言。"其实,正表明了魏晋人另一特色的能言,不类善辩之巧言,而是如诗之意内言外,是更灵动、更加言少意多的"能言"。黄辉说:"别语,惟'春草碧色,春水绿波,送君南浦,伤如之何'与此二语,千古作对。"这正说到本则的紧要处。刘梦怀说:"匆匆有此怀,是别离者。"

2.84 孙绰赋《遂初》[1],筑室畎川[2],自言见止足之分[3]。《中兴书》曰:"绰字兴公,太原中都人。少以文称,历太学博士、大著作、散骑常侍。"《遂初赋》叙曰:"余少慕老庄之道,仰其风流久矣。却感於陵贤妻之言,怅然悟之。乃经始东山,建五亩之宅,带长阜,倚茂林,孰与坐华幕、击钟鼓者同年而语其乐哉!"斋前种一株松,恒自手壅治之。高世远时亦邻居[4],世远,高崧(柔)字也。别见。

语孙曰:"松树子非不楚楚可怜[5],但永无栋梁用耳!"孙曰:"枫柳虽合抱[6],亦何所施[7]?"

【注】

〔1〕赋《遂初》:创作《遂初赋》。赋,写作。

〔2〕畎(quǎn犬)川:不详何地,或曰乃山野平川。

〔3〕止足之分:知止知足的本分。《老子》四十四章"知足不辱,知止不殆,可以长久"。

〔4〕高世远:高柔,字世远。东晋乐安(今山东)人,多才博识,淡泊名利,曾为安固县令。刘孝标注中"高崇",袁本作"高柔",是。

〔5〕松树子:小松树。楚楚:纤弱的样子。可怜:可爱。

〔6〕合抱:指树身有两臂合围那样粗。

〔7〕施:使用。

【评】

余嘉锡先生说:"兴公为孙子荆之孙。高柔之言,乃斥其祖之名以戏之。孙答语中当亦还斥高柔祖父之名,但不可考耳。"(《世说新语笺疏》)观本则,当是两位怀才高逸之士的言语戏乐。孙绰的祖父,名楚,于是高柔以"楚楚"为说。晋人对家讳特别敏感,因而孙绰敏捷的反唇相讥,此讥如余先生说,当亦及高柔家讳,只是无从考究了。这里用谐音创造语言幽默,见出时人对语言积极修辞的自觉追求。《言语》选此,恐即是从善修辞这一角度来欣赏二人口才、智巧的。

2.85 桓征西治江陵城甚丽[1],盛弘之《荆州记》曰:"荆州城临汉江,临江王所治。王被征,出城北门而车轴折,父老泣曰:'吾王去不还矣。'从此不开北门。"会宾僚出江津望之[2],云:"若能目此城者有赏[3]。"顾长康时为客[4],在坐,因曰:"遥

165

望层城[5],丹楼如霞[6]。"桓即赏以二婢。

【注】

〔1〕桓征西:桓温,见本篇55刘孝标注。江陵:当时荆州治所,今属湖北。

〔2〕会:会集。宾僚:宾客僚属。出:到。江津:江边渡口。江,此指汉江。

〔3〕目:品题,评论。

〔4〕顾长康:顾恺之,字长康,小字虎头。

〔5〕层城:高大宏伟的城。

〔6〕丹楼:红色楼阁。

【评】

顾恺之博学多才,时人谓其有三绝:才绝、画绝、痴绝。其绘画艺术,被谢安视为"有生民以来未之有也"(《晋书·顾恺之传》)。这里顾恺之以画家特有的感悟,来体会桓温所治宏大壮丽的江陵城楼。作为画家,顾恺之深得"迁想妙得"(顾恺之《魏晋胜流画赞》)之味。在观察体会对象时,画家移入想象,不但观对象之形,也体会对象之神,在顾恺之脑海里的江陵城楼,此时已是画中之景了。他不泥于具体城楼的形制,而是注入了气韵,所以能妙得其真——已经进入了艺术的真实境界。这是画家脑海里的画,又用诗人的语言描画出来,真是生动之极。此种妙语,就绝非一般的诗人或一般的画家所能"偶得"的了,于此可见顾恺之的"才绝"。

凌濛初曰:"虎头每有画意,此遽正本。"李贽曰:"亦虎头画笔。"都画龙点睛一样,评点出了本则的妙处。

2.86 王子敬语王孝伯曰[1]:"羊叔子自复佳

耳[2],然亦何与人事[3],《晋诸公赞》曰:"羊祜字叔子,太山平阳人也。世长吏二千石,至祜九世,以清德称。为儿时,游汶滨,有行父止而观焉,叹息曰:'处士大好相,善为之。未六十,当有重功于天下。即当贵,无相忘!'遂去,莫知所在。累迁都督荆州诸军事。自在南夏,吴人悦服,称曰羊公,莫敢名者。南州人闻公哀,号哭罢市。"故不如铜雀台上妓[4]。"魏武《遗令》曰:"以吾妾与妓人,皆着铜雀台上,施六尺床、穗帷,月朝十五日,辄使向帐作伎!"

【注】

〔1〕王子敬:王献之,见《德行》39注。王孝伯:王恭见《德行》44注。

〔2〕自复:确实。

〔3〕人事:别人的事,"人"此指王子敬自己。

〔4〕故:实在。铜雀台:楼台名。汉献帝建安十五年(210),曹操建于邺城(今河北临漳县)。台高十丈,有殿堂百二十间,楼顶置大铜雀,故名铜雀台。此台为当时曹氏集团的游宴之所。

【评】

余嘉锡谓:"子敬吉人辞寡,亦复有此放诞之言,有愧其父多矣。"王世懋曰:"羊公盛德,此语伤子敬之厚。"刘应登云:"此亦戏言,谓羊公清德自佳而已,不如铜雀妓娱人耳目。""此正堕泪之言,人不能识耳。按此乃愤世不辨美恶,故作反语以示愤慨耳。"

前贤诸评,是从传统道德的尺度来看待王子敬的,都有一定的道理。若从这种尺度衡量,子敬实不及乃父之德,有愧其父。据《晋书·王献之传》记载,他的放诞,骨子里是自私的,不念及他人的感受,是一种旁若无人的贵族的狂傲。虽寡言少语,好似"吉人之辞寡",其实为人并不厚道。他宣言,崇奉刘惔这样的自负名士,也见其内心的狂诞不经。所以,他能漠视传统道德意义上的德才完备的楷模人物羊祜,并进一步说道德之士不如铜雀台之妓,更让人娱悦——确乎典型的离经叛道之论。或为子敬辩解:西晋有羊祜以才以德奠定征服东吴的基业,而渡江以来,所谓大才,德行皆不如羊祜,却为朝廷倚重,子敬的反语愤愤确为"堕泪之言"。倘换一个角度看,子敬此言似不深奥。他率性而发,在这看似狂诞不经的言语中,实则典型地表达了对个性的追求。魏晋才士在哲学上的命题——"越名教而任自然"广有影响,在为人的实践上,名士风流的一大特征,就是对传统道德教条的抗拒,而展演着自然之趣的生命追求。子敬之言虽颇有些极端,然而恰表达了那一时代的名士风尚,是"越名教而任自然"的最好注脚。这种人格表达,又正是后来腾涌起专重情感,妙发灵性,独抒怀抱的艺术风尚的先声。

2.87 林公见东阳长山[1],曰:"何其坦迤[2]。"《会稽土地志》曰:"山靡迤而长,县因山得名。"

【注】
〔1〕林公:支道林,见本篇45注。东阳:郡名,治所在今浙江金华。长山:山名,在今东阳市内,山长三百馀里,县因山得名。
〔2〕何其:多么。坦迤:平坦而绵延不断。

【评】
这句喟叹,看去似乎平平,好像什么都没说。然而,出自林公之口,它表现了其人长期品味自然之美,胸中大有丘壑的审美修养。有此背景,一旦面对这种从所未见的壮观景色时,便蓦然唤起了独特的审美感受。在其惊叹于"何其坦迤"之时,已然说明了他对自然美的审美自觉和审美经验。这点也是支道林的动人之处。

刘辰翁说:"如此四字,极似无谓,亦有可思。"

2.88 顾长康从会稽还[1],人问山川之美,顾云:"千岩竞秀,万壑争流[2],草木蒙笼其上[3],若云兴霞蔚[4]。"丘渊之《文章录》曰:"顾恺之字长康,晋陵人。父悦,尚书左丞。恺之,义熙初为散骑常侍。"

【注】

〔1〕顾长康:顾恺之,见本篇85注。会稽:郡名,治所在今浙江绍兴。

〔2〕万壑:众多的泉溪河流。

〔3〕蒙笼:笼罩覆盖。

〔4〕云兴霞蔚:云雾兴起,彩霞绚烂。

【评】

稍后于长康的名画家宗炳,在其《画山水序》中,谈到了画家会心于自然景色的感受,他强调"应目会心","应会感神"——眼有所见,心有所动,然后上升到画家自己独特的精神享受。王微在其《画叙》中说得更加明白浅切:"望秋云,神飞扬;临春风,思浩荡。"画家以情感物,才有"画之情"。那一时代的画家,共同感悟且把握自然景象的法门。作为画家,长康此言正是他领会自然美景的生动写照。会稽行程,一路走来,他神思飞扬,"应目会心",于是便有了气象万千,灵动辉映的心中之景,如王世懋评点:此言正是"虎头画稿"。这一画稿,又正表达了画家感受景色的审美修养。就言语角度说,长康善用修辞,采取拟人、比喻,因而描摹生动,用文字点染出了他心中的画。正因为他自己很会感受大自然之画卷的生动,口述出来,如诗如画,也便让听者如闻如见,神往不已。

史称顾长康"博学有才气",本则便标示了魏晋才士之"博学有才气"的内涵和水准。

2.89 简文崩[1],孝武年十馀岁,立,至暝不临[2]。宋明帝《文章志》曰:"孝武皇帝讳昌明,简文第三子也。初,简文观谶书曰:'晋氏祚尽昌明。'及帝诞育,东方始明,故因生时以为讳,而相与忘告。简文问之,乃以讳对。简文流涕曰:'不意我家昌明便出。'帝聪惠,推贤任才。年三十五崩。"左右启:"依常应临[3]。"帝曰:"哀至则哭,何常之有[4]?"

【注】

〔1〕简文:东晋简文帝:见《德行》37注。据《晋书》,简文卒于咸安二年(372)七月,年五十三,在位二年。崩:帝王之死曰崩。

〔2〕暝:日暮。临(lìn音):哭吊。依礼,亲人死要按时哭丧。

〔3〕依常:按常礼。

〔4〕至:极。何常之有:有什么常理。

【评】

简文为多重压力威逼而仓促辞世,及其欲崩才立皇子,而皇子仅十岁。未经任何训练的孩提面临如此场面,自然不知所措。懵懵懂懂,一切听大人支配,一会儿哭临,一会儿接待盈门的吊客,礼仪规矩不胜烦琐,早把孩子弄得心烦了。尽管是天子,但毕竟是孩子,一句不耐烦的抗议,便显得率性任真。这里表达的是孩子的天性,且口角伶俐,言之有理,一派真实可爱情景,不失灵巧应对之妙语。在《世说》中,更表达了一种纯任自然的人性呼唤的意识,所以孩提之言亦得高列《言语》门中。

2.90 孝武将讲《孝经》[1],谢公兄弟与诸人松(私)庭讲习[2]。《续晋阳秋》曰:"宁康三年九月九日,帝讲《孝经》,仆射谢安侍坐,吏部尚书陆纳、兼侍中卞耽读,黄门侍郎谢石、吏部袁宏兼执经,中书郎车胤、丹阳尹王温(混)摘句。"车武子难苦问谢[3],车胤,别见。谓袁羊曰:"不问,则德音有遗[4];多问,则重劳二谢[5]。"袁羊,乔小字也。《袁氏家传》曰:"乔字彦升(叔),陈郡人。父瓌,光禄大夫。乔历尚书郎、江夏相。从桓温平蜀,封湘西伯、益州刺史。"袁曰:"必无此嫌。"车曰:"何以知尔[6]?"袁曰:"何尝见明镜疲于屡照,清流惮于惠风[7]?"

【注】

〔1〕孝武:东晋孝武帝,见本篇89刘孝标注。《孝经》:孔子所述,讲究孝为德之本,明王以孝治天下之大义。

〔2〕谢公兄弟:谢安和弟弟谢石。松庭:袁本作"私庭",是。私庭,自己家中。讲习:讲说研习。

〔3〕车武子:车胤字武子,东晋南平(今湖北公安西南)人,以博学著名。历辅国将军、丹阳尹、吏部尚书等官职。难:难于。苦问:再三问、深问。

〔4〕德音:善言,此指对《孝经》富有真知灼见的阐述。

〔5〕重劳:搅扰、麻烦。

〔6〕尔:如此。

〔7〕惠风:和风。

【评】

晋以"孝"治天下,所以《孝经》自晋以来,注家蜂起,而皇帝也亲自讲倡。既为朝廷所尚,皇帝也要讲《孝经》,事关重大,于是谢安兄弟,这些朝廷大臣便在家里预先讲习。《孝经》关乎"至德要道","始于事亲,中于事君,终于立身",文辞虽不多,然其间大义多可讲论生发,因而以好学博雅、"辩识义理"著名的车胤,自然会有心得、疑问;况且依刘孝标注引《续晋阳秋》的说法,车胤负责"摘句"提问,这就需要在预先讲习的过程中,与诸侍讲的朝臣讨论出一致的意见,不至在皇帝面前争议而闹得尴尬,所以预先必然要反复问难。而面对身为权要重臣的谢安兄

171

弟,车胤确实有些为难,既想发挥心得,问难疑窦,又怕掌握不住分寸得罪了他们。袁羊的回话可谓生动,比喻精妙,说理透辟,就言语角度说是精彩的,可对于车胤说来,这又是一句大而化之的话,难解其忧。

依余嘉锡先生的说法,袁羊并未参与宁康三年孝武帝的这次讲经,则《世说》采撷时闻,或与事实有出入,本则关注的只是言语的精妙而已。

2.91 王乎(子)敬云[1]:"从山阴道上行[2],《会稽土地志》曰:"邑在山阴,故以名焉。"山川自相映发[3],使人应接不暇[4]。若秋冬之际,尤难为怀[5]。"《会稽郡记》曰:"会稽境特多名山水。峰崿隆峻,吐纳云雾。松栝枫柏,擢干竦条。潭壑镜彻,清流写注。正(王)子敬见之,曰:'山水之美,使人应接不暇。'"

【注】

〔1〕王子敬:王献之,见《德行》39注。此"王乎敬",当作"王子敬"。

〔2〕山阴:县名,晋时属会稽郡,治所在今浙江绍兴。

〔3〕映发:辉映衬托。

〔4〕应接不暇:美景众多,欣赏不过来。

〔5〕难为怀:难以表达美丽景色给人带来的心情、感受。怀,心情、感受。

【评】

凌濛初说:"合长康、子敬语一阅,便可卧游山阴道。"长康语(参见本篇88)是以画面式的描摹,展现了会稽山水的精神风貌,意在画面之中;《世说新语笺疏》引刘盼遂曰:"《戏鸿堂帖》载子敬《杂帖》云:'镜湖澄澈,清流写(按,读为泻)注,山川之美,使人应接不暇。'较《世说》为详。"镜湖即今"鉴湖",在绍兴,东汉会稽太守马臻纳山阴、会稽三十六源之水而成,此亦为山阴道上景,可与本则参读。子敬此一描摹,不仅有诗人想象"道上"诸多美景的连续画面,更在于他的感受,直抒胸臆,令人心向往之。然而他们共同神会着山阴道上的自然风韵,通过各异的描述,让人感受出山阴道上的美景妙意。而子敬语也道出了这位书法艺术家特有的审美情趣和审美水平。

袁宏道说:"会稽诸山,遥望实佳,尖秀淡冶,亦自可人。昔王子敬语人,但云山阴道上,道上二字,可谓传神。"

2.92 谢太傅问诸子侄[1]:"子弟亦何预人事[2],而正欲使其佳[3]?"诸人莫有言者,车骑答曰[4]:谢玄。"譬如芝兰玉树[5],欲使其生于阶庭耳[6]。"

【注】

〔1〕谢太傅:谢安。见《德行》33注。

〔2〕预:关涉、相干。

〔3〕正:必、一定。佳:好、出色。

〔4〕车骑:指谢玄,谢安侄,见本篇78注。

〔5〕芝兰玉树:芝兰是香草,玉树为传说中的仙树,此用以比喻优秀子弟。

〔6〕阶庭:庭院。

【评】

《孝经》把"行成于内,而立名于后世",显身扬名,作为人生、家庭的最高境界。芝兰玉树生于阶庭,人才济济,满门焕乎光彩荣耀,这便成了古时对自家门庭的最高期待。谢安的启发,含着殷殷的期望,而谢玄的确颖悟慧捷,一下子感受到了长辈的良苦用心,脱口而答,不但口才英发,珠圆玉润,而且画龙点睛,直取主题。谢玄的对答,将谢家人物、谢家风貌都点活了。在东晋门阀政治中,高门士族,无不关心家族利益。为保障家族利益,又必须培养子侄后辈,使之成为国家栋梁之材。"芝兰玉树"之喻,正是这一理念的形象写照。

2.93 道壹道人好整饰音辞[1],王珣《游严陵濑诗》叙曰:"道壹姓竺氏。"《名德沙门题目》曰:"道壹文锋富赡。孙绰为之赞曰:'驰骋游说,言固不虚,唯兹壹公,绰然有馀。譬若春圃,载芬载敷。条柯猗蔚,枝干扶疏。'"从都下还东山[2],经吴中[3]。已而会雪下[4],未甚寒,诸道人问在道所经。壹公曰:"风霜固所不论[5],乃先集其惨澹[6];郊邑正自飘瞥[7],林岫便自皓然[8]。"

【注】

〔1〕道壹道人:东晋高僧,名德,吴人。俗姓陆,"少出家,贞正有学业",后从高僧竺法汰受学,依师姓,亦称竺道壹。道人,晋时称僧人为道人。整饰:调整修饰。音辞:言辞。

〔2〕都下:京都。东山:山名,在今浙江上虞西南,当时名士如谢安等在此游处。

〔3〕吴中:吴郡地区。

〔4〕已而:不久。会:正赶上。

〔5〕固:本来。

〔6〕乃:竟。集:聚合。惨澹:萧索、凄清。

〔7〕郊邑:乡间和城邑。正自:正在。飘瞥:急促飞过。

〔8〕林岫:林木峰峦。皓然:洁白而光亮的样子。

【评】

依《高僧传》,道壹师从竺法汰,博练经义,"思彻渊深",又与汰公另一弟子,雅善《老》、《易》的昙一友善,"名德相继"。这说明他深受师门熏陶,修养与气质与一般名士不大一样。他一方面习惯于锻炼思理,另一方面,又与时风一致,崇尚文辞。这样,他在本则中表现的辞采就有些异样。不像前几则顾恺之、王献之那样,自然流畅地表达所见所感,而是刻意炼辞炼句,注重思理、文辞本身的优美。于是,刘辰翁说他:"问易答难,他人无此情也。""小儿学语,体格未成,利锥书袋,面目可憎。"但他对自然雪景的感受,是真实而细腻的,体现了时人的审美趣味,显得可爱动人。他的文辞,工巧优美,可看作是稍后描摹山水作品"情必极貌以写物,辞必穷力而追新"(《文心雕龙·明诗》)的早期消息。

2.94 张天锡为凉州刺史[1],称制西隅[2]。既为符(苻)坚所禽[3],用为侍中[4]。后于寿阳俱败[5],至都,张资《凉州记》曰:"天锡字纯嘏,安定乌氏人,张耳后也。曾祖轨,永嘉中为凉州刺史,值京师大乱,遂据凉土。天锡篡位,自立为凉州牧。符(苻)坚使将姚苌攻没凉州,天锡归长安,坚以为侍中、比部尚书、归义侯。从坚至寿阳。坚军败,遂南归,拜散骑常侍、西平公。"《中兴书》曰:"天锡后以贫拜庐江太守,薨赠侍中。"为孝武所器,每入言论[6],无不竟日。颇有嫉己者,于坐问张:"北方何物可贵?"张曰:"桑椹甘香[7],鸱鸮革响[8],《诗·鲁颂》曰:"翩彼飞鸮,集于泮林。食我桑椹,怀我好音。"淳酪养性[9],人无嫉心。"《西河旧事》曰:"河西牛羊肥,酪过精好,但写酪置革上,都不解散也。"

【注】

〔1〕张天锡:见刘孝标注。凉州:汉所置州部,辖境相当于今甘肃、宁夏、青海和内蒙古部分地区。

〔2〕称制:行使皇帝的权力。制:皇帝的命令。西隅:西部角落,此指凉州。

〔3〕既:不久。苻坚:字永固,氐人,前秦国君。禽:通"擒"。

〔4〕侍中:官名,侍从皇帝,掌礼仪,护驾陪乘,备顾问。

〔5〕寿阳:县名,晋寿春,因晋武帝避祖母郑太后阿春讳,改称寿阳。今安徽寿县,谢石、谢玄淝水之战大败苻坚于此。

〔6〕言论:谈论、谈话。

〔7〕桑椹:桑树的果实。椹,同"葚"。

〔8〕鸱鸮:猫头鹰。革响:变了声音。《世说笺本》:"北方有桑葚之甘香,飞鸮食之,故能变恶音为好音。"

〔9〕淳酪:醇厚的乳酪。

【评】

　　史称"天锡少有文才,流誉远近",是一贵胄才子。然而,他又是屡降之虏,先是丢了西北王,成了苻坚的"归义侯",再于淝水一役归顺东晋,虽受到晋的恩遇,"以天锡为散骑常侍、左员外",继又"拜金紫光禄大夫",但毕竟是亡国之馀,"朝士以其国破身虏,多共毁之"。据《晋书》,此"嫉已者",又是权倾天下的司马道子。面对这样的情势,张天锡的回答既见"文才",也表现了高傲难摧的个性。

　　此用《诗经·鲁颂·泮水》意,"翩彼飞鸮,集于泮林。食我桑葚,怀我好音"。原诗祝颂鲁僖公能使淮夷来贡献方物。张天锡将自己比作淮夷朝鲁僖公,来颂美孝武帝。桑葚甜美,借比北方物产。猫头鹰叫声原难听,现在变得好听了。此借说"怀我好音",意谓向晋臣服,而晋怀其德。以此来回答挑衅者不无蔑视的问话,江南鱼米之乡,北方朔漠荒凉,"北方有什么东西可贵?"不难见出,天锡之答,在委婉之中,藏着骨鲠之气,针对司马道子,这话便显得机巧而有个性。

2.95　顾长康拜桓宣武墓[1],作诗云:"山崩溟海竭[2]，鱼鸟将何依。"宋明帝《文章志》曰："恺之为桓温参军，甚被亲昵。"人问之曰："卿凭重桓乃尔[3]，哭之状其可见乎？"顾曰："鼻如广莫长风[4]，眼如悬河决溜[5]。"《春秋考异邮》曰："距不周风四十五日，广莫风至。广莫者，精大备也，盖北风也，一曰寒风。"或曰："声如震雷破山，泪如倾河注海。"

【注】

〔1〕顾长康：顾恺之，见本篇85注。桓宣武：桓温，见本篇55注。

〔2〕溟海：大海。

〔3〕凭重：倚重。乃尔：竟然如此。

〔4〕广莫长风：即广莫风，指北风，语出《淮南子·天文训》。

〔5〕悬河：瀑布。决溜：河堤溃决，水流奔泻。

【评】

顾恺之为桓温引为参军，甚受赏识、亲重，温死，他作诗表达无所依恃的失落与哀痛，其情是认真的。余嘉锡先生评论，其父顾悦之曾持正与桓温斗争，桓温本又是一个心怀篡逆之志的枭雄之臣，而"恺之身为悦子，怀温入幕之遇，忘其问鼎之奸。感激伤恸，至于如此。此固可见温之能牢笼才俊，而当时士大夫之不识名义，亦已甚矣！恺之痴人，无足深责尔。"（《世说新语笺疏》）"当时士大夫之不识名义"确有人在。若言本则，倒是可见恺之的重情，一旦为温所知遇，就不顾一切，甚至连传统道德的基本原则也忽略了，其"痴"如此。正因为如此，时人或有不平而为难他的人，故意要问他的哭状。他即顺口描述一番。和前面的诗句一样，所用文句，都是极度的夸张。寻绎恺之性情，他本来就有"矜伐过实"的特性，每自信、自夸，言过其实，曾引来少年的"戏弄"，因而，若在他人，本则的夸张句子已近狂怪失实，而在恺之，却绝不是他的"谐谑"之言，其极力渲染自己的感激伤怆,尽量描绘出真情与气势,情真之"痴",可见一斑。

2.96 毛伯成既负其才气[1],常称:"宁为兰摧玉折[2],不作萧敷艾荣[3]。"《征西寮属名》曰:"毛玄字伯成,颍川人。仕至征西行军参军。"

【注】
〔1〕负:自负。称:宣称。
〔2〕宁:宁可。兰摧玉折:比喻洁身自好却遭受迫害而死。兰、玉,喻高尚格。摧折,摧毁折断。
〔3〕萧敷艾荣:比喻丧失志节追求荣华富贵。萧、艾,均为恶草。敷、荣,开花。

【评】
这一宣称,表达着《离骚》品格。屈原守死善道,绝不苟同流俗的精神,在魏晋名士的人格中得到了深刻的反响。《离骚》:"人好恶其不同兮,惟此党人其独异。户服艾以盈要兮,谓幽兰其不可佩。""何昔日之芳草兮,今直为此萧艾也。"屈原在其作品中,不断声明着自己佩玉、佩芳,象征着高尚其节操,芬芳其人格,而痛斥流俗,艾草盈腰,是非不分,黑白颠倒;痛惜昔日芳草人品,堕落变节为萧艾丑类。孔子说:"不得中道而与之,必也狂狷乎! 狂者进取,狷者有所不为也。"(《论语·子路》)不得与具有"中庸"理想人格者为伍,那就和沿正道进取,敢于舍得一身剐,特立独行,而绝不与苟同流俗者同调。屈原的狂狷品格在魏晋士人精神中发扬光大。伯成之言,感人的不是言语机巧,而是人品风范。

2.97 范宁作豫章[1],《中兴书》曰:"宁字武子,慎阳县人。

博学通览。累迁中书郎、豫章太守。"八日请佛[2],有板[3]。众僧疑或欲作答,有小沙弥在坐末曰[4]:"世尊嘿然[5],则为许可。"众从其义[6]。

【注】

〔1〕豫章:郡名,辖境为今江西省大部分地区,郡治在今南昌。此指豫章太守。

〔2〕八日请佛:农历四月初八,为佛祖释迦牟尼诞辰,各寺院设法会,名香浸水浴佛,请佛像等,做一系列佛事,俗称"浴佛节"。

〔3〕板:札牒。此指写在木板上的礼佛、请佛文书。

〔4〕沙弥:梵文音译,指初戒出家的年轻和尚。

〔5〕世尊:佛教徒对释迦牟尼的尊称。嘿:袁本作"默","嘿"同"默"。

〔6〕从:依从。义:通"议",看法。

【评】

请佛像而附有疏板,是一种郑重礼敬,亦应答复,小和尚说话乖巧,拿世尊默然为由(佛像永远默然),免去了回复之劳。刘辰翁云:"代佛何呆,小沙弥故俊。"替佛祖写回话,是够呆傻的,小沙弥真有悟性,俊语解众僧之烦。

此俊语,或为常典。《中本起经》:"(长者伯勒)整心白佛:'唯愿世尊顾下薄食。'佛法默然已为许可。长者欣悦,接足而退,还家具膳。"《高僧传·杯度传》:"时湖沟有朱文殊者,少奉法。(杯)度多来其家,文殊谓度曰:'弟子脱舍身没苦,愿见救;脱在好处,愿为法侣。'度不答。文殊喜曰:'佛法默然,已为许矣。'"可见"世尊默然,已为许可"话头,佛门常用。而在本则情境之下,该句表意恰到好处,传情颇具幽默,不失为妙语。王世懋赞曰:"其义甚佳。"

2.98 司马太傅斋中夜坐[1],《孝文(《晋书》作"文孝",是)王传》曰:"王讳道子,简文皇帝第五子也。封会稽王、领司徒、扬州刺史,进太傅。为桓玄所害,赠丞相。"于时天月明净,都无纤翳[2]。太傅叹以为佳。谢景重在坐[3],摈贾树秋(《续晋阳秋》)曰:"谢重字景重,陈和(郡)人。哭(父)朗,东阳太守。重明秀有才会,终骠骑长史。"答曰:"意谓乃不如微云点缀。"太傅因戏谢[4]曰:"卿居心不净,乃复强欲滓秽太清邪[5]?"

【注】

〔1〕斋:房舍。

〔2〕都:完全。表程度的副词,多用在否定词前。纤:细微,一点点。翳:遮蔽。

〔3〕谢景重:谢重,字景重。曾作会稽王司马道子长史。刘孝标注中"摈贾树秋",袁本作"续晋阳秋",是。

〔4〕戏:调侃。

〔5〕乃复:竟然。复,助词,无实义。太清:天空。

【评】

此则问对,描画出魏晋人悉心赏玩月色的场景,很珍贵。清空朗月,司马道子油然兴叹,此种赏会既有自然本身所给予的审美基础,也有时人审美趣味的因素。汉末以来,崇尚清流,人格以清为高,道子所叹,已含着人的崇尚与自然景色的往复回流的审美过程。谢景重之说,亦可谓妙境,依他的说法,夜月更富于动感和柔美。道子针对谢说之戏,虽为调侃,究其心理的深层次,更突出了"清"的人格崇尚,而且富有诗意与禅境,使得"清"的人格境界愈发引人,愈有魅力。

2.99 王中郎甚爱张天锡[1],问之曰:"卿观过江诸人,经纬江左[2],轨辙有何伟异[3]?后来之彦[4],复何如中原?"张曰:"研求幽邃[5],自王、何以还[6];因时修制[7],荀、乐之风。"荀顗、荀勗修定法制,乐则未闻。王曰:"卿知见有馀,何故为符(苻)坚所制?"张资《凉州记》曰:"天锡明鉴颖发,英声少著。"答曰:"阳消阴息[8],故天步屯蹇[9],下(否)剥成象[10],岂足多讥!"

【注】

〔1〕王中郎:王坦之,见本篇72。张天锡见本篇94。
〔2〕经纬:治理。江左:江东,此指东晋王朝所统治的地区。
〔3〕轨辙:本为车辙,此比喻遵循的法度。
〔4〕彦:有才学的士人。
〔5〕幽邃:幽深玄妙的道理,此指玄学之理。
〔6〕王、何:王弼、何晏,此二人于曹魏之时,倡导玄理,开清谈之风。
〔7〕因时:依据时势。修制:修定礼法制度。
〔8〕阳消阴息:泛指客观规律的变化。语本《周易》的阴阳变化学说。消,消亡;息,生长。
〔9〕天步:国运,时运。屯、蹇:《周易》的两个卦名。二卦象与卦义皆为艰险困苦,后因称艰险困顿之事为"屯蹇"。
〔10〕下:当为"否"字之误。袁本"不"作"否"。否(pǐ痞)、剥是《周易》中的两卦。卦为阴盛碍阳,闭塞不通,剥落殆尽的凶咎之象。

【评】

余嘉锡《世说新语笺疏》引程炎震曰:"坦之卒于宁康三年,天锡以淝水来降,不及见矣。此王中郎盖别是一人。"这也恰证明了《晋书》所记,天锡来降之后,朝士对之"多共毁之"是事实。本则的王中郎无论是哪一位,他对天锡具有如此见识但却国败身辱不能理解,虽然友善,问话却很重,如王辉说:"问语岸伟",这的确反映了江左人士的普遍认识。无偏见尚且如此,若带偏见,便是"毁之"了。天锡有才,身居西凉而对魏晋、江左却能了如指掌,谈玄理、修制度他都关注,看得准确,一语中的;言及自身,他的自我辩护亦可谓聪慧巧智。天锡当国,主、客观因素都可谓之"屯蹇"、"否剥"。在他自身,耽于声色游晏,任人唯亲,荒于政治,有识之士苦谏而不悟;在客观,天灾人祸不断,他救之不及,只好眼睁睁将政权一损再损,直至落难江左,落到了形同"寓公"的田地。对此结局,他一概委之于"天步",此真差可引司马迁评价项羽之论以说之:"乃引'天亡我,非用兵之罪也',岂不谬哉!"其"不觉悟而不自责,过矣"。天锡虽非项羽之比,然其自我回护之论,在本质上似为同调。

人们对他嘲弄、"毁之"的根本原因,怕不只是结果,也有针对他败亡过程的因素。这里见出,天锡的修养和智巧,言语的水平,足可抵挡江左之士的非毁与问难。《世说》选此,突出的是名士飞扬的才气。

2.100 谢景重女适王孝伯儿[1],二门公甚相爱美[2]。《谢女(氏)谱》曰:"重女月镜适王恭子愔之。"谢为太傅长史[3],被弹[4]。王即取作长史[5],带晋陵郡[6]。太傅已构嫌孝伯[7],不欲使其得谢,还取作谘议[8],外示絷维[9],而实以乖间之[10]。及孝伯败后,太傅绕东府城行散[11],《丹阳记》曰:"东府城西,有简文为会稽王时第,东则孝文王('孝文',《晋书》作'文孝',是)道子府。道子领扬州,仍住先舍,故俗称'东府'。"僚属悉在南门,要望候拜,时谓谢曰:"王(阿)宁异谋[12],阿宁,王恭小字也。云是卿为其计。"谢曾无惧色,敛笏对曰:"乐彦辅有言:'岂以五男易一女[13]?'"太傅善其对[14],因举酒劝之曰:"故自佳,故自佳[15]!"

【注】

〔1〕谢景重:谢重,见本篇98注。适:嫁。王孝伯:王恭,见《德行》43注。

〔2〕门公:家公,指父亲。爱美:亲敬。

〔3〕太傅:指司马道子,见本篇98注。

〔4〕弹:弹劾。

〔5〕取:任用。

〔6〕带晋陵郡:带,统辖;晋陵郡,东晋治所,在京口(镇江)。

〔7〕构嫌:结怨。

〔8〕还:再、又。谘议:官名,即谘议参军。六朝时各王府所置。

〔9〕萦维:挽留。

〔10〕乖间:隔离、分开。

〔11〕行散:服食五石散后,需缓步行走,以散发药性,称为行散、行药。

〔12〕异谋:不轨的图谋。此指王恭举兵攻讨司马道子。

〔13〕曾:竟。乐彦辅:乐广,参见本篇25。

〔14〕善:认为好的。

〔15〕故自:的确。自,语助词,无实义。

【评】

对本则的背景,刘应登有一种理解:"谓谢已与道子有嫌,王亦与道子成隙,恐谢去职而还,为道子所害,故留之依己也。"司马道子非大器之才,好弄手腕,喜做小动作,而且位居权要,对王恭恨之入骨,为除这心腹之患,"日夜谋议",所以对这甚相亲敬的两亲家,是不能容忍的。刘应登的理解确有道理。而司马道子留用谢重,又如本则所解析,实为"乖间",不令两人凑到一起,分解对自己威胁的力量。这样看,在王恭讨司马道子之后,谢重面临的压力就不言而喻了。道子的问话,是藏着杀机的,直

183

指谢为王恭谋主,谋主是要格杀勿论的——当然这是司马道子敲山震虎的虚张声势,他情知谢并不是王讨伐自己的谋主。但道子的心机、态度却是显而易见,且咄咄逼人的。面对如此困境,见出谢重的才能。他的从容,除了他心中无鬼,也见出他周旋于权力旋涡中的定力和智慧。所以他的一句恰到好处的回话,让道子赞叹。乐广当时的话,固然精彩(参见本篇25),而谢重用到这里,更显得是绝大的智巧。乐广当时情形与谢此时有着很多相似之处,乐广语稔用于此,正是天作巧合,十分精妙,同时也破解了道子猜疑。故道子有"故自佳,故自佳"之言。

2.101 桓玄义兴还后[1],见司马太傅[2],太傅已醉,坐上多客,问人云:"桓温来欲作贼[3],如何?"《晋安帝纪》曰:"温在姑熟(孰),讽朝廷求九锡。谢安使吏部郎袁宏具其草,以示仆射王彪。彪之作色曰:'大(丈)夫岂以此事语人邪?'安徐问其计。彪之曰:'闻其疾已笃,且可缓其事。'安从之,故不行。"桓玄伏不得起。谢景重时为长史[4],举板答[5]曰:"故宣武公黜昏暗,登圣明[6],功超伊、霍[7]。纷纭之议,裁之圣鉴[8]。"太傅曰:"我知!我知!"即举酒云:"桓义兴,劝卿酒。"桓出谢过。檀道鸾论之曰:"道子可谓易于由言,谢重能解纷纭矣。"

【注】

〔1〕桓玄:见《德行》41注。义兴:郡名。治所在阳羡,今江苏宜兴。据余嘉锡考,桓玄出为义兴太守,不得志,仅十许日即擅自去官。

〔2〕司马太傅:司马道子,见本篇98。

〔3〕桓温:见本篇55。"来"上当脱一"晚"字,"晚来",即晚年。《晋书·会稽王道子传》即作"桓温晚涂欲作贼"。作贼,谋逆造反。桓温雄

豪,早有不臣之心,执掌权要,将废帝司马奕为海西公,立简文帝司马昱;晚年辅孝武帝司马曜,要求朝廷加九锡,欲逼司马氏禅位。事未果而桓温病死。道子所谓"欲作贼"即指此。

〔4〕谢景重:见本篇100。

〔5〕板:手板,即笏。

〔6〕黜昏暗,登圣明:指桓温废黜废帝,立简文帝事。

〔7〕伊、霍:伊,伊尹,名挚,商汤的宰相。汤死,辅佐汤孙太甲,太甲荒淫无道,伊尹将其放逐于桐。霍,霍光,汉武帝时大将军。受遗诏辅佐昭帝,昭帝死,迎立昌邑王贺,贺淫乱,废之而立宣帝。

〔8〕裁:裁决,论定。圣鉴:圣明的识鉴。

【评】

　　余嘉锡先生《笺疏》议本则:"桓玄飞扬跋扈,包藏祸心,蜷伏爪牙,观衅而动,能早除之固善。然道子昏庸,见不及此。本无杀之之意,而乘醉肆詈,辱及所生,使之羞愤难堪。""玄之伏不能起,不徒以道子直斥温名,加以大逆,使之无地自容而已,直恐其醉中暴怒,于座上收缚,或牵出就刑,故惧而流汗耳。"司马道子确实昏庸,既无深见识,又无驭服桓玄之术,逞酒诟骂,不留馀地。直指桓温名字,是重辱桓玄;又讲桓温欲谋逆造反,这罪名大得惊人,是任何臣子都惶恐战栗的。既无意于杀桓玄,又把事情闹到这步田地,足见道子心胸浅陋。这样一闹,不止桓玄,而是举座尴尬,所以,谢重出来打圆场。他的话很巧妙,如刘应登言:"谢乃举其废立之事言之,盖废海西立简文,道子乃简文第五子也。可谓善解纷矣。"景重的话说到了要害处,无桓温之废立,就没有道子之父简文做皇帝,而"黜昏暗,登圣明",桓温也便化为伊、霍之论。这不但提醒了道子,也掩盖了桓温的野心,于桓玄、道子两方都顺理成章,十分体面,都可下得来台,言语圆转,足解一时之纠纷。

　　景重有才而道子无术,在本则的描绘中,表现得清晰如画。

《晋书》记此事,当时虽解了一时之纷,而桓玄却对道子益发切齿深恨,可见道子的愚蠢。

2.102 宣武移镇南州[1],制街衢平直[2]。人谓王东亭曰:《王司徒传》曰:"王珣字元琳,丞相导之孙,领军洽之子也。少以清秀称。大司马桓温辟为主簿,从讨袁真,封交趾望海县东亭侯,累迁尚书左仆射,领选,进尚书令。""丞相初营建康,无所因承[3],而制置纡曲[4],方此为劣[5]。"《晋阳秋》曰:"苏峻既诛,大事克平之后,都邑残荒。温峤议徙都豫章,以即丰全。朝士及三吴豪杰,谓可迁都会稽,王导独谓:'不宜迁都。建业,往之秣陵,古者既有帝王所治之表,又孙仲谋、刘玄德俱谓是王者之宅。今虽凋残,宜修劳、来、旋、定之道,镇静群情。且百堵皆作,何患不克复乎!'终至康宁,导之策也。"东亭曰:"此丞相乃所以为巧。江左地促,不如中国[6];若使阡陌条畅[7],则一览而尽。故纡馀委曲[8],若不可测。"

【注】

〔1〕宣武:桓温,见本篇55。南州:东晋时城名,又名姑孰,故址在今安徽当涂。地当长江重要渡口,为都城建康的门户。姑孰在都城西南,故称南州。

〔2〕街衢:泛指街道。衢,四通八达的大道。

〔3〕因承:借鉴,参照。

〔4〕制置:修建布置。

〔5〕方:比、相比。

〔6〕中国:指中原地区。

〔7〕阡陌:田间小道,南北向为"阡",东西向为"陌"。这里比喻道路的平直。

〔8〕纡馀委曲:迂回曲折的样子。

【评】

余嘉锡先生《笺疏》云:"《景定建康志》十六云:'今台城在府城东北,而御街迤逦向南,属之朱雀门。'则其势诚纡回深远不可测矣。"王导因地制宜经营建康城,道路纡馀委曲,深不可测。人以道路当平直而非之。王珣的一席话,不仅很有道理地回护了其祖王导,更有意味的是,他所表达的审美情趣。道路平直是一种味道,而纡馀委曲也是一种美感。丞相之巧,不仅表现在能顺乎自然,造出一个功用完好的城市,更重要的是达到了一种审美的境界。含蓄无尽之美,是古典美学所崇尚的审美境界,人能把这种审美崇尚表达在城市的建造上,使其在功能俱备的前提下,又成为一个深富审美意味的艺术品,这不是大巧么?以此为巧,正可见魏晋人对美感的自觉追求与崇尚,它不仅止于文学、艺术、山水,而是全方位的自觉。

2.103 桓玄诣殷荆州〔1〕,殷在妾房昼眠,左右辞不之通〔2〕。桓后言及此事,殷云:"初不眠〔3〕,纵有此〔4〕,岂不以'贤贤易色'也"〔5〕。孔安国注《论语》曰:"言以好色之心好贤人则善。"

【注】

〔1〕桓玄:见《德行》42注。殷荆州:殷仲堪,曾任荆州刺史。
〔2〕通:通报。
〔3〕初不:从来不,根本没有。
〔4〕纵:即使。
〔5〕"贤贤"句:语出《论语·学而》,意谓尊敬、看重贤人,轻视女色。易,调换。色,女色。

【评】

凌濛初斥责殷仲堪:"饰语,厚颜。"

从言语角度说,这里殷仲堪巧用了《论语》的现成话,合于情景,恰到好处,差可文过饰非。《论语·学而》:"子夏曰:'贤贤易色;事父母,能竭其力;事君,能尽其身;与朋友交,言而有信。虽未学,吾必谓之学矣。"子夏说的这四者,都是难能可贵的人伦境界。孔子曾说过:"吾未见好德如好色者。"能将好色之心换为尊贤之心,这需要很深厚的修养,而能达到子夏说的四者,则必定是学有成就的贤人君子。殷仲堪情急之中顺便称引《论语》此言,桓玄虽听得懂的,但仅能表现殷的言语智巧,眼前的尴尬是无论如何也解不了的。

2.104 桓玄问羊孚[1]:《羊氏谱》曰:"孚字子道,泰山人。祖楷,尚书郎。父绥,中书郎。孚历太学博士、州别驾、太尉参军。年四十六卒。""何以共重吴声[2]?"羊曰:"当以其妖而浮[3]。"

【注】

〔1〕桓玄:见《德行》42注。羊孚:见刘孝标注。羊后投桓玄,玄用为记室参军,为桓心腹。

〔2〕吴声:吴地的民歌。《乐府诗集》卷四四:"盖自永嘉渡江之后,下及梁、陈,咸都建业,吴声歌曲起于是也。"今存三百四十多首,多为情歌。

〔3〕当:大概。

【评】

吴声歌曲是当时的新声。这些江南的都市之歌,多为恋歌,表现了人们热烈而浪漫的情思,曲调繁富,抒情缠绵,辞采艳丽,极具水乡特色,是活泼泼流行于当时的流行歌曲,成为都市生活的重要部分。桓玄看到时人都珍重它,但何以会如此,却不能理解。羊孚的"妖而浮"之评,言虽不屑,但从艺术角度看却是评价中肯。以正统音乐做标准来衡量吴声歌曲,它的确显得妖冶而浮艳,具有清新真切的艺术新风,这对于固守传统的人来说,需要有一个认识过程。但它的艺术趣味,有着不可阻遏的生命力、感召力,这又是现实中人所无法回避的。正如同战国时的魏文侯,听正统的先王雅乐惟恐睡着了,而听起郑、卫新声,则不知疲倦。梁惠王也和孟子说,只是爱听世俗之乐。这就是民歌的魅力,生活的魅力。吴声歌曲的现象,引起上流社会的关注、评价,正说明这一新声的影响力。

羊孚的评价,若换一个角度看,他的确很敏锐地抓住了这一新声的特点——鲜活、艳丽。能有这样的评价,不仅说明了羊孚的艺术、审美修养,也说明了他对这些无法回避的流行歌曲的熟悉与钻研。

2.105　谢混问羊孚[1]:"何以器举瑚琏[2]?"《晋安帝纪》:"混字叔源,陈郡人,司空琰少子也。文学砥砺立名。累迁中书令、尚书左仆射。坐党刘毅伏诛。"《论语》:"子贡问曰:'赐也何如?'子曰:'汝器也。'曰:'何器也?'曰:'瑚琏也。'"郑玄《注》:"黍稷器。夏曰瑚,殷曰琏。"羊曰:"故当以为接神之器[3]。"

【注】

〔1〕谢混:见刘孝标注。谢安孙,尚晋陵公主,后因党附刘毅,被太尉刘裕所诛。羊孚:见前篇。

〔2〕瑚琏:古代祭祀时,用来盛黍稷的器皿。

〔3〕故当:当然是。

【评】

　　谢混问器,实际是在问人。子贡是孔门的言语硕儒,"利口巧辞",以其杰出的口才,游说齐、吴、越、晋而救鲁,结果是"子贡一出,存鲁,乱齐,破吴,强晋而霸越"(《史记·仲尼弟子列传》),他是孔门之中负有盛名的弟子,所谓"言语:宰我、子贡"。孔子为什么说他是瑚琏呢? 瑚琏是宗庙祭祀用的尊贵之器,夏曰瑚、殷曰琏、周曰簠(方形)簋(圆形),用以盛黍稷。"国之大事,惟祀与戎"(《左传》),祀与戎都是安人民、存社稷的根本,因而,祭祀之重器就意味着国之重器。作为"接神之器",承载着获得神灵辅佑的重大使命,其功用与地位不言而喻。孔子将子贡看作"瑚琏",可见对他的赞赏与肯定的程度。本则提出"何以器举瑚琏"问题,实质是对类似子贡这样具有非凡才能的先贤的羡慕与追求,见出时人对才干的崇尚。而列在言语中,其实又隐括了言语之才,对成大器重要意义的理解。

2.106　桓玄既篡位,后御床微陷[1],群臣失色。侍中殷仲文进[2]曰:《续晋阳秋》曰:"仲文字仲文,陈郡人。祖融,太常。父康,吴兴太守。闻玄平京邑,弃郡投焉。玄甚悦之,引为谘议参军。时王谧、见礼而不亲,卞范之被亲而少礼。其宠遇隆重,兼于王、卞矣。及玄篡位,以佐命亲贵,厚自封崇。舆马器服,穷极绮丽,后房妓妾数十,丝竹不绝音。性甚贪吝,多纳贿赂,家累千金,常若不足。玄既败,先投义军。累迁侍中、尚书,以罪伏诛。""当由圣德渊重[3],厚地所以不能载。"时人善之。

【注】

　　[1] 御床:皇帝的座榻。
　　[2] 进:进言。

〔3〕渊重:深重。

【评】

殷仲文是桓玄的姊夫,玄不得志时不相友善,闻桓玄平京师,便弃郡投之。因有才藻,又是至亲,受到桓玄的宠遇。仲文本身是一个贪财谄谀之徒,毫无操守、原则,本则即活画出其谄谀嘴脸。王世贞云:"纵极澹辞,不能令人不呕哕。"王世懋曰:"群丑献谀,读之呕哕,哪得称佳?"这里虽显出仲文口才,然其丧心缺德,与裴楷解晋武帝探策得"一"而尽释群臣之危,有本质的不同(参见本篇19)。

2.107　桓玄既篡位,将改置直馆[1],问左右:"虎贲中郎省[2],应在何处?"有人答曰:"无省。"当时绝连旨[3]。问:"何以知无?"答曰:"潘岳《秋兴赋叙》曰[4]:'余兼虎贲中郎将,寓直散骑之省[5]。'"岳别见。其(秋兴)赋叙曰:"晋十有四年,余年三十二,始见二毛,以太尉掾兼虎贲中郎将,寓直散骑之省。羞(高)阁连云,阳景罕曜。仆野人也,猥厕朝列,譬犹池鱼笼鸟,有江湖山薮之思。于是染翰操帋(纸),慨然而赋。于时秋至,故以《秋兴》命篇。"玄咨嗟称善[6]。刘谦之《晋纪》曰:"玄欲复虎贲中郎将,宜(疑)应直与不,访之僚佐,咸莫能定。参军刘简之对曰:'昔潘岳《秋兴赋序》云:"余兼虎贲中郎将,寓直于散骑之省。"以此言之,是应直也。'玄欢然从之。"此语微异,又答者未知姓名,故详载之。

【注】

〔1〕直馆:值班、办公的官署。

〔2〕虎贲中郎:官名,担负宫廷宿卫、侍从的职责,秩比六百石。置中郎将,秩比二千石。省:官署。

〔3〕连旨:违逆皇上的旨意。

〔4〕潘岳:字安仁,西晋荥阳中牟(今河南)人。诗文名家,工诗赋,

辞藻艳丽,善为哀诔之体。《秋兴赋》为其重要作品。

〔5〕寓直:寄住在别的衙署办公。散骑:官名,散骑常侍的省称,为皇帝的谏官。

〔6〕咨嗟:赞叹。

【评】

本则可见魏晋时期对才情普遍赏识的风气。

以桓玄雄豪跋扈的性格,若有回答生硬,当面忤旨者,其后果是可想而知的。这里桓玄的追问,已经透露出反感的凶信。但最后结果却是戏剧性的。回话人引潘岳赋叙,儒雅委婉、恰到好处地回答了桓玄的问题,桓的态度陡转直下,尽捐反感而"咨嗟称善"。刚刚篡位的桓玄,在最需要权威来巩固地位时,面对一个大胆的忤旨者能如此宽容,正是回话人当下的智巧、学养和文才打动了他。可见,就是桓玄这样的人,也崇尚才情。这一则记述,从一个独特的视角,生动地表现了魏晋风尚动人的一面。

2.108 **谢灵运好戴曲柄笠**[1],丘渊之《新集录》曰:"灵运,陈郡阳夏人。祖玄,车骑将军。父涣(奂),秘书郎。灵运历秘书监、侍中、临川内史。伏诛。"**孔隐士谓曰:"卿欲希心高远**[2],**何不能遗曲盖之貌**[3]?"《宋书》曰:"孔淳之字彦深,鲁国人。少以辞荣就约,征聘无所就。元嘉初,散骑郎征,不到,隐上虞山。"**谢答曰:"将不畏影者,未能忘怀**[4]。"《庄子》云:"渔父谓孔子曰:'人有畏影恶迹而去之走者,举足逾数而迹逾多,走逾疾而影不离,自以尚迟,疾走不休,绝力而死。不知处阴以休影,处静以息迹,愚亦甚矣!子修心守真,还以物与人,则无异矣。不修身而求之人,不亦外事者乎!'"

【注】

〔1〕谢灵运:见刘孝标注。南朝宋人,晋车骑将军谢玄孙,袭爵康乐

公,又称谢康乐。其为人高才而性褊激,多忤礼度,与刘宋朝廷数不谐。乐游山水,擅长山水诗赋,为中国古代山水诗的创始人。后因被诬谋反,于广州遭受"弃市刑",年四十九。曲柄笠:形似曲盖的斗笠。

〔2〕希心:倾心,醉心。

〔3〕曲盖:古代高官出行的仪仗中所用的曲柄伞。它象征着权位。

〔4〕将不:莫非,莫不是。表揣测之词。

【评】

　　笠是野人高士的用物,高士是超绝尘想,视俗间荣华为敝屣的。然而自视清高的谢灵运戴的却是"曲柄笠"。虽为笠,可形制酷似象征着荣华富贵的"曲盖",带着浓浓的希慕权势的印记,因而隐逸高士孔淳之便有了疑问。谢灵运之答,用《庄子》的典故,可谓绝妙。在自家,是法自然、贵天真,早已忘怀世俗,所以曲柄、富贵都无印象,只有那些守不住本真,心为世俗所系累的人,才对富贵荣华烙印深刻。孔隐士之论,正如同畏影子的人心里没能忘记影子,还没达到境界,未存本真,心有系累,因而才会看出"曲柄笠"的权势印记。如此一来,孔隐士的问难,反变成了自我嘲讽,而且如同那位蠢人,畏影恶迹而拼命奔跑,终因根本立场、方法出了毛病,硬是摆脱不掉,绝力而死,完全是一幕讽刺喜剧。可见,此一答,不仅将老庄玄理的深湛做了渲染,也使言语充满了幽默。谢灵运那摇曳着灵性,深识老庄玄理的风采,也便在这机智、幽默的回答之中荡逸而出了。

政事 第三

【题解】 政事,就是布政治事,倘依孔门"政事:冉有、季路"(《论语·先进》)之意,也指治事理政的才能。本门26则虽不多,却折射了汉末、魏晋时期政治的纷纭变化及理政的才士们,既循古贤风范又因时而变的治事特色。

通贯于《政事》的一个主旨,就是以儒家的仁爱之德为根本去治事理民。不论在世风日下的汉末,还是在动荡不安的两晋,上到秉国之钧的丞相,下到宰守一方的郡主、县官,其政之美,都体现了为官者的仁爱之心,于是在《政事》一门便流溢着至为动人的人性之美。本门人物,或忠孝仁爱,矫风厉俗;或为政勤勉,不倦于职事;或妙识贤才,选无遗俊;或执法严肃,除恶果决,种种侧面,将身居要津的才士风貌演绎而出。就中最为动人的是王导、谢安的宰相风范。他们通识达变,谋深思远,没有循规蹈矩,一任宰辅而求天下之全,东晋王朝尽享了他们的流惠。《政事》把这些为政者的风采,表现得生动如绘。

3.1 陈仲弓为太丘长[1],时吏有诈称母病求假。事觉收之[2],令吏杀焉。主簿请付狱,考众奸[3]。仲弓曰:"欺君不忠,病母不孝[4]。不忠不孝,其罪莫大。考求众奸,岂复过此?"陈寔已别见。

【注】

〔1〕陈仲弓:陈寔,见《德行》6注。太丘长:太丘,县名。大县长官为令,小县为长。长,据《后汉书·百官志》,万户以下县的长官。

〔2〕收:拘捕。

〔3〕主簿:官名,中央或地方机构所设的属官,掌管文书、庶务等的官员。考:审问。众奸:其他的不法行为。

〔4〕病:把母亲说成有病。等于诅咒。

【评】

在汉末,陈寔以"德"名动天下,为道德楷模一类的人物。民间有言:"宁为刑罚所加,不为陈君所短"(《后汉书》本传),可见他道德风范的影响。作为太丘长,他的行政,一以道德为衡量是非曲直的标准。"忠"、"孝"是道德的根本,而汉末道德式微,王纲不振,所谓"声教废于上",其结果便是世风混浊。为吏无信而取"诈",就典型地表露了当时吏治的混乱状况。陈寔抓住因其"诈"中"不忠不孝"的关键环节,严厉惩治,力矫世风。《后汉书》评说陈寔这类人,在汉末的作用非同一般,因为他们的努力而使"风俗清乎下"。这除了他们个人注重道德修养外,更重要的,恐怕还是因为这类人善于运用手中的权力去力矫时弊。他们的努力确实是难能可贵的。

凌濛初曰:"恐亦未免矫枉。"因"诈"即杀,确有过甚之嫌,然而联系到当时世风以及陈寔这类清流对世风的切齿痛恨,似可理解他的决断。

3.2 陈仲弓为太丘长[1],有劫贼杀财主[2],主者捕之[3]。未至发所[4],道闻民有在草不起子者[5],回车往治之。主簿曰:"贼大,宜先按讨[6]。"仲弓曰:"盗杀财主,何如骨肉相残[7]?"按后汉时贾彪有此事,不闻寔也。

【注】

〔1〕陈仲弓:见《德行》6。太丘长:见本篇1注。

〔2〕劫贼:强盗。

〔3〕主者:此指主管缉捕盗贼的县尉。

〔4〕发所:发生事情的场所,即"现场"。

〔5〕在草:产妇分娩。不起子:生了孩子不养育,即溺杀婴儿。

〔6〕按讨:审查惩治。

〔7〕何如:怎么比得上。

【评】

刘孝标注疑为贾彪事,按《后汉书·贾彪传》:"(彪)初仕州郡,举孝廉,补新息长……城南有盗劫害人者,北有妇人杀子者。彪出案发,而掾吏欲引南。彪怒曰:'贼寇害人,此则常理。母子相残,逆天违道!'遂驱车北行,案验其罪。"余嘉锡先生《笺疏》以为:"仲弓、伟节(彪字伟节)同时并有此事,何其相类之甚也?疑为陈氏子孙剿取旧闻,以为美谈,而临川误以为实。"陈寔本传无此事,孝标致疑,事出有因。

此事原有一个前因,即贾彪本传所记:当地"小民困贫,多不养子,彪严为其制,与杀人同罪"。骨肉相残,天理人性何在?乱世盗贼固然可恶,非治不可,但比起人性的普遍泯没,后者更令人堪忧。听任此风流行,则人心大坏,所以把它当作政事之要。对于"志节慷慨"的贾彪说来,这一举动,见出了他的慷慨果敢性格和敢于矫正风气的魄力。他在这一点上的政绩,《后汉书》说:"数年间,人养子者千数,佥曰'贾父所长',生男名为'贾子',生女名为'贾女'。"

《后汉书·百官志》说:"县万户以上为令,不满为长。"贾彪为长的新息县,不足万户,竟有千数在他的严令下"养子",也就是说不再杀子了,可见杀子之风的严重。《世说新语》选载此事,一方面突现了故事主人公的才干,另一面也旌扬着汉末清流之士的人性之美。

3.3 陈元方年十一时[1],陈纪已见。候袁公[2]。袁公问曰:"贤家君在太丘[3],远近称之,何所履行[4]?"元方曰:"先父在太丘,强者绥之以德[5],弱者抚之以仁[6],恣其所安[7],久而益敬。袁宏《汉纪》曰:"寔为太丘,其政不严而治,百姓敬之。"袁公曰:"孤往者尝为邺令[8],正行此事。不知卿家君法孤[9]?孤法卿父?"检众《汉书》袁氏诸公,未知谁为邺令。故阙其文,以待通识者。元方曰:"周公、孔子,异世而出,周旋动静[10],万里如一。周公不师孔子,孔子亦不师周公。"

【注】

〔1〕陈元方:陈纪,太丘长陈寔之子,见《德行》6注。

〔2〕袁公:不详。

〔3〕家君:父亲。此"贤家君"为敬称别人的父亲,指陈寔。

〔4〕履行:实行。

〔5〕先父:袁本作"老父"。绥:安抚。

〔6〕抚:安慰。

〔7〕恣:听任。

〔8〕孤:王侯自称。邺:县名。东汉属魏郡,故址在今河北临漳县西南。

〔9〕法:效法。

〔10〕周旋:运筹、谋划。动静:举措,行止。

【评】

据余嘉锡先生考证,此事"必魏、晋间好事者之所为,以资谈助,非事实也"(《世说新语笺疏》)。

本则或"非事实",然其反映的陈仲弓风格,却与传记所载颇相吻合。陈寔治政,只要不违反儒家道德规矩,则听其自然。责己甚严,为人表率。"无为而治者,其舜也与!夫何为哉?恭己正南面而已矣。"(《论语·卫灵公》)正己而正人,以身作则,而民自化之,这正是治政事者的最高水平;无争无讼,也正是一部《论语》所憧憬的境界。其子对父亲的政事没有张大夸饰,却自有动人处。对袁公的攀附比拟,陈元方的回答,机敏妥帖,不卑不亢,既未抬举眼前的王公大人,于父亲亦无丝毫损伤。本则不入《言语》,而选在《政事》,或表达了临川动情于汉末混乱情形下的士人形象。王朝早已不堪,而士子为社会坚守着基本的道德准则。同时,本则故事又是儒家治政理想的演绎,所以,无论其事实与否,它的价值却是值得肯定的。另从艺术角度看,不仅问答二人,就是被议论的陈寔,其人物形象皆渲染如画。

3.4 贺太傅作吴郡[1],初不出门[2]。吴中诸强族轻之,乃题府门云[3]:"会稽鸡[4],不能啼。"环济《吴纪》曰:"贺邵字兴伯,会稽山阴人。祖齐,父景,并历吴官。邵历散骑常侍,出为吴郡太守。后迁太子太傅。"贺闻,故出行[5],至门反顾,索笔足之曰:"不可啼,杀吴儿。"于是至诸屯邸[6],检校诸顾、陆役使官兵、及藏逋亡[7],悉以事言上[8],罪者甚众[9]。陆抗时为江陵都督,《吴录》曰:"抗字幼节,吴郡人,丞相逊子,孙策外孙也。为江陵都督,累迁大司马、荆州牧。"故下请孙皓,然后得释。

【注】

〔1〕作吴郡:作吴郡太守。吴郡:治所在吴县,今苏州市。

〔2〕初:到任之初的一段时间。

〔3〕门:郡府大门。

〔4〕会稽鸡:指贺邵,会稽山阴人。

〔5〕故:特意。

〔6〕屯邸:势家豪族在屯田基础上形成的庄园。当时顾、陆为大族,其子弟多将兵屯戍在外,而居舍庄园在吴郡,故称屯邸。

〔7〕检校:考校查寻。逋亡:逃亡。当时,势家豪族收纳逃亡人口隐匿不报而在庄园用为仆役,以及用所领政府兵为私家役使,都是违反法令的。

〔8〕悉:全部。

〔9〕罪:获罪。

【评】

史称贺邵"奉公贞正,亲近所惮"(《三国志》本传)。本则就突现了这位奉公贞正的干才形象。

吴中向来旧族聚居,不乏贤才,其乡俗亦颇藐视外来户。三国时,吴国割据江表,吴中大族更是从容发展,势力非凡。即以陆氏而言,本世为江东大族,陆逊时"部曲已有二千馀人",逊又为孙权所倚重,权嫁以孙策女,其后子孙亦与孙氏结为姻亲。吴中顾、陆两家亦为姻亲。当地势家豪族成盘根错节之势。有这样一些原委,会稽人贺邵到此,虽为堂堂大吏,却不免遭受书之府门的明言挑衅,就不难理解了。

庄园经济的发展中,储运转贩,耕渔之利皆可生财,但强势之家,收纳逃亡,藏匿户口,役使官府兵丁,这些违法之举也成了他们习以为常的生财之道。邵确为干才,对这些豪强的痼疾早了如指掌。所以一经按查,他们都纷纷败露。由此见出贺邵刚直果烈的性格和他善于发现要害,治理痼疾的聪明才智。能把吴郡陆氏治得向孙晧求情,正可见出贺邵"奉公贞正,亲近所惮"的性格与才能了。

3.5　山公以器重朝望[1],年逾七十,犹知管时任[2]。虞预《晋书》曰:"山涛字巨源,河内怀人。祖本,郡孝廉。父曜,宛句令。涛蚤孤而贫,少有器量,宿士犹不慢之。年十七,宗人谓宣帝曰:'涛当与景、文共纲纪天下者也。'帝戏曰:'卿小族,那得此快人邪?'好《庄》《老》,与嵇康善。为河内从事,与石鉴共传宿,涛夜起蹋鉴曰:'今何等时而眠也!知太傅卧何意?'鉴曰:'宰相三日不朝,与尺一令归第,君何虑焉?'涛曰:'咄!石生,无事马蹄间也。'投传而去,果有曹爽事,遂隐身不交世务。累迁吏部尚书、仆射、太子少傅、司徒。年七十九薨,谥康侯。"贵胜年少[3],若和、裴、王之徒,并共宗咏[4]。有署阁柱曰[5]:"阁东有大牛,和峤鞅,裴楷鞦,王济剔嬲不得休[6]。"王隐《晋书》曰:"初,涛领吏部,潘岳内非之,密为作谣曰:'阁东有大牛,王济鞅,裴楷鞦,和峤刺促不得休。'"《竹林七贤论》曰:"涛之处选,非望路绝,故贻是言。"或云潘尼作之。《文士传》曰:"尼字正叔,荥阳人。祖勖,尚书左丞。父满,平原太守。并以文学称。尼少有清才,文词温雅。初应州辟,终太常卿。"

【注】

〔1〕器:才能。朝望:在朝中卓有声望。

〔2〕知管:掌管。时任:时政。这里主要指当时官吏的任免。

〔3〕贵胜:地位显贵。年少:年轻人。

〔4〕和:和峤,见《德行》17注;裴:裴楷,见《德行》18注;王:王济,见《言语》24。时和峤任中书令,裴楷、王济任侍中。宗咏:尊奉赞美。

〔5〕署:题写。阁:官署,此指尚书省。

〔6〕"阁东有大牛":此四句为一歌谣,"牛、鞦、休"叶韵。大牛喻山涛。鞅:驾车时套在牲口脖子上的皮带。鞦:驾车时套在牲口股后的皮

带。剔嬲(niǎo鸟):疏导纠缠。此说山涛如驾车大牛,而和峤是鞅,裴楷是鞦,辅助山涛。王济善清谈,围绕山涛,忙个不停。此四句具有嘲讽意味。

【评】

　　故事发生在晋武帝泰始十年(274),时山涛任吏部尚书,正处于全国统一的前夕。为天下一统储备人才,是其重要职责。山涛有识人之才,年过七十始领吏部,后长居选职十数年,所选举之人皆为俊才。本则涉及的和峤、裴楷、王济,并"有名当世"。他们各有特长。和峤"朝野许其能整风俗,理人伦"。人赞誉其才为,森森如千丈松,有栋梁之用(《晋书·和峤传》);裴楷博涉群书,特精理义,以盛德居位,见者肃然改容;王济"少有逸才,风姿英爽,气盖一时","善《易》及《庄》、《老》,文词俊茂,伎艺过人",性格峻厉,处理事物以"明法绳之"(《晋书·王济传》)。政事的基础是人才,山涛位居选职,能为朝廷网罗如此人才,说明了他的从政才干,而且是不可多得的干才。他能为当时颇有个性、才气的这班才士所认可,也说明了他自身德才的感召力。这里的歌谣具有嘲讽意味,余嘉锡先生谓:"以大牛比山涛,言其为人所牵制,不能自主也。"(见《世说新语笺疏》)以今见《晋书》考之,未见山涛受峤、楷、济等所制约,这或是对在朝的年少才俊,围绕、拥戴山涛及对这些年少显贵之士本身的嫉妒心理,但它从反面描绘出了山涛的声望和人才济济的朝堂。《世说·政事》选此,是在识人选才的为政关键处,标举了山涛这样一位具有能量、魅力的人物,让人们从这一角度,对这样一个人物,加以品味。

　　王世懋评曰:"嵇、阮以识推山公,此是也。"说到了故事的关键处。

3.6 贾充初定律令[1]，《晋诸公赞》曰:"充字公闾,襄陵人。父逵,魏豫州刺史。尚书,迁廷尉,听讼称平。晋受禅,封鲁郡公。充有才识,明达治体,加善刑法,由此与散骑常侍裴楷,共定科令,蠲除密网,以为《晋律》。薨,赠太宰。"**与羊祜共咨太傅郑冲**[2]。王隐《晋书》曰:"冲字文和,荥阳开封人。有核练才,清虚寡欲,喜论经史,草衣缊袍,不以为忧,累迁司徒、太保。晋受禅,进太傅。"**冲曰:"皋陶严明之旨**[3]**,非仆暗懦所探**[4]**。"羊曰:"上意欲令小加弘润**[5]**。"冲乃粗下意**[6]。《续晋阳秋》曰:"初,文帝命荀勖、贾充、裴秀等分定礼仪律令,皆先咨郑冲,然后施行。"

【注】

〔1〕定律令:指定法律和条令。司马昭为晋王在曹魏执掌朝政时,曾召集贾充、郑冲、荀勖、羊祜、裴秀等十四人,就《汉律》九章,增二十篇成《晋律》,于晋武帝泰始三年(267)颁行。

〔2〕羊祜:见《言语》86。咨:咨询、请教。

〔3〕皋陶(yáo 摇):虞舜时掌管刑狱的要臣。

〔4〕暗懦:昏庸无能。探:测知。

〔5〕上意:皇上的意思。弘润:扩充润色。

〔6〕粗:粗略。下意:提出意见。

【评】

贾充为司马氏的亲信,也是司马氏政权的重要勋臣,其为人或不被肯定——"无公方之操,不能正身率下,专以谄媚取容",然其确有才干,"雅长法理"。律令、礼仪是知人安民,治理天下的工具,律令、礼仪是否合于时代需要,也是一个王朝为政水平的重要体现。因此,司马炎抓住这一要害,令擅长法理的亲信贾充亲自董理此事,并命咨询郑冲。郑冲为当时"博究儒术及百家之言"的大学者,曾为高贵乡公亲授《尚书》。他深明先贤治国之术,敬畏皋陶这样的能臣,而其性格又是"清恬寡欲"、"任真自守,不要乡曲之誉"(见《晋书》本传),所以,他慎言行,不作狂妄迂阔之论,然一经他参与意见,事情就稳妥得多。在这样的严谨董理下,与父祖辈杀戮名士相较,这部《晋律》刑宽禁简,足当时用。本则叙述了修法过程中的一个小小的片段。就这一片段说来,足见当时这班臣子,奉旨唯谨,修订律令严肃不苟。贾充、郑冲的言行都显现着他们的个性,充分体现了《世说》注重表达人物神采、个性的旨趣。从《政事》的角度看,本则所记,在前台表演的是臣子,背后却是司马炎。它表现了司马炎的董理天下之志和善抓纲要,总领天下的为政意识以及举大事而善用人的为政才能。

刘辰翁认为本则:"亦非政事,"更像"言语"。但如前述,它和"言语"篇比,内在表达的实是政事。

3.7 山司徒前后选[1],殆周遍百官[2],举无失才。凡所题目[3],皆如其言。唯用陆亮,是诏所用[4],与公意异,争之不从。亮亦寻为贿败[5]。《晋诸公赞》曰:"亮字长兴,河内野王人,太常陆乂兄也。性高朗而率烈至,为贾充所亲待。山涛为左仆射领选,涛行业既与充异,自以为世祖所敬,选用之事,与充谘论,充每不得其所欲。好事者说充:'宜授心腹人为吏部尚书,参同选举。若意不齐,事不得谐,可不召公与选,而实得叙所怀。'充以为然。乃启亮公忠无私。涛以亮将与已(己)异,又恐其协情不允,累启亮可为左丞相,非选官才。世祖不许,涛乃辞疾还家。亮在职果不能允,坐事免官。"

【注】

〔1〕山司徒:指山涛,曾任司徒。选:选拔官吏。

〔2〕殆:几乎。

〔3〕题目:品题、评价。

〔4〕诏:皇帝的命令。

〔5〕寻:不久。

【评】

《晋书·山涛传》说:"涛所奏甄拔人物,各为题目,时称'山公启事'。"涛有识人之才(参见本篇5评),又廉洁谨慎,所以能"举无失才",其品评具有权威性。本则从另一个角度,突出了山公的知人之明。依刘孝标注,陆亮之选,是朝廷官场权势之争的结果。贾充作为皇帝亲信,自然有其优势,虽是任人唯亲,培养羽翼,但山涛却争执不过。不过陆亮后来的结局,印证了山涛在选人中间的德才。

3.8 嵇康被诛后〔1〕,山公举康子绍为秘书丞〔2〕。《山公启事》曰:"诏选秘书丞。涛荐曰:'绍平简温敏,有文思,又晓音,当成济也。犹宜先作秘书郎。'诏曰:'绍如此,便可为丞,不足复为郎也。'"《晋诸公赞》曰:'康遇事后二十年,绍乃为涛所拔。'"王隐《晋书》曰:"时以绍父康被法,选官不敢举。年二十八,山涛启用之,世祖发诏,以为秘书丞。"绍谘公出处〔3〕,《竹林七贤论》曰:"绍惧不自容,将解褐,故咨之于涛。"公曰:"为君思之久矣,天地四时,犹有消息〔4〕,而况人乎?"王隐《晋书》曰:"绍字延祖,雅有文才,山涛启武帝云云。"

【注】

〔1〕嵇康:被司马昭所杀。见《德行》16注。

〔2〕康子绍:嵇康之子嵇绍,字延祖。二十八岁出仕,性刚烈,敢直谏,忠于晋室,八王乱时,随惠帝与成都王司马颖战,身翼惠帝,被箭而血染帝衣。晋元帝时谥"忠穆",载《晋书·忠义传》。秘书丞:官名。秘书监属官,掌管宫中的图籍文书,位高于秘书郎。

〔3〕出处:出仕或隐退。

〔4〕消息:此句语本《周易·丰卦》"日中则昃,月盈则食;天地盈虚,

与时消息,而况于人乎?"消,灭;息,生,指盛衰变化。

【评】

作为司马氏的罪臣之子,嵇绍欲出仕司马氏王朝,当然心里不踏实,问询于山涛。涛的回答,不只是辞面上的那些推论,而是包含着其厚德为人和清醒而深刻的见识。

嵇康之得罪司马氏,充其量是不合作的态度,并没有真的实质性的问题。嵇康才情非凡而为人散澹,自言"但欲守陋巷,教养子孙,时时与亲旧叙离阔,陈说平生,浊酒一杯,弹琴一曲,志意毕矣";其抨击礼法之士,鼓吹"越名教而任自然",也不过《老》、《庄》之旨,虽不合于朝廷名教,但时风如此,显不出他个人对晋氏之教有多大破坏作用。"竹林七贤"一班人,过从往还,大抵口发玄言,深邃幽眇,少及时政。钟会构难,向司马昭陈说嵇康罪状,看去危言耸听,其实没有多少经得起推敲的东西。所以尽管司马昭为了一时的政治需要,杀了嵇康,但稍一冷静便"悟而恨焉"(以上均见《晋书·嵇康传》)——后悔遗憾了。因而嵇绍作为"罪臣"之子,其父之"罪"对他影响实不甚大,况且时过境迁,晋武帝开国,政权早已稳固。此为一层。

山公厚德,是"可以托六尺之孤"的人,虽说嵇康与之出处态度不同,但对其为人是深知而认可的,所以临被刑诛之前,告诉嵇绍:"巨源在,汝不孤矣"(《晋书·山涛传》)两人相知之深可见。这样一位父辈,嵇绍遇到难处,当然可以依赖,所以向其咨询。此为另一层。

合这两层内容可见,山涛之推举嵇绍,除嵇绍本身贤而可举,还有的,怕是对嵇绍释褐入仕的可能性及其前程早有周密的考虑了,这是长者、智者、仁者之心。所以,山涛在嵇绍面前只是讲了一个道理,让他放心出仕,为国效力。对老友嵇康,山涛不负所托;对晋室他保举了一个忠直贤才。作为王朝重臣,山涛为政风格就在这具体料理事物的过程中生动地展现。

《政事》篇选了本则,突现的是为政之人的德性、见识,同时也描画出了山涛的长者形象。

3.9 王安期为东海郡[1],《名士传》曰:"王承字安期,太原晋阳人。父湛,汝南太守。承冲淡寡欲,无所修尚。累迁东海内史,为政清静,吏民怀之。避乱渡江,是时道路寇盗,人怀忧惧,承每遇艰险,处之怡然。元皇为镇东,引为从事中郎。"小吏盗池中鱼,纲纪推之[2]。王曰:"文王之囿,与众共之[3]。《孟子》曰:"齐宣王问:'文王之囿,方七十里,有诸?若是其大乎?'对曰:'民犹以为小也。'王曰:'寡人之囿,方四十里,民犹以为大,何眦?'孟子曰:'文王之囿,刍荛者往焉,与民同之,民以为小,不亦宜乎?今王之囿,杀麋鹿者,如杀人罪,是以四十里为穽于国中也,民以为大,不亦宜乎?'"池鱼复何足惜[4]!"

【注】

〔1〕东海郡:晋郡名,治所在郯(今山东郯城)。
〔2〕纲纪:州郡主簿一类的官,综理府事。推:追究。
〔3〕文王:周文王。囿:苑囿,猎场。
〔4〕复:还、又。

【评】

王承弱冠知名,太尉王衍"雅贵异之",东海王司马越推许为"人伦之表"。他的特点是言事辨物,只明其指要而不饰文辞,人服其约而能通;对人"推诚接物,尽弘恕之理"(《晋书》本传)。本则说他任东海太守时,其为政是简约弘恕,正体现了他的为人特点,其底韵,便是儒家的"爱人"思想。能身体力行,将"爱人"落到真实从政的实践中,没有一种深厚的人格修养,是很难做到的。这里王承与"纲纪"之吏形成了明显的对比,更可见王承的不同凡响——他不是以权力之威去惩治人,而是以"爱人"之心的人格去感召人,引导人。如此人物,被人推重,就是必然的了。本传说"众咸亲爱焉。渡江名臣王导、卫玠、周颉、庾亮之徒皆出其下",可见司马越"人伦之表"的赞许,非虚语也。

故事以具体笔墨,刻画主人公的内心世界,是其艺术成功的一笔。

3.10　王安期作东海郡,吏录一犯夜人来[1]。王问:"何处来?"云:"从师家受书还,不觉日晚。"王曰:"鞭挞宁越以立威名,恐非致理之本[2]。"《吕氏春秋》曰:"宁越者,中牟鄙人也。苦耕稼之劳,谓其友曰:'何为可以免此苦也?'其友曰:'莫如学也。学二十岁则可以达矣。'宁越曰:'请以十五岁。人将休,吾不敢休,人将卧,吾不敢卧。'学十五岁而为周成(威)公之师也。"使吏送令归家。

【注】

〔1〕录:拘捕。犯夜:触犯宵禁的禁令。

〔2〕致理:余嘉锡先生曰"致理当作致治,唐人避讳改之耳"。

【评】

参见前"评"。前则"纲纪"之吏究查小民盗渔,本则小吏逮捕犯了宵禁的书生,安期皆变通处之。其遵循的原则,就是看到鞭挞行威,不是治政之本,真正的治理应该是惠爱人民,以德为政,这才是至关紧要的根本办法。《世说·为政》选了安期这两事,就是标举"为政以德"的儒家基本理念。

3.11　成帝在石头[1],《晋世谱》曰:"帝讳衍,字世根,明帝太子。年二十二崩。"任让在帝前录(戮)侍中锺雅、《晋阳秋》曰:"让,乐安人,诸任之后。随苏峻作乱。"《雅别传》曰:"雅字彦胄,颍川长社人,魏太傅锺繇弟仲常曾孙也。少有才志,累迁至侍中。"右卫将军刘超。《晋阳秋》曰:"超字世踰,琅邪人,汉成阳景王六世孙。封临沂慈乡侯,遂家焉。父微为琅邪国上将军。超为县小吏,稍迁记室掾、安东舍人。忠清慎密,为中宗所拔。自以职在中书,绝不与人交关书疏,闭门不通宾客,家无担石之储。讨王敦有功,封零阳伯,为义兴太守,而受拜及往还朝,莫有知者,其慎嘿如此。迁右卫大将军。"帝泣曰:"还我侍中!"让不奉诏,遂斩超、雅。《雅别传》曰:"苏峻逼主上幸石头,雅与刘超并侍帝侧匡卫,与石头中人密期拔至尊出,事觉被害。"事平之后,陶公与让有旧[2],欲宥之[3]。许柳《许氏谱》曰:"柳字季祖,高阳人。祖允,魏中领军。父猛,吏部郎。"刘谦之《晋纪》曰:"柳妻,祖逖子涣女。苏峻招祖约为逆,约遣柳入众会。峻既克京师,拜丹阳尹。后以罪诛。"儿思妣者至佳,诸公欲全之。《许氏谱》曰:"永字思妣。"若全思妣,则不得不为陶全让[4],于是欲并宥之。事奏,帝曰:"让是杀我侍中者,不可宥!"诸公以少主不可违[5],并斩二人。

【注】

〔1〕石头:城名。在都城建康西,三国吴时筑,因山为城,因江为池,地势险要,处交通要冲,为军事重镇。

〔2〕陶公:陶侃,见《言语》47。在平苏峻之乱中,被推为诸军统帅,因功封长沙郡公。有旧:有老交情。

〔3〕宥:赦免。

〔4〕全:保全。

〔5〕少主:年轻的君主。

【评】

　　成帝幼年即位,由王导、庾亮辅政,未几即遇乱。咸和二年(327)历阳内史苏峻以讨伐庾亮为名,兴兵为乱。次年攻陷京都,焚烧宫室,并"逼迁天子于石头,帝哀泣升车,宫中痛哭"(《晋书·成帝纪》),是年成帝八岁。侍中锺雅、右卫将军刘超护卫成帝,至石头,锺、刘谋欲奉帝出逃,事泄,二人被苏峻司马任让所收。"帝抱持悲泣曰:'还我侍中、右卫!'任让不奉诏,因害之。"(《晋书·刘超传》)锺、刘不仅是这个八岁孩子的依靠,而且刘超还兼着皇帝的老师,"虽在幽厄之中,超犹启授《孝经》、《论语》"(刘超本传)。对于成帝说来,在绝路之中,这一打击是极其沉重的。无论是皇权还是情感,成帝都不能容忍任让。任让、许柳都是助峻叛乱的干将,陶侃欲全任,诸公欲全许柳之子,虽各有缘故,但诸公最后还是奉诏了结了此事。

　　临川在《政事》里选择了这一公案,无非是在宣扬为政的一个重要归结点,是忠诚、敬畏皇权,主虽少亦不可欺。"让不奉诏"是乱臣贼子;诸公不违少主,是天理所归。但本则的精彩,却在于将小皇帝描绘得如闻其声,如见其人,虽位在君主,但童稚之言,声情宛然。

3.12　王丞相拜扬州[1],宾客数百人并加沾接[2],人人有悦色。唯有临海一客姓任《语林》曰:"任名颙,时宦在都,预王公坐。"及数胡人为未洽,公因便还到过任边云[3]:"君出,临海便无复人[4]。"任大喜悦。因过胡人前弹指云[5]:"兰阇,兰阇[6]。"群胡同笑,四坐并欢。
《晋阳秋》曰:"王导接诱应会,少有迕者。虽疏交常宾,一见多输写款诚,自谓为导所遇,同之旧昵。"

【注】

〔1〕王丞相：王导，见《德行》27注。拜扬州：晋元帝时，导受扬州刺史职。

〔2〕沾接：亲近，予以惠爱。

〔3〕因：趁着。便：小便。

〔4〕临海：郡名。治所在章安，今浙江临海县东南。

〔5〕弹指：捻指发响。佛家风习，弹指以示欢喜、许诺、警戒等。

〔6〕兰阇（shě舍）：梵语音译，意约为寂静无苦恼烦乱。王导弹指、说梵语都是对胡人的尊敬、褒誉。

【评】

当西晋王朝风雨飘摇时，王导即先行辅助元帝司马睿经营江左，准备退守半壁江山，建立东晋朝廷。这位"少有风鉴，识量清远"（《晋书·王导传》）的将相之器，在这样的大业中，抓取的最要害问题，就是吸引、延揽人才。赖他的远识和努力，江左大族的巨子顾荣、贺循、纪瞻、周𫖮等纷纷归附，成为过江政权得以立足的基础，司马睿开东晋王朝，称帝江左。当王导官拜"右将军、扬州刺史、监江南诸军事"时，他所关注的仍是吸引、延揽人才，更深更细地构建王朝基础。本则就是一幕生动的展演。他细腻、谦恭、潇洒，照顾到在座的每一个人。个人特点的不同、胡汉的差异，他都举重若轻，打点得"人人有悦色"而"四坐并欢"，看似随便为之，实则用心良苦。从经营大族巨子，到这些基层"宾客"，均显王导的见识和才能。对人的经营是大才的事业，是为政的根本，王导达到如此境界，李贽叹之为："第一美政。只少人知。"

本则的细节描绘，出神入化。对任的一句话，令其快慰非常，犹如画龙点睛一样，将王导善于直取人心事的非凡洞见力活画出来；一个弹指细节，征服了举坐胡人，又将其学养见识，烘托得清晰如画。在这些细节的点染中，让一个富于人格魅力，举手投足都可征服人的贤相跃然纸上。

3.13 陆太尉诣王丞相谘事[1],过后辄翻异[2]。王公怪其如此,后以问陆。《陆玩别传》曰:"玩字士瑶,吴郡吴人。祖(瑁)父英,仕郡有誉。玩器量淹雅,累迁侍中、尚书左仆射、尚书令,赠太尉。"陆曰:"公长民短[3],临时不知所言,既后觉其不可耳。"

【注】

〔1〕陆太尉:陆玩。见刘孝标注,卒后追赠太尉。谘事:汇报、商议事情。

〔2〕翻异:更改。

〔3〕公长民短:长,尊;短,卑。民,晋时某地的人,对地方长官说话,自称曰"民",时王导领扬州刺史,玩为吴人,属扬州管辖,故自称"民"。

【评】

陆氏为吴地大族,代出公卿,其族人骨子里的高傲是不加掩饰的,陆玩也不例外。王导虽是高贵权臣,陆玩并不屈就。本传记载,王导几次与玩交好,都未能惬意。陆玩本身弱冠即有美名,器量淹雅,处事清平允当,有他自己的见识和才干。本则记其与王导议事,常不照议定的意见办,这大概不是阳奉阴违、口是心非。王导苦心为元帝经营江左,玩不会不解,而玩也是晋室的忠臣,受晋室之官,尽心谋晋室之事,在平定苏峻叛乱中立过大功,后位登公辅。可见玩之不从王导的意见,并非故意与王过不去。作为吴地土著,他的想法和作为可能更符合当地情况,而有些东西是无法和王导这刚过江的北人商议的,当地的风习、心理等等也不是一时说得清的,所以动辄"翻异",而未见其把事情办坏,王导只是不解其"翻异",而未怪其办坏了事。就"政事"角度说,本则一方面窥见南北士人的微妙矛盾和相互试探的心理,另一方面又显示了陆玩从政办事的才干,让北来的王朝服江南的水土。从描画陆玩其人的角度看,他辞面谦和的回答之下,实际上显示了其个性和主见,不唯上,不唯官,不苟且。一则小小的故事,展现的是其人一生的脾气秉性。

3.14　丞相尝夏月至石头看庾公[1]。庾公正料事[2],丞相云:"暑可小简之[3]。"庾公曰:"公之遗事[4],天下亦未以为允[5]。"《殷羡言行》曰:"王公薨后,庾冰代相,网所刑岐(峻)。羡时行,遇收捕者于途,慨然叹曰:'丙吉问牛,似不尔!'旧(尝)从容谓冰曰:'卿辈自是网目不失,皆是小道小善耳。至如王公,故能行无理事。'谢安石每叹咏折唱。庾赤玉曾问羡:'王公治何似?谁是所长?'羡曰:'其馀令责,不复称论。然二捉三治,一休三败。'"[6]

【注】

〔1〕丞相:王导,见《德行》27注。

〔2〕料事:处理事务。

〔3〕小简:稍微疏略。

〔4〕遗事:遗漏政务。

〔5〕允:妥当。

〔6〕刘孝标注有版本异同。"网所刑岐",别本作"网密刑峻","岐",通"峻"。"称",别作"喘"。"旧",别作"尝"。"折唱",别作"此唱"。"谁",别作"讵"。"令责",别作"令绩"。"二捉",别作"三捉"。"一休",别作"三休"。

【评】

庾亮、庾冰兄弟作为国舅,一是自身修养甚好,"亮以名德流训,冰以雅素垂风"(《晋书》本传),二是深惧汉代姻党外戚之祸,所以勤政唯谨。然而,这隅居江南,仅半壁江山的王朝,内忧外患,稳定如恐不及,庾氏兄弟偏皆崇尚刑威,"亮任法裁物","冰颇任刑威"而颇以此失人心。以此当国理政,愈是勤劳王事,积怨就愈多,甚至搞得皇帝都兢危忧惧,成帝对庾怿说:"大舅已乱天下,小舅复欲尔邪!"吓得庾怿饮鸩自尽。这是庾氏兄弟的思维定式,可以说不谙时势,所操之术,有点南辕北辙意味。王导见庾冰用功勤勉,苦操其术,便委婉地提醒他。可两人观点、方法有根本的差异,所以庾冰不能接受王导的告诫,反而反唇相讥。

　　从政事角度讲,这一幕现象的背后,包含着这样的历史教训:操国权柄的重臣,对时势判断准确,把握大局,尤为重要。从记人的角度看,表面是看到王、庾观点不同,深层次却是表现了王导高于庾氏一筹的睿智和仁厚,友情提醒,以免其深构祸端。从当时王、庾两势族的地位看,王导是与得势发展的庾氏势族争衡,以保全他们琅邪王氏的地位。

3.15　丞相末年,略不复省事[1],正封箓诺之[2]。自叹曰:"人言我愦愦[3],后人当思此愦愦[4]。"徐广《历纪》曰:"导阿衡三世,经纶夷险,政务宽恕,事从简易,故垂遗爱之誉也。"

【注】

　　〔1〕略:全,几乎。不复:不再。省事:处理政务。

　　〔2〕正:仅,只。封箓:封好的簿籍文书。诺:此指在公文上画诺,表示同意。

　　〔3〕愦愦:糊涂。

　　〔4〕思:怀念。

【评】

　　王导历辅元、明、成三帝。元帝甫过江,草创东晋朝廷,北方权贵进驻江南,面临土著豪强,有能否安家落户的大问题;明帝在位三年而崩,成帝六岁即位,所谓"主幼时艰"。三朝天下,内忧外患,动荡不安。王导在这样的情势下辅政,"务存大纲,不拘细目",延揽人才、网罗土著豪强,"以宽和得众"(《晋书·庾亮传》)。其政宽惠,甚至宽到顾和所云"网漏吞舟"的程度,是王导理解时事而得出的稳定东晋王朝所必须的基本纲领,也是他三朝辅政的一贯为政风格。不求细节,不苛责于人,在不理解的人看来,就是不勤政、不精明,甚至是"憒憒"。这一风格就为庾亮所不解、不容,曾"率众黜导",陶侃也欲起兵废导,都因郗鉴"不许"而作罢。郗鉴在两晋之际的动乱中饱经忧苦,就是因为宽惠得人心而济险越难,他深知宽惠对于稳定天下的作用。王导式的宽惠风格,如元帝的描述:德重勋高,约己冲心,以身率众(见《晋书·王导传》)。正因他以如此风格的宽纵施政,才会有一种很好的绥靖效果,流惠所及,以至延长了东晋百餘年的国祚。另外,成帝之朝,外戚庾氏家族当政,"任法裁物",琅邪王氏权势衰落,在士族门户争斗中,琅邪王家已呈衰势,导不"憒憒",又当如何?因而"后人当思此憒憒",其言大有意味。

3.16 陶公性检厉[1],勤于事。《晋阳秋》曰:"侃练核庶事,勤务稼穑,虽戎陈武士,皆劝厉之。有奉馈者,皆问其所曰(由),若力役所致,欢喜慰赐;若它所得,则呵辱还之。是以军民勤于农稼,家给人足。性纤密好问,颇类赵广汉。尝课营种柳,都尉夏施盗拔武昌郡西门所种。侃后自出,驻车施门,问:'此是武昌西门柳,何以盗之?'施惶怖首伏,二(三)军称其明察。侃勤而整,自强不息。又好督劝于人,常云:'民生在勤,大禹圣人,犹惜寸阴,至于凡俗,当惜分阴。岂可游逸,生无益于时,死无闻于后,是自弃也。又《老》、《庄》浮华,非先王之法言而不敢行。君子当正其衣冠,摄以威仪,何有乱头养望,自谓宏达邪?'"《中兴书》曰:"侃

尝捡校佐吏,若得樗蒲博弈之具,投之曰:'樗捕,老子入胡所作,外国戏耳。围棋,尧舜以教愚子。博弈,纣所造。诸匿(君)国器,何以为此?若王事之暇,患邑邑者,文士何不读书?武士何不射弓?'谈者无以易也。"作荆州时[2],敕船官悉录锯木屑[3],不限多少,咸不解此意[4]。后正会[5],值积雪始晴,听事前除雪后犹湿[6],于是悉用木屑覆之,都无所妨。官用竹皆令录厚头,积之如山。后桓宣武伐蜀[7],装船悉以作钉[8]。又云:尝发所在竹篙,有一官长连根取之,仍当足[9],乃超两阶用之[10]。

【注】

〔1〕陶公:陶侃,见刘孝标注,又见《言语》47。刘孝标注:"所曰",别作"所由"。"二军",别作"三军","诸匿",别作"诸君",别本是。检厉:检束严厉,办事认真。

〔2〕作荆州时:任荆州刺史时。

〔3〕敕官船:命令负责造官船的官员。录:收集、收藏。

〔4〕咸:都、全。

〔5〕正会:农历正月初一,大会群僚。也称元会。

〔6〕听事:厅堂,指官府办公的大堂。前除:堂前台阶。

〔7〕桓宣武:桓温,见《言语》55。伐蜀:西晋惠帝永兴二年(306)李雄在四川称帝,国号"大成",东晋成帝时(338),李寿改为"汉",史称"成汉"。东晋穆帝永和二年(346)冬,荆州都督桓温率军沿江而上,直捣蜀中"成汉",次年春,成汉国灭。

〔8〕装:修造、装配。

〔9〕仍:乃,于是。当足:用坚硬的竹根当作篙下的铁脚。

〔10〕超两阶用之:超越两级提拔任用此人。

【评】

陶侃的特点是,不仅性聪敏,而且毕生厉志不辍,勤于职事,

215

恭谨细心,对部下管束严整,从而成就了他的功业名声。

本则三事,都是他勤于政事的点滴记录,也活画出其人的风格特色。他能于平常人毫不介意处,发现有大用的小事小物,并都把它们派在了紧要处,这非有为职事思深虑远,细心留意的习性是办不到的。对陶侃说来,这一颇具特色的习性的养成,怕是有两个重要原因。一是他的厉志不辍。见诸《晋书》本传和《世说》刘孝标注,他向以大禹的精神砥砺自己、教育部下,立志生益于时,死闻于后,十分珍惜人生价值。所以他能不务浮华,不尚逸豫,竞惜光阴,对职事心细纤密。在魏晋以饮酒任达相高的时尚中,他能"饮酒有定限",绝不荒醉误职,自我约束如此,均见其与众不同。这些无不是厉志的结果。二是出身寒微。因其早孤微寒,尝到了寒素底层的艰辛,所以能勤俭而惜人、惜物。在《庾亮传》中有一细节:陶侃招待庾亮吃韭菜,亮留下了韭菜的根白部分。陶问留此何用?亮答可以种。陶大加赞赏,说亮"非惟风流,兼有为政之实",这"实"便是惜物。此与本则三事旨趣无异。能细到木屑、竹头都惜而致用,奖赏能变废为用的小吏,其实反映了他的寒素本色,这与世家大族出身之官僚习惯于挥霍铺张,暴殄天物,大异其趣。正因为如此种种,陶侃在魏晋人物中,便显出了拔出群英的独特的动人风采。

3.17 **何骠骑作会稽**[1],《晋阳秋》曰:"何充字次道,庐江人。思韵淹通,有文义才情。累迁会稽内史、侍中、骠骑将军、扬州刺史,赠司徒。"**虞存弟謇作郡主簿**[2],孙统《存诔叙》曰:"存字道长,会稽山阴人也。祖阳,散骑常侍。父伟,州西曹。存幼而卓拔,风情高逸,历卫军长史、尚书吏部郎。"范汪《棋品》曰:"謇字道直,仕至郡功曹。"**以何见客劳损,欲断常客,使家人节量,择可通者,作白事成以见存**[3]。**存时为何上佐**[4],**正与謇共食,语云:"白**

事甚好,待我食毕作教[5]。"食竟,取笔题白事后云:"若得门亭长如郭林宗者[6],当如所白。《泰别传》曰:'泰字林宗,有人伦鉴识,题品海内之士,或在幼童,或在里肆,后皆成英彦六十馀人。自著一卷,论取士之本,未行,遭乱亡失。'汝何处得此人?"謇于是止。

【注】

〔1〕何骠骑:何充,见刘孝标注又见《言语》54。作会稽:任会稽内史。

〔2〕主簿:官名。古代中央或地方郡县所设属官,掌管文书簿籍。

〔3〕白:禀报。白事:下对上陈说事情的文书。

〔4〕上佐:长官的高级助手,如别驾、长史、司马、治中等。

〔5〕作教:做出批复、指示。教:上对下的发出的命令、指示。

〔6〕门亭长:州郡属吏,掌传达、接待之事。

【评】

余嘉锡先生《笺疏》说:"充之为人,乃不择交友者。其作会稽时,必已如此。虞謇盖嫌其宾客繁猥,欲加以节量,不独虑其劳损而已。"《晋书》本传亦言:何充"所昵庸杂,信任不得其人"。正因其不能识人,庸杂交往,所以才会泥沙俱下,什么人都造府拜访,主簿不唯忧心其劳,亦忧其交往不慎,轻而损毁名声,甚而可得祸患。虞存引郭泰,虽借以喻门亭长的水平,客观上也与何充做了一个鲜明对比。郭泰在汉末是以"有人伦识鉴"而享誉天下的。其所品评人物,无一不中肯应验。所誉之人,多在卑微,然如其所言,终或显达、或饮誉于时;所否定之士,虽当时有名,终至祸亡、或身败名裂。而他自己,交友谨慎,在当时险恶的政治环境下,善得其终。倘若司客的门亭长能有如此鉴识,方可副虞謇白事之望,然主人尚无此识鉴水平,怎望得此属吏呢?

本则记的是两个近侍僚属谈论主子事情,实则从这一侧面,反映了为政识人的重要。另外也反映了历任显官的何充,为政勤勉,接遇宾客,不辞辛劳。其人也颇有些感召力,曾获"有万夫之望"的赞誉。

3.18 王、刘与林公共看何骠骑[1],骠骑看文书不顾之[2]。《晋阳秋》曰:"何充与王濛、刘惔好尚不同,由此见讥于当世。"王谓何曰:"我今故与林公来相看[3],望卿摆拨常务[4],应对共言[5],那得方低头看此邪[6]?"何曰:"我不看此,卿等何以得存[7]?"诸人以为佳。

【注】

〔1〕王:王濛,见《言语》66。刘:刘惔,见《德行》35。林公:支遁,见《言语》63。何骠骑:见前则。

〔2〕文书:公文。

〔3〕故:特意。相看:看你。

〔4〕摆拨:摆脱。

〔5〕应对:答对。共言:袁本作"玄言"。三位都是健谈玄言的名士,特意访何充,所欲谈,无非玄言。

〔6〕方:尚。

〔7〕存:存活,生存。

【评】

何充是"风韵淹雅,文义见称"的才士,但性好释典,迷恋于佛教。王濛、刘惔是清谈名士,崇尚《易》、《老》、《庄》,支遁虽在沙门,却也和王、刘一样,健谈玄学。也许是所尚不同,何充无意与他们清谈。但他们与何相交甚熟。何充善饮,惔每云:"见次道饮,令人欲倾家酿。"且何充好士,甚喜接遇宾客(参见前篇),但在这里,他却埋头公务,客人不解,以为不近人情。他的一句回答:"我不看此,卿等何以得存?"道出了这一形象的根本面貌。作为东晋王朝的重臣,他兢兢于政务,来协助朝廷苦撑半壁江山。诸名士被讥却反称充言"为佳",则在其言寓理精深有味,合于玄言旨趣。

3.19 桓公在荆州[1],全欲以德被江、汉[2],耻以威刑肃物[3]。《温别传》曰:"温以永和元年自徐州迁荆州刺史,在州宽和,百姓安之。"令史受杖[4],正从朱衣上过[5]。桓式年少,从外来,式,桓歆小字也。《桓氏谱》曰:"歆字叔道,温第三子,仕至尚书。"云:"向从阁下过[6],见令史受杖,上捎云根,下拂地足[7]。"意讥不著。桓公云:"我犹患其重[8]。"

【注】

〔1〕桓公:桓温,见《言语》55,又见刘孝标注。

〔2〕全:极。被:覆盖,遍及。江、汉:长江和汉水相接的地区,即荆州地区。

〔3〕威刑:威权刑法。肃:整肃,整治。物:人、众人。

〔4〕令史:低级官吏名,掌文书或庶物。

〔5〕正:只。朱衣:指官服。

〔6〕向:刚才。阁下:官府前。

〔7〕捎:略过。云根:云边。地足:地脚。两句谓,杖刑时,杖不着人身。

〔8〕患:担心。

【评】

本则《渚宫旧事·五》作桓冲事。桓温在永和元年(345)

治荆州;桓冲在太元二年(377),也自徐州迁荆州。余嘉锡先生《笺疏》谓:"云耻以威刑肃物,在州宽和,殊不类温之为人。桓式语含讥讽,亦不类子对父,似此事本属桓冲,《旧事》别有所本。《世说》属之桓温,乃传闻异辞,疑不能明,俟更详考。"但桓温是个集雄心与野心于一身的一代枭雄,其谋事之初,以宽和之政争取士心民意,如《黜免》第2则,其入蜀时部下杀三峡猿子,温怒,"命黜其人"。其待猿如此,待人可想而知。以此,事出桓温,亦属可能。总之,因传闻异辞,史家亦难以考明确为某人之事,但该事之主旨是明朗的。临川录此于《政事》,正为称赏宽仁之政,在骨子里,还是崇尚儒家为政以德的从政精神。

3.20　简文为相[1],事动经年[2],然后得过[3]。桓公甚患其迟,常加劝勉。太宗曰:"一日万机,那得速!"《尚书·皋陶谟》:"一日万机。"孔安国曰:"几,微也。言当戒惧万事之微。"

【注】

〔1〕简文:东晋简文帝,见《德行》37注。简文即皇帝位前,于穆帝永和元年(345),任抚军大将军,录尚书六条事,掌管朝政,故称"为相"。太宗为其庙号。

〔2〕动:动辄,动不动。

〔3〕过:做完。

【评】

王世懋曰:"简文能言,谢安石以为惠帝之流,其当坐此。"谢安因简文为政无能,论其为惠帝之流,本则辞面似就表现了其无能。其实,简文与惠帝,别如天壤。惠帝本白痴,无所谓能与不能。简文则有其聪明,人多见其能言而不首肯其为政。其实,他执政时,表面是"桓与马,共天下",但门阀政治的天秤,已向桓氏严重倾斜。因受权臣桓温威逼,使这位原本聪明能清言的皇室执政,日日如坐针毡、如履薄冰。如果按照桓温的催促,提高办事效率,恐怕除了加速政权从司马皇室向桓氏集团转移之外,不会有其他结果。因此"事动经年",实是一种拖延以待时变的政治游戏,"一日万机"之说,不过是出于拖延战术的托词而已。简文答辞,意在言外,令人深思。

非其不勤,亦非百无一能,正是历史的尴尬,令简文从为相到做皇帝,都暗然无亮色,只能以一个无能的形象展演于世。悲乎!

3.21 山遐去东阳[1],王长史就简文索东阳云[2]:"承藉猛政[3],故可以和静致治[4]"。

《东阳记》云:"遐字彦林,河内人。祖涛,司徒。父简,仪同三司。遐历武陵王友、东阳太守。"《江惇传》曰:"山遐之为东阳,风政严苛,多任刑杀,郡内苦之。惇隐东阳,以仁恕怀物,遐感其德,为微损威猛。"

【注】
〔1〕去:离开。指离任,卸任。东阳:郡名,治所在长山县,今浙江金华。此指东阳太守。
〔2〕王长史:王濛,见《言语》66,曾做过司徒长史,故称。索东阳:求为东阳太守。索,求、要。
〔3〕承藉:继承凭借。
〔4〕致治:达到清明安定。

【评】
山遐前为馀姚令时,浙东偏远,法禁宽弛,豪族多藏匿户口。遐施以峻法,整肃地方,颇有效果。及为东阳太守,仍为政严猛,虽多罪人,然郡境肃然。施峻法以治,可以威镇,却因触及了豪强既得利益,令其切齿愤恨,也存在着不安定因素。所以王濛想承遐之后,以清静温和之政来完善东阳的地方治理。这是王濛的预想,也是他的特点。濛以"清约"见称,为人温润恬和,这次想到地方实践他的治政理想。结果是简文没答应他,王濛为此,至死都留着遗憾。《世说·政事》选此条是在着意推举儒家"温而厉,威而不猛"、中和平衡的治政理想。如果将山遐的做法与王濛的理想相糅合,就形象地表达出了儒家的治政图画。

3.22 殷浩始作扬州[1],《浩别传》曰:"浩字渊源,陈郡长平人。祖识,濮阳相。父羡,光禄勋。浩少有重名,仕至扬州刺史、中军将军。"《中兴书》曰:"建元初,庾亮兄弟、何充等相寻薨,太宗以抚军辅政,征浩为扬州,从民誉也。"刘尹行[2],日小欲晚[3],便使左右取幞[4],人问其故,答曰:"刺史严,不敢夜行[5]。"

【注】

〔1〕殷浩(?—356):见刘孝标注。浩善谈玄,负盛名,简文执政时惧桓温势盛,引浩为建武将军、扬州刺史,以对抗桓温。后因北征许洛败绩,为桓温所弹,废为庶人。

〔2〕刘尹:刘惔,见《德行》35。惔作丹阳时,殷浩任扬州刺史,丹阳属扬州,惔为浩下官员。

〔3〕小:稍稍。

〔4〕幞(fú伏):包袱。指用布帛包扎的衣被等物。

〔5〕不敢夜行:晋律禁夜行。

【评】

故事发生在穆帝永和四年刘惔任丹阳尹之时。殷浩久负盛名,屡被推举,简文也多次征辟,终于在晋穆帝永和二年三月任扬州刺史。因朝廷器重,所以浩到任后认真执政。扬州治所在建康,丹阳故城在今江苏江宁之东,相去很近。刘惔善清谈,是简文的座上宾,与殷浩曾在简文处论学谈玄。以两地距离之近,两人同为简文所重,且旧时相熟,惔尚不敢夜行赶路,而稍违法度,可见殷浩执政果然严厉。刘辰翁说惔"大是乖汉"。惔之乖,也正印证了殷浩作扬州刺史法禁之严。

3.23 谢公时[1],兵厮逋亡[2],多近窜南塘下诸舫中[3]。或欲求一时搜索[4],谢公不许,云:"若不容置此辈,何以为京都[5]?"《续晋阳秋》曰:"自中原丧乱,民离本域,江左造创,豪族并兼,或客寓流离,名籍不立。太元中,外御强氏,蒐简民实,三吴颇加澄检,正其里伍。其中时有山湖遁逸,往来都邑者。后将军安方接客,时人有于坐言宜纠舍藏之失者。安每以厚德化物,去其烦细。又以强寇入境,不宜加动人情。乃答之云:'卿所忧,在于客耳!然不尔,何以为京都?'言者有惭色。"

【注】
〔1〕谢公:谢安,见《德行》33,在孝武帝时,安为丞相,掌朝政。
〔2〕兵厮:兵士和奴仆。逋亡:逃跑、逃亡。
〔3〕窜:躲藏。南塘:地名,在东晋都城建康淮河南岸。舫:此泛指船。
〔4〕求:请求。一时:同时。
〔5〕京都:京城。

【评】
谢安当国之时,前秦苻坚收拾北方,师逼东晋,声势日益浩大。苻坚曾形容他的部众,"以吾之众旅,投鞭于江(长江),足断其流"。《晋书·谢安传》说"时强敌寇境,边书续至,梁、益不守,樊、邓陷没",可谓大敌当前,国势日危。当此形势,需要的是内部安定,拿出主要精力,运筹抗敌。所以谢安的政策是:"镇以和靖,御以长算。"其风格是"不存小察,弘以大纲,威怀外著,人皆比之王导,谓文雅过之"(见《晋书·谢安传》)。

两晋之际,北方寇乱,江北今山东、苏北、河北、皖北地区的流民便多逃至今江苏南京、镇江、常州一带。他们流离失所,依附江南世家大族,而大族也藏匿户口以增财力。《政事》21则说到的山遐,就曾严法以处置藏匿户口与国争利的豪族。这些可说是积久难办的老问题、大问题,而且极易引起不安定的内乱。这里,人劝搜索隐匿,此举虽是处理眼前逃亡的兵士、仆役之类,弄不好也会由此牵起势族隐匿户口之事,所以"谢公不许"。这是谢安把握"镇以和靖"、"不存小察"的大原则、大方向。不过谢安的回答却委婉而精彩——"若这些人都不能容纳安置,怎么称得起京都呢?"京都,又称京师。《公羊传·桓公九年》:"京师者何?天子之居也。京者何?大也。师者何?众也。天子之居,必以众大之辞言之。"京师本身就当雍容大度,藏几个逋亡小民又算得了什么呢?一句回答,飞扬着谢安的远见卓识和才华气度,正显现了力求把握国家命运的良相风貌。

3.24 王太(大)为吏部郎[1],王忱已见。尝作选草[2],临当奏[3],王僧弥来,聊出示之[4]。僧弥,王珉小字也。《珉别传》曰:"珉字季琰,琅邪人,丞相导孙,中领军洽少子。有才艺,善行书,名出兄珣右,累迁侍中、中书令。赠太常。"僧弥得便以己意改易所选者近半,主人甚以为佳,更写即奏[5]。

【注】

〔1〕王大:王忱,见《德行》44。吏部郎:官名。魏晋时,专主官吏的选拔、考核、任免等,朝廷特重视该职人选,位也在诸曹郎之上。

〔2〕选草:准备选任的官员名单草案。

〔3〕当:将要。

〔4〕聊:姑且、随便。

〔5〕更写:改写。

【评】

王忱出自太原王氏,王珉则为琅邪王氏嫡派,二王家族之间时有利益矛盾,但王忱与王珉之间则泯恩仇而共为朝廷着想。王忱是个耿介放达之士,连以雄豪著称的桓玄都对他"惮而服焉"。他任吏部郎,主持选官,权重位尊,能够听任别人更改他选拟的名单近半,实属不易。余嘉锡先生的评析至为确当:"此见王珉意在奖拔贤能,不以侵官为虑。而王忱亦能服善,惟以才为急,不以侵己之权为嫌。为王珉易,为王忱难。"(见《世说新语笺疏》)

3.25 王东亭与张冠军善[1]。张玄,已见。王既作吴郡[2],人问小令曰[3]:《续晋阳秋》曰:"王献之为中书令,王珉代之,时人曰'大、小王令。'""东亭作郡,风政何似[4]?"答曰:"不知治化何如,唯与张祖希情好日隆耳。"

【注】

〔1〕王东亭:王珣,见《言语》102。封东亭侯,故称。张冠军:张玄之,见《言语》51。为冠军将军,故称。

〔2〕作吴郡:作吴郡太守。

〔3〕小令:指王珉。王献之为中书令,后王珉代之,世称大、小王令。

〔4〕风政:教化、政绩。

【评】

刘孝标注《言语》引《续晋阳秋》称张玄之:"少以学显,历吏部尚书，出为冠军将军、吴兴太守。会稽内史谢玄同时之郡，论者以为南北之望。玄之名亚谢玄，时亦称南北二玄。"可见张玄是时人十分推服的贤人雅望。王珉这里不直接述说家兄政绩、风教如何，只是点染了他与贤人情好日隆，看似文不对题，实则画龙点睛般描述出了其兄的善政。李贽评曰："此是一等治化。"一心尊贤敬能，其风政不问可知。

3.26　殷仲堪当之荆州[1]，王东亭问曰[2]："德以居全为称[3]，仁以不害物为名[4]。方今宰牧华夏[5]，处杀戮之职，与本操将不乖乎[6]？"殷答曰："皋陶造刑辟之制[7]，不为不贤；《古史考》曰："庭坚号曰皋陶，舜谋臣也。舜举之于尧，尧令作士，主刑。"孔丘居司寇之任[8]，未为不仁。"
《家语》曰："孔子自鲁司空为大司寇，七日而诛乱法大夫少正卯。"

【注】

　　[1] 殷仲堪：见《德行》40。当：将要。荆州：州名，治所在江陵。此指荆州刺史。

　　[2] 王东亭：王珣，见前则。

　　[3] 德：德政。全：完整。称：声誉。

　　[4] 仁：仁爱。名：扬名。

　　[5] 宰牧：掌管、治理。华夏：古代以华夏称中国或中原地区，此指荆州地区。

　　[6] 本操：素来的操守。将不：莫不、岂不是。乖：违。

　　[7] 皋陶：舜时大臣，掌刑狱。刑辟：刑法。

　　[8] 司寇：春秋时官名，掌刑狱、纠察。

【评】

　　王珣和殷仲堪是老熟人，并以才学文章见昵于孝武帝。王珣记性好,善识人,以他对仲堪的了解,深知其有才学而"急行仁义"的特点,所以当仲堪将就荆州重职、主宰一方的时候,提醒他仁义乃为政之本。仲堪亦确为能言才士,一席回答,说出了仁义与刑辟之关系的大道理。仁义的根本是"爱人",而真正达到令大多数人都能受到爱护,确保其安定、利益,那就非有严肃的秩序不可。刑法制度就是人们安定的保障,所以古圣贤自觉地建设刑法制度,并严肃地执行它。可见,以仁义为"本操",同时也不能忽略刑法的健全。汉宣帝早已声明,汉家制度"本以霸王道杂之"(《汉书·元帝纪》),是仁义与刑法两手并重。魏晋时亦然。本则的这一问对,其实表达了选编《世说》者,在对政事中仁义与刑法关系的认识。

文 学　第四

【题解】　文学,在本篇中的意蕴为文章博学。然而依所记104则故事,前65则为清谈博学的描述,而其后诸则所记,却有着与当今意义差不多的文学意味。如果说《世说》之编撰,沿用了儒家经典意义的说法,即《论语·先进》"文学,子游,子夏。"邢昺疏解为:"若文章博学,则有子游、子夏二人也。"那么在其实际记述中,则真实地反映了由文章博学的广义杂"文学"观念,到自觉理解作为艺术而独立存在的文学,那样一段重要的历史过程。

　　本篇前65则,是传统意义上的"文学",记述才士们研讨经典的学术活动。但所称"经典"已不专是儒家的经典了,它包括了儒、释、道,最多的还是道家、佛家经典。魏晋学者重新诠释儒家,将追问宇宙论和人生观的学问,借重道家、佛家的说法,引入了自己的视野;深入细致地辨析一些关乎人生理解的重大概念,于是在"玄学"风尚中,演绎了一幕幕智慧人生的动人片段;中国思想、哲学的崭新面貌,定格在了清言玄理的一席席精细的谈吐之中。第66则后,以"文笔"为区分,将实用文章、审美的文学之作给予自觉的理解,内容包括书、表、诔文等应用文章之撰,诗、赋等艺术之作的鉴赏,而这些,多带着玄理思辨的时代特色和意蕴,以及对自然、人生、艺术审美的自觉,使得他们的评论、鉴赏、创作具有文学自觉时代的特征。总之,《文学》是魏晋哲学思辩、审美情趣、精神风貌的生动篇章,也是挥麈而谈、精苦辩难、飞扬文翰的才士长廊。

4.1 郑玄在马融门下[1]

《融自叙》曰:"融字季长,右扶风茂陵人。少而好问,学无常师。大将军邓骘召为舍人,弃,游武都。会羌虏房起,自关以西道断。融以谓古人有言:'左手据天下之图,而右手刎其喉,愚夫不为。'何则?生贵于天下也。岂以曲俗咫尺为羞,灭无限之身哉?因往应之,为校书郎,出为南郡太守。"三年不得相见,高足弟子传授而已[2]。尝算浑天不合[3],诸弟子莫能解。或言玄能者,融召令算,一转便决[4],众咸骇服[5]。及玄业成辞归,既而融有"礼乐皆东"之叹[6]。《高士传》曰:"玄字康成,北海高密人。八世祖崇,汉尚书。"《玄别传》曰:"玄少好学书数,十三诵《五经》,好天文、占候、风角、隐术。年十七,见大风起,诣县曰:'某时当有火灾。'至时果然,智者异之。年二十一,博极群书,精历数图纬之言,兼精算术。遂去吏,师故兖州刺史第五元先。就东郡张恭祖受《周礼》、《礼记》、《春秋传》。周流博观,每经历山川,及接颜一见,皆终身不忘。扶风马季长以英儒著名,玄往从之,参考同异。季长后戚,嫚于待士,玄不得见,住左右,自起庐庵,既因绍介得通。时涿郡卢子幹为门人冠首,季长又不解剖裂七事,玄思得五,子幹得三。季长谓子幹曰:'吾与汝皆弗如也。'季长临别执玄手曰:'大道东矣,子勉之!'后遇党锢,隐居著述,凡百馀万言。大将军何进辟玄,乃缝掖相见。玄长八尺馀,须眉美秀,姿容甚伟。进待以宾礼,授以几杖。玄多所匡正,不用而退。袁绍辟玄,及去,饯之城东,欲玄必醉。会者三百馀人,皆离席奉觞,自旦及暮,度玄饮三百馀杯,而温克之容,终日无怠。献帝在许都,征为大司农,行至元城卒。"恐玄擅名而心忌焉[7]。玄亦疑有追,乃坐桥下,在水上据屐[8]。融果转式逐之[9],告左右曰:"玄在土下水上而据木,此必死矣。"遂罢追,玄竟以得免[10]。马融海内大儒,被服仁义。郑玄名列门人,亲传其业,何猜忌而行鸩毒乎？委巷之言,贼夫人之子。

【注】

〔1〕郑玄(127—200):字康成,东汉北海高密(今属山东)人。著名经学家,毕生勤学著述,授徒讲学。晚年被汉献帝征为大司农,后又被袁绍强征随军,未至而卒。

〔2〕高足弟子:学问精深的优秀学生。

〔3〕浑天:我国古代解释天体的一种学说。《晋书·天文志》:"天之形状似鸟卵,地居其中。天包地外,犹卵之裹黄也,圆如弹丸,故曰'浑天'。"算浑天,为古代有关天文的算法之一。

〔4〕转:转动计算用具而推算。

〔5〕骇服:惊叹佩服。

〔6〕礼乐皆东:儒家的学问传到东面去了。礼乐代指儒学。马融为扶风茂陵人(今陕西),郑玄为高密人(今山东),学成而归,故曰。

〔7〕擅名:享有名声。

〔8〕屐:木鞋,底有齿。

〔9〕式:即栻盘,刻有阴阳五行,天象历法等标记。上盘圆,象天,以枫木为之;下盘方,象地,以枣心木为之,转动上盘,观上下盘标记的对应,以推算阴阳吉凶。

〔10〕免:指免祸。

【评】

名师高傲,学生虔诚,这是一则有关师生教学相长的生动故事。汉代经学定于一尊,今文学派重义理阐释,古文学派重历史典章、名物训诂,二者门户宗派之争激烈。一直到东汉末年,今文学派虽立于学官而占据上风,但又因羼杂谶纬迷信弄得乌烟瘴气,这就给古文学派的挑战与兴盛带来了机遇。经古文学派因马融的有力参与,而"古学遂明",马为一代名师。而郑玄见融前,曾受业于太学,师事京兆第五元先,通《京氏易》、《公羊春秋》《三统历》《九章算术》，又师从张恭祖学《周官》《礼记》、《左氏春秋》《韩诗》《古文尚书》等，遍读儒经，打破经今、古文学的界域，学术视野宽阔，基础雄厚。因山东学者已经"无足问者"，于是西赴关中，拜马融门下，其追求真知之精神可嘉可叹。马融身为外戚豪门，本自骄贵，又为当世名儒，生性奢华，"常坐高堂，施绛纱帐，前授生徒，后列女乐，弟子以次相传，鲜有入室者"（见《后汉书·马融传》）。虽郑玄天才，亦三年未见师面，而由门弟子间接传授。但郑玄却仍日夜诵习，毫无倦怠。其积学储宝日久，终于一算惊服融门，脱颖而出。融"召见于楼上，玄因从质诸疑义，问毕而归"（见《后汉书·郑玄传》），因玄为山东高密人，故马融有"礼乐皆东"之叹。这话出自名重当世的大儒之口，郑玄作为超越师门的学者形象就跃然而出了。师不必贤于弟子，弟子不必不如师，此乃古今教学相长之通义。郑玄后来成为兼综经今、古文学的一代大师，同时又精通数学、物理等自然科学，绝非偶然。善教之师鼓励学生不固守师说之限，善学者则不仅继承，而更重超越与开拓，从而日新月异，推动学术不断健康发展。这是本则故事的启示。

本则后半所记，孝标已斥其为荒诞的"委巷之言"，后世研究者亦多非之。刘应登说："师友之懿如此，而谓融忌其能，使人追杀之，有此理否？玄先疑其师追之，预坐桥下，融以其在土下水上，便以为死。皆谬乱之词。"余嘉锡亦谓："此节盖采自《语林》，见《御览》三百九十三，非义庆所杜撰也……此说为晋、宋间人所盛传。然马融送别，执手殷勤，有'礼乐皆东'之叹，其爱而赞之如此，何至转瞬之间，便欲杀害！苟非狂易丧心，恶有此事？"诸说均理据可信。马、郑对比，抑扬之间，无非是将郑玄这位大师更加神化而已，文坛学界，为造神而造谣，可悲可叹！

4.2 郑玄欲注《春秋传》[1],尚未成,时行与服子慎遇宿客舍,先未相识,服在外车上与人说已注《传》意。《汉南纪》曰:"服虔字子慎,河南荥阳人。少行清苦,为诸生,尤明《春秋左氏传》,为作训解。举孝廉,为尚书郎、九江太守。"玄听之良久,多与己同。玄就车与语曰:"吾久欲注,尚未了。听君向言[2],多与吾同。今当尽以所注与君。"遂为《服氏注》[3]。

【注】

〔1〕郑玄:见前则。《春秋传》:《春秋经》是孔子在鲁国国史的基础上编撰的一部编年史,为儒家的经典之一。传,注解、阐释经义的文字。《春秋经》在汉代著名的有三传,《公羊传》、《穀梁传》、《春秋左氏传》。此指《春秋左氏传》,简称《左传》,为鲁国左丘明所作。

〔2〕向:刚才。

〔3〕《服氏注》:即《春秋左氏传解谊》,今有辑本。

【评】

《春秋》三传,《公羊传》、《穀梁传》属今文经学,显于西汉;东汉之初,由于郑兴等一批名儒的努力,作为古文经学的《春秋左氏传》才得以渐渐受到学界的重视。随着古文经学的渐兴,《春秋左氏传》便为学者所关注。郑玄志在"思整百家之不齐"(《后汉书·郑玄传》),让争议纷纭的经学有所指归,自然也会对《左传》着意关注。以他的学养和精勤,治《左传》必有所成。服虔是关注《左传》的学者之一,"少以清苦建志,入太学受业。有雅才,善著文论"(《后汉书》本传),为《左传》精思不辍,有自己的建树。本则围绕《左传》研究,记录了学者间的动人一幕。当郑玄知道服虔注《左传》有相当基础和程度,且很多想法与己相通时,就把自己的思想成果倾数赠予,以成就服虔对《左传》

的深入研究,这种胸襟和风范是撼动人心的。足见追求学术真谛、弘扬大道,是学人的品德和良知,这和以学争名致禄的汉代经生的功利目的,形成了鲜明的对比,同时也沉实地注释了成为大师所必需的基本品质。本则记述虽仅为片段,却活画出了一个大师的宽阔胸怀和动人的人格形象。

4.3 郑玄家奴婢皆读书[1]。尝使一婢[2],不称旨[3],将挞之[4]。方自陈说[5],玄怒,使人曳著泥中[6]。须臾,复有一婢来,问曰:"胡为乎泥中[7]?"卫《式微》诗也。毛公曰:"泥中,卫邑名也。"答曰:"薄言往愬,逢彼之怒[8]。"卫、邶《柏舟》之诗。

【注】

〔1〕郑玄:见本篇1注。

〔2〕使:使唤。

〔3〕称旨:符合意图。

〔4〕挞:鞭打。

〔5〕方自:还在。陈说:陈述原因、分辩。

〔6〕曳:拖。

〔7〕"胡为乎"句:怎么会在泥水中?《诗经·邶风·式微》句。

〔8〕"薄言"句:去向他述说,恰赶上他发怒。《诗经·邶风·柏舟》句。刘孝标注谓两诗为《卫风》,盖别有所据,今本《诗经》皆为《邶风》。

【评】

郑玄不乐仕途,归家著述讲学,本传一则说"学徒相随已数百千人",再则说"自远方至者数千",几十年间,门庭殷盛,其嘉惠后学,不问可知。有趣的是在如此师门,连家里的奴婢都受到沾溉,诵习《诗》、《书》。更了不起的是,这些奴婢不是顺口诵说几句诗文,而是活学活用,在这日常生活的场景中,引《诗》为说,一问一答,恰到好处地抒情达意。此一情景中的对话内容本身就富有喜剧性,又加之出自两个活泼婢女之口,声吻惟妙惟肖,让人读来忍俊不禁。由此可见,郑玄不仅是一代经学宗师,博学善教,而且也是一位热心而又平民化的教育家,不弃贫贱,家里的奴婢皆可读书受教育。这种惠及奴婢的教育实践,打破身份界限,已经超越了祖师孔子"有教无类"的境界。以上三则,从不同侧面,描述了一代学术大师的形象。

4.4 服虔既善《春秋》[1],将为注,欲参考同异[2],闻崔烈集门生讲传,挚虞《文章志》曰:"烈字威考,高阳安平人,骃之孙,瑗之兄子也。灵帝时,官至司徒、太尉,封阳平亭侯。"遂匿姓名,为烈门人赁作食[3]。每当至讲时,辄窃听户壁间。既知不能逾己,稍共诸生叙其短长[4]。烈闻,不测何人,然素闻虔名,意疑之。明蚤往[5],及未寤[6],便呼:"子慎!子慎!"虔不觉惊应,遂相与友善。

【注】
　　[1] 服虔:见本篇2刘孝标注。善:擅长。
　　[2] 参考:比较考察。同异:相同或不同的见解。此偏指异。
　　[3] 赁:受人雇佣。
　　[4] 稍:渐渐。共:与。
　　[5] 蚤:通"早"。
　　[6] 及:趁着。寤:睡醒。

【评】
　　服虔注《左传》,可谓至精至慎,非博访通人行家、尽量穷尽搜集便不轻易写定。其寻访不惜屈苦自己,匿名受赁,为人当炊事伙计,这里虽是暗访了一位不如己者,但其诚恳、谨慎、认真的态度却是至为动人的。参见本篇第2则,郑玄以为服虔理解《左传》,与自己的想法多所吻合,而将其所注尽与服虔。它们都表达了这些真正学人认真求实,绝不欺世盗名的优良风范。因此他们的学问也便可靠而被人乐于接受。服虔成《春秋左氏传解谊》,在当时就广有影响,直到南朝刘宋时,范晔作《后汉书》还说"行之至今"。只是到唐代孔颖达作《春秋左传正义》,专用西晋杜预的注解,其后《正义》行而诸本晦,服虔注才逐渐亡佚,今仅有辑佚本。

4.5　钟会撰《四本论》始毕[1],甚欲使嵇公一见[2]。置怀中,既定[3],畏其难[4],怀不敢出,于户外遥掷,便回急走[5]。《魏志》曰:"会论才性同异,传于世。四本者:言才性同,才性异,才性合,才性离也。尚书傅嘏论同,中书令李丰论异,侍郎钟会论合,屯骑校尉王广论离。文多不载。"

【注】

〔1〕钟会:见《言语》11。《四本论》文章篇名,见刘孝标注。才性:才指治国用兵之术;性指仁孝道德。

〔2〕嵇公:嵇康,见《德行》16。

〔3〕既定:或以为是"既诣宅"的脱文形误。

〔4〕难:驳难。

〔5〕回:遮住脸。走:跑。

【评】

余嘉锡先生《笺疏》曰:"南齐王僧虔《诫子书》云:'《才性四本》、《声无哀乐》,皆言家口实。如客至之有设也,汝皆未经拂耳瞥目,岂有庖厨不修,而欲延大宾者哉?'清谈之重《四本》

论》如此,殆如儒佛之经典矣。"作为言家口实的《才性四本》,涉及玄理,是当日才士清谈的重要论题,也是试辨才士学问、才性的试金石。这是就当时一般意义而言。可对锺会与嵇康,这一话题的内涵就没那么简单了。依陈寅恪先生说:"当魏末西晋时代即清谈之前期,其清谈乃当日政治上之实际问题,与其时士大夫之出处进退至有关系,盖借此以表示本人态度及辩护自身立场者。"(见《陶渊明思想与清谈之关系》)这样说来,本则既记录了锺会的才性,也记录了他构陷嵇康的一个插曲。

就文章、博学的意义说,锺会有才学,十四岁即饱读儒经、史书,十五入太学问四方奇文异训,弱冠与山阳王弼并知名。他的论才性合,虽今不见其文,以其"博学精练名理",颇获时誉推之(见《三国志·锺会传》),当可以与嵇康论辩。然而,他在与嵇康比论名理的面上文章之外或另有一层意思。司马氏以名教为纲领,以"孝"治天下,锺会的"论合",就根本意义说,无非主张要坚持以道德名教与治国用兵之术相统一的人才标准。作为参与司马氏集团权谋机要的心腹,锺会此论是在为司马氏夺权造舆论。嵇康是主张"越名教而任自然"的。其渊源是《老》、《庄》体无的一套理论。心体乎无,存乎道,傲然忘贤愚是非,情任自然,越名任心是他的人生体悟,见诸其《声无哀乐论》等文,才(声)、性(心)明为二物,也是他的一贯主张。所以他"非汤武而薄周孔",这明显是才、性离、异派,适与名教仁孝等儒家学说大相径庭,也就是与当权的司马氏相违背。嵇康高傲,其学问、主张乖违司马氏,更瞧不起"名公子"锺会。锺会便对这位大名士耿耿于怀,并不断用心构陷,寻找口实,他将论著遥投与嵇康回身便跑,或并不是因其欲与嵇康讨论学术而"畏其难",更深层的原因恐如陈寅恪先生说:是"别有企图"。曾主张才性"异"的中书令李丰、主张"离"的屯骑校尉王广,都先后被司马氏所诛杀,就很能说明问题。

锺会四十败亡,观其一生唯恃聪明而乏敦朴厚道,成败荣辱皆由此,本则所记这一插曲,或亦为其自恃聪明之举。王世懋评点:"令人畏至如此,那得不为所中",觉得嵇康令锺会如此畏惧,被锺会暗算,即势所必然。《世说》将这一故事选入《文学》门,还是看重魏晋人物文章、博学的一面。

4.6 何晏为吏部尚书[1],有位望[2],时谈客盈坐[3],《文章叙录》曰:"晏能请言,而当时权势,天下谈士,多宗尚之。"《魏氏春秋》曰:"晏少有异才,善谈《易》、《老》。"王弼未弱冠往见之[4],晏闻弼名,《弼别传》曰:"弼字辅嗣,山阳高平人。少而察惠,十馀岁便好《庄》、《老》。通辩能言,为傅嘏所知。吏部尚书何晏甚奇之,题之曰:'后生可畏。若斯人者,可与言天人之际矣!'以弼补台郎。弼事功雅非所长,益不留意,颇以所长笑人,故为时士所嫉。又为人浅而不识物情。初与王黎、荀融善,黎夺其黄门郎,于是恨黎,与融亦不终好。正始中以公事免。其秋遇疠疾亡,时年二十四。弼之卒也,晋景帝嗟叹之累日,曰:'天丧予!'其为高识悼惜如此。"因条向者胜理语弼[5]曰:"此理仆以为理极,可得复难不?"弼便作难,一坐人便以为屈,于是弼自为客主数番[6],皆一坐所不及。

【注】

[1] 何晏:见《言语》14。

[2] 位望:地位、名望。

[3] 时:时常。谈客:清谈的客人。时风尚清谈,常聚客而谈。

[4] 未弱冠:不满二十岁。《礼记·曲礼》:"二十曰弱,冠。"古代男子年满二十行"冠礼",表示成年。

〔5〕条:一一陈述。向:方才。胜理:精妙的玄理。

〔6〕客主:清谈时,辩难的"客"、"主"双方。"主"提出问题,陈述观点,"客"行问难。自为客主,即自陈主张,自己问难解答,以使玄理充分阐发。番:指论辩时的一个回合。

【评】

史称王弼"好论儒道,辞才逸辩"(见《三国志·锺会传》附)。本则即记录了尚未弱冠的天才少年,在当时清谈宗主何晏的客厅上,辩屈众人的精彩一幕。在这里,他不但超越了何晏认为的义理极限,而且愈辩愈畅,竟至于"自为客主",数番辩难,所陈玄理,步步深入,充分阐发。余嘉锡先生《笺疏》分析时人裴徽、管辂对何、王的评价而推论:"盖晏之为人,妙于言而不足于理,宜其非王弼之敌矣。"当时"莫不宗尚玄言,唯王辅嗣妙得虚无之旨"(《经典释文序录》)。王弼精于思考,擅长体悟,一切从高人一等的哲学本根说来,这便是其超拔于时人之上,辩论无敌的真实缘故。

本则描摹了一位学博而思精的天才少年的思辨风采。

4.7 何平叔注《老子》[1],始成,诣王辅嗣[2]。见王注精奇,乃神伏曰[3]:"若斯人,可与论天人之际矣[4]!"因以所注为《道德二论》[5]。《魏氏春秋》曰:"弼论道约美不如晏,然自然出拔过之。"

【注】

〔1〕何平叔:何晏,字平叔,见《言语》14。《老子》:书名。即《道德经》,主张自然无为。今存河上公及王弼两种注本。1973年长沙马王堆汉墓出土有帛书《老子》甲、乙本。

〔2〕王辅嗣:王弼,字辅嗣,见前则。

238

〔3〕神伏:从心底里服气。

〔4〕天人之际:天道与人事的相互关系。

〔5〕《道德二论》:该文《三国志·曹爽传》但云《道德论》,其文已佚。余嘉锡《笺疏》谓,上篇论道,下篇论德,故为《二论》。

【评】

何晏、王弼是开创正始玄风的领袖人物,共同"祖述老、庄。立论以天下万物以'无'为本"(《晋书·王衍传》)。然而,两人的才情却有高下之分。

他们之前,是汉儒家天下。作为主流意识被独尊的儒家,原本更侧重"礼"、"义",亦即看得见、摸得着的经验层面上的伦理纲常与治国之术。其理论不但不容置疑,日趋僵化,又在利禄诱导下,愈搞愈世俗、愈芜杂烦琐,已极大地束缚了个体的人和人性发展。而其理论本身,对"性与天道"这人生的终极、本原问题,不能更深刻、透辟地解释。正始时,人们便重又发掘了《老》、《庄》的价值。《老子》是从宇宙的根源来阐释"性与天道",亦即说明人生、政治与天道的对应关系;从生生之原的宏观出发对人生的种种具体微观存在加以审视,努力回答"天人之际"的大问题。其宇宙观便是"道","道"体本"无"。由"儒"而"道",由具体"礼"、"义"到本"无"的玄理探究,这种思路的转换,更深刻的内涵便是从形而下的经验层面的积累、确证到形而上之玄理的体悟与思辨的转换。但何晏在玄理体悟与思辨的才情上逊于王弼。这点在今存的材料——两人对《论语》发表的意见中即看得出来。他们援《易》、《老》而释孔子。何晏的《论语集解》,试图从宇宙的深微大道去解释儒家的人生义理,而在理论思辨方面不免拘泥于汉儒;王弼的《论语释疑》将礼乐之本引向了"道",把儒家的"天"也转换为"则天成化,道同自然"的"天道",使儒家人生具体伦理规则的依据,落在了抽象玄理的"道"上。从这里就可以见出,王弼比何晏更具抽象玄理思辩的本领,其本传说他:"论道附会文辞不如何晏,自然有所拔得多晏也。"王弼注《易》、《老》、《论语》独见其理论思辩的天才和气魄,其关于《周易》的研究,一扫汉儒的象、数推衍,变而为思达天人之际,追问宇宙本原与人生、政治关系的"义理"新学。这都是王弼的超拔处。

开玄学风气,将儒学正统引向更富于思辩、更能以简驭繁,更具通识的精神独立与自由的境地,是何、王的共同志趣,而《老子》又是正始玄学的最重要的理论武器,所以,当何晏见到王注出拔精奇,非自己见识所可比的时候,便主动收起了己注。于此可见何晏作为一代玄学宗师的学术气量。

王弼注《老子》确不同凡响。早期汉河上公与王弼之注成为后来解《老》的祖本。河上公本近民间系统,文句简古;王弼注本,为文人系统,文笔晓畅,后世解《老》者纷纭众多,然多"依违于河上、王弼二本之间"(见朱谦之《老子校释》),可见王注的水平,也可见当时何晏的"神伏"和慧眼。

4.8　王辅嗣弱冠诣裴徽[1],《永嘉流人名》曰:"徽字文季,河东闻喜人,太常潜少弟也。仕至冀州刺史。"徽问曰:"夫无者[2],诚万物之所资[3],圣人莫肯致言[4],而老子申之无已[5],何邪?"《弼别传》曰:"弼父为尚书郎,裴徽为吏部郎,徽见异之,故问。"弼曰:"圣人体无,无又不可以训[6],故言必及有[7];老、庄未免于有[8],恒训其所不足[9]。"

【注】

〔1〕王辅嗣:王弼见本篇6注。弱冠:二十岁。诣:拜访。

〔2〕无:老子哲学的概念。

〔3〕资:凭借。

〔4〕圣人:指孔子。莫肯:不愿。

〔5〕老子:即老聃,春秋时楚国人,曾为周藏书室史官,作《道德经》五千言(即《老子》)。老子与庄子并被视为道家始祖。申:申述,阐说。

〔6〕训:解释。

〔7〕故言必及有:所以讲"无"的时候,必定说到"有"。"有"亦为老子哲学的概念。

〔8〕未免:不能免。

〔9〕恒:常。

【评】

裴徽"才理清明,能释玄言"(见《三国志·管辂传》注),王弼于玄理思辩更是独有超越。两位玄言家,就玄理的根本命题"无"的问题上,圣人孔子与老子的说法不同做了一番探讨,但其侧重的不是理论本身,而是现实问题。

老子的"道"是讲"无"的,"无"是宇宙的本体,由它化生一切,开物成务,所以它是"万物之资",这点裴徽是深信不疑的。但问题来了,圣人孔子却未尝言及这一切事物的根本,只是讨论世间具体事物的存在及其关联;老子反是,并不侧重关注事物实存之有,而是反复言说"有"之上的"道"。这就出现了极其严肃的现实问题和理论问题。在现实,儒家仍为王权的意识形态,是不可忤逆的"独尊",但这理论是不完善的,它不能解释其因果联系,无法说明从宇宙到人生的圆整世界。老子探讨了这个问题,但如果遵从老子去解释人生、世界,又将瓦解了儒家学说,这是裴徽依违两难的根本困惑。

王弼则思辩清明,他精巧地将老子学说移入了圣人理路。他解释:圣人原本是以无为体的,但这样玄奥幽渺的道理是无法与一般人说清的,所以发言必切实际,表面看来只是以具体的、

241

实有的事物立论；老、庄虽说高倡以无为体，但不能避免世间之"有"，只是更侧重人们所难以琢磨、把握的"无"，总是不断训解，总之，两家思理在根本问题上有一致性。

凌濛初不满意王弼的解释："皮肤耳，未是妙语。"其实这里既是玄理，也是解决现实的困惑，使老、庄说法能有合理的外衣而理直气壮地说下去。刘辰翁"看得又别"之论，则道出了王弼以老、庄视角阐释圣人的微旨别趣。本则王弼之妙，不在言语机巧，而在潜藏暗转，排除障碍，引领玄辩之风的发展。

4.9　傅嘏善言虚胜[1]，《魏志》曰："嘏字兰硕，北地泥阳人，傅介子之后也。累迁河南尹、尚书。嘏尝论才性同异，锺会集而论之。"《傅子》曰："嘏既达治好正，而有清理识要，如论才性，原本精微，鲜能及之。司隶锺会年甚少，嘏以朋知交会。"荀粲谈尚玄远[2]。《粲别传》曰："粲字奉倩，颍川颍阴人，太尉或（彧）少子也。粲诸兄儒术论议各知名。粲能言玄远，常以子贡称'夫子之言性与天道，不可得而闻也'，然则六籍虽存，固圣人之糠秕。能言者不能屈。"每至共语，有争而不相喻[3]。裴冀州释二家之义[4]，通彼我之怀，常使两情皆得，彼此俱畅。《粲别传》曰："粲太和初到京邑，与傅嘏谈，（嘏）善名理，而粲尚玄远，宗致虽同，仓卒时或格而不相得意。裴徽通彼我之怀，为二家释。顷之，粲与嘏善。"《管辂传》曰："裴使君有高才逸度，善言玄妙也。"

【注】

〔1〕虚胜：指"道"的本体超物质存在的无形无象、虚无之理的美妙境界。

〔2〕玄远：玄奥幽远。

〔3〕喻：理解、明白。

〔4〕裴冀州:指裴徽,见前篇。徽曾任冀州刺史,故称。

【评】

傅嘏是弱冠知名的才子,"有清理识要",擅长论述玄理"虚胜"境界——超物质存在、无形无象的"道"体,亦论才性异同,活跃于当时,颇有思辩工夫,而性亦颇自负。荀粲也是一位才子,为太尉荀彧少子,其一门父兄皆崇尚儒学,"而粲独好言道",思存玄理,富于辩才,同时,也是一个个性颇强的人,性"简贵",不与常人交接。两人各有千秋,皆富个性,所以在讨论玄理时,每每争持不下,谁也说服不了谁。裴徽旁观者清,看出同异,理顺观点,沟通两家,"彼此俱畅"。这里,生动地记述了其时玄言辩难的场景,三人皆富于学识,而又为学理探讨而各执己见,往复论难,一旦达成共识,便都获得了理识和心情的畅快。正始谈玄,已成为士人生命活力的重要表现。

4.10 何晏注《老子》未毕,见王弼自说注《老子》旨[1]。何意多所短,不复得作声,但应之[2],遂不复注,因作《道德论》。《文章叙录》曰:"自儒者论以老子非圣人,绝礼弃学。晏说与圣人同,著论行于世也。"

【注】

〔1〕旨:意旨,意思。
〔2〕但:只是。但应之,袁本作"但应诺诺"。诺诺,应答声。

【评】

本则可与第7则参读。余嘉锡《笺疏》谓:"此与上文'何平叔注《老子》'条,一事两见。而一云始成,一云未毕,馀皆小异。盖本出两书,临川不能定其是非,故并存之也。"两则合观,前曰"神伏",此曰"诺诺",何晏之神情跃然纸上,亦可味出《世说》

传神写照的精妙。

4.11 中朝时[1],有怀道之流[2],有诣王夷甫谘疑者[3]。值王昨已语多,小极[4],不复相酬答,乃谓客曰:"身今少恶[5],裴逸民亦近在此[6],君可往问。"《晋诸公赞》曰:"裴颜谈理,与王夷甫不相推下。"

【注】
〔1〕中朝:东晋时,对西晋的称呼。
〔2〕怀道:信奉老、庄学说。之流:某类人。
〔3〕诣:拜访。王夷甫:王衍,字夷甫。见《言语》23。谘:询问,请教。
〔4〕小极:身体不适。小,稍微。极,疲倦。
〔5〕身:我。少恶:有些不适。
〔6〕裴逸民:裴颜,字逸民。见《言语》23。

【评】
王衍位高势重,累居显职,他"妙善玄言,唯谈《老》、《庄》为事",长于言辩,"世号'口中雌黄'。朝野翕然,谓之'一世龙门'"(见《晋书·王衍传》)。其倾动当世,为后进之士所景慕趋从。这里,所谓"怀道之流",便是追踵王衍,趋附"龙门"者。其人之来,恐怕是景慕大名、咨议疑难、投其所好、干禄求官兼而有之。然而,这位贵人兼大名士,虽名为清高,然性亦颇自私,居宰辅之重,而不顾念经国,于纷乱中,常思自全之计,对这位求见的小人物,他是不会牺牲自己的健康去接见酬答的。而他指示的往问裴颜,又真是开了"怀道之流"的玩笑。裴颜崇"有",与衍谈《老》、《庄》玄理而崇无针锋相对,"咨疑者"怀尚"无"之玄理,果去请教裴颜,彼情彼景不问可知。

本则透过王衍的影响,侧面映现了当时谈玄的风气。

4.12　裴成公作《崇有论》[1],时人攻难之[2],莫能折[3]。唯王夷甫来,如小屈[4]。时人即以王理难裴,理还复申[5]。《晋诸公赞》曰:"自魏太常夏侯玄、步兵校尉阮籍等,皆著《道德论》。于时侍中乐广、吏部郎刘汉亦体道而言约,尚书令王夷甫讲理而才虚,散骑常侍戴奥以学道为业,后进庾敳之徒皆希慕简旷。頠疾世俗尚虚无之理,故著《崇有》二论以折之。才博喻广,学者不能究。后乐广与頠清闲欲说理,而頠辞喻丰博,广自以体虚无,笑而不复言。"《惠帝起居注》曰:"頠箸二论以规虚诞之弊。文词精富,为世名谚。"

【注】

〔1〕裴成公:裴頠,卒后追谥"成",故称。《崇有论》今存于《晋书》裴頠本传。

〔2〕攻难:反驳、辩难。

〔3〕莫:没有人。折:驳倒。

〔4〕如:似乎。小屈:稍受屈折。

〔5〕还复:仍然。申:展开、申发。刘孝标注"名谚","谚",通"验",纷欣阁本作"论"。

【评】

就思想学术而言,正始玄风给板结的经学注入了一股新的生气,将思想引入了自由探讨,独立思考的境界,重新标举了思想的价值、人的尊严,这是思想界辩证发展的结果。所以玄学一经何晏、王弼的倡导,迅即蔚成风气,成为一个时代的标志。但在现实生活中,某些思想家身居重位,虽长于探讨思想学术,而对实际政治事务或拙于料理,或沉迷于理论思辨而轻于实务,或竟以玄理人格藐视世俗,以至于在当时就有了将思想探讨的价值与处理实务的结果混为一谈的看法。《晋书·裴頠传》就说:

245

"何晏、阮籍素有高名于世,口谈浮虚,不遵礼法,尸禄耽宠,仕不事事;至王衍之徒,声誉太盛,位高势重,不以物务自婴,遂相仿效,风教陵迟。"企图否定玄学在思想发展中的思想学术价值,后世更以"清谈误国"深责当时玄风。

裴𬱟是一位博学多才的学者,也是身居显位的王朝重臣,他重务实,习惯于历史经验,《言语》门记"裴𬱟论前言往行,衮衮可听",作为学者,他在理论上欲矫当时玄学之蔽,以为崇"无"之论,导致了"浮虚"之弊;作为王朝重臣,他对"时俗放荡,不尊儒术","仕不事事"深为忧虑,因而作《崇有论》,言辩生物以"有"为本,世界只能以"有"济"有","理既有之众,非无为之所能循也"。落到现实处,即人们不习服礼法,则无以为政,一切将乱了套路(参见《崇有论》)。其《崇有论》属玄学,也是名实之争,但这一论辩的落脚点是针对现实问题,提出主张的。裴𬱟博学有辩才,"时人谓𬱟为言谈之林薮"、"𬱟若武库,五兵纵横,一时之杰也"(见《晋书·裴𬱟传》),所以,除"世号'口中雌黄'"的辩家王衍,其馀均不是他的对手。

本则所记,是学养交锋的实录,述说着魏晋思想的活跃。

4.13 诸葛宏年少不肯学问[1]。始与王夷甫谈,便已超诣[2]。王叹曰:"卿天才卓出,若复小加研寻[3],一无所愧。"宏后看《庄》、《老》更与王语[4],便足相抗衡。王隐《晋书》曰:"宏字茂远,琅邪人,魏雍州刺史绪之子。有逸才,仕至司空主簿。"

【注】

〔1〕学问:学习。

〔2〕超诣:高超的境界。

〔3〕小:稍微。研寻:探究、研讨。

〔4〕《庄》、《老》:《庄子》、《老子》,道家经典,当时赖以清谈的基本著作。

【评】

诸葛玄亦名门之后,其父诸葛绪曾为雍州刺史,晋武帝时为卫尉,因而少年诸葛玄能有机会拜见显贵兼大名士王衍,并蒙他指教。诸葛玄少而颖达,不甚学言谈就可达到高超的境界,为王衍所赏识,并加指点。他研习《庄》、《老》之后,竟能与"世号'口中雌黄'"的辩家王衍相抗衡,可见更富思辨智慧的《庄》、《老》对人才情的启迪意义,及玄谈时风对人思辨、口才的促动。《世说·文学》集此点滴斑痕,将魏晋玄风记述得细微生动。

4.14 卫玠总角时问乐令"梦"〔1〕,乐云是想。卫曰:"形神所不接而梦,岂是想邪?"乐云:"因也〔2〕。未尝梦乘车入鼠穴,捣齑啖铁杵,皆无想无因故也〔3〕。"《周礼》有六梦:一曰正梦,谓无所感动平安而梦也。二曰噩梦,谓惊愕而梦也。三曰思梦,谓觉时所思念也。四曰寤梦,谓觉时道之而梦也。五曰喜梦,谓喜说而梦也。六曰惧梦,谓恐惧而梦也。按乐所言"想"者,盖思梦也。"因"者,盖正梦也。卫思"因",经日不得,遂成病。乐闻,故命驾为剖析之。卫即小差〔4〕。乐叹曰:"此儿胸中当必无膏肓之疾〔5〕!"《春秋传》曰:"晋景公有疾,求医于秦,秦伯使医缓为之。未至,公梦疾为二竖子。曰:'彼,良医也。惧伤我焉!'其一曰:'居肓之上,膏之下,若我何?'医至,曰:'疾不可为也!在肓之上,膏之下,攻之不可达,刺之不可及,药不至焉。'公曰:'良医也。'"注:"肓,鬲也。心下为膏。"

【注】

〔1〕卫玠:见《言语》32。总角:古代未成年前的发式,将发梳成两个髻,状如角,故称。借指童年。乐令:乐广,见《德行》23。

〔2〕因:因由,凭借。

〔3〕齑(jī 鸡):把菜切细或捣碎,做成酱菜或腌菜。噉:吃。

〔4〕差:差通"瘥",病愈。

〔5〕膏肓之疾:古代医学称心尖脂肪为"膏",隔膜为"肓",是药力所不及处。因以"膏肓之疾",称不治之病。

【评】

卫玠是个夙慧早悟的天才。《晋书》说他"年五岁,风神秀异",其祖卫瓘说"此儿有异于众",所谓"异",就是他善于提问、善于思考,感悟力超凡,后终以析理入微而令当时名士"叹息绝倒",王敦将其视为正始天才王弼一流人物,慨叹:"昔王辅嗣吐金声于中朝,此子(卫玠)复玉振于江表,微言之绪,绝而复续。"本则记这位才子童年时的一段逸事,亦足见其"异",那就是解索问题的执着和悟性。梦之迷,是最早进入人类思维视野的大问题之一,也是人终生面对的问题。卫玠总角时就对它索解沉思,以至于因思成病,及至得高明"剖析",有所解悟,才病况好转,这就大异于一般少儿。这样一位善思而执着于析理的胚模,正好合适于以玄言思辨为风尚的时代。因而他的早慧故事,记述下来,就如珠玉般炫目动人。

4.15 庾子嵩读《庄子》[1],开卷一尺许便放去[2],曰:"了不异人意[3]。"《晋阳秋》曰:"庾敳字子嵩,颍州(川)人,侍中峻第三子。恢廓有度量,自谓是老、庄之徒。曰:'昔未读此书,意尝谓至理如此。今见之,正与人意暗同。'上至豫州长史。"

【注】

〔1〕庾子嵩：庾敳，见刘孝标注。

〔2〕开卷：魏晋时代，书籍多为竹简或缣帛。竹简用丝绳、麻绳或皮条编结成册，竹简或缣帛都为卷轴，读时执卷展开。开卷即指诵读。许：表示大约的数量。一尺许，形容所读不多。

〔3〕了：全。人：此指自己。

【评】

《易》、《老》、《庄》玄家三宝，穷神知化，启人玄想思辩，这一特点，就不像过去儒教经学那样，苦诵硬记，皓首穷经。时代风气为之一变，人们问学的态度和方法也大异其趣，多"读书不甚研求，而默识其要"（见《晋书·阮瞻传》）。另外，时风盛言《老》、《庄》，取其学理，作为当时的话语氛围，上流人士虽未尝亲阅《老》、《庄》原著，也为时风所染，涉其道理。庾敳为当时上流士人，耳濡目染无非玄言。故其思想理路，已是玄学特色，所以他展卷即似曾相识，以为《庄子》之论，不过尔尔。其读书法看去又是当时作风，以思辩析理为追求，不执着于书卷，所以刘辰翁评说："此自是谈《庄子》法。"然而对这一风气、这一读书法如若失去把握之度，便流于浮虚，王僧虔《诫子书》就说明了这种情况："汝开《老子》卷头五尺许，未知辅嗣（王弼）何所道，平叔（何晏）何所说，马（融）郑（玄）何所异，《指》、《例》何所明，而便盛于麈尾，自呼谈士，此最险事。"（见《南齐书·王僧虔传》）庾敳此风度，就颇类后来王僧虔所诫之者。王世懋评价他："此本无所晓而漫为大言者，使晓人得之，便当沉湎濡首。"可见庾敳并非何晏、王弼之辈的真学者、真名士，只不过是自视了不起的虚浮狂士，所以，当他见到真懂《庄子》的郭象时就只好噤若寒蝉了。

249

4.16 客问乐令"旨不至"者[1],乐亦不复剖析文句,直以麈尾柄确几曰[2]:"至不[3]?"客曰:"至!"乐因又举麈尾曰:"若至者,那得去[4]?"夫藏舟潜往,交臂恒谢,一息不留,忽焉生灭。故飞鸟之影,莫见其移;驰车之轮,曾不掩地。是以去不去矣,庸有至乎?至不至矣,庸有去乎?然则前至不异后至,至名所以生;前去不异后去,去名所以立。今天下无去矣,而去者非假哉?既为假矣,而至者岂实哉?于是客乃悟服。乐辞约而旨达,皆此类。

【注】

〔1〕乐令:乐广,见《德行》23。"旨不至":《庄子·天下篇》载惠施之说"指不至,至不绝",为名家学派命题,客以此发问。

〔2〕麈尾:魏晋时清谈家的雅具,执麈尾而谈是当时风尚。参见《言语》52。确:敲击。几:几案。

〔3〕至:达到。不:通"否"。

〔4〕那得:怎么、如何。去:离开。

【评】

这一"旨不至"论,肇自《公孙龙子·指物论》,谓"物莫非指,而指非指",同时又源于《庄子·天下篇》所载惠施"指不至,至不绝"之说,为典型的名家命题。有关问题,直到今天仍有歧义,可见其思理玄妙,可作多种解释。余嘉锡注据陆德明《经典释文》引司马彪云:"夫指之取物,不能自至,要假物,故至也。然假物由指不绝也。一云指之取火以钳刺鼠以锥。故假于物指是不至也。"又论说:"夫理涉玄门,贵乎妙悟,稍参迹象,便落言筌。司马所注,诚不如乐令之超脱。今姑录之,以存古义。其他家所释,咸无取焉。"嘉锡又案:"乐令未闻学佛,又晋时禅学未兴,然此与禅家机锋,抑何神似?盖老、佛同源,其顿悟固有相类者也。"如乐广之类的玄家清谈,辞约而旨达,注意揭示那潜藏在语言文字背后的精微之旨,其说理重在启人思维的顿悟,以便激发听者积极思索的主观能动性,听者与说者共同完成了理论命题的探讨。刘辰翁评曰:"此我辈禅也,在达摩前。"王世懋亦云:"此皆禅机转语。"后来禅家的机锋,并非从天而降,而是多少受到魏晋玄家清谈的影响。其实玄学的佛学化与佛学的玄化,佛玄融合而相互促进,是中国思想理论的又一大发展。

4.17 初注《庄子》者数十家,莫能究其旨要[1]。向秀于旧注外为解义,妙析奇致[2],大畅玄风[3]。《秀别传》曰:"秀与嵇康、吕安为友,趣舍不同。嵇康傲世不羁,安放逸迈俗,而秀雅好读书。二子颇以此嗤之。后秀将注《庄子》,先以告康、安。康、安咸曰:'书讵复须注?徒弃人作乐事耳!'及成,以示二子。康曰:'尔故复胜不?'安乃惊曰:'庄周不死矣!'后注《周易》,大义可观,而与汉世诸儒互有彼此,未若隐《庄》之绝伦也。"秀本传或言:秀游托数贤,萧屑卒岁,都无注述。唯好《庄子》,聊隐崔谍所注,以备遗忘云。《竹林七贤论》云:"秀为此义,读之者无不超然,若已出尘埃而窥绝冥,始了视听之表。有神德玄哲,能遗天下,外万物。虽复使动竞之人顾观所徇,皆怅然自有振拔之情矣。"唯《秋水》、《至乐》二篇未竟而秀卒[4]。秀子幼,义遂零落[5],然犹有别本[6]。郭象者,为人薄行[7],有俊才。《文士传》曰:"象字子玄,河南人。少有才理,慕道好学,托志《老》、《庄》。时人咸以为王弼之亚,辟司空掾、太学博士。"见秀义不传于世,遂窃以为己注。乃自注《秋水》、《至乐》二篇,又易《马蹄》一篇[8],其馀众篇,或定点文句而已[9]。《文士传》曰:"象作《庄子注》,最有清辞遒旨。"后秀义别本出,故今有向、郭二《庄》,其义一也。

【注】

〔1〕旨要:要领、主旨。

〔2〕奇致:精奇的旨趣。

〔3〕畅:弘扬。玄风:谈玄的风气。

〔4〕《秋水》、《至乐》:《庄子》中的篇名。

〔5〕零落:散佚。

〔6〕别本:副本。

〔7〕薄行:操行轻薄。

〔8〕《马蹄》:《庄子》中的篇名。

〔9〕定点:修改、删定。

【评】

随着玄学的展开,作为道家经典之一的《庄子》,很受谈家的关心,因此注家蜂起,但能探到经典的旨要,注解传达精髓,却并非易事。向秀"雅好读书","清悟有远识",和嵇康、阮籍、山涛等同为高超名家,对经典有深刻而独到的体会,所以他的注释,深得嵇康、吕安等叹许,谓"庄周不死矣。"因他的注解"发明奇趣",将《庄子》的精神阐扬恢宏,"振起玄风",使"读之者超然心悟,莫不自足一时"(见《晋书·向秀传》)。向秀深得《庄子》旨要,在当时的注家中特立杰出,将《庄子》真正推入了此后的玄学视野,而此前,何晏、王弼只谈《易》、《老》,秀之注,表现了一位优秀思想者的成就,同时他也成了魏晋之际,推动谈玄思辩风气的重要人物。

然而其著"未传于世",相传为郭象窃用。事实与否,迄今无定论。余嘉锡先生考证:"向秀《庄子注》今已不传,无以考见向、郭异同。《四库总目》146《庄子提要》尝就《列子》张湛《注》、陆氏《释文》所引秀义,以校郭《注》。有向有郭无者,有绝不相同者,有互相出入者,有郭与向全同者,有郭增减字句大同小异者。知郭点定文句,殆非无证。"(见《世说新语笺疏》)这样说,是看到郭象运用了向秀成果,并曾受向启迪,然而,郭象亦是"好《老》、《庄》,能清言"的才子,他能解悟向秀之注,而且"他有他自己的见解,有他自己的哲学体系。他注《庄子》并不是为注而注,而是借《庄子》这部书发挥他自己的哲学见解"(见冯友兰《中国哲学史新编》)。但本则要说明的是,郭象将向注据为己有而不加任何说明,这种掠他人之美的做法,有违德行操守,实是"薄行"之举。这与本书前面郑玄之于《左传》注解、何晏之于《老子》注,形成了鲜明的对照(参见本篇2、7两则),书中将当时文学名士的形象做了生动的展演,让后人领略着魏晋玄学舞台上才士的丰富面容。

从故事针砭郭象掠美行为的倾向,可以见出时人对向秀这位"竹林七贤"名家之一的倾服,也可见向秀其人在当时的魅力。

4.18 阮宣子有令闻[1],太尉王夷甫见而问曰[2]:"老、庄与圣教同异[3]?"对曰:"将无同[4]。"太尉善其言,辟之为掾[5]。世谓"三语掾"。卫玠嘲之曰[6]:"一言可辟,何假于三[7]?"宣子曰:"苟是天下人望[8],亦可无言而辟,复何假一?"遂相与为友。《名士传》曰:"阮修字宣子,陈留尉氏人。好《老》、《易》,能言理,不喜见俗人。时误相逢,即舍去。傲然无营,家无担石之储,晏如也。琅邪王处仲为鸿胪卿,谓曰:'鸿胪丞差有禄,卿常无食,能作不?'修曰:'为复可耳。'遂为鸿胪丞、太子洗马。"

【注】

〔1〕令闻:美誉。
〔2〕太尉:官名,魏晋时为三公之一。王夷甫:王衍,见《言语》23。

〔3〕圣教:周公、孔子之教,指儒家学说。同异:相同或是不同。

〔4〕将无同:莫非相同。

〔5〕辟:征召入仕。掾:属官的通称。据《晋书·职官志》,太尉有西曹掾、东曹掾各一人。

〔6〕卫玠:见《言语》32。

〔7〕假:凭借。

〔8〕苟:假如。人望:众望所归的人。

【评】

其事《晋书·阮瞻传》记为"瞻见司徒王戎,戎问曰:'圣人贵名教,老、庄任自然,其旨异同?'瞻曰:'将无同?'"与《世说》此记不同。余嘉锡谓:"唐修《晋书》喜用《世说》,此独与《世说》不同,知其必有所考矣。"(见《世说新语笺疏》)所记虽有不同,但并不影响我们透过故事,窥见当时风尚和名士面貌。魏晋玄学家何晏、王弼即以道论儒,何晏《论语集解》,以道家观点解释儒家名实礼教,王弼更是将名教之本说成是体现自然,调和名教与自然(参见本篇7、8则),使崇尚庄、老具有合法的外衣,于是玄风大煽。因此,当回答"将无同"时,确是善得清谈"旨要"。杨慎评曰:"晋人语言务简,且为两可之词。'将无'疑言毕竟同也,悟此言筌,千载如面也。""将无同"一语真是栩栩如生地绘出了说话人的玄家面貌。

故事的后半段,亦为精彩佚事。"一言可辟,何假于三?""得意忘言",言为筌,意既得矣,三语都显得多,正是标准的玄家之风。

4.19 裴散骑娶王太尉女[1],婚后三日,诸婿大会[2]。《晋诸公赞》曰:"裴遐字叔道,河东人。父纬,长水校尉。遐少有理称,辟司空掾、散骑郎。"《永嘉流人名》:"衍字夷甫,第四女适遐也。"

当时名士王、裴子弟皆悉集。郭子玄在坐[3],挑与裴谈[4]。子玄才甚丰赡[5],始数交未快,郭陈张甚盛,裴徐理前语,理致甚微[6],四坐咨嗟称快[7]。邓粲《晋纪》曰:"遐以辩论为业,善叙名理,辞气清畅,泠然若琴,闻其言者,知与不知,无不叹服。"王亦以为奇,谓诸人曰:"君辈勿为尔,将受困寡人女婿[8]。"

【注】

〔1〕裴散骑:裴遐。曾任散骑侍郎,故称。
〔2〕大会:此为宴集亲朋。
〔3〕郭子玄:郭象,字子玄,见本篇17。
〔4〕挑:挑逗、引发。谈:辨辩析玄理。
〔5〕丰赡:富足、充盈。
〔6〕理致:义理情致。微:精微深奥。
〔7〕咨嗟:赞叹。
〔8〕寡人:谦辞,意谓寡德之人,古代君主、王侯用以自称,当时有地位的士大夫间或也自称寡人。

【评】

本则是在王衍家的玄谈群英表演。王衍、裴遐、郭象皆清谈名士,这里,除他们在此场合按清谈的程式,逞才斗智之外,引人注意的,还有裴遐之谈令四座叹服称快的原因。刘孝标注引邓粲说,"遐以辩论为业,善叙名理,辞气清畅,泠然若琴",余嘉锡就此点考究:"晋、宋人清谈,不惟善言名理,其音响轻重疾徐,皆自有一种风韵。《宋书·张敷传》云:'善持音仪,尽详缓之致。与人别,执手曰:念相闻。馀音久之不绝。'裴遐之'泠然若琴瑟',亦若此而已。"(见《世说新语笺疏》)这样,在群英表演中,让我们看到了魏晋风度的又一神韵——辞气泠然清畅之雅,也见到了时人对形式美的注重。形式不止为反映内容服务，其本身之美亦独具价值，为人叹赏。

这里也形象地描画了当时对谈玄的热衷、崇尚的风气。本来婚宴是喜庆、娱人的场景，主人翁王衍却在这里安排了一场"辩论会"，并且大家都尽兴、尽欢，如后世听了堂会一样满足，可见名理的辨析，抽象思维的较量，智慧的碰撞，是当时名士所乐于享受的最高乐事之一。

4.20 卫玠始度江[1]，见王大将军[2]。《敦别传》曰："敦字处仲，琅邪临沂人。少有名理，累迁青州刺史。避地江左，历侍中、丞相、大将军、扬州牧。以罪伏诛。"因夜坐，大将军命谢幼舆[3]。《晋阳秋》曰："谢鲲字幼舆，陈郡人。父衡，晋硕儒。鲲性通简，好《老》《易》，善音乐，以琴书为业。避乱江东，为豫章太守，王敦引为长史。"《鲲别传》曰："鲲四十三卒，赠太常。"玠见谢，甚悦之，都不复顾王，遂达旦微言[4]。王永夕不得豫[5]。玠体素羸[6]，恒为母所禁。尔夕忽极[7]，于此病笃，遂不起[8]。《玠别传》曰："玠少有名理，善《易》、《老》，自抱羸疾，初不于外擅相酬对。时友叹曰：'卫君不言，言必入冥。'武昌见大将军王敦，敦与谈论，咨嗟不能自已。"

【注】

〔1〕卫玠：见《言语》32。度：通"渡"。

〔2〕王大将军：王敦，见《言语》37。

〔3〕命：召唤。谢幼舆：谢鲲，见《言语》46。

〔4〕微言：精微深妙的言辞。指玄谈。

〔5〕永夕：整夜、终夜。豫：参与。

〔6〕素：素来、一向。羸（léi 雷）：身体瘦弱多病。

〔7〕尔夕:那夜。忽:突然。极:疲劳过度。

〔8〕病笃:病重。不起:犹言"去世"、"死去"。

【评】

卫玠从形象面貌到精神气质都是一个润如美玉的人才,谢鲲情怀远畅,恬于荣辱,是一丘一壑间人;在这两人面前,"有问鼎之心"的王敦,便为俗物了。所以,三人在座,而两人声气相投,王敦惨遭冷落,只好眼巴巴地看着这两位才士,纵情谈玄析理,敦平日虽也"雅尚清谈",可这时却无可置喙。而他们两人,沉浸于精神世界,愈谈愈深入、愈忘情,竟把身边这位"心怀刚忍"、性喜咄咄逼人的权要,忘得一干二净,似乎并无他人一样,这真是当时才子风流、名士境界的生动演绎。王敦插不上嘴,亦不觉尴尬,无愠怒之意,在此场合出奇的平静、宽和,如观圣手对弈,从这一侧面,也见出当时谈玄的特点。

黄辉评曰:"当日玠喜而不寐,神情宛然。"以析理至审见称的天才卫玠,能喜而不寐,以至劳瘁病笃,可见遇到了旗鼓相当的谈友,这里不仅玠神情宛然,谢鲲也被烘托而出。

4.21 旧云[1]:"王丞相过江左[2],止道声无哀乐[3]、嵇康《声无哀乐论》略曰:"夫他方异俗,歌笑不同。使错而用之,或闻哭而欢,或听歌而戚,然哀乐之情均也。今用均同之情,发万殊之声,斯非音声之无常乎?"养生、嵇叔夜《养生论》曰:"夫虱著头而黑,麝得柏而香,颈处险而瘿,齿居晋而黄。岂唯蒸之使重无使轻,芬之使香勿使延哉?诚能蒸以灵芝,润以醴泉,无为自得,体妙心玄,庶与羡门比寿、王乔争年,何为不可养生哉?"言尽意欧阳坚石《言尽意论》略曰:"天理得于心,非言不畅。物定于彼,非名不辨。名逐物而迁,言因理而变,不得相与为二矣。苟无其二,言无不尽矣。"三理而已[4]。然宛转关生[5],无所不入[6]。"

257

【注】

〔1〕旧云:从前传说。

〔2〕王丞相:王导,见《德行》27。江左:江东,指东晋。

〔3〕止:只。道:讲说。

〔4〕理:义理。

〔5〕宛转:变化。

〔6〕入:涉及、运用。

【评】

　　王导是一位政治家、玄学家。但作为政治家的成功却和他的学问分不开,王导式的政治手法,恰是他深谙学问的必然和成功表达,在群英名相中,只有他成功地顺应了当时规律,创立东晋百年基业,因而他不只是一个有修养的清谈家,还是一个了不起的实践家。

　　作为玄学家,王导所谈的"三理",都是玄学中的根本命题。

　　嵇康著《声无哀乐论》,辨析名实之理,认为音乐本身是客观的音声之和,它并不存在什么主观的哀乐之情,正如酒之性甘,它能令人大怒和狂欢,但不能说酒具有怒与欢之理,哀乐是人的主观情感,并非音声、酒本身所固有,因而反对传统儒教根据统治的需要而对音乐艺术做出机械教条的解释。这是他"越名教而任自然"主张的另一角度说法,也是名实之辩的一理。但在这里,他认识到了音乐的主要性质——"和"。也因为说明了音声本无哀乐之义,哀乐在人之情感,它强调了人作为审美主体的重要意义。嵇康又著《养生论》、《答难养生论》,通过名实之辩,解决宇宙观的问题。他主张,人要忘却"所欲",懂得审辨贵贱,达到"混乎与万物并行",宠辱皆忘,不肆志于荣华而超越世俗,具有任自然,"行不违乎道"的精神境界,方可谈养生。这样就把握了人与宇宙、自然以及社会的关系，从而达到"养生"的目的。这一说，开启了对于人自身生命价值的探索。"言不尽意"与"言尽意"也是当时争论的重要的名实之理。针对普遍崇尚的"言不尽意"论，欧阳建著《言尽意论》，认为人可以通过"名"所代表的概念，去认识事物的内部联系、规律，获得判断，而判断是可以用"言"来表达的。"名"与"言"都是人思维必不可少的工具。对于事物认识的"理"可得，"理得于心，非言不畅"，它说明了言语与思维的一致性，这就将"贵无"之说引到了"崇有"的境地，在精神实质上与裴頠的《崇有论》共相旨趣了。它注重了务实的一面。

王导将这三玄理既作为理论问题去谈，也作为人生态度去用，遂心自适，涉及社会人生各个领域。他谈活了"理"，也用活了"理"，辅政期间，既务实际，抓住要害，全神贯注地笼络江东士族，为朝廷的安身立命打下了坚实的基础；又务虚超脱，抓大放小，不纠缠于细节，以至人们误以为他是个"愦愦"的糊涂丞相。他能成功地协调各种因素、各派势力，开创江东稳定局面，正见出这种理论修养和人生妙悟在他政治生涯中的重要作用。

4.22 殷中军为庾公长史[1]，按《庾亮僚属名》及《中兴书》，浩为亮司马，非为长史也。下都[2]，王丞相为之集[3]，桓公、王长史、王蓝田、《王述别传》曰："述字怀祖，太原晋阳人。祖湛，父承，并有高名。述蚤孤，事亲孝谨，箪瓢陋巷，宴安永日。由是为有识所知，袭爵蓝田侯。"谢镇西并在[4]。丞相自起解帐带麈尾[5]，语殷曰："身今日当与君共谈析理[6]。"既共清言，遂达三更。丞相与殷共相往反[7]，其馀诸贤，略无所关[8]。既彼我相尽，丞相乃叹曰："向来语[9]，乃竟未知理源所归,至于辞喻不相负[10]。正始之音,正当尔耳[11]!"明旦,桓宣武语人曰:"昨夜听殷、王清言甚佳[12],仁祖亦不寂寞,我亦时复造心[13],顾看两王掾[14],王濛、王述,并为王导所辟。辄翣如生母狗声(馨)[15]。"

【注】

〔1〕殷中军:殷浩,见《政事》22。庾公:庾亮,见《德行》31 长史:官名。

〔2〕下都:顺江而下,到京师建康。殷浩随庾亮在武昌,到建康须沿长江上游东下,故称"下都"。

〔3〕王丞相:王导,见《德行》27。集:集会。

〔4〕桓公:桓温,见《言语》55。王长史:王濛,见《言语》66。谢镇西:谢尚,见《言语》46。并:全、都。

〔5〕解帐带麈尾,麈尾悬于帐带,欲清谈,故自起解之。麈尾,见《言语》52。

〔6〕身:晋人自称,犹言"我"。

〔7〕往反:往复辩难。反,同"返"。

〔8〕略无所关:其他人无法参与谈论。关:参与、涉及。

〔9〕向来:刚才。乃竟:竟然。理源:义理的本源。归:归向。

〔10〕辞喻:言辞和比喻。负:违背。指言辞丰赡,比喻精妙,顺畅而达意。

〔11〕正始之音:正始(三国魏齐王芳年号240—249)年间,何晏、王弼等人开创的清谈玄学。后人称当时的风尚为"正始之音"。正当:只能、不过。尔耳:如此。

〔12〕清言:清谈。

〔13〕造心:心有所悟。

〔14〕王掾:指王濛和王述,两人均为王导属官。

〔15〕辄：总是。褩（shà 厦）：很，极。生：活的。聲，诸本作"馨"。馨，样、似的，为晋人口语。

【评】

本则第一主角是王导，故事具体刻画了其谈玄风采和当时清谈场景。

王导邀集的都是当时大名鼎鼎的清谈巨子。在这场合下，王导从仪容风度到问题的提出，都俨然是清谈领袖。此场景反映了挥麈而谈，是清谈不可或缺的表演方式，演绎的是名士的风度；"析理"是清谈的要件，即将所谈《易》、《老》、《庄》的道理，辨析毫厘，深入到微妙之处，这是对玄理的理解程度、思维水平、论辩才能的比试，是学术研讨、理论思辨的展现。殷浩长于《易》、《老》，为当时"风流谈论者所宗"（《晋书·殷浩传》），这里以王导、殷浩为主客对垒辩难，其馀诸贤皆为陪客观战。"向来语，乃竟未知理源所归"，一个政治领袖，当众承认自己的理论欠缺，体现了王导的谦虚好学精神，同时也见其水平非凡。谈论下来已达三更，情状是"辞喻不相负"——论辞、比喻不仅丰赡达意，而且逻辑清晰，具有论辩的说服力，"正始之音"的动人，也不过如此。论者争胜而听者如聆妙响，时有会心，竟然把两个大名家王濛、王述听得呆如活脱脱的母狗一般，以此衬托出主人的精神风采。这种学识和智慧的博弈，不仅使人们获得享受而且推动着哲学思考的进展。

本则场景如绘，清谈的状态，人物的声情风貌一一展现尽致。

4.23 殷中军见佛经云〔1〕："理亦应阿堵上〔2〕。"

佛经之行中国尚矣，莫详其始。《牟子》曰："汉明帝夜梦神人，身有日光，明日，博问群臣。通人傅毅对曰：'臣闻天竺有道者号曰佛，轻举能飞，身有日光,殆将其神也。'于是遣羽林将军秦景、博士弟子王遵等十二人之大月氏国,写取佛经四十二部,在兰台石室。"刘子政《列仙传》曰:"历观百家之中,以相检验,得仙者百四十六人,其七十四人已在佛经,撰得七十。可以多闻博识者遐观焉。"如此即汉成、哀之间,已有经矣。与《牟子》传记便为不同。《魏略·西戎传》曰:"天竺城中有临儿国。《浮屠经》云:其国王生浮图。浮图者,太子也。父曰屑头邪,母曰莫邪。浮图者,身服色黄,发如青丝,爪如铜。其母梦白象而孕。及生,从右胁出,而有髻,坠地能行七步。天竺又有神人曰沙律。昔汉哀帝元寿元年,博士弟子景虑,受大月氏王使伊存口传《浮屠经》。曰复豆者,其人也。"《汉武故事》曰:"昆邪王杀休屠王,以其众来降,得其金人之神,置之甘泉宫。金人皆长丈馀,其祭不用牛羊,唯烧香礼拜。上使依其国俗祀之。"此神全类于佛,岂当汉武之时,其经未行于中土,而但神明事之耳。故验刘向、鱼豢之说,佛至自哀、成之世明矣。然则牟传所言四十二者,其文今存非妄。盖明帝遣使广求异闻,非是时无经也。

【注】

〔1〕殷中军:殷浩,见《政事》22。

〔2〕理:名理、义理。阿堵:晋人口语,意为"这个"、"这"。

【评】

佛教传至东晋,开始繁荣兴盛起来了,但仍属佛教哲学与中土思想的互渗磨合的初始阶段。当时,学人们以本土哲学的知识背景去理解佛学,佛学学者讲佛家经典,也把佛学的概念转译成中国哲学的术语来表达,这样听者才好理解。《高僧传》就记载,东晋名僧慧远,讲解佛经引用《庄子》为说。时人几乎把佛学等同于玄学,玄、佛概念互用、互换。本则所记,殷浩对佛经的理解,就反映了这种情况。作为玄学家,他深谙《易》、《老》,见到佛经,那"名言"(佛学将概念称之为"名言")、佛理之辩正复与玄辩相似,虽然更显精微、邃密,其境更其玄深,但思维、理路并不隔阂,于是便将玄、佛之理打通理解。外来佛学通过玄学阐释而中国化,更易为中土消化吸收,从而为中国古代的思辨哲学注入了一股清新活力,其意义不可低估。而"理亦应阿堵上",则正是殷浩对佛经的会心得意之论,由此也见其善于思辩的玄家性情。

4.24 谢安年少时[1],请阮光禄道《白马论》[2]。《孔丛子》曰:"赵人公孙龙云:'白马非马。马者所以命形,白者所以命色。夫命色者非命形,故曰白马非马也。'"为论以示谢,于时谢不即解阮语,重相咨尽[3]。阮乃叹曰:"非但能言人不可得[4],正索解人亦不可得[5]!"《中兴书》曰:"裕甚精论难。"

【注】

〔1〕谢安:见《德行》33。

〔2〕阮光禄:阮裕,见《德行》32。

〔3〕重(chóng虫):反复。咨尽:问得彻底明白。咨:询问。

〔4〕非但:不仅。

〔5〕索:寻求。解人:能理解的人。

【评】

《晋书》本传说,谢安总角即"神识沉敏,风宇条畅",甚喜清言,而有名于时。本则记其年少时,就善于提问,敢于探问思辩精深的《白马论》。作为先秦名家的代表人物之一,公孙龙的诸种命题,包括"白马非马",都是向人们习以为常,日用而不知的常识进行挑战,而欲辩明这些命题,又是对人们思维能力的考验。"白马非马"涉及了辩证法中的同一与差别、一般与个别的关系问题,也涉及了逻辑学中概念的内涵与外延的关系问题。公孙龙用抽象化、绝对化的办法,把"白"与"马"割裂开来,否定了一般思维中所必然具有的所谓"马",只能存在于白马、黑马……一切个别的马之中;马必然有白的、黑的……舍此,则绝无抽象的"马"。他还把"马"所指的本质属性和"白马"所代表的概念两者间的差异区别开来,向人们旧有的思维习惯挑战。凡此若无切合思维规律的精审思辩是会愈辩愈糊涂的。少年谢安向"论难甚精",属文"精义入微"的行家里手阮裕(《晋书·阮裕传》)请教,并且刨根问底,非弄明白不可。可见谢安的早慧,也可见当时崇尚理论、智慧的社会风习。

对本则所记的谢安反复求解,王世懋叹曰:"谢公犹然,况他人乎?"

对本则中阮裕的慨叹,王世贞评曰:"'文章千古事,得失寸心知',亦谓此耳。夫刌钵心胸,指摘造化,如探大海出珊瑚,奈何令逐臭吠声之士轻读之也。至于有美必赏,如响之应,连城隐璞,下生动容,流水离弦,钟子抚心。古人重知己,而薄感恩,夫岂欺我!"玄理奥妙,真如探骊龙之珠,索得一解实为难事,而能得解人更是求遇知音的庆幸。

4.25 褚季野语孙安国褚裒、孙盛并已见。云[1]:"北人学问,渊综广博[2]。"孙答曰:"南人学问,清通简要[3]。"支道林闻之曰[4]:"圣贤固所忘言[5]。自中人以还[6],北人看书,如显处视月[7];南人学问,如牖中窥日[8]。"支所言,但譬成孙、褚之理也。然则学广则难周,难周则识暗,故如显处视月;学寡则易覈,易覈,则智明,故如牖中窥日也。

【注】

〔1〕褚季野:褚裒,见《德行》34。孙安国:孙盛,见《言语》49。

〔2〕北人:指黄河以北的人。渊综:渊深综括。

〔3〕清通:清明通达。简要:简明切要。

〔4〕支道林:见《言语》63。

〔5〕忘言:即"得意忘言"的缩略语。《庄子·外物》:"言者所以在意,得意而忘言。"

〔6〕中人:中等智力的人,与"圣贤"相对比而言。以还:以下。

〔7〕显处视月:在轩敞处看月亮,比喻所见广博,但重点不突出。

〔8〕牖中窥日:从窗户中看太阳,比喻所见狭隘,但重点突出。

【评】

本则记三位学者讨论南北学风,他们俱学有造诣,而所论亦切中肯綮,从中映现出各人的精神风采。

褚裒北人,有"皮里阳秋"之称,谢安雅重之,"恒云:'裒虽不言,而四时之气亦备矣。'"(见《晋书·褚裒传》),他是一位有见识的干才。这里评论北人之学,虽有偏誉倾向,但将北人的为学特点讲出来了,就中也透露着褚裒作为中原学士的自负。孙盛是著名的学者,不仅善言名理,与殷浩擅名一时,而且是一位著名的史家,其史学著作《晋阳秋》"词直而理正,咸称良史焉"(见《晋书·孙盛传》)。他十岁即来江南,其学浸染的是南人学风,所以对南方学人的善得要领,清明通达深有体会。他们两人是就学风而论的,概括举要,颇似学究在讨论学术史,俨然是学问家的风范。而支道林则不然,借学风谈玄理,空灵摇曳,是方外人的气质风度。支道林是名僧,少时人们就把他比作早慧天才王弼、卫玠,说他"造微之功,不减辅嗣";神情俊彻,几乎就是卫玠再世(见《高僧传》)。可见不是凡品,他又早悟佛理,二十五岁出家事佛,领会佛经,卓焉独拔。在这里,他的评论也表达着"慧根"。他先把圣贤和一般人区别开来,圣贤之质,无所谓南北,都得意忘言入造化之境,而一般人,才会有南北学风的差异,虽特点不同,各有千秋,但毕竟是"中人以还",所得"显处见月"也罢,"牖中窥日"也罢,都是一隅之识。支道林的聪慧、风度和骨子里的自高就在这表白中洋溢而出了。

4.26　刘真长与殷渊源谈[1],刘理如小屈[2],殷曰:"恶[3]!卿不欲作将善云梯仰攻[4]?"《墨子》曰:"公输般为高云梯,欲以攻宋。墨子闻之,自鲁往,裂裳裹足,日夜不休,十日十夜而至郢。见楚王曰:'闻大王将攻宋,有之乎?'王曰:'然。'墨子曰:'请令公输般设攻宋之具,臣请试守之。'于是公输般设攻宋之计,墨子絷带守之。输九攻之,而墨子九却之,不能入,遂辍兵。"

【注】

〔1〕刘真长:刘惔,见《德行》35。殷渊源:殷浩,见《政事》22。谈:辩论。

〔2〕小屈:稍显劣势。

〔3〕恶(wù误):叹词,表示慨叹。

〔4〕作将:制作。善:良好。

【评】

刘惔与殷浩都自视颇高,是声名赫赫的清谈家。孙盛作《易象妙于见形论》,在简文帝处,帝令殷浩与孙盛就此辩难,而浩败于盛,复请惔与盛辩,惔"辞甚简至,盛理遂屈"(见《晋书·刘惔传》)。此番,等于殷浩败给了刘惔。本则却是殷浩使刘惔"小屈",便颇显得意,王世懋评曰:"此言戏刘虽善攻,不能当己之墨守也。"对清谈玄家论辩胜负的关注,正可见士人风气及其精神需求。

4.27　殷中军云[1]:"康伯未得我牙后惠[2]。"《浩别传》曰:"浩善《老》、《易》,能清言。康伯,浩甥也,甚爱之。"

【注】

〔1〕殷中军:殷浩,见《政事》22。

〔2〕康伯:韩康伯,见《德行》38。"牙后惠"句:言莫非得我馀惠,即似我之意。说见朱铸禹《世说新语汇校集注》。

【评】

韩康伯长于《周易》,其《周易注》与王弼之注并传于世。在当时,康伯即为名家,与大名家殷仲堪并称,《世说·品藻》记时人评价,说他"义理所得"与殷不相上下。他的如此造诣,或受到其舅父、著名玄学家殷浩的影响。本传就记他深为舅氏所推许:"康伯能自标置,居然是出群之器。"本则殷浩不无自得地说康伯受惠于他,当并非虚语。在尚智逞才的魏晋风气中,对才子的敏感和珍视也是那一时期的动人之处,更何况舅甥之间呢?

4.28 谢镇西少时[1],闻殷浩能清言[2],故往造之[3]。殷未过有所通[4],为谢标榜诸义[5],作数百语,既有佳致[6],兼辞条丰蔚[7],甚足以动心骇听[8]。谢注神倾意,不觉流汗交面。殷徐语左右:"取手巾与谢郎拭面。"按殷浩大谢尚三岁,便是时流,或当贵其胜致,故为之挥汗。

【注】

〔1〕谢镇西:谢尚,见《言语》46。

〔2〕殷浩:见《政事》22。清言:清谈。

〔3〕造:拜会。

〔4〕通:阐发。

267

〔5〕标榜:揭示。

〔6〕佳致:美好的情趣。

〔7〕辞条丰蔚:文辞条理丰富多彩。

〔8〕动心骇听:动人心弦,骇人听闻。

【评】

　　本则可见,魏晋士人是何等地注重义理辩难,把它看作人生的价值等第,讲得从容出色,可以得意非凡,意气洋洋;而稍有逊色,则汗颜难堪。

　　谢尚聪颖特达,"辨悟绝伦,脱略细行,不为流俗之事","善音律,博综群艺"(见《晋书·谢尚传》),是个多才多艺的才子兼性情中人。他慕名拜访殷浩,浩果为名家,不仅义理特达,而且辞采丰蔚,辞理并茂,风流动人。如此风采,令谢尚动心动情,这位年少时就曾被誉为"一坐之颜回"的才子,见到了当世高明,听讲后不觉汗颜;而大师般的殷浩也风度从容,让人关照这位"后学",取巾拭汗。一则故事,将当时清谈名家的推崇思辩和人格魅力烘托而出。

4.29　宣武集诸名胜讲《易》[1]

，《易乾凿度》曰:"孔子曰:易者,易也,变易也,不易也。三(成)德为道,苟为(包籥)者,易也。其德也,光明四通,日月星辰布,八卦序,四时和也。变也者,天地不变,不能成朝;夫妇不变,不能成家。不易者,其位也。天在上,地在下;君南面,臣北面;父坐子伏,此其不易也。故易者,天、地、人道也。"郑玄序《易》曰:"易之为名也,一言而函三义,简易一也,变易二也,不易三也。"《系辞》曰:"乾坤,《易》之蕴也,《易》之门户也。"又曰:"《乾》,确然示人易矣;《坤》,隤然示人简矣。易则易知,简则易从。"此言其简易法则也。又曰:"其为道也屡迁,变动不居周流六虚,上下无常,刚柔相易。不可以为典要,唯变所适。"此则言其从时出入移动也。又曰:"天尊地卑,乾坤定矣。卑高以陈,贵贱位矣。动静有常,刚柔断矣。"此则言其张设布列不易也。据此三义,而说易之道,广矣,大矣。日说一卦。简文欲听[2],闻此便还,曰:"义自当有难易,其以一卦为限邪[3]!"

【注】

〔1〕宣武:桓温,见《言语》55。名胜:名流,名士。

〔2〕简文:晋简文帝司马昱,见《德行》37。

〔3〕其:通"岂",怎么。

【评】

桓温邀集名流讲论《周易》,限定日说一卦。简文颇有个性,闻其日说一卦,便扫兴而回。按说《周易》六十四卦为一个完整的系统,每一卦都离不开这个系统,很难割裂开来,仅就某卦说某卦。更何况,《文言》、《彖传》、《象传》、《系辞传》、《说卦传》、《序卦传》、《杂卦传》等"十翼"和六十四卦象一起构成了一个严整的符号象征的哲学体系,它们相互渗透、彼此关联,以一个完整的有机体去述说天道、人事,展示着它的辩证思维的魅力。所以,"日说一卦",实在是难以顾及全面,必定会挂一漏万的。但这系统中的每一卦,又独具自己的内容和个性,如果综合《周易》系统去讲论每一具体的卦,又会有其独特的个性和魅力,更何况是"名胜"讲论,定会问题迭出,异彩纷呈。简文喜欢通论,孙盛在他那里讲《易象妙于见形论》等《易》之通理,他就乐之不疲,津津有味;而以一卦为限,不及义理之全面,他就认为无论如何是讲不好的,不值得听。本来已往,闻此便还,可见简文虽贵为帝王,却自有其名士风度。而桓温虽然权倾朝野,日理万机,但仍广召名流,研讨、日讲《周易》,又可见当时思辨哲学在士人心目中的崇高地位。

4.30 有北来道人好才理[1],与林公相遇于瓦官寺[2],讲《小品》[3]。于时竺法深、孙兴公悉共听[4]。此道人语,屡设疑难,林公辩答清析,辞气俱爽。此道人每辄摧屈。孙问深公:"上人常是逆风家[5],向来何以都不言[6]?"庾法畅《人物论》曰:"法深学义渊博,名声蚤者(著),弘道法师也。"深公笑而不答。林公曰:"白旃檀非不馥[7],焉能逆风?"《成实论》曰:"波利质多天树,其香则逆风而闻。"深公得此义,夷然不屑[8]。

【注】

〔1〕道人:魏晋时称僧人。才理:哲理。

〔2〕林公:支遁,见《言语》63。瓦官寺:佛寺名。东晋哀帝兴宁二年(364)造,初名慧方寺,寺有瓦官阁,在建康城西南隅。

〔3〕《小品》:佛典《般若波罗蜜经》的略本。

〔4〕竺法深:见《德行》30。孙兴公:孙绰,见《言语》84。

〔5〕上人:尊称有造诣的和尚,此指竺法深。常:袁本作"当"。逆风家:顶风前进的人。此指竺法深,言其辩论有才力。

〔6〕向来:刚才。都:全。

〔7〕旃(zhān沾)檀:即檀香,名贵香木名。有赤、白两种。

〔8〕夷然:安然、泰然。不屑:不在意,不理睬。

【评】

本篇第四十二则刘孝标注曰:"释氏辨空,经有详者焉,有略者焉。详者为《大品》,略者为《小品》。"都是讲述佛家义理的经典。佛理辨空,尤须精审思维。支遁名僧,对佛理"卓焉独拔,得自天心"(见《高僧传》),自然能"辩答清析,辞气俱爽",屡屈北来道人。然而竺法深也不含糊,年十八出家,二十四岁即"讲《法华》、《大品》,既蕴深解,复能善说。故观风味道者常数盈五百"。其声望非凡,被认为是"道俗标令"(见《高僧传》),

孙绰说他是"逆风家"并非虚誉。正因为如此，两名僧各不相让，王世懋云："林公意谓波利质多天树才能逆风闻香；白旃檀非天树比，焉能逆风。以天树自比，以白旃檀比深公，故深公不屑。"支遁自视甚高，深公于心未许，观两人风貌，皆非悟空道人，逞才斗气，俨然是飘逸当时的风流名士。

4.31　孙安国往殷中军许共论[1]，往反精苦[2]，客主无间[3]。左右进食，冷而复煖（暖）者数四。彼我奋掷麈尾[4]，悉脱落，满餐饭中。宾主遂至莫忘食[5]。殷乃语孙曰："卿莫作强口马[6]，我当穿卿鼻。"孙曰："卿不见决鼻牛[7]，人当穿卿颊[8]。"《续晋阳秋》曰："孙盛善理义。时中军将军殷浩擅名一时，能与剧谈相抗者，唯盛而已。"

【注】

〔1〕孙安国：孙盛，见《言语》49。殷中军：殷浩，见《政事》22。许：处所。论：清谈。

〔2〕往返：反复论辩。精苦：精深艰难而激烈。

〔3〕无间：无间隙。言论辩紧张激烈。

〔4〕奋掷麈尾：奋力挥动麈尾。麈尾：见《言语》52。

〔5〕莫：暮的本字。

〔6〕强口马：犟口不受约束之马。

〔7〕决鼻牛：豁鼻子牛。

〔8〕人：我。

【评】

殷浩是一时清谈名家，孙盛名与相埒。二人曾在简文处谈《周易》，殷小屈于孙。这里记另一场清谈聚会，则是旗鼓相当，辩论精苦，以至忘餐。情理所至处，奋挥麈尾，真是全身心的投人。此情此景,见出当时谈家风格的精彩,及其追求真知的精神。刘辰翁评曰:"亦是何等往复,传之后世!"但是末了,两人却有失风度,离开了玄理主题,世俗般对骂起来了。评家王世懋也不能理解,说是:"何至相对骂?"但对骂也见出机巧。殷浩情急之中违背了常识,常理是马带嚼,牛穿鼻,可他明指孙盛为马,却说要"穿卿鼻"。这一疏失,让反应机敏的孙盛瞧出破绽,说你就是那想决鼻而逃的犟牛,现在我要穿你的面颊,看你还能怎么逃?言下你是败了还不服输——这是以其人之道,还治其人之身。用机巧的世俗之喻回敬、针砭了殷浩。

李贽欣赏他们的才情,不管是面红耳赤的苦论玄理,还是唇枪舌剑的谈骂,总归是学识、智慧的较量,因说:"剧谈固一乐事。"

4.32 《庄子·逍遥篇》[1],旧是难处[2],诸名贤所可钻味[3],而不能拔理于郭、向之外[4]。支道林在白马寺中,将冯太常共语[5],《冯氏谱》曰:"冯怀字祖思,长乐人。历太常、护军将军。"因及《逍遥》。支卓然标新理于二家之表[6],立异义于众贤之外[7],皆是诸名贤寻味之所不得[8]。后遂用支理。向子期、郭子玄《逍遥义》曰:"夫大鹏之上九万尺,鷃之起榆枋,小大虽差,各任其性。苟当其分,逍遥一也。然物之芸芸,同资有待,得其所待,然后逍遥耳。唯圣人与物冥而循大变,为能无待而常通,岂独自通而已。又从有待者不失其所待,不失则同于大道矣。"支氏《逍遥论》曰:"夫逍遥者,明至人之心也。庄生建言大道,而寄指鹏、鷃。鹏以营生之路旷,故失适于体外;鷃以在近而笑远,有矜伐于心内。至人乘天三(正)而高兴,游无穷于放浪,物物而不物于物,则遥然不我得,玄感不为不疾而速,则逍然靡不适。此所以为逍遥也。若夫有欲当其所足,足于所足,快然有似天真。犹饥者一饱,渴者一盈,岂忘烝尝于糗粮,绝觞爵于醪醴哉？苟非至足,岂所以逍遥乎？"此向、郭之《注》所未尽。

【注】

〔1〕《庄子·逍遥篇》:即《庄子》书中的《逍遥游》。

〔2〕旧:长久。

〔3〕钻味:钻研品味。

〔4〕拔:超出。郭、向:郭象、向秀,二人皆以注《庄子》闻名,参见本篇17则。

〔5〕支道林:支遁,见《言语》63。将:与。

〔6〕卓然:高超的样子。标新:揭示新义。

〔7〕立异:提出不同见解。

〔8〕寻味:寻求体味。

【评】

魏晋将玄理和佛理打通来理解,因此名僧一如名士气质,除诵习佛典外,同时也钻研玄学典籍,参与玄学论争。支道林是一位典型的名僧兼名士的人物。《逍遥游》在庄子理论体系中,具有主旨纲要般意义,对该文的理解就涉及对庄子思想核心的把握,所以支道林用心勤苦,于当时名注向、郭义之外,标新立异,也因见解独到而愈发享有声名。

庄子的《逍遥游》大旨为:无己无待,任性自然,获得个人精神的超越,因悟道而达到逍遥自得的自由境界。向秀有注,他的《庄子注》今佚,但部分内容化入今存的郭象注中,所谓向、郭义,大多要看郭象注。郭象以《庄子》为蓝本,阐发了自己的一套哲学体系。郭象不是"贵无"派,他认为万物"自生",也就是"独化",本来就有。"造物者无主,而物各自造,物各自造而无所待焉,此天地之正也。"没有造物主,物"独化于玄冥",这就是"自然"。秉于独化之自然,于是就各有其才,各有其分,圣人、臣妾;大鹏、尺鹦皆为独化之自然。而有臣妾之才的,就要安于臣妾之自然,如果相逾,就是过分,过分非但不能得福,还会遭灾。只有明了这个理、顺了这个自然之性才会达到"无心","无心"而安于性分,就不计较高下、优劣,也就达到"无待"之境而逍遥了。不难看出,这位玄家、名士的主体倾向强调的是名教与自然的统一,他的解说正是士族现实存在的理论。而在此则故事中,向、郭只是陪衬,支遁才是主角。据刘孝标引支遁说,见出与郭象确有不同。他所理解的逍遥,旨在"至人之心",而这个心,却不是郭象的"无心"。支遁在当时的佛教传播中,是"即色"派,主张心、性之类皆是空的。一切可见、可感的东西都是因缘和合之假有,于是这原本就不真有的心性,便能随万物而化,又不为物所累。即"物物而不物于物"。它是对这些存在物的超越,因主观上的无所为而达于精神的无处不自足,这就超出了郭象指认的"独化"和安于性分。"支理"是越过因执着于"有",而受到的性分之累,进而达到无所不适,应变无穷的自由逍遥境地。他标榜,此种境界才合于天然本性。这和郭象安于性分的意见就有了明显的差异。两者的不同,实际是反映了各自主体倾向的差异——一个是为现实政治立论的哲学,一个是追求精神解脱的人生哲学。支遁义中,隐在背后的东西早已注入了另一种思想的因子——佛学思想,它更容易激起人们对现世主体的超越,这似乎更像庄子的超越与自由。这样在形貌上与谈《庄》不异,在义理上也超拔了郭象旧解,因而得到名贤叹赏。支遁本人也因有这样的见识和精神,而远超时贤,更具名士魅力。

4.33　殷中军注(浩)尝至刘尹所清言[1]。良久,殷理小屈,游辞不已[2],刘亦不复答。殷去后,乃云:"田舍儿强学人作尔馨语[3]!"刘恢已见。

【注】

〔1〕殷中军:殷浩,见《政事》22。刘尹:刘惔,见《德行》35。清言:清谈。

〔2〕游辞:虚浮不切义理的话。已:止。

〔3〕田舍儿:乡巴佬。谓土气无知。尔馨:这样、这般。

【评】

参见本篇二十六则,殷浩、刘惔也是不相上下的清谈敌手。该则刘"如小屈",被殷浩不失时机地嘲笑了一番。本则刚好反转过来,殷理不仅小屈,而且"游辞不已",思维切不进所谈义理,找不到妥帖的词汇来加以准确表达,游辞漂浮而不知所止。凌濛初说:"真长前,岂可露此破绽伎俩!"殷浩终于让刘惔抓住破绽,着实嘲讽了一番。两事不论孰先孰后,对举起来,让我们看到了名士的自尊、自负和清谈比试的认真、执着。两个场景、两人形象,正从这一侧面让我们窥见了清谈风貌和当时名士的另一抹剪影。

4.34 殷中军虽思虑通长[1],然于才性偏精[2],忽言及《四本》[3],便若汤池铁城[4],无可攻之势。《神农书》曰:"夫有石城十仞,汤池百步,带甲百万而无粟者,不能自固也。"

【注】

〔1〕殷中军:殷浩,见《政事》22。通长:全都擅长。

〔2〕才性:即"才性论",是关于才、性内涵及其关系的理论,也是名实之论,为魏晋玄学的重要命题之一。偏精:特别精通。

〔3〕忽:若。《四本》:即锺会撰《四本论》,参见本篇第5则。

〔4〕汤池铁城:汤池谓护城河皆沸水,不可逾越;铁城谓以铁铸就的城墙,喻坚不可摧。

275

【评】

　　从刘劭《人物志》研究怎样识别人物，发展为才性问题的激烈争论，魏晋之际许多名士都参与其中，主张才性同、才性异、才性合、才性离各有其人，锺会还专门作了《四本论》加以概括和阐发。对才、性这一问题，冯友兰先生说："从一些现存的残缺材料看起来，所谓才、性，有两个方面的意义。一方面，所谓性，是指人的道德品质，所谓才，是指人的才能。在这一方面说，所谓才、性问题，就是'德'和'才'的关系问题。另一方面，所谓才，是指人的才能；所谓性，是指人的才能所根据的天赋的本质。在这个方面，所谓才、性问题就是一个认识论的问题：人的才能主要是由一种天赋本质所决定的，还是主要从学习得来的；是先天所有的，还是后天获得的。"（见《中国哲学史新编》）这无疑是一个艰深的哲学问题，殷浩对这一问题能论证周详，无懈可击，见出其"偏精"的功夫和天才。殷浩论《四本》今不得见，倘真如故事所说的"汤池铁城"水平，则其谈论玄理的思辨哲学当在锺会之上，从而见出江左名士谈玄的进展。

　　惜乎，名士们多谈以为快事，而以著述为苦，向秀注《庄》，嵇康就以为不如口谈为乐事。今天只能在《世说》所记当中，来体味这些谈士的乐趣了。

4.35　支道林造《即色论》[1]，《支道林集妙观章》云："夫色之性也，不自有色，色不自有，虽色而空。故曰：'色即为空，色复异空。'"论成，示王中郎，王坦之，已见。中郎都无言[2]。支曰："嘿而识之乎[3]？"《论语》曰："嘿而识之，诲人不倦，何有于我哉？"王曰："既无文殊[4]，谁能见赏？"《维摩诘经》曰："文殊师利问维摩诘云：'何者是菩萨入不二法门？'时维摩诘嘿然无言，文殊师利叹曰：'是真入不二法门者也。'"

【注】

〔1〕支道林:支遁,见《言语》63。造:作。

〔2〕王中郎:王坦之,见《言语》72。

〔3〕嘿而识之乎:嘿,同"默"。识(zhì 志),记住。句意谓把所见所闻默默地记在心里。

〔4〕文殊:佛教菩萨名。

【评】

这里两个人对话,实际是在说佛家话了。

佛家所用的认识方法是直接感悟,它重视使认识和思维向直观性和情绪性方面发展。佛家的最高智慧"般若"之智,实质上就是体悟万物性空的直观、直觉。佛家认为,即使是佛的立文字、说法也是幻有,"一切有为法,如梦幻泡影,如露亦如电,应作如是观"(见《金刚经》)。一切要靠直观、直觉的"悟"。《维摩诘经·入不二法门品》说得明确:"无言无说,无示无识,离诸问答,是为入不二法门。"这里,"都无言"、"默而识之"正好是佛家法门。于此可见,两人之谈,是在佛家语境里对话。支遁智巧,词面上用了《论语》的现成话,词底却用了佛门故事(见刘孝标注引《维摩诘经》),言下之意:你认可了我的妙论而"嘿而识之"吗?中郎回敬:(包括你在内)世上没有文殊这样的高明智者,怎么会有人懂得欣赏此时"嘿然无言"的我呢?这场景,见出王坦之对佛家经典、教义的熟悉,尤其是稔熟《维摩诘经》。这说明了佛教哲学对江左士族文人的感召力,具有佛理修养也成了名士风度的内涵之一。

见于《世说·轻诋》,两位是"绝不相能"的一对名士,然则此情此景,就更见王坦之如此回敬中表达的名士性格了。

4.36 王逸少作会稽[1],初至,支道林在焉[2]。孙兴公谓王曰[3]:"支道林拔新领异[4],胸怀所及乃自佳[5],卿欣见不[6]?"王本自有一往隽气[7],殊自轻之。后孙与支共载往王许[8],王都领域[9],不与交言。须臾支退,后正值王当行,车已在门。支语王曰:"君未可去,贫道与君小语[10]。"因论《庄子·逍遥游》。支作数千言,才藻新奇[11],花烂映发[12]。王遂披襟解带[13],流连不能已[14]。《支法师传》曰:"法师研十地,则知顿悟于七住;寻庄周,则辩圣人之逍遥。当时名胜,咸味其音旨。"《道贤论》以七沙门比竹林七贤。一(支)比向秀,雅尚《庄》、《老》。二子异时,风尚玄同也。

【注】

〔1〕王逸少:王羲之,见《言语》62。作会稽:做会稽内史(太守)。

〔2〕支道林:支遁,见《言语》63。

〔3〕孙兴公:孙绰,见《言语》84。

〔4〕拔新领异:同"标新立异",见解新奇高妙。

〔5〕不:同"否"。

〔6〕胸怀:胸襟。乃自:确实。

〔7〕一往:一腔,满腹。隽气:俊逸之气。隽,同"俊"。

〔8〕共载:同车。许:处所。

〔9〕都领域:深相自守、闭拒。

〔10〕贫道:贫僧,时人谓僧为"道"。小语:稍微谈谈。

〔11〕才藻:才思文采。

〔12〕花烂映发:如灿烂的鲜花般相映生辉。喻才气纵横,文才绚烂。

〔13〕披襟解带:敞开衣襟,解开衣带。喻胸臆畅然。

〔14〕流连:留恋、醉心。

【评】

据《高僧传》载：王羲之素闻支遁名，但并不相信他有高才，就特意拜访了他，请他说《逍遥》义，支于是标揭新理、才藻惊绝，王不禁为之披襟解带，流连不能已。与本则略有出入，或后世僧人化被动为主动，故意抬高支遁而然。王羲之确实与支遁友好，优游山阴，那是后来的事。这里记其初识情景，与《高僧传》比，似更真实而见神韵。王羲之出身华胄，又是冠世才子，并且"以骨鲠称"（见《晋书·王羲之传》），就连当世太尉郗鉴求婿他都不在乎，颇有自傲自得的风流，本则所记情形，恰映现着他的一贯性格。就支遁说，作为名僧却颇类游说之士，喜干谒权门，结交名流。这里支遁执着求见，一面有在大才子、大名士面前展现才华，求其赏识，以通交游之好的意思；另一面也未尝没有求得有权、有势、有声望的这位内史抬举，以广其声名的意思，不然他完全可以隐居沙门，诵读他的经典。结果是喜剧性的，客观上是两位才士的相识相知，有如双璧辉映。另外，本则寥寥数笔，将门第高华的王羲之倨傲自负，目空当世名士的风格，及才子爱才的复杂矛盾心理写得真实灵动；也把支遁心怀高见，满腹才华而执着求售的情态写得如在目前。陈梦槐云："此则叙致风华，宜亟赏。"

4.37　三乘佛家滞义[1]，支道林分判[2]，使三乘炳然[3]。诸人在下坐听，皆云可通。支下坐[4]，自共说[5]，正当得两[6]，入三便乱。今义弟子虽传[7]，犹不尽得[8]。《法华经》曰："三乘者：一曰声闻乘，二曰缘觉乘，三曰菩萨乘。声闻者，悟四谛而得道也。缘觉者，悟因缘而得道也。菩萨者，行六度而得道也。然则罗汉得道，全由佛教，故以声闻为名也。辟支佛得道，或闻因缘而解，或听环佩而得悟。神能独达，故以缘觉为名也。菩萨者，大道之人也。方便则止行六度,真教则通修万善,功不为己,悉皆(袁本作'志存')广济,故以大道为名也。"

【注】

〔1〕滞义:含义晦涩难懂。

〔2〕支道林:支遁,见《言语》63。分判:辨别剖析。

〔3〕炳然:明白、显明。

〔4〕下坐:离开坐。

〔5〕自:各自。共说:同时互相讲论。

〔6〕正当:只能。得:领会。两:两乘。

〔7〕弟子:佛门的受业门徒。

〔8〕尽得:全部领悟。

【评】

佛家"四圣谛",对人生之价值给予了一个基本判断——"苦",在现世人生中,具有意义的行为,即是苦炼修行,修得正果,渡越此岸苦海,而佛门的存在价值就是发大慈悲,自渡、渡人。三乘义便是佛家修行解脱,自渡、渡人的三种途径和境界。刘孝标引《法华经》说明了声闻乘、缘觉乘、菩萨乘的不同。对于佛教三义,支遁深有修习与感悟,他曾做过《辩三乘论》,加以他"得自天心"的慧根及"才藻惊绝"的口辩,于是升堂讲析,果然是教义"炳然"。听者对此却只懂了半截,"悟四谛"的"声闻","悟因缘"的"缘觉",这多半涉及自悟自渡的道理是可以听懂的,自相讨论也不含糊;可是到了"行六度"的"菩萨",这志存广济,通万善、渡众生的大道,就似懂非懂了。诸名士所悟,属世俗谛;而支遁之悟,入菩萨乘,二者性质判然有别。众愚而僧慧,两相对照,故事将高僧支道林深湛的学养、智慧根器的卓荦独拔,及风流神采烘托而出,凌濛初评说:"惟支能三乘炳然,诸人辄混矣。"

4.38　许掾询年少时,人以比王苟子[1],苟子,王循(袁本作"脩")之小字也。《文字志》曰:"循(袁本作'脩')字敬仁,太原晋阳人。父濛,司徒左长史。循明秀有美称,善隶行书,号曰'流弈清举'。起家著作佐郎,琅邪王文学,转中军司马,未拜而卒,时年二十四。昔王弼之殁,与循同年,故循弟熙叹曰:'无愧于古人,而年与之齐也。'"许大不平。时诸人士及林法师并在会稽西寺讲[2],王亦在焉。许意甚忿[3],便往西寺与王论理,共决优劣。苦相折挫[4],王遂大屈[5]。许复执王理,王执许理,更相覆疏[6],王复屈。许谓支法师曰:"弟子向语何似[7]?"支从容曰:"君语佳则佳矣,何至相苦邪[8]?岂是求理中之谈哉[9]!"

【注】

〔1〕许掾:许询,见《言语》69。刘注中王循,袁本作"王脩",是。

〔2〕林法师:即支道林,见《言语》63。法师,对和尚的敬称。西寺:寺院名,即光相寺,在会稽城西南。讲:讲说、论辩。

〔3〕意:情绪。忿:恼怒。

〔4〕苦:极力、尽力。折挫:反驳摧挫。

〔5〕大屈:大败。

〔6〕更相:交互、互相。覆疏:颠倒过来梳理阐发。即执对方观点陈述。

〔7〕弟子:此为俗家人在僧人面前的谦称。向语:刚才说的话。何似:何如、怎么样。

〔8〕相苦:让别人尴尬、窘困。

〔9〕理中:得理之中,即折中、不过分。

【评】

　　许询后来和孙绰、李充、支遁等成为一个品流的人物，"皆以文义冠世"（见《晋书·王羲之传》），在会稽与谢安、王羲之游。这样的大名士，个性自少时就与人不同，其自视、自负，颇异于人。人比之于名士王修，他却认为修不如己，这种比附伤了他的自尊，因此而"意甚忿"。而解"忿"挽回自尊的方法就是较量。当得到机会的时候，他果然不同凡响，将王修击败，证明了自己。其实，读本则，这点似乎并不要紧，生动的是，这位后来的大名士全然不讲"中庸"，而是"任性自然"，淋漓尽致地抒愤，非用足自己的才能就不肯罢休，以至于旁观者支遁都感到过分。这则图画，让我们看到了魏晋名士个性的侧面——如庄子，嬉笑怒骂，尽其天性。

　　许询的行为也说明，他未脱尘俗之气。其逞能而自鸣得意，想得到名僧的认可，抬举自身价值——这便展演了俗相，故致支遁之讥。

　　4.39　林道人诣谢公[1]，东阳时始总角[2]，新病起，体未堪劳。与林公讲论，遂至相苦[3]。东阳，谢朗也，已见。《中兴书》曰："朗博涉有逸才，善言玄理。"母王夫人在壁后听之，再遣信令还[4]，而太傅留之[5]。王夫人因自出云："新妇少遭家难[6]，一生所寄唯在此儿。"因流涕抱儿以归。谢公语同坐曰："家嫂辞情慷慨[7]，致可传述[8]，恨不使朝士见[9]。"《谢氏谱》曰："朗父据，取太原王韬女，名绥。"

【注】

〔1〕林道人：即支道林，见《言语》63。谢公：谢安，见《德行》33。

〔2〕东阳:谢朗,见《言语》71。总角:未成年时束发为两小髻,状如角。借指童年时期。

〔3〕遂:至于。相苦:互相辩论激烈。

〔4〕信:使者,传话的人。

〔5〕太傅:指谢安。

〔6〕新妇:当时已婚妇女自称新妇。少遭家难:指早年守寡。其夫谢据早卒。

〔7〕慷慨:激昂感慨。

〔8〕致:通"至",极。可:值得。传述:传扬称颂。

〔9〕恨:遗憾。朝士:朝中官员。

【评】

　　支道林为怀道高僧,谢朗虽夙具慧根,但毕竟是总角小儿,与林道人讲论辩难激烈投入,怎不耗尽精神?加之新病起,体力消耗可想而知。过去,年轻的卫玠就是在玄理辩难中耗尽精力而殒命的,所以,其母忧虑不无道理。更何况孀居早寡,此儿是唯一的依靠,王夫人又怎不焦急?一位母亲的爱子之心,脱颖而出。至于谢安,一向重视自家子弟的教育,也孜孜欣赏自家子弟的才情,其中又特别器重谢玄与谢朗两侄,所以很投入地欣赏谢朗与满是灵气的林道人论辩的智慧才能。他忽略了嫂子的感受,惹得嫂子亲自出面,抱怨责备。故事中的谢安同样形象生动。以其一贯的雅量器局,应对家庭里的这点尴尬,是轻而易举的。他的应对,顾左右而言他,不解释、不致歉而是将嫂子大大地表扬了一通,当此情景,既解了王夫人的气,又免了当事人支道林的尴尬,还解嘲般地给自己下了台阶,真是一幕轻喜剧。谢安的智慧和雅量,在这小小的细节中,跃然而出,其人亦在这数行墨迹中,风采焕然。

4.40 支道林、许掾诸人共在会稽王斋头_{简文}〔1〕。

支为法师,许为都讲[2]。《高逸沙门传》曰:"道林时讲《维摩诘经》。"支通一义[3],四坐莫不厌心[4]。许送一难[5],众人莫不抃舞[6]。但共嗟咏二家之美[7],不辩其理之所在。

【注】

〔1〕支道林:支遁,见《言语》63。许掾:许询,见《言语》69。斋头:书室中。

〔2〕法师、都讲:当时讲经,一人唱经问难,一人主讲阐释,唱者为"都讲",释经者为"法师"。

〔3〕通:阐述。

〔4〕厌心:心满意足,倾倒悦服。

〔5〕送难:传出一个诘问,即唱出一段经文,提出问题,令法师解释。

〔6〕抃(biàn卞)舞:手舞足蹈。抃,拍手。

〔7〕嗟咏:赞叹。

【评】

《世说音释》引《僧史》曰:"支遁至会稽,王内史请讲《维摩》,许询为都讲。许发一问,众谓支难以答。支答一义,众谓询无以难。如是问答,连环不尽。"可与本则参读。一个故事,描绘二家之美,而美不胜收。一面是音韵清切的唱经,一面是妙语连珠的应声回答,竟然令听者忽略了听经的实质内容——理之所在。美妙的情景,真的让人迷恋发狂,手舞足蹈。这里是当时风尚的记趣,也是名士非凡神采的展现。于是,本则便有了一个特别醒目之处:优美形式对人的刺激、感召,如同佛理对人的感召一样令人着迷。人们沉迷于形式美的品味、享受,以至于激动,这恰表达了魏晋风情的另一面,在审美自觉中,将文学语言的音乐性这一形式美的要素,单独标扬而出。

这里还见出佛事的发展情景。"都讲"唱经,其音韵如何,一般人皆可感受,而"法师"释义,怕不是连环贯珠之类的流畅就可征服听者的,其中还是要伴随听者的一些判断,至少是令人不费深虑就可听懂的,所以必须切合经义的常理,这样才能使听者获得刺激而叫好。倘说者言不及义,或让人根本听不懂,抃舞嗟咏就不再是一个生动场面,而是乱哄哄的闹剧了。由此也大致可以看到,听者或为熟悉讲经的基本群体,如今日的京剧票友,不然他们何以一闻而"厌心"呢?而"不辩"是不遑深究苦索,已被优美的形式所征服。因此,本则也客观地映现了,佛事对当时社会文化渗透的程度。

4.41 谢车骑在安西艰中[1],安西,谢弈(奕)。已见。林道人往就语[2],将夕乃退。有人道上见者,问云:"公何处来?"答云:"今日与谢孝剧谈一出来[3]。"《玄别传》曰:"玄能清言,善名理。"

【注】

〔1〕谢车骑:谢玄,见《言语》78。安西:谢奕,谢玄父,谢安之兄,见《德行》33。艰:指父母之丧。

〔2〕林道人:支遁,见《言语》63。

〔3〕谢孝:犹谢孝子,指居丧之谢玄。剧谈:畅谈。一出:一番。

【评】

参见《德行》有关记载,守丧尽孝、尽哀,是魏晋时极为注重的礼教,涉及对人德行、名声的评价,影响到其人在社会中的形象、地位。谢玄在丧服期间,与支遁长谈玄理,而且谈得十分投入、热烈。所谓剧谈,为谈玄之一种,就是双方互不相让,穷辞尽理,反复辩难交锋,本篇31则的孙盛与殷浩,两人在玄谈中奋掷

285

麈尾,即可见剧谈中双方动情、热烈之一斑。支遁方外之人,循佛家之理,一切空无幻有,可以不问俗家孝道,而谢玄之家为名门贵族,是断不能不顾及社会影响的。可谢玄却不顾居丧之哀,畅言清谈,见出当时谈玄风气之盛,让人感受到魏晋名士越名教而任自然的个性风貌。谢玄此举,颇有庄子丧妻鼓盆而歌的风神,从中体悟出了纵化自然的飘逸,与儒家的礼义大异其趣。

4.42 支道林初从东出[1],住东安寺中[2]。《高逸少(沙)门传》曰:"遁居会稽,晋哀帝钦其风味,遣中使至东迎之。遁遂辞丘壑,高步天邑。"王长史宿构精理[3],并撰其才藻[4],往与支语,不大当对。王叙致作数百语,自谓是名理奇藻。支徐徐谓曰:"身与君别多年[5],君义言了不长进[6]。"王大惭而退。

【注】

〔1〕支道林:支遁,见《言语》63。东:东边,此指会稽郡。会稽在京师之东,故曰从东出。

〔2〕东安寺:佛寺名,在建康。

〔3〕王长史:王濛,见《言语》66。宿构精理:预先构思的精深的义理。

〔4〕撰:准备。才藻:才思文采。

〔5〕身:我。

〔6〕了不:全不。

【评】

文章写作,有正衬、反衬之法,本则运用的为正衬法。王濛"性和畅,能言理,辞简而有会"(见《晋书·王濛传》),是当时谈玄名士的代表,本则记其用心对付支遁,"宿构精理,并撰才藻",结果还是惨败给了支遁。以王濛为衬托,见出了支遁的名理才情之高超,远出此辈名士之上。可僧人支遁的风格,却不类看穿一切的高僧,而更像俗间名士。他在本则的风貌,一如本篇38则所记的许询,占先而不给人留馀地,说话尖刻,弄得有头有脸的王长史,无地自容,"大惭而退",为后世留下了一个污点,刘辰翁说:"岂无此等,亦秽清流。"有味哉,斯言。

4.43 殷中军读《小品》[1],《释氏辩空经》,有详者焉,有略者焉,详者为《大品》,略者为《小品》。下二百签[2],皆是精微[3],世之幽滞[4]。尝欲与支道林辩之,竟不得。今《小品》犹存。《高逸沙门传》曰:"殷浩能言名理,自以有所不达,欲访之于遁。遂邂逅不遇,深以为恨。其为名识赏重,如此之至焉。"《语林》曰:"浩于佛经有所不了,故遣人迎林公,林乃虚怀欲往。王右军驻之曰:'渊源思致渊富,既未易为敌,且己所不解,上人未必能通。纵复服从,亦名不益高。若佻脱不合,便丧十年所保。可不须往。'林公亦以为然,遂止。"

【注】

〔1〕殷中军:殷浩,见《政事》22。《小品》:佛经的简本。

〔2〕签:书签,读书有疑难或心得处,加签为志。

〔3〕精微:精妙隐微。

〔4〕幽滞:深奥难懂的地方。

【评】

《小品》作为佛家的典要,在汉灵帝之时就有竺佛朔的经译,魏晋时期,高僧多诵读讲习(参见《高僧传》),支遁也讲习《小品》。时风之下,一向以"识度清远"、"尤善玄言"(见《晋书·殷浩传》)为特点的殷浩,也对其痛下功夫,难解难辨之义,做标志、苦思索,留下疑难准备与讲《小品》的支遁辩析。但"竟不得"——未能如愿。依刘孝标注,是因为支遁听了王羲之劝说,为了保持名声而有意回避。这里显现了殷浩的才气更在名僧支遁之上。参见前则,名士们比才量力,激扬时风,演绎着才子风流,光景煞是好看。对本则,诸评家还见出另几层风致。凌濛初说:"惜哉逸少一阻,遂令妙义用绝。"又曰:"犹是救饥术工,唉名念重。"以殷浩之识度与支遁的卓拔,其智慧碰撞,一定会留下许多动人、精彩的思想遗迹,可惜"竟不得",就是殷浩的标识、札记也见不到了。王羲之的一阻,见出当时对名气看的是何等的重要,甚至不惜以虚伪的手法来保持。刘辰翁曰:"逸少护林公如此,还称沙门,然传之贻笑。"其实这里护的只是"名",它反映出来的是名士心里底层所深深藏护着的,对名气的认真、执着,"沙门"意义早让位于名气。

4.44　佛经以为,祛练神明[1],则圣人可致[2]。《释氏经》曰:"一切众生,皆有佛性。但能修智慧,断烦恼,万行具足,便成佛也。"简文云[3]:"不知便可登峰造极不[4]?然陶练之功[5],尚不可诬[6]。"

【注】

〔1〕祛练:去除杂念,净化磨炼。神明:精神。

〔2〕圣人:指佛。

〔3〕简文:东晋简文帝司马昱,见《德行》37。

〔4〕登峰造极:登山达到顶点,比喻修炼到无以复加的境界。此指成佛。

〔5〕陶练:陶冶修炼。

〔6〕诬:抹杀。

【评】

　　去除杂念,澡雪精神,一心修炼而成圣、成佛,这是儒家和佛家一致的修行观念。儒家的境界是成为君子、成为圣人,也重视苦练修行的途径。儒经《周易》就列了《大壮》、《升》等卦强调修养成君子品格的不可间断、积小以高大的"陶练"意义。对此,朱熹概括得浅切明白:"木一日不长,便将枯瘁;学者之于学,不可一日少懈。"(《朱子语类》)儒家大师强调这种修行,孔子讲"吾日三省吾身"、"慎独";孟子强调专心致志地去"尽心知性",绝不能一曝十寒等等,皆是"陶练"。佛家境界是识得自性,悟空即佛。"陶练"要由戒生定,由定生慧,修习禅定,证成正果。儒家文化与西来佛国文化不同的是佛家作为宗教,修行成了实实在在的清规戒律,儒家仅停留在观念形态的说教,但在观念层面上说,二者是有共同特点的。所以谙熟儒家经典的简文,其说法正是会心之言。能否登峰造极,是不是可以成佛,又自当别论,佛家的"陶练"之功是大可借鉴的。本则典型地说明着,当时士大夫对佛教的理解是以中土文化为根基的,佛教立住脚跟的过程,正是其与中国传统文化不断磨合的本土化过程。而这过程,在魏晋时已经特征明显了,简文的形象恰说明中土文化与佛教文化在士人身上的濡染、修养,于是儒雅的简文,便在这片语之中活跃了起来。

　　4.45　于法开始与支公争名[1],后情渐归支[2],意甚不分[3],遂遁迹剡下[4]。遣弟子出都[5],语使过会稽。于时支公正讲《小品》[6]。开戒弟子:"道林讲,比汝至[7],当在某品中。"因示语攻难数十番[8],云:"旧此中不可复通。"弟子如言诣支公。正值讲,因谨述开意。往反多时〔9〕,林公遂屈,厉声曰:"君何足复受人寄载来〔10〕!"《名德沙门题目》曰:"于法开才辩从横,以数术弘教。"《高逸沙门传》曰:"者开初以义学法者(著)名,后与支遁有竞,故遁居剡县,更学医术。"

【注】

〔1〕于法开:东晋名僧,精通佛法,兼擅医术,后隐居剡县(今浙江嵊州)。支公:支遁,见《言语》63。

〔2〕情:指众人情意。

〔3〕不分:不服气。分,通"忿",纷欣阁本作"忿"。

〔4〕剡下:剡县一带。

〔5〕出:赴、往。都:京都。

〔6〕《小品》:佛经的简本。

〔7〕比:等到。

〔8〕示:演示。攻难:进攻、诘难。番:辩论一个回合。

〔9〕往反:反复辩难。

〔10〕何足:何必。寄载:传言、授意。

【评】

《高僧传》载,于法开的特点是"深思孤发,独见言表",并且"才辩纵横",对佛经《小品》也深有研究和感悟;支遁讲《小品》,发挥其长于论谈,辞藻映发的优势,所以在义理方面于法开不以支遁为高,而支遁独得高名,于法开便"意甚不分",令弟子特意"过会稽"与之辩难。支遁之窘,见出其对于《小品》果有未通处,但因此失态,则有失名僧风度。王世懋评点:"此亦岂是求理于谈?"

余嘉锡先生评本则:"本篇云支公讲《小品》,于法开戒弟子示语攻难数十番,云'旧此中不可复通',弟子如言,往反多时,林公遂屈。渊源(按,渊源,殷浩字,事见本篇四十三则)所签世之幽滞,必有即法开所谓'旧不可通'者。然则渊源之所不解者,道林亦未必尽解也。右军惧其败名,可谓'爱人以德',林公遂不复往,亦庶乎知难而退矣。"

无论从哪个角度看,它都反映了当时名士重名的世风,僧俗皆然,而本则便是佛门争名的生动一例。

4.46 殷中军问[1]:"自然无心于禀受[2],何以正善人少[3],恶人多?"诸人莫有言者,刘尹答曰[4]:"譬如写水着地[5],正自纵横流漫,略无正方圆者[6]。"一时绝叹,以为名通[7]。《庄子》曰:"天籁者,吹万不同,而使其自己也。"郭子玄《注》曰:"无既无矣,则不能生有。有之未生,又不能为生。然则生生者谁哉?块然而自生耳,非我生也。我不生物,物不生我,则自然而已,然谓之天然。天然非为也,故以天言之,所以明其自然故也。"

【注】

〔1〕殷中军:殷浩,见《政事》22。

〔2〕自然:大自然;上天。禀受:赋予。受,通"授"。

〔3〕正:只。

〔4〕刘尹:刘惔,见《德行》35。

〔5〕写:即泻,倾泻。

〔6〕略无:完全没有。

〔7〕通:解说义理,使之通畅。

【评】

殷浩之问,是在一本正经地谈玄理名实问题,并采用郭象的《庄子》解说。郭象的观点是"独化"论,即万物之生,没有什么造物主,一切禀受自然,是物自生、自己使之然的,自己生成什么样子就是什么样子,没有外部因素对他起作用(参见刘孝标

注)。既然如此,殷浩的问题来了,怎么自生出来的多是"恶人"呢?刘惔用一个精妙的比喻解说了此问的义理,正如泻水自流,没有正好是方或圆的形状,因而,"善人"、"恶人"既是自生,怎么可以期望他合于你主观上的一定的规范呢?玄深的义理,被一个妙喻说得深入浅出,活灵活现。本则让人清晰地看到,刘惔对《老》、《庄》的修养程度,及辩理之才,使其面对玄理问题,显得举重若轻、挥洒自如,谈士的理趣、情趣,也因此而生动地展示出来。

4.47　康僧渊初过江[1],未有知者,恒周旋市肆[2],乞索以自营[3]。忽往殷渊源许[4],值盛有宾客,殷使坐,粗与寒温[5],遂及义理[6]。语言辞旨,曾无愧色[7]。领略粗举[8],一往参诣[9]。由是知之。僧渊氏族所出,未详。疑是胡人。尚书令沈约撰《晋书》,亦称其有义学。

【注】

〔1〕康僧渊:东晋高僧,本西域人,生于长安,晋成帝时南渡。后在豫章立寺讲经,以精于佛理著名于世。

〔2〕恒:常。周旋:盘桓;来往。市肆:集市。

〔3〕乞索:乞讨。自营:自己维持生计。

〔4〕殷渊源:殷浩,见《政事》22。许:处所。

〔5〕粗:略。寒温:寒暄。

〔6〕义理:玄学道理。

〔7〕曾:竟。

〔8〕领略:理会,解悟。粗举:大略阐释。

〔9〕参诣:进入并达到了高深的境界。

【评】

《高僧传》说康僧渊,"容止详正,志业弘深",在南渡之前,便深究佛理,诵《放光》、《道行》二《般若》(即《大品》、《小品》)。其性"以清约自处",经常是乞食自资,"人未之识"。看来,他对义理思辨是早有准备的,并非凡品;但其性行却容易使人以为不高贵而予以漠视,如沧海遗珠。正因为如此,享有高名的殷浩,初对之不加礼遇,略事寒暄,就测验义理,而这位高僧毫不含糊,快捷领会、概括义理命题,并直入高深境界。这里又刻画了另一类名僧的风采,所谓"由是知之",便是折服了举座宾客,也包括主人殷浩在内。主人态度的前倨后恭,说明了当时士人重思辨、重才情的时代风习。

4.48 殷、谢诸人共集[1]。殷浩、谢安。谢因问殷:"眼往属万形[2],万形入眼不?"《成实论》曰:"眼识不待到而知,虚尘假空与明,故得见色。若眼到色到,色闻则无空明。如眼触目,则不能见色。当知眼识不到而知。"依如此说,则眼不往,形不入,遥属而见也。谢有问,而殷无答,疑阙文。

【注】

〔1〕殷:殷浩,见《政事》22。谢:谢安,见《德行》33。集:集会。

〔2〕属:跟随、接触。万形:万物。刘孝标注引《成实论》为印度佛学中的小乘佛学经典,认为:人没有永恒的独立实体,本是空;宇宙万有也是空的,即人空,"法"亦空。

【评】

佛教到了东晋大为兴盛,对清谈名士说来,佛学的"性空"理论,是一种比落实到现实王权的本土玄学理论,更具有思辨理趣、对人们智慧更富有挑战意味的认识论,很合于清谈家们的口味。这里谢安追问的就是佛理,辨析"空"、"有"问题,而不是眼睛看万物,万物定入眼的常识。依佛学理论:宇宙万有,都是因缘和合而生的假相,其暂时的因缘,必将散成空幻。万有本身并无真实存在的"自性",一切都是"空"的。一切被人们所见的"有",都是虚假的,刹那生灭的。那么,谢安追问,"万形"能来入眼么?眼前的"万形"都是空的,虚假的。刘注说:"谢有问,殷无答,疑阙文。"他们究竟讨论到了什么程度,不得其详了,但玄家的思维进入空灵、缥缈之境的那种情态,却在这里生动表现了出来。

4.49 人有问殷中军[1]:"何以将得位而梦棺器[2],将得财而梦屎秽[3]?"殷曰:"官本是臭腐,所以将得而梦棺尸;财本是粪土,所以将得而梦秽污。"时人以为名通[4]。

【注】

〔1〕殷中军:殷浩,见《政事》22。

〔2〕得位:得到官位。棺器:棺材。

〔3〕矢秽:粪便秽物。

〔4〕通:本为解说义理,使之通畅,此"名通"意谓至理名言。

【评】

余嘉锡先生引《晋书·索纨传》:"索充初梦天上有二棺落充前。纨曰:'棺者,职也。当有京师贵人举君,二官者,频再迁。'俄而司徒王戎书属太守,使举充。太守先属充功曹,而举孝廉。"并谓:"此即所谓将得位而梦棺也。"得位梦棺、得财梦矢秽是民间迷信观念,本无可论证。但殷浩乐辩名实,于是当作名理给分析了一回。词面近乎调侃,词底表白了一种清高,同时又寓意精深。故"时人以为名通",则亦是喜剧意味。殷浩的前期亦果如其言,朝廷累征不就,隐居"几将十年",可见所谈所行,颇具清雅名士风格。

4.50　殷中军被废东阳[1],浩黜废事,别见。始看佛经。初视《维摩诘》[2],僧肇注《维摩经》曰:"维摩诘者,秦言净名,盖法身之大士,见居此土,以弘道也。"疑"般若波罗蜜"太多,后见《小品》[3],恨此语少[4]。波罗蜜,此言到彼岸也。《经》云:"到者有六焉:一曰檀,檀者,施也。二曰毗黎,毗黎者,持戒也。三曰羼提,羼提者,忍辱也。四曰尸罗,尸罗者,精进也。五曰禅,禅者,定也。六曰般若,般若者,智慧也。然则五者为舟,般若为导,导则为绝有相之流,升无相之彼岸也。故曰波罗蜜也。"渊源未畅其致,少而疑其多;已而究其宗,多而患其少也。

【注】

〔1〕殷中军:殷浩,见《政事》22。被废东阳:殷浩因北伐失败,被桓温弹劾罢职,居东阳(今浙江金华)为民。

〔2〕《维摩诘》:即《维摩诘所说经》,是佛家大乘教义的经典。

〔3〕《小品》:佛经简本。

〔4〕恨:遗憾。

【评】

殷浩废居东阳为民,这是他平生所经历的最惨痛的一段心灵苦难。殷浩充当了简文司马昱对抗桓温的马前卒而不自知,王羲之劝他与桓温改善关系,他也没理会,终于在穆帝永和九年(353),北伐失败的时候,桓温上疏弹劾,将他废为庶人。而司马昱为了与颇有野心而早具威势的桓温保持关系,竟舍弃了殷浩这个马前卒。殷浩恨不已:简文把自己推上了百尺楼,却撤了梯子。(参见《世说·黜免》)对发生的一切,他百思不得其解,终日以指划空写"咄咄怪事!"在这样的背景中,他向佛经求取解脱。"识度清远",对玄学经典深有领会的他,很快就进入了佛学境界。

"般若"是达成佛境,超越一切经验、知识,体悟万物性空的最高智慧。是成佛的直观、直觉。"波罗蜜"是解脱此岸苦海,达于彼岸的途径、方法,亦为达于彼岸,证成正果。大乘般若学的经典,皆引人修行"般若波罗蜜",普度众生求取解脱登彼岸。因此,殷浩初读对"般若波罗蜜"感受不深,疑其太多;悟入经典,便恨其少。殷浩的聪颖与苦难,就在这一"疑"、一"恨"的过程中生动起来了。玄学已经救治不了他的苦难心灵了,于是他舍舟登岸,归向了当时盛行的"般若"之学,以其"识度清远"的天资,实现了最后一段生命里程的价值。

4.51　支道林、殷渊源俱在相王许[1]。简文。相王谓二人:"可试一交言[2]。而'才性'殆是渊源崤、函之固[3],崤,谓二陵之地。函,函谷关也。并秦之险塞,王者之居。左思《魏都赋》曰:"崤、函帝王之宅。"君其慎焉!"支初作,改辙远之[4],数四交,不觉入其玄中[5]。相王抚肩笑曰:"此自是其胜场[6],安可争锋!"

【注】

〔1〕支道林:支遁,见《言语》63。殷渊源:殷浩,见《政事》22。相王:东晋简文帝司马昱,曾以会稽王任丞相职,故称。许:处所。

〔2〕交言:此指清谈。

〔3〕才性:即"才性论",是关于才、性内涵及其关系的理论,也是名实之论,为魏晋玄学的重要部分之一。

〔4〕改辙:此谓改变论题,远避"才性"。

〔5〕玄中:玄理之中。

〔6〕胜场:胜过别人的地方。

【评】

李慈铭《世说新语批注》:"此谓殷之'才性'无人可敌,如崤、函之固。即前所云殷中军于'才性'偏精也。"简文的比喻,准确而有震撼力。《左传》记秦、晋崤之战,透露了崤、函之险,秦国大军于此全军覆没,将帅被擒。这是难以渡越的雄关、险隘。殷浩守"才性"之论的险、固如是,在他面前便都是败将。以辞理知名的支遁和殷浩相遇于"才性",败得着实狼狈。本则以名僧支遁作正衬,突显了殷浩的才辩风貌,生动描绘了他作为一时谈宗的真才实学和风流雅望。

4.52 谢公因子弟集聚〔1〕,问《毛诗》何句最佳〔2〕?遏称曰:谢玄小字。已见。"昔我往矣,杨柳依依;今我来思,雨雪霏霏〔3〕。"公曰:"訏谟定命,远猷辰告〔4〕。"《大雅》诗也。毛苌《注》曰:"訏,大也。谟,谋也。辰,时也。"郑玄《注》曰:"猷,图也。大谋定命,谓正月始和,布政于邦国都鄙。"谓此句偏有雅人深致〔5〕。

【注】

〔1〕谢公:谢安,见《德行》33。因:趁。

〔2〕《毛诗》:汉代四家传授《诗经》,其中毛亨所传称《毛诗》,即今本《诗经》,属经古文学派。

〔3〕昔我往矣:《诗经·小雅·采薇》诗句。通过景物描写,表达了戍卒征战久久不能还家的哀苦。依依:茂盛貌。思:语末助词。霏霏:雪大貌。

297

〔4〕"訏谟"二句:《诗经·大雅·抑》诗句。写王朝的宰辅之臣应当是:用深谋远虑来确定大计方针,将长远的国策及时遍告群臣。訏,大。谟,谋。猷,谋略。辰,时。

〔5〕偏:最。雅人:志趣高尚之人。深致:深远的情致。

【评】

　　本则生动展现士族名门教育家族子弟、注重文化艺术熏陶的风貌。谢安深爱家族子弟,《世说》中记述很多。本则谈论经典、艺文,则特见出他对后辈的关怀,就是让他们有深厚扎实的修养,成为生于阶庭的芝兰玉树。《诗经》既是儒家经典,也是优美艺文。作为经典,它主要的特点是给人以性情陶冶,即所谓"思无邪";作为艺文,它可说是后代诗家之祖,锻炼人驾驭语言的能力。本则在这似乎平常的生活一幕中,给人以深刻印象的,是陈郡谢氏的雅致家风。他们讨论的是《雅》诗部分,谢玄指认的佳句,表现了那一时代和家风赋予他的艺术感悟力。在谢玄之前是经学解《诗》,从艺术角度体会妙处,他是很早的一位,因此被鉴赏家们公认为名句,千载之下,不断评说。该句写物态、慰人情,于情中写景,景中见情,倍增哀乐的表现力,确实是古典诗歌中第一流的。谢玄以此句为佳,当是从画面境象之美和对人情的感动来体认的。这是时风重美、重情的必然反响,同时也看到了其人的性情。谢安所认为的佳句,说是"雅人深致",后人从艺术角度看,颇不以为然。但这并不意味谢安鉴赏能力差,而是他的个性、阅历使然。这句出自《大雅》的句子,深沉有气度,是宰相之才的境界。如诗篇所言,辅佐君王,修明政治,平息纷乱、怨艾,使天下、宗族和靖,这正是宰相之才最完美的表达。两人鉴赏倾向不同,深层次的东西,是此时两人的阅历、身份所决定的对人生感受的差异,而绝非纯粹文艺批评意义上的价值判断。

4.53 张凭举孝廉[1],出都[2],负其才气,谓必参时彦[3]。欲诣刘尹[4],乡里及同举者共笑之。张遂诣刘。(刘)洗濯料事[5],处之下坐,唯通寒暑,神意不接。张欲自发无端[6]。顷之,长史诸贤来清言[7],客主有不通处,张乃遥于末坐判之,言约旨远,足畅彼我之怀,一坐皆惊。真长延之上坐,清言弥日,因留宿至晓。张退,刘曰:"卿且去,正当取卿共诣抚军[8]。"张还船,同侣问何处宿,张笑而不答。须臾,真长遣传教觅张孝廉船[9],同侣愕愕[10]。即同载诣抚军,至门,刘前进谓抚军曰:"下官今日为公得一太常博士妙选[11]。"既前,抚军与之话言,咨嗟称善,曰:"张凭勃窣为理窟[12]。"即用为太常博士。宋明帝《文章志》曰:"凭字长宗,吴郡人。有意气,为卿间所称。学尚所得,敏而有文。太守以才选举孝廉,试策高第,为惔所举,补太常博士,累迁吏部郎、御史中丞。"

【注】

〔1〕孝廉:汉代察举人才的科目,魏晋仍沿此制。意为孝悌、廉洁,由乡议荐至郡国,再推举到朝廷,考核后授以官职。

〔2〕出都:到京城。

〔3〕彦:才能杰出的人。

〔4〕诣:拜访。刘尹:刘惔,见《德行》35。

〔5〕洗濯:清洗、洗理。料事:处理事物。袁本"洗濯"前增一"刘"字,是。

〔6〕无端:无由。

〔7〕长史:即王濛,见《言语》66。

〔8〕抚军:将军称号。此指简文帝司马昱,曾做抚军将军,掌国政。

〔9〕传教:此指持信幡传达教令的官吏。教,王、侯大臣发布的

命令。

〔10〕愡愕:感叹惊诧。

〔11〕太常博士:官名。太常的属官,执掌引导乘舆,议定王公以下谥号等。妙选:最佳人选。

〔12〕勃窣:晋人口语,形容才气纵横,辞采丰富。理窟:义理的渊薮。

【评】

魏晋重才情,因而有才气的人都颇自信;才能也使人在社会上获得崇高的地位,因而名士成了时代最醒目的亮点。张凭自负其才,急欲干时彦脱颖而出;同伴对他欲参时彦之非笑怀疑,出于名士与一般人社会地位的霄壤之别,这些都说明了当时的风尚,所以急欲出名、不惜一切地保持名声,就成了当时士人的一个"情结"。张凭成功,来自他的自信,也来自他的执着。自信使他勇于干谒时彦、权门;执着使他耐得住冷遇。以刘惔之自负、自傲性格和他的地位,对无名之辈的傲慢是顺理成章的,而张凭居下坐,不失时机地展露才气,则见出他对挤入"时彦"行列的急切。他的才气和执着,使他戏剧性地获得了机遇。这机遇,一是抚军正急欲求贤,虚位待人,二是刘惔爱才。于是,成就了张凭的前程,众人也因此敬服刘惔"知人"(见《晋书·刘惔传》)。一则故事,将当时重才、重名的社会风情描摹得清晰如画。

4.54 汰法师云:"六通三明同归[1],正异名耳[2]。"《安法师传》曰:"竺法汰者,体器弘简,道情冥到,法师友而善焉。"一说法汰,即安公弟子也。《经》云:"六通者,三乘之功德也。一曰天眼通,见远方之色;二曰天耳通,闻障外之声;三曰身通,飞行隐显;四曰他心通,水镜万虑;五曰宿命通,神知已往;六曰漏尽通,慧解累世。三明者,解脱在心,朗照三世者也。"然则天眼、天耳、身通、他心、漏尽此五者,皆见在心之明也。宿命则过去心之明也。因天眼发未来之智,则未来心之明也。同归异名,义在斯矣。

【注】

〔1〕同归:旨趣相同。

〔2〕正:只。

【评】

竺法汰活跃于东晋中期,据《高僧传》记:他在建康瓦官寺讲《放光经》,开题大会,简文帝亲临听讲,王侯公卿,莫不毕集。开讲之日,这位"流名四远"的名僧,吸引得士女成群。正是这些僧人的活跃、王公贵族的支持,才使得佛教的大乘般若学,盛行于东晋。竺法汰这里说的,就是大乘佛学所描绘的,因禅定而获得的般若智慧。具体的样态,就是这种智慧具有通神之力,即"六通",参见刘孝标注。六通之力,可以透过一切现世人所认为的不可逾越的障碍,洞见天上、人间、地下的一切,慧解"真空",脱去业惑,达于成佛境界。而"三明",天眼明能知来世;宿命明能知前世;漏尽明能断烦恼,和"六通"是名不同而实不异。本则的动人处,不在所说的佛家教义,而是竺法汰像谈玄一样,说佛法辨析名实,可见佛家高僧很会顺应中土的文化心理结构去输入佛家教义,这是佛教能够在中国盛行的重要法宝。高僧片语,透露了个中信息。

4.55 支道林、许、谢盛德共集王家[1],许询、谢安、王濛。顾谓诸人:"今日可谓彦会[2],时既不可留,此集固亦难常。当共言咏[3],以写其怀[4]。"许便问主人:"有《庄子》不?"正得《渔父》一篇[5]。《庄子》曰:"孔子游乎缁帷之林,休坐乎杏坛之上。孔子弦歌鼓琴,奏曲未半,有渔者下船而来,须眉交白,被发揄袂,行原以(上),距陆而止。左手据膝,右手持颐以听。曲(终),而招子

301

贡、子路,语曰:'彼何为者也?'曰:'孔氏。'曰:'孔氏何治?'子贡曰:'服忠信,行仁义,饰礼乐,选人伦,孔氏之所治也。'曰:'有土之君欤?'曰:'非也。'渔父曰:'仁则仁矣,恐不免其身。'孔子闻而求问之,遂言八疵、四病以诚(诫)孔子。"谢看题,便各使四坐通[6]。支道林先通,作七百许语,叙致精丽[7],才藻奇拔[8],众咸称善。于是四坐各言怀。言毕,谢问曰:"卿等尽不?"皆曰:"今日之言,少不自竭。"谢后粗难,因自叙其意,作万馀语,才峰秀逸。《文字志》曰:"安神情秀悟,善谈玄远。"既自难干[9],加意气拟托[10],萧然自得[11],四坐莫不厌心[12]。支谓谢曰:"君一往奔诣[13],故复自佳耳[14]。"

【注】

〔1〕支道林:支遁,见《言语》63。许:许询,见《言语》69。谢:谢安,见《德行》33。盛德:有德行声望的人。王:王濛,见《言语》66。

〔2〕彦:才能杰出的人。会:集会。"顾谓"上袁本增"谢"字。

〔3〕言咏:畅谈吟咏,此指畅谈。

〔4〕写:抒发。

〔5〕《渔父》:《庄子》篇名。

〔6〕通:阐释义理,使通畅。

〔7〕叙致:陈说、叙述。

〔8〕才藻:才思辞藻。

〔9〕干:犯,此为企及。

〔10〕意气:志向、气概。拟托:比拟、寄托。

〔11〕萧然:洒脱。

〔12〕厌心:满足于心,心悦诚服。

〔13〕一往:一直。奔诣:奔赴精深境界。诣,学养的造诣、境界。

〔14〕故自复:确实是。

【评】

陈梦槐评曰:"有此叙致,一日风流,千载可怀。"风流雅望毕集一室,正所谓"彦会";所谈题目亦足风流。《庄子·渔父》绘声绘色地描写了执着于礼义、天下的孔子,听了渔父的高论,而愀然若有所失。文章表达了弃绝礼义,返璞归真,以求明哲保身的道理。"时彦"们以此为话题,通辩义理,同时尽情地表现了各自的才华,确是"一日风流"。观此情形,可与王羲之《兰亭集序》对读,当时的风流俊彦的集会,不仅是才华风度之雅,也有对人生哲理的深切感悟,对生命况味的细腻体会。因此,它不像《论语·子路、曾皙、冉有、公西华侍坐章》那样"彦会"所表达的"圣贤气象",而是魏晋名士的风流。

就清谈形式说,本则也让我们看到了当时清谈的另一典型场景。

4.56 殷中军、孙安国、王、谢能言诸贤[1],悉在会稽王许[2]。殷与孙共论"易象妙于见形",其论略曰:"圣人知观器不足以达变,故表圆应于蓍龟;圆应不可为典要,故寄妙迹于六爻。周流唯化所适,故虽一画而吉凶并彰,微一则失之矣。拟器托象而庆咎交著,系器则失之矣。故设八卦者,盖缘化之影迹也。天下者,寄见之一形也。圆影备未备之象,一形兼未形之形。故尽二仪之道,不与《乾》、《坤》齐妙;风雨之变,不与《巽》、《坎》同体矣。"孙语道合[3],意气干云[4],一坐咸不安孙理[5],而辞不能屈[6]。会稽王慨然叹曰:"使真长来[7],故应有以制彼。"即迎真长,孙意已不如[8]。真长既至,先令孙自叙本理,孙粗说己语,亦觉绝不及向。刘便作二百许语,辞难简切[9],孙理遂屈。一坐同时抃掌而笑[10],称美良久。

303

【注】

〔1〕殷中军:殷浩,见《政事》22。孙安国:孙盛,见《言语》49。王:王濛,见《言语》66。谢:谢尚,见《言语》46。能言:长于清谈。

〔2〕会稽王:晋简文帝司马昱,曾封会稽王,见《德行》37。许:处所。

〔3〕道合:将观点阐发得圆融无间。

〔4〕干云:直上云霄。谓气旺神足。

〔5〕安:满意。

〔6〕屈:驳倒。

〔7〕真长:刘惔,见《德行》35。

〔8〕不如:不及。意谓义理阐释已不如刚才。

〔9〕词难简切:用词语辩诘,简明切要。

〔10〕抃掌:鼓掌。

【评】

《晋书·刘惔传》移录本则,说孙盛作了《易象妙于见形论》在简文处讨论。刘注称引"其论略曰"一段,其作者究竟是孙盛还是殷浩,历来看法不同。《晋书·刘惔传》以为作者是孙盛,而严可均则认为是殷浩。详味刘注,合于王弼《易》注精神,应是殷浩等玄家之言。孙盛《易象妙于见形论》,原文已佚。这则故事,活脱脱地画出了清谈时诸家争鸣的热闹场面。故事中除孙盛思想近于儒家外,其馀诸人皆为清一色的玄学名家,争辩双方力量极不均衡。玄家《易》论,祖祧王弼《易》注,其《周易略例·明象》,提出了"得象而忘言",进一步达于"得意而忘象"的形而上境界,对于形而下之"器",如象数之类,则尽皆摈落而不惜。王弼开启了玄学中的言、意之辩。这一理论为两晋玄家所继承,成为当时的学术主流。而从思想体系看,孙盛继承的是汉儒的象数《易》学,属儒学系统。据《广弘明集》卷五,孙盛曾撰《老聃非大圣论》、《老子疑问反讯》诸论,明确批判王弼《易》注及玄家之言的"笼统玄旨",所论"皆妄",认为玄家抛弃汉儒象数《易》说,虽然"丽辞溢目",但却"泥夫大道"。(其言见于《三国志·魏书·锺会传》裴注称引)可见双方辩家观点的势不两立。但在这场论战中,他不怕孤立,迎战诸玄家围攻而毫无惧色,读来颇令人想到后来《三国演义》诸葛亮舌战群儒的风采。

本则故事,依出场顺序,第一主角当为孤军奋战的孙盛。在此思辨性的思想论争中,任何权势都不起作用,就是会稽王司马昱也只好坐在观众席,孙盛之勇全恃其学养、辩才,一座玄家都"不能屈",可见其才学之锐。第二主角是刘惔。其自负为第一流清谈家(见《晋书·刘惔传》),果然不同凡响。尚未出场,就如见其人,如闻其声,已自震慑了论辩双方。一旦正式交锋,便"孙理遂屈",顺理成章地刻画出了刘惔的杰出辩才。故事着墨不多,但正衬、反衬之法,使得刘惔形象具先声夺人之妙。凌濛初成以"形态逼真"评论故事人物形象之鲜活灵动,可谓一语中的。

4.57 僧意在瓦官寺中[1],未详僧意氏族所出。王苟子来,苟子,王循(修)小字。与共语,便使其唱理[2]。便谓王曰:"圣人有情不?"王曰:"无。"重问曰:"圣人如柱邪?"王曰:"如筹算[3]。虽无情,运之者有情。"僧意云:"谁运圣人邪?"苟子不得答而去。诸本无僧意最后一句,意疑其阙。广校众本皆然,唯一书有之,故取以成其义。然王循(修)善言理,如此论,特不近人情,犹疑斯文为谬也。

【注】

〔1〕瓦官寺:佛寺名。东晋哀帝兴宁二年(364)造,初名慧方寺,寺有瓦官阁,在建康城西南隅。

〔2〕唱理:倡言义理。即首先陈说义理。

〔3〕筹算:古代计算用的竹刻筹码。

【评】

　　《三国志·锺会传》注引何劭的《王弼传》说:"何晏以为圣人无喜、怒、哀、乐,其论甚精,锺会等述之。王弼与不同。"这是魏晋玄家"有"、"无"之辩的一个话题。此说者认为圣人"与无同体",自然无情,无情比有情更其高超。这里王修同意何晏的说法,坚持"圣人无情"说,但他的比喻留下了漏洞,意在圣人如同算学上的筹码,运化无穷,并不受到世俗人情的左右,只是运用他的人有情。但"谁运圣人邪?"此一追问,王修之论的漏洞就暴露出来了,他不能自圆其说,"不答而去"。从何晏谈到了王修,这一说还未能圆满,加之论说者辩才有限,故事就塑造出了一个一辩即败的喜剧清谈家的形象。而僧意虽名不见经传,但他反应机敏,思维深邃,借力发力,再三追问,又显得风趣无穷。

4.58　司马太傅问谢车骑[1]:"惠子其书五车[2],何以无一言入玄[3]?"谢曰:"故当是其妙处不传[4]。"《庄子》曰:"惠施多方,其书五车,其道舛驳,其言不中。谓卵有毛,鸡三足,马有卵,犬可为羊,火不热,目不见,龟长于蛇,丁子有尾,曰(白)狗黑,连环可解。能胜人之口,不能服人之心。盖辩者之囿也。"

【注】

　　〔1〕司马太傅:司马道子(364—403),简文帝子。孝武帝时,官太子太傅、扬州刺史、都督中外诸军事,宰执朝政。谢车骑:谢玄,见《言语》78。

　　〔2〕惠子:惠施,战国时著名的名家代表人物。

　　〔3〕玄:玄理。

　　〔4〕故当:可能、或许,表示推测。

【评】

　　惠子和公孙龙子一样,都是杰出的辩者。《庄子》书中多记庄周与惠子交游谈辩。然惠子文章无传,在《庄子·天下篇》谈论天下各派学说时,言及惠子所提出的辩题(参见刘注所引),亦皆晦涩难懂。司马道子不解的是,既然《庄子》为玄理重要蓝本,而庄子又多与惠子辩,惠子博学善辩,怎么《庄子》里没提到惠子论证玄理,他自己也无任何著作流传呢?善名实之辩的名家人物,见解不传,真是遗憾。谢玄轻描淡写地回应了他,一方面是惠子名理之学的确难懂,另一方面,司马道子也不是一个热衷玄学的清谈家,整天酣歌醉饮,结党弄权,并无兴趣谈玄论道。所以二人问答,一方是偶一问之,一方轻拂而过,彼此都没有那种非辩难究诘,谈出结果不可的兴味和激情。本则可见,谈玄极富挑战性,是很有意味的精神活动,但却与世间俗人无缘。

4.59　殷中军被废[1],徙东阳,大读佛经,皆精解[2]。唯至"事数"处不解。事数:谓若五阴、十二入、四谛、十二因缘,五根、五力、七觉之属。遇见一道人[3],问所签[4],便释然[5]。

【注】

　　[1] 殷中军被废:殷浩,参见本篇第50则注、评。
　　[2] 精解:深入透彻地理解。
　　[3] 道人:当时对僧人的称谓。
　　[4] 签:读书有疑难而作的标记。
　　[5] 释然:疑虑消解的样子。

【评】

　　殷浩学佛,目的在解脱痛苦,以平衡被贬废后的心理。但佛理艰深,非苦心孤诣,则难入其门。数处"不解",必为障碍,因而苦觅其解。所谓"事数":五阴、十二入、四谛、十二因缘、五根、五力、七觉之属,都是佛学理论的基础,不解这些基本说法,则"般若"之说就无以附着。当殷浩发宏愿,要"精解"佛理的时候,自然要搞清这些问题,必问明而后止。本则与第43则及50则,互为发明,足见殷浩在政治失败后转入学问思辨的精诚勤苦。

4.60　殷仲堪精覈玄论[1],人谓莫不研究。殷乃叹曰:"使我解《四本》[2],谈不翅尔[3]。"周祇《隆安记》曰:"仲堪好学而有理思也。"

【注】

　　[1]殷仲堪:见《德行》40。精覈:深入考索。玄论:玄理。
　　[2]四本:见本篇5、34注、评。
　　[3]不翅:同"不啻",不仅、不止。尔·这样。

【评】

　　殷仲堪"能清言,善属文","其谈理与韩康伯齐名,士咸爱慕之"(见《晋书·殷仲堪传》),是深有造诣,广有影响的清谈家,但于"四本"仍有未尽其妙处,故对实际问题深入不下去。在这点上,他便和精于"才性"、"四本"的殷浩(参见本篇51则评)形成了鲜明的对比和档次差异。可见,"才性"、"四本"是测试玄家理论思辨水平的一块试金石,殷仲堪面对它的感喟、遗憾,生动地说明了这个问题。

4.61　殷荆州曾问远公[1]:张野《远法师铭》曰:"沙门释惠远,

308

雁门楼烦人。本姓贾,世为冠族,年十二,随舅令狐氏游学许、洛。年二十一,欲南渡,就范宣子学,道阻不通,遇释道安以为师。抽簪落发,研求法藏。释昙翼每资以灯烛之费。识鉴淹远,高悟冥赜。安常叹曰:'道流东国,其在远乎?'襄阳既没,振锡南游,结字(宇)灵岳。自年六十,不复出山。名被流沙,彼国僧众,皆称汉地有大乘沙门。每至然香礼拜,辄东向致敬。年八十三而终。""《易》以何为体[2]?"答曰:"《易》以感为体[3]。"殷曰:"铜山西崩,灵钟东应,便是《易》耶?"《东方朔传》曰:"汉武皇帝时,未央宫前殿钟无故自鸣,三日三夜不止。诏问太史待诏王朔,朔言恐有兵气。更问东方朔,朔曰:'臣闻铜者山之子,山者铜之母,以阴阳气类言之,子母相感,山恐有崩蚯者,故钟先鸣。《易》曰:"鸣鹤在阴,其子和之。"精之至也。其应在后五日内。'居三日,南郡太守上书言山崩,延袤二十餘里。"《樊英别传》曰:"汉顺帝时,殿下钟鸣,问英。对曰:'蜀岷山崩。山于铜为母,母崩子鸣,非圣朝灾。'后蜀果上山崩,日月相应。"二说微异,故并载之。远公笑而不答。

【注】

〔1〕殷荆州:即殷仲堪,曾任荆州刺史,见《德行》40。
〔2〕体:本体,根本。
〔3〕感:感应。

【评】

《易》强调"感",《咸·象传》揭明其义:"天地感而万物化生,圣人感人心而天下和平。观其所感,而天地万物之情可见矣。"没有阴阳交感的互动就没了事物,也就没了变化无穷的《易》,因而体会"《易》以感为体",是把握《易》的关键。但《易》之"感",讲的是天地万物的规律,是无微而不至的,万事万物皆有"感",无"感"则不通,不通则病。殷仲堪所言是一个具体的事例,机械比附,未尽《易》理。所以王世懋评说:"按《易》理精微广大,谓此非《易》不可,执此言《易》又不可,远公所以笑而不答。"

慧远少时即"博综六经,尤善《庄》、《老》",后闻《般若经》,"豁然而悟,乃叹曰:'儒道九流,皆糠秕耳。'"(见《高僧传》)既是玄家,也是高僧,他的笑而不答,颇有居高临下的意味。一是回答清楚,要花一番辨析的工夫;二是殷仲堪如此解《易》,糊涂可笑。慧远一"笑",其无穷意韵,尽在不言中。

4.62 羊孚弟娶王永言女[1]。孚弟,辅也。《羊氏谱》曰:"辅字幼仁,太山人。祖楷,尚书郎。父绥,中书郎。辅仕至卫军功曹。娶琅邪王讷之女,字僧首。"及王家见婿,孚送弟俱往。时永言父东阳尚在[2],《王氏谱》曰:"讷之字永言,琅邪人。祖彪之,光禄大夫。父临之,东阳太守。讷之历尚书左丞、御史中丞。"殷仲堪是东阳女婿[3],亦在坐。《殷氏谱》曰:"仲堪娶琅邪王临之女,字英彦。"孚雅善理义,乃与仲堪道《齐物》[4]。《庄子》篇也。殷难之,羊云:"君四番后[5],当得见同[6]。"殷笑曰:"乃可得尽,何必相同?"乃至四番后一通[7]。殷咨嗟曰:"仆便无以相异。"叹为新拔者久之[8]。

【注】

〔1〕羊孚:见《言语》104。泰山人,官历太学博士、兖州别驾、太尉记室参军。

〔2〕东阳:指东阳太守王临之。

〔3〕殷仲堪:见《德行》40。

〔4〕《齐物》:即《庄子·齐物论》。

〔5〕番:次,回合。当得:一定会。

〔6〕见同:与我相一致。

〔7〕一通:一致相通。

〔8〕新拔:新颖特出。

【评】

《齐物论》是庄子另一篇著名的代表作品,他用相对论来说明天道自然,创造出齐生死,一是非的论断。本来寿夭、美丑、是非等,是客观存在的差异,要把它们论证成没有对立,没有差异,符合庄子的说法,从而证明天道自然,是需要一些辩才的。殷仲堪以为难,所以拿它为题来发难,其自负名家,藐视对手,在此场合显露一下风流的用心是显而易见的。然而具有太学博士水平的羊孚也不含糊,许下你四个回合,便与我的见解一致,你必定跟着我的思路走。果然殷仲堪被征服了。"仆便无以相异",是叹服,只能被动俯就,无可逃离。与羊孚的思维水平相比,殷仲堪明显相形见绌,只能认输叹服。照说,在羊孚面前殷仲堪是长一辈的人,并且地位、声望皆高于羊孚,但他并不以为丢面子,还将对手大加褒扬,可见清谈本是一桩雅事,也可见殷仲堪颇为温厚的一面。

如果将殷仲堪与本篇前面所记的诸如殷浩、支道林等等名士的风流才情相比,他作为玄家之才情风貌便显得清晰如绘了。

4.63 殷仲堪云〔1〕:"三日不读《道德经》〔2〕,便觉舌本间强〔3〕。"《晋安帝纪》曰:"仲堪有思理,能清言。"

【注】

〔1〕殷仲堪:见《德行》40。
〔2〕《道德经》:即《老子》。
〔3〕舌本:舌根。间:处。强:僵硬。

【评】

《老子》为古代哲学经典,以无为本构建了宇宙观、人生观,其间丰富的辩证法思想和作为宇宙观、人生观的"道",启人深思。无论是谈玄的需要,还是作为好学深思的读书人的习性,《老子》都是磨砺思维的最好工具,也是一个理趣的渊薮。殷仲堪本"好学而有理思",又是一个以"能清言"著名的人物(见《晋书·殷仲堪传》),所以研习《老子》孜孜不倦。一席话正道出了玄家欲锋利其谈辩、好学者欲得深思理趣的感受和心情。《晋书》录此,前加"每云"二字,愈见神韵。

4.64 提婆初至[1],为东亭第讲《阿毗昙》[2]。《出经叙》曰:"僧伽提婆,罽宾人,姓瞿昙氏,俊朗有深鉴。符(苻)坚至长安,出诸经。后渡江,远法师请译《阿毗昙》。"远法师《阿毗昙叙》曰:"《阿毗昙心》者,三藏之要颂(领),咏歌之微言。源流广大,管综众经,领其宗会,故作者以心为名焉。有出家开士、字法胜,以《阿毗昙》源流广大,卒难寻究,别撰斯部,凡二百五十偈,以为要解,号之曰'心'。罽宾沙门僧伽提婆少翫斯文,因请令译焉。"《阿毗昙》者,晋言大法也。道摽法师曰:"《阿毗昙》者,秦言无比法也。"始发讲,坐裁半[3],僧弥便云[4]:"都已晓。"即于坐分数四有意道人[5],更就馀屋自讲。提婆讲竟,东亭问法冈道人曰[6]:法冈,未详氏族。"弟子都未解,阿弥那得已解[7]?所得云何[8]?"曰:"大略全是[9],故当小未精覈耳[10]。"《出经叙》曰:"提婆以隆安初游京师,东亭侯王珣迎至舍,讲《阿毗昙》。提婆宗致既明,振发义奥,王僧弥一听,便自讲,其明义易启人心如此。未详年卒。"

【注】

〔1〕提婆:僧伽提婆,西域罽宾国(今克什米尔)高僧,前秦苻坚建元十七年(381)到长安传姓。东晋孝武帝太元十六年(391)到庐山,译《阿毗昙心论》,经慧远校定,共四卷。

〔2〕东亭：王珣，封东亭侯。第：宅邸。

〔3〕裁：通"才"。

〔4〕僧弥：王珉小字，王珣弟。

〔5〕数四：三四个。有意：有才识。道人：僧人。

〔6〕法冈：《高僧传》做"法纲"，东晋僧人。

〔7〕阿弥：王珉。那得：怎么。

〔8〕云何：如何。

〔9〕大略：大要，大体。

〔10〕故当：只是。小：稍微。精覈：深入考索。

【评】

　　这则故事，《晋书》、《高僧传》均移用，是东晋佛坛的一大佳话。一是"外国"来名僧提婆，在庐山译了重要经典《阿毗昙心论》，"至隆安元年（397）来游京师，晋朝王公及风流名士，莫不造席致敬"（《高僧传》）。这种轰动，说明了东晋王朝对远来高僧的尊奉和提婆的名声影响；二是卫军东亭侯王珣亲自将其延请至府邸讲经说法，而且"名僧毕至"。盛况之下，故事摄取了一个生动细节来描绘。《阿毗昙心论》是印度小乘佛学"说一切有部"的经典，但在东晋，对待西来佛学，感受的是基本原理。所以尽管是说《阿毗昙心论》，王珉只听一半，就以为不过而尔，跑到一边另开讲席，这说明他平日对佛学原理耳熟。法冈的所谓"小未精覈"，说的就是基本原理大旨未错，至于各派细说尚未能究其详。而欲究《阿毗昙心论》的细节，就是僧人专家也颇废心神，因为它重逻辑论证，带有经院哲学的色彩，对大乘、小乘佛理的条分缕析，不是王珉，甚至不是一般僧人一席讲座，就能轻易办到的。故事的妙笔就在于勾画出王氏兄弟的不同表现："时尚幼"的王珉一闻便以为知，不耐烦去听个究竟；而"神情朗悟，经史明澈"（《晋书·王珣传》)的王珣则颇生疑惑。它生动地传达了当时士人对佛学——这个与玄学互补，甚至在学理上比本土经典《易》、《老》、《庄》在认识论上有更多玄妙的理论的兴奋和欲求。而这一切,也正是魏晋时代突破汉代经学,寻求理论新途径的必然惯性,这也可能是佛学盛传于时的一个重要原因。

4.65　桓南郡与殷荆州共谈[1],每相攻难[2]。年馀后,但一两番[3]。桓自叹才思转退[4]。殷云:"此乃是君转解。"周祗《隆安记》曰:"玄善言理,弃郡还国,常与殷荆州仲堪终日谈论不辍。"

【注】

〔1〕桓南郡:桓玄,见《德行》41。殷荆州:殷仲堪,曾任荆州刺史,见《德行》40。

〔2〕攻难:攻辩诘难。

〔3〕番:次、回合。

〔4〕转:渐渐。

【评】

殷仲堪是清谈人物,而桓玄"风神疏朗,博综艺术,善属文。常自负其才地,以豪雄自处"(《晋书·桓玄传》),虽然亦善言理,但他是一个雄豪霸道的野心家,而非真正的清谈家。刘注说他"弃郡还国,常与殷荆州仲堪终日谈论不辍"。此时他正"郁郁不得志",无以展其雄豪霸才,故以清谈聊慰压抑的愁怀。本则的"叹才思转退",其实也是他当时落寞心境的表达,一笔点染,神情宛然。殷仲堪的回答,余嘉锡先生解云:"言彼此共谈既久,玄于己所言转能了解,故攻难渐少,非才退也。"词面的确是这样的婉转之意,颇有劝慰情味。而词底却是"荆州刺史殷仲堪(对桓玄)甚敬惮之"(《晋书·桓玄传》),殷仲堪与桓玄周旋,一直在玄的阴影之下,最终还是死于桓玄之手,此是后话。此时,在这个雄豪人物面前的婉转之词,是他"敬惮"之心的自然反应,一句回答,也是神情毕现。

本则的清谈,不是正常意义上的谈玄究理,在桓玄是因"在荆州积年,优游无事"的解闷,在殷仲堪是与虎狼之人周旋,不得不把握分寸。寥寥数语,将两人的形象描摹得准确细腻,委婉入神。

4.66 文帝常令东阿王七步中作诗[1],不成者行大法[2]。应声便为诗曰[3]:"煮豆持作羹,漉豉(豉)以为汁[4]。萁在釜下燃[5],豆在釜中泣。本自同根生[6],相煎何太急。"帝深有惭色[7]。《魏志》曰:"陈思王植字子建,文帝同母弟也。年十馀岁诵诗论及辞赋数万言。善属文,太祖尝视其文曰:'汝倩人耶?'植跪曰:'出言为论,下笔成章,顾当面试,奈何倩人?'"时邺铜雀台新成,太祖悉将诸子登之,使各为赋。植援笔立成,可观。性简易,不治威仪,舆马服饰,不尚华丽。每见难问,应声而答,太祖宠爱之,几为太子者数矣。文帝即位,封鄄城侯,后徙雍丘,复封东阿。植每求试不得,而国亟迁易,汲汲无欢。年四十一薨。

【注】

[1] 文帝:魏文帝曹丕,见《言语》10。东阿王:曹植(192—232),字子建,曹操第三子,曹丕同母弟。丕即帝位后,对植屡加贬抑,明帝曹叡亦不用植,后郁闷而死。因封东阿王,故称。

[2] 大法:极刑、死刑。

[3] 应声:随声。

[4] 漉:过滤。豉:煮熟发酵后做成的豆制品。诸本"豉"作"菽",菽:豆类总称。

[5] 萁:诸本作"萁",豆秸。釜:锅。

〔6〕本自:本来。

〔7〕惭:羞愧。

【评】

　　对于本篇,李慈铭的《世说新语批注》云:"案临川之意分此以上为学,此下为文。然其所谓学者,清言、释、老而已。"就是说,以本则为分界,前此即"学",为讨论学术的记述;后此为"文",确为当今意义上的文学活动,于此可窥其时对"文"认识的自觉。

　　这首"七步"之诗,因植本集未载,后人疑为附会。其实早在齐、梁时任昉的《齐竟陵文宣王行状》文中就说:"陈思见称于七步。"这首诗作,让人惊诧于曹植敏捷的才思。在七步之内的瞬间应声成韵,并且以一个相当新颖而鲜明的喻式,极准确、深刻地描绘出自己内心的哀痛,生发出震颤人心的抗争,并揭示了来自人性深处的扭曲与丑恶,这种才思的敏捷和人格的奇崛,无论如何是令人叹服、称奇的。

　　因为皇权,曹植屡为曹丕父子逼迫,最后郁郁而死,这是史有明证的。至于曹丕能否悍然地以作诗为由,用"大法"逼迫亲弟,观其"御之以术,矫情自饰"(见《三国志》曹植本传)的习性,想来或不至愚蠢到这步田地。但故事恰反映了人们对植的同情与热爱,对文学之美的崇尚。在重才情的时风下,曹植才冠当世,人称"绣虎",锺嵘《诗品》,评为上上之品,誉之为"建安之杰",他的诗文达到了"骨气奇高"与"词采华茂"的完美统一,创造了文学史上又一奇峰,这是令世人瞩目折腰的。《宋书·谢灵运传论》说:"子建、仲宣以气质为体,并标能擅美,独映当时。是以一世之士,各相慕习。"此说真实反映了当世心理,人们羡慕他的才情,同情他的遭际,所以在故事中突现了其胞兄的狰狞和诗人的才气。这样描写曹丕,未必公允。但两相对比,皆形象鲜明,尤其是曹植,不仅是才子,而且是备受压抑的志士,故事塑造的这种形象是尤为动人的。

4.67 魏朝封晋文王为公[1],备礼九锡[2],文王固让不受。公卿将校当诣府,敦喻[3]。司空郑冲已见。驰遣信就阮籍求文[4]。籍时在袁孝尼家,《袁氏世纪》曰:"准字孝尼,陈郡(阳)夏人。父涣,魏郎中令。准忠信居正,不耻下问,唯恐人不胜己也。世事多险,故治(恬)退不敢求进。著书十馀万言。"荀绰《充准(按:"准"字衍)州记》曰:"准有俊才,太始中,位给事中。"宿醉扶起[5],书札为之[6],无所点定[7],乃写付使。时人以为神笔[8]。顾恺之《晋文章记》曰:"阮籍《劝进》,落落有宏致,至转说徐而摄之也。"一本注阮籍《劝进文》略曰:"窃闻明公固让,冲等眷眷,实怀愚心。以为圣王作制,百代同风,褒德赏功,其来久矣。周公籍已成之业,据既安之势,光宅曲阜,奄有龟蒙。明公宜奉圣旨,受兹介福也。"

【注】

〔1〕晋文王:司马昭,晋武帝司马炎废魏立晋,追尊父昭为文皇帝。见《德行》15。

〔2〕九锡:古代天子对诸侯、大臣的非常礼遇,所赐有九:车马、衣服、乐则、朱户、纳陛、虎贲、弓矢、斧钺、秬鬯(见《左传·庄公元年》)。

〔3〕公卿将校:三公九卿,高级武官,即朝中的文武大臣。敦喻:敦请劝说。

〔4〕司空:官名,三公之一。郑冲:见《政事》6。

〔5〕宿醉:隔夜馀醉。

〔6〕书札:写在木札上。

〔7〕点定:涂改定稿。

〔8〕神笔:高妙的文章。笔:指无韵的散文。

【评】

建安十八年，汉献帝加曹操"九锡"，是曹操自己导演的取代汉室的一幕序曲，曾几何时，司马昭又重演了这一幕，这是历史的讽刺。对此"九锡"及"晋公"爵号，史称司马昭"九让，乃止"(《晋书·文帝纪》)。每一"让"，都需满朝文武和皇帝本人，群起相劝。这一过程，就变成了宣传和演戏，是强化其声望、地位的过程，也成为观察异己的过程，它实在是一个险恶的政治风云的际会。阮籍"本有济世志，属魏晋之际，天下多故，名士少有全者，籍由是不问世事，遂酣饮为常"(《晋书·阮籍传》)。他在曹魏与司马氏残酷争斗中间，难于进退，因此用酣饮沉醉来保全自己，其内心的孤独与苦闷，幽愤和哀伤都表达在《咏怀》八十二首诗作之中。恰在这样的时刻，向他索劝进文，本以沉醉而没参与"诣府敦喻"，现在则无法推诿，挥就文章。人们叹为"神笔"，虽见阮籍不同凡响的高才，但文章不过为不得已的应景之作。凌濛初评："今读其文，首援伊、周，末称支、许。文王隐衷，悉为勘破，若知有他日者，毛发可竖，何云惭笔，于古昧目，致疑豪杰。"《文选》卷四十载阮籍此作，题为《为郑冲劝晋王笺》，内容、形式与《三国志》武帝、文帝纪，裴松之注所引若干劝进文，几相仿佛，不循此套路，则不足以为"劝进"，若别有用意、措辞不慎，不仅阮籍，怕是连郑冲等亦躲不过司马氏的屠刀。且该文未有苦心孤诣之深论，点到而止。如果玩味阮籍《咏怀》诸诗，及其处世之尴尬，则此表面文章似可理解。如若他表现为刚烈、悻直，则不待写此文，而早被诛除了。于史而言，他是一个心怀道德宏志而被险恶政治所蹂躏的悲剧人物。

但本则故事的描画是精彩的，阮籍醉而扶起，下笔成文，且"无所点定"，这种才情，是令人惊服的。本则渲染的是文学才士的非凡形象。

4.68 左太冲作《三都赋》初成[1]，《思别传》曰:"思字太冲,齐国临淄人。父雍,起于笔札,多所掌练,为殿中御史。思少孤,不甚教其书学。及长,博览名文,遍阅百家。司空张华辟为祭酒,贾谧举为秘书郎。谧诛,归乡里,专思著述。齐王囧请为记室参军,不起。时为《三都赋》未成也。后数年疾终。其《三都赋》改定,至终乃止。初作《蜀都赋》云:'金马电发于高冈,碧鸡振翼而云披。鬼弹飞丸以礌磕,火井腾光以赫曦。'今无鬼弹,故其赋往往不同。思为人无吏干而有文才,又颇以椒房自矜,故齐人不重也。"时人互有讥訾[2]，思意不惬[3]，后示张公[4]。张华已见。张曰:"此《二京》可三[5]，然君文未重于世,宜以经高名之士。"思乃询求于皇甫谧。王隐《晋书》曰:"谧字士彦,安定朝那人,汉太尉嵩曾孙也。祖叔献,灞陵令。父叔侯,举孝廉。谧族从皆累世富贵,独守寒素。所养叔母叹曰:'昔孟母以三徙成子,曾父以烹豕存教,岂我居不卜邻,何尔曹之甚乎？修身笃学,自汝得之,于我何有？'因对之流涕,谧乃感激。年二十馀,就乡里席坦受书,遭人而问,少有宁日。武帝借其书二车,遂博览。太子中庶子、议郎征,并不就,终于家。"谧见之嗟叹,遂为作《叙》[6]。于是先相非贰者[7]，莫不敛衽赞述焉[8]。《思别传》曰:"思造张载,问岷、蜀事,交接亦疏。皇甫谧西州高士,挚仲治宿儒知名,非思伦定。刘渊林、卫伯舆并蚤终,皆不为思《赋》序注也。凡诸注解,皆思自为,欲重其名,故假时人名姓也。"

【注】

〔1〕左太冲:左思,字太冲,晋文学家,见刘孝标注。《三都赋》:左思所作《魏都赋》、《吴都赋》、《蜀都赋》的合称。魏都邺城,今河北临漳西南;吴都建业,今江苏南京市;蜀都成都,今四川成都。其文今见《昭明文选》。

〔2〕讥訾:讥讽非毁。

〔3〕不惬:不愉快。

〔4〕张公:张华,见《德行》12。

〔5〕《二京》:指东汉张衡所作《西京赋》、《东京赋》。可三:可以与之并列为三。

〔6〕叙:同"序"。

〔7〕非贰:非议怀疑。

〔8〕敛衽:提起衣襟夹于带间,表示敬意。赞述:赞美称道。

【评】

赋是两汉文学家呈才能、见学识的重要文体,这一价值观念延至魏晋而不衰,《文选》六十卷,其中十九卷半皆是"赋"。非博学多识、卓有才情是驾驭不了这一文体的,而一篇杰出的"赋",就可以奠定一位文学家在文坛中的地位,所以左思发宏愿,毕生经营他的《三都赋》,而并没有以他最有价值的《咏史诗》为得意。本则所反映的其实就是"赋"在当时的地位以及由此而给诗人带来的声誉价值。

张衡的《二京赋》是东汉文坛的力作,雄浑宏阔,富有力度。西京长安、东京洛阳跨山带河,经两汉经营,建筑、朝堂、物产、市廛、国威等等,都被作家在皇皇大赋中,渲染描绘得壮丽非常。不仅壮人心怀,而且表现了作者广博的学识、精妙的构思和宏丽的文采。左思追踵其后,欲作蜀、吴、魏《三都赋》,其难度可想而知,难怪陆机笑而不信,与弟书曰:"此间有伧父,欲作《三都赋》,须其成,当以覆酒瓮耳。"但是,皇天不负苦心人,左思《三都赋》果然不同凡响,其典丽凝重或不如张衡,而其恢宏壮阔,清雅婉致,自有一番境象。而且对蜀、吴、魏的描绘不局限于其都邑,而是以三国之地理、物产、风习及帝都的壮美为对象,三都之描绘不相雷同,各有品质与风采,同时赋中所显现的博学重彩亦不下张衡,所谓"非夫研考者不能练其旨,非夫博物者不能统其异"。所以,当世文坛盟主张华,一观而评其可与《二京》媲美,又经皇甫谧荐拔,终于"豪贵之家竞相传写,洛阳为之纸贵"。就是陆机见到此赋,也"绝叹服,以为不能加也"(上引均见《晋书·左思传》)。本则故事,实际描写了一出作家得遇知音的动人戏剧,也从这里,表达了"赋"在当时的崇高地位,左思这一才士的形象也因此特别动人。

何子充评本则:"文章定价,本自明白,而时势耳目不足取信如此。士君子中蕴内晦,虽出而未试者,欲以求知皮相之士,岂不难哉!"其感慨于本则,因左思英俊沉下僚而难为俗士所鉴赏的悲哀,亦良足动人心怀。

4.69 刘伶著《酒德颂》,意气所寄[1]。《名士传》曰:"伶字伯伦,沛郡人。肆意放荡,以宇宙为狭。常乘鹿车,携一壶酒,使人荷锸随之,'死便掘地以埋'。土木形骸,遨游一世。"《竹林士(七)贤论》曰:"伶处天地间,悠悠荡荡,无所用心。尝与俗士相逐,其人攘袂而起,欲必筑之。伶和其色曰:'鸡肋岂足以当尊拳!'其人不觉废然而返。未尝措意文章,终其世,凡著《酒德颂》一篇而已。其辞曰:'有大人先生者,以天地为一朝,万期为须臾,日月为扃牖,八荒为庭衢。行无轨迹,居无室庐,幕天席地,纵意所如。行则操卮执觚,动则挈榼提壶,唯酒是务,焉知其馀?有贵介公子,缙绅处士,闻吾风声,议其所以。乃奋袂攘襟,怒目切齿,陈说礼法,是非锋起。先生于是方捧罂承槽,衔杯漱醪,奋髯踑踞,枕麴藉糟。无思无虑,其乐陶陶。兀然而醉,慌尔而醒,静听不闻雷霆之声,熟视不见太山之形,不觉寒暑之切肌,利欲之感情。俯观万物之扰扰,如江汉之载浮萍。二豪侍侧焉,如蜾蠃之与螟蛉。'"

【注】

〔1〕意气:志趣。

【评】

刘伶以醉酒而千古留名,逸事除他"常乘鹿车,携酒一壶,使人荷锸而随之,谓曰:'死便埋我。'"之外,就是他的《酒德颂》了。其醉之所以动人,人不以丑陋酒鬼视之,就是因为他的饮酒是以酒精之麻醉而使自己忘情一切,抗拒礼俗,回归自然,展演的是魏晋风流。其性"放情肆志,常以细宇宙齐万物为心"(见《晋书·刘伶传》)。其《酒德》之颂,正是越名教而任自然的宣言,视俗情俗礼为敝屣,泠然超迈,纵意所如,回归到超凡脱俗的自由境界。不只是《酒德颂》,即其全人,一生形迹,都是"意气所寄",所以其饮其醉,如诗如歌。

4.70 乐令善于清言[1],而不长于手笔[2]。将让河南尹[3],请潘岳为表。《晋阳秋》曰:"岳字安仁,荥阳人。凤以才颖发名。善属又(文),清绮绝世,蔡邕未能过也。仕至黄门侍郎,为孙秀所害。"潘云:"可作耳。要当得君意[4]。"乐为述己所以为让,标仵(作)二百许语[5]。潘直取错综[6],便成名笔。时人咸云:"若乐不假潘之文,潘不取乐之旨,则无以成斯矣。"

【注】

〔1〕乐令:乐广,见《德行》23。清言:清谈。

〔2〕手笔:指撰写文章。

〔3〕让:辞去官职。河南尹:河南郡最高行政长官。

〔4〕要:但是。当:必须。

〔5〕仵:余嘉锡谓:"'仵'盖'作'之误,后人不识,因妄改为'位'。"标作,即写出、揭示。

〔6〕直:只是。错综:此指组织整理。

【评】

潘岳是当世有名的文学家,一部《文选》,给予其诗、赋以可观的席位,而其赋作,煌煌如《西征赋》,清绮如《秋兴赋》、《怀旧赋》等皆见其"才颖"和文章情采思理的动人;乐广"有远识",对玄理、人生长于体味、思考而文词简淡冲约,潘、乐合作,恰好能表现思理辞采。本则故事为《晋书·乐广传》移用,在末句加一"美"字,作"无以成斯美也",则更有神采,它同时强调着两人优长相结所成就的珠联璧合之美文、美事。而潘岳善解"远识"的乐广之旨,并且将原文稍加调整、董理就点铁成金,这见出潘的聪颖和艺术才气。

4.71 夏侯湛作《周诗》成,《文士传》曰:"湛字孝若,谯国人,魏征西将军夏侯渊曾孙也。有盛才,文章巧思,善补雅词,名亚潘岳。历中书侍郎。"湛集载其叙曰:"《周诗》者,《南陔》、《曰(白)华》、《华黍》、《由庚》、《崇丘》、《由仪》六篇,有其义而亡其辞,湛续其亡,故云《周诗》也。"示潘安仁[1],安仁曰:"此非徒温雅[2],乃别见孝悌之性[3]。"其诗曰:"既殷斯虔,仰说洪恩。夕定辰省,奉朝侍昏。宵中告退,鸡鸣在门。孳孳恭诲,夙夜是敦。"潘因此遂作《家风诗》。岳《家风诗》,载其宗祖之德,及自戒也。

【注】
〔1〕潘安仁:潘岳,字安仁,见《言语》107。
〔2〕非徒:不仅。温雅:温文尔雅。
〔3〕孝悌:孝顺父母,尊敬兄长。

【评】
《晋书·夏侯湛传》说:"湛幼有盛才,文章宏富,善构新词。"他作《周诗》,确实是其才气性格使然。《诗经·小雅》的《南陔》等六诗是"笙诗",学者研究证明,它们是用笙演奏的乐曲,本来就有目无辞。可《毛诗序》说,它们是目存词亡,并序其诗曰："《南陔》，孝子相诫以养也。《白华》，孝子之洁白也……"魏晋时还没有人怀疑《毛诗序》的说法，所以夏侯湛要以其才能补上这个遗憾，并且以孝悌为主题。所补之诗，今见《夏侯湛集》，也只有刘孝标注所引的这些。诗有《小雅》韵味，温文尔雅，见其修养、才气，因而打动了他好友潘岳。《艺文类聚》卷二十三载有潘岳的《家风诗》，其诗拟《小雅·采薇》语式，应和夏侯湛《周诗》主题，亦颇有意趣："绾发绾发，发亦鬓止。日祗日祗，敬亦慎止。靡专靡有，受之父母。鸣鹤匪和，析薪弗荷。隐忧孔疚，我堂靡构。义方既训，家道颖颖。岂敢荒宁，一日三省。"故事描述了当日文坛佳话，不仅同时记录了两人同有美观的形貌，而且才气亦如"连璧"。《世说》记此，可见他们两人是当时颇引人注目的一道景观。

4.72 孙子荆除妇服[1]，作诗以示王武子[2]。孙楚集云："妇，胡毋氏也。"其诗曰："时迈不停，日月电流。神爽登遐，忽已一周。礼制有叙，告除灵丘。临祠感痛，中心若抽。"王曰："未知文生于情，情生于文？"一作"文于情生，情于文生"。览之凄然，增伉俪之重[3]。

【注】

〔1〕孙子荆：孙楚，字子荆，见《言语》24。除妇服：为妻服丧期满，除去丧服。古代夫为妻服丧之礼为一年。

〔2〕王武子：王济，字武子，见《言语》24。

〔3〕伉俪：夫妻。

【评】

王世贞评："此语极有致。文生于情，世所恒晓。情生于文，则未易论。盖有出之者偶然，览之者实际也。吾平生时遇此境,亦见同调中有此。"这是文学家的感受、经验谈,语颇中肯。然就人们对文学的认识看,文生于情,到魏晋始张大其说,这是当时玄学人格对文学认识的反映,它切近了文学的规律,形成了文学的自觉。稍后的刘勰就奋力倡导"为情造文",认为"情"是文之经(见《文心雕龙·情采》),其理论,生于当时,又成为此后强有力的导向。本则就清晰、醒目地表达了当时人们对"情"与"文"的真切感受。在孙楚是为情以造文;在王济是披文以入情,感动了他们的都是一"情"字。而王济之问,正是其深入了情感境界的情景。作为知己好友,王济很能体会出孙楚的感受,同时孙诗的情感又具有人情的普遍性,前面一问和后面一句夫妻情重的感喟,映现了王济沉浸在情感体味中的状态。此是出之者必然,而览之者,所得到的是比实际生活体验更多的审美感受。本则说的是论文,却客观地表现了当时那种人情、人性之美。

4.73 太叔广甚辩给[1],而挚仲治长于翰墨[2],俱为列卿[3]。每至公坐,广谈,仲治不能对;退,箸笔难广[4],广又不能答。王隐《晋书》曰:"广字季思,东平人。拜成都王为太弟,欲使诣洛。广子孙多在洛,虑害,乃自杀。挚虞字仲治,京兆长安人,祖茂,秀才。父模,太仆卿。虞少好学,师事皇甫谧,善校练文义,多所著述。历秘书监、太常卿,从惠帝至长安,遂流离鄠、杜间。性好博古,而文籍荡尽。永嘉五年,洛中大饥,遂饿而死。"虞与广名位略同,广长口才,虞长笔才,俱少政事。众坐广谈,虞不能对;虞退,笔难广,广不能合(答)。于是更相嗤笑,纷然于士(世)。广无可记,虞多所录,于斯为胜也。

【注】

〔1〕辩给:口才敏捷,善于言辩。

〔2〕翰墨:笔墨,指写文章、文辞。

〔3〕列卿:在九卿之列。

〔4〕箸笔:撰写文章。当时以韵文为"文",无韵为"笔"。箸,同"著"。按:《世说》中"著"、"箸"、"者"因正俗字的关系,常通用之。

【评】

　　古今才士中,口才、文章俱胜者有之,讷于言而长于笔者有之,口才敏捷而拙于文翰者亦有之。本则的太叔广和挚虞相对,可算是口辩、文翰之才各有千秋的一个夸张表现。太叔广能言,但口辩落实到文章,尚须有为文的训练和才能,在翰墨方面,他逊色于挚虞;挚虞"少事皇甫谧,才学通博"(《晋书·挚虞传》),长于著述,口辩却不如太叔广,于是就演绎了这段名士斗才的故事。本则的生动处,在于表现了其时重文章、重才情的彬彬之盛,这才有两才子的动人景象。

4.74　江左殷太常父子并能言理[1],亦有辩讷之异[2]。扬州口谈至剧[3],太常辄云:"汝更思吾论。"

《中兴书》曰:"殷融字洪远,陈郡人。桓彝有人伦鉴,见融,甚叹美之。著《象不尽意》、《大贤须易论》,理义精微,谈者称焉。兄子浩,亦能清言,每与浩谈,有时而屈。退而著论,融更居长。为司徒左西属。饮酒善舞,终日啸咏,未尝以出务自婴。累迁吏部尚书、太常卿,卒。"

【注】

　　〔1〕殷融:字洪远曾官太常卿,故称。江左:古人以东为左,故称长江下游一带地区为江左。此指东晋。父子:古人称叔侄亦曰父子,此即其例。

　　〔2〕辩:口才敏捷。讷:言语笨拙。

　　〔3〕扬州:袁本作"扬州",是。扬州,指殷浩,曾任扬州刺史。口谈:言谈。至剧:极敏捷。

【评】

刘应登云:"浩长于谈,融长于笔也。"参见前则,这里也是口辩之才与文章之才的差异而造成的戏剧性场景。殷浩是著名的谈玄家,清谈领袖人物,能将风云一时的名士们辩得狼狈不堪(参见本篇有关殷浩诸条评析),可想而知,在他的"至剧"口谈之下,讷于口辩的殷融的处境。但融以退为进,避浩锋芒而著笔问难,这是以己之长而攻人之短,故有"汝更思吾论"之言。一句回答,互不服输的声情毕现,是本则的动人处。

4.75 庾子嵩作《意赋》成[1]。《晋阳秋》曰:"敳永嘉中为石勒所害。先是,敳见王室多难,知终婴其祸,乃作《意赋》以寄怀。"从子文康见[2],问曰:"若有意邪,非赋之所尽;若无意邪,复何所赋?"答曰:"正在有意无意之间。"

【注】

〔1〕庾子嵩:庾敳,字子嵩,见本篇15。
〔2〕从子:侄子。文康:庾亮,死谥"文康"。

【评】

魏晋士人沉浸在玄理之中,论文也用谈玄话语。王世贞说:"料子嵩文,必不能佳,然有意无意之间,却是文章妙用。"庾亮对叔父的文章,不便指点评价,用了一句谈玄话语,依玄理,当为"言不尽意",所以从这个意义上说,不必究此赋作的表意如何,质量高下。想是庾敳敏感地觉出了这种态度,用了绝聪明的回答,其所谓"有意无意之间",却正道出了作家的神思,妙在文字之外的无尽意念和情思。这暗合于文学的形象思维规律。不过,本则词面是叙写了论文学的情景,而在这场景中,却也活画了两个灵动的人物,这种摇曳的空明聪颖,标记着魏晋的才士风情。

4.76 郭景纯诗云:"林无静树,川无停流[1]。"王隐《晋书》曰:"郭璞字景纯,河东闻喜人。父瑗,建平太守。"《璞别传》曰:"璞奇博多通,文藻粲丽,才学赏豫,足参上流。其诗赋诔颂,并传于世。而讷于言,造次咏语,常人无异。又不持仪检,形质颓索,纵情嫚惰,时有醉饱之失。友人干令升戒之曰:'此伐性之斧也。'璞曰:'吾所受有分,恒恐用之不尽,岂酒色之能害?'王敦取为参军。敦纵兵都辇,乃谘以大事,璞极言成败,不为回屈。敦忌而害之。"诗,璞《幽思篇》者。阮孚云[2]:阮孚别见。"泓峥萧瑟[3],实不可言。每读此文[4],辄觉神超形越。"

【注】

〔1〕"林无静树"二句:树欲静而风不止,流难驻而逝不息,故孔子兴川上之叹。

〔2〕阮孚:字遥集,阮咸次子,晋元帝世为安东参军,历侍中、吏部尚书、丹阳尹、广州刺史等。

〔3〕泓:水深而清。峥:山高切云。萧瑟:风吹林木声。

〔4〕文:诗。当时以有韵的诗、赋为"文",无韵的散文为"笔"。

【评】

郭璞博学多识,尤精《周易》,而一部《周易》,给人注入了最深刻的理性自觉,就是宇宙、万物的气化流行,生生不息的运动。在六十四卦的系统中,在讲述恒久的《恒》卦当中,强调的是运动变化所展现的"刚柔相摩,八卦相荡",鼓雷霆,润风雨(《周易·系辞上传》)的动感情景。郭璞将其对自然、人生的感受和学问、修养的陶冶,融而为诗。诗句的表现形态,并没有书卷气,而是对所描摹的对象遗形取神,将自然界中永无消歇的运动内力与外观景象都富有神韵地表达出来。所见是树欲静而风不止,逝者如斯不舍昼夜,而所感则是一种生命的力量和生灭律动的永恒,足以让人"神超形越"。这也是深入玄境,唤起生命、个性、生机感想的审美境界,艺术品位如斯,不唯阮孚,就是千载之下,人们诵读、玩味这话,也会"神超形越",遐想不已。

这种感受和说法,其实不止郭璞,在玄学背景下,文士多有同感。殷仲文著"表",也表达了同样意思:"洪波振壑,川无恬鳞;惊飙拂野,林无静柯。何者?势弱受制于巨力,质弱无以自保。"他把现象界背后的巨大力量表达出来了。在大自然生生不息的伟力作用之下,现象界的东西,不过是弱势、弱质而已。郭璞之诗,含蓄优美;殷仲文作文,直白浅切。不过两相对读,可以更深切地感受魏晋人所感受到的造化之功那种震撼人心的伟力,和他们任运自然的心理基础,以及由此而生发出的具有震撼力、令人玩味不已的体悟生命的乐章。

4.77 庾阐始作《扬都赋》[1],道温、庾云[2]:"温挺义之标[3],庾作民之望[4]。方响则金声,比德则玉亮。"庾公闻赋成,求看,兼赠贶之[5]。阐更改"望"为"隽",以"亮"为"润"云[6]。《中兴书》曰:"阐字仲初,颍川人,太尉亮之族也。少孤,九岁便能属文。迁散骑侍郎,领大著作,为《扬都赋》,邈绝当时。五十四卒。"

【注】

〔1〕《扬都赋》:赋名,东晋庾阐所作。

〔2〕温:温峤,见《言语》35。庾:庾亮,见《德行》31。

〔3〕挺:举,伸张。标:楷模。

〔4〕望:所仰望的人。

〔5〕赠贶:馈赠财物。

〔6〕"阐更"二句:改"亮"为"润"是避庾亮的名讳。改"望"为"隽"是为了与"润"押韵。

【评】

据余嘉锡先生《笺疏》引《类林杂说》,知庾阐作《扬都赋》,用功甚苦:令其妻"于午夜以燃灯于瓮中。仲初思至,速火来,即为出灯。因此赋成,流于后世。"赋作描写扬都,亦颇壮阔,追摹张衡《二京赋》、左思《三都赋》的形制规模,叙写山川湖泽之壮美,铺陈物产建筑之丰盛等,构思俪辞之勤苦尽现其中。庾阐本人又有名于当时,所以赋未出人们即有所闻,有所期待。赋成,内有颂温峤、庾亮等胜流人物的内容,故引得庾亮求观。而赠贶之举,则不止出于赋中颂美了庾亮,也因庾亮对赋作成功的肯定、推崇,可见该赋在当时的影响力。故事记述庾阐的加工、修改,也见出作者的腹笥和用功,一字之移,用心良苦。透过故事的描绘,看出当时赋仍在文坛上居主流位置,故文士趋之若鹜。后来昭明《文选》分类选文,以赋居首,仍可见其影迹。

4.78 孙兴公作《庾公诔》[1],袁羊曰[2]:"见此张缓[3]。"于时以为名赏[4]。《袁氏家传》曰:"乔有文才。"

【注】

〔1〕孙兴公:孙绰,见《言语》84。诔:叙述死者生平德行的哀悼性文章。

〔2〕袁羊:袁乔,见《言语》90。

〔3〕张缓:指文章张弛有度。

〔4〕名赏:出色的鉴赏、评价。

【评】

诔作为叙述死者生平德行的哀悼性文章,在当时既是一种实用文体,也是表现文士才情的特殊载体,因为哀悼昔贤的功德,实际表现了魏晋文人对于当代生活及未来生命的关怀。孙绰的《庾公诔》,被名士袁乔品评,就说明人们对这种文体的关注,甚至把它作为一种文学作品来欣赏。"于时以为名赏",正反映着魏晋士人的共同审美心理。

4.79 庾仲初作《扬都赋》成[1],以呈庾亮[2],亮以亲族之怀[3],大为其名价[4],云可三《二京》、四《三都》[5]。于此人人竞写[6],都下纸为之贵[7]。谢太傅云[8]:"不得尔,此是屋下架屋耳[9],事事拟学,而不免俭狭[10]。"王隐论杨雄《太玄经》曰:"玄经虽妙,非益也,是以古人谓其屋下架屋。"

【注】

〔1〕庾仲初作《扬都赋》:参见本篇77则。

〔2〕庾亮:见《德行》31。

〔3〕亲族:亲近的同族人。怀:心理、心情。

〔4〕名价:评价、推赞。

〔5〕三《二京》、四《三都》:可与张衡的《二京赋》并列为三;与左思的《三都赋》并列为四。《二京》、《三都》,参见本篇68评。

〔6〕于此:因此。竞写:竞相抄写。

〔7〕都下:京城(建康)。

〔8〕谢太傅:谢安,见《德行》33。

〔9〕屋下架屋:在房屋里面构架房屋,比喻模仿而无创新的多余之举。

〔10〕俭狭:贫乏狭隘。

331

【评】

　　赋表现文士的学识、才力,而写胜境壮丽之赋,更属不易,前有描写宏阔、掷地有声的名赋《二京》、《三都》,令作者享誉文坛,庾阐亦追踵其事,成《扬都赋》。然其作品,《文选》未录;《艺文类聚》卷六十一,仅节录了其描写扬州居处形胜部分。可见它虽名动当时,但却经不起历史的检验。个中原因,在本则故事里透露了消息。庾阐用功精勤(参见本篇77则评)、富有文才,是其赋有所成就的原因,所以赋出,因皇皇巨制而引人注目,又因身居显位的庾亮推崇而颇扬声誉,以至人们争相传写,"都下为之纸贵"。但其才力尚不能与张衡、左思媲美,原创力不强,这点被谢安揭破。庾亮本"善谈论,性好《庄》、《老》"(见《晋书·庾亮传》)有学识,善鉴赏,但因其以"亲族之怀"来品评文学作品,带了功利色彩,所以不免走了样,并非的评;而谢安是雅有修养的文学鉴赏家,敏锐地指出了《扬都赋》作为"拟学"之作,不能和《二京》、《三都》相提并论;于文学创作而言,他倡导了独立创造的精神,表达着魏晋的艺术崇尚。凌濛初有感谢安眼光,评曰:"太傅阳秋,纸当减价。"

　　本则的故事虽小,却也说明着一个铁的事实,即文学作品的生命力在其自身的价值,任何人为的炒作或毁誉都无济于事。

　　4.80　习凿齿史才不常[1],宣武甚器之[2],未三十,便用为荆州治中[3]。凿齿谢笺亦云[4]:"不遇明公,荆州老从事耳!"后至都见简文,返命[5],宣武问:"见相王何如[6]?"答云:"一生不曾见此人。"从此迕旨[7],出为荥(荣)阳郡[8],性理遂错[9]。于病中犹作《汉晋春秋》,品评卓逸[10]。《续晋阳秋》曰:"凿齿少而博学,才情秀逸,温甚奇之。自州从事,岁中三转,至治中。后以迕旨,左迁户曹参军、衡阳太守。在郡著《晋汉春秋》,斥温觊觎之心也。"凿齿集载其论,略曰:"静汉末累世之交争,廓九域之蒙晦,大定千载之盛功者,皆司马氏也。若以魏有代王之德,则不足;有静乱之功,则孙、刘鼎立。共王秦政犹不见叙于帝王,况篡制数州之众哉。且汉有系周之业,则晋无所承魏之迹矣。春秋之时,吴、楚称王,若推有德,彼必自系于周,不推吴、楚□也。况长辔庙堂,吴、蜀两定,天下之功也。"

【注】

〔1〕习凿齿:见《言语》72。不常:不寻常。

〔2〕宣武:桓温,见《言语》55。器:器重。

〔3〕治中:官名,即"治中从事史",汉代始置,为州刺史的助理,主管文书案卷。

〔4〕谢笺:感谢信。笺,多用于下对上的书信文体。

〔5〕返命:复命。

〔6〕相王:指司马昱,其以会稽王居相位。

〔7〕迕旨:违逆旨意。

〔8〕荥阳:别有宋本作"荥阳",朱铸禹《世说新语汇校集注》考:"《晋书》卷八十二《习凿齿传》亦作'荥',考荥阳属司州,自穆帝已陷没,至太元间始复,温时不得守,亦别无侨郡,当作'衡阳'为是。"袁本作"衡阳"。衡阳郡,东晋郡名,治所在今湖南湘潭西。

〔9〕性理:神智。

〔10〕品评:评价、议论。卓逸:高妙、卓越。

【评】

《晋书》说习凿齿"少有志气,博学洽闻,以文笔著称",他在桓温处曾深受赏识器重。桓温出征,常委以亲重之任,"或从或守,所在任职,每处机要",他本人也不负知遇之恩,尽职尽忠,"莅事有绩"。然而,桓温独断霸道"以雄武专朝,觊觎非望"(见《晋书·桓温传》),其志由来已久,并且一直挟制简文,他怎么能容忍二心于己而对简文由衷赞美的人呢？桓温打击的是不能认同自己野心的任何人，要为自己实现目标扫除障碍，所以他先将习凿齿"左迁户曹参军"，再放逐至边远衡阳。故事叙写了桓温这个被权力欲望异化了的野心家；习凿齿则是一个旧史家、文士的典型，认可以往历史所标示的逻辑，忠心于司马王朝。其实从简文懦弱苟且的为政气质说，他并不具有政治家的风范，而习凿齿深加叹美，以习凿齿作为史家的"史识"，似不当如此，其深层次因素，或是过去的历史逻辑成了他心理障碍，同时他有士为知己而用的士人品格，挟此诸品格而遭遇桓温，是悲剧的。故事虽短却颇精彩，片言只语而写活了两个生动的具有个性的人物的恩怨，于此见其点睛之妙。

4.81 孙兴公云[1]："《三都》、《二京》[2]，五经鼓吹[3]。"言此五赋，是经典之羽翼。

【注】

〔1〕孙兴公：孙绰，见《言语》84。

〔2〕《三都》、《二京》：皆赋名，见本篇68注、评。

〔3〕五经：指《周易》、《尚书》、《诗经》、《仪礼》、《春秋》等五部儒家经典。鼓吹：宣扬、宣传。

【评】

张衡、左思都是崇尚儒家正统思想的学者，其对社会的理解，是期望儒家制度理想化的实现，因此在他们的《二京赋》、《三都赋》的精神气质上都是儒家的。作品中描绘的宫室建构、军国之制、朝臣仪方、民生状态等等，都体现了儒家礼乐思想的彬彬之盛，气势恢宏，大国风范。孙绰崇尚道家，是当时玄言诗的代表作家，钟嵘《诗品》说他"弥善恬淡之词"，即指其作品，比一般人更善于表达《庄》、《老》思想。所以与玄、道相比较,孙绰敏感地意识到《三都》、《二京》是儒家经典的形象化、理想化的表达,是"五经鼓吹"。由玄言诗的代表作家孙绰来"鼓吹"《三都》、《二京》,正见魏晋思想之兼容并包,又反映了文学家的宽广胸怀。

4.82 谢太傅问主簿陆退[1]:《陆氏谱》曰:"退字黎民,吴郡人。高祖凯,吴丞相。祖仰,吏部郎。父伊,州主簿。退仕至光禄大夫。""张凭何以作母诔[2],而不作父诔?"退答曰:"故当是丈夫之德,表于事行[3];妇人之美,非诔不显。"《陆氏谱》曰:"退,凭婿也。"

【注】
〔1〕谢太傅:谢安,见《德行》33。主簿:官名,中央和地方郡县所设属官,主管文书簿籍,掌印鉴。
〔2〕张凭:见本篇53。诔:叙述死者生平德行的哀悼性文章。
〔3〕故当:当然。丈夫:男子。表:体现,显现。

【评】
"诔"为褒人生荣死哀之文,显祖德、述形迹、致哀悼。在男权天下的封建社会,它几乎就是男子的专利,是对逝去者一生的价值确认,而女子的价值是"无攸遂,在中馈"(见《周易·家人》),不显现于社会,只在家中料理好内庭家事,因而无所谓社会价值的"荣"或"哀",这是谢安发问的现实和心理背景,在当时是顺理成章的。陆退倒是开明的,和张凭之作母诔一样,肯定了女性的价值,并且可以使用堂堂皇皇的诔文来张扬。故事记述的是论文情景,而在其背后却是魏晋时风中,那种对人、人情、人性的肯定与张扬。

4.83 王敬仁年十三,作《贤人论》[1]。长史送示真长[2],真长答云:"见敬仁所作论,便足参微言[3]。"
《修集》载其论曰:"或问:'《易》称贤人,黄裳元吉,苟未能暗与理会,何得不求通?求通则有损,有损则元吉之称将虚设乎?'答曰:'贤人诚未能暗与理会,当居然体从,比之理肃(尽),犹一豪之领一梁。一豪之领一梁,虽于理有损,不足以挠梁。贤有情之至寡,豪有形之至小,豪不至挠梁,于贤人何有损之者哉!'"

【注】
〔1〕王敬仁:王修,长史王濛子,见本篇38。《贤人论》文章名,见刘孝标注。《晋书》修传作《贤全论》。
〔2〕长史:王濛,见《言语》66。
〔3〕真长:刘惔,见《德行》35。微言:精神玄妙的言辞,即玄言清谈。

【评】
长史王濛舐犊之情可感,欣喜自家子弟有才,十三岁而能论,并将其文送给好友大名士刘惔鉴赏,欲其题拂称扬之心可鉴。人以文名,是当时风气,欲子弟脱颖而出,固当以文彰显。故事以这一小事、细节,记录了时人心理和当时风气,颇为生动。

至于其《贤人论》如何,王世懋评价:"此等论,在今世未免抚掌,当时所谓名理乃尔,文章一大厄也。"余嘉锡亦谓:"此论所言,浅薄无取。'一豪之领一梁'云云,尤晦涩难通。晋人之所谓微言,如此而已。"王、余之论似过苛酷。少年心性,能潜心钻研、写作,无论文章深浅,都表明其好学深思,崇尚思理才情,本自动人;至于其后来的才智不及胜流则又另当别论,不能以此印象,苛责少年王修。

4.84 孙兴公云[1]:"潘文烂若披锦[2],无处不善。《续文章志》曰:"岳为文,选言简章,清绮绝伦。"**陆文若排沙简金**[3]**,往往见宝。**"《文章传》曰:"机善属文,司空张华见其文章,篇篇称善,犹讥其作文大治。谓曰:'人之作文,患于不才,至子为文,乃患太多也。'"

【注】

〔1〕孙兴公:孙绰,见《言语》84。

〔2〕潘:潘岳,见《言语》107。文:诗。烂:灿烂。指文采华美。

〔3〕陆:陆机,见《言语》26。排沙简金:拨开沙砾,挑选金子。比喻在芜杂中选取精华。

【评】

　　陆机、潘岳是西晋太康时期,文坛上两颗耀眼的明星,格外引起时辈的关注。东晋孙绰的评价,尽管西晋风气未泯,更艳羡其文采,但还是比较准确地说出了他们诗风的特色。潘岳诗歌突出的特点,就是刻意追求华艳的词采,只有少数诗,如《悼亡诗》以言情见长,高于陆机。陆机也极为讲究辞藻,甚而不惜流于堆砌繁冗。但他在语言艺术的创造力的发展上,也具有相当的贡献,如意象描绘的工巧细致,表现着诗人感受的敏锐和刻炼之功。孙绰此评,所谓"往往见宝",恐不只是对其珠玉词彩的感受,也包括了对其新巧意象创造的评价。陆、潘之文,孙绰之评,所有这些,都是当时文坛的价值崇尚。所谓"采缛于正始,力柔于建安"(《文心雕龙·明诗》)是后人站在文学发展的角度,去审视当时的创作,而时人并不觉得。孙绰评论,恰表达了时人注重形式,虽江左崇尚玄言,但对辞藻刻炼雕镂,依旧欣赏、沉迷。本则故事的意趣,也就在于它相当真实地传达着当时文士的那种唯美心态。

　　王世贞曰:"然则陆之文,病在多而芜也。余不以为然,陆病不在多而在模拟,寡自然之致。""陆翙翙藻秀,颇见才致,无奈佻弱何。潘气力胜之,旨趣不足。"古今评价的不同,正见时代审美风尚的变异。

4.85 简文称许掾云[1]:"玄度五言诗,可谓妙绝时人[2]。"《续晋阳秋》曰:"询有才藻,善属文。自司马相如、王褒、杨雄诸贤,世尚赋颂,皆体则《诗》、《骚》,傍综百家之言。及至建安,而诗章大盛。逮乎西朝之末,潘、陆之徒,虽时有质文,而宗归不异也。正始中,王弼、何晏好《庄》、《老》玄胜之谈,而世遂贵焉。至过江,佛理尤盛,故郭璞五言始会合道家之言而韵之。询及太原孙绰转相祖尚,又如(袁本作'加')以三世之辞,而《诗》、《骚》之体尽矣。询、绰并为一时文宗,自此作者悉体之。至义熙中,谢混始改。"

【注】

〔1〕简文:简文帝司马昱,见《德行》37。许掾:许询,字玄度,见《言语》69。

〔2〕妙绝时人:精妙至极,超越同时代的人。

【评】

简文之性"清虚寡欲,尤善玄言"(《晋书·简文帝纪》),并且对王濛、刘惔、许询等能玄言的人悉心叹赏。王、刘是口谈玄理,许询则以玄理制诗,在这里,简文如欣赏王、刘的清谈一样,对许诗评价极高。而文学批评家锺嵘,在其《诗品》中,却将玄言诗及其代表作家孙绰、许询特置之下品,其自序里评价他们的作品:"理过其辞,淡乎寡味","诗皆平典,似《道德论》"。《文选》亦未录许诗。许询诗作,据余嘉锡先生《笺疏》,今存仅如下:《艺文类聚》记其竹扇词四句:"良工眇方林,妙思触物骋。篾疑秋蝉翼,团取望舒景。"《初学记》引其诗两句:"青松凝素髓,秋菊落芳英。"《文选》注引其《农里诗》两句:"亹亹玄思得,

338

濯濯情累除。"所谓尝鼎一脔,足知其味。这些诗句,或雕镂字句,步陆机、潘岳后尘,或谈玄理,表清虚之致,其情致皆不足"妙绝时人"。由此可见,简文评的是其玄理兴味,他的激赏,摇曳的是自家性情。这是玄学兴盛的产物,后来锺嵘站在文学家的立场,提出批评,立场不同,评价自然各异旨趣。

4.86 孙兴公作《天台赋》成[1],以示范荣期,《中兴书》曰:"范启字荣期,慎阳人。父坚,护军。启以才义显于世,仕至黄门郎。"云:"卿试掷地,要作金石声[2]。"范曰:"恐子之金石,非宫商中声[3]。"然每至佳句,"赤城霞起而建标,瀑布飞流而界道。"此赋之佳处。辄云:"应是我辈语[4]。"

【注】

〔1〕孙兴公:孙绰,见《言语》84。天台山:在今浙江天台、临海两县境。

〔2〕要:应当。金石声:指钟、磬一类乐器的乐音,激越铿锵。此喻文章优美。

〔3〕宫商:乐律五音中宫、商二音,代指乐律。

〔4〕辄:总是。应:的确。

【评】

孙绰"博学善属文,少与高阳许询俱有高尚之志。居于会稽,游放山水,十有馀年"(《晋书·孙绰传》)。作为清谈家,他的博学是以玄理、释道之学为主要内容的;因其"高尚之志",十馀年,舍朝堂而游山水,对山水游涉既深,所见所感自与常人不同。这篇《天台赋》,《文选》卷十一名为《游天台山赋》,写的是"释域中之常恋,畅超然之高情"为标榜的山水玄言之赋。

孙绰对此作之所以非常得意,一是高谈了玄理之人生体悟,犹如一回别开生面的清谈;二是属文谨严,描摹入神,词采清丽。他大约是体悟、描写天台山色的第一人,也是最早置身山色,不做静态、旁观摹写的赋家。他把美不胜收的山水,领悟为大道之融化,一路观览、攀缘、聆听都是在"大道"中游,故多佛老之意,但客观上却写出了天台山清新、壮美、生机无限的神韵,画卷随他的游览而一路连续展开,令阅读者有亲历之感。如此规模的山水画卷,在汉魏以来的赋中是第一次出现,自然令人耳目一新。其词采,一反过去赋中所追求的典重博学,而显得既严谨工致,又平易流畅,给人耳目一新之感。篇末纯讲玄理,今天看来是累赘多馀之笔,而在孙绰则是以玄理至道总合了全赋,且深入了玄理的讲论,是其得意之笔。所以,他因此赋而自负,是自有其道理的。故事就把他神采飞扬的得意形象,描摹得跃然纸上。范启也是"以才义显于当世"(《晋书·范启传》)的清谈家,对孙绰的自夸将信将疑,然而一旦读来却被征服。

4.87 桓公见谢安石作简文谥议[1],看竟,掷与坐上诸客曰:"此是安石碎金[2]。"刘谦之《晋纪》载安议曰:"谨案:《谥法》:'一德不懈曰简,道德博闻曰文。'《易》简而天下之理得,观乎人文,化成天下,仪之景行,犹有仿佛。宜尊号曰太宗,谥曰简文。"

【注】

〔1〕桓公:桓温,见《言语》55。安石:谢安,字安石,见《德行》33。谥:帝王、贵族、大夫死后,按他的一生事迹,依"谥法"给予褒贬的称号。帝王之谥,由礼官议上,官员之谥,由朝廷赐予。

〔2〕竟:毕。碎金:比喻零篇佳作。

【评】

本则故事,有两点颇富意趣。一是桓温活灵活现的形貌,二是晋人风尚。

桓温废司马奕而立简文,挟天子而令诸侯,实是由自己经营天下,意在取代晋室。本以为简文病重,机会降临,"温初望简文临终禅位于己,不尔便为周公居摄"。但等他从外面赶回来,发现早已安排了谢安、王坦之,并命自己如诸葛亮、王导辅佐少主故事,于是"事既不副所望,故甚愤怨"(见《晋书·桓温传》)。这就是本则故事桓温的心理背景。此时他一"掷",毫不掩饰其怨愤轻蔑情绪,也毫不掩饰他一贯雄豪霸道的面貌。对谢安也没客气,表面给了一点肯定,实则等于说,这不过是安石的小把戏。其面貌的霸道,口吻的冷峭,使其形象声容毕肖。

周代制"谥法",本极敦朴凝重,给死去帝王一个定评,给后来皇帝一个楷模或警示。如"一德不懈曰'简'"、"平易不訾曰'简'";"经纬天地曰'文'"、"道德博闻曰'文'"等,都很实际。而这里,依刘孝标注,则依玄理论定这位"大行皇帝",可见谈玄的风尚,无处不在,连议"谥"这样典重的事情,也注入了玄理,这是时风使然。

4.88 袁虎少贫[1],虎,袁宏小字也。尝为人佣载运租[2]。谢镇西经船行[3],其夜清风朗月,闻江渚间估客船上有咏诗声[4],甚有情致[5]。所诵五言,又其所未尝闻,叹美不能已。即遣委曲讯问[6],乃是袁自咏其所作《咏史诗》。因此相要[7],大相赏得[8]。《续晋阳秋》曰:"虎少有逸才,文章绝丽,曾为《咏史诗》,是其风情所寄。少孤而贫,以运租为业。镇西谢尚,时镇牛渚,乘秋佳风月,率尔与左右微服泛江。会虎在运租船中讽咏,声既清会,辞又藻拔。非尚所曾闻,遂住听之,乃遣问

341

讯。答曰：'是袁临汝郎诵诗，即其《咏史》之作也。'尚佳其率有胜致，即遣要迎，谈话申旦。自此名誉日茂。"

【注】

〔1〕袁宏，小字虎，见《言语》83。

〔2〕佣：雇佣。

〔3〕谢镇西：谢尚，见《言语》46。

〔4〕江渚：江中小洲。估客船：商贩船。

〔5〕情致：情味韵致。

〔6〕委曲：详细、详尽。

〔7〕要：通"邀"，邀请。

〔8〕赏：赏识。得：满意、亲近。

【评】

　　故事描写士人风情雅致颇为动人。袁宏为名门之后，"有逸才，文章绝美"，但"少孤贫，以运租自业"（《晋书·袁宏传》），经谢尚的称扬提携，才转变命运，成为当世名流。本则记述了其命运转折的这一幕。其《咏史诗》曾博得赞誉，锺嵘《诗品》列其诗入"中品"，评为"虽文体未遒，而鲜明紧健，去凡俗远矣。"《文心雕龙·才略》评论"袁宏发轸以高骧，故卓出而多偏"，这些批评家即使是在纵向、横向的群才比较下，也是颇多赞誉。可见当时文坛对袁宏的认可。谢尚出身门第高华，更兼皇亲国戚，在门阀社会中，眼里何尝有人？但是他爱才，又喜好文学，不仅自己风流儒雅，兴致非凡，而且慧眼识才，在邂逅中敏感地发现了一个默无声闻却卓有才情的文士，这种才士会心，认可他人美才的风范，就尤其动人了。故事对其敏感、心细，为才情所吸引的痴劲，描绘得很真实、生动，在这一过程中展示了其生动形象。这幕情景及谢尚形象，令人一读难忘。

　　至于袁宏的《咏史诗》，今仅存二首，写的是对历史人物的感受,即所谓"风情所寄",大致和他《三国名臣颂》(见《晋书》所录)差不多,就史论史,缺乏自己更深刻的感慨寄托,没有左思《咏史诗》的骨气风力,故锺嵘《诗品》置左思上品,而袁宏则落中品,这是公允的评价。

4.89 孙兴公云[1]:"潘文浅而净[2],陆文深而芜[3]。"

【注】

〔1〕孙兴公:孙绰,见《言语》84。

〔2〕潘:潘岳,见《言语》107。净:纯净。

〔3〕陆:陆机,见《言语》26。芜:芜杂。

【评】

参见本篇84则,刘应登曰:"此二语又自作'披锦'、'排沙'注脚。"

4.90 裴郎作《语林》,始出[1],大为远近所传。时流年少,无不传写,各有一通[2]。载王东亭作《经王(黄)公酒垆下赋》[3],甚有才情。《裴氏家传》曰:"裴荣字荣期,河东人。父稚,丰城令。荣期少有风姿才气,好论古今人物。撰《语林》数卷,号曰《裴子》。"檀道鸾谓裴松之,以为启作《语林》,荣傥别名启乎?

【注】

〔1〕裴郎:指裴启。《语林》,晋裴启撰,又名《裴子》,原书十卷,记载汉、魏、晋人物的佚事、言论。《世说新语》多取材于此书,亦为唐人修《晋书》所取。原书已佚,今有鲁迅《古小说钩沉》辑本。

〔2〕一通:一篇。

〔3〕王东亭:王珣,见《言语》102。"王公"当作"黄公",参见《伤逝》2、《轻诋》24注。

【评】

本书《轻诋篇》注引《续晋阳秋》曰:"晋隆安中,河东裴启撰汉魏以来迄于今时,言语应对之可称者,谓之《语林》。时人多好其事,文遂流行。"时人崇尚风流雅望,所以裴启撰《语林》,叙魏晋名流言语、佚事,很能刺激当世。特别是年轻人,憧憬着未来,希望如同昔日的风流人物,活得有声有色,故"无不传写",津津欣赏。透过纸面,可以想见,这些年轻人对《语林》中名流的崇拜、痴迷,颇类今日之"追星族"。本则就记录了这一风尚和年轻人特有的心理。

故事中的王东亭赋,见《伤逝篇》:"王濬冲为尚书令,经黄公酒垆下过。顾谓后车客:'吾昔与嵇叔夜、阮嗣宗共酣饮于此垆。今日视此虽近,邈若山河。'"又《轻诋篇》:庾道季"陈东亭《经酒垆下赋》"。此赋今不传,余嘉锡《笺疏》认为:"东亭正赋此事耳。"则《经王(黄)公酒垆下赋》是王珣所作的一篇睹物思人的伤逝感怀之作。人们特别欣赏,除去嵇康、阮籍等为一代名士,自具动人的魅力之外,也可见魏晋时风中的动人情怀。

4.91 谢万作《八贤论》[1],与孙兴公往反[2],小有利钝[3]。《中兴书》曰:"万善属文,能谈论。"万《集》载其叙四隐四显,为八贤之论,谓渔父、屈原、季主、贾谊、楚老、龚胜、孙登、嵇康也。其旨以处者为优,出者为劣。孙绰难之,以谓体玄识远者,出处同归。文多不载。谢后出以示顾君齐,《顾氏谱》曰:"夷字君齐,吴郡人。祖廞,孝廉。父霸,少府卿。夷辟州主簿,不就。"顾曰:"我亦作,知卿当无所名[4]。"

【注】

〔1〕谢万:太傅谢安弟,见《言语》77。《八贤论》文篇名。

〔2〕孙兴公:孙绰,见《言语》84。往反:辩论。

〔3〕利钝:锐利迟钝。此为偏义复词,指钝,即词锋滞碍。

〔4〕名:成名。

【评】

谢万聪明而轻浅,喜自我炫耀,"矜豪傲物,尝以啸咏自高"(《晋书·谢万传》)。他作《八贤论》,表达他对人物出、处的见识。自己感觉颇好,拿到名士孙绰那里讨论,又示与顾君齐,体会其心态,大有炫耀意味,结果是两处都碰了钉子,让人感受到谢万兴致勃勃又到处碰钉子的尴尬形象。故事的描写,确实是含蓄而深有意味的。

然而,本则更值得注意的是,时人对"出处"问题的认识。当时的共同审美风气,是以"绝俗"为雅,以隐逸为高,这是事物的一面,另一面,依刘孝标注,孙绰之辩难的内容是"体玄识远者,出处同归"。这与王羲之诫勉谢万的话,同一声口:"所谓通识,正自当随事行藏,乃为远耳。"(见《晋书·王羲之传》载诫万书)孙绰、王羲之均优游会稽山水,研究玄理,后领职受任,出、处从容。在王羲之是琅邪王氏之后,为王朝倚重的豪族;孙绰为孙楚之后,父祖兄弟颇历要职,以他们的认知背景,对出处的领悟如其宣言:并不拘执于隐逸为高,而是"随事行藏"。这与汉武帝时东方朔的"大隐隐于朝"论不同,少了一些以滑稽、游戏态度对抗强权的意味,多了一份玄理妙悟,也就是理论上的自觉,人生态度的逍遥。这比谢万夸张、偏执之轻狂更有深度。王羲之劝诫谢万是出于世交友好对这个轻狂子弟的爱护;孙绰是和狂士一论高下,而两家所执的认识相同,讲出了当时新的隐逸论,并以此指导人生践履。这是本则故事背后更有意味的东西。

4.92　桓宣武命袁彦伯作《北征赋》[1],《续晋阳秋》曰:"宏从温征鲜卑,故作《北征赋》,宏文之高者。"既成,公与时贤共看[2],咸嗟叹之。时王珣在坐云[3]:"恨少一句[4],得'写'字足韵[5],当佳。"袁即于坐揽笔益云[6]:"感不绝于余心,泝流风而独写[7]。"公谓王曰:"当今不得不以此事推袁。"宏《集》载其赋云:"闻所闻于相传,云获麟于此野。诞灵物以瑞德,奚授体于虞者。悲尼父之恸泣,似实恸而非假。岂一物之足伤,实致伤于天下。感不绝于余心,遡流风而独写。"《晋阳秋》曰:"宏尝与王珣、伏滔同侍温坐,温令滔续其赋,至'致伤于天下',于此改韵。云:'所咏慨深千载。今于"天下"之后便移韵,于写送之致,如为未尽。'滔乃云:'得益"写"一句,或当小胜。'桓公语宏:'卿试思益之,'宏应声而益,王、伏称善。"

【注】

〔1〕桓宣武:桓温,见《言语》55。袁彦伯:袁宏,见《言语》83。《北征赋》:文篇名。

〔2〕公:尊称桓温。时贤:当世名流,贤才。

〔3〕王珣:见《言语》102。

〔4〕恨:憾。

〔5〕足韵:补足韵脚。

〔6〕揽:拿来。益:增加。

〔7〕"感不绝"二句:在我心中感慨联翩不能断绝,追溯先贤遗风而独自抒发情怀。

【评】

　　述征纪行之赋,是东汉以来常见作品。此类赋作的通例,是由所历所睹之场所、景象的具体空间,与古往今来之兴亡旧事融合起来,浮想联翩,将成败兴衰的经验教训和对豪杰寇贼人物的褒贬抒写出来,兴感喟,下针砭,加之鸿篇巨制的载体,往往给人带来震撼。这种赋作,甚见作者的才华与见识。袁宏是当世才子,于太和四年(369)随桓温征前燕,其时桓温正负其才力,怀大志,对袁宏文才甚为知重,所以命作《北征赋》,在桓温可见其雄豪之气,在袁宏为一展才华。本则记才士鉴赏此赋,王珣建议以"写"字足韵。该赋今仅存片段,不睹全貌,但就孝标所录情形看,前文为昔日获麟于野,孔子哀叹天下动乱,此是客观叙写,如果于此再加一"写"韵,文章的情形就不同了。"写"是抒泄个人主观感受,融自身于历史,不仅使文章内涵拓展了,而且以我之感受动人,文章更见活力。袁宏从善如流,应之如响,文章果然大获赞美。刘辰翁甚看重此点,评曰:"谈文有法,补句自佳。"

4.93 孙兴公道曹辅佐才如白地明光锦[1],《中兴书》曰:"曹毗字辅佐,谯国人,魏大司马休曾孙也。好文籍,能属辞,累迁太学博士、尚书郎、光禄勋。"裁为负版绔[2],《论语》曰:"孔子式负版者。"郑氏《注》曰:"版,谓邦国籍也。负之者,贱隶人也。"非无文采,酷无裁制[3]。

【注】

〔1〕孙兴公:孙绰,见《言语》84。道:评论。白地:白色的底子。

〔2〕负版绔:隶役人穿的裤子。

〔3〕酷:极,甚。裁制:剪裁制作。

【评】

朱铸禹先生述本则:"意谓以锦制负版之绔,用之极不得当,似喻曹之才美而用不得当也。"(见《世说新语汇校集注》)依《晋书》,孙绰既是才为当世之冠的名士,也是一位颇具幽默性格的人,本传说他"性通率,好讥调"。这里所记,正是他以幽默

347

的口吻,评议当时文士的情趣、风貌。看来在孙绰眼里,这位曹辅佐对他的美才,常用之极不得当,他用了一个极夸张的比喻,用高华绚丽的"光明锦",裁制成做粗活的工作服"负版绔",便构成了一个天大的玩笑。如此,则曹辅佐之才和其用才也便具有喜剧色彩,让人感受到了这一评论,在幽默之中隐含着的尖刻嘲讽。

4.94 袁伯彦作《名士传》成[1],宏以夏侯太初、何平叔、王辅嗣为正始名士,阮嗣宗、嵇叔夜、山巨源、向子期、刘伯伦、阮仲客(容)、王濬冲为竹林名士,裴叔则、乐彦辅、王夷甫、庾子嵩、王安期、阮千里、卫叔宝。谢幼舆为中朝名士。见谢公,公笑曰[2]:"我尝与诸人道江北事[3],特作狡狯耳[4],彦伯遂以箸书[5]。"

【注】

〔1〕袁彦伯:袁宏,见《言语》83。《名士传》:书名。
〔2〕谢公:谢安,见《德行》33。
〔3〕江北事:长江下游以北地区。
〔4〕特:只,不过。狡狯:此指戏谑,谈笑间的随意之言。
〔5〕箸:同"著"。

【评】

本则入"文学门",是在表彰着袁宏的文才,但作为故事,却给人另一番意趣。

《晋书》本传载有袁宏的《三国名臣颂》,评论三国时著名的文臣武将,见出他对名人的浓厚兴趣。依刘注,《名士传》专记名动当时的风流名士,在袁宏是对这些人物的欣赏、仰慕。《名士传》的来源,当然不只是谢安的言说,但谢安却下以"狡狯"二字,恰从另一面道出自己对《名士传》的贡献。两人形象,一个代表了当时崇尚名流的风尚,一个则是活脱名士风度。

4.95 王东亭到桓公吏[1],既伏阁下,桓令人窃取其白事[2]。东亭即于阁下更作,无复向一字[3]。《续晋阳秋》曰:"珣学涉通敏,文高当世。"

【注】
〔1〕王东亭:王珣,见《言语》102。桓公:桓温,见《言语》55。
〔2〕白事:报告的文书。
〔3〕向:刚才。

【评】
王珣"弱冠与陈郡谢玄为桓温掾,俱为桓温所敬重"(《晋书·王珣传》),本则表现了他敏捷的才思。他报告文书的原本被"窃"走,又在特定的场合,有限的时间内重写,他能挥笔而就,并且一字不与前本重复,这见出了他的才思。故意不与前本有一字重复,也可见他是情知桓温用心的,若将写过的报告复述一遍,这并不难,而无一字重复,则需真才实学了。此情此景,等于是桓温对他临场考试,他交出了令人满意的答卷。故事里跃动出一个活生生的才子形象。

4.96 桓宣武北征[1],《温别传》曰:"温以太和四年上疏,自征鲜卑。"袁虎时从[2],被责免官。会须露布文[3],唤袁倚马前令作。手不辍笔[4],俄得七纸[5],绝可观。东亭在侧[6],极叹其才。袁虎云:"当令齿舌间得利[7]。"

【注】
〔1〕桓宣武:桓温,见《言语》55。

〔2〕袁虎:袁宏,见《言语》83。

〔3〕会:正碰见。露布文:指公告、檄文之类,不需要封缄,迅速公布四方的文书。

〔4〕辍:停。

〔5〕俄:一会儿。

〔6〕东亭:王珣,见《言语》102。

〔7〕齿舌:言语辞令。

【评】

《晋书·桓温传》载:桓温北伐,过淮、泗,践北境,与僚属登楼望中原,将亡国之责委之于崇尚清谈的西晋宰辅重臣王衍,对此袁宏发表不同意见:"运有兴废,岂必诸人之过?"桓温作色,讲了一个杀蠢牛的故事比况袁宏,"坐中皆失色",本书《轻诋》第11则记此事说"袁亦失色",可见桓温当时的气急败坏。本则云"被责免官",当即前述背景。在这样的心理压力下,袁宏能倚马为文,一挥而就,"得七纸"之多,可见他腹笥富厚与才思敏捷。刘辰翁云:"谓露布流传,须剪裁浏亮可称诵",见其文才非凡。故事用简洁的笔墨描写了下笔千言、倚马可待的才子风流,灵动可爱。

至于王珣的评论,王世懋说:"按此语最深难解。言袁有此才,而官不利,徒得东亭叹赏齿舌得利而已,何益于事?自古文人同恨。"而刘应登则曰:"王批固明,虽然,才宁独以官为利耶?正难得知己赏识耳。一言赞叹,重于九迁。袁是欣语,非愤语。亦是自信语,非不足语。"(见朱铸禹《世说新语汇校集注》)二说相较,刘解更为深刻,合乎袁宏的名家风度。

4.97 袁宏始作《东征赋》[1],都不道陶公[2]。胡奴诱之狭室中[3],临以白刃[4],胡奴,陶范。别见。曰:"先公勋业如是[5],君作《东征赋》,云何相忽略[6]？"宏窘蹙无计,便答:"我大道公,何以云无？因诵曰:'精金百炼,在割能断[7],功则治人,职思靖乱[8]。长沙之勋[9],为史所赞[10]。'"《续晋阳秋》曰:"宏为大司马记室参军,复为《东征赋》,悉称过江诸名望。时桓温在南州,宏语众云:'我决不及桓宣武。'时伏滔在温府,与宏善,苦谏之,宏笑而不答。滔密以启温,温甚忿,以宏一时文宗,又闻此赋有声,不欲令人显问之。后游青山饮酌,既归,公命宏同载,众为危惧。行数里,问宏曰:'闻君作《东征赋》,多称先贤,何故不及家君？'宏答云:'尊公称谓,自非下官所敢专,故未呈启,不敢显之耳。'温乃云:'君欲以何辞？'宏即答云:'风鉴散朗,或搜或引。身虽可亡,道不可陨。则宣城之节,信为允也。'温泫然而止。"二说不同,故详载焉。

【注】

〔1〕袁宏:见《言语》83。《东征赋》:文篇名。
〔2〕陶公:陶侃,见《言语》47。
〔3〕胡奴:侃子陶范,字道则,小字胡奴。官历乌程令、光禄勋。
〔4〕白刃:雪亮的刀、剑。
〔5〕先公:指死去的父亲。
〔6〕云何:为什么。
〔7〕"精金"句:好钢经过百炼,切物一割即断。此喻陶侃如百炼之钢,确为干才。
〔8〕职:居官任职。靖:平定。
〔9〕长沙:指陶侃,被封长沙郡公。
〔10〕赞:赞美,称颂。

【评】

袁宏作《东征赋》不道陶侃,余嘉锡先生分析:"陶侃为庾亮所忌,于其身后奏废其子夏,又杀其子称,由是陶氏不显于晋。当宏作赋时,陶氏式微已甚。其孙虽嗣爵,而名宦不达。陶范虽

351

存,复不为名氏所与。观《方正篇》载王修龄却陶胡奴送米,厌恶之情可见。非必胡奴之为人得罪于清议也,直以其家出自寒门,摈之不以为气类,以示流品之严而已。宏之不道陶公,亦犹是耳。"(见《世说新语笺疏》)如是,则袁宏从时人之习,本未想写陶公,所以面对陶胡奴的突然袭击,没有任何心理准备。在白刃当前、性命攸关的紧急情况下,他临机应变,张口成诵,并且毫无破绽,如同宿构,这就不是一般的文思敏捷了,让人读来有奇才之感。本则突现了袁宏非凡的急智与文才。

4.98 或问顾长康[1]:"君《筝赋》何如嵇康《琴赋》[2]?"顾曰:"不赏者作后出相遗[3],深识者亦以高奇见贵[4]。"《中兴书》曰:"凯(恺)之博学有才气,为人迟钝而自矜尚,为时所笑。"宋明帝《文章志》曰:"桓温云:'顾长康体中痴黠各半,合而论之,正平平耳。'世云有三绝:画绝、文绝、痴绝。"《续晋阳秋》曰:"恺之矜伐过实,诸年少因相称誉以为戏弄。为散骑常侍,与谢瞻连省,夜于月下长咏,自云得先贤风制。瞻每遥赞之,恺之得此,弥自力忘倦。瞻将眠,语槌脚人令代,恺之不觉有异,遂几申之(旦)而后止。"

【注】

〔1〕顾长康:顾恺之,见《言语》85。

〔2〕《筝赋》:文篇名,今不传。嵇康:见《德行》16。《琴赋》文篇名,见《文选》卷十八。

〔3〕赏:赏识。遗:舍弃。

〔4〕贵:重视。

【评】

顾恺之"三绝"(文绝、画绝、痴绝)之誉,为当世才子。然其《筝赋》今不见,而《文选》有嵇康的《琴赋》。《文选》将东汉以来的咏乐器、乐舞诸赋归为"音乐"类,如果《筝赋》入选,亦当属此类。这类辞赋有一个基本的章法、套路,即先赋乐器材质之出产环境,再赋其音乐特色,后讲其音乐的感人作用,并且赋家亦有通该乐器者。如马融赋长笛,他自己就"有俊才,好吹笛"(《文选》李善注);嵇康赋琴,自己就是古琴演奏家。所以,尽管同一章法,因有切身体会,故所赋皆入神。顾恺之有才,然史书未记其于音乐有何特长。其《筝赋》如何,能否比肩嵇康《琴赋》,待考。不过顾恺之的回答却颇富神采。凌濛初曰:"后出相遗,人人然,古亦然,今亦然。"人们往往因先入为主的习惯,所以顾恺之强调因后出而被人忽略,这种回答很入理;而识者称贵之说,又很俏皮,一面表现了他的自信、自负,是其性格中"矜伐过实"特点的反映,一面也说明了他机敏过人,是其性格中"黠"的反映,凡不"以高奇见贵"者,皆不是识家。读本则,最动人之处是将顾恺之性格特点都形象表现出来,令人感到生动可爱,至于其《筝赋》与嵇康《琴赋》孰高孰低,便不重要了。

4.99　殷仲文天才宏赡[1],《续晋阳秋》曰:"仲文雅有才藻,著文数十篇。"而读书不甚广博,亮叹曰[2]:亮,别见。"若使殷仲文读书半袁豹[3],丘渊之《文章叙》曰:"豹字士蔚,陈郡人。祖耽,历阳太守。父质,琅邪内史。豹隆安中著作佐郎,累迁太尉长史、丹阳尹。义熙九年卒。"才不减班固。"《续汉书》曰:"固字孟坚,右扶风人。幼有隽才,学无常师。善属文,经传无不究览。"

【注】

〔1〕殷仲文:见《言语》106。宏赡:宏大丰富。赡,义当是"赡"字。

〔2〕亮:傅亮,字季友。东晋官中书黄门侍郎,入宋官至尚书令、光禄大夫。

〔3〕半袁豹:有袁豹的一半。

【评】

殷仲文文名甚著，桓玄为乱，就令他总领诏命，玄加九锡，文是"仲文之辞"，当时权要人物也都爱重其文才。本则和《晋书》都拿他和袁豹相比，说他文多而读书少。袁豹是以"好学博文，多览典籍"著名的，并"善言雅俗，每商较古今，兼以诵咏，听者忘疲"（见《宋书·袁豹传》），其才美也为当世所知重。这里论者之意：两相比较，袁豹学富，仲文才隽，各有千秋。但对仲文的少读书，颇有叹恨，时人认为，若殷能学，以其宏赡之才，可追班固。《文学篇》里选录了此事，反映的是当时人们对才学的崇尚，其中又含着对才与学之间必然关系的关注和理解。在重才风气之下，人们也并不盲目，依然看重学养的意义。而由此观察殷仲文，则是一个很值得玩味的现象了。其才"宏赡"，而其人并非读书、识理的种子，慕浮华，且嗜财极欲，特重尘想，并无操守，就其人的风格说来，骨子里缺乏魏晋风流，所以时人拿他和班固比才，实对殷仲文深入骨子的一种嘲讽。故事的精彩，恰是在简短的对比、评价当中，把殷仲文的面貌，入木三分地揭示出来了。同时，也见出了时人对才士理解的一个尺度，即才与学并重。

4.100　羊孚作《雪赞》云[1]："资清以化[2]，乘气以霏[3]。遇象能鲜[4]，即洁成辉[5]。"桓胤遂以书扇[6]。《中兴书》曰："胤字茂祖，谯国人。祖冲，太尉。父嗣，江州刺史。胤少有清操，以恬退见称。仕至中书令。玄败，徙安成郡，后见诛。"

【注】

〔1〕羊孚：见《言语》104。《雪赞》：文篇名，今存《艺文类聚》卷二。

〔2〕资：凭，依靠。清：清冷。化：成形。

354

〔3〕乘:驾驭。霏:形容雪的联翩之盛。
〔4〕象:物象。
〔5〕即:接触。
〔6〕书扇:写在扇子上。

【评】

羊孚的《雪赞》和郭璞的诗句(参见本篇76则)一样,都是在玄学的背景下,对自然的解读和欣赏。他把雪的面貌、姿态、神采,简洁而生动地描绘出来了,给人一种清新感,也让人寻味这面貌之下的自然之理,所以这省净、鲜活的画面很是动人。桓胤就其性格说来,是个性情中人,"少有清操,虽奕世华贵,甚以恬退见称"(《晋书》本传)。所以,《雪赞》情景很容易打动他,书之于扇,扇挥于夏,犹如冰雪怡人,暑热自消。其审美功能,值得欣赏、玩味。羊孚《雪赞》,桓胤书扇,均见清操之性。

4.101 王孝伯在京[1],行散至其弟王睹户前[2],睹,王爽小字也。《中兴书》曰:"爽字季明,恭第四弟也。仕至侍中。恭事败,赠太常。"问:"古诗中何句为最?"睹思未答。孝伯咏"所遇无故物,焉得不速老[3]":"此句为佳。"

【注】

〔1〕王孝伯:王恭,见《德行》44。
〔2〕行散:魏晋士大夫有服五石散风习,该药服后,须漫步行走以散发药性,此称为"行散"。
〔3〕"所遇"二句:《古诗十九首·回车驾言迈》诗句。

【评】

本则反映了服药之风下深层次的心理状态,颇有价值。

自何晏服五石散,宣扬"神明开朗"以来,此风"大行于世,服者相寻"(参见《言语》14)。在这风习蔓延中,王恭对服药心理的表达,可说是此风之行的一个十分重要的注脚。

王恭是在服药行散过程中谈及"古诗"的,服药的感觉与对"古诗"的感觉,在这种情形下有着一种通感。对"古诗"王恭感受最深,或者说对他最富有刺激的是"所遇无故物,焉得不速老",它是流贯于"古诗十九首"中的最醒目的主题之一——生命的迅疾,转瞬即逝,不能把握。这也是汉代以来,最令人惊心动魄的问题之一。面对现实人生,"古诗"的态度,一是"服食求神仙",企望长生;一是及时行乐,不负了这短暂的生命。服五石散的感觉是"神明开朗"——顿有舒畅振奋之感,即使不能长生不死,获得眼下这份爽适、愉悦,也如同饮美酒一样,在暂时的满足与刺激中,获得值得珍惜的生命体验。于是服药之行散与古诗之吟哦,就在这里重叠成了一个意义相通的完整的画面。强烈的生命意识、悲剧意识与及时行乐的抗争意识就成了且行且吟的底色,也就是服药之风深层次心理状态的形象表达。

4.102　桓玄常登江陵城南楼[1],云:"我今欲为王孝伯作诔[2]。"因吟啸良久,随而下笔,一坐之间[3],诔以之成。《晋安帝纪》曰:"玄文翰之美,高于一世。"玄集载其诔叙曰:"隆安二年九月十七日,前将军青、兖二州刺史太原王孝伯薨。川岳降补,哲人是育。既爽其灵,不贻其福。天道芒昧,孰测倚伏?犬为反噬,犲狼翘陆。岭摧高梧,林残松竹。人之云亡,邦国丧牧。于以诔之,爰旌芳郁。"文多不载书(袁本作"文多不尽载")。

【注】

〔1〕桓玄:见《德行》41。江陵:南郡治所,今湖北江陵。

〔2〕王孝伯:王恭,见《德行》44。诔:叙述死者生平德行的哀悼性文章。

〔3〕一座之间:满座人谈论之间。

【评】

对于东晋王朝说来,王恭算是一个忠直的朝臣。本传说他"性抗直,深存义节,读《左传》至'奉王命讨不庭',每辍卷而叹"。在司马道子总揽朝政的时候,王朝确实政治昏乱,他自己整日蓬发昏目,纵酒取乐,多倒行逆施,又任用王国宝等佞小,希望削弱方镇,集中权力。在司马道子手中,东晋王朝已经走向了末路。王恭不仅在朝不畏权臣,直指司马道子的过愆,而且联络桓玄、殷仲堪等起兵,志在匡辅王朝。其为人也颇清简,无贪欲,号称"恭作人无长物"(见《德行》44),以国舅和王朝重臣之贵,死时却"家无财帛,唯书籍而已,为识者所伤"。其人还"美姿仪,人多爱悦,或目之云:'濯濯如春月柳。'"(《晋书·王恭传》)他二次起兵清君侧,虽然败丧,但这是由于他未谙政治,战略及权谋非其之长所致,犹如荆轲刺秦王,"惜哉剑术疏"(陶潜《咏荆轲》),虽败犹荣,其特立独行,人多叹惜。桓玄的"吟啸良久",是在品味、怀念王恭其人,胸间郁积,不吐不快。本则辞面上是侧重于对桓玄文翰之才的摹写,就中也客观表达了纵是被正统价值标准判断为逆臣贼子的桓玄,他作为一个活生生的人,其个性也是丰富的,也有着重情、爱才的一面,因而在这短短的描述中,故事主人公的形象才会生动起来。

4.103 桓玄初并西夏〔1〕,嶺(领)荆江二州、二府、一国〔2〕。《玄别传》曰:"玄既克殷仲堪后,扬(杨)佺期遣使讽朝廷,朝廷以玄都督八州,领江州、荆州二刺史。"于时始雪,五处俱贺,五版并入〔3〕。玄在厅事上〔4〕,版至,即答版后,皆粲然成〔5〕章,不相揉杂〔6〕。

357

【注】

〔1〕桓玄:见《德行》41。并:吞并。西夏:指中原的西部,六朝时以荆楚地区为西夏。

〔2〕嶺:诸本为"领",是。领,统领。二府:八州都督府和后将军府。一国:指南郡公的封国。

〔3〕版:简牍。

〔4〕厅事:厅堂。

〔5〕粲然:文辞华美灿烂。

〔6〕揉杂:混杂。

【评】

余嘉锡先生《笺疏》引程炎震云:"隆安三年十二月,桓玄袭江陵,荆州刺史殷仲堪、南蛮校尉杨佺期并遇害。盖玄以南郡公为广州,并殷得荆州,并杨得雍州,又争得桓修之江州,故有五处俱贺之事。"晋安帝隆安三年(399),桓玄占领了殷仲堪、杨佺期、桓修等所领州郡,旋都督荆、江八州及扬、豫八郡,加后将军、开府,就有了五处俱贺的事情。故事突出了桓玄的"文翰之美,高于一世"的文才。在厅堂中"五版并入",他能从容答谢,而且"粲然成章,不相揉杂",依各版的具体情况而一一回复,这的确显得文思敏捷,素有才情。《晋书》记其隆安四年(400)被斩,"时年三十六",那么本则所记,就见出桓玄正当三十馀岁的壮盛之年,精力充沛,才情英发的情形。魏晋时人大多是不以成败论英雄。作为故事的主人公,本则写活了桓玄其人的才情风貌。故事体现的是叹美人物才情的时代风尚。

4.104 桓玄下都〔1〕,羊孚时为兖州别驾〔2〕,从京来诣门〔3〕,笺云〔4〕:"自顷世故睽离〔5〕,心事纶缊〔6〕。明公启晨光于积晦,澄百流以一源〔7〕。"桓见笺,驰唤前云:"子道,子道,来何迟!"即用为记室参军[8]。孟昶别见。为刘牢之主簿[9],《续晋阳秋》曰:"牢之字道坚,彭城人,世以将显。父逵,征虏将军。牢之沈毅多计数,为谢玄参军。符(苻)坚之役,以骁猛成功。及平王恭,转徐州刺史。桓玄下都,以牢之为前锋,行征西将军。玄至,归降,用为会稽内史。欲解其兵,奔而缢死。"诣门谢,见云:"羊侯,羊侯,百口赖卿[10]。"

#【注】

〔1〕桓玄:见《德行》41。下都:到京都。晋安帝元兴元年(402),桓玄反,率军攻入京城建康。

〔2〕羊孚:见《言语》104。兖州:此指东晋时在京口(今镇江)所置的侨郡,史称南兖州。别驾:官名,州刺史的重要佐吏。

〔3〕京:京口。

〔4〕笺:拜笺,拜帖。

〔5〕世故:世事。睽离:背离。

〔6〕纶蕴:隐藏,郁结。袁本作"沦蕴",皆通。

〔7〕"明公"二句:你能开启晨光于黑暗之中,澄清百流而统一水源。意谓带来光明,治理时局。

〔8〕用:任用。记室参军:诸王、三公、将军所置属官,掌表章、文书等。

〔9〕孟昶:字彦达,东晋平昌(今山东安丘南)人,曾官丹阳尹,后卢循攻石头,他饮鸩而死。

〔10〕百口:指全家。

#【评】

羊孚官历太学博士、兖州别驾,是个富有文才的士人,对桓玄这名动天下的人物颇为钦敬,他笺牍所叙不是违心的阿谀逢迎,文辞简约,却圆满陈述了对桓玄的敬服之情。桓玄也深相敬重,马上用为腹心之任的记室参军。但这里还是以羊孚为衬托,刻意突出了桓玄的形象。桓玄的性格结构中,本自有一段魏晋才子的情痴癖性,这在《晋书》本传,及《世说》中都有表达,如其在兄桓伟的丧服期,因公除服,便着急听音乐,"初奏,玄抚节恸哭,既而收泪尽欢",又如其痴迷书画的癖好等等,都反映了他性格的这一侧面。本则"子道,子道,来何迟?"促语疾呼,将桓玄的渴求之心,写得声情如绘,很有一些爱才痴情的生动。一个细节描绘,写出了一个人物的性格侧面,使得人们对他印象深刻,这是本则的成功之笔。至于后半段,不过是更加烘托出桓玄当时的能量、地位,因他信用羊孚,人们就可通过羊孚来保护自己,从中也说明着桓玄对羊孚的信赖,真正要描写的,还是桓玄的爱才痴情之性。整个故事既有直接的正面描写,又有烘云托月的侧面曲笔,简短的一则记述,可称是神驰笔追,尽其妙致。

中　卷

方　正　第　五

【题解】　方正，指的是勇于坚持正道，品行刚直不阿。韩非子《解老》释"方"曰："所谓方者，内外相应也，言行相称也"；《国语·周语下》释"正"曰："且夫立无跛，正也。"贤良方正，历来是封建社会选士的重要标准，在汉代就明令诏举"贤良方正直言极谏者"，司马迁《史记·平准书》载："当是之时，招尊方正贤良文学之士，或至公卿大夫。"清代科举制度中更有孝廉方正之名。可以想见，二千多年来，方正观念对于国人的精神世界产生了难以磨灭的影响。

本篇的66则故事大部分描写的是魏晋士大夫在各种人生考验关头和事关个人道德评判之际所表现出来的不凡举止，描绘了如诗如画的士人气质和可歌可泣的大丈夫精神。如一代大名士夏侯玄，在无情的杀戮即将来临时表现出来的名士风度，就对方正做出了最好的注脚——"临刑东市，颜色不异"，谱写了一曲杀身成仁的悲壮颂歌；如和峤不与小人荀勖同车，表现了倔强而不同流合污的决绝精神；嵇绍在齐王冏的会议上，义正词严地驳斥了群小要求其在庄严场合弹奏丝竹的无礼要求，保持人格尊严，也维护了国家官员的形象。

当然，随着时代的变迁，魏晋以后对方正内涵的理解已然发生了变化，此乃时势使然，英雄也徒唤奈何。如第51则载名士刘惔宁可饿肚皮也不吃"小人"置办的晚饭；王修龄缺米，却不接受陶胡奴的友情馈赠,这都是严持门阀世族制度而走入了历史的怪圈,有违人性之真淳。这在当时可能算是世族子弟潇洒出尘的惊人之举,但从今天的眼光看,则是矫饰作态,而不与方正沾边。

再如,本门还介绍了一些士人生活中的点滴细节,读来也颇富生活气息,令人想见古人风采。如39则载王丞相作女伎,蔡谟不悦而去,王导亦不留。这就用比较的方法生动地揭示了风流名相王导的家庭生活的侧面,以及受儒家思想濡染较深而无法融入现代社交圈子的蔡公形象;又如47则记王述转尚书令,不循传统三让之习,而是事行便拜,不为虚让,活脱了一个真率、坦荡的"赤子",而他也只能在《世说新语》这个大社会里,才能显现出其独特魅力。于此可见,魏晋时代的"方正"观念,有其鲜活而独特的时代内容。

5.1 陈太丘与友期行[1],期日中[2]。过中不至,太丘舍去[3],去后乃至。元方时年七岁[4],门外戏。陈寔及纪并已见。客问元方:"尊君在不[5]?"答曰:"待君久不至,已去。"友人便怒,曰:"非人哉!与人期行,相委而去[6]。"元方曰:"君与家君期日中。日中不至,则是无信;对子骂父,则是无礼。"友人惭,下车引之[7],元方入门不顾。

【注】

〔1〕陈太丘:陈寔。见《德行》6注。期行:约会同行。

〔2〕日中:中午。

〔3〕舍去:不顾而离去。

〔4〕元方:陈纪字元方,太丘长陈寔子,有德行,以孝著称。

〔5〕尊君:对话时尊称对方的父亲。下文自称己父为"家君"。

〔6〕委:舍弃。

〔7〕引:拉。此处表示亲近。

【评】

　　故事以精彩的对话形式,惟妙惟肖地描绘了一场长幼间的唇枪舌剑。友人失信,对子骂父,挑起事端,最后自讨没趣,败在七岁童子手下,灰溜溜地收兵。胜者元方乃汉末名士陈寔之子,寔乃乡党表率,乡里有"宁为刑法所加,不为陈君所短"的盛誉。王世懋评曰:"小儿语故自方正。"有一定道理,小儿涉世不深,淳朴未脱,不会矫饰、节制自己的喜怒哀乐,故李卓吾有言:"童心者,不失其赤子之心也。"但王氏所言,又未搔到痛处,元方的方正,更有良好的家庭教育及家族文化传承的深层原因。如《后汉书·陈寔传》言寔:"自为儿童,虽在戏弄,为等类所归",俨然小大人形象。孩童善于自律,一定是家长教子有方。可见,小元方的方正当有其父的影子。士人的言传身教,对于儿童的健康成长,至关重要。

　　5.2　南阳宗世林〔1〕,魏武同时〔2〕,而甚薄其为人〔3〕,不与之交。及魏武作司空〔4〕,总朝政,从容问宗曰:"可以交未?"答曰:"松柏之志犹存〔5〕。"世林既以忤旨见疏〔6〕,位不配德〔7〕。文帝兄弟〔8〕,每造其门,皆独拜床下〔9〕。其见礼如此〔10〕。《楚国先贤传》曰:"宗承字世林,南阳安众人。父资,有美誉。承少而修德雅正,确然不群,征聘不就。闻德而至者如林。魏武弱冠,屡造其门。值宾客猥积,不能得言。乃伺承起,往要之,捉手请交,承拒而不纳。帝后为司空,辅汉朝,乃谓承曰:'卿昔不顾吾,今可为交未?'承曰:'松柏之志犹存。'帝不说,以其名贤,犹敬礼之。敕文帝修子弟礼,就家拜汉中太守。武帝平冀州,从至邺,陈群等皆为之拜。帝犹以旧情介意,薄其位而优其礼,就家访以朝政,居宾客之右。文帝征为直谏大丈,明帝欲引以为相,以老固辞。"

【注】

〔1〕南阳:郡名。治所在宛县(今河南南阳)。宗世林:宗承字世林,三国魏南阳安众(今河南获嘉北)人。征聘不就,士人争与相交,拒而不纳。曹丕称帝,征为直谏大夫。魏明帝欲以为相,以年老固辞。

〔2〕魏武:曹操,曹丕称帝后追尊为魏武帝,见《言语》8 注。

〔3〕薄:鄙薄,看不起。

〔4〕魏武作司空:曹操拥立汉献帝,于建安元年(196)任司空。司空,官名,东汉时为三公之一。

〔5〕松柏之志:松柏傲霜凌雪,枝叶繁茂常青。此比喻坚贞之心。《论语·子罕》:"岁寒,然后知松柏之后凋也。"此处表示坚决不与曹操相交之志犹如往昔。

〔6〕忤旨:违背意旨。见疏:被疏远。

〔7〕位不配德:官位和德行不相称,言德高而官位低。

〔8〕文帝兄弟:指曹丕、曹植。造:到。

〔9〕床:坐榻,一种坐具。

〔10〕见礼:被礼遇。

【评】

心理学上有所谓的"首因效应",实际上就是强调第一印象的重要性。宗世林对曹操的鄙视,与其对曹的第一印象欠佳有关。曹操"家庭出身"不好,其父嵩乃桓帝时大宦官曹腾的养子,对于这样的家庭,史称"未能审其出生本末",而只能付之阙如。在日渐注重门第的汉末社会,曹操因门第不高为清流不齿,也就顺理成章了。不但如此,曹操为人还不修名行,《本纪》云:"任侠放荡,不治行业,故世人未之奇也";《曹瞒传》云:"少好飞鹰走狗,游荡无度",为士林所薄。宗士林不交非类,是时势风气使然。曹操发达后,宗士林面对位高权重的曹操的威吓,毫不畏惧,应声而答"松柏之志犹存",需要方正的道德勇气和"威武不能屈"的大丈夫精神做心灵的有力支撑。然而,宗士林的处世,又有许多自相矛盾的地方。他鄙薄曹操的为人,却接受了文帝曹丕任命的官职。《晋书·王述传》载述曾祖父司空王昶语,言及宗士林晚年汲汲自励,害怕退休,前后举止判若两人,为时人所笑。可见人之思想、价值观念并非一成不变,亦未可以一时一事拘泥论之。

5.3 魏文帝受禅[1],陈群有戚容[2]。帝问曰:"朕应天受命[3],卿何以不乐?"群曰:"臣与华歆服膺先朝[4],今虽欣圣化[5],犹义形于色[6]。"华峤《谱叙》曰:"魏受禅,朝臣三公以下并受爵位。华歆以形色忤时,徙为司空,不进爵。文帝久不怿,以问尚书令陈群曰:'我应天受命,百辟莫不悦喜,形于声色,而相国及公独有不怡者,何邪?'群起离席长跪曰:'臣与相国曾事汉朝,心虽悦喜,义干(形)其色,亦惧陛下实应见憎。'帝大悦,叹息良久,遂重异之。"

【注】

〔1〕魏文帝受禅:曹操病死,子丕嗣魏王,继任丞相。后迫使汉献帝禅位,称帝,国号魏。死后称魏文帝。受禅,接受前朝皇帝"让"给的帝位。

〔2〕陈群:字长文,陈寔孙。见《德行》6注。戚容:愁苦的脸色。

〔3〕应天受命:顺应天道,承受天命。指帝王登基。

〔4〕华歆:字子鱼,东汉平原高唐人。华歆拥护曹氏,曹操杀汉献帝之伏皇后,他勒兵入宫收捕皇后。曹丕称帝后,他登坛相礼,奉皇帝玺绶,以成"禅让"之仪。服膺:心悦诚服。先朝:前朝,指东汉王朝。

〔5〕圣化:圣王教化。这是赞誉当朝君主教化的谀辞,指魏朝的建立。

〔6〕义形于色：不忘旧主之情流露在脸上。

【评】

汉末是个大变动的时代。政治上宦官专权、外戚干政以及地方势力割据等各种社会痼疾，像毒瘤一样侵袭着国家政权，导致献帝播迁，中原板荡。社会思想也变得混乱不堪。为封建皇权所强化的儒学，此时弊端显露，日趋式微。士人的国家观念、忠君意识与封建大一统时代相比，已不可同日而语。故事的两位主人公陈群、华歆，虽忝列"方正"，但从儒家传统评价标准看，显然有亏。明王世懋评曰："华歆以虚名居首揆，陈群以心膂当新宠，犹为此大言，宁不为荀彧地下所笑？"对二人的虚声窃誉表示鄙夷与不屑。特别是华歆，实际是曹氏心腹，无所不用其极，在曹操屠戮汉室宗亲和曹丕篡权过程中，是冲锋陷阵的急先锋。魏晋所称"方正"，其道德观念与两汉有异，应作具体分析。

5.4 郭淮作关中都督〔1〕，甚得民情，亦屡有战庸〔2〕。《魏志》曰："淮字伯济，太原阳曲人。建安中，除平原府丞。黄初元年，奉使贺文帝践祚，而稽留不及。群臣欢会，帝正色责之曰：'昔禹会诸侯于涂山，防风氏后至，便行大戮。今溥天同庆，而卿最留迟，何也？'淮曰：'臣闻五帝先教，导民以德，夏后政衰，始用刑辟。今臣遭唐虞之世，是以知免防风氏之诛。'帝悦之，擢为雍州刺史，迁征西将军。淮在关中二(三)十馀年，功绩显著，迁仪同三司，赠大将军。"淮妻太尉王凌之妹〔3〕，坐凌事当并诛〔4〕。《魏略》曰："凌字彦云，太原祁人。历司空、太尉、征东将军。密欲立楚王彪，司马宣王自讨之，凌自缚归罪。遥谓太傅曰：'卿直以折简召我，我当不至邪！'太傅曰：'以卿非皆(肯)逐折简者也。'遂使人送至西。凌自知罪重，试索棺钉，以观太傅意，太傅给之。凌行至项城，夜呼掾属与决曰：'行年八十，身名俱灭，命邪！'遂自杀。"使

368

者征摄甚急[5]。淮使戒装,克日当发[6]。州府文武及百姓劝淮举兵,淮不许。至期遣妻,百姓号泣追呼者数万人。行数十里,淮乃命左右追夫人还,于是文武奔驰,如徇身首之急[7]。既至,淮与宣帝书曰[8]:"五子哀恋,思念其母。其母既亡,则无五子;五子若殒[9],亦复无淮。"宣帝乃表特原淮妻[10]。《世语》曰:"淮妻当从坐,侍御史往收,督将及羌胡渠帅数千人,叩头请淮上表留妻,淮不从。妻上道,莫不流涕,人人扼腕,欲劫留之。淮五子叩头流血请淮,淮不忍视,乃命追之。于是,数千骑往追还。淮以书白司马宣王曰:'五子哀母,不惜其身。若无其母,是无五子;五子若亡,亦无淮也。今辄追还,若于法未通,当受罪于主者。'书至,宣王乃表原之。"

【注】

〔1〕郭淮(? —255):字伯济,三国魏阳曲(今山西太原)人。曹丕即帝位,他官至刺史,封射阳亭侯。镇守关中三十馀年,功绩卓著。关中:指函谷关以西(包括今陕西全境、甘肃东部、秦岭以北)广大地区。都督:武官名。掌一州或数州军事,或也兼管行政。

〔2〕民情:指民心、民意。战庸:战功。

〔3〕太尉:官名,魏晋时代为三公之一。王凌(172? —251):字彦云,三国魏太原祁(今属山西)人。与外甥令狐愚谋立楚王曹彪为帝,事败自杀。司马懿灭其三族。

〔4〕坐:牵连获罪。指因王凌一案而受株连。

〔5〕使者:指缉拿的官吏。征摄:追捕缉拿。

〔6〕戒装:准备行装。克日:限定日期。

〔7〕州府文武:指州府的文武官员。徇:夺取,营救。身首:指性命。

〔8〕宣帝:指司马懿(179—251),字仲达,三国魏河内温(今属河南)人。其孙炎代魏称帝后,追尊他为晋宣帝。

〔9〕殒:死亡。

369

〔10〕表:上表,指司马懿上表给皇帝。原:原宥,赦免。

【评】

考诸史籍,郭淮戎马一生,所在治绩有功,是一位不可多得的能臣。他应对文帝曹丕的质问,有理有节,大义凛然,故未可仅以一介武夫视之。淮妻坐兄王凌事为朝廷所纠,情与理的较量,有如古希腊悲剧《安提哥涅》所描述的国家伦理和家庭伦理之间的情感张力。但他最后毅然尊重国家法律的严肃性,《诗》云:"刑于寡妻,至于兄弟,以御于家邦",这需要高度克己的功夫。后来,他又上书司马懿,请求宽宥妻子,表现出重亲情的可爱一面。刘辰翁曰:"语甚感动,节次皆是。"先国家之急而后私人恩怨,临川列其入方正,可谓允当。

5.5 诸葛亮之次渭滨〔1〕,关中震动〔2〕。

《蜀志》曰:"亮字孔明,琅邪阳都人。客于荆州,躬耕垄亩,好为《梁甫吟》。长八尺,每自比管仲、乐毅,时人莫之许也,唯博陵崔州平、颍川徐元直谓为信然。先主屯新野,徐庶见先主曰:'诸葛孔明,卧龙也。将军岂愿见之乎?'先主曰:'君与俱来。'庶曰:'此人可就见,不可屈致也。'先主遂诣亮,谓关羽、张飞曰:'孤之有孔明,犹鱼之有水也。'累迁丞相、益州牧。率众北征,卒于渭南。"魏明帝深惧晋宣王战〔3〕,乃遣辛毗为军司马〔4〕。《魏志》曰:"毗字佐治,颍川阳翟人。累迁卫尉。"宣王既与亮对渭而陈〔5〕,亮设诱谲万方〔6〕,宣王果大忿,将欲应之以重兵。亮遣间谍觇之〔7〕,还曰:"有一老夫,毅然仗黄钺〔8〕,当军门立,军不得出。"亮曰:"此必辛佐治也。"《晋阳秋》曰:"诸葛亮寇于郿,据渭水南原,诏使高祖拒之。亮善抚御,又戎政严明,且侨军远征,粮运艰涩,利在野战。朝廷每闻其出,欲以不战屈之,高祖亦以为然。而拥大军御侮于外,不宜远露怯弱之形,以亏大势,故秣马坐甲,每见吞并之威。亮虽挑战,或遗高祖巾帼。巾帼,妇女之饰,欲以激怒,冀获曹咎之利。朝廷虑高祖不胜忿愤,而卫尉辛毗,骨鲠之臣,帝乃使毗仗节为高祖军司马。亮果复挑战,高祖乃奋怒,将出应之。毗仗节中门而立,高祖乃止。将士闻见者,益加勇锐。识者以人臣虽拥众千万,而屈于王人。大略深长,皆如此之类也。"

【注】

〔1〕诸葛亮(181—234):字孔明,三国蜀琅邪阳都(今山东沂南南)人。蜀汉刘备丞相。备死,他受遗诏辅佐后主刘禅,封武乡侯,领益州牧。次渭滨:军队驻扎在渭水边上。

〔2〕关中:指函谷关以西的地区。

〔3〕魏明帝:曹叡字元仲,魏第二代君主,在位十馀年,谥为明皇帝。晋宣王:指司马懿。

〔4〕辛毗:字佐治,初从袁绍,后归曹操。以直言敢谏著称。魏明帝青龙二年,为大将军司马懿军师,使持节,监魏军与蜀军战于渭南。军司马:宋本及各本均作"军司马",非是。据《魏书·辛毗传》及《晋书·宣帝纪》应为"军师"。当是为避晋景帝司马师讳而改"师"为"司",后人又以"军司"不通而添以"马"字。官名。参谋军事。

〔5〕陈:通"阵",隔着渭水相对列阵。

〔6〕诱谲:引诱、诈骗。万方:千方百计。

〔7〕觇:窥视,暗中察看。

〔8〕黄钺:兵器名,状如斧。黄钺,以黄金为饰,天子所用。大臣持黄钺代皇帝行使权力。

【评】

文帝、明帝两朝,辛毗多次反对修殿舍、兴劳役,曾经拉住文帝的衣裾不放,是一位敢于抗颜直谏的耿介之士。魏明帝时诸葛亮北伐攻魏,吴主孙权后来也配合诸葛亮几次进攻合肥新城。魏明帝坚决执行曹操以来实行的战略防御方针,用满宠镇守淮南以防吴,用曹真、司马懿镇守关中以御蜀汉,目的在使对方进不得战,粮尽必退,所以他非常担心司马懿出兵应战。蜀、魏交战,魏方军事方针已定,采取固守耗敌实力,以达不攻而敌自退的军事目的。魏明帝派辛毗威慑司马懿,可谓得人。试想,连天威龙颜都敢冒犯,又何惧一司马懿?事实证明,明帝以辛毗制衡司马懿,棋高一招。明帝有知人善任之明,辛毗有不辱使命之功,司马懿免战得顺水推舟之情。贤明相逢,皆大欢喜,千古以来,传为美谈!

5.6 夏侯玄既被桎梏[1]

,《魏氏春秋》曰:"玄字太初,谯国人,夏侯尚之子,大将军前妻兄也。风格高朗,弘辩博畅。正始中,护军。曹爽诛,征为太常。内知不免,不交人事,不畜笔研。及太傅薨,许允谓玄曰:'子无复忧矣!'玄叹曰:'士宗,卿何不见事乎?此人犹能以通家年少遇我,子元、子上,不吾容也。'后中书令李丰恶大将军执政,遂谋以玄代之。大将军闻其谋,诛丰,收玄送廷尉。"干宝《晋纪》曰:"初,丰之谋也,使告玄,玄答曰:'宜详之尔。'不以闻也,故及于难。"时钟毓为廷尉[2],钟会先不与玄相知[3],因便狎之[4]。玄曰:"虽复刑馀之人[5],未敢闻命[6]。"《世语》曰:"玄至廷尉,不肯下辞。廷尉钟毓自临履玄。玄正色曰:'吾当何辞,为令史责人邪?卿便为吾作。'毓以玄名士,节高不可屈;而狱当竟,夜为作辞,令与事相附,流涕以示玄,玄视之曰:'不当若是邪!'钟会年少于玄,玄不与交。是日,于毓坐狎玄。玄正色曰:'钟君何得如是?'"《名士传》曰:"初,玄以钟毓志趣不同,不与之交。玄被收时,毓为廷尉,执玄手曰:'太初,何至于此?'玄正色曰:'虽复刑馀之人,不可得交。'"按郭颁,西晋人,时世相近,为《晋魏世语》,事多详覈。孙盛之徒,皆采以者(著)书,并云玄距钟会。而袁宏《名士传》最后出,不依前史,以为钟毓,可谓谬矣!考掠[7],初无一言[8],临刑东市[9],颜色不异。《魏志》曰:"玄格量弘济,临斩,颜色不异,举止自若。"

【注】

〔1〕夏侯玄:(209—254):字太初,三国魏人。曹爽辅政时,他以爽姑之子受重用。曹爽被诛,玄废黜。后与李丰等谋杀司马师,事败,同被诛。他是早期的玄学领袖人物。被:遭受。桎梏:手铐脚镣。

〔2〕锺毓:字稚叔,魏太傅锺繇长子。见《言语》11 注。廷尉:掌刑狱的官。

〔3〕锺会:字士季,锺繇少子。博学,精名理。景元中,与邓艾伐蜀,后以谋反罪,被杀。见《言语》11 注。

〔4〕狎:亲近。

〔5〕刑馀之人:受过刑的人。一般多用于犯人自称。

〔6〕未敢闻命:不敢听从你的命令。这里是婉辞,实际上是说,不愿与你交往。

〔7〕考掠:考问鞭打。

〔8〕初无:完全没有。初:全,都。

〔9〕东市:汉代在长安东市处决判死刑的人,后以东市指刑场。

【评】

孔子曰:"志士仁人,无求生以害仁,有杀身以成仁。"(《论语·卫灵公》)"仁"字当头,是儒者本色。仁是封建时代的最高道德规范、行为信条。曹氏皇权与司马氏一党之明争暗斗,本属统治阶级上层之间的勾心斗角、利益纷争,无所谓是非、正邪。但从正统的伦理道德观来衡量,司马氏集团显属篡夺行为。当时人语云:"司马昭之心,路人皆知",言其不臣之迹已昭然若揭。其实,司马昭父兄之诛魏宗室曹爽、杀名士夏侯玄,都是篡魏的前奏,而终由司马炎完成阴谋的乐章。锺会是司马氏的帮凶走狗,夏侯玄鄙薄其人不与相交,临刑东市而颜色自若,除了昭示不同政治阵营"道不同,不相与谋"的立场分野外,还表现了一代名士在死亡降临之际那杀身成仁的潇洒风姿,与嵇康之"广陵曲绝"同出一辙而千古传诵。

5.7　夏侯泰初与广陵陈本善[1],本与玄在本母前宴饮。《世语》曰:"本字休元,临淮东阳人。"《魏志》曰:"本,广陵东阳人。父矫,司徒。本历郡守、廷尉,所在操纲领,举大体,能使群下自尽,有率御之才;不亲小事,不读法律,而得廷尉之称。迁镇北将军。"本弟骞《晋阳秋》曰:"骞字休渊,司徒第二子。无骞谞风,滑稽而多智谋。仕至大司马。"行还[2],径入至堂户。泰初因起曰:"可得同,不可得而杂[3]。"《名士传》曰:"玄以乡党贵齿,本不论德位,年长者必为拜。与陈本母前饮,骞来而出,其可得同,不可得而杂者也。"

【注】

〔1〕夏侯泰初:即夏侯玄,字太初。泰同"太"。广陵:郡名,治所在今江苏扬州。陈本:字休元。历位郡守、九卿,有统御之才。

〔2〕本弟骞:陈骞,字休渊。晋武帝司马炎受禅,以佐命功进车骑将军。官至大司马。行还:从外边回家。

〔3〕可得同,不可得而杂:大意是可以礼相交,不能违礼杂处。"径入至堂户"相见,是一种失礼行为,可能是夏侯玄看不上陈骞的人品,以年辈不相当为托辞而不与相交。

【评】

魏晋士风"越名教而任自然",完全是爱憎分明,不尚矫饰。故钟会来拜而嵇康锻铁不顾,嵇喜吊孝而阮籍视之白眼,完全是一任天真的潇洒绝尘之举。夏侯玄鄙薄陈骞为人,托辞年辈不伦而拒与之交。以世俗常理视之,可谓不近人情,似乎有些做作;而以士人眼光来看,则谓名士高致,跻身"方正"。但方正与乖戾仅隔一步之遥,全在如何掌控。名士珍惜自己的清流声誉,本无可厚非,但若画地为牢,与俗流完全绝缘,渐渐走向不食人间烟火的怪圈,则其所持的方正也可能变了味道。清流、浊流并非泾渭分明,其本身也存在一个不断吐故纳新的过程:昨日之清流,今朝可能会变得俗不可耐,而为士林不齿。庶族浊流子弟经过岁月的陶冶与磨砺,反而会跻身名士之列。夏侯玄与陈本共饮而鄙薄其弟的做法,与宗士林看不起曹操而做曹丕的官,似有相近之处。

5.8 高贵乡公薨[1],内外喧哗。《魏志》曰:"高贵乡公,讳髦,字彦士,文帝孙,东海定王霖之子也。初封郯县高贵乡公。好学夙成。齐王废,群臣迎之即皇帝位。"《汉晋春秋》曰:"自曹芳事后,魏人省彻宿卫,无复铠甲,诸门戎兵,老弱而已。曹髦见威权日去,不胜其忿。召侍中王沈、尚书王经、散骑常侍王业,谓曰:'司马昭之心,路人所知也。吾不能坐受废辱,今日当与卿自出讨之。'王经谏,不听,乃出怀中板令投地,曰:'行之决矣。正使死,何所恨,况不必死邪!'于是入白太后。沈、业奔走告昭,昭为之备。髦遂率僮仆数百,鼓噪而出。昭弟屯骑校尉伷入,遇髦于东止车门;左右呵之,伷众奔走。中护军贾充又逆髦战于南阙下,髦自用剑。众欲退,太子舍人成济问充曰:'事急矣,当云何?'充曰:'公畜汝等,正为今日。今日之事,无所问也。'济即前刺髦,刃出于背。"《魏氏春秋》曰:"帝将诛大将军,诏有司复进位相国,加九锡。帝夜自将冗从仆射李昭、黄门从官焦伯等下陵云台,铠仗授兵,欲因际会,遣使自出致讨。会雨而却。明日,遂见王经等出黄素诏于怀曰:'是可忍也,孰不可忍!今当决行此事。'帝遂拔剑升辇,率殿中宿卫仓头官僮,击战鼓,出云龙门。贾充自外而入,帝师溃散。帝犹称天子,手剑奋击,众莫敢逼。充率厉将士,骑督成倅弟济以牙(矛)进,帝崩于师。时暴雨,雷电晦冥。"司马文王问侍中陈泰曰[2]:《魏志》曰:"泰字玄伯,司空群之子也。""何以静之[3]?"泰云:"唯杀贾充以谢天下[4]。"文王曰:"可复下此不[5]?"对曰:"但见其上,未见其下。"干宝《晋纪》曰:"高贵乡公之杀,司马文王召朝臣谋其故。太常陈泰不至,使其舅荀𫖮召之,告以可。泰曰:'世之论者,以泰方于舅,今舅不如泰也。'子弟内外咸共逼之,垂涕而入。天(文)王待之曲室,谓曰:'玄伯,卿以何处我?'

对曰:'可诛贾充以谢天下。'文王曰:'为吾更思其次。'泰曰:'唯有进于此,不知其次。'文王乃止。"《汉晋春秋》曰:"曹髦之薨,司马昭闻之,自投于地曰:'天下谓我何?'于是召百宫(官)议其事,昭垂泪问陈泰曰:'何以居我?'泰曰:'公光辅数世,功盖天下,谓当并迹古人,垂美于后。一旦有杀君之事,不亦惜乎!速斩贾充,犹可以自明也。'昭曰:'公闾不可得杀也。卿更思馀计。'泰厉声曰:'意唯有进于此耳,饮(馀)无足委者也!'归而自杀。《魏氏春秋》曰:"泰劝大将军诛贾充,大将军曰:'卿更思其他。'泰曰:'岂可使泰复发后言!'遂呕血死。"

【注】

〔1〕高贵乡公:曹髦(241—260),字彦士,魏文帝曹丕孙,封高贵乡公。司马景王废齐王曹芳,立髦为帝。甘露五年(260),司马氏的亲信中护军贾充令太子舍人成济将其杀死,史称"高贵乡公"。薨:侯王死称薨。内外:指朝廷内外。

〔2〕司马文王:指司马昭,懿子。历魏数朝,死后谥为文王。侍中:官名。侍从皇帝左右,职掌侯赞礼仪、护驾陪乘,并备应对顾问。陈泰:(?—260),字玄伯,三国魏颍川许昌人(今属河南)。魏司空陈群子。官至侍中、左仆射。

〔3〕静:平静。

〔4〕贾充:字公闾,魏末晋初人。佐司马昭执朝政,杀高贵乡公,废魏立晋,为元勋。见《政事》6注。谢天下:向天下人承认罪责。

〔5〕下此:地位低于此人。

【评】

曹髦"司马昭之心,路人皆知"一语,见出司马氏之篡国野心已包藏不住,步步紧逼,终于酿成高贵乡公被弑之宫廷流血政变。侍中陈泰号啕尽哀,呕血而卒,力主严惩凶手。"但见其上,未见其下",将矛头直指司马氏。在曹氏政权危如累卵、江河日下的情况下,以孤危之身面对如狼似虎的群凶,与夫"有奶就是娘"的骑墙分子,有着天壤之别。这份对故国旧君的情意,如王世懋所评:"千载凛凛,陈群有愧色矣。"群、泰父子二人的人格高下已不言自明。此外,事件发生前前后后各色人等形形色色的表现,正是世态炎凉的活画图。

5.9 和峤为武帝所亲重[1],语峤:"东宫顷似更成进[2],卿试往看。"还,问何如。答云:"皇太子圣质如初[3]。"《晋诸公赞》曰:"峤字长舆,汝南西平人。父逌,太常,知名。峤少以雅量称,深为贾充所知,每向世祖称之。历尚书、太子少傅。"干宝《晋纪》曰:"皇太子有醇古之风,羊于信受。侍中和峤数言于上曰:'季世多伪,而太子尚信,非四海之主。忧太子不了陛下家事,愿追思文、武之祚。'上既重长适,又怀齐王,朋党之论弗入也。后上谓峤曰:'太子近入朝,吾谓差进,卿可与荀侍中共往言。'及峤奉诏还,对上曰:'太子明识弘新,有如明诏。'问峤,峤对曰:'圣质如初。'上嘿然。"《晋阳秋》曰:"世祖疑惠帝不可承继大业,遣和峤、荀勖往观察之。既见,勖称叹曰:'太子德更进茂,不同于故。'峤曰:'皇太子圣质如初。此陛下家事,非臣所尽。'天下闻之,莫不称峤为忠,而欲灰灭勖也。"案荀颛清雅,性不阿谀。校之二说,则孙盛为得也。

【注】
[1] 和峤:字长舆。晋武帝时为中书令,转侍中,甚被器重。参见《德行》17注。武帝:指晋武帝司马炎。废魏建晋,灭蜀伐吴,统一全国。在位26年,死后谥为武皇帝。
[2] 语峤:明袁氏嘉趣堂本"语峤"下有"曰"字。东宫:太子所居之宫。此指皇太子。顷:近来。成进:成熟长进。
[3] 圣质:指太子的资质。

【评】
历代帝王册立储君,因关系到帝祚能否瓜瓞绵长,故慎之又慎。晋武帝立司马衷,即后来的惠帝,大臣和峤担忧其弱智影响执政能力,多次进谏反对。武帝出于私心杂念及惑于群小等多重原因,终未能采纳方正直言。故事截取立嫡斗争中的一个小片段,生动地刻画出一位以国家为己任的刚直不阿大臣形象。武帝请和峤考察太子,在一般人看来,这是千载难逢的巴结机会,送个顺水人情,既讨皇帝的欢心,又取悦了未来的主子,何乐而不为?但和峤听从内心良知的召唤,不给予皇帝的自私动机以丝毫的迁就,表现出了可贵之处。可惜武帝没有听从逆耳忠言,最终做出了错误决定。惠帝果然是一个任人摆布的傀儡,身死人手且不说,终酿成败坏皇基的"八王之乱",继以"五胡乱华"而亡国,可悲。

5.10 诸葛靓后入晋[1],除大司马[2],召不起。以与晋室有仇[3],常背洛水而坐。与武帝有旧[4],帝欲见之而无由,乃请诸葛妃呼靓。既来,帝就太妃间相见[5]。礼毕,酒酣,帝曰:"卿故复忆竹马之好不[6]?"靓曰:"臣不能吞炭漆身[7],今日复睹圣颜[8]。"因涕泗百行。帝于是惭悔而出。《晋诸公赞》曰:"吴亡,靓入洛,以父诞为世(袁本作'太',是。下同)祖所杀,誓不见世祖。世祖叔母琅邪王妃,靓之姊也。帝后因靓在姊间,往就见焉。靓逃于厕中。于是以至孝发名。时嵇康亦被法,而康子绍死荡阴之役。谈者咸曰:'观绍、靓二人,然后知忠孝之道区以别矣。'"

【注】

〔1〕诸葛靓:字仲思,魏司空诸葛诞少子。见《言语》21注。后入晋:诸葛靓先在三国吴,晋灭吴,遂入晋。

〔2〕除:拜官,授任。大司马:官名。晋置大司马,与大将军、丞相共掌朝政。

〔3〕召不起:征召不受。与晋室有仇:诸葛靓父诸葛诞本为魏将,257年,诞以寿春叛,大将军司马文王率军灭之,诞被杀,夷三族。故诸葛靓与晋王室司马氏有杀父之仇。

〔4〕有旧:有旧交。

〔5〕太妃:即诸葛妃。诸葛妃是诸葛靓之姐,诸葛诞女,司马懿子琅邪王妃,为晋武帝司马炎叔母,故称太妃。

〔6〕故复:仍然,还。竹马之好:指儿童时代的友情。竹马,儿童游戏,以竹竿当马。

〔7〕吞炭漆身:典出《战国策·赵策一》、《史记·刺客列传》。战国时期韩、赵、魏三家攻杀智伯。智伯之门客豫让为报知遇之恩,乃吞咽木炭,用漆涂身,改变音容以刺赵襄子,事败而死。此处借以喻忍垢忍辱,矢志报仇。

〔8〕圣颜:指皇帝的容颜。此指晋武帝。

【评】

诸葛靓本为吴臣,入晋后常背洛水而坐,以示不愿归顺之意;且不与总角之交司马炎叙旧结好,态度决绝,这与吴亡后入洛士人趋之若鹜,可谓大相径庭。是靓之忠君爱国之心超出众类吗?细细品味,殊觉未必。原来靓父诞本为魏将,257年,诸葛诞以寿春叛,为司马昭所杀,故二家有不共戴天的家族血仇。汉末以降,士人之国家意识淡出,而孝行意识被强化。靓字"仲思",自释其义曰:"在家思孝,事君思忠,朋友思信。"其实,"思忠"一义已大打折扣,诸葛靓之方正背后,家族仇恨当占了更大比重。

5.11 武帝语和峤曰[1]:"我欲先痛骂王武子[2],然后爵之[3]。"峤曰:"武子隽爽[4],恐不可屈。"帝遂召武子,苦责之,因曰:"知愧不?"《晋诸公赞》曰:"齐王当出藩,而王济谏请无数,又累遣常山王(主)与(甄德)妇长广公主共入,稽颡陈乞

379

留。世祖甚恚,谓王戎曰:'我兄弟至亲,今出齐王,自朕家计,而甄德、王济连遣妇入来生哭人邪?济等尚尔,况馀者乎?'济自此被责,左迁国子祭酒。"武子曰:"尺布斗粟之谣[5],常为陛下耻之。《汉书》曰:"淮南厉王长,高祖少子也。有罪,文帝徙之于蜀,不食而死。民作歌曰:'一尺布,尚可缝;一斗粟,尚可舂(春);兄弟二人,不能相容。'"瓉注曰:"言一尺布帛可缝而共衣,一斗米粟可舂(春)而共食;况以天子之属,而不相容也。"他人能令疏亲,臣不能使亲疏,以此愧陛下。"

【注】

〔1〕武帝:晋武帝司马炎,见《德行》17注。和峤:见《德行》17注。

〔2〕王武子:王济字武子。见《言语》24注。王济妻为武帝女常山公主。和峤是王济的姐夫。

〔3〕爵之:给他封官爵。"爵"用为动词。

〔4〕隽爽:性格俊迈豪爽。

〔5〕尺布斗粟之谣:《汉书·淮南衡山传》载,汉淮南王谋反事败,文帝流放他到蜀,路上绝食而死。百姓作民歌:"一尺布,尚可缝;一斗粟,尚可舂;兄弟二人,不能相容。"后以"尺布斗粟"比喻兄弟失和。

【评】

故事乃立储过程系列事件中的一个小插曲。表面上是岳父晋武帝与女婿王济间的斗嘴,但见微知著,涉及的实是司马衷这个傻乎乎的太子能否顺利接班的"国之大事"。王济出于太原王氏家族,朝中新贵,性极骄狂。但他同时又是富有才情的一代名士,颇见独立不拘品格,性格较为复杂。这次他敢于向皇帝岳父顶嘴,还多少有些主持正义的味道。原来在立嫡过程中,朝中大臣多属意于武帝同母弟、德才兼备的齐王司马攸。司马攸为父司马昭所爱,几乎立为太子。武帝登帝位后,封攸为齐王,声望日隆。武帝晚年,所立太子司马衷懦愚,朝臣多寄希望于齐王。王济向武帝陈请留齐王,又叫妻子常山公主进宫请求,因此触怒武帝,被责。王济却引用"尺布斗粟"之歌来讽喻武帝不容同母弟齐王。本门第九则和峤故事,已微妙地传达出这一人心所向。武帝担心自己死后,齐王攸"篡国夺权",故采纳亲信的建议遣齐王归藩,以绝后患。王济引用汉文帝时民谣反唇相讥,在关涉国运兴衰大计时,能够"吕望大事不糊涂",也殊为难能可贵。

5.12 杜预之荆州[1],顿七里桥[2],朝士悉祖[3]。王隐《晋书》曰:"预字元凯,京兆杜陵人,汉御史大夫延年十一世孙。祖畿,魏太保。父恕,幽州刺史。预智谋渊博,明于治乱,常称:'立德者非所企及,立功、立言,所庶几也。'累迁河南尹,为镇南将军,都督荆州诸军事,镇襄阳。以平吴勋,封当阳侯。预无伎艺之能,身不跨马,射不穿札,而每有大事,辄在将帅之限。赠征南将军、仪同三司。"预少贱,好豪侠,不为物所许[4]。杨济既名氏雄俊[5],不堪[6],不坐而去。《八王故事》曰:"济字文通,弘农人,杨骏弟也。有才识,累迁太子太保。与骏同诛。"须臾,和长舆来[7],问:"杨右卫何在[8]?"客曰:"向来,不坐而去。"长舆曰:"必大夏门下盘马[9]。"往大夏门,果大阅骑,长舆抱内车,共载归,坐如初。

【注】

〔1〕杜预(222—284):字元凯,西晋京兆杜陵(今陕西西安东南)人,西晋平吴,预有大功。博学而多谋略,时称"杜武库"。著有《春秋左氏传经传集解》。之:到……去。此指上任。荆州:治所在襄阳(今湖北)。晋武帝咸宁四年,以预为镇南大将军,都督荆州诸军事。

〔2〕顿:暂时停留,止息。七里桥:在河南洛阳城东。

〔3〕祖:原义为出门之前祭祀路神。引申为饯行,送别。

〔4〕不为物所许：不被当时公众认可。杜预少时家道贫寒，性又豪爽，在崇尚门阀的魏晋间，难以受到推重。物，人，公众。许，赞许。

〔5〕杨济（？—291）：字文通，西晋弘农华阴（今属陕西）人。官至右卫将军、太子太傅。其兄杨骏，为晋武帝杨皇后之父，权势倾天下。名氏：名门望族。

〔6〕不堪：经不起；受不了。

〔7〕和长舆：指和峤。峤字长舆。

〔8〕杨右卫：指杨济。济曾作右卫将军。

〔9〕大厦门：洛阳城门，位在城北。盘马：驰马盘旋。

【评】

中国文化传统中，向来有立德、立功、立言的"三不朽"之说。综观杜预之一生，汲汲于功名，实现了人生不朽的目标。晋国平吴，杜预为坚定不移的倡导者和实行者；非唯如此，他还在政治、律历、史学等方面，均有杰出的建树。时人号之曰"杜武库"，绝非虚誉。杨济乃武帝杨皇后叔父，与其兄杨骏权倾天下，炙手可热。他自恃世族门高、外戚权重，在杜预的饯行会上耍起名士脾气。此举当时人或许视为率性不羁的方正风度，今人看来，这是门阀意识的偏见，毫无风度可言。王世懋评曰："杜元凯千载名士，杨济倚外戚为豪，此何足为方正？"对此有深入的思考。可见，一个人无论地位有多高，生前多么荣光显赫，甚至为其树碑立传者不绝如缕，若不能对社会进步和历史发展起积极作用，也难逃无情历史的抛弃。

5.13　杜预拜镇南将军〔1〕，朝士悉至，皆在连榻坐〔2〕。《语林》曰："中朝方镇还，不与元凯共坐；预征吴还，独榻，不与宾客共也。"时亦有裴叔则〔3〕。羊稚舒后至〔4〕，曰："杜元凯乃复连榻坐客〔5〕！"不坐便去。《晋诸公赞》曰："羊琇字稚舒,泰山人。通济有才干。与世祖同年相善,谓世祖曰:'后富贵时,见用作领、护军各十年。'世祖即位,累迁左将军、特进。"杜请裴追之,羊去数里住马,既而俱还杜许[6]。

【注】

〔1〕杜预:见前则。拜镇南将军:事在晋武帝咸宁四年。镇南将军,晋将军之号,征伐时所设,不常置。

〔2〕连榻:榻是古代一种坐具,矮而狭长。如今之长凳或长椅之类。可坐数人者称连榻,一人坐者为独榻。独榻待客,有尊敬之意,连榻坐客,有慢待之嫌。

〔3〕裴叔则:裴楷字叔则,博学,通《周易》。以盛德居高位。见《言语》18 注。

〔4〕羊稚舒:羊琇,字稚舒,晋初泰山平阳(在今山东)人。羊祜从弟。司马师妻羊氏之叔父。少与司马炎相友善,为之策画,炎得立为太子。炎即帝位后,琇甚得宠遇。

〔5〕杜元凯:杜预,字元凯。乃复:竟然。

〔6〕既而:然后,过后。许:处所。

【评】

魏晋世族社会,"政失准的,士无特操",高门士人上演了一幕幕荒诞丑剧。羊琇与石崇、王恺等人斗富,暴殄天物,触目惊心。羊琇乃景帝司马师夫人的堂弟,武帝司马炎的少时玩伴、立储功臣。羊琇这般国家蛀虫,虽对国家进步和人民的福祉毫无贡献,与杜预这样的实干家比起来,连垃圾也不如;但是摆起排场来,却神气活现。或许其一生立身行事实在是无可圈点,只能炫耀其贵族的头衔和外戚的血统,以满足其空虚的心理。其挟贵而骄,并非由于才、德卓荦不群,有傲人的坚实资本,而是自恃外戚与帝友的特殊身份,滋长了其不可一世的傲慢与偏见。王世懋曰:"羊琇何物,与王恺为戚里争富者,乃亦以慢镇南为方正耶？"本篇列羊琇入"方正"，与上篇列杨济入"方正"，均见世族社会对方正的理解，受时代风气制约，已陷入无可挽回的怪圈。

5.14　晋武帝时，荀勖为中书监[1]，虞预《晋书》曰："勖字公曾，颍川颍阴人，汉司空爽曾孙也。十馀岁能属文，外祖锺繇曰：'此儿当及其曾祖。'为安阳令，民生为立祠。累迁侍中、中书监。"和峤为令[2]。故事[3]：监、令由来共车[4]。峤性雅正[5]，常疾勖谄谀[6]。王隐《晋书》曰："勖性佞媚，誉太子，出齐王。当时私议：损国害民、孙刘之匹也。后世若有良史，当箸《佞幸传》。"后公车来，峤便登，正向前坐，不复容勖。勖方更觅车，然后得去。监、令各给车，自此始。曹嘉之《晋记》曰："中书监、令常同车入朝，至和峤为令，而荀勖为监，峤意强抗，专车而坐。乃使监、令异车，自此始也。"

【注】

〔1〕荀勖（？—289）：字公曾，西晋颍川颍阴（今河南许昌）人，初仕曹魏。司马炎代魏称帝后，党附贾充父女，为人谄佞，为士林不齿。中书监：官名。中书省的副职。

〔2〕和峤：见《德行》17注。令：指中书令。掌机密，传宣诏令。始设于汉，以宦官充任。后多任用有名望或亲近者。

〔3〕故事：先例，旧有的典章制度。

〔4〕由来：从来，向来。共车：共乘一辆公车。

〔5〕雅正：端方正直。

〔6〕疾：憎恨。谄谀：讨好巴结奉承人。

384

【评】

　　和峤不愿与荀勖共载,是鄙薄其为人,与高门狂士挟贵骄人,有着本质的区别。荀勖贵为社稷辅弼,不能止恶扬善、主持正义,却一味佞媚权贵、曲阿上意,缺乏独立的人格操守,落入唯求自保乌纱之流。和峤是坚持真理的方正之士,在武帝册立储君问题上,昭示出二人判若天地的人格差距。从西方现代民主精神角度看,知识分子非唯某一方面之专才,实乃社会的良心,应在社会事务中发出自己的声音。中国儒家传统赋予士人"为天地立心,为生民立命,为往圣继绝学,为万世开太平"的铁肩道义,"一肩挑尽古今愁",形象地道出知识分子九死不悔的崇高追求。和峤"宁鸣而死,不默而生",与荀勖丧尽气节两种表现,折射出古今中外知识分子两种不同的人生选择。

5.15　山公大儿短,箸帢[1],车中倚。武帝欲见之[2],山公不敢辞。问儿,儿不肯行。时论乃云胜山公。《晋诸公赞》曰:"山该字伯伦,司徒涛(涛)长子也。雅有器识,仕至左卫将军。"

【注】

　　[1]山公:山涛,见《言语》注。大儿:长子。帢(qià 洽):曹操创制的一种便帽,形如弁而无四角,用缣帛缝制。以颜色不同区别贵贱。

　　[2]武帝:晋武帝司马炎。

【评】

　　李慈铭、余嘉锡等前贤以为故事之主人公或为山涛第三子允,有理。《晋书》载允"少尪病,形甚短小"。山允之所以不答应武帝见面的要求,当出于自惭形秽的心理障碍,并不关涉方正。刘辰翁曰:"直自愧其矮耳,不足言胜。"可谓一语中的。汉

385

魏以降,人物品藻风气已由昔日重操守名节转向重外在形貌及其风度气概。山允之自我封闭,一如魏武见匈奴使节,自以形貌丑陋而使美男子崔琰"捉刀",同为"发现自我"的时势风会使然。

5.16 向雄为河内主簿[1],有公事不及雄[2],而太守刘淮(準)横怒[3],遂与杖遣之[4]。雄后为黄门郎[5],刘为侍中[6],初不交言。武帝闻之,敕雄复君臣之好[7]。雄不得已,诣刘再拜曰[8]:"向受诏而来,而君臣之义绝,何如?"于是即去。武帝闻尚不和,乃怒问雄曰:"我令卿复君臣之好,何以犹绝?"《汉晋春秋》曰:"雄字茂伯,河内人。"《世语》曰:"雄有节概,仕至黄门郎、护军将军。"案:王隐《孙盛不与故君相闻议》曰:"昔在晋初,河内温县领牧(校)向雄,送御牺牛,不充(先)呈郡。辄随此比送洛,值天大热,郡送牛多暍(渴)死。台法甚重,太守是(吴)奋召雄与仗,雄不受杖,曰:'郡牛者亦死也,呈牛者亦死也。'奋大怒,下雄狱,将大治之。会司隶辟雄都官从事。数年,为黄门侍郎,奋为侍中,同省,相避不相见。武帝闻之,给雄酒礼,诣奋解。雄乃奉诏。"此则非刘淮(準)也。《晋诸公赞》曰:"淮(準)字君平,沛国杼秋人。少以清正称,累迁河内太守、侍中、尚书仆射、司徒。"雄曰:"古之君子,进人以礼,退人以礼[9]。今之君子,进人若将加诸膝,退人若将坠诸渊[10]。臣于刘河内[11],不为戎首[12],亦已幸甚,安复为君臣之好?"武帝从之。《礼记》曰:"穆公问于子思曰:'为旧君反服,古邪?'子思曰:'古之君子,进人以礼,退人以礼,故有旧君反服之礼。今之君子,进人若将加诸膝,退人若将坠诸渊。无为戎首,不亦善乎,又何反服之有?'"郑玄曰:"为兵主来攻伐,故曰戎首也。"

【注】

〔1〕向雄:字茂伯,西晋河内山阳(今河南修武西北)人。初仕魏为郡主簿,迁都官从事。入晋,以固谏忤晋武帝,忧愤而卒。河内:郡名。晋代治所在野王(今河南泌阳县)。主簿:中央或地方郡县设的属官。掌文书簿籍及印鉴。

〔2〕公事:公家的事务,亦指公事文书。不及雄:没有送到向雄处。

〔3〕刘淮:《晋书·向雄传》作刘毅。丁国钧《晋书校文》曰:"考仲雄(毅字)传,既未为河内太守,亦未迁侍中,则此文刘毅当为刘準之误。"準字君平,西晋沛国(治所在今安徽濉溪西北)人。太守:郡的最高行政长官。横怒:暴怒,没来由的发怒。

〔4〕与杖:给予杖责。遣:遣送。指罢官,赶走。

〔5〕黄门郎:黄门为魏晋宫内官署,黄门郎即黄门侍郎。职为侍从皇帝,传达诏命等。与侍中俱掌门下众事。

〔6〕侍中:官名。魏晋间常置专职者四人,侍从皇帝左右,预闻朝政,为亲信贵重之职。

〔7〕敕:皇帝的命令。君臣:东汉魏晋州郡长官与僚属之间,视为君臣关系。太守为君,府吏为臣。

〔8〕再拜:拜了又拜,古礼,拜两次,以表隆敬。

〔9〕"古之君子"三句:摘自《礼记·檀弓下》,谓当初刘準杖责而驱逐向雄是不合礼的。进:进用,提拔。退:斥退,罢职。

〔10〕"今之君子"三句:语本《礼记·檀弓》。谓刘準用人只凭私心爱憎。

〔11〕刘河内:指刘準,準曾任河内郡太守。

〔12〕戎首:发动战争的主谋者。比喻刀兵相见。

【评】

现代心理学研究表明,人的诸多外在行为,可以从神经气质类型理论得到解释。大概太守刘準属于胆汁质类型,情绪爆发性极强,有不可遏止的冲动。他仅因一件小事,就大发雷霆,对主簿向雄施以杖责并开除革职。翻脸无情,毫无人道可言,令身边工作人员如履薄冰,又怎能激发创造性,提高办事效率呢?后来,刘、向二人狭路相逢,又成了同一官署共事的上下级。《晋书·职官志》载,黄门侍郎与侍中俱管门下众事,而侍中"备切问近对,拾遗补缺",地位高于黄门侍郎。武帝司马炎出于安定团结的考虑,令向雄抛出和平的橄榄枝,这对于有人格尊严的士大夫而言,无异于苟媚求和、自贱身价。向雄依礼而动,据礼而言,维护了自身尊严,可钦可敬。如果没有点儿"威武不能屈"的方正品格,早就卑躬屈膝地去巴结上司了。

5.17 齐王冏为大司马辅政[1],虞预《晋书》曰:"冏字景治,齐王攸子也。少聪惠,及长,谦约好施。赵王伦篡位,冏起义兵诛伦。拜大司马,加九锡,政皆决之。而恣用群小,不复朝觐,遂为长沙王所诛。"嵇绍为侍中[2],诣冏谘事[3]。冏设宰会[4],召若旟、《齐王官属》名曰:"旟字虚旟,齐王从事中郎。"《晋阳秋》曰:"齐王起义,转长史。既克赵王伦,与董艾等专执威权。冏败见诛。"董艾等《八王故事》曰:"艾字叔智,弘农人。祖遇,魏侍中。父绥,秘书监。艾少好功名,不修士检。齐王起义,艾为新汲令,赴军,用艾领右将军。王败见诛。"共论时宜[5]。旟等白冏:"嵇侍中善于丝竹[6],公可令操之。"遂送乐器。绍推却不受,冏曰:"今日共为欢,卿何却邪?"绍曰:"公协辅皇室,令作事可法[7]。绍虽官卑,职备常伯[8]。操丝比竹盖乐官之事[9],不可以先王法服,为伶人之业[10]。今逼高命[11],不敢苟辞,当释冠冕[12],袭私服[13]。此绍之心也。"旟等不自得而退。

【注】

〔1〕齐王冏:司马冏(?—302),西晋皇族,字景治。齐王司马攸子,

嗣封齐王。后为长沙王司马乂所杀。大司马:官名。晋置大司马与大将军和丞相共掌朝政。

〔2〕嵇绍:字延祖,康子,官至侍中。

〔3〕诣:到……去。咨事:请示公事。

〔4〕设宰会:设置酒宴邀请僚属集会。宰,官员通称。

〔5〕若旗:袁本及《晋书》嵇绍传均作"葛旟",是。葛旟,西晋时齐王司马冏属官。董艾:齐王冏亲信,领右将军。时宜:指时政,适应时势的政治措施。

〔6〕丝竹:弦乐器和管乐器。泛指乐器。

〔7〕可法:切合法度。

〔8〕常伯:周代官名,相当于九卿一类的高级官职。

〔9〕操丝比竹:谓演奏乐器。乐官:掌管音乐的官吏。

〔10〕法服:礼法规定的标准服。《孝经·卿大夫》:"非先王之法服不敢服。"注:"先王制五服,各有等差,言卿大夫遵守礼法,不敢僭上逼下。"伶人:乐人,乐工。古时从事音乐的艺人被轻视。

〔11〕高命:尊贵的命令,敬辞。

〔12〕冠冕:古代帝王、官员所戴的有等级区别的礼帽。此泛指官服。

〔13〕袭:穿。私服:便服。

【评】

有晋一代,"虽背恩忘义之徒不可胜载,而蹈节轻生之士无乏于时"(《晋书·忠义传》)。嵇绍乃名士嵇康之子,入仕后在政治的浊流中始终能够站稳脚跟,拒绝外戚贾谧的拉拢,后又勤力王事、公忠体国而杀身成仁。与此则故事不为齐王操伶人之事,俱为方正品格做了最好的注脚。齐王冏及葛、董诸人,令嵇绍在集会上操管弄弦,从表面上看,诸人似分不清公私场合,一时糊涂。实际上则无意中暴露了这群人平日的所思所想。因心中并不把国家大事置于至高无上的地位,故对日常案牍工作无所用心,甚或醉生梦死,唯以享受为重。今晚的宴会在哪里摆?宴后安排一些什么内容?乌七八糟的东西横亘于胸,国家的事业焉有半点位置？嵇绍有理有据地给"衮衮诸公"们上了一堂职业道德课。嵇绍的刚直不阿，"激清风于万古，厉薄俗于当年"，为两晋暗淡的政治舞台增添了一丝亮色。

5.18　卢志于众坐《世语》曰："志字子通，范阳人，尚书珽少子。少知名，起家邺令，历成都王长史、卫尉卿、尚书郎。"问陆士衡[1]："陆逊、陆抗，是君何物[2]？"抗已见。《吴书》曰："逊字伯言，吴郡人，世为冠族。初领海昌令，号'神君'。累迁丞相。"答曰："如卿于卢毓、卢珽[3]。"《魏志》曰："毓字子家，涿人。父植，有名于世。累迁吏部郎、尚书。选举，先性行而后言才。进司空。珽，咸熙中为泰山太守，字子笏，位至尚书。"士龙失色[4]，云别见。既出户，谓兄曰："何至如此？彼容不相知也[5]。"士衡正色曰："我父祖名播海内，宁有不知。鬼子敢尔[6]！"《孔氏志怪》曰："卢充者，范阳人。家西三十里有崔少府墓。充先冬至一日出家西猎，见一獐，举弓而射，即中之。獐倒而复起，充逐之，不觉远。忽见一里门如府舍，门中一铃下，有唱家前。充问：'此何府也？'答曰：'少府府也。'充曰：'我衣恶，那得见贵人。'即有人提襆新衣迎之。充箸，尽可体。便进见少府，展姓名。酒炙数行，崔曰：'近得尊府君书，为君索小女婿，故相延耳。'即举书示充。充父亡时虽小，然已见父手迹，便歔欷无辞。崔即敕内，令女郎庄严，使充就东廊。充至，妇已下车，立席头共拜。三日毕，还见崔。崔曰：'君可归矣！女有娠相，生男当以相还。生女当归自养。'敕外严车送客。崔送至门，执手零涕，离别之感，无异生人。复致衣一袭，被褥一副。充便上车，去如电逝，须臾至家。家人相见，悲喜推问。知崔是亡人，而入其墓，追以懊惋。居四年，三月三日临水戏。忽见一犊车，乍浮乍没。既上岸，充往开车后户，见崔氏女与三岁男儿共载。充见之，忻然欲捉其手。女举手指后车曰：'府君见人。'即见少府。充往问讯，女抱儿还充。又与金碗，别，并赠诗曰：'煌煌灵芝质，光丽何猗猗！华艳当显时，

390

嘉异表神奇。含英未及秀,中夏罹霜萎。荣曜长幽灭,世路永无施。不悟阴阳运,哲人忽来仪。会浅离别速,皆由灵与祇。何以赠余亲,金碗可颐儿。爱恩从此别,断绝伤肝脾。'充取儿、碗及诗,忽不见二车处。将儿还,四坐谓是鬼媚,佥遥唾之,形如故。问儿:'谁是汝父?'儿径就充怀。众初怪恶,传省其诗,慨然叹死生之玄通也。充诣市卖碗,高举其价,不欲速售,冀有识者。欻有一老婢问充得碗之由,还报其大家,即女姨也。遣视之,果是。谓充曰:'我姨姊崔少府女,未嫁而亡,家亲痛之,赠一金碗著棺中。今视卿碗甚似。得碗本末,可得闻不?'充以事对。即诣充家迎儿。儿有崔氏状,又似充。姨曰:'我舅生三月末间产。父曰:"春暖温也,愿休强也。"即字温休,"温休",盖幽婚也。其兆先彰矣!'儿遂成为令器,历数邪(郡)二千石,皆著绩。其后生植。为汉尚书。植子毓,为魏司空。冠盖相承至今也。"议者疑二陆忧(优)劣,谢公以此定之[7]。

【注】

〔1〕卢志:字子道,西晋范阳涿(今属河北)人。早知名。陆士衡:陆机字士衡,吴郡吴人(今苏州)人。见《言语》26注。

〔2〕陆逊(183—245):字伯言,三国吴郡吴县华亭(今上海松江)人。累世为江东大族,官至丞相。陆机、陆云之祖父。陆抗:字幼节,陆逊子。历官江陵都督、大司马、荆州牧。何物:什么人。

〔3〕卢毓:字子家,卢志祖父。卢珽:字子笏。卢毓子,卢志父。

〔4〕士龙:陆云字士龙,陆机弟。儒雅有俊才,善著述,官至清河内史。及兄机兵败,同被谮杀。失色:因受惊或害怕而改变脸色。

〔5〕容:或许,可能。

〔6〕鬼子:骂人的话。敢尔:竟敢如此。

〔7〕谢公:谢安。定之:论定二人高下。

【评】

魏晋门阀制度沿袭既久,逐渐养成士族子弟傲视苍生、惟我独尊的狂妄文化心理。而西晋灭吴后,士族门阀中地方宗派的南北对立,是这种文化心理的一个重要表现。以陆机、陆云为代表的江南士族,受到中原士族的歧视,进而引发了一场南北士人的对抗。陆逊、陆抗父子,是吴国名将,战功卓著,英名盖世。在重士族门第的社会交际中,卢志怎能不晓二陆的大名?可见他是有意挑衅,以示作为战胜者的中原士族对江南士族的优越感。陆机针锋相对、反唇相讥,直道卢志父祖毓、珽之名,全然不顾后果,终为日后谗诛埋下隐患。两晋时代,南北士族对抗,力量内耗,愈演愈烈,成为加速政权灭亡的掣肘因素。李斯《谏逐客书》云"地无四方,民无异国,四时充美,鬼神降福",这从另一方面说明了为政者应有的宽容博大心态。

5.19　羊忱性甚贞烈[1],赵王伦为相国[2],忱为太傅长史[3],乃版以参相国军事[4]。使者卒至[5],忱深惧豫祸[6],不暇被马[7],于是帖骑而避[8]。使者追之,忱善射,左右发,使者不敢进,遂得免。《文字志》曰:"忱字长和,一名陶,泰山平阳人。世为冠族。父疏('疏',袁各本作'繇',是),车骑掾。忱历太傅长史、扬州刺史,迁侍中。永嘉五年,遭乱被害,年五十馀。"

【注】

〔1〕羊忱:(?—311):一名陶,字长和,西晋泰山(在今山东)人。死于永嘉之乱。贞烈:正直刚烈。

〔2〕赵王伦:赵王司马伦,见《德行》18注。相国:宰相。

〔3〕长史:魏晋时,丞相、三公、都督府、将军府均设长史,为辅佐官吏。

〔4〕版:书写在木板上的官府文书,凡王封官用版,称为"版官"。此指赵王伦以版诏授羊忱官职。参相国军事:相国手下的参军事官。

〔5〕卒:通"猝"。突然。

〔6〕豫祸：牵连受祸。豫，通"与"。

〔7〕被马：即鞴马，装配鞍鞯、缰勒。

〔8〕帖骑：贴身于马背，跨骑不配鞍鞯的马。

【评】

　　一个有独立思考精神的知识分子，应该知道有所为、有所不为，在大是大非面前，保持清醒头脑。羊忱就是这样一位性格贞正刚烈，深知福祸倚伏之理的清醒者。赵王伦打着"清君侧"的所谓正义之旗，诛灭贾后一党，不过是以恶制恶的政治把戏而已，并非正义之举，内心是觊觎帝位，欲行篡逆之实。羊忱挣脱司马伦的名利网罗，与那些对权力趋之若鹜的俗客形成鲜明对比。儒家《论语》中有"危邦不入，乱邦不居"、"邦有道则仕，邦无道则卷而怀之"等警语；道家智慧里亦有福祸相因、避害全生的训诫。羊忱把这些古训名言化成自己的人生指南，不能不说是智者的抉择。

5.20　**王太尉不与庾子嵩交**[1]，王夷甫、庾敳庾曰（日）卿之不置[2]。王曰："君不得为尔。"庾曰："卿自君我[3]，我自卿卿[4]；我自用我法，卿自用卿法。"

【注】

〔1〕王太尉：王衍，见《言语》23注。庾子嵩：庾敳，见《文学》16注。

〔2〕曰：据袁本，"曰"字为衍字；或据沈剑知《世说新语校笺》（刊于《学海》第一卷1、2、3、6期及第二卷第1期）"曰"当为"日"。于义皆通。卿：对对方比较亲近而随便的称呼，相当于"你"。不置：不止，不已。

〔3〕君我：用"君"称呼我。

〔4〕卿卿：用"卿"称呼你。

393

【评】

　　太尉王衍原是雅重庾敳,二人俱是不论世事、唯雅咏玄虚的玄学领袖,思想渊源是息息相通的。何以王衍后来一百八十度地大转弯,对庾敳的"卿之不置"不予理睬呢?原来"君"乃对人之尊称,而"卿"则魏晋以来对爵位较低或平辈表示亲近的称呼。王衍是极其矜持的士林领袖,"入眼平生未曾有",是其待人处世的一贯作风。庾敳以"卿"呼衍,等于平辈相称,不经意间对其身份构成了公然挑战。是可忍,孰不可忍?但这层微妙心理又不好明言,于是王衍干脆来个沉默战术,以不回答来表示自己的抗议,直到你罢口为止。庾敳参透此中消息,但却仍然我行我素,而不顾对方的感受,在强势者面前并不低头屈曲,依然张扬个性,顽强保持自己平等的人格。魏晋士人因此称之为"方正"。

　　5.21　阮宣子伐社树[1],阮修,已见。《春秋传》曰:"共工氏有子曰勾龙,为后土,后土为社。"《风俗通》曰:"《孝经》称,社者土也,广博不可备敬,故封土以为社而祀之,报功也。"然则社自祀勾龙,非土之祭也。有人止之。宣子曰:"社而为树,伐树则社亡;树而为社,伐树则社移矣。"

【注】

　　[1]阮宣子:阮修字宣子,阮籍从子,好《易》理,善清言。性简约、任诞。晋代无神论者。社:土地神或祭祀土地神的地方,如社庙、社坛、社宫。此指设立土地神坛。立社种树,作社的标志,称社树。

【评】

　　子曰:"未知人,焉知鬼",故"不语怪力乱神"。儒家思想怀疑鬼神的存在,但却要祭鬼神,取"祭如在"的态度。社乃土地之神,在社种树为社的标志。《汉书·孔安国传》曰:"王者封五色土为社,建诸侯,则各割其方色土与之,使立社";又《白虎通义》三《社稷》言:"人非土不立,非谷不食……故封土立社,示有土地。"社为国家政权的标志,为历代王朝所重视。玄学思想辨名析理,重视理性思考,对于鬼神的态度是检验士人理性思辨水平高低的试金石。很多人都在此处望而却步了。阮宣子是有唯物思想的清谈家,不随从流俗,坚持独立思考,确实难能可贵。

5.22 阮宣子论鬼神有无者[1]。或以人死有鬼,宣子独以为无,曰:"今见鬼者云,箸生时衣服;若人死有鬼,衣服复有鬼邪?"《论衡》曰:"世谓人死为鬼,非也。人死不为鬼,无知,不能害人。如审鬼者死人精神,人见之,宜从裸袒(袒)之形,无为见衣带被服也。何则?衣无精神也。由此言之,见鬼象人,则形体亦象人。象人,知非死人之精神也。凡天地之间有鬼,非人死之精神也。"

【注】
　　〔1〕阮宣子:见前则。
【评】
　　魏晋的玄学清谈,可以说是先秦百家争鸣的继承和发展,是一次因时适势的学术交锋。其具体内容,如有无、本末、言意、形神、神灭诸论,都体现了魏晋时代的新思考。鬼神观念,在中国民间文化"小传统"中有根深蒂固的思想土壤。佛教传入后,"彼岸世界"又在一定程度上强化了国人心中的冥界意识。阮修与人辩论鬼神之有无,属玄学内部的理论探讨,其回答机智幽默,持之有据。不要说在遥远的六朝时代,即便在今天,鬼神观念也还在某些人(甚至在接受过高等教育的知识分子)中间大行其道,在特定条件下,还会以一种变化了的方式沉渣泛起,成为一种兴风作浪的社会势力。南宋刘辰翁评曰:"振古绝俗,得意之名言。"可见,阮修持无神论在当时是多么的难能可贵。对于后来南朝范缜的神灭论,当起到开先河之功。

5.23 元皇帝既登阼[1],以郑后之宠[2],欲舍明帝而立简文[3]。时议者咸谓舍长立少,既于理非伦[4],且明帝以聪亮英断,益宜为储副[5]。周、王诸公并苦争恳切[6],《中兴书》曰:"郑太后字阿春,荥阳人。少孤,先嫁田氏,夫亡,依舅氏。时中宗敬后虞氏先崩,将纳吴氏。后与吴氏女游后园,有言之于中宗者,纳为夫人。甚宠,生简文。帝即位,尊之曰文宣太后。"唯刁玄亮独欲奉少主以阿帝旨[7]。元帝便欲施行,虑诸公不奉诏,于是先唤周侯、丞相入[8],然后欲出诏付刁。刁协周、王既入,始至阶头,帝逆遣传诏遏使就东厢[9]。周侯未悟,即却略下阶[10]。丞相披拨传诏[11],径至御床前[12],曰:"不审陛下何以见臣?"帝默然无言,乃探怀中黄纸诏裂掷之。由此皇储始定。周侯方慨然愧叹曰:"我常自言胜茂弘[13],今始知不如也!"《中兴书》曰:"元皇以明帝及琅邪王裒,并非敬后所生,而谓裒有大成之度,胜于明帝。因从容问王导曰:'立子以德不以年。今二子孰贤?'导曰:'世子、宣城俱有爽明之德,莫能优劣,如此,故当以年。'于是更封裒为琅邪王。"而此与《世说》互异。然法盛采摭典故,以何为实。且从容讽谏,理或可安。岂有登阶一言,曾无奇说,便为之改计乎?

【注】
〔1〕元皇帝:指晋元帝司马睿,东晋第一主。见《言语》29 注。登阼:登基,即位做皇帝。

〔2〕郑后:小字阿春。建武元年,晋元帝纳为夫人,生简文帝。晋孝武时,追尊为太后。

〔3〕明帝:东晋明帝司马绍(299—325),元帝长子,东晋第二主。简文:晋简文帝司马昱,见《德行》37注。

〔4〕舍长立少:指舍掉长子而立少子为太子皇储。非伦:不合常道。封建宗法制以立嫡立长为常道。

〔5〕储副:储君,太子。皇位继承人。

〔6〕周、王:指周顗、王导。周、王是辅佐晋元帝之重臣。

〔7〕刁玄亮:刁协(?—322),字玄亮,东晋勃海饶安(今河北盐山南)人,晋元帝亲信近臣。协久在内朝,谙练旧事,中兴制度,多为协所建,于朝廷制度多所谋划。性刚悍,好媚上抑下。后为王敦所杀。奉:尊奉,拥戴。阿:曲从,奉迎。旨:意旨,心意。

〔8〕周侯:周顗。丞相:王导。

〔9〕逆:预先。传诏:皇帝身边供役使差遣的人。遏:阻止。

〔10〕却略:倒退着走。

〔11〕披拨:用手拨开。

〔12〕御床:御座,皇帝宝座。床,坐具。

〔13〕茂弘:王导字。

【评】

"五胡乱华",司马南渡。王导拥戴司马睿创基东晋,讦谟定命,鞠躬尽瘁。史称"王与马,共天下",非虚誉也。封建宗法社会,"立嫡以长"乃是礼法常规,元帝却因经不住郑后的枕边风,欲舍长立幼,采取反常规做法,极易成为日后祸起萧墙的导火索。深谙古今之变的政治家王导,鉴于晋室诸王同室操戈的历史教训,坚持提议聪亮英断的长子司马绍为合适人选,君臣之间为此互不相让。王导的果决,令人想起西晋开国之初的名臣和峤,二人抗颜直谏的方正品格如出一辙。另外,故事中,周顗面临突发事件时,丈二和尚摸不着头,沉着应对能力逊于王导,或许是为映衬王导的"光辉形象"而采取的"小说家言"。但从文学角度看,则从一个侧面烘托了王导多谋善断的优秀政治家形象。

5.24 王丞相初在江左[1],欲结援吴人[2],请婚陆太尉[3]。对曰:"培塿无松柏[4],薰莸不同器[5]。杜预《左传注》曰:"培楼(塿),小阜;松柏,大木也。薰,香草;犹(莸),臭草。"玩虽不才[6],义不为乱伦之始[7]。"玩已见。

【注】
〔1〕王丞相:王导。初在江左:刚到江东。西晋灭亡,王导辅佐琅邪王司马睿在建康建立东晋政权。江左:长江下游以东地区。指东晋辖区。古人叙地理以东为左,以西为右,故称江东为江左。
〔2〕结援:结交以求得援助。吴人:江左本吴郡之地域,故称江左人氏为吴人。此指江东的世家大族,如吴郡的朱、张、顾、陆等。
〔3〕请婚:谓王导向陆玩请求通婚。陆太尉:指陆玩。吴郡吴人。见《政事》13 注。
〔4〕培塿:小土丘,小山。
〔5〕薰莸不同器:香草与臭草不能放在同一个容器之中。薰,香草;莸,臭草。
〔6〕不才:不成材,不是人才。
〔7〕乱伦:乱人伦。这里指门第不相当而结为婚姻。在门阀制度下,高门士族不和寒门庶族通婚。

【评】
　　东晋南渡之初,中原豪强的力量相对地被削弱,而江南士族豪强则因为很少受战争打击而保存并日渐扩大其影响和实力。南北士族力量此消彼长,发生了相应变化。以王导为首的中原士族之有识之士,为调动一切可能力量,采取了一系列团结南人的策略。其请婚陆太尉,就是其中事关政治大局的感情投资。

太尉陆玩为江左名族,琅邪王氏为中原士族之冠,王导又是朝廷辅政大臣,王、陆通婚,陆家为攀龙附凤,何乐而不为?但事实是陆玩不想高攀而拒婚,时人以气骨而称其方正,似不无道理。但细忖度之,似乎另有更加深层的原因:南北士族对立,由来已久,在长期对抗中,南人处于被压制、被轻侮的劣势地位,而今世异时移,中原士族偏安江南,寄人篱下,南人心理优势占上风。陆玩之婉拒王导,是长期受压抑后的心理反弹,此其一;陆玩为陆机从弟,机、云兄弟惨死中原士族之手,手足情亲,记忆犹新。此其二。李贽曰:"今之恃势者,可羞也。"以陆玩为方正,似只见其表,而未窥全豹,应综合考量。

5.25 **诸葛恢大女适太尉庾亮儿**[1],《恢别传》曰:"恢字道明,琅邪阳都人。祖诞,司空。父靓,亦知名。恢少有令问,称为明贤。避难江左,中宗召补主簿,累迁尚书令。"《庾氏谱》曰:"庾亮子会,娶恢女,名文彪。庾会别见。"**次女适徐州刺史羊忱儿**[2]。《羊氏谱》曰:"羊楷字道茂。祖繇,车骑掾。父忱,侍中。楷仕至尚书郎,娶诸葛恢次女。"**亮子被苏峻害**[3],**改适江虨**[4]。**虨别见。恢儿娶邓攸女**[5]。《诸葛氏谱》曰:"恢子衡,字峻文。仕至荥阳太守。娶河南邓攸女。"**于时谢尚书求其小女婚**[6],**恢乃云:"羊、邓是世婚,江家我顾伊**[7],**庾家伊顾我,不能复与谢裒儿婚。"**《永嘉流人名》曰:"裒字幼儒,陈郡人。父衡,博士。裒历侍中、吏部尚书、吴国内史。"**及恢亡,遂婚**。《谢氏谱》曰:"裒子石,娶恢小女,名文熊。"《中兴书》曰:"石字石奴,历尚书令。聚敛无厌,取讥当世。"**于是王右军往谢家看新妇**[8],**犹有恢之遗法**[9]:**威仪端详**[10],**容服光整**[11]。**王叹曰:"我在遣女,裁得尔耳**[12]?"

【注】

〔1〕诸葛恢:字道明,东晋阳都(今山东沂水南)人。诸葛靓子。西晋乱,避地江左。适:嫁。庾亮儿:指庾会。会字会宗,太尉庾亮长子,娶诸葛恢女,名文彪。

〔2〕羊忱:见本篇19注。

〔3〕亮子被苏峻害:晋明帝崩,庾亮掌朝政,苏峻素疑庾亮欲加害,故以讨亮为名起兵反,攻陷京城。晋成帝咸和六年,庾亮庾会被杀。

〔4〕江彪:字思玄,东晋陈留(今河南开封东北)人。江统子。为晋中兴大臣,累官至尚书左仆射。

〔5〕邓攸:见《德行》28注。

〔6〕谢尚书:谢裒,字幼儒,东晋陈郡阳夏(今河南太康)人;谢安之父。

〔7〕世婚:世代有通婚关系的亲戚。顾;照顾:顾念。

〔8〕王右军:王羲之,见《言语》62注。看新妇:是古礼。晋、宋以来,初婚三日,妇见翁姑,众宾皆列观。

〔9〕遣法:明袁氏本作"遗法",各可成说。

〔10〕威仪:容貌举止。端详:端庄安详。

〔11〕容服:仪容服饰。光整:华美整洁。

〔12〕在:于。遣女:嫁女。裁:通"才"。尔:如此。

【评】

东晋渡江之初,王、葛为著姓。于时王氏为将军,而诸葛兄弟并居显要。阮思旷讥谢万为"新出门户,笃而无礼",可见时人尚不以陈郡谢氏为高门世族。至于王、谢并称,则自谢安时始。诸葛氏婚配的挑挑拣拣,是出于保持自身门第高华的考虑,与后来嫁女谢氏一样,均是时代风气使然。以坚持婚姻的门当户对为方正,正是魏晋时代士人的认识。后谢氏兴起而诸葛衰微,高门显第之绝代风华,终于花谢水流,不得不倚赖嫁女以攀高枝,从而达到重振家声的目的。从人世白云苍狗的沧桑变幻和士族门户的运势消息中,依稀可见出历史的无情和人心的无奈。回想上个世纪六七十年代青年人谈婚论嫁,以根正苗红的工农兵出身为首选对象,这一择偶标准,在今天看来似乎不可思议,但当时人们却严肃地奉行着,这正是那个年代理解的"门当户对"。余嘉锡先生"冢中枯骨,未可尽恃"一语,可谓的论。

5.26　周叔治作晋陵太守[1],周侯、仲智往别[2]。叔治以将别,涕泗不止。仲智恚之曰[3]:"斯人乃妇女,与人别,唯啼泣。"便舍去[4]。邓粲《晋纪》曰:"周谟字叔治,颤次弟也,仕至中护军。嵩字仲智,谟兄也,性狡直果侠,每以才气凌物。颤被害,王敦使人吊焉。嵩曰:'亡兄天下有义人,为天下无义人所杀,复何所吊?'敦甚衔之,犹取为从事中郎。因事诛嵩。"《晋阳秋》曰:"嵩事佛,临刑犹诵经。"周侯独留与饮酒言话,临别流涕,抚其背曰:"阿奴好自爱[5]。"阿奴,谟小字。

【注】
　　〔1〕周叔治:周谟,字叔治。周颤弟。晋陵:郡名。治所在今江苏常州。辖境相当于今江苏镇江、常州、无锡三市及附近地区。
　　〔2〕周侯:指周颤。颤字伯仁,周氏三兄弟,伯仁为长。仲智:周嵩字仲智,周颤弟,性狷介。
　　〔3〕恚:生气,恼怒。
　　〔4〕舍去:离去。
　　〔5〕阿奴:是晋宋时代常用语,表示一种亲昵称呼,用于长呼幼、尊呼卑,相当于第二人称。平辈表示亲昵,有时也可称对方为"阿奴"。犹今吴方言中"阿囡"。

【评】
　　常言道:一母生九子,九子各不同。从先天遗传基因和气质类型理论来看,此言有理。根据周颤兄弟三人的表现,截然分属两种不同的类型。周𫖮、周嵩较为情绪化,是性情中人。分别之际,𫖮、嵩话别流涕,表现得一往情深。《言语》门第三十一则载过江诸人新亭对泣的故事,周𫖮中坐而叹:"风景不殊,正自有山河之异",正是其多愁善感的性情,触惹了众人的故国之思,于此可为佐证。周嵩则表现殊异,见兄弟周谟涕泣不止而大怒,数落一番之后便扬长而去。看似方正,实则无情。史载周嵩"狷直果侠,每以才气陵物"(《晋书》本传)。处理兄弟关系尚且如此不近人情,对待他人更可想而知。"无情未必真豪杰",周嵩之决绝似大可不必。刘辰翁曰:"一样兄弟,厚薄如此。少年陵物,大有人以为方正。奇矫取名,最害心术,亦不得不辨。"对周嵩的矫情举止做了理性考辨。此外,故事抓取了兄弟三人生活中具有表现力的点滴瞬间加以定格,刻画其不同的精神面貌和情感世界,可谓神来之笔。

5.27　周伯仁为吏部尚书[1],在省内[2],夜疾危急。时刁玄亮为尚书令[3],营救备亲好之至[4],良久小损[5]。虞预《晋书》曰:"刁协字玄亮,渤海饶安人。少好学,虽不研精,而多所博涉。中兴制度,皆禀于协。累迁尚书令。中宗信重之。为王敦所忌,举兵讨之。奔至江南,为人所杀。"明旦,报仲智[6],仲智狼狈来[7]。始入户,刁下床对之大泣[8],说伯仁昨危急之状。仲智手批之[9],刁为辟易于户侧[10]。既前,都不问病,直云:"君在中朝[11],与和长舆齐名[12],那与佞人刁协有情!"迳便出。

【注】

〔1〕周伯仁:周𫖮,见《言语》30 注。吏部尚书:吏部长官,魏时称选

曹尚书,主管官员的任免、铨叙、考绩、升降等。

〔2〕省:官署。此指尚书省。

〔3〕刁玄亮:刁协字玄亮。尚书令:尚书省长官。负责政令。

〔4〕备:犹"尽"。

〔5〕小损:稍微减轻。损:差减。

〔6〕明旦:第二天早晨。仲智:周嵩,见前则。

〔7〕狼狈:急速。

〔8〕床:坐榻。

〔9〕批:排开。

〔10〕辟易:退辟。

〔11〕中朝:晋室南渡后称渡江前的西晋为中朝。

〔12〕和长舆:和峤字长舆,晋武帝时为中书令,后转侍中,甚被器重,为一代名臣。

【评】

史载刁协"性刚悍,与物多忤,崇上抑下",历史评价似乎不高。然其对晋室"悉力尽心,志在匡救"(《晋书》本传),与那些逢迎拍马的势利小人又有区别。他与刘隗同被元帝倚为腹心,其实是制衡王氏家族的力量。周氏兄弟与王导情好,处于同一利益集团,周嵩曾上疏为王导开脱。因此,周嵩借题发挥辱骂刁协为"佞人",既是其平素以才气陵物性格的必然反应,同时也有借机打压敌对势力气焰的深层用心。不管出于何种目的,周嵩对兄长病情毫不关心,对救命恩人疾言厉色、拳脚相加,便违背了人之常情。其下意识的过激反映,暴露出他胸中的利益观念、敌我意识,要远远高于手足之情。这就从一个侧面昭示,六朝时代一部分狭隘士人对方正的理解,与方正本义已南辕北辙,虽其出发点在于纠偏,但过犹不及,只能产生令人厌恶的效果。

5.28　王含作庐江郡[1],贪浊狼籍[2]。王敦护其兄[3],故于众坐称[4]:"家兄在郡定佳,庐江人士咸称之。"时何充为敦主簿[5],在坐,正色曰:"充即庐江人,所闻异于此。"敦默然。旁人为之反侧[6],充晏然神意自若[7]。《中兴书》曰:"王敦以震主之威,收罗贤隽,辟充为主簿。充知敦有异志,逡巡疏外。及敦称含有惠政,一坐畏敦,击节而已,充独抗之。其时,众人为之失色。由是忤敦,出为东海王文学。"

【注】

〔1〕王含:字处弘,大将军王敦兄。见《言语》37注。庐江郡:晋代郡名。治所在舒县(今安徽舒城)。

〔2〕狼籍:一作"狼藉"。纵横散乱的样子,引申为破败不可收拾。此处指声名败坏。

〔3〕护:庇护。

〔4〕众坐:大庭广众。

〔5〕何充:字次道,晋庐江人。见《言语》54注。主簿:中央或地方郡县所设属官。

〔6〕反侧:不安的样子。

〔7〕晏然:平静的样子。

【评】

　　故事极具典型意义:好比某单位开会,领导在上面大肆吹嘘自己的亲信如何德才兼备,可堪重用。这正如同明代宗臣《报刘一丈书》中以漫画笔法描绘的"上下相孚"的世风。群众虽然对实情心知肚明,但慑于淫威,对于"皇帝的新装"不敢戳穿。这时忽有一人因不甘心充当被耍弄的"阿斗",站起来拆穿谎言。这需要何等的勇气!何充当众顶撞领导,是其方正人格面对虚伪和谎言时的必然反弹,绝不是一时头脑发热的鲁莽之举。王敦一代枭雄,气魄远大,他"舍得一身剐,敢把皇帝拉下马",

对于区区一介何充,当然不会放在眼里!他之所以隐忍不发,当出于对名士风度的相对尊重,以及自身长期修炼的名士底蕴,这就高出那些气量狭小、睚眦必报的上司百倍!

5.29 顾孟箸(著)尝以酒劝周伯仁[1],伯仁不受。顾因移劝柱,而语柱曰:"讵可便作栋梁自遇[2]!"周得之欣然,遂为衿契[3]。徐广《晋纪》曰:"顾显字孟箸(著),吴郡人,骠骑荣兄子。少有重名,泰兴中为骑郎。蚤卒,时为悼惜之。"

【注】

〔1〕顾孟箸(著):顾显,字孟著,东晋吴郡(今江苏苏州)人。顾荣侄子。少有令名。周伯仁:周颛。

〔2〕讵:岂,难道。作栋梁自遇:自己把自己看作栋梁。遇,对待。

〔3〕衿契:情意相投的朋友。

【评】

魏晋玄学中人,有一类属于纵酒任心的,周颛就是此类中人。他嗜酒如命,"为仆射,略无醒日,时人号为'三日仆射'。"(《晋书》本传)据说他能饮酒一石,一石合十斗,今日之一百升,就是喝水,肚子也很难承受得下,何况是酒?虽史家夸饰,不可尽信,然而必有一定依据,并非空穴来风。顾显仰慕中原名士周颛之雅望与海量,欲劝酒以交好于颛。周颛可能没有瞧得起这位后生晚辈,使顾很没面子。顾借酒佯狂,对柱而讥周,颇有后世李太白"举杯邀明月"的绝尘风姿。不料此招竟引起周颛的好感,遂与顾显结为挚友。大概名士相交,更看重反常举止背后折射出的气质风度吧,顾显借酒装疯,周颛却听出弦外之音,报以青眼。可见任情率性的名士自有一套同气相求的"话语系统",不可以常人常理推求。刘辰翁曰:"劝柱、语柱自佳,语又佳。"抓住了故事神髓,堪称慧眼。

5.30 明帝(元帝)在西堂,会诸公饮酒[1]。未大醉,帝问:"今名臣共集,何如尧舜[2]?"时周伯仁为仆射[3],因厉声曰:"今虽同人主,复那得等于圣治[4]!"帝大怒,还内,作手诏满一黄纸,遂付廷尉令收[5],因欲杀之。案:明帝未即位,颛已为王敦所杀。此说非也。后数日,诏出周[6]。群臣往省之[7],周曰:"近知当不死[8],罪不足至此。"

【注】

〔1〕明帝:明帝未即位,颛已为王敦所杀。据《晋书》本传,此当指元帝。西堂:东晋皇宫太极殿的西厅。诸公:群臣。

〔2〕尧、舜:唐尧、虞舜,传说中的两个远古帝王。尧舜时代,被视为圣明时代,且在位时有众多贤臣。

〔3〕仆射:即尚书省主事官员,为尚书令之副。魏晋时代,或置左右仆射,或置尚书仆射。尚书仆射职权仅次于尚书令。周颛于晋元帝时任尚书左仆射。

〔4〕人主:人君。圣治:圣明时代。

〔5〕廷尉:掌管刑狱的官。收:逮捕。

〔6〕诏:动词,下诏。

〔7〕省:看望。

〔8〕近知:早就知道。近,原先、当初。当不死:该不会死。

【评】

故事中的第二主角明帝,据《晋书》颛传作元帝,与刘注合,可从。周颛饮酒无度,人称"三日仆射",但后人切不可以酒鬼视之。他"留一半清醒留一半醉",在大是大非面前决不糊涂。元帝自比尧、舜,周颛偏不给皇帝面子,敢于揭短、捅马蜂窝。与

406

诸王公大臣唯唯诺诺相比,勇气可嘉。中国古代社会,虽然不具备西方现代意义上的民主自由意识,但也不乏独立不倚的思想因子。范仲淹《灵乌赋》有"宁鸣而死,不默而生",这就是一种诤谏的自由,是一种不平则鸣的抗争精神。周顗敢于和皇帝顶嘴,不愿睁眼说瞎话,不能将其看成是一时的酒后失言,而是其平素"善养浩然之气"的必然结果。

5.31 王大将军当下[1],时咸谓无缘尔[2]。伯仁曰:"今主非尧、舜,何能无过?且人臣安得称兵以向朝廷?处仲狼抗刚愎[3],王平子何在[4]?"《顗别传》曰:"王敦计(讨)刘隗,时温太真为东宫庶子,在承华门外,与顗相见曰:'大将军此举有在,义无有滥?'顗曰:'君年少,希更事。未有人臣若此而不作乱,共相推戴数年而为此者乎!处仲狼抗而强忌,平子何在?'"《晋阳秋》曰:"王澄为荆州,群贼并起,乃奔豫章。而恃其宿名,犹陵侮敦。敦伏勇士路戎等搤而杀之。"《裴子》曰:"平子从荆州下,大将军何欲杀之。而平子左右有二十人,甚健,皆持铁楯、马鞭。平子恒持玉枕。大将军乃搞(犒)荆州文武,二十人积饮食,皆不能动。乃借平子玉枕,便持下床。平子手引大将军带绝,与力士斗甚苦,乃得上屋上,久许而死。"

【注】
〔1〕王大将军:指王敦。当下:谓将起兵东下。王敦于晋元帝永昌元年(322),以讨伐刘隗为名,在武昌起兵反,顺江东下。
〔2〕无缘尔:没有缘由如此。
〔3〕狼抗:狂妄自大。刚愎:傲慢固执。
〔4〕王平子:王澄字平子,太尉王衍弟。澄素有盛名,在王敦之上,兼勇力过人,为王敦所惧,后为王敦所杀。

【评】
王敦于元帝永昌元年(322)以清君侧讨刘隗、刁协为名,起兵东下,实则窥探神器,问鼎晋室。朝臣心存侥幸幻想,以为王敦不过是"清君侧"而已,像汉景帝出卖晁错一样,朝廷交出几个替罪羊就可以换来天下太平。只有周颛明察秋毫,一眼看穿王敦的狼子野心。"王平子何在"一语,引王敦杀戮旧事,惊破士大夫的迷梦,令人警醒。周颛勠力勤王,为国殉难。颛少有重名,晚节不亏,一生行止有为有守,虽以酒失为人所讥,然瑕不掩瑜,是一个可堪大任的杰出政治家。

5.32 王敦既下[1],住船石头[2],欲有废明帝意[3]。宾客盈坐,敦知帝聪明,欲以不孝废之。每言帝不孝之状,而皆云:"温太真所说[4]。温尝为东宫率[5],后为吾司马,甚悉之。"须臾,温来,敦便奋其威容,问温曰:"皇太子作人何似?"温曰:"小人无以测君子。"敦声色并厉,欲以威力使从己,乃重问温:"太子何以称佳?"温曰:"钩深致远[6],盖非浅识所测。然以礼侍亲,可称为孝。"刘谦之《晋纪》曰:"敦欲废明帝,言于众曰:'太子道有亏,温司马昔在东宫,悉其事。'峤既正言,敦忿而愧焉。"

【注】

〔1〕王敦:见前则。既下:谓兴兵东下之后。

〔2〕住:停。石头:即石头城。在京城建康西。因形势险要、地处交通要道,为东晋军事重镇。

〔3〕废明帝意:王敦攻入石头城,时司马绍为太子,聪明有胆略,为朝野所望,敦忌之,有废太子意。

〔4〕温太真:温峤字太真,东晋名臣。见《言语》35注。

〔5〕东宫:皇太子所居之宫。率:皇太子官属,主门卫。温峤曾任太子中庶子,事太子司绍,即明帝。

〔6〕钩深致远:物在深处,能够取之;物在远方,能招致之。语出《易·系辞上》:"探赜索隐,钩深致远,以定天下之吉凶,成天下之亹亹者,莫大乎蓍龟。"后用以指人才力、学识广博精深。

【评】

王世懋评曰:"叙事如画",可谓得之。故事中王敦废帝之心急不可耐,故声色俱厉;温峤护翼之情披肝沥胆,亦豪气干云。二人性格刻画无遗,其性情、声吻跃然纸上。温峤为刘琨外甥,早年随琨将兵讨石勒,是一位入则画奇谋,出则建军功的双料人才。戎马生涯和庙堂经历,练就了其良好的心理素质和沉着机智的应对能力,面对王敦威逼质问,他应声而答,正气凛然,维护了朝廷的威严,从而成为历史上方正人物的典型。温峤私下里是明帝做太子时的布衣至交,曾利用其特殊身份,多次箴规讽谏,并非一味护短。可见,温峤是一位懂得进退屈伸、不可多得的中兴名臣。

5.33 王大将军既反[1],至石头[2],周伯仁往见之[3]。谓周曰:"卿何以相负[4]?"对曰:"公戎车犯正[5],下官忝率六军[6],而王师不振,以此负公[7]。"

《晋阳秋》曰:"王敦既下,六军败绩。顗长史郝嘏及左右文武劝顗避难。顗曰:'吾备位大臣,朝廷倾挠,岂可草间求活,投身胡虏邪?'乃与朝士诣敦。敦曰:'近日战有馀力不?'对曰:'恨力不足,岂有馀邪?'"

【注】

〔1〕王大将军既反:王敦反,事在永昌元年(322)。

〔2〕石头:即石头城。

〔3〕周伯仁:周顗,当时任尚书左仆射,率军抗王敦,大败,奉诏去见王敦。

〔4〕相负:即负我。晋愍帝建兴元年(313)周顗为益州流民起事领

袖杜弢所困,投奔王敦,故敦以为有德于颛。)

〔5〕戎车:兵车,泛指军队。犯正:指叛朝廷。

〔6〕下官:郡国内的属吏对其长官及国主的自称。忝:谦词。表示行为于人有辱或于己有愧。六军:周制天子有六军,诸侯国有三军、二军、一军不等。后作军队统称,此处指王师。

〔7〕负公:负阁下,周颛此语,是以反言讥刺王敦。

【评】

周颛曾为杜弢所困,投奔王敦,敦以有恩德于颛,故有"何以相负"之诘。王敦将国家大事与个人恩怨纠缠在一起,实非明智之问,恰成为周颛反唇相讥的口实。周本可避其锋芒以求自保,但他早已做好了以身殉国的准备。常言道"无欲则刚",一个人能够将生死置之度外,又何惧之有?"疾风知劲草,烈火见真金",颛纵酒废职之微瑕,难掩临难不屈之玉质,沧海横流之际,更显出士大夫本色!故余嘉锡《世说新语笺疏》云:"《世说·方正》篇之目,惟伯仁、太真及锺雅数公可以无愧焉。其他诸人之事,虽复播为美谈,皆自好者优为之耳。"可谓盖棺定论之言。

5.34 苏峻既至石头[1],百僚奔散,王隐《晋书》曰:"峻字子高,长广掖人。少有才学,仁(仕)郡主簿,举孝廉。值中原乱,招合流、旧六千馀家,结垒本县,宣示王化,收葬枯骨,远近咸(感)其恩义,咸共宗焉。讨王敦有功,封公,迁历阳太守。峻外营将表曰:'鼓自鸣。'峻自斫鼓曰:'我乡里时,有此则空城。'有顷,诏书征峻。峻曰:'台下云我反,反岂得活邪?我宁山头望廷尉,不能廷尉望山头。'乃作乱。"《晋阳秋》曰:"峻率众二万,济自横江,至于蒋山,王师败绩。"唯侍中锺雅独在帝侧[2]。或谓锺曰:"见可而进,知难而退[3],古之道也。君性亮直,必不容于寇雠。何不用随时之宜,而坐待其弊邪?"锺曰:"国乱不能匡[4],君危不能济[5],而各逊遁以求免,吾惧董狐将执简而进矣[6]。"

【注】

〔1〕"苏峻"句:晋成帝咸和二年(327),苏峻举兵反,攻入都城建康,迁成帝于石头。后被陶侃、温峤等率军击败,峻被杀。〔2〕侍中:侍从皇帝左右、备应对顾问的官。锺雅:字彦胄,东晋颍川长社(今河南)人。官至侍中,苏峻作乱,被杀。

〔3〕"见可而进,知难而退":语出《左传·宣公十二年》:"见可而进,知难而退,军之善政也。"可,适宜。是说作战须见机行事,后泛指应变能力,量力而行。

〔4〕匡:纠正。

〔5〕济:救助。

〔6〕"吾惧董狐"句:言史官将记录下大臣们面临危难而逃跑的可耻行为。董狐,春秋时晋国史官,以直书不隐,被称为古代良史。简,古代用以书写的竹片。

【评】

中国古代社会,向有重史之传统,与此相关的是士人对不朽人格的追求。一方面,如春秋良史董狐者,秉笔直书,虽刑辟加身而不废其职守;另一方面,如赵宋忠臣文天祥者,前赴后继,虽粉身碎骨,而欲使青史流芳。二者呼应成趣、相得益彰。锺雅就是这万千"留取丹心照汗青"的仁人志士中的一员。这也可以说明,魏晋清谈末流虽有祖述浮夸、崇尚虚谈的一面,可脚踏实地的实干家还是前仆后继,代不乏人;儒家思想虽有式微之势,而服膺儒学、克己躬行者亦薪尽火传。若以为儒学在魏晋时全然退出历史舞台,就未免是皮相之谈,是对历史的误读。周颛、锺雅诸人知难而进、舍生取义,就是极有力的明证。

5.35 庾公临去[1],顾语锺后事[2],深以相委[3]。锺曰:"栋折榱崩[4],谁之责邪?"庾曰:"今日之事,不容复言,卿当期克复之效耳[5]。"锺曰:"想足下不愧荀林父耳[6]。"《春秋传》曰:"楚庄王围郑,晋使荀林父率师救郑,与楚战于邲,晋师败绩。柏(桓)子归,请死,晋平公将许之,士贞子谏而止。后林父败赤狄干(于)曲梁,赏桓(桓)子、狄臣千室,亦赏士伯以瓜衍之佰(县),曰:'吾获狄田(土),子之功也。微子,吾丧伯成(氏)矣。'"

【注】

〔1〕庾公:指庾亮。见《德行》31注。

〔2〕顾语:谓顾念嘱托。锺:锺雅,时为侍中。后事:走后之事。

〔3〕委:托付。

〔4〕栋折榱崩:指房屋倒塌。栋,房梁。榱,屋椽。比喻国家倾覆。此时苏峻起兵攻入京师建康,故曰栋折榱崩。

〔5〕当:将,将会。克复:收复失地。此指平定叛乱收复京师,迎帝还都。

〔6〕荀林父:春秋时晋国大臣。率师击楚以救郑,败绩而归。荀林父归,请死,晋侯听士贞子之谏,容而不问,仍任其为将。后荀林父果攻灭赤狄,有功于晋。事见《左传·宣公十五年》。

【评】

故事当发生在明帝咸和二年(327)苏峻叛逆时。苏峻之乱,庾亮负有一定的责任,故亮亲自率兵抵挡,想为自己争回颜面,给国家一个交代。临行前深以国事相托,这是一种非同寻常的信任,他看中的正是锺雅正直较真的品格。《晋书》本传评锺雅"正直当官"、"直法绳违",用今天的话说,是一位坚持原则、不徇私情的好干部。锺雅又犯了执拗的老脾气,责问庾亮"今日之事谁之咎?"既而,又对即将出师的庾亮寄予了凯旋大捷的厚望,可见其深明大义、富有人情味。朝廷同僚之间如果都能同仇敌忾,必收"其利断金"之效。

5.36 苏峻时[1],孔群在横塘[2],为匡术所逼[3]。王丞相保存术[4],《会稽后贤记》曰:"群字敬休,会稽山阴人。祖竺,吴豫章太守。父弈(奕),全椒令。群有智局,仕至御史中丞。"《晋阳秋》曰:"匡术为阜陵令,逃亡无行。庾亮征苏峻,术劝峻诛亮,遂与峻同反。后以宛(苑)城降。"因众坐戏语,令术劝群酒,以释横塘之憾[5]。群答曰:"德非孔子,厄同匡人[6]。《家语》曰:"孔子之宋,匡简子以甲士围之。子路怒,奋戟将战,孔子止之,曰:'夫《诗》、《书》之不讲,礼乐之不习,是丘之过也。若述先王之道,而为咎者,非丘罪也。命也夫!歌,予和汝。'子路弹剑,孔子和之。曲三终,匡人解甲罢。"虽阳和布气[7],鹰化为鸠[8],至于识者,犹憎其眼。"《礼记·月令》曰:"仲春之月,鹰化为鸠。"郑玄曰:"鸠,播谷也。"《夏小正》曰:"鹰则为鸠。鹰也者,其杀之时也;鸠也者,非杀之时也。善变而之仁,故具之。"

【注】

〔1〕苏峻时:指苏峻举兵占据京师建康时。

〔2〕孔群:字敬林(一作"休"),东晋会稽山阴(今浙江绍)人。横塘:三国吴时筑,在今南京西南。

〔3〕匡术:东晋成帝时人,苏峻起兵,甚得宠信,峻迁成帝入石头城,逼城中居民尽聚后苑,令匡术守之,咸和四年(329)春,苏峻死,匡术以苑城降。逼:《晋书·孔群传》载:"苏峻入石头,时匡术有宠于峻,宾从甚盛。群与从兄愉同行于横塘,遇之。愉止与语,而群初不视术,术怒欲刃之。愉下车,抱术曰:'吾弟发狂,卿为我宥之!'乃获免。"孔群在横塘为匡术所逼事,见本篇38。

〔4〕王丞相:王导。保存:庇护;保全。

〔5〕释:消解。憾:仇恨,怨恨。此指匡术欲杀害孔群事。

〔6〕德非孔子,厄同匡人:《孔子家语》说孔子到宋国去,匡简子以甲

413

士围之,子路怒,奋戟将战,孔子止之,命子路弹剑而歌,孔子自和之。曲三终,匡人解甲。此借"孔"、"匡"二姓以讥刺匡术。厄,困厄、迫害。

〔7〕阳和布气:谓仲春时天气和暖。阳和:温和。

〔8〕鹰化为鸠:一年有二十四节气,古人将每一节气分为三候,每一候都有着与之应时而出的物候。春季惊蛰节气的三候是桃始华、仓庚鸣,鹰化为鸠。这里用"鹰化为鸠"比喻恶人放下屠刀。鸠,布谷鸟。

【评】

苏峻之乱时,孔群在横塘受过匡术的死亡威逼。后匡术举苑城投诚,王导保全了匡术。王世懋评曰:"丞相末年大不满人意,在保存诸叛贼,盖渠于节义二字不大分晓。"究其实,世懋对丞相的政治策略缺乏深刻认识。东晋开基不久,国运未稳,王敦、苏峻之乱接踵而至。匡术弃暗投明,王导从建立"统一战线"的大局着眼,化干戈为玉帛,给予其改过自新的机会,实是出于不得已的良苦用心。千载以下的王世懋将"节义"的理解模式化、狭隘化,倒也情有可原;至于孔群,他不是不理解王导的政治策略,所以并没有在宴席上拔刀直向仇敌。这正是对大乱甫定之后王导"统一战线"策略的支持。但他作为一位忠义之士,因潜意识的作用,对过去的仇恨耿耿于怀而不能释憾,胸中郁积的情感,瞬间自然爆发,而有"尤憎其眼"之讥,比喻生动形象。时人因其是非分明而誉入方正之门,宜哉!

5.37 苏子高事平[1],《灵鬼志·谣征》曰:"明帝初,有谣曰:'高山崩,石自破。'高山,峻也;硕,峻弟也。后诸公诛峻,硕犹据石头,溃散而逃,追斩之。"王、庾诸公欲用孔廷尉为丹阳[2]。孔坦。乱离之后,百姓凋弊[3]。孔慨然曰:"昔肃祖临崩[4],诸君亲升御床,并蒙眷识[5],共奉遗诏。孔坦疏贱,不在顾命之列[6]。既有艰难,则以微臣为先。今犹俎上腐肉[7],任人脍截耳[8]!"于是拂衣而去,诸公亦止。

案:王隐《晋书》:"苏峻事平,陶侃欲将坦上,用为豫章太守,坦辞母老不行。台以为吴郡,吴郡多名族;而坦年少,乃授吴兴内史。"不闻尹京。

【注】

〔1〕苏子高:苏峻。事平:指苏峻叛乱已平定。

〔2〕孔廷尉:孔坦字君平,会稽山阴(今浙江绍兴)人。善《春秋》,有文才,历太子舍人、尚书郎、丞,官至廷尉卿。丹阳:郡名。晋时治所在建业。晋南渡后,丹阳成为护卫京都的重要地区,设丹阳尹之职。

〔3〕凋敝:破败。此指生计艰困。苏峻攻建康时,因风放火,官署民房,一时荡尽,有"黍离"之态。

〔4〕肃祖:晋明帝司马绍,死后庙号肃祖。

〔5〕眷识:垂爱器重。晋明帝临亡召司徒王导、尚书令卞壶、车骑将军郗鉴、护军将军庾亮等人受遗诏,辅太子。

〔6〕顾命:本为《尚书》篇名。这里指受遗诏的大臣,即顾命大臣。

〔7〕俎:肉案,砧板。

〔8〕脍截:切割、宰割。脍,细切的肉,这里用为动词。

【评】

东晋一朝,孔坦算是个不可多得的人才。他不仅为人正直,多次抗颜直谏;且具有军事天才,讨伐王敦之乱时已崭露头角,后在平定苏峻时,运筹帷幄、言兵多中。但朝政大权掌握在王、庾诸公手中,他的一些合理化建议多因决策人物的轻轻一句否定而遭流产的厄运。在门阀世族时代,孔坦虽能力超群,却难以跻身上流。丹阳于建康为京畿,丹阳尹则为京尹。苏峻攻建康时,因风放火,官署民房,一时荡尽;城破之后,又纵兵大掠。因此,民生凋敝,百姓流离,有黍离之态。王、庾诸公用孔坦为京尹,名义上是因京畿重地,尹应首选,但在客观上是把烂摊子推给孔坦。孔坦不是任人拿捏之辈,义正词严予以回绝。这既是对王导把持朝政、庾亮刚愎招祸的不满,其更深层用意,是把矛头指向不公正的人才选拔制度。其言掷地有声,催人警醒!代表了一部分有才而不尽其用的庶族知识分子的胸中愤懑!

5.38 孔车骑与中丞共行[1],《孔愉别传》曰:"愉字敬康,会稽山阴人。初辟中宗参军,讨华轶有功,封馀不亭侯。愉少时,尝得一龟,放于馀不溪中,龟中路左顾者数过。及后铸印,而龟左顾,更铸犹如此。印师以闻,愉悟,取而佩焉。累迁尚书左仆射,赠车骑将军。"中丞,孔群也。在御道,逢匡术[2],宾从甚盛。因往与车骑共语。中丞初不视,直云:"鹰化为鸠,众鸟犹恶其眼[3]。"术大怒,便欲刃之。车骑下车抱术曰:"族弟发狂,卿为我宥之!"始得全首领[4]。

【注】

〔1〕孔车骑:孔愉(268—342),字敬康,东晋会稽山阴(今浙江绍兴)人。中丞:指孔群。见本篇36注。

〔2〕御道:皇帝车驾经由的道路。《晋书·孔群传》作"于横塘遇之"。盖横塘有御道。

〔3〕"鹰化为鸠"二句:见本篇36注。

〔4〕全首领:保全性命。首领,头和颈,此指性命。

【评】

故事与本门第36则,乃同一件事、同一句话,但时空移易,未审孰是?根据英美新批评的理论,文本的表达方式不同,前因后果倒置,则其呈现出的意义也因之不同。第36则中,故事发生在匡术投降后,匡在宴会上处于被动地位,孔群之骂,虽然解气,未免有打落水狗之嫌,可以说是胜之不武;此则故事发生在匡术助逆得势之时,匡助峻为虐,处于优势地位,孔群被困处劣势地位,其讥骂匡术,忠义可感,当以方正视之。

5.39　梅颐(䫀)尝有惠于陶公[1],后为豫章太守,有事[2],王丞相遣收之[3]。侃曰:"天子富于春秋[4],万机自诸侯出[5]。王公既得录[6],陶公何为不可放?"乃遣人于江口夺之[7]。《晋诸公赞》曰:"颐字仲真,汝南西平人。少以学隐退,而才实进止。"《永嘉流人名》曰:"颐,领军司马。颐弟叔真。"邓粲《晋纪》曰:"初有谮侃于王敦者,乃以从弟廙代侃为荆州,左迁侃广州。侃文武距廙而求侃,敦闻,大怒。及令侃将莅广州,过敦,敦陈兵欲害侃,敦谘议参军梅陶谏敦,乃止,厚礼而遣之。"王隐《晋书》亦同。案:二书所叙,则有惠于陶,是梅陶,非颐也。颐见陶公拜,陶公止之。颐曰:"梅仲真膝,明日岂可复屈邪[8]!"

【注】

〔1〕梅颐:字仲真,东晋汝南(在今河南)人。但杨勇《世说新语校笺》作梅䫀,疑是。陶公:陶侃,见《言语》47注。《晋纪》、《晋书》谓有恩于陶侃者乃梅颐之弟梅陶,并非梅颐。

〔2〕豫章太守:豫章郡行政长官。豫章,郡治在南昌。有事:指犯事。

〔3〕王丞相:王导。遣收之:派人拘捕他。

〔4〕富于春秋:未来的年华尚多。这是一种委婉说法。

〔5〕万机:繁多的日常政务。诸侯:原指中央政权分封各国国君,后泛称高级官员。

〔6〕录:逮捕。

〔7〕江口:渡口。

〔8〕"梅仲真膝"二句:谓梅仲真不肯轻易向人屈膝。

【评】

据刘孝标注,有惠于陶公者,乃梅陶(叔真)。陶公之救梅

417

颐（仲真），乃感梅陶之意，而假手其兄以报之耳。所谓弟弟栽树，哥哥乘凉也。陶侃知恩图报，自是人伦美德。然从王导手中夺走梅颐，其理由依据颇耐人寻味。陶侃虽出身寒素，但凭借实干精神，为屏蔽东晋半壁江山，立下汗马功劳，终成一代名臣。《晋书》本传评曰："元规（庾亮）以戚里之崇，挹其膺而下拜；茂弘（王导）以保衡之贵，服其言而动色。望隆分陕，理则宜然。"可见陶侃是王、庾都要推敬三分的扛鼎式人物。然明帝驾崩，侃不在顾命之列，其政治地位虽然名列二品，但出自庶族寒门，朝中望族士人，并未给予其充分尊重。正所谓"驴打江山马坐殿"，朝政依然由诸豪门大姓把持。陶侃心怀耿耿，从王导手里夺走梅颐是一次小的情绪爆发。你王导是中央高官，可以抓人，我陶侃是地方军政领袖，为什么不能放人？其胸中块垒，于不经意间的几句话流露无遗。故事入"方正"，其称道的主角是知恩图报的陶侃，而王世懋以为"虽有一言，宁便足称方正"？其讥评当是没有读懂故事的弦外之音、味外之味。

5.40　王丞相作女伎[1]，施设床席[2]。蔡公先在坐[3]，不悦而去，王亦不留。《蔡司徒别传》曰："谟字道明，济阳考城人。博学有识，避地江左。历左光禄，录尚书事，扬州刺史。薨，赠司空。"

【注】

〔1〕作：安置，安排。女伎：歌女，舞女。伎，同"妓"。

〔2〕床席：床榻坐席。

〔3〕蔡公：蔡谟（281—356）：字道明，东晋陈留考城（今河南民权东北）人。

【评】

蔡谟在玄学扇炽的东晋一代,一直保持其儒生本色。史载,谟性方雅笃慎,每事必为过防。时人云:"蔡公过浮航,脱带腰舟。"有点像俄国契诃夫笔下的"套中人"。儒家提倡克己复礼,动静要合于礼,但若讲究过分,走向教条化,就会面目可憎,失去其存在的合理性。王导作女妓,相当于今天的观赏歌舞表演,是为了缓解工作压力。站在还原历史的角度看,此乃人之常情,本无可厚非。蔡谟不悦而去,一副严肃冷峻的面孔,拒人于千里之外。王导不挽留他,亦是知人的明智之举——蔡谟在座,恐令人不乐也。明李贽评曰:"无味。"到底无味谓何?朱铸禹《世说新语汇校集注》以为:"本条殊简略,宜李贽评为'无味'。"恐值得商榷。李贽所云"无味"者,当指蔡谟古板无味。李贽作为狂禅教主,其理论非圣无法、喝佛骂祖,最能吸引人眼球的当是其与上流社会女性交往的传闻。他每入书院讲学,往往会对诸生开玩笑说:此时正不如携歌妓舞女,浅斟低唱。以如此态度处世,当然会斥责蔡谟这个老古董"无味"。

5.41 何次道、庾季坚二人并为元辅[1]。《晋阳秋》曰:"庾冰字季坚,太尉亮之弟也。少有检操,兄亮常器之曰:'吾家晏平仲。'累迁车骑将军、江州刺史。"成帝初崩[2],于时嗣君未定[3]。何欲立嗣子[4],庾及朝议以外寇方强[5],嗣子冲幼[6],乃立康帝[7]。《中兴书》曰:"帝讳岳,字世同,成帝同母弟也。成帝崩,即位,年二十二。"康帝登阼,会群臣,谓何曰:"朕今所以承大业,为谁之议?"何答曰:"陛下龙飞[8],此是庾冰之功,非臣之力。于时用微臣之议,今不睹盛明之世。"《晋阳秋》曰:"初,显宗临崩,庾冰议立长君。何充谓宜奉皇子。争之不得。充不自安,求处外任。及冰出镇武昌,充自京驰还,言于帝曰:'冰不宜出。昔年陛下龙飞,使晋德再隆者,冰之勋也,臣无与焉。'"**帝有惭色。**

【注】

〔1〕何次道:何充,见《言语》54注。庾季坚:庾冰,见《政事》14注。元辅:宰相。以其辅佐皇帝而居大臣首位,故称元辅。

〔2〕成帝:指晋成帝司马衍,见《政事》11注。

〔3〕嗣君:继承帝位的君主。

〔4〕嗣子:嫡长子。依封建宗法制度"父死子继"的原则,嫡长子当继承祖业,称嗣子。

〔5〕朝议:朝廷上的评议、商议。外寇:主要指当时北方少数民族建立的后赵、前燕等政权。东晋偏居江左,长江以北广大地区为少数民族建立的政权,与晋成对峙局面。

〔6〕冲幼:年幼。

〔7〕康帝:晋康帝司马岳(321—344),成帝司马衍同母弟。成帝病,中书令庾冰自以舅氏当朝,倘立成帝之子,则戚属将疏,乃以岳为嗣。

〔8〕龙飞:指君主即位。《周易·乾卦》:"飞龙在天,利见大人。"

【评】

此与《晋书》记载有异:《晋书》记载议立嗣君,成帝尚在;又记康帝即位,曰:"朕嗣鸿业,二君之力也。"两相比较,《晋书》词义为优。成帝时,庾氏以舅氏当朝,成为东晋辅政的四大家族之一。成帝崩,倘立成帝之子,则庾氏由舅氏变为外家,亲属关系疏远,辅政的理由不充分,可能大权旁落;若以帝弟司马岳为嗣,则庾氏仍为舅氏,主掌朝政,名正言顺。庾冰是出于维护高门显第门户私计的考虑,意在继续维持"庾与马、共天下"政局。而何充与其分歧之处,在于以社稷为己任,"不以私恩树亲戚"(《晋书》本传)。最终,还是庾氏兄弟愿望得逞。高门势力可以左右帝王的继嗣,晋朝皇权之羸弱可见一斑。何充回答康帝问话,不卑不亢,软中带硬,貌似颂扬,实见出对庾氏的讥讽。座忤王敦已如前载,今又抗衡贵戚,充之方正不虚也。

5.42 江仆射年少[1],王丞相呼与共棋[2]。王手尝不如两道许[3],而欲敌道戏[4],试以观之。江不即下。王曰:"君何以不行?"江曰:"恐不得尔[5]。"徐广《晋记》曰:"江彪字思玄,陈留人。博学知名,兼善弈,为中兴之冠。累迁尚书左仆射、护军将军。"傍有客曰:"此年少,戏迺不恶[6]。"王徐举首曰:"此年少,非唯围棋见胜[7]。"范汪《棋品》曰:"彪与王恬等棋第一品,导弟(第)五品。"

【注】

〔1〕江仆射:指江彪。

〔2〕王丞相:王导。

〔3〕手:指下棋的技能、手段。两道:围棋盘上的格道。借指围棋子。犹两子。许:助词,置于数词后表约数。

〔4〕敌道戏:对等地下棋,不饶子。

〔5〕尔:如此。

〔6〕不恶:不坏,不错。

〔7〕非唯:不仅是。见胜:胜我。

【评】

范汪《棋品》曰:"江彪与王恬等,棋第一品,导第五品。"可见江彪是一流的围棋高手。王导棋艺逊色,每次都要江彪让两子。但导屡战屡败,又屡败屡战,精神可嘉。这次王导不要让棋,彪却不肯走棋,"恐不得尔"一语,看似谦逊,实则疏狂,意在表明王导不是其对手,刘辰翁曰:"丞相雅量,此年少不让,小伎自多,宜戒。"甚是。与江彪之少年气盛相比,王导倒显得雍容大度,不但毫不觉丢面子,还对客夸奖江彪非惟以围棋见长,还有诸多胜处。其奖掖后辈之宽广胸怀堪称雅量,当在江彪内心掠起一丝波澜吧。

5.43 孔君平疾笃[1],庾司空为会稽[2],省之[3],庾冰。相问讯甚至[4],为之流涕。庾既下床,孔慨然曰:"大丈夫将终,不问安国宁家之术,迺作儿女子相问[5]!"庾闻回谢之[6],请其话言。王隐《晋书》曰:"坦方直而有雅望。"

【注】

〔1〕孔君平:孔坦,见《言语》43注。疾笃:病重。

〔2〕庾司空:庾冰,见《政事》14注。为会稽:任会稽内史。

〔3〕省:探问,拜访。

〔4〕问讯:问候。甚至:备至,诚恳。

〔5〕儿女子:小女子,妇人。

〔6〕谢:谢罪,道歉。

【评】

孔坦不愿做丹阳尹,获讥于刘辰翁、王世懋诸评家。刘、王之论,恐非"知人论世"的"理解之同情"(陈寅恪语),如能与本则互看,方能了解一完整的、有血有肉、敢爱敢恨的孔坦。孔坦疾笃时致书庾亮,抒其"身往名灭,朝恩不报"的遗憾(《晋书》本传),又责备庾冰作儿女相问。他对国事一定有许多独到的思考,要向执政大臣庾冰交代。孔坦心忧天下,临终前没有遗产分配的意见,也没有葬礼规格的要求,置门户私计于度外,堪称古代优秀士大夫的表率,与宋代陆放翁之"死去原知万事空,但悲不见九州同",同样精诚可感,其方正品格当"不废江河万古流"!

5.44 桓大司马诣刘尹[1],卧不起。桓弯弹弹刘枕[2],丸迸碎床褥间[3]。刘作色而起曰[4]:"使君,如馨地[5],宁可斗战求胜[6]!"《中兴书》曰:"温曾为徐州刺史,沛国属徐州,故呼温使君。斗战者,以温为将也。"桓甚有恨容。刘尹,真长已见。

【注】

〔1〕桓大司马:桓温,见《言语》55注。诣:到……去。刘尹:指刘惔。见《德行》35注。惔曾作丹阳尹。

〔2〕弯弹:拉弯弹弓。

〔3〕迸碎:爆裂成碎片。古代枕头有以石、玉或陶制者。

〔4〕作色:改变脸色,表示恼怒。

〔5〕使君:汉晋时对刺史、太守的敬称。桓温曾作徐州、荆州刺史,故称之为使君。如馨:这样,像这样。

〔6〕宁:难道。斗战:战斗。意谓桓温是个武夫。

【评】

刘惔乃是与王羲之诸人流连往还的名流,自视为第一流人物。刘惔虽奇桓温之才,但清醒地洞明其勃勃野心。魏晋士人多不泯天真童趣,桓温见刘晨睡不起,一时童趣复萌,搞恶作剧捉弄他。弹射靠枕,着实危险。幸亏桓温技艺高超,如果射在头

423

上,岂不脑浆崩裂？惹恼刘惔,也在情理之中。一般人甚至可能因此与之绝交,不与"虐待狂"为伍。刘情急之下,口无遮拦,呼温为武夫,既是常人常情,但同时又是其潜意识中傲慢与偏见的自然流露,轻视桓温出身武夫！晋时重文轻武,故有此言。桓温虽戎马倥偬,却以名士自命,北伐经金城,有"木犹如此,人何以堪"之叹,见其一往情深。刘惔呼其为"武夫",岂不正刺其心头隐痛？故事可见晋人之任诞,与方正毫无关涉。刘辰翁评曰："如怒如笑",掩卷可想见桓温之情绪变化。

5.45 后来年少多有道深公者[1],深公谓曰："黄吻年少[2],勿为评论宿士[3]。昔尝与元、明二帝、王、庾二公周旋[4]。"《高逸沙门传》曰："晋元、明帝,游心玄虚,托情道味,以宾友礼待法师;王公、庾公,倾心侧席,好同臭味也。"

【注】

〔1〕后来:后辈。年少:年轻人。深公:指东晋名僧竺法深,见《德行》30注。

〔2〕黄吻年少:犹黄口小儿。口边称吻,雏鸟嘴黄,因以喻幼童。

〔3〕宿士:老名士,老前辈。

〔4〕元、明二帝:指晋元帝司马睿和晋明帝司马绍。王、庾二公:王导和庾亮。周旋:交往,打交道。

【评】

六朝玄学,前期以儒道思想的交锋、碰撞为主,有《老》、《庄》、《易》"三玄"之说;后期则有佛教义理的加入。佛教的"空静"追求,因其思维方式及人生境界与玄学有契合之处,而获得在士人中间的生命力。另一方面,佛教思想初来乍到,要想在中土扎根,就不得不依赖王公贵族的庇护与宣扬;僧徒在权门间游走,饮食起居亦有保障,可以说是一举多得。竺法深就是这样一位以帝王卿相座上宾面目出现的"高僧大德"。但其托豪门显贵以自高,恰恰是自降身价,落入俗人境地。唐李太白笑傲王侯、睥睨卿相,其诗曰:"昔在长安醉花柳,五侯七贵同杯酒",看似豪气冲天,实则浅薄庸俗。竺法深亦如此。故王世懋讥曰:"道人乃借人主名卿拒人,口吻宁视方正。"一语暴露其乖违佛学教义而强拉大旗做虎皮的媚俗本质。

5.46 王中郎年少时[1],坦之,已见。江彪为仆射[2],领选[3],欲拟之为尚书郎[4]。有语王者,王曰:"自过江来,尚书郎正用第二人[5],何得拟我[6]!"江闻而止。案:《王彪之别传》曰:"彪之从伯导谓彪曰:'选曹举汝为尚书郎,幸可作诸王佐邪!'此知郎官寒素之品也。"

【注】

〔1〕王中郎:指王坦之。见《言语》72注。坦之曾领北中郎将,故称。

〔2〕江彪:见本篇25注。仆射:官名。晋尚书省设左右仆射。

〔3〕领选:兼任选拔官吏之事。

〔4〕拟:拟定;安排。之:指代王坦之。尚书郎:尚书省属官。初任称郎中,满一年者称尚书郎。

〔5〕正:只。第二人:第二流的人,指寒素之门的人。

〔6〕何得拟我:怎么可以安排我。

【评】

中朝以来,祖尚虚浮,士人们不以物自婴,口不论世事;以遗事为高,以任职为俗。"居官无官官之事,处事无事事之心"竟成名士风范。偏安江左,此弊未歇;高门子弟,尤当其首。东汉时尚书郎多以孝廉或博士高第为之,为清望要职。但魏晋以后,名士谈玄之风兴,士人崇尚虚浮,以遗落世事为高,以担任实职为俗,东晋尚沿袭此风。尚书郎主文书起草,无吏部之权势,有刀笔之烦劳,名士均不屑受尚书郎之职。坦之为太原王氏子弟,虽厌憎时俗放荡,然自负门第德望第一流,难以抵挡时代风尚之吹薰。坦之先有不屑尚书郎之举,其子国宝亦步其后尘,对任职挑三拣四,看似偶然巧合,实蕴涵着历史的必然。以之入方正,正见门阀社会的特殊认识,时过境迁则自然烟消云散。

5.47　王述转尚书令[1],事行便拜[2]。文度曰[3]:"故应让杜、许[4]。"蓝田云:"汝谓我堪此否[5]?"文度曰:"何为不堪,但克让自是美事[6],恐不可阙[7]。"蓝田慨然曰:"既云堪,何为复让?人言汝胜我,定不如我。"《述别传》曰:"述常以谓人之处世,当先量己而后动,义无虚让,是以应辞便当固执。其贞正不逾,皆此类。"

【注】

〔1〕王述:字怀祖,太原晋阳人。为人真率性急,袭爵蓝田侯。见《文学》22注。转:调动官职。尚书令:尚书省长官。

〔2〕事行便拜:谓授官诏书下达就立即接受。

〔3〕文度:王坦之字文度,王述子。见《言语》72注。

〔4〕故:或许。杜、许:不详何人。一说杜预、许璪,但不知何据。

〔5〕蓝田:即王述,封蓝田侯,故称。堪:能够胜任。

〔6〕克让:克己让人。

〔7〕阙:同"缺"。意谓至少从形式上谦让一下也是应该的。

【评】

虚伪矫饰,古今人生一大通病,为害极烈。魏晋士人,多重性情之自然,率性任真,言行直揭矫饰之伪,很值得人们尊敬。

王述言行则尤为人称道。述尝于王导座中,指斥同僚对王导的肉麻吹捧,"人非尧舜,何得每事尽善",语虽简略,却发人深思。又,述转尚书令,事行便拜,不为虚让,毫无官场的虚浮习气,是真名士作风。王述与众人的差异,令人想起安徒生"皇帝新装"故事里所描述的,天真无邪的儿童世界,与老于世故的成人社会之别。但在门阀社会的官场中,似王述这样的"老顽童",凤毛麟角,何济于事?惜哉!

5.48　孙兴公作《庾公诔》[1],文多托寄之辞[2]。绰集载诔文曰:"咨予与公,风流同归。拟量托情,视公犹师。君子之交,相与无私。虚中纳是,吐诚诲非。虽实不敏,敬佩弦韦。永戢话言,口诵心悲。"既成,示庾道恩[3]。庾见,慨然送还之,曰:"先君与君,自不至于此[4]。"道恩,庾羲小字。徐广《晋纪》曰:"羲字叔和,太尉亮第三子。拔尚率到,位建威将军、吴国内中(史)。"

【注】

〔1〕孙兴公:孙绰,见《言语》84注。《庾公诔》:关于庾亮的诔文。

〔2〕托寄:攀附寄托,又云寄托深情厚谊的话语。

〔3〕庾道恩:庾羲,字叔和,小名道恩。庾亮之子。少有时誉。任吴国内史。

〔4〕先君:称死去的父亲,犹亡父、先父。自:本来。

【评】

孙绰为东晋名士,少与许询俱有高尚之志,王羲之发起著名的"兰亭之游",绰亦预其列。孙绰又是东晋时期著名的玄言诗人,《晋书》本传称"于时文士,绰为其冠"。正是由于这种名人的社会效应,温、王、郗、庾诸公之死,必须经绰为碑文,然后乃刊石。绰为庾亮作《庾公诔》,文多寄托深情厚谊之辞,原本无可

427

厚非。但孙绰年辈,晚于庾亮多多,二人并无深交,故诔文中的"风流同归"、"君子之交"等语,未免借名流来渲染自己,有托死人以自炫之嫌,有违"铭诔尚实"(《典论·论文》)之义。庾道恩作为东晋四大家族中庾氏嫡系传人,瞧不起出身不高的孙绰,在门阀社会,也在料中。但更重要的是,他不虚伪应酬,而是据实以对,慨然送还诔文,毫不留情面,其明察秋毫的"疾虚妄"之举,是率性而行的名士风度的表现。谓之方正,未为不可。

5.49 王长史求东阳[1],抚军不用[2]。简文。后疾笃[3],临终,抚军哀叹曰:"吾将负仲祖[4]!"于此命用之。长史曰:"人言会稽王痴[5],真痴。"王濛已见。

【注】

〔1〕王长史:指王濛,见《言语》66注。东阳:东阳郡,治所在今浙江金华。

〔2〕抚军:指晋简文帝司马昱。他即位前,以会稽王任抚军大将军,掌朝政。用:任用。

〔3〕疾笃:病重。

〔4〕负:辜负,对不起。

〔5〕会稽王:指司马昱。

【评】

晋简文帝司马昱之各种"痴言痴行"前已多见。他做皇帝很失败——谢安称其为惠帝之流,谢灵运以其为周之赧王、献王之辈,实在是不堪造就。他有才能,有抱负,但在主弱臣强的门阀政治中,却无从施展,这是其抑郁而终的客观外部原因。其为人并非毫无可取,对于玄言清谈、文采风流亦时有会心。故事中王濛求东阳而不许,后因疾笃而任命,乃其痴之一例。王濛为简文布衣之好、入室之宾。简文不许王濛求任东阳之请,乃是出于一个"情"字——因情深义重,故难舍难分;后王濛病重将死,简文任命濛为东阳太守,还是出于"情"的考虑。朋友临终,满足其生前愿望,让其平静地离去,此一份用心令人感动。王濛说简文"真痴",是朋友间的善意嘲讽,毫无反感、批评之意。临川列入方正,是没有参透名士间的特定语言符号。以今人眼光看来,亲人或友人临终,存者尽量满足其生前没有实现的愿望,不也是人之常情吗?

5.50　刘简作桓宣武别驾[1],后为东曹参军[2],《刘氏谱》曰:"简字仲约,南阳人。祖乔,豫州刺史。父挺,颍川太守。简仕至大司马参军。"颇以刚直见疏[3]。尝听讯,简都无言。宣武问:"刘东曹何以不下意[4]?"答曰:"会不能用[5]。"宣武亦无怪色。

【注】

〔1〕刘简:字仲约,东晋南阳(今属河南)人。桓宣武:桓温。别驾:州刺史的佐使。

〔2〕东曹参军:东曹掾属一类的官。晋诸王公及开府位相当于王公者,设东西曹,分科办事,曹有掾一类官吏,掌府内诸事。

〔3〕见疏:被疏远。

〔4〕下意:提出或发表意见。

〔5〕会:反正,终究。

【评】

　　桓温,有杀伐专断之威。刘简以一属员,于众座公然讽刺、批评桓温的霸道作风,须有"威武不能屈"的过人勇气。在专制时代,正确的言论意见不见天日,实在是一种悲哀,故事从一个角度折射出桓温为人的专横;但桓温毕竟是名士,不同于胸无点墨、动辄以杀人显淫威的屠伯,他对敢于提意见的刘简竟无怪色,其心胸之宽广,远非鼠肚鸡肠的领导所能望其项背。宜哉,其为一代枭雄也!故事见出刘简之方正,同时又折射出桓温的胸襟,可谓双美。

5.51　刘真长、王仲祖共行[1],日旰未食[2]。有相识小人贻其餐[3],肴案甚盛[4],真长辞焉。仲祖曰:"聊以充虚[5],何苦辞[6]?"真长曰:"小人都不可与作缘[7]。"孔子称:"唯女子与小人为难养,近之则不逊,远之则怨。"刘尹之意,盖从此言也。

【注】

〔1〕刘真长:刘惔,见《德行》35注。王仲祖:王濛,见《言语》66注。

〔2〕日旰:天晚。

〔3〕小人:对平民百姓的蔑称。魏晋时期门阀制度森严,士族阶级轻视奴仆、吏役以及各行各业的普通百姓,一概目之为"小人"。贻:赠送。

〔4〕肴案:菜肴的几案,此指菜肴。

〔5〕充虚:充饥。

〔6〕苦:竭力。

〔7〕都:完全。作缘:来往,发生联系。

【评】

古代社会,严格"大人"与"小人"之别,等级差别森严,难以逾越。樊须问稼,孔子斥其为小人;孟子则提出"有大人之事,有小人之事。劳心者治人,劳力者治于人"。魏晋以降,士大夫每以门第自矜,士庶差别有若天渊。九品中正制严于士庶之别,还属于统治阶级内部之争,而九品中正制以外的不入流者,则为民,属于被统治阶级范围,官民更有根本性质之异。对于平民百姓,士大夫视为"小人",实际上已经蔑视其社会存在。刘惔死要面子活受罪,宁可饿肚皮,也决不吃"小人"置办的菜肴,将士大夫贵族阶层的矜持、高傲,演绎得淋漓尽致,看似维护了尊严,实则违背了人性的真淳。临川以其人方正,是时代的局限,今天看来只有滑稽可笑。

5.52 王修龄尝在东山[1],甚贫乏。司州,已见。陶胡奴为乌程令[2],胡奴,陶范小字也。《陶侃别传》曰:"范字道则,侃第十子也,侃诸子中最知名。历尚书、秘书监。"何法盛以为第九子。送一船米遗之[3]。却不肯取,直答语:"王修龄若饥,自当就谢仁祖索食[4],不须陶胡奴米[5]。"

【注】

〔1〕王修龄:王胡之字修龄,见《言语》81注。东山:在今浙江上虞,东晋名士常隐居于此。

〔2〕陶胡奴:陶侃之子,小字胡奴,见《文学》97注。乌程:县名。晋属吴兴郡(今浙江吴兴)。郡治在今浙江湖州。

〔3〕遗:馈赠。

〔4〕谢仁祖:谢尚字仁祖,见《言语》46注。

〔5〕须:需要。

【评】

故事与上则大同而小异,可见六朝门阀世族社会严格区分、强化士庶之别。陶氏出身寒微,陶侃虽立大功,早已跻升二品之列,而王、谢子弟犹不免以老兵视之,故王胡之羞与其子陶范为伍。常言道"官不打送礼的",王胡之连做人的基本道德底线都不顾,其自命清高连世族高门中之清醒者谢安都看不过眼,尝语

431

曰:"阿龄于此事故欲太厉。"过犹不及,门阀世族制度由于反人性的一面,故其甫一产生,就埋下了速朽的根苗。"旧时王谢堂前燕,飞入寻常百姓家",刘禹锡以精炼传神之笔描画了华丽家族终于卸下矜持的浓妆油彩,以"无可奈何花落去"的失落心情淡出了历史舞台!

5.53 阮光禄阮裕,已见。赴山陵[1],至都,不往殷、刘许[2],过事便还。诸人相与追之[3]。既亦知时流必当逐己[4],乃遄疾而去[5],至方山不相及[6]。《中兴书》曰:"裕终日颓然,无所错综,而物自宗之。"刘尹时索会稽[7],乃叹曰:"我入,当泊安石渚下耳[8],不敢复近思旷傍[9]。伊便能捉杖打人不易[10]。"

【注】

〔1〕阮光禄:阮裕字思旷,见《德行》32注。曾作金紫光禄大夫,故称。山陵:帝王陵墓,引申指帝王丧事。

〔2〕至都:到京都建康。殷、刘:殷浩、刘惔。当时都是为清谈者所崇尚的大名士。许:处所。

〔3〕相与:一起。

〔4〕时流:当代名流。

〔5〕遄疾:疾速。迅速。

〔6〕方山:山名。在江苏江宁东南,六朝时为交通要道,商旅聚集处。

〔7〕刘尹时索会稽:索,索求之意。刘惔生平并未作会稽郡太守,或求而未得。

〔8〕我入:《晋书》"我入"下有"东"字。东指会稽。泊:停船,停靠。安石渚:指谢安居处。谢安,见《德行》33注。时谢安与阮裕同居会稽,谢

安为刘惔妹婿。渚:小洲。

〔9〕思旷:阮裕字思旷。傍:通"旁"。

〔10〕伊:他。此指阮裕。捉:持,握。

【评】

阮裕在乱世中始终能保持难得的清醒,与一般自命不凡的名士异趣。为王敦主簿时,他以一双慧眼洞察世事,终日酣觞,以酒废职,然竟以酒免敦难。与族兄阮籍之佯狂自保如出一辙。后去职还家,居会稽东山,有肥遁之志。虽多次被征,而屡以疾辞。王羲之称曰:"近不惊宠辱,虽古之沉冥,何以过此!"殷浩、刘惔或言行不一,或清高太过,均非名士正解。阮裕之过事便还,不愿与之结缘,并非沽名钓誉,而是从花开花落、云卷云舒的自然变相中感悟人世的沉浮废兴,有隐士风度。刘辰翁评曰:"更无伦理。"认为阮裕不近人情,并非的论。

5.54 王、刘与桓公共至覆舟山看[1],酒酣后,刘牵脚加桓公颈[2],桓公甚不堪,举手拨去。既还,王长史语刘曰:"伊讵可以形色加人不[3]?"《温别传》曰:"温有豪迈风气也。"

【注】

〔1〕王、刘:指王濛、刘惔。桓公:桓温。覆舟山:山名。在今南京东北。

〔2〕牵:引。此谓伸过来。加:放在上面。

〔3〕"伊讵"句:他难道可以拿脸色强加于人吗?伊,他。讵,难道。形色加人,指对人发怒逞威。

【评】

王濛簪缨世家,刘惔风流名士,桓温出身行伍,故王、刘视温为老兵,骨子里持轻蔑态度。刘惔将脚架在桓温脖颈上,荒谬绝伦令人作呕。温不堪忍受,举手拨去,竟惹得王濛勃然作色。"伊诘可以形色加人不?"出于王濛之口,意谓桓温卑微老兵,不当以声色凌人,只能默默忍受。魏晋风流,以喜怒不见于形色为上。王、刘的言行中流露出对桓的轻视之意,临川取以为方正之言,可见六朝人所理解的方正,其内涵是何等的混乱!刘惔牵脚桓公颈,桓温弹射刘惔枕,人类基本的尊重底线都弃之不顾,其不相礼敬如此,有何资格大谈名士尊严!魏晋名士越名纵礼,对儒家礼教有批判作用,但矫枉过正则同样陷入怪圈。

5.55 桓公问桓子野[1]:"谢安石料万石必败[2],何以不谏[3]?"子野,桓伊小字也。《续晋阳秋》曰:"伊字叔夏,谯国铚人。父景,护军将军。伊少有才艺,又善声律,加以标悟省率,为王濛、刘惔所知。累迁豫州刺史,赠右将军。"子野答曰:"故当出于难犯耳[4]。"桓作色[5]曰:"万石挠弱凡才[6],有何严颜难犯[7]!"

【注】

〔1〕桓公:桓温。桓子野:桓伊,字叔夏,小字子野、野王,东晋谯国铚(今安徽西南)人。

〔2〕谢安石:谢安字安石。万石:谢万字万石,安弟。

〔3〕谏:直言规劝。此时桓伊为桓温参军,故有此问。

〔4〕故当:或许,可能。难犯:难以触犯。

〔5〕作色:改变脸色。

〔6〕挠弱:懦弱无能。

〔7〕严颜:威严的容颜。

【评】

　　谢万为谢安之弟,虽聪明俊秀,善于炫耀,而其名气去栖迟东山的谢安远甚,时人"攀安提万"之说可证。谢万虽于玄言清谈头头是道,但实际缺乏探本求源的哲学头脑,毫无决胜千里的军事实干。在只看门第不重能力的魏晋时代,才用非人的乖谬事情屡见不鲜。谢万作为新任北伐统帅,矜持高傲,饮酒啸歌,称诸将为兵卒,激起不满情绪,后又误判形势,溃不成军,单骑败归。谢万虽给国家造成严重损失,但后来又被易地授官,渎职之罪无人承担!千百万士兵鲜活的生命死得不明不白,滔滔劣迹竟被轻描淡写掩饰过去,怎能不令正直士人扼腕切齿!门阀制度之弊,专制统治之恶,可见一斑。桓温称其"挠弱凡才",正见其知人之明。但他明知谢万无能而料其必败,却拒绝王羲之谏,置国家利益于不顾,作为大将军而赞同任命谢万为北伐统帅。这是为什么?这说明为了谯国桓氏家族利益,准备看陈郡谢氏的笑话,从而打击王、谢,为"桓与马,共天下"扫平障碍。如王羲之辈的一二清醒之士纵有先知先觉,亦无力扭转世风,只能任半壁江山被雨打风吹去。

5.56　罗君章曾在人家[1],主人令与坐上客共语[2]。答曰:"相识已多[3],不烦复尔。"《罗府君别传》曰:"罗含字君章,桂阳枣(耒)阳人。盖楚熊姓之后,启土罗国,遂氏族焉。后寓湘境,故为桂阳人。含,临海太守彦曾孙,荥阳太守绥少子也。桓宣武辟为别驾。以官廨喧扰,于城西池小州(洲)上立茅茨,伐木为床,织苇为席,布衣蔬食,晏若有馀。桓公尝谓众坐曰:'此自江左之清秀,岂唯荆楚而已。'累迁散骑常侍、廷尉、长沙相,致仕中散大夫,门施行马。含自在官舍,有一白雀栖集堂宇。及致仕还家,阶庭忽兰菊挺生。岂非至行之征邪?"

【注】

〔1〕罗君章:罗含,字君章,东晋桂阳耒阳(今属湖南)人,谢尚、桓温称他为"江左之秀"。为桓温别驾,致仕还家,阶庭忽兰菊丛生。

〔2〕共语:一起谈话。

〔3〕相识:相知,相互了解。

【评】

罗君章藻思超群,桓温称其为"江左之秀"。然性喜静,不胜尘世应对往来之苦。"相识已多,不烦复尔"一语,见出其以简对繁的做人风格。此举非标榜清高、故作矜持,与陶渊明"少无适俗韵,性本爱丘山"一样,都是质性使然。又尝以官舍喧扰,于江中小洲上立茅屋,伐木为床,织苇为席而居,布衣蔬食,晏如也。正可与此则互相印证。人在官场,强颜欢笑,逢场作戏虽出无奈,但多不能了悟。罗君章特立独行,为自己开辟一片心灵的自由天地,是符合玄学精神本质的方正之举。

5.57 韩康伯病[1],柱杖前庭消摇[2],韩伯,已见。见诸谢皆富贵[3],轰隐交路[4],叹曰:"此复何异王莽时[5]!"《汉书》曰:"王莽宗族,凡十侯、五大司马,外戚莫盛焉。"

【注】

〔1〕韩康伯:韩伯字康伯,见《德行》38注。

〔2〕前庭:庭前。消摇:同"逍遥"。谓闲适不拘,怡然自得。

〔3〕诸谢:指谢安、谢奕、谢万、谢石等。谢氏自谢尚、谢安始发迹。安为尚书仆射、中书令。谢石、谢玄屡建战功,兄弟叔侄并得荣升,显赫一时。

〔4〕轰隐:众车行走的声音。

〔5〕王莽:汉平帝时为大司马,封安汉公。莽以外戚掌权,亲族皆拜官封侯。后王莽竟篡汉,建立新朝。

【评】

名士阮裕曾讥谢万"新出门户,笃而无礼",曾几何时,随着谢安的东山再起,成为风流名相后,王、谢家族齐名,谢家已今非昔比了。其时谢石、谢玄、谢琰屡建战功,叔侄三人同时受封,正是谢家繁华鼎盛之际。王莽宗族十侯、五大司马;而根据台湾学者毛汉光的研究,两晋南北朝时期,谢氏家族任五品以上官吏者70人,其中一品4人,为皇后者1人,尚公主者3人,其荣华显要恐不让王氏。谢家此时门庭若市、轰隐交路,也足见出人世运道的无常,所谓"时来天地皆同力,运去英雄不自由"!康伯虽身罹重病,但仍头脑清醒。据《建康实录》,康伯卒于孝武帝太元五年(380),未及见淝水之战(发生于公元383年)后陈郡谢氏全盛之事。但其为人性格强直方正,能"澄世所不能澄,而裁世所不能裁"(见《晋书》本传)。他作为《易》理玄家,鉴往知今,洞识未来,故借王莽外戚之盛,以古讽今,并预感到陈郡谢氏家族盛极必衰的阴阳消伏之机,指出了国家社稷的前途隐忧。事入方正,宜哉!

5.58 王文度为桓公长史[1],桓为儿求王女,王许咨蓝田[2]。王坦之、王述,并已见。既还,蓝田爱念文度[3],虽长大,犹抱著膝上。文度因言桓求己女婚。蓝田大怒,排文度下膝[4],曰:"恶见文度已复痴[5],畏桓温面?兵[6],那可嫁女与之!"文度还报云:"下官家中先得婚处[7]。"桓公曰:"吾知矣,此尊府君不肯耳[8]。"后桓女遂嫁文度儿[9]。《王氏谱》曰:"坦之子恺(愉),娶桓温第二女,字伯子。"《中兴书》曰:"恺字茂仁,历吴国内史、丹阳尹,赠太常。"

437

【注】

〔1〕王文度:王坦之,见《言语》72注。桓公:桓温。长史:官名。此指桓温军府之长史。

〔2〕许:答应。咨:询问。蓝田:王述字怀祖,官至尚书令,袭爵蓝田侯。

〔3〕爱念:疼爱,喜欢。

〔4〕排:拨开,推开。

〔5〕恶:怎么。已复:副词,竟然。

〔6〕兵:此指桓温。桓为武将,又家世不在名门之列,王述自恃太原王氏为高门,轻视桓温。

〔7〕下官:属吏对其长官自称下官。先得婚处:谓先前为女儿订了婚家。

〔8〕尊府君:尊称对方的父亲。

〔9〕桓女遂嫁文度儿:桓温虽掌兵权,但属寒门,故王述不愿文度嫁女与桓温儿。但寒门女可嫁士族儿。

【评】

桓温虽靠个人奋斗而位极人臣,但桓氏祖上名位不昌,不在名门贵族之列。时人鄙其地寒,不以上流处之。王述、谢奕、刘惔等呼为老兵,桓温也只能徒唤奈何。桓温为子求婚于王坦之,坦之父述因门第不相匹偶而顿时勃然作色,断然拒绝,全然不顾桓温情面,不计桓家小伙子的形貌、才情和未来发展潜质,更不考虑孙女的个人感受,完全是从家族名誉着眼。王述意见决绝,不容坦之置喙,可见门第观念多么难以逾越!于时风俗,寒门之女,可适高门之子;而名门之女,必不可下嫁寒族也。王述坚拒桓氏之请,本为门户私计,魏晋士人视为方正,此乃时代风气使然。

5.59 王子敬数岁时[1],尝看诸门生樗蒱[2]。见有胜负,因曰:"南风不竞[3]。"《春秋传》曰:"楚伐郑。师旷曰:'不害,吾骤歌《南风》,《南风》不竞,多死声,楚必无功。'"杜预曰:"歌者次律以咏八风,南风音微,故曰不竞也。"门生辈轻其小儿,乃曰:"此郎亦管中窥豹,时见一斑[4]。"子敬瞋目曰[5]:"远惭荀奉倩[6],近愧刘真长[7]。"遂拂衣而去。荀、刘已见。

【注】

〔1〕王子敬:王献之,王羲之子,见《德行》39注。

〔2〕门生:魏晋六朝时,仕宦者允许各募部曲,谓之义从,其在门下亲侍者,则谓之门生。樗蒲:一种游戏。

〔3〕南风不竞:语出《左传·襄公十八年》。竞,强,强劲。

〔4〕郎:魏晋时少年的通称,相当于后世的"少年"。管中窥豹:从管中看豹。比喻所见狭小,看不到全面。

〔5〕瞋目:瞪眼。

〔6〕荀奉倩:荀粲字奉倩,三国魏颍川(今河南)人。魏太尉荀彧子。

〔7〕刘真长:刘惔字真长,晋名士。

【评】

　　王献之乃王氏家族的芝兰玉树,良好的家庭艺术氛围的熏陶,使其成为杰出的书法家,踵武乃父而雄视千古。然世风所及,献之自小就具有浓厚的门第、等级观念。故事中,献之提到了荀粲(奉倩)、刘惔(真长),二人均严于择友,不与"小人"往来,为名士中持论褊狭者,这就在不经意间流露出王家小孩鄙视仆隶的门第观念,与荀、刘气味相投。献之瞋目怒斥,拂袖而去,俨然高傲的小主人,殊足损其童稚天性。门阀世族的傲慢与偏见,已构成遗传因子,深深扎根于幼小一代的头脑。事实证明,王家所谓佳子弟者,除艺术造诣外,大多缺乏治国安邦的实际才干,倒是其傲视世人、目空一切的空疏作风,将成为其永远抹不

439

去的家族胎记。

5.60　谢公闻羊绥佳[1],致意令来[2],终不肯诣。
《羊氏谱》曰:"绥字仲彦,太山人。父楷,尚书郎。绥仕至中书侍郎。"后绥为太学博士[3],因事见谢公,公即取以为主簿。

【注】
　　[1] 谢公:谢安。羊绥:字仲彦,东晋泰山平阳(在今山东)人。羊忱孙。
　　[2] 致意:把自己的心意传达给别人。
　　[3] 太学博士:官名。太学设博士、助教,其员额因时代而异。

【评】
　　谢安投桃,羊绥并不报李,对于千载难逢的飞腾机会似乎并不热中,这就与那些费尽心计、主动巴结权贵的名利客大异旨趣,反映出了真名士极其看重自己的人格尊严,决不会轻易放下架子而授人以口实,谓之方正,不无道理。人与人之间生来平等,都是赤条条来去,本无所谓高低贵贱。士人是社会的中流砥柱,理应看重自己、挺直了腰杆做人。但我们在滚滚红尘中,看到的更多是毫无灵魂操守的士林丑类的卑劣表演。这些人无论飞升或沉沦,都适足以污染环境,造成公害。如果羊绥这样的士人再多一些,权门势豪的威风就无从施展,社会空气岂不是更纯净一些!西谚有云:"有什么样的人民,就有什么样的政府。"言下之意,政府的恶习是被宠出来的,这不能不说有一定道理。故事的另一方面,谢安为国求贤,以才不以门,可谓不拘一格,有知人善任之明;又不因一时触忤己意而睚眦必报,有"宰相肚里能行船"的宽广胸怀,不愧为一代名相。《孟子·公孙丑》云:"故将大有为之君,必有所不召之臣。"羊绥的不应召,从另一个角度看,不也凸现了名相谢安的"大有为"吗?

5.61 王右军与谢公诣阮公[1],阮思旷也。至门,语谢:"故当共推主人[2]。"谢曰:"推人正自难[3]。"

【注】
〔1〕王右军:王羲之。谢公:谢安。阮公:阮裕,见《德行》32注。
〔2〕故当:当然,一定。推:推崇,推许。主人:指阮裕。
〔3〕正自:的确、实在。

【评】
阮裕、谢安企慕风流、不惊宠辱,均有高情远致;且二人都曾有隐居会稽的经历。同声同气之情,惺惺相惜之意,二人已具备相交的大前提。对于谢安的未肯推重老阮,明王世懋评曰"意未肯降",朱铸禹以为此乃谢安自负所致。二家理由欠充分,于意未稳。谢安若无崇敬之情,何以与右军登门拜诣阮公?盖其善于矫情镇物,内心虽急于见到老前辈,而外表并不动容,发以"推人正自难"之语,足见其无时无刻不极力呈现世人以成熟、稳重的"安石"形象。

5.62 太极殿始成[1],徐广《晋纪》曰:"孝武宁康二年,尚书令王彪之等启改作新宫。太元三年二月,内外军六千人始营筑,至七月而成。太极殿高八丈,长二十七丈,广十丈。尚书谢万监视,赐爵关内侯;大匠毛安之,关中侯。"王子敬时为谢公长史[2],谢送版使王题之[3]。王有不平色,语信云[4]:"可掷箸门外。"谢后见王曰:"题之上殿何若[5]?昔魏朝韦诞诸人,亦自为也[6]。"王曰:"魏作所以不长[7]。"谢以为名言。宋明帝《文章志》曰:"太元中,新宫成,议者欲屈王献之题榜,以为万代宝。谢安

441

与王语次,因及魏时起陵云阁,忘题榜,乃使韦仲将县凳上题之。比下,须发尽白,裁馀气息。还语子弟云:'宜绝楷法!'安欲以此风动其意,王解其旨,正色曰:'此奇事。韦仲将魏朝大臣,宁可使其若此,有以知魏德之不长。'安知其心,乃不复逼之。"

【注】

〔1〕太极殿:东晋宫殿名。

〔2〕长史:三公所设辅佐官吏。

〔3〕版:做匾额用的木板。题:书写。

〔4〕信:使者,信使。

〔5〕何若:怎么样。

〔6〕魏朝:公元220年,魏文帝曹丕废汉称帝,建立魏朝。韦诞:字仲将,三国魏书法家。

〔7〕魏作:据沈剑知校本,"作"为"祚"之形讹,是。魏祚,魏朝国运。

【评】

宫殿题榜,乃国之大事,堪为万代墨宝。如此扬名立万之事,何乐而不为?又子敬为谢安长史,论辈分为晚生。子敬严拒题榜,于理不合。推其原因,大概谢安派遣使者命令其题榜,而不亲自与其打招呼,惹恼了子敬孤芳自赏的紧绷神经,于是耍起了名家子的高傲脾气。子敬、子猷兄弟门第观念甚严,本书各门所记多可印证。高门名士使性,连执政大臣也奈何不得,导致政令不通、上下壅滞、官不得人,也就不足为奇了。晋朝政治之混乱,于此可见一斑。

5.63 王恭欲请江卢奴为长史[1],晨往诣江,江犹在帐中。王坐,不敢即言,良久乃得及。江不应,卢奴,江敳小字也。《晋安帝纪》曰:"敳字仲凯,济阳人。祖正(统),散骑常侍。父彪(彪),仆射。并以义正器素,知名当世。敳历位内外,简退箸称。历黄门侍郎、骠骑谘议。"直唤人取酒,自饮一碗,又不与王。王且笑且言:"那得独饮?"江云:"卿亦复须邪[2]?"更使酌与王。王饮酒毕,因得自解去。未出户,江叹曰:"人自量,固为难!"《宋书》曰:"敳,即湘州江夷之父也。夷字茂远,湘州刺史。"

【注】

〔1〕王恭:字孝伯,晋光禄大夫王蕴子。见《德行》44注。江卢奴:江敳。东晋人,字仲凯,小字卢奴。江统孙,江彪子。注中"祖正",乃刘孝标作注时避昭明太子萧统名讳改"统"为"正"。

〔2〕须:需要。

【评】

　　王恭才地高华,少有美誉,有人伦之望。江卢奴平庸之士,一生行事史不详载,盖凭借其父祖之功而妄自托大,不通人情常理。故事以白描手法传神地勾勒出主客的鲜明形象:主人江卢奴傲慢狂妄、目中无人,是一个自大狂;客人王恭委曲求全、唯唯诺诺,俨然一个可怜虫。王恭本是一个仗气使才、不甘人下的血性之人,为何此处表现得柔弱无骨、任人拿捏? 真是费人思量。二人均与方正品格风马牛不相及。王世懋评曰:"此亦仅得简傲耳",堪称的评。

5.64　　孝武问王爽[1]:"卿何如卿兄?"王答曰:"风流秀出[2],臣不如恭。忠孝亦何可以假人[3]!"《中兴书》曰:"爽忠孝正直。烈宗崩,王国宝夜开门入,为遗诏。爽为黄门郎,距之曰:'大行晏驾,太子未立,敢有先入者斩!'国宝惧,乃止。"

【注】

〔1〕孝武:东晋帝司马曜,见《言语》89 注。王爽(？—398):东晋人,字季明,小字睹。王恭弟。王恭起兵,爽参军事,事败被诛。

〔2〕风流:指风采神韵。秀出:优秀杰出。

〔3〕何:怎。假:借与,给予。这句话意思是忠孝应属于王爽自己。

【评】

恭、爽兄弟并为太原王氏佳子弟。王恭美姿仪,人目之云:"濯濯如春月柳。"尝被鹤氅裘,涉雪而行,名士孟昶叹为"神仙中人"(《晋书》本传),故爽评恭"风流秀出"之语不虚。王爽以忠孝自评,实蕴涵了高自期许之意。孝武帝崩,奸佞王国宝欲夜入宫廷篡改遗诏,爽为黄门侍郎,声色俱厉,坚拒之于门外,堪称危难见忠良。王爽答孝武帝语,运用魏晋人物品评惯用的意象批评模式,刘辰翁评曰"善对",大体抓住了人物的神韵。王恭不仅风流秀出,还清操过人,深存节义。其抗节奸佞司马道子、王国宝之徒,何必减于乃弟王爽？盖其名士风流掩其忠臣之质耳。

5.65 王爽与司马太傅饮酒[1],太傅醉,呼王为"小子"[2]。王曰:"亡祖长史[3],与简文皇帝为布衣之交[4];亡姑、亡姊,伉俪二宫[5]。何小子之有？"《中兴书》曰:"王濛女,讳穆之,为哀帝皇后。王蕴女,讳法惠,为孝武皇后。"

【注】

〔1〕王爽:见本篇64注。司马太傅:指会稽王司马道子,简文帝子,进位太傅。见《言语》98注。

〔2〕小子:对人的蔑称。

〔3〕亡祖长史:爽祖父王濛,曾作司徒左长史。

〔4〕布衣之交:平民朋友。特指官僚贵族未显贵时的结交、友情。

444

〔5〕伉俪:夫妻。用为动词。伉俪二官,即做两宫皇后。

【评】

王爽之答语中似夹杂着刚直与自负两种情绪。一方面,刚直不阿是王氏家风,乃祖王濛、乃兄王恭,均是抗节直行禀性。其父王蕴,态度稍微缓和,然亦是正道直行、务存仁爱。因此,王爽机智地回应司马道子"何小子之有",是情在理中;另一方面,其家族显赫的门第及与皇室千丝万缕的关联,为其自负心理奠定了坚实基础。凌濛初评爽"真是卖弄",只说对了一半,其实卖弄中藏着自负、高傲,又暗含了与皇族平起平坐的微妙心理。

5.66 张玄与王建武先不相识[1],张玄,已见。建武,王忱也。《晋安帝纪》曰:"忱初作荆州刺史,后为建武将军。"后遇于范豫章许[2],范令二人共语。范甯,已见。张因正坐敛衽[3],王熟视良久,不对。张大失望,便去,范苦譬留之[4],遂不肯住。范是王之舅,《王氏谱》曰:"王坦之娶顺阳郡范汪女,名盖,即甯妹也。生忱。"乃让王曰[5]:"张玄,吴士之秀[6],亦见遇于时[7],而使至于此,深不可解。"王笑曰:"张祖希若欲相识,自应见诣[8]。"范驰报张,张便束带造之[9]。遂举觞对语,宾主无愧色。

【注】

〔1〕张玄:即张玄之,字祖希,见《言语》51 注。王建武:指王忱,见《德行》44 注。

〔2〕范豫章:指范宁。曾任豫章太守,故称。见《言语》97 注。许:处,处所。

〔3〕正坐敛衽:形容态度严肃、恭敬。敛衽,提起衣襟表示恭敬。

〔4〕苦:极力,竭力。譬:晓喻,劝喻。

〔5〕让:以辞相责。

〔6〕吴士:吴地士人。秀:优秀者。

〔7〕见遇于时:受人敬重,得志于时。

〔8〕见诣:拜见我。见,表示动作偏指一方。

〔9〕束带:谓整饬,以表庄重。造:登门拜访。

【评】

　　王忱于舅氏范甯处遇吴地之秀张玄,因自以名门名流,矜持自高,而不与交语。"若欲相识,自应见诣"一语,意谓张玄应正式登门拜访,以示其诚意,座上相识,殊有损己之尊严。盖高门子弟因身份意识过于强烈,时时横亘胸中,发为言行,过分在意形式,以满足其如玻璃般易碎的虚荣心。真正的玄学精神,是与繁文缛节相背离的。试想,玄学尚清崇简,希心高远,又怎会在意一些鸡毛蒜皮的细枝末节?王忱激烈过火的举止背后,适足以说明其学得的,仅是名士风度的皮毛而已。我们进而可以揣测,吴人张玄所追慕的,并不是什么不可企及的高标,王忱这样的"名士"都可使其甘心自降身价,"束带造之",其人品味也就不言自明了。

雅 量 第 六

【题解】 雅量是考察中古士人心灵世界的又一目标。雅量,意谓胸怀宽阔,气度宏大。自古以来,为人推崇。魏晋士大夫崇尚玄远高迈的精神世界,雅量因此被看重,成为士人竞相品题的重要题目。

人生最难超越的一关就是死亡。在天崩地坼的巨大悲痛和狂飙巨澜般的情感失衡之际,魏晋士人为我们展现了博大的心灵空间。顾雍丧子,神气不变,而以爪掐掌,血流沾褥。在情感的自我调控中,为我们展现了杰出政治家深沉、博大的精神世界;嵇中散临刑东市,弹奏《广陵散》而神色自若,令千古之人叹其雅量。明王世贞评此曰:"每叹嵇生琴,夏侯色,令千古他人览之,犹为不堪,况其身乎?"嵇康"宁为玉碎,不为瓦全"的抗争精神,使真正的名士风度,得到了又一次从容的展现!

雅量,不是上天对名士们的眷顾而天生赐予的,它需要后天的陶冶锤炼之功。魏晋政治家注重在日常的生活和山水游览中,主动觅险,以砥砺品性、涵容胸襟,培养自己的雅量。谢太傅未出山之前,与诸人泛海,风起浪涌时,众人早已大惊失色,只有谢安在船头吟咏自若,表现了处危不惊的心理承受能力。同样的,政治家庾亮,因平日训练有素,方能处乱不慌。庾亮与苏峻战,弓箭手忙中出错,误中舻公,群情不安,庾亮的一句"此手那可使著贼",轻松地化解了一次危机。

447

此外,像王羲之"东床坦腹"、顾和"门边觅虱"等风流佳话,都是中古士人的精神气质获得最富诗意的彰显!

6.1 豫章太守顾劭[1],环济《吴纪》曰:"劭字孝则,吴郡人。年二十七,起家为豫章太守,举善以教民,风化大行。"是雍之子[2]。劭在郡卒。雍盛集僚属自围棋[3],《江表传》曰:"雍字元叹,曾就蔡伯喈,伯喈赏异之,以其名与之。"《吴志》曰:"雍累迁尚书令,封阳遂乡侯,拜侯还弟(第),家人不知。为人不饮酒,寡言语。孙权尝曰:'顾侯在坐,令人不乐。'位至丞相。"外启信至[4],而无儿书,虽神气不变,而心子(了)其故[5]。以爪掐(掐)掌,血流沾褥。宾客既散,方叹曰:"已无延陵之高[6],岂可有丧明之责[7]!"《礼记》曰:"延陵季子适齐,及其反也,其长子死,葬于嬴、博之间。孔子曰:'延陵季子,吴之习于礼者也。'往而观其葬焉。其坎深不至于泉,其敛以时服。既葬而封,广轮掩坎,其高可隐也。既封,左袒(祖),右还其封,且号者三,曰:'骨肉归复于土,命也,若魂气则无不之也。'而遂行。孔子曰:'延陵季子之于礼也,其合矣乎!'""子夏丧其子而丧其明,曾子吊之曰:'朋友丧明则哭之。'曾子哭,子夏亦哭,曰:'天乎,予之无罪也!'曾子怒曰:'同(商),汝何无罪也?吾与汝事夫子于洙、泗之间,退而老于西河之上。使西河之民疑汝于夫子,尔罪一也;丧尔亲,使民未有闻焉,尔罪二也;丧尔子,丧尔明,尔罪三也。'子夏投其杖而拜曰:'吾过矣,吾过矣!'"于是豁情散哀[8],颜色自若。

【注】

〔1〕豫章:郡名,治所在今江西南昌。太守:郡的最高行政长官。顾劭:字孝则,晋吴郡吴(今江苏苏州)人。年二十七为豫章太守。

〔2〕雍:顾雍(168—243),字元叹,三国吴郡吴人,出身江南士族。为丞相,任职十九年而卒。

〔3〕自:正,正在。

〔4〕启:报告。信:使者。此指送信的人。

〔5〕心了其故:据明袁氏本,"子"作"了",是。了,明白。

〔6〕延陵之高:延陵,指春秋时吴国季札,封于延陵,故称延陵季子。据《礼记·檀弓下》载,季子长子死,敛以时服,葬之以礼,并云:"骨肉归复于土,命也!"孔子说他合乎礼,顾雍认为自己不能忘情,做不到像季子那样旷达知命。

〔7〕丧明之责:子夏死了儿子,哭得眼睛失明。曾子前去吊丧,曾子哭,子夏也哭。子夏说:"天乎!予之无罪也!"曾子怒责子夏,说他有三条罪过,其中之一说是丧失了儿子,又丧失了眼睛。子夏投杖认错,说:"吾过矣!吾过矣!"顾雍认为自己虽然不能做到如季子般忘情,也不能像子夏那样因丧子而毁伤身体,受到人们的指责。

〔8〕豁情散哀:消解了哀情,排遣了愁绪。

【评】

顾雍曾任吴国丞相十九年,是一位有儒家风范的名相。其性情方正,时人见惮,吴主孙权尝叹曰:"顾公在坐,使人不乐"(《吴书·顾雍传》),其动静合礼如此。顾雍为人一大特点,是雅量非常。但是,一个杰出的政治家,纵能承受住宦海的风风雨雨,又怎能禁得起痛失骨肉的凄风苦雨?儿子的噩耗传来,他正与人围棋,其神色不变,血流沾褥。白发人送黑发人之深悲巨痛,如天崩地坼,非局外人所能想象。顾雍在情感的自我调控中,为我们展现了成熟政治家深沉、博大的精神世界。但从另外一个角度看,丧子之痛,令人情不能已,放声一哭,又何损起政治家风度呢?鲁迅诗"无情未必真豪杰,怜子如何不丈夫。知否兴风狂啸者,回眸时看小於菟",倒符合人之常情。《伤逝》门王戎丧子故事,则展现了与此截然相反的另一种情感表达方式。可见,顾雍的雅量是江东孙吴儒家礼教长期熏陶内化的结果,王戎的"情之所钟,正在我辈",则是玄学濡染的产物。

6.2　嵇中散临刑东市[1],神气不变,索琴弹之,奏《广陵散》[2]。曲终,曰:"袁孝尼尝请学此散[3],吾靳固未与[4],《广陵散》于今纪(绝)矣[5]!"《晋阳秋》曰:"初,康与东平吕安亲善。安嫡兄逊淫安妻徐氏,安欲告逊遣妻,以谘于康,康喻而抑之。逊内不自安,阴告安挝母,表求徙边。安当徙,诉自理,辞引康。"《文士传》曰:"吕安罹事,康诣狱以明之。锺会庭论康曰:'今皇道开明,四海风靡,边鄙无诡随之民,街巷无异口之义(议)。而康上不臣天子,下不事王侯;轻时傲世,不为物用。无益于今,有败于俗。昔太公诛华士,孔子戮少正卯,以其负才、乱群、惑众也。今不诛康,无以清洁王道。'于是录康闭狱。临死,而兄弟亲族,咸与共别。康颜色不变,问其兄曰:'向以琴来不邪?'兄曰:'以来。'康取调之,为《太平引》。曲成,叹曰:'《太平引》于今绝也!'"太学生三千人上书[6],请以为师,不许。文王亦寻悔焉[7]。王隐《晋书》曰:"康之下狱,太学生数千人请之。于时豪俊皆随康入狱,悉解喻,一时散遣。康竟与安同诛。"

【注】

〔1〕嵇中散:指嵇康。康曾作中散大夫。嵇康因吕安被捕受牵连,遭锺会诬陷被杀,死于魏景元三年(263)。东市:刑场。汉代在长安东市处决判死刑的人,后因以东市指刑场。

〔2〕《广陵散》:古琴曲名。嵇康善弹此曲。

〔3〕袁孝尼:袁准字孝尼,陈郡(今河南)人。以儒学知名,官至给事中。见《德行》15注。

〔4〕靳:吝惜。

〔5〕纪:据袁本,"纪"为"绝"之形讹。

〔6〕太学生:朝廷所设置的最高学府的学生。

〔7〕文王:指晋文王司马昭。昭仕魏封晋王,死后谥文王。

450

【评】

　　嵇康为竹林名士领袖,其"越名教而任自然"的口号,成为无数魏晋名士的精神高标。嵇康之死,表面上受吕安事牵连,为小人锺会构陷,究其实,乃是残酷政治斗争的激化形式。在司马氏高压专权之际,嵇康持不合作态度,为司马昭所不容。康临刑东市,神气不变,高情千古,盖源自平素内心涵养的工夫。常言道:俗网易脱,死关难避。魏晋士人脱略形累,希心自然,乃人性之趋利避害,故不为难事;但危难关头舍生取义,却是绝对矫饰不得。明王阳明《传习录》云:"人于生死念头,本从身命根上带来,故不易去。"正是此意。王世贞评此曰:"每叹嵇生琴,夏侯色,令千古他人览之,犹为不堪,况其身乎?与陶徵士《自祭》、《预挽》,皆超脱人累,默契禅宗,得蕴空解,证无生忍者。"把嵇康说成是了悟生死、看破红尘的修行中人,未免就降低了其精神抗争的悲剧意味!嵇康"宁为玉碎,不为瓦全"的悲壮抗争,绝非"超脱人累"之人所能想象。

　　6.3　夏侯太初尝倚柱作书[1],时大雨,霹雳破所倚柱,衣服焦然[2],神色无变,书亦如故[3]。宾客左右[4],皆跌荡不得住[5]。见顾恺之《书赞》。《语林》曰:"太初从魏帝拜陵,陪列于松柏下。时暴雨,霹雳正中所立之树,冠冕焦坏。左右觊之皆伏,太初颜色不改。"臧荣绪又以为诸葛诞也。

【注】

　〔1〕夏侯太初:夏侯玄字太初,三国魏征西将军,以谋反罪被司马氏所杀。见《方正》6注。作书:写信。

　〔2〕焦然:烧焦。

　〔3〕书:书写,动词。

451

〔4〕左右：指主人身边的人。

〔5〕跌荡：倾倒摇晃、立足不稳的样子。住：停。

【评】

《论语·乡党》谓："迅雷、风烈必变"，在这点上，魏晋士人之心理镇定，似乎不亚于儒家圣人。雅量为魏晋士人又一精神风度的追求，其表现形态虽不一而足，而面对险象能处之泰然，乃是题中应有之意。名士夏侯玄，若无面对自然界迅雷疾雨时的神色不变作基础，又怎能经得起生死考验，在面临人世灾祸时颜色不异呢？

6.4 王戎七岁〔1〕，尝与诸小儿游。看道边李树多子折枝〔2〕。诸儿竞走取之〔3〕，唯戎不动。人问之，答曰："树在道边而多子，此必苦李。"取之信然。《名士传》曰："戎由是幼有神理之称也。"

【注】

〔1〕王戎：字濬冲，竹林七贤之一。见《德行》16注。

〔2〕折枝：使树枝弯曲。

〔3〕竞：争先恐后。走：跑。

【评】

王世懋以为"此自是夙慧，何关雅量"，有理。《晋书》本传载戎"幼而颖悟，神采秀彻"，小小年纪即有不凡之资，这和他自小善于思考问题，从生活中吸取有益的经验有关，故能超出同龄人。好像是上天故意跟他开了一个大玩笑，王戎一生似与小小的李子结缘——如果说小时候能识别苦李，给他带来了终生受用的"神童"美誉，可中年以后卖李钻核，则徒留尘俗吝啬鬼、守财奴的恶名。真可谓"成也李子，败也李子"！

6.5　魏明帝于宣武场上断虎爪牙[1],纵百姓观之[2]。王戎七岁,亦往看。虎承间攀栏而吼[3],其声震地,观者无不辟易颠仆[4]。戎湛然不动[5],了无恐色。《竹林七贤论》曰:"明帝自阁上望见,使人问戎姓名,而异之。"

【注】

〔1〕魏明帝:曹叡字元仲,三国魏第二代君主。见《言语》13 注。宣武场:魏都城中讲武之所。断虎爪牙:谓把虎关在牢笼里,以免以爪牙伤人。

〔2〕纵百姓观之:《晋书·王戎传》谓"年六七岁,于宣武场观戏",可知所观乃是一种人虎相搏的表演。纵,任凭。

〔3〕承间攀栏:抓住笼子的空隙处攀着栅栏。

〔4〕辟易:惊退。颠仆:仆倒。

〔5〕湛然:冷静沉着的样子。

【评】

故事以类似电影蒙太奇的手法,展现了两幅生动的画面。老虎一声怒吼,震天动地,众人四散奔走;七岁的王戎却湛然不动,了无恐色。渐渐地,惊呼声终归平静,兽散的人群慢慢聚拢,镜头定格在骇异人群中,一张充满稚气、不惧危险的脸上。人生资质有深浅,不可力求,关键的是把握住后天的发展方向。王戎幼而颖悟,天资不凡,但长大后却未见不凡之举。非唯如此,甚至与时俯仰、苟媚取容,求田问舍、聚敛成性,适足为士林中之浊流。虽有客观原因,但究诘主观,则其自甘暴弃,本性使然,令人为之叹惋。

6.6　王戎为侍中[1],南郡太守刘肇遗筒中笺布五端[2]。戎虽不受,厚报其书[3]。《晋阳秋》曰:"司隶校尉刘毅奏：南郡太守刘肇以布五十疋、杂物遗前豫州刺史王戎，请槛车征付廷尉治罪，除名终身。戎以书未达，不坐。"《竹林七贤论》曰："戎报肇书，议者佥以为讥。世祖患之，乃发口言曰：'以戎之为士，义岂怀私？'议者乃息。戎亦不谢。"

【注】

〔1〕侍中：官名。侍从皇帝左右，职掌傧赞礼仪、护驾陪乘等，并备应对顾问。魏晋时侍中权位颇重。

〔2〕南郡：郡名，晋治所在江陵（今湖北）。刘肇：晋南郡太守。生平、事迹不详。遗：馈赠。筒中笺布：一种价格昂贵的细布。端：二丈（一说六丈）为一端。按《晋书·王戎传》作"筒中细布五十端"。

〔3〕书：书信。

【评】

王戎幼时颖悟，卓荦不群，父王浑卒，故吏赠钱数百万，戎辞而不受，能保持其纯净本色；中年以后，权势渐高，贪鄙之心渐萌，刘肇送笺布厚礼，虽心头发痒，然尚能自持；晚年时，政治混乱，他也就浑水摸鱼、与时舒卷，忘记了士大夫的社会责任。同时，还贪欲无度，聚敛财富，恒若不足。置之于世界文学守财奴画廊，亦毫不逊色。《论语》中讲"君子三戒"，第三就是"及其老也，血气既衰，戒之在得"。老年人为家族、为后人计，容易贪婪。当今社会上习见的"五十九岁现象"颇能说明问题。王戎在物质利益面前晚节不保，栽了跟斗，获讥于士林。王戎一生，从神童走向守财奴的堕落轨迹，给后人的启示是，没有人是天生爱财如命或视金钱如粪土，其观念和行为，因受外部环境影响而发生潜移默化的改变。"日三省吾身"的道德自律，加上严格的法制他律，是保证"永不变色"的不二法门。

6.7 裴叔则被收[1]，神气无变，举止自若。求纸笔作书,书成,救者多,乃得免。后位仪同三司[2]。《晋诸公赞》曰:"楷息瓒,取杨骏女。骏诛,以楷婚党,收付廷尉。侍中傅祇证楷素意,由此得免。"《名士传》曰:"楚王之难,李肇恶楷名重,收将害之。楷神色不变,举动自若。诸人请救得免。"《晋阳秋》曰:"楷与王戎,俱加仪同三司。"

【注】

〔1〕裴叔则:裴楷字叔则。见《德行》18注。

〔2〕仪同三司:官名。位非三公而礼仪排场与三公同。始为一时宠遇,后成为正式官职。

【评】

面对死亡的从容潇洒,是魏晋士人雅量的重要表现。嵇生琴,夏侯色,早已卓绝千古;裴叔则面对死亡,没有戚戚然的惊惧,而沉着思考,以智自救。中古士人的文采风流,又一次得到了美丽的体现!汉末之际,"忧生之嗟",一直萦绕于士人之间,挥之不去,"人生天地间,忽如远行客"、"人生非金石,岂能长寿考",淡淡的叹逝忧伤,与浓浓的行乐情绪,弥漫在骚客文人的字里行间。继而,魏晋士人从老庄空灵、超拔的诗意人生感悟中,寻找到了莫大的精神慰藉。麈尾清谈间,死亡已不再是沉重而令人忌讳的话题,他们把死亡当作生命旅程的最后华彩诗章,以"归去"的态度从容抒写!

6.8 王夷甫尝属族人事[1],经时未行[2]。遇于一处饮燕[3],因语之曰:"近属尊事,那得不行?"族人大怒,便举樏掷其面[4]。夷甫都无言,盥洗毕,牵王丞相臂,与共载去。在车中照镜,语丞相曰[5]:"汝看我眼光,乃出牛背上[6]。"王夷甫盖自谓风神英俊,不至与人校。

【注】

〔1〕王夷甫：王衍，见《言语》23注。属：同"嘱"。嘱托。

〔2〕经时，多时。行：做。

〔3〕饮燕：饮宴，饮宴，设宴喝酒。

〔4〕槃：一种食盒。形似盘，中有隔，每具有底有盖，谓之一昝。

〔5〕丞相：指王导。导与衍为同宗兄弟。

〔6〕出牛背上：牛背为着鞭之处，眼光出于牛背上，意指不计较挨打受辱之类的小事。

【评】

王衍寡廉鲜耻之辈，为石勒所执，为求自免，竟厚颜无耻地劝勒称帝号，士林领袖的颜面气节丧失殆尽，实为民族败类。但在现实生活中，却以一个谦谦君子的形象炫耀自己。他为族人所伤，之所以能隐忍不发，非出于宽容雅量，主要原因在于过度地自负。既然自视甚高，又怎能与俗人一般计较呢？"车中照镜"细节，形象地传达出其极在意个人风度的微妙心理。忸怩作态之状，甚至令人作呕。又"汝看我眼光，乃出牛背上"一语，诸家众说纷纭。今人范子烨以为，牛背是挨鞭打的地方，喻俗人俗物。王衍自以为风采过人，眼光也高人一等，所以不屑于与俗人计较（《中古文人生活研究》）。言之有理。

6.9 裴遐在周馥所[1]，馥设主人[2]。邓粲《晋纪》曰："馥字祖宣，汝南人。代刘淮（準）为镇东将军，（镇）寿阳。移檄四方，欲奉迎天子。元皇使甘卓攻之，馥出奔，道卒。"遐与人围棋，馥司马行酒[3]。正戏，不时为饮。司马恚，因曳遐坠地。遐还坐，举止如常，颜色不变，复戏如故。王夷甫问遐："当时何得颜色不异？"答曰："直是暗当故耳[4]！"一作"暗故

456

当耳",一作"真是斗将故耳"。

【注】

〔1〕裴遐:字叔道,河东闻喜(今山西)人。见《文学》19注。周馥:字祖宣,西晋汝南安成(今河南正阳东北)人。

〔2〕设主人:作东道主请客。

〔3〕司马:军府佐吏,掌兵事,位在长史下。行酒:巡行酌酒劝饮。当时宴宾习语。

〔4〕暗当故耳:语义未详。或谓"暗当,暗合也,盖谓本无意而漫相当"(朱铸禹《世说新语汇校集注》)。

【评】

裴遐乃王衍女婿,这对翁婿之间倒有某种契合,可谓臭味相投。其共同点是极能忍耐、喜怒不形于色。宴会上被人从座位上拖到地下,是极其难堪之事。若逞一时匹夫之勇,以泄胸中恶气,则可能拳脚相见,宴会就变成了打斗场。但裴遐举止如常,颜色不变,令人称羡其雅量。盖其出身名门,高自期许,故不屑与下级官吏一般见识而自降身价。习以成俗,生活中刻意的忍耐,最终会上升为自然的雅量,遂无意间为魏晋风度添上颇具风采的一笔。文末岳父王衍向女婿探讨"忍功",裴遐答是出于无心之自然,极富生活气息,令人忍俊不禁。

6.10　刘庆孙在太傅府[1],于时人士多为所构[2],唯庾子嵩纵心事外[3],无迹可间[4]。后以其性俭家富,说太傅令换千万[5],冀其有吝,于此可乘。《晋阳秋》曰:"刘舆(璵)字庆孙,中山人。有豪侠才算,善交结。为范阳王虓所昵。虓薨,太傅召之,大相委仗,用为长史。"《八王故事》曰:"司马越字元超,高密王泰长子。少尚布衣之操,为中外所归。累迁司空、太傅。"太傅于众坐中问庾,庾时颓然已醉[6],帻堕几上[7],以头就穿取。徐答云:"下官家故可有两娑千万[8],随公所取。"于是乃服。后有人向庾道此,庾曰:"可谓以小人之虑,度君子之心。"

【注】

〔1〕刘庆孙:即刘舆。与弟刘琨齐名。历官中书郎、颍川太守。后依附东海王越,为其谋主。太傅:指东海王司马越。

〔2〕构:陷害。

〔3〕庾子嵩:庾敱字子嵩。见《文学》15注。纵心:放任其心。

〔4〕迹:形迹,迹象。间:离间。

〔5〕换:借支,借贷。

〔6〕颓然:酒醉无力的样子。

〔7〕帻:巾帻,包头巾。几:几案。

〔8〕故:确实。娑:三。盖古吴语。

【评】

庾敱是魏晋士人中少有的清醒者。西晋八王之乱,权力易主有如走马,社会秩序毫无规范可言。庾敱静默无为,纵酒佯狂、聚敛积实,并非出于名士的清高与任诞;而是值天下多故、机变屡起的时代,一种无奈的掩人耳目,和自我保护之举。他纵酒和贪财,其意在示人毫无政治野心,一种无奈的心理,正如阮嗣宗"终身履薄冰,谁知我心焦"(《咏怀诗》)诗句所传达出的人生意绪。故事表面上呈现给世人的是庾敱的雅量,背后蕴涵的是悲剧时代中的生存智慧。

6.11 王夷甫与裴景声志好不同[1],景声恶欲取之[2],卒不能回[3]。乃故诣王[4],肆言极骂,要王答己,欲以分谤[5]。王不为动色,徐曰:"白眼儿遂作[6]。"《晋诸公赞》曰:"邈字景声,河东闻喜人。少有通才,从兄颜器赏之。每与清言,终日达曙。自谓理构多知,辄每谢之,然未能出也。历太傅从事中郎、左司马,监东海王军事。少为文士而经事,为将虽非其才,而以干重称也。"

【注】

〔1〕王夷甫:王衍,见《言语》23 注。裴景声:裴邈,字景声,西晋河东闻喜(今属山西)人。裴颜从弟。志好:志趣爱好。

〔2〕恶欲取之:谓诋毁他而要取得的回报。

〔3〕卒:始终。回:改变。

〔4〕故:特地。

〔5〕分谤:分担非议。

〔6〕白眼儿:因发怒而瞪大眼睛,眼白突出。这里指瞪着白眼的裴景声。作:发作。

【评】

裴邈是沽名钓誉之辈,大概对王衍的暴得大名心存嫉妒,欲借与王衍对骂,以收既抬高自己的社会知名度,又贬损王衍公众形象的"一石二鸟"之效。此招恶毒,想必一般人都会就范。谁知王衍忍功极强,并不与其计较。裴邈泼妇骂街,千呼万唤,却唤不来敌手应战,只能自讨没趣,自掉身价。苏轼《留侯论》云:"此其所挟者甚大,而其志甚远也。"王衍向来以大名士自诩,自不屑与肆言极骂的裴邈一般见识。这就表现了不凡的名士风度,若不经平素的刻意修炼,也很难在人际纠纷时安之若素。当然,这里仅是就外在的风度而言,若论人格高下,那又另当别论。

6.12 王夷甫长裴成公四岁[1],不与相知。时共集一处,皆当时名士,谓王曰:"裴令令望何足计[2]?"王便卿裴[3],裴曰:"自可全君雅志[4]。"裴颁,已见。

【注】
　　[1]裴成公:指裴颁。见《言语》23注。
　　[2]令望:美好的名声。此指声望高。何足:哪里值得,不必。
　　[3]卿:"卿"本为官爵,后用为对人的美称。至魏晋南北朝时,转为上对下、长对幼之称。朋友间低于自己的或亲近而不拘礼数者也可称"卿",但无交情者不可称"卿"。
　　[4]全:成全。雅志:高雅的志趣。

【评】
　　名士王衍虽矜持自许,亦偶有放松警惕、得意忘形之时。他见有人贬损裴颁堂叔裴楷的名誉,便也一时跟着起哄捡便宜,以裴颁前辈身份相称,呼裴为卿,轻慢无礼。裴颁持论"崇有",比较注重儒家礼教,深患王衍之徒的口谈玄虚、不尊儒术。他本可借此机会小题大做,但竟不与其计较,确实有很深的修养,非矫饰可得。结尾处"自可全君雅志",仍以"君"呼衍,见出其不温不火、处辱不乱的素养,也是对好名而善于自我包装的王衍的莫大讽刺!古往今来,世人多看不透世事沉浮盛衰之理,对外在名分过于看重、执着,结果闹得身败名裂,为天下耻笑。"桃李不言,下自成蹊",社会声誉自有历史公论,裴颁的"不争",是对哲学精神的大彻悟,是极明智的做法。陈梦槐评曰:"冲怀可挹,语自澹宕。"评价精当。

　　6.13　有往来者云:"庾公有东下意[1]。"或谓王公[2]:"可潜稍严[3],以备不虞[4]。"王公曰:"我与元规,虽俱王臣[5],本怀布衣之好[6]。若其欲不(来),吾角巾径还乌衣[7],《丹阳记》曰:"乌衣之起,吴时乌衣营处所也。江左初立,琅邪诸王所居。"何所稍严[8]!"《中兴书》曰:"于是风尘自消,内外缉穆。"

【注】

〔1〕往来者:指来往于京城和武昌的人。庾公:指庾亮。见《德行》31注。陶侃薨,亮都督江、荆六州军事,镇武昌。有黜王导意,郗鉴劝止。东下:顺江东下。指从荆州东下侵犯京师的意图。

〔2〕王公:王导。

〔3〕潜:暗中。稍严:略作戒备。

〔4〕不虞:意料不到;不测。

〔5〕元规:庾亮字元规。

〔6〕布衣之好:贫贱之交,指未做官时的交情。布衣,平民百姓。

〔7〕若其欲不:袁本"不"作"来",是。角巾:古代男子戴的方巾,为隐居者的冠饰。乌衣:指乌衣巷。晋时建康街巷名,在朱省桥南,是东晋豪门世族聚集之所。"角巾径还乌衣",指弃官当百姓。

〔8〕何所:什么。

【评】

俗谚有云:世上没有永恒的朋友,只有永恒的利益。此话若用在门阀世族与晋室皇权的关系上,极确切不过。衣冠南渡,东晋中兴的局面,王导兄弟有大功焉,所谓"王与马,共天下"是也。政治权力的分配须在不断调整分化中,获其大体的平衡。若权力畸轻畸重、破坏微妙的平衡机制,就极容易引起政治动荡乃至大地震。故晋元帝抑制王氏,遂致王敦之逼,明帝依靠外戚庾氏以牵制王家。名相王导在各种势力间相与周旋,步履维艰。特别是王敦难后,更加小心谨慎,以避天下怨谤。王导毕竟是久经磨难、胸有城府的超一流政治家,其应对政治事件能力令人称美。故事中,有人告之庾公有东下意,劝王导加强防备,导之答语,既见其处变不惊的政治谋略,又可窥其在玄思濡染下,收放自如的人生心态。

6.14 王丞相主簿欲检校帐下[1],公语主簿:"欲与主簿周旋[2],无为知人机(几)案间事[3]。"

【注】
〔1〕王丞相:王导。主簿:丞相府属官,负责文书簿籍。检校:检查。帐下:此指帐下办公人员,幕僚。
〔2〕周旋:交往,商量,打交道。
〔3〕无为:不要,不必。机案间事:指案卷文牍之类的事情。

【评】
东晋开国之初,元帝欲行法家之政。王导则以道家顺应自然相规劝。元帝死后,王导与外戚庾亮受遗诏并辅幼主,"王导辅正,以宽和得众,亮任法裁物,颇以此失人心"(《晋书》导本传)。可见王导治国方略,与庾氏兄弟严刑峻法不同——他以道家无为之道、顺随自然、适时而动为指导思想。王导官衙中的主簿要去检查下属办公情况,王导劝他不要去探听下级官吏的几案间事。这与阮籍任东平太守时,令人将官署壁障全部拆掉,如出一辙。日本学者吉川幸次郎评价阮籍的做法"这完全是光明正大的政治,或者更在一般所谓'光明正大'以上。而且治理的结果是'政令清宁'"(《中国诗史》)。此评用在王导身上,也同样合适。用人不疑,疑人不用,放其手脚,方能端拱于上,收"君逸臣劳"之效。《论语》中孔子早就告诫政治家"为政以德,譬如北辰,居其所,而众星共之"。为政者不可不深思!无数的历史现实已然证明,"防民之口,甚于防川"!若兴察察之明,一定是其统治地位岌岌可危、缺乏起码自信的时候,其结果必然是道路以目,天下离心。

6.15 祖士少好财[1],阮遥集好屐[2],并恒自经营[3]。同是一累[4],而未判其得失[5]。《祖约别传》曰:"约字士少,范阳道(遒)人。累迁平西将军、豫州刺史,镇寿阳。与苏峻反,峻败,约投石勒。约本幽州冠族,宾客填门。勒登高望见车骑,大惊。又使占夺乡里先人田地,地主多恨。勒恶之,遂诛约。"《晋阳秋》曰:"阮孚字遥集,陈留人,咸第二子也。少有智调,而无隽异。累迁侍中、吏部尚书、广州刺史。"人有诣祖,见料视财物[6]。客至,屏当未尽[7],馀两小簏[8],著背后,倾身障之,意未能平[9]。或有诣阮,见自吹火蜡屐[10],因叹曰:"未知一生当着几量屐[11]!"神色闲畅[12]。于是胜负始分。《孚别传》曰:"孚风韵疏诞,少门风。"

【注】

〔1〕祖士少:祖约(?—330),字士少,东晋范阳遒县人(今河北涞水)人。祖逖异母弟。以讨庾亮为名,与苏峻起兵叛乱。后为温峤、陶侃等击败,奔后赵,为石勒所杀。

〔2〕阮遥集:阮孚,见《文学》76注。屐:木屐,底上有齿的木鞋。

〔3〕恒自:经常。经营:筹划料理。

〔4〕累:牵累,负担。

〔5〕判:分辨,判明。

〔6〕料视:料理,查看。

〔7〕屏当:收拾,料理。

〔8〕簏:竹箱。

〔9〕平:舒展,平和。

〔10〕自:正在。吹火:以口吹气,使火加旺。蜡屐:给屐打蜡。蜡,用作动词,打蜡。

〔11〕量:通"两"。量词。用于鞋子,犹"双"。

〔12〕闲畅:闲适安详。

【评】

  祖约财迷,阮孚鞋痴。表面无异,细究大有不同:祖约聚敛无度,《祖约别传》载其"占夺乡里先人田地,地主多恨"。后因背叛故国,又见利忘义,为石勒所杀,死有馀辜;阮孚爱屐则属于个人业馀爱好,有似今天的各类收藏癖,是一种自遣自乐的无功利心态,与祖约之贪婪占有欲不同。故事以对比映衬手法,将二人心态刻画逼肖,活灵活现,可谓神来之笔。约"著背后,倾身障之,意未能平",三言两语将一守财奴下意识的贪婪本性描摹殆尽;而阮孚"吹火蜡屐"、"神色闲畅",特别是"未知一生当著几量屐"一语,超越功利层面,透出智者对人生短暂的理性思考。在个人业馀爱好中发人生感悟,并非玩物丧志。二人之高下立判。金代王寂《三友轩记》曰:"如谢康乐之山水,陶彭泽之田园,嵇康之锻,阮孚之屐,虽其所寓不同,亦各适其适也。"指出了阮孚"鞋痴"背后所昭示的名士风度。

  6.16 许侍中、顾司空俱作丞相从事〔1〕,尔时已被遇〔2〕,游宴集聚,略无不同。《晋百官名》曰:"许璪字思文,义兴阳羡人。"《许氏谱》曰:"璪祖艳,字子良,永兴长。父裴,字季显,乌程令。璪仕至吏部侍郎。"尝夜至丞相许戏〔3〕,二人欢极。丞相便命使入己帐眠。顾至晓回转〔4〕,不得快熟〔5〕。许上床便咍台大鼾〔6〕。丞相顾诸客曰:"此中亦难得眠处。"顾和字君孝,少知名。族人顾荣曰:"此吾家骐骥也,必兴吾宗!"仕至尚书令。五子:治、隗、淳、履之、(台民)。

464

【注】

〔1〕许侍中：许璪，字思文，东晋义兴阳羡（今江苏宜兴）人。历丞相从事、侍中，侍至吏部侍郎。顾司空：顾和，见《言语》33 注。丞相从事：丞相府属官。三公和州郡均设从事。

〔2〕被遇：被赏识。

〔3〕许：处所。

〔4〕回转：翻来覆去。

〔5〕快熟：指睡得很踏实很熟。

〔6〕哈台：打鼾声。

【评】

许璪、顾和同为丞相王导从事，并被重用。二人人生心态并不相同，许璪倒头便睡，并不因睡在上级的床上而忐忑不安，恐怕就是睡在皇帝的龙床上也并不觉得有什么不同，因胸无块垒而形神相亲，一派自然天放的名士风度；顾和则相反，心里如同打碎了五味瓶，各种感受不时涌上心头，或许是紧张，或许是感念，抑或是憧憬。"至晓回转，不得快熟"，八字引发人无限联想，又点出失眠人的真实情状。两相比较，则看出顾和心理素质稍逊一筹，恐有功利之想充斥心间。另外，王导语诸客"此中亦难得眠处"，语短情长、耐人回味，传达出其忧劳国事、鞠躬尽瘁，常因责任重大而难以成眠的生活状态。同一"难得眠处"，王之与顾，又有不同，读者细心自辨。故事通过对比艺术，生动地刻画了三位名士形象。

6.17　庾太尉风仪伟长[1]，不轻举止，时人皆以为假。亮有大儿数岁[2]，雅重之质，便自如此，人知是天性。温太真尝隐幔怛之[3]，此儿神色恬然[4]，乃徐跪曰："君侯何以为此[5]？"论者谓不减亮。苏峻时遇害[6]。《庾氏谱》曰:"会字会宗,太尉亮长子,年十九,咸和六年遇害。"或云:"见阿恭,知元规非假。"阿恭,会小字也。

【注】

〔1〕庾太尉:指庾亮。亮字元规,死后追赠太尉。见《德行》31注。风仪:风度仪表。伟长:壮美优秀。

〔2〕大儿:庾亮长子,名会,字会宗,小字阿恭。

〔3〕温太真:温峤。见《言语》35注。怛:恐吓,吓唬。

〔4〕恬然:安闲的样子。

〔5〕君侯:古时称列侯为君侯。后转为对尊贵者的尊称。

〔6〕苏峻时:指苏峻起兵攻京师建康时。

【评】

《晋书》记载庾亮子为庾彬,不是庾会,或为传闻异辞。故事涉及名士风度的家族文化积淀和传承问题。魏晋官学衰微,高门豪族家学、私学勃兴,这群知识储备及风度涵养俱佳的士人,期盼自身的龙章凤质传递给下一代。"芝兰玉树,生于阶前",就是名士们传承家风、光耀门庭心理的集中反映。史载庾亮"风格峻整,动由礼节,闺门之内不肃而成"(《晋书》本传)。家族教育严于礼教,并且已经内化成全家上下习惯行为,能够自觉躬行家族传统。基于此,当我们进一步了解到,几岁小儿在温峤探测性的恐吓下,能够神色恬然,动静合礼,也就不足为奇了。冰冻三尺,由来非短,庾亮对子女的风度教育,可从小儿身上反映出来。魏晋士人以独特的教育方式传承民族文化之功,应予肯定。

6.18 褚公于章安令迁太尉记室参军[1],案:庾亮《启参佐名》,裒时直为参军,不掌记室也。名字已显而位微,人未多识。公东出[2]，乘估客船[3]，送故吏数人[4]，投钱唐亭住[5]。《钱唐县记》曰："县近海，为潮漂没。县诸豪姓敛钱雇人，辇土为塘，因以为名也。"尔时，吴兴沈为县令[6]，未详。当送客过浙江，客出[7]，亭吏驱公移牛屋下。潮水至，沈令起彷徨，问："牛屋下是何物人[8]？"吏云："昨有一伧父来寄亭中[9]，《晋阳秋》曰："吴人以中州人为伧。"有尊贵客，权移之[10]。"令有酒色，因遥问："伧父欲食饼不？姓何等？可共语。"褚因举手答曰："河南褚季野[11]。"远近久承公名，令于是大遽[12]，不敢移公，便于牛屋下修刺诣公[13]，更宰杀为馔具[14]，于公前鞭挞亭吏，欲以谢惭。公与之酌宴，言色无异，状如不觉。令送公至界。

【注】

〔1〕褚公：指褚裒。见《德行》34注。章安：县名，晋属临海郡，在今浙江省。太尉记室参军：太尉府记室参军，掌表章文书等。太尉：此指庾亮。

〔2〕东出：向东去。

〔3〕估客：贩货的行商。

〔4〕送故吏：为离任长官送行的佐吏。此指送褚裒之吏。

〔5〕钱唐亭："唐"亦作"塘"。供旅客停留食宿的公舍叫亭。因在钱唐县，故称钱唐亭。

〔6〕吴兴：郡名。治所在今浙江湖州。据袁本，"沈"字下脱"充"字。沈充：当时一个县令。

〔7〕客出：客到。

〔8〕何物：什么，什么人。

〔9〕伧父：六朝时南人称北方男子为伧。伧父犹北方佬，有轻贱之意。寄：借宿。

467

〔10〕权:暂且。

〔11〕褚季野:褚裒字。

〔12〕遽:惊慌。

〔13〕修刺:指写名帖,作通报姓名之用。

〔14〕馔具:饭食,酒食。

【评】

　　有晋以来,士族之南北对立,成为一特殊的社会文化现象。分析主次矛盾,北方士族实为挑起争端的始作俑者。东晋南渡以后,南北士族力量此长彼消,随之导致南人心理优势亦潜滋暗长。河南人褚裒为太尉庾亮参军,江边待发,被南人亭吏呼为伧父,驱若鸡犬,毫无一点尊严可言。但裒言色无异,状如不觉,雅量非凡;被认出后,待若上宾,裒还是波澜不惊。非超级大名士,难以如此。裒与名相谢安性情相投,为安雅重。谢安评价裒曰:"裒虽不言,而四时之气亦备。"(《晋书》裒本传)意谓裒外无臧否,而内有是非,因修养到位,就不愿与一般心存偏见、见识短浅的小人计较。

6.19　郗太傅在京口〔1〕,遣门生与王丞相书〔2〕,求女婿。丞相语郗信〔3〕:"君往东厢,任意选之。"门生归白郗曰:"王家诸郎,亦皆可嘉,闻来觅婿,咸自矜持〔4〕。唯有一郎,在东床上坦腹卧〔5〕,如不闻。"郗公云:"正此好〔6〕!"访之,乃是逸少〔7〕,因嫁女与焉。《王氏谱》曰:"逸少,羲之小字。羲之妻,太傅郗鉴女,名璿,字子房也。"

【注】

　　〔1〕郗太傅:郗鉴,见《德行》24注。京口:古城名,今江苏镇江。

　　〔2〕门生:投靠世族的门客。王丞相:指王导。

〔3〕信:信使,使者。

〔4〕矜持:故意做作,不自然。

〔5〕东床:此指东厢房之床。坦:通"袒"。

〔6〕正:只是。

〔7〕逸少:羲之字。

【评】

"东床坦腹"或"东床快婿"等典故出此。太傅郗鉴选婿,对诸郎而言,有利可图,是门当户对的好姻缘。一旦被选中,则等于一脚踏上通往康庄仕途的红地毯。因为涉及自身前程,子弟们咸自矜持、严阵以待,气氛紧张,令人屏息。惟有王羲之东床之上露着肚皮,照样吃喝,对选婿"钦差"视而不见、充耳不闻,似乎对此毫不感兴趣。最后竟被选为乘龙快婿,令弟兄们瞪红眼睛、百思而不得其解!故事正见出魏晋人物品评标准之神髓,乃是重自然天放、率性任真,过分的拘谨、矜持适足损害其质性。王羲之东床坦腹与阮籍青白眼、渊明无弦琴等魏晋风流的轶闻佳话,其本质都是魏晋重自然之时代主题的外在表征。

6.20 过江初〔1〕,拜官舆饰供馔〔2〕。羊曼拜丹阳尹〔3〕,客来早者,并得佳设〔4〕。日晏渐罄〔5〕,不复及精。随客早晚,不问贵贱。《曼别传》曰:"曼字延祖(祖延),泰山南城人。父监(暨),阳平太守。曼颓纵宏任,饮酒诞节,与陈留阮放等号'兖州八达'(伯)。累迁丹阳尹,为苏峻所害。"羊固拜临海〔6〕,竟(竟)日皆美供〔7〕,虽晚至,亦获盛馔。时论以固之丰华,不如曼之真率。《明帝东宫僚属名》曰:"固字道安,太山人。"《文字志》曰:"固父坦,车骑长史。固善草行,著名一时。避乱渡江,累迁黄门侍郎。褒其清俭,赠大鸿胪。"

469

【注】

〔1〕过江:指晋室南渡,建都建康。

〔2〕拜官:授官。舆饰供馔:大办宴席。舆,多。饰,整治。通"饬"。

〔3〕羊曼(274—328):字祖延(一作延祖),东晋泰山南城(在今山东)人。历仕黄门侍郎、尚书吏部郎、晋陵太守。王敦败亡后,代阮孚为丹阳尹。苏峻作乱,城陷被杀。丹阳:郡名,治所在建业。

〔4〕设:饮馔,饮食。

〔5〕晏:迟,晚。罄:尽,空。

〔6〕羊固:字道安,东晋泰山平阳(在今山东)人。历仕临海太守、黄门侍郎,有清俭之称。善行草书,有名于时。临海:郡名,治所章安县(今浙江临海县)。

〔7〕供:饭食,酒食。

【评】

国人重待客之道,美食、美器相映成趣,贤主、嘉宾相得益彰,围坐之间"契阔谈宴,心念旧恩",洋溢着欢快而和谐的气氛。石崇"金谷宴游"虽风流千古,因为缺乏诗意内涵徒留后世无形文人的艳羡和正直之士的诟病。羊曼随客早晚,不问贵贱,暗合庄子"齐物"真谛;羊固竟日美供,全力置办,亦是真诚悉心、一视同仁的待客之道。时论强分高下,抬高羊曼而贬低羊固,其出发点当是以为羊曼待客之道出于"自然",超出羊固的尽力悉心,这是当时人对风流任真的世风的一种理解。其实,待客之道,应量体裁衣,随人之宜,只要是出于真情,气氛和谐、主客俱欢,就值得肯定。无论是精打细算还是倾囊而出,俱属美宴。中华饮食文化之核心在于追求"和"之境界,"五花马,千金裘,呼儿将出换美酒",难道不是一种难以企及的潇洒境界吗?羊曼与羊固,无高下之别,俱是贤主。

6.21 周仲智饮酒醉[1],瞋目还面谓伯仁曰[2]:

"君才不如弟,而横得重名[3]!"须臾,举蜡烛火掷伯仁,伯仁笑曰:"阿奴火攻[4],固出下策耳!"《孙子兵法》曰:"火攻有五:一曰火人,二曰火积,三曰火车,四曰火军(库),五曰火队。凡军必知五火之变,故以火攻者,明也。"

【注】

〔1〕周仲智:周嵩字仲智,伯仁弟。见《方正》26注。
〔2〕瞋目:瞪眼。伯仁:周𫖮字伯仁。
〔3〕横:无缘无故,凭空。
〔4〕阿奴:表示亲昵的称呼,用于长呼幼,尊呼卑,相当于第二人称代词。

【评】

周𫖮、周嵩兄弟二人性情大相径庭。𫖮以宽厚爱众,雅为世人所推;嵩以才气凌物,甚失孝悌之义。故事记载兄弟之间一次小摩擦:弟嵩心浮气躁,对兄𫖮的暴得大名心存耿耿,酒后耍疯,举烛火投向兄𫖮,说明其内心愤懑太深,这次酒后失态,是其潜意识里长期郁结的总爆发。周𫖮仅以一句充满智慧的玩笑话,轻松化解了极容易演变成拳脚相加的尴尬场面,反而使嵩之激愤行为变得滑稽可笑,大巧运斤之功和宽厚容人之量着实令人钦佩。仅此一点,周𫖮就比嵩高出远甚。雅量是魏晋名士风范的重要品性,周𫖮临辱不惊,将雅量演绎得可谓淋漓尽致。

6.22 顾和始为扬州从事[1],月旦当朝[2],未入顷[3],停车州门外[4]。周侯诣丞相[5],历和车边[6]。《语林》曰:"周侯饮酒已醉,箸白袷、凭两人,来诣丞相。"和觅虱,夷然不动[7]。周既过,反还,指顾心曰:"此中何所有?"顾搏虱如故[8],徐应曰:"此中最是难测地。"周侯既入,语丞相曰:"卿州吏中有一令仆才[9]。"《中兴书》曰:"和有操量,弱冠知名。"

【注】

〔1〕顾和:字群孝,顾荣族子。见《言语》33注。从事:即从事史,州郡属官。

〔2〕月旦:农历每月初一。朝:指朝会。月旦朝会为古代惯例。

〔3〕顷:时,时候。

〔4〕州门:州府之门。

〔5〕周侯:周𫖮。丞相:王导。

〔6〕历:经过。

〔7〕夷然:泰然自若的样子。

〔8〕搏:捕捉。

〔9〕令仆:尚书令和仆射。泛指宰辅。

【评】

"扪虱清谈"是魏晋独有的名士风度,顾和门外觅虱,看似不雅,实则纵放,符合名士口味,与王羲之东床坦腹出于同一鹄的。顾和天资纵放,不守常礼,与见到上司毕恭毕敬的一般俗士大异其趣。周𫖮与顾和二人,并不因地位悬殊而彼此不顾,这是魏晋士人的可爱之处。周侯注意到顾和,对其车边扪虱之举颇感好奇,瞬间产生了精神上的相通和共鸣,好似磁石吸铁一般,二人的心紧紧吸附在一起。"此中何所有?"是进一步的试探、测试;"此中最是难测地"——顾和已然交出了令周𫖮满意的答卷。语不在多而在精,顾、周之谈,看似痴人说梦,难以索解,实则默契禅宗,暗合拈花微笑,会心得意处则相视无言。顾、周二人,一不惊宠辱,一慧眼识英,俱为不可多得的雅量,可称双美。又,此顾和与本门第十六则中"至晓回转,不得快熟"的顾和,乃同一人。为何前后表现判若两人?案:此则故事当发生在顾和初为王导从事,未被礼遇时,而本门第十六则故事则发生在此后。顾和车边觅虱被周顗发现,并推荐给王导,从而有第十六则的"尔时已被遇"。因前后地位变迁,"在其位,谋其政",则心态可能会随之变化。

6.23　庾太尉与苏峻战[1],败,率左右十馀人,乘小船西奔。《晋阳秋》曰:"苏峻作逆,诏亮都督征讨。战于建阳门外,王师败绩。亮于陈(阵)携三弟奔温峤。"乱兵相剥掠[2],射[3],误中柂工[4],应弦而倒,举船上咸失色分散[5]。亮不动容,徐曰:"此手那可使箸贼[6]!"众乃安。

【注】

〔1〕庾太尉与苏峻战:晋成帝咸和二年(327年),苏峻举兵反,次年进逼京城建康,执政庾亮督师与战,晋师败绩。

〔2〕剥掠:掠夺。苏峻攻陷建康,纵兵大掠。

〔3〕射:庾亮的左右侍从向乱兵射箭。《晋书》所记乃庾亮射。

〔4〕柂工:舵工,掌舵的人。

〔5〕举船:全船。飞箭误中舵工,众人不知此箭是谁射,群情恐慌。

〔6〕手:射技。那:同"哪",怎么。用于反诘,意在否定。箸:同"著",射中。

【评】

故事发生在东晋成帝咸和二年(327年)。临危不乱的气度,构成魏晋士人雅量的一个组成方面。庾亮、苏峻两军交战,王师败绩,登舟逃奔。生死未卜之际,又险象环生,庾亮左右侍从放箭误中舵工,引起群情骚动,人人自危。阵脚危乱是军法大忌,处理不好则可能发生内部挤压踩踏的乱局。此刻,庾亮政治家的气度本能地发挥了作用,一句"此手那可使箸贼",嘲笑中含善意的幽默,有似民间开玩笑说"你这臭手",紧张气氛骤然间转化为滑稽,人们紧绷的神经得以平复,从而同仇敌忾、顺利脱身。庾亮临难不惊,关键之际呈现了其名士风采,这与其平素高自砥砺、"动由礼节"的严格自我要求不无关系。今人不可因人废言,仅以矫情镇物视之。

6.24　庾小征西尝出未还^[1],妇母阮^[2],是刘万安妻^[3],《刘氏谱》曰:"刘绥妻,陈留阮蕃女,字幼娥。"绥,别见。与女上安陵城楼上^[4]。俄顷,翼归,策良马^[5],盛舆卫^[6]。阮语女:"闻庾郎能骑,我何由得见?"妇告翼,《庾氏谱》曰:"翼娶高平刘绥女,字静女。"翼便为于道开卤簿盘马^[7],始两转,坠马堕地,意色自若。

【注】

〔1〕庾小征西:指庾翼。翼为征西将军,其兄亮也为征西将军,故称翼为小征西。

〔2〕妇母阮:妻子的母亲阮氏。

〔3〕刘万安:刘绥字万安,晋高平人。官骠骑长史。

〔4〕安陵:当为安陆,地名。晋时为江夏郡治所。

〔5〕策:驾驶。

〔6〕舆卫:舆从护卫。

〔7〕卤簿:仪仗队。盘马:跨马盘旋。

【评】

庾翼,字稚恭,庾亮弟。其人风仪秀伟,少有经纶大略。他在任尽职,公私充实,又锐意北伐,进位征西将军,称庾小征西。虽为皇亲国戚,却并非养尊处优的纨绔子弟,《晋书》本传称其"稚恭慷慨,亦擅雄声"。与桓温惺惺相惜,是一位欲有所作为的士人。故事记述庾翼妻子和丈母娘"春日凝妆上翠楼",一瞥女婿雄姿英发的身姿,丈母娘听说女婿骑术精湛,想借此见识一下。翼欣然承应,也想在丈母娘面前一展金龟婿的风采。不料运气不佳,刚转了两圈,一时失手,从马背上跌落下地,场面相当滑稽。然翼并不觉得丢面子,照样气宇轩昂。故事从一个侧面折射出晋人的精神气度:敢于张扬个性与才华,为人处世平和而纵放;因充满自信甚至自负,故能从容接纳各种失利与变故。陈孟槐以为(岳母阮氏)"与(女)上城楼上,见庾郎归,欲观能骑,极是佳事。有母若此,堕地何惭,故添佳话"。触及了同样受玄风熏渐的晋世女性的心灵世界,贤母佳婿,可谓双美。又,故事与前则庾亮事有异曲同工之妙,盖是庾家兄弟心理素质有良好的遗传基因,亦未可知。

6.25 宣武_{桓温}与简文、太宰_{武陵王晞}共载[1],密令人在舆前后鸣鼓大叫[2],卤簿中惊扰[3]。太宰惶怖,求下舆;顾看简文,穆然清恬[4]。宣武语人曰:"朝廷间故复有此贤[5]。"《续晋阳秋》曰:"帝性温深,雅有局镇。尝与桓温、太宰武陵王晞同乘,至板桥,温密敕令无因鸣角鼓噪,部伍并惊驰。温伴骇异,晞大震,帝举止自若,音颜无变。温每以此称其德量。故论者谓温服惮也。"

【注】

〔1〕宣武:指桓温。简文:简文帝司马昱。太宰:指武陵王司马晞。晞在晋穆帝时官太宰,有武干。为桓温所忌,简文即位,奏徙新安。

〔2〕舆:车。

〔3〕卤簿:见本篇24注。

〔4〕穆然清恬:端庄安静。

475

〔5〕故复：仍然，还。

【评】

　　魏晋人物品评，人们常以雅量窥测、蠡定人物精神品格之高下。有时，为了深入考察人物之内在深蕴，会故意制造一些险象进行测试。桓温似对恶作剧乐此不疲，《方正》门弹射刘惔枕即是，这次又以简文为考察对象。测试结果发现，简文不为惊险所动，穆然清恬，与兄司马晞形成鲜明对比，深为桓温折服。这种突然袭击式的测试，因当事人事先毫无精神准备，故其应激反应当是真实心理素质的折射，结果较为真实。《世说》多记简文痴言痴行，谢安甚至称其为惠帝之流，这是见其结果而不问动因。从主观识见言，简文实大智若愚，非惠、安二帝之弱智与白痴，所能望其项背。史载其清虚寡欲，尤善玄言。刘孝标注引《续晋阳秋》云："性温深，雅有局镇。"惜生非其时，五十二岁熬上帝座，不到一年忧惧而死。简文一生历经元、明、成、康、穆、哀、海七帝之朝，目睹政治动荡及血腥杀戮无算，在长期压抑不得志的生活中，其"痴"乃是其性情、心志发生一定畸变的结果，也在情理之中。

　　6.26　王劭、王荟共诣宣武[1]，《劭荟别传》曰："劭字敬伦，丞相导第五子。清贵简素，研味玄赜。大司马桓温称为'凤雏'。累迁尚书仆射、吴国内史。荟字敬文，丞相最小子。有清誉，夷泰无竞。仕至镇军将军。"正值收庾希家[2]。《中兴书》曰："希字始彦，司空冰长子。累迁徐、兖二州刺史。希兄弟贵盛，桓温忌之，讽免希官。遂奔于暨阳。初，郭璞筮冰子孙必有大祸，唯固三阳可以有后。故希求镇山阳，弟友为东阳，希自家暨阳。及温诛希、弟柔，倩闻希难，逃于海陵，后还京口聚众，事败，为温所诛。"荟不自安，逡巡欲去[3]。劭坚坐不动，待收信还[4]，得不定[5]，乃出。论者以劭为优。

【注】

〔1〕王劭、王荟:丞相王导第五子及幼子。宣武:桓温。

〔2〕收:拘捕。庾希:庾冰长子。

〔3〕逡巡:有所顾虑而徘徊。

〔4〕信:使者。

〔5〕得不定:谓得知事未定。

【评】

桓温芟除异己,肆行杀戮,实为其最终篡逆铲平道路。故事记载温搜捕外戚庾家,二王兄弟心情是相当复杂的。首先,东晋时王、庾、桓、谢四大家族为权力而相互争斗,当年庾亮兄弟压制王导,两家仇隙甚深。而今诸庾难逃果报,王家自是心中大快;其次,人生无常,焉知血腥屠杀下一个不会降临到自己头上?兔死狐悲之情,于是油然心生。相形之下,劭、荟兄弟二人,一善良软弱,一刚毅冷静。在"政失准的"的混乱社会,无情的政治斗争不怜悯弱者的眼泪,而更欣赏强者的铁血手腕。王劭坚坐不动,毫不动情,具备参与政治角逐的基本心理素质。论者以劭为优,乃是时代高压政治风气影响使然。

6.27 桓宣武与郗超议芟夷朝臣〔1〕,条牒既定〔2〕,其夜同宿。《续晋阳秋》曰:"超谓温雄武,当乐推之运,遂深自委结。温亦深相器重,故潜谋密计,莫不预焉。"明晨超(起),呼谢安、王坦之入〔3〕,掷疏示之〔4〕。郗犹在帐内。谢都无言,王直掷还,云:"多〔5〕。"宣武取笔欲除〔6〕,郗不觉窃从帐中与宣武言。谢含笑曰:"郗生可谓入幕宾也〔7〕。"

帐一作帷。

【注】

〔1〕桓宣武:指桓温。郗超:字嘉宾,此时郗超为桓温谋主,参与密谋,权重一时。芟夷:铲除。

〔2〕条牒:删除朝臣的方案。

〔3〕明晨超:据袁本,"超"作"起",是。谢安、王坦之:简文帝初立,谢为侍中,王为左卫将军,俱是朝廷重臣。

〔4〕疏:条陈,指上文的"条牒"。

〔5〕多:太多了。

〔6〕除:去掉。

〔7〕入幕宾:幕宾,幕府宾客。入幕宾在这里是双关语。

【评】

故事以简练之笔,刻画桓温、郗超、王坦之、谢安四人形象,其性情声口,跃然纸上:桓温老辣专横,郗超为虎作伥,坦之率真急躁,谢安镇静持重。谢安显然是故事的第一主角,他在危急时刻收放自如,以机智幽默的调侃缓解紧张气氛,为自己争取思考的时间。谢安之大智大勇,与其平素高自砥砺有密切关系。故事还可见《世说》的语言艺术。"入幕宾"是双关语,调笑中实含讥讽,谓郗超既是幕僚,参与机要;又登堂入室,宿桓温帐中。又,郗超字嘉宾,此处"宾"字关涉"嘉宾"与"宾客"二义。

6.28

谢太傅盘桓东山时[1],与孙兴公诸人泛海戏[2]。《中兴书》曰:"安,元居会稽,与支道林、王羲之、许询共游处,出则渔弋山水,入则谈说属文,未尝有处世意也。"风起浪涌,孙、王诸人色并遽[3],便唱使还[4]。太傅神情方王[5],吟啸不言[6]。舟人以公貌闲意说[7],犹去不止。既风转急,浪猛,诸人皆喧动不坐。公徐云:"如此,将无归[8]?"众人即承响而回[9]。于是审其量,足以镇安朝野[10]。

【注】

〔1〕谢太傅:谢安。盘桓:逗留。此指隐居东山事。东山:山名,在会稽上虞县。谢安出仕前,曾隐居东山。

〔2〕孙兴公诸人:指孙绰、王羲之、许询等人。泛海:泛舟海上。

〔3〕遽:惊慌。

〔4〕唱:高呼,高叫。

〔5〕方王:"王"通"旺"。此指情绪好,兴致高。

〔6〕吟:吟咏。啸:撮口发出长而清越的声音,魏晋士大夫的一种习惯。

〔7〕貌闲意说:神情闲适、愉悦。说,通"悦"。

〔8〕将无:莫非,还是。表示委婉语气。

〔9〕承响:应声。

〔10〕镇安:镇抚安定。

【评】

先有不世之人,后有不世之功。古来之成大事者,无不主动觅险、历险,渴望饱览险峰上的无限风光,从中感受到征服的乐趣,以陶冶情操、砥砺胸襟。故事历来为人传诵,因其准确地传达出谢安超一流政治家的优良心理素质。谢安历经人生风浪,均能处乱不惊,从容化解,与其平素积极挑战苦难的人生态度相关。故事以对比映衬手法烘托主人公谢安:风起浪涌之际,孙、王诸人大惊失色、喧动不安,与谢安吟啸自若、貌闲意悦形成极鲜明的表情反差。此是一般名士与杰出政治家的分野。

6.29 桓公伏甲设馔[1],广延朝士,因此欲诛谢安、王坦之[2]。《晋安帝纪》曰:"简文晏驾,遗诏桓温依诸葛亮、王导故事。温大怒,以为黜其权,谢安、王坦之所建也。入赴山陵,百官拜于(于)道侧,在位望者,战栗失色。"或云自此欲杀王、谢。王甚遽[3],

479

问谢曰:"当作何计[4]?"谢神意不变,谓文度曰[5]:"晋阼存亡,在此一行。"相与俱前。王之恐状,转见于色[6]。谢之宽容[7],愈表于貌。望阶趋席,方作洛生咏[8],讽"浩浩洪流"[9]。桓选(惮)其旷远[10],乃趣解兵[11]。按宋问(明)帝《文章志》曰:"安能作洛下书生咏,而少有鼻疾,语音浊。后名淬(流)多斅其咏,菩(弗)能及,手掩鼻而吟焉。桓温止新亭,大陈兵卫,呼安及坦之,欲于坐害之。王入失屐,倒执手版,汗流沾衣。安神姿举动不异于常,举目遍历温左右卫士,谓温曰:'安闻诸侍(侯)有道,守在四邻,明公何须壁间箸阿蜍(堵)辈?'温笑曰:'正自不能不尔。'于是矜庄之心顷尽,命却左右,促燕行觞,笑语移日。"王、谢旧齐名,于此始判优劣。

【注】

〔1〕桓公:桓温。伏甲:埋伏甲兵。设馔:安排宴席。

〔2〕欲诛谢安、王坦之:谢、王为简文帝倚重的大臣。桓温欲倾晋室,故欲先诛除大臣。

〔3〕遽:惊慌。

〔4〕计:打算。

〔5〕文度:王坦之字文度。

〔6〕转:渐渐。

〔7〕宽容:沉着、从容不迫的神态。

〔8〕洛生:洛阳书生吟咏时语音重浊,谢安有鼻疾,语重浊,通于洛生咏。后来的名士亦仿效其咏,不像,就用手掩鼻而吟。

〔9〕讽:背诵。浩浩洪流:嵇康《赠秀才入军》诗:"浩浩洪流,带我邦畿。"

〔10〕桓选其旷远:据袁本,"选"当为"惮"。惮,怕。旷远,指心胸旷达高远。

〔11〕趣(cù):赶紧。解兵:撤掉伏兵。

【评】

桓温望简文临终禅位于己,但遗诏却以桓温依诸葛亮、王导故事。温大失所望,以为谢安、王坦之从中作梗。盛怒之下,设鸿门宴,伏甲壁间,欲杀王、谢,从而引出王、谢的登场。沧海横流,方显出英雄本色。谢安于个人性命千钧一发、晋室存亡危在旦夕之际,举重若轻,从容讽诵洛下书生咏。"浩浩洪流,带我邦畿",诗句气象博大,风度旷达,表征了政治家的心胸,超越眼前性命之忧,引人入浩瀚宇宙联想。不料桓温反为其风度折服,冰释前嫌。可见,谢安身上有一种不怒自威的精神震撼力,桓温亦有名士风度的可爱一面,"异质同构",一时引发心灵共鸣,止息了盛怒与杀机。刘辰翁曰:"桓自可人",甚是。这种化解灾难的方式极富戏剧性,再一次表征了魏晋士人的情性和对诗意人生境界的高远追求。

6.30 谢太傅与王文度共诣郗超[1],日旰未得前[2]。王便欲去,谢曰:"不能为性命忍俄顷[3]?"超得宠桓温,专杀生之威。

【注】

〔1〕谢太傅:谢安。王文度:王坦之。郗超:参看本门27、29两则。
〔2〕旰:晚。前:指面见。
〔3〕俄顷:一会儿。

【评】

刘辰翁评曰:"与前泛海各得自在",可谓一语中的。泛海行舟是主动求险,共诣郗超是被动化险。看似两个极端,实有相通之处。主动求险是为磨炼意志,表征的是不惧危难的勇气;被动脱险是为保全生命以图将来,呈现的是能屈能伸的忍耐。二者是雅量在不同场合下的体现,其本质都是名士风度。政治斗争有时令人无奈、气短,为了将来,连谢安也不得不低下高贵的头颅,与自己平时不齿的政治投机客周旋、俯仰。又如为世人景仰的大文人苏东坡,因罹"乌台诗案",被当权派呼来喝去,"被驱不异犬与鸡"。正如余秋雨在《苏东坡突围》中写道:小人牵着大师,大师牵着历史!谢安、苏东坡们因承受了地狱、炼狱的折磨,从而成就了富于诗意的"文化苦旅"!

6.31 支道林还东[1],《高逸沙门传》曰:"遁为哀帝所迎,游京邑久,心在故山,乃拂衣王都,还就岩穴。"时贤并送于征虏亭[2]。《丹阳记》曰:"太安中,征虏将军谢安立此亭,因以为名。"蔡子叔前至[3],坐近林公;《中兴书》曰:"蔡系字子叔,济阳人,司徒谟弟(第)二子。有文理,仕至抚军长史。"谢万石后来[4],坐小远[5]。蔡暂起,谢移就其处。蔡还,见谢在焉,因合褥举谢掷地[6],自复坐。谢冠帻倾脱[7],乃徐起,振衣就席[8],神意甚平,不觉瞋沮[9]。坐定,谓蔡曰:"卿奇人,殆坏我面[10]。"蔡答曰:"我本不为卿面作计[11]。"其后二人俱不介意。

【注】

〔1〕支道林:支遁字道林,东晋僧人。见《言语》63注。还东:回到会稽去。东晋侨姓高门多在会稽一带广治田宅产业,常在此流连享乐。由于会稽一带处于建康之东,故时人常以东指称会稽。

〔2〕征虏亭:亭名,在建康石头坞,传说是征虏将军谢安所建,后成为送别之所。

〔3〕蔡子叔:蔡系,字子叔,蔡谟次子。前至:先到。

〔4〕谢万石:谢万字万石,太傅谢安弟。
〔5〕小:稍微。
〔6〕褥:坐垫。
〔7〕冠帻:帽子和包头巾。
〔8〕振衣:抖去衣上的灰尘。
〔9〕瞋沮:瞋怒沮丧。瞋,恼怒。
〔10〕殆:差点儿,几乎。
〔11〕作计:打算,考虑。

【评】

刘辰翁评曰:"送一僧何至争近至此,子叔小人,语更深狠。"是未能深究本原。东晋以来,玄言清谈重心转向佛教义理,当代名僧,既理趣符老庄,风神类谈客,沙门高僧成为公卿名流的坐上宾,甚至受国师之礼。流风所及,士人翕然相尚,托情道味、礼待法师为标榜之资。《弘明集》载"支之特秀,领握玄标,大业冲粹,神风清萧"。见出时人对支道林的推尊。故事中,谢万、蔡系争座次,可见时代风尚的嬗变。谢万出自高华门第,矜豪傲物,善自炫耀,岂屑与蔡系争吵而损其名士风度?谓谢万雅量未尝不可,但其自命不凡的门阀因素更占上风。

6.32 郗嘉宾钦崇释道安德问[1],《安和上传》曰:"释道安者,常山薄柳人。本姓卫,年十二作沙门。神性聪敏,而貌至陋,佛图澄甚重之。值石氏乱,于陆浑山木食修学,为慕容俊所逼,乃住襄阳。以佛法东流,经籍错谬,更为条章,标序篇目,为之注解。自支道林等皆宗其理。无疾卒。"饷米千斛[2],修书累纸[3],意寄殷勤。道安答直云[4]:"损米[5],愈觉有待之为烦[6]。"

【注】

〔1〕郗嘉宾:郗超小字嘉宾。见《言语》59注。钦崇:敬重。道安:东

483

晋高僧,曾师于佛图澄。晋孝武时,避乱襄阳,后入长安。一生讲学译经,以道自任,艰苦卓绝,鸠摩罗什谓是东方圣人。德问:道德声望。

〔2〕饷:馈赠。斛:量器名。古代十斗为一斛。

〔3〕修书:写信。累纸:好几张纸。累:重叠。

〔4〕直:只,只是。

〔5〕损米:承蒙赠米。书札套语。

〔6〕有待:有所依赖。谓人须依靠物质才能生活,故称有待。语见《庄子·逍遥游》。

【评】

郗超一家父子三代信仰各不相同,最为典型地体现了魏晋精神自由和思想多元化的特点。祖郗鉴博览经籍,以儒雅著名,是一儒士;父郗愔栖心绝谷,事天师道;而超奉佛甚勤,《弘明集》载超之佛学名篇《奉法要》。三代之思想信仰同时并存,在此前的汉代社会是很难想象的,又恰与魏晋玄学之大体演变轨迹相合。道安为佛教史上开辟新纪元式的高僧。汤用彤先生誉之为"能使佛教有独立之建设,艰苦卓绝,真能发挥佛陀之精神,而不全借清谈之浮华者,实在弥天释道安法师。"(《汉魏两晋南北朝佛教史》)郗超赠米千斛,修书累纸,可见钦崇殷勤,视若偶像。道安复信不卑不亢,言简意赅,超脱尘累。"有待"一词,本为道家庄子《逍遥游》、《齐物论》等篇中用语,道安引用以比拟、配合佛教之义,是谓"格义",为晋初兴起的佛家布道讲学之捷径。

6.33 谢安南免吏部尚书〔1〕,还东〔2〕;《晋百官名》曰:"谢奉字弘道,会稽山阴人。"《谢氏谱》曰:"奉祖端,散骑常侍。父凤,丞相主簿。奉历安南将军、广州刺史、吏部尚书。"谢太傅赴桓公司马〔3〕,出西〔4〕,相遇破冈〔5〕。既当远别,遂停三日共语。太傅欲慰其失官,安南辄引以他端[6]。虽信宿中涂[7],竟不言及此事。太傅深恨在心未尽,谓同舟曰:"谢奉故是奇士。"

【注】

〔1〕谢安南:指谢奉。奉曾作安南将军。吏部尚书:吏部最高行政长官。

〔2〕还东:指免官后回会稽山阴。见本篇31注。

〔3〕谢太傅:谢安。司马:军府属官,掌管兵事。

〔4〕出西:往西。

〔5〕破冈:地名。即破冈渎。水渠名,在建康东,三国时开凿。

〔6〕引以他端:谓引开谈别的事,避免谈罢官之事。

〔7〕信宿中涂:途中连宿两夜。涂,通"途"。

【评】

宗白华先生说:"晋人向外发现了自然,向内发现了自己的深情。"(《美学散步》)晋人虽然也重立功,想光耀门第,但多又能同时脱略形累,希心自然,为自己保留一块精神的后花园。故晋人官场失意,因另有心灵寄托,并不显得多么苦闷无端,反能促成一段诗意人生。因失意而诗意,是幸还是不幸?只有当事人的内心感受最真实。谢奉免官,无一丝惆怅意绪,听从故乡会稽的召唤,命驾便归。谢安与其三日共语,欲好言相劝竟无从置喙,奉圆融自足之心态,令千载以下之人,想见其风采。人或目之以"矫情",实际上能令东晋第一号心理大师谢安称为"奇士",窥不出任何破绽,这份"矫情"也该到炉火纯青的地步了吧!

6.34 戴公从东出[1],谢太傅往看之[2]。谢本轻戴,见,但与论琴书。戴既无吝色[3],而谈琴书愈妙。谢悠然知其量[4]。《晋安帝纪》曰:"戴逵字安道,谯国人。少有清操,恬和通任,为刘真长所知。性甚快畅,泰于娱生。好鼓琴,善属文,尤乐游燕,多与高门风流者游。谈者许其通隐。屡辞征命,遂箸高尚之称。"

【注】

〔1〕戴公:戴逵(326—396),字道安,东晋谯郡铚县(今安徽宿县西南)人。善鼓琴,精绘画,信奉佛教。从东出:从会稽往西。

〔2〕谢太傅:谢安。

〔3〕既:竟然。吝色:不乐意的神色。

〔4〕悠然:深远貌,慢慢地。量:度量,雅量。

【评】

戴逵并非"形在江海之上、心存魏阙之下"的假道学,而是栖迟衡门、琴书相伴的真名士。朝廷三征而三不至,足见其不事王侯、高情远遁的决心。谢安虽亦官亦隐,但却轻视那些"三径就荒"的所谓纯粹隐士,这大概就是人的多面性吧。安仅以隐逸之流视戴。谢但论琴书小技,戴也将计就计,并不计较,亦不急于分辩、表现,而以一种宠辱不惊的态度谈论琴书,精彩的见解从唇齿间流出,见其胸中有丘壑,腹内能乘船。试想,戴逵对朝廷征聘尚不惊心,又如何能对一时的被误解心存耿耿呢?戴逵最终打动谢安,靠的正是大彻大悟后悠然的人生心态。

6.35 谢公与人围棋[1],俄而谢玄淮上信至[2]。看书竟[3],默然无言,徐向局[4]。客问淮上利害[5],答曰:"小儿辈大破贼[6]。"意色举止,不异于常。《续晋阳秋》曰:"初,苻坚南寇,京师大震。谢安无怍(惧)色,方命驾出墅,与兄子玄围棋。夜还乃处分,少日皆办。破贼又无喜容。其高量如此。"《谢车骑传》曰:"氐贼苻坚,倾国大出,众号百万。朝廷遣诸军距之,凡八万。坚进屯寿阳。玄为前锋都督,与从弟琰等选精锐决战,射伤坚,俘获数万计,得伪辇及云母车,宝器山积,锦罽万端,牛、马、驴、骡、驼十万头。"

【注】

〔1〕谢公:谢安。

〔2〕俄而:一会儿。谢玄:见《言语》78注。淮上:指淮水一带。信:信使。

〔3〕书:书信。

〔4〕徐向局:从容地转向棋局。

〔5〕淮上利害:淮水之上的胜负。383年,前秦苻坚大举南侵,企图灭晋,布阵淮河、淝水之间。谢安为征讨大都督,派遣其弟谢石、侄谢玄征讨,于淝水大败苻坚。此即历史上著名的淝水之战。

〔6〕小儿辈大破贼:淝水之战,谢安派遣其弟谢石、侄谢玄、子谢琰,各任将领,统军北上。故称谢玄等为"小儿辈"。

【评】

《晋书》记载此事大体相同而稍详,其后又有"既罢,还内,过户限,心喜甚,不觉屐齿之折,其矫情镇物如此"之句。《雅量》门中,大概只有顾雍丧子之际所表现出来的巨大忍耐力堪与此相比,二者俱被视为雅量的典范。美国著名汉学家马瑞志说过,"'雅量'包括对面部、口头或者身体的任何一个部位表现出的忧虑、恐惧、兴奋或欢乐的情绪的最轻微暗示的隐藏。"(《〈世说新语〉的世界》)但现代心理学的研究表明,人的心灵世界分为意识和无意识两个部分。人的所谓雅量,大体相当于意志力品质,只能控制意识的层面,而无意识的层面,还是会于不经意间流露出来。正如精神分析学家弗洛伊德指出的:任何五官健全的人必定知道他不能保存秘密。如果他的嘴唇紧闭,他的指尖会说话,甚至他身上的每一个毛孔都会背叛他。这就解释了,何以谢安过户折屐齿、顾雍掐掌流血了。看来,谢安、顾雍这样心理素质极好的人,也无法逃脱心理规则的支配。其实,谢安、顾雍等中古名士之雅量为后人折服钦佩,绝非一句"矫情镇物"所能含贬。他们的巨大忍耐中,显示了理性与非理性、意识与潜意识的强力冲撞,展现了一个深邃、幽邈的精神世界,具有极强烈的情感张力。

6.36　王子猷、子敬曾俱坐一室[1],上忽发火,子猷遽走避[2],不惶取屐[3];《晋百官名》曰:"王徽之,字子猷。"《中兴书》曰:"徽之,羲之弟(第)五子,卓荦不羁,欲为傲达。仕至黄门侍郎。"子敬神色恬然[4],徐唤左右扶凭而出[5],不异平常。《续晋阳秋》曰:"献之虽不修常贯,而容止不妄。"世以此定二王神宇[6]。

【注】

〔1〕王子猷、子敬:王羲之二子。

〔2〕遽:惊慌。走:奔。

〔3〕不惶:同"不遑"。来不及。屐:木屐,底上有齿的木底鞋。

〔4〕恬然:安闲的样子。

〔5〕扶凭:扶持,搀扶。

〔6〕神宇:胸怀气量。

【评】

受世风及家风熏染,王家子弟世族门阀意识强烈,上演了许多滑稽可笑的丑剧、闹剧。在王献之的头脑中,此症尤其根深蒂固。房间起火,性命交关,王徽之尚能认清形势,灵活变通,跣足走避,可见还属常人心态;献之放不下名士的臭架子,宝贵生命抵不上名士的矜持派头,在正常人看来好像有精神障碍。"徐唤左右扶凭而出",几字写出其装腔作势的丑态。上个世纪七十年代中期,笔者故乡海城大地震,事后听说,因灾难深夜猝至,不少人竟从被窝中钻出,赤身裸体逃向室外,虽于颜面有些尴尬,但毕竟捡回了一条宝贵的生命,死里逃生的老百姓事后谈论,也并未觉得有何不妥。献之此举,与雅量无涉,是一出喜剧。所谓喜剧,用鲁迅的话说,就是把人生无意义的东西撕碎给人看,其矛盾双方并不构成有力量的对抗,只能博人一笑而已。当然,世易时移,今人之评价标准与刘宋之考量尺度已相去甚远,不可同日而语。临川列此入雅量门,可见当日世风。

6.37 苻坚游魂近境[1],坚,别目(见)。谢太傅谓子敬曰[2]:"可将当轴,了其此处[3]。"

【注】

〔1〕苻坚:前秦君主,见《言语》94注。游魂:似鬼魂游动不定。此为对敌人侵扰活动的蔑称。

〔2〕谢太傅:谢安。子敬:王献之。

〔3〕"可将当轴"二句:谓及我执政之时,了结苻坚于边境。当轴:谓掌握权力,位于中枢地位。

【评】

诸家皆以为故事难以索解,试尽力揣摩之。献之尝为太傅长史,故发此语。谢安以社稷基石自命,以驱除鞑虏、克济时艰的历史使命自期。"可将当轴,了其此处",意谓在其执政任上,了结苻坚于边境之上,不把难题推给后来人。刘辰翁曰:"谓及我在位时攻之。自任吞虏。"评价恰当。这种敢做敢当的勇气,在中国士人身上一脉传承。现代著名作家、学者朱自清先生,曾任清华大学中文系主任、兼图书馆馆长,在其馆长职位卸任前,

489

将一位不合格而难缠的馆员开除职务,决不明哲保身而给下任领导留下难题,在当时传为美谈。文弱的外表下,蕴藏着"虽千万人吾往也"的浩然之气。朱自清先生开除馆员,虽不能与谢安的国之大计相提并论,但追根溯源,二者精神相近,其背后传达出士大夫的历史责任感和社会担当意识,都可谓雅量。

6.38 王僧弥、谢车骑共王小奴许集[1],王珉、谢玄,并已见。小奴,王荟小字也。僧弥举酒劝谢云:"奉使君一觞[2]。"谢曰:"可尔[3]。"谢玄曾为徐州,故云使君。僧弥勃然起[4],作色曰:"汝故是吴兴溪中钓碣耳[5],何敢诪张[6]!"玄叔父安,曾为吴兴,玄少时从之游,故珉云然。谢徐抚掌而笑曰:"卫军[7],僧弥殊不肃省[8],乃侵陵上国也[9]。"

【注】

[1] 王僧弥:王珉字季琰,小字僧弥,晋中领军王洽子,丞相王导孙。见《政事》24注。谢车骑:指谢玄,死后赠车骑将军。王小奴:王荟字敬文,小字小奴,晋丞相王导子。见本篇26注。许:处所。

[2] 使君:汉以后对州郡长官的尊称。谢玄曾为刺史,故称使君。觞:盛酒的杯子。

[3] 可尔:应该这样做。受人敬酒,不逊谢而语气倨傲如此,故王珉勃然大怒。

[4] 勃然:突然。

[5] 故:本来。吴兴:郡名,治所在乌程(今浙江吴兴县)。钓碣:钓鱼的羯奴。碣,通"羯"。谢玄喜好钓鱼,他小字羯,与碣同音,故此为双关语。

[6] 诪张:强横、跋扈。

490

〔7〕卫军:指王荟。荟死后赠卫军将军。

〔8〕殊:颇,甚。肃省:严肃省察。谢玄于此直呼王珉小字,以示回击。

〔9〕侵陵:侵犯欺凌。上国:春秋时称中原诸侯国为上国,与边远之国相对而言。后亦称地位高、实力强的诸侯国。

【评】

故事具体发生于何时,已难查考。但大体可以推知,当在谢玄初克苻坚之后。曾几何时,王氏家族江左独步,然随着谢安拜相,谢氏子侄屡建战功,昔日高门王氏也不得不对"新出门户"抛出求好的橄榄枝。人世代谢如花开花落,英雄豪杰也只能徒唤奈何。三人中,王荟为王导子,于谢玄为长辈,王僧弥为王导孙,与谢玄同辈。王僧弥敬酒已是交好的信号,谢玄傲慢的回答刺痛了王氏子弟敏感的神经。僧弥勃然作色,语近丑诋,想见其声色俱厉;谢玄抚掌而笑,慢呼长者,"侵凌上国"云云,含自恃尊贵之调侃。临川以为,谢玄出之以戏谑语,固足称为雅量,实则是东晋四大家族中王、谢子弟间的一场心理较量。

6.39 王东亭为桓宣武主簿[1],既承藉有美誉[2],公甚欲(敬)其人地[3],为一府之望[4]。初见谢失仪[5],而神色自若。坐上宾客即相贬笑[6],公曰:"不然。观其情貌,必自不凡,吾当试之。"后因月朝阁下伏[7],公于内走马直出突之[8],左右皆宕仆[9],而王不动。名价于是大重[10],咸云:"是公辅器也[11]。"《续晋阳秋》曰:"珣初辟大司马掾,桓温至重之,常称:'王掾必为黑头公,未易才也。'"

【注】

〔1〕王东亭:指王珣,王导的孙子。见《言语》102 注。桓宣武:桓温。主簿:官名。古代中央或地方郡县所设属官,负责文书簿籍,掌管印鉴等。

〔2〕承藉:凭借。此指王珣出身琅邪王氏,凭此而有美誉。

〔3〕甚欲其人地:"欲"当为"敬",据沈剑知校本。人地:人的才能和门第。

〔4〕府:指大司马府。望:仰望、崇敬的人。

〔5〕见谢:向桓温致谢。失仪:有失礼仪。

〔6〕贬笑:贬低讥笑。

〔7〕月朝:每月初一日下属对长官的朝拜。阁下伏:拜伏于衙署前。

〔8〕走马:驰马。突:冲撞。

〔9〕宕仆:因站立不稳而倒下。

〔10〕名价:声价。

〔11〕公辅器:指做三公和丞相的才具。

【评】

王珣为王洽子,王导孙,与谢玄俱为桓温掾属。温预测二人皆未易才,当位登公辅。魏晋人物品评,由汉末之重道德、气节等内在精神性因素,转向对人物形貌、风神等外在气质之开掘。桓温通过对王珣家族出身、自然情貌等因素综合的衡量,得出了"必自不凡"的结论。桓温一生,品人无数;察名验实,若合符契。虽在行伍之间,而深得魏晋风流之神髓。其品评之法,大体有二:一为察言观色,一为制造惊险,突击考量。本门记述其考量简文,即用第二法。王珣则经受了二法的综合考验,终为众人折服。可见其砥砺有素,故能传承一代家风。

6.40 太元末[1],长星见[2],孝武心甚恶之[3]。
徐广《晋纪》曰:"泰元二十年九月,有蓬星如粉絮,东南行,历须(婺)女至央(哭)星。"案:泰元末,唯有此妖,不闻长星也。且汉文八年,有长星出东方。文颖注曰:"长星有光芒,或竟天,或长十丈,或二三丈,无常也。"此星见,多为兵革事。此后十六年,文帝乃崩。盖知长星非关天子,《世说》虚也。夜,华林园中饮酒[4],举杯属星云[5]:"长星,劝尔一杯酒,自古何时有万岁天子!"

【注】

〔1〕太元:晋孝武帝司马曜年号(376—396)。

〔2〕长星:彗星。古人认为,长星出现为不吉之兆。见:现,出现。

〔3〕孝武:指晋孝武帝司马曜。见《言语》89 注。

〔4〕华林园:宫苑名。西晋时洛阳有华林园。东晋就三国吴旧宫苑建园。

〔5〕属:通"嘱",劝请。

【评】

晋人发现了外在于人的自然,有深沉而清醒的宇宙意识。他们将人生和命运放在无穷宇宙的大坐标系上思考,故能超越有限人世的形累,摆脱礼教世俗的枷锁,"对宇宙人生体会到至深的无名的哀感"(宗白华《美学散步》)。简文之濠濮间想,孝武之举杯属星,均表征了晋人之洒脱、轻盈,而又交织着深沉悲悯的宇宙观、生命观。两晋权力交接,有如走马;萧墙之祸,史不绝书。政治上的最动荡、最混乱,孕育了士人精神的最热烈、最浓情。孝武末年长星屡见,被认为是不祥之兆。春花秋月,家国山河,这一切很快就要易主,一国之君,眼看王朝行将就木却无能为力;小楼东风,苍黄辞庙,才是自己最切实的宿命。故只能以这种极端的方式,驱遣弥漫胸中的恐惧与哀愁。

6.41 殷荆州有所识[1],作赋,是束皙慢戏之流[2]。《文士传》曰:"皙字广微,阳平元城人,汉太子太傅疏广后也。

王莽末,广曾孙孟达自东海避难元城,改姓,去'疏'之'足'以为束氏。皙博学多识,问无不对。元康中,有人自嵩高山下得竹简一枚,上两行科斗书。司空张华以问皙,皙曰:'此明帝显节陵中策文也。'检校果然。曾为《饼赋》诸文,文甚俳谐。三十九岁卒,元城为之废市。"殷甚以为有才,语王恭[3]:"适见新丈(文),甚可观。"便于手巾函中出之[4]。王读,殷笑之不自胜[5]。王看竟,既不笑,亦不言好恶,但以如意帖之而已[6]。殷怅然自失。

【注】

〔1〕殷荆州:指殷仲堪。仲堪曾作荆州刺史。

〔2〕束皙:西晋初阳平元城人。尝作《劝农》、《饼》诸赋,时人以为鄙俗。慢戏:随意戏谑。

〔3〕王恭:见《德行》44注。

〔4〕手巾函:即手巾袋。古人用来放置手巾或文稿一类东西的袋子。

〔5〕笑之不自胜:笑得不能自止。

〔6〕如意:器物名。古制长二尺许,六朝人清谈时好持之。帖:通"贴"。此处是说用如意抚平文稿。

【评】

细揣文意,临川当以王恭为雅量。王恭出于太原王氏,高门子弟矜持自高,又性抗直,若能从其口中取得一两句赞誉,则被评者身价陡增。太原王氏子弟不会随意赞人,故王恭看后无一句评语,但以"如意帖之",下意识微小细节,已然背叛了其强自压抑的意识世界,说明他对文章并非否定,但认为也不是上乘佳作,以此"不笑,亦不言好恶"——实际是个不好不坏的中等之评。否则,以其人性情,定会嗤之以鼻或丢如敝屣。但是,这与殷仲堪的期盼相差甚远。故事以殷仲堪的小心翼翼取出文章、"笑不自胜",后来又"怅然若失"等动作、神态描写,描绘了他爽朗、热情又略嫌急躁的外向气质,意在反衬王恭那充满矛盾心理的高傲、冷漠的名士风度。

6.42 羊绥第二子孚[1],少有隽才,与谢益寿相好[2]。益寿,谢混小字也。尝蚤往谢许[3],未食。俄而王齐、王睹来[4],王睹,已见。齐,王熙小字也。《中兴书》曰:"熙字叔和,恭次弟,尚鄱阳公主,太子洗马,蚤卒。"既先不相识,王向席,有不说色,欲使羊去。羊了不昞[5],唯脚委几上[6],咏瞩自若。谢与王叙寒温数语毕[7],还与羊谈赏,王方悟其奇,乃合共语。须臾食下[8],二王都不得餐,唯属羊不暇。羊不大应对之,而盛进食,食毕便退。遂苦相留,羊义不住[9],直云[10]:"向者不得从命[11],中国尚虚[12]。"二王是孝伯两弟。

【注】

〔1〕羊绥:见《方正》60注。孚:见《言语》104注。

〔2〕谢益寿:谢混,小字益寿。见《言语》105注。

〔3〕蚤:通"早"。

〔4〕俄而:一会儿。王齐、王睹:王恭二弟。王熙字叔和,小字齐,官太子洗马。王爽字季明,小字睹,官至给事黄门侍郎、侍中。见《文学》101注。

〔5〕了不:一点不,完全不。昞:斜视。

〔6〕委:放置。几:几案。

〔7〕寒温:寒暄。

〔8〕须臾:一会儿。食下:摆下饭菜。

〔9〕义:坚决。

〔10〕直:通"只"。只是。

〔11〕向者:刚才。

〔12〕中国尚虚:腹中还空虚,肚子还饿着。以中国比喻腹心。

【评】
　　故事场景好似名士派头的大比拼。开端、发展、高潮、结局各要素俱全。名士邂逅为故事的开端;二王兄弟以门第傲人,对先到的客人羊孚不假辞色,轻侮溢于言表,此为发展;羊孚反更不可一世,脚委几上,咏瞩自若,视二王如无物,令人有"一物降一物"之荒唐感,此为高潮,矛盾交锋至此似已山穷水尽。谁知,事态发展出现戏剧性的变化。二王发现羊孚才气非凡后,竟能主动迎合、前倨后恭,吃饭时,事以谦卑之礼,骄矜之气全消。这是故事令人意想不到的结局。三人似均无缘堪称雅量。相比之下,二王兄弟能主动矫枉,调整心态,有天真烂漫的一面,较羊孚之始终"举觞白眼向青天"为优。

识　鉴　第　七

【题解】　识鉴,包括对事物的见地和对人才的赏拔。因识鉴须通过被赏者的外在言谈举止、气度风神等因素为切入点,进而做"知人论世"的内在观照,希冀把握其本质、神髓,故对鉴赏者提出了相当高的要求。自汝南"月旦"以来,乡邦贤达主持品评、鉴赏,士林间品评成风,以此确定一个人的社会声誉,甚至会影响其仕途发展。如曹操呈现在历史上的是"乱世之英雄,治世之奸贼"的枭雄形象,殊不知,曹操原是默默无闻的人物,正是靠了乔玄的这句评价,从而改变了他的社会地位。看来,名士清流一言九鼎,往往起着世俗皇权也无法干预的作用,这是一种无形的舆论力量。在老庄玄学兴盛、佛教勃兴以后,士大夫阶层更加重视人的精神、悟性,以至于整个魏晋时代,形成了崇拜天才、颖悟、神鉴的社会风气。

本门 28 则故事,多为人伦识鉴,我们可以借此了解魏晋士大夫见微知著、审时度势、料事如神的洞察力,和在关键时刻急流勇退、避祸全身的机智决断。当然,也有因识鉴力不足而或身死人手,或朋友反目成仇的事例,这些适足为反面教材,使人警醒。张季鹰的故事最为典型。季鹰为齐王冏东曹掾,在洛阳,见秋风起而思吴中羹脍,曰:"人生贵得适意尔,何能羁宦数千里以要名爵?",遂命驾便归。其后,齐王败,被人赞叹为"见机"。张季鹰的"命驾便归"与陶渊明的"不为五斗米折腰",在本质上都是以自由生命对抗官场樊篱,表征了不受羁绊的名士风度,故千载以来传为佳话。

本门还记载了少数民族领袖石勒读《汉书》的故事,三言两语而勾勒出一位虽不识字,却善于在戎马生涯和社会生活这本大书中,学习知识、总结道理的一代枭雄形象,读后令人感佩其钻研精神;书中还描绘了王胡之避司马无忌之难,而巧遇少年车胤于篱中,发出"此儿当致高名"的赞叹,堪称极富神韵的笔调。

总之,《识鉴》门的故事,不仅牵系个人前途,更关系到一代精英和国家人才的建设。

7.1 曹公少时见乔玄[1],玄谓曰:"天下方乱,群雄虎争[2],拨而理之[3],非君乎?然君实是乱世之英雄,治世之奸贼[4]。恨吾老矣,不见君富贵,当以子孙相累。"《续汉书》曰:"玄字公祖,梁国睢阳人。少治《礼》及《严氏春秋》,累迁尚书令。玄严明(有)才略,长于知人。初,魏武帝为诸生,未知名也,玄甚异之。"《魏书》曰:"玄见太祖曰:'吾见士多矣,未有若君者。天下将乱,非命世之才不能济也。能安之者,其在君乎?'"案:《世语》曰:"玄谓太祖:'君未有名,可交许子将。'太祖乃造子将,子将纳焉。"孙盛《杂语》曰:"太祖尝问许子将:'我何如人?'固问,然后子将答曰:'治世之能臣,乱世之奸雄。'太祖大笑。"《世说》所言谬矣。

【注】

〔1〕曹公:曹操。乔玄(108—183):字公祖,东汉末年梁国睢阳(今河南商丘南)人。

〔2〕群雄虎争:指东汉末年黄巾起义之后的州郡牧守、地方军阀的割据纷争局面。

〔3〕拨而理之:指治理乱世。拨,治,治理。

〔4〕"乱世之英雄,治世之奸贼":这两句是乔玄给曹操的评价。东汉用征辟、察举等制度来选拔人才,选拔的标准是依据乡间宗党平日对某个人长期观察而得出的舆论鉴定,即"清议"。曹操得到乔玄的赏识,可以提高其在士林间的地位,不再加以歧视。

【评】

汤用彤先生《读〈人物志〉》文以为:"英雄者,汉魏间月旦人物所有名目之一也。"汉末乡党清议,许劭是大名士,主持评论人物,每月更换,称"月旦评"。天下大乱,拨乱反正则仰仗群雄,豪杰并起,欲平定天下,均以英雄自许。曹操父嵩是大宦官曹腾的养子,史称"莫能审其出生本末"(《三国志》魏武本纪)。这样的家庭背景,当然与清流无缘;而亦步亦趋地走修、齐、治、平的传统正路,又非曹操所愿。恰好动乱的时代,为曹操实现政治理想,提供了大有作为的天地。他与群雄平定董卓之乱,镇压黄巾起义,又于官渡之战中击败袁绍,逐步统一了北中国。他一生身经百战,屡建奇功,抱负远大,知贤善任,不愧为一代英主。曹操得到乔玄赏识,又得到主持"月旦评"的许劭的首肯,由此引起士大夫的普遍注意。"乱世之英雄,治世之奸贼"一语,抓住了曹操立身行事之大体。治世推崇文质彬彬的君子,乱世则呼唤不守常规的枭雄。世运代变,不可一概而论。此所谓"时势造英雄"。曹操一生多次打破儒家繁文缛节、条条框框,不拘礼法小节,确是不可以常规标准衡量的特出之人。乔玄透过"天下方乱,群雄虎争"的纷扰世态,拔英雄于庸众,确有识鉴。

7.2 曹公问裴潜曰[1]:"卿昔与刘备共在荆州[2],卿以备才如何?"潜曰:"使居中国[3],能乱人,不能为治;若乘边守险[4],足为一方之主。"《魏志》曰:"潜字文行,河东人。避乱荆州,刘表待以宾客礼。潜私谓王粲、司马芝曰:'刘牧非霸王之才,而欲以西伯自处,其败无日。'累迁尚书令,赠太常。"

【注】

〔1〕曹公:曹操。裴潜:三国魏河东闻喜(今属山西)人。黄巾起义时,避乱荆州依附刘表。曹操定荆州,以他为参丞相军事。魏明帝时为尚书令。

〔2〕刘备:字玄德,涿郡涿县(今河北)人。汉末天下大乱,刘备与曹操、孙权三分天下,备占据西蜀,建国蜀,在位三年。荆州:汉刺史部之一,辖境主要在今湖南、湖北两省地区。

〔3〕居:占据,据有。中国:指中原地区。

〔4〕乘边守险:占据边疆。乘,防守。

【评】

据余嘉锡《笺疏》考证,故事当发生在建安二十年冬操降张鲁、备争汉中之际。当时,曹操以"天下归心"自命,故极注重各方诸侯势力的消长盈虚,以做到"知己知彼,百战不殆"。《三国演义》中为世人熟知的"青梅煮酒论英雄"故事,意在说明曹操视刘备为中原逐鹿的真正敌手,因而有意试探。此则裴潜之言,似有超前预测能力,能预知三国鼎立形势。明王世懋亦有此问,曰:"此语似事后论人,不宜预知至此。"经前贤余嘉锡先生考证:方曹操与裴潜问答之时,潜知备才足以定蜀,而地狭兵少,必不能遽复中原。操虽强盛,而所值乃当事人杰,亦决不能并蜀。故潜预测形势而为是言,其远见卓识,虽非诸葛之比,但能令曹操信服,亦属非凡。

7.3 何晏、邓飏、夏侯玄并求傅嘏交[1],而嘏终不许。《魏略》曰:"邓飏字玄茂,南阳宛人,邓禹之后也。少得士名。明帝时,为中书郎,以与李胜等为浮华,被斥。正始中,迁侍中、尚书。为人好货,臧艾以父妾与飏,得显官。京师为之语曰:'以官易富(妇)邓玄茂。'何晏选不得人,颇由飏。以党曹爽诛。"诸人乃因荀粲说合之[2],谓嘏曰:"夏侯太初,一时之杰士[3],虚心于子,而卿意怀不可。交合则好成,不合则致隙[4]。二贤若穆,则国之休[5]。此蔺相如所以下廉颇也[6]。"《史记》曰:"相如以功大拜上卿,位在廉颇右。颇怒,欲辱之。相如每称疾,望见,引车避匿。其舍人欲去之,相如曰:'夫以秦王之威,而吾廷叱之。何畏廉将军哉?顾秦强赵弱,秦以吾二人,故不敢加兵于赵。今两虎斗,势不俱生。吾以公家急而后私雠也。'颇闻谢罪。"傅曰:"夏侯太初,志大心劳,能合虚誉,诚所谓利口覆国之人[7]。何晏、邓飏,有为而躁,博而寡要,外好利而内无关籥[8],贵同恶异,多言而妒前[9],多言多衅,妒前无亲。以吾观之,此三贤者,皆败德之人尔。远之犹恐罹祸,况可亲之邪?"后皆如其言。《傅子》曰:"是时,何晏以才辩显于贵戚之间。邓飏好交通,合徒党,鬻声名于闾阎。夏侯玄以贵臣子,少有重名。皆求于嘏,嘏不纳也。嘏友人荀粲,有清识远志,然犹劝嘏结交云。"

【注】

〔1〕何晏:字平叔,三国魏人。见《言语》14注。邓飏(?—326):字玄茂,三国魏南阳宛(今河南南阳)人。为人浮华贪贿,京师人传"以官易富邓玄茂"。因党曹爽被诛。夏侯玄:字太初,三国魏人。见《方正》6注。傅嘏:字兰硕,三国魏人。善言义理,好言才性。见《文学》9注。

〔2〕荀粲:字奉倩,颍川人。见《方正》59注。说合:从中介绍,把双方说到一起。

〔3〕一时:当代。杰士:俊杰之士,杰出的人。

〔4〕致隙:造成隔阂。

〔5〕穆:通"睦",和睦。休:吉庆,祥福。

〔6〕蔺相如下廉颇:事见《史记·廉颇蔺相如列传》。此借喻傅嘏当

与夏侯玄交好。

〔7〕利口覆国:能言善辩,颠覆国家。《论语·阳货》:"恶利口之覆邦家者。"覆,倾败。

〔8〕关籥:门闩之类横持门户之木,引申为检点、约束。

〔9〕妒前:指嫉恨比自己强的人。

【评】

何晏好利,邓飏贪货。二人并祖述老庄,鼓扇玄虚。从传统伦理礼教的角度看,二人绝非淳厚无瑕的高士,亦无守正直行的特操。故傅嘏不与其交友,看似"道不同不相与谋"不交非类,乃洁身自好的高蹈之举;实由于易代之际,残酷政治斗争的不同利益分野所致。在司马氏与曹魏夺权斗争中,傅嘏属司马氏一党。司马懿请为从事中郎,曹爽之诛,齐王之废,嘏皆参与其事。傅嘏与何晏、邓飏及夏侯玄不平,皆因其为魏之宗室或党羽,而嘏与锺会、何曾等善,皆司马氏之党羽也。又时有"才性"之争,傅嘏、锺会主才性同合,李丰、王广持才性异离。在常见的思想交锋背后,仍是政治站队的立场问题。嘏之才性论,实为司马氏篡夺行为张本。傅嘏之识鉴,非为善于论人,而是善于站队,从事态发展的风吹草动中,敏锐地嗅出了山雨欲来风满楼的时代动向。

7.4 晋武帝讲武于宣武场[1],帝欲偃武修文[2],亲自临幸,悉召群臣。山公谓不宜尔[3]。因与诸尚书言孙、吴用兵本意[4],遂究论。举坐无不咨嗟[5],皆曰:"山少傅乃天下名言[6]。"《中(史)记》曰:"孙武,齐人;吴起,卫人。并善兵法。"《竹林士(七)贤论》曰:"咸宁中,吴既平,上将为桃林、华山之事,息殪役兵,示天下以大安。于是州郡悉去兵,大郡置武吏百人,小郡五十人。时京师犹讲武,山涛因论孙、吴用兵本意。涛为人常简默,盖以为国者不可以忘战,故及之。"《名士传》曰:"涛居魏、晋之间,无所标名。尝与尚书卢钦言及用兵本意,武帝闻之,曰:'山少傅名言也。'"后诸王骄汰[7],轻遘祸难。于是寇盗处处蚁合[8],郡国多以无备,不能制服[9],遂渐炽盛。皆如公言。时人以谓"山涛不学孙、吴,而暗与之理会[10]"。王夷甫亦叹云[11]:"公暗与道合。"《竹林七贤论》曰:"永宁之后,诸王构祸,狡虏欻起,皆如涛言。"《名士传》曰:"王夷甫推叹涛'晻晻为与道合,其深不可测'。皆此类也。"

【注】

〔1〕晋武帝:司马炎。为晋第一代君主。宣武场:魏晋都城洛阳的讲武之所。

〔2〕偃武修文:停止战备,修明文教。

〔3〕山公:指山涛。为竹林七贤之一。见《言语》78 注。

〔4〕尚书:尚书省列曹长官。孙吴:孙武和吴起,古代兵法家。本意:主旨。

〔5〕举坐:全座,满座。指所有人。咨嗟:赞叹。

〔6〕山少傅:即山涛。晋武帝咸宁初,山涛为太子少傅,故称。

〔7〕诸王骄汰:指历史上有名的八王之乱。

〔8〕蚁和:如蚁之聚合,形容数量多。

〔9〕郡国:指天下州郡和王国。此泛指地方政府。

〔10〕暗:暗中。理会:见解一致。

〔11〕王夷甫:王衍字夷甫。见《言语》23 注。

【评】

魏晋玄学,见于日常言谈文章,促进了时代理论思维向精深化、缜密化发展;同时对社会生活各方面,如政治、军事、文学等,均产生至深的影响。山涛力谏晋武帝不宜偃武修文,既是出于鉴古通今的史家意识,更主要的是受林下玄风的耳濡目染而作的见微知著的深刻哲学考察。孙、吴用兵本意,虽显于名相的万有,其背后本质则是大道之行。尚武与修文,本应配合运用,未可以一概而论。晋武帝鉴于汉末以来以迄西晋的动荡不已、战争频仍,提出休养生息的政策,其出发点是好的。但因未能把握玄学思维福祸倚伏的辩证之理,而误入一偏之歧途,遂导致臣强主弱及后来的八王之乱,终致国家丧亡。

7.5　王夷甫父乂[1],为平北将军[2],有公事,使行人论[3],不得[4]。时夷甫在京师,命驾见仆射羊祜、尚书山涛[5]。夷甫时总角[6],姿才秀异,叙致既快[7],事加有理[8]。涛甚奇之。既退,看之不辍,乃叹曰:"生儿不当如王夷甫邪?"羊祜曰:"乱天下者,必此子也。"

《晋阳秋》曰:"夷甫父乂(义),有简书,将免官。夷甫年十七,见所继从舅羊祜,申陈事状,辞甚俊伟。祜不然之,夷甫拂衣而起。祜顾谓宾客曰:'此人必将以盛名处当世大位,然败俗伤化者,必此人也。'"《汉晋春秋》曰:"初,羊祜以军法欲斩王戎,夷甫又忿祜言其必败,不相贵重。天下为之语曰:'二王当朝,世人莫敢称羊公之有德。'"

【注】
〔1〕王夷甫:王衍,见《言语》23注。乂:王乂,王衍父,见《德行》26注。
〔2〕平北将军:将军之号。汉末所设,魏晋沿置。
〔3〕公事:公案诉讼。行人:官名,掌朝觐聘问。
〔4〕不得:交涉理论没有结果。
〔5〕羊祜:羊祜字叔子,为尚书仆射、卫将军,出镇荆州,有政绩,人称羊公。尚书山涛:见本篇4注。
〔6〕总角:指未成年时。古代男女未成年前束发为两结,形状如角,故称总角。

〔7〕叙致:陈述表达。

〔8〕事加有理:诉讼之事的理由又充分。加,又。

【评】

《晋书》衍本传亦载山涛有"误天下苍生者,未必非此人也"之语。大意略同。羊祜、山涛是久经历练的政治家,识人无算。王衍出身琅邪王氏高门,其姿才秀异,聪敏绝伦,动静举止间神态、气质,已然传达出其自恃聪明、任意雌黄的内心真实,逃不出二公明察秋毫的火眼金睛。历史证明,王衍是首鼠两端、毫无气节的士林败类。二公之识鉴,由形入神,可谓高明。然羊祜所称"乱天下"、山涛"误苍生"云云,均着眼于王衍的清谈为误国致乱之阶,就未免把个人在历史上的影响看得过重,也连带抹杀了魏晋清谈的积极意义。记载恐有小说家夸饰的成分。

7.6 潘阳仲见王敦小时[1],谓曰:"君蜂目已露[2],但豺声未振耳[3]。必能食人,亦当为人所食。"

《晋阳秋》曰:"潘滔字阳仲,荥(荣)阳人,太常尼从子也。有文学才识。永嘉末(末),为河南尹,遇害。"《汉晋春秋》曰:"初,王夷甫言东海王越,转王敦为扬州。潘滔初为太傅长史,言于大(太)傅曰:'王处仲蜂目已露,豺声未发。今树之江外,肆其豪强之心,是贼之也。'"《晋阳秋》曰:"敦为太子舍人,与滔同僚,故有此言。"习、孙二说,便小迂异。《春秋传》曰:"楚令尹子曰(上)谓世子商臣'蜂目而豺声,忍人也。'"

【注】

〔1〕潘阳仲:潘滔(?—311),字阳仲,西晋荥阳(在今河南)人。潘岳之侄。王敦:见《言语》37注。

〔2〕蜂目:像蜂那样的眼睛。

〔3〕豺声:像豺那样的声音。古人认为,蜂目豺声之人是凶狠残忍的人。《左传·文公元年》:"蜂目而豺声,忍人也。"

【评】

唐李贺《梦天》诗曰:"遥望齐州九点烟,一泓海水杯中泻。"从大九州的视角俯察人世间小九州的沧海桑田,自会比囿于其中看得透彻。王敦、桓温虽为一代枭雄,但均有远大抱负,是独具个性魅力的人杰,代表世家门阀向司马皇权发起冲击。其勃勃野心,震撼一代。王敦酒后"烈士暮年,壮心不已"之咏,桓温北伐"木犹如此,人何以堪"之叹,各具风神。惜其生不逢时,否则,其声名功业何让汉高、魏武!若固执地站在正统史家的立场上看问题,王敦、桓温,一定是口诛笔伐的对象,任由他人丑化涂抹,泼在他们身上的脏水,恐怕是永远洗不清的。蜂目、豺声之评,恐是事后附会之言,有小说家夸饰成分。正如前贤指出的,揆诸人之常情,一般不会对人当面言此。敦本传载,"眉目疏朗","少有奇人之目,尚武帝女襄城公主",与"蜂目"之评相去甚远。如敦小时候就凶相毕露,武帝又怎能草率地嫁女于敦呢?

7.7 石勒不知书[1],《石勒传》曰:"勒字世龙,上党武乡人,匈奴之苗裔也。椎(雄)勇好骑射。晋元康中,流宕山东,与平原茌平人师欢家庸,耳恒闻鼓角鞞铎之音,勒私异之。初,勒乡里原上地中生石,日长,类铁骑之象;国中生人参,葩叶甚盛。于时父老相者皆云:'此胡体貌奇异,有不可知。'劝邑人厚遇之,人多哂而不信。永嘉初,豪桀(杰)并起,与胡王阳等十八骑诣汲桑为左前督。桑败,其(共)推勒为主,攻下州县,都于襄国。后僭正号,死,谥明皇帝。"使人读《汉书》[2]。闻郦食其劝立六国后[3],刻印将授之,大惊曰:"此法当失,云何得遂有天下[4]!"至留侯谏[5],乃曰:"赖有此耳!"邓粲《晋纪》曰:"勒不知书,目不识字,每于军中令人诵读,听之,皆解其意。"《汉书》曰:"项羽急围汉王于荥阳,汉王与郦食其谋挠楚权。食其劝立六国后,王令趣刻印。张良入谏,以为不可。辍食吐哺,骂郦生曰:'竖儒,几败乃公事!'趣令销印。"

【注】

〔1〕石勒(274—333):羯人,十六国时后赵国主。他好文史,在军族常令儒生读史,每以其意论古帝王善恶。不知书:不识字。

〔2〕《汉书》:东汉班固撰。记述西汉一代历史,是我国第一部纪传体断代史。

〔3〕郦食其:秦末儒生,陈留高阳(今河南)人。后为刘邦谋士,项羽、刘邦荥阳之战,曾劝刘邦立六国后裔以削弱楚。见《史记·郦生陆贾列传》。

〔4〕云何:说什么。

〔5〕留侯:指汉代张良。良为汉高祖刘邦谋士,楚汉相争,良辅佐刘邦得天下,因功封留侯。见《史记·留侯世家》。谏:劝阻,此指良向刘邦陈述不宜立六国后高之事。

【评】

汉代章句之学多拘泥而不知变通,说五字之文,至于二三万言;魏晋玄学兴起以后,读书治学尚会通玄远,发挥义理。史载阮瞻读书"不甚研求,而默识其要"(《晋书·阮籍传》附阮瞻传);支通读书"善标宗会,而章句或有所遗"(《高僧传》);乃至陶渊明读书之"不求甚解",都是受魏晋玄风的熏染,而持通脱的读书观。天资颖悟的读者,往往能透过外在语言符号,直接以心灵去感悟、把握言说的深层底蕴。石勒会通的思维方式,与此种时代潮流暗合,他虽不知书,但能从广阔的社会生活这本大书中,汲取有益的精神滋养,融会贯通,变成治国治军的智慧。与阮瞻等人相比,更是一种超越文字、不立名相、以心传心式的思考和领悟。从民间成长起来的军事家,读透社会这所大学、生活这本大书,对于那些接受正规教育,却纸上谈兵的教条主义者而言,真是最幽默的讽刺!

7.8　卫玠年五岁[1],神衿可爱[2]。祖太保曰[3]:"此儿有异,顾吾老[4],不见其大耳!"《晋诸公赞》曰:"瓘字伯玉,河东安邑人。少以明识清允称,傅嘏极贵重之,谓之宁武子。仕至太保,为楚王玮所害。"《玠别传》曰:"玠有虚令之秀,清胜之气,在群伍之中,有异人之望。祖太保见玠五岁,曰:'此儿神爽聪令,与众大异,恐吾年老,不及见尔!'"

【注】
　　[1] 卫玠:字叔宝,小字虎,晋河东安邑(今山西)人。美姿容,好言玄理。官拜太子洗马。见《言语》32注。
　　[2] 神衿:神情气度、仪容丰采。
　　[3] 祖太保:卫瓘,字伯玉,西晋初河东安邑(今山西运城东北)人。卫玠之祖父。
　　[4] 顾:只是,不过。

【评】
　　卫玠为两晋之际光鲜绝伦的人物。论形貌,堪称数一数二的美男,具备魏晋人物审美理想的阴柔之美。总角乘羊车入市,见者皆以为玉人,观之者倾都。人们用世间至美的珠玉拟其容貌。有晋一朝,堪与卫玠分此殊荣的,大概只有潘安等少数人。时人对卫玠的钟爱与仰慕,表征了晋人渴求、重视人物自然之美的时代风气,有似今日人们对酷男靓女"中性美"的疯狂追逐。当然二者本质大相径庭,但就疯狂度而言,还是可相比拼的。卫玠不是"绣花枕头",而是有深厚文化内涵的思想家。若仅论容貌,每一时代的帅哥美眉都何止千万,但大帅哥卫玠却如天上的星辰,永远闪耀着深邃而迷人的光辉。这就说明,魏晋时代,并不是一个肤浅的时代,贵族士大夫对人物之美的欣赏,绝非片面追求天生长相,而是有更挑剔的要求。这其中包含了气质风度、言谈风采等。论玄言风采,卫玠被称为"中兴名士第一"。王敦曾叹赏曰:"昔王辅嗣吐金声于中朝,此子复玉振于江表,微言之绪,绝而复续。不意永嘉之末,复闻正始之音,何平叔若在,当复绝倒。"(《晋书》本传)可见,祖父卫瓘之激赏,并非带有私人感情色彩的谬赞,而是有预见力的识鉴。

7.9 刘越石云[1]:"华彦夏识能不足[2],强果有馀[3]。"虞预《晋书》曰:"华轶字彦夏,平原人,魏太尉歆曾孙也。累迁江州刺史,倾心下士,甚得士欢心。以不从元皇命见诛。"《汉晋春秋》曰:"刘琨知轶必败,谓其自取之也。"

【注】
〔1〕刘越石:刘琨字越石。西晋亡后,率军在河北抗击石勒、刘曜,志复中原。
〔2〕华彦夏:华轶字。西晋末平原(在今山东)人,华歆曾孙。识能:识鉴能力。
〔3〕强果:坚强果敢。

【评】
华轶于西晋末年天子孤危、四方瓦解之时,有匡天下之志,每遣使入洛,不失臣节。从魏晋之际士大夫只知有家、不知有国的大背景来看,华轶确实是一位有社会责任感的正直之士。然而,正如刘琨所评,其强果有馀而识能不足。永嘉之乱中,晋怀帝为匈奴刘渊所虏,群臣共推司马睿为盟主,实际上是代行皇帝权力。郡县官员劝华轶归顺司马睿,轶因未见京洛诏书,终不从命,惹恼了司马睿,派遣王敦讨伐,轶兵败被杀。封建社会的臣子,以忠于一家一姓的气节自励,华轶则甚至到了只忠于某个皇帝的程度。历史的发展有时候会出现惊人的相似,翻开一部古

509

代史,改朝换代或王室更迭的情况可谓屡见不鲜,而充满刀光剑影的流血夺权,往往最能考验一位臣子的操守。唐玄宗天宝末年发生安史之乱,玄宗幸蜀,肃宗李亨未经父皇诏命在甘肃即位。杜甫"麻鞋见天子,衣袖露两肘",结果"涕泪授拾遗",高唱"流离主恩厚"!(杜甫《述怀》)杜甫此举,在后世竟成为忠君的美谈,华轶却因过于固执,而身首异处。他如能有杜甫一点点灵活的脑筋,又何必死得不明不白呢?与朝廷衮衮诸公见机而动相比,华轶失之于愚,刘琨之评,中其肯綮。

7.10 张季鹰辟齐王东曹掾[1],在洛,见秋风起,因思吴中菰菜羹、鲈鱼脍[2]。曰:"人生贵得适意尔,何能羁宦数千里以要名爵[3]?"遂命驾便归。俄而齐王败,时人皆谓为见机[4]。《文士传》曰:"张翰字季鹰。父俨,吴大鸿胪。有清才美望,博学善属文,造次立成,辞义清新。大司马齐王冏辟为东曹掾。翰谓同郡顾荣曰:'天下纷纷未已,夫有四海之名者,求退良难。吾本山林间人,无望于时久矣。子善以明防前,以智虑后。'荣捉其手,怆然曰:'吾亦与子采南山蕨,饮三江水尔。'翰以疾归,府以辄去除吏名。性至孝,遭母艰,哀毁过礼。自以年宿,不营当世,以疾终于家。"

【注】

〔1〕张季鹰:张翰,字季鹰,西晋吴郡吴县(今江苏苏州)人。有清才,善属文,为人放达不拘,时号"江东步兵"。辟:征召。齐王:司马冏,见《方正》17注。东曹掾:东署的属官。

〔2〕吴中:指吴郡(今江苏)地区。菰菜羹:一说为"莼菜羹"。菰,茭白。鲈鱼脍:吴中名菜。脍,细切的鱼肉。后世以"莼鲈之思"指思乡之情。

〔3〕羁宦:在异乡做官。要:求取。

〔4〕见机:洞察事情变化的细微迹象。

【评】

　　西晋八王之乱,齐王冏起兵杀赵王伦,掌握朝政大权,张翰为其掾属。在齐王冏权力如日中天之时,张翰不愿跟着蹚浑水,毫无捞稻草、分杯羹之念,而是急流勇退、命驾便归,是一位深晓否泰、剥复之理的清醒士人。他见秋风起而思故乡风味,追求感官适意的背后,昭示了晋人尊重个体自适、珍惜短暂光阴的生命意识,其本质是受玄家思维的影响,是对儒家生命观的有益补充,有着积极的时代意义。南宋词人辛弃疾《水龙吟》中有"休说鲈鱼堪脍,尽西风,季鹰归未"三句,可见张翰故事的潇洒风流,在后世士大夫中有深远影响。辛弃疾力主抗金而沉沦下僚,壮志未酬,与张翰人生心态不同,有其时代原因,又另当别论。凌濛初评曰:"羹脍故可思,然亦见败机耳。"分析中肯。"见败机"云者,道出了张翰的政治远见与人生智慧。

　　7.11　诸葛道明初过江左[1],自名道明[2],名亚王、庾之下[3]。《中兴书》曰:"恢避难过江,与颖川荀道明、陈留蔡道明俱有名誉。号曰'中兴三明',时人为之语曰:'京都三明各有名,蔡氏儒雅荀、葛清。'"先为临沂令[4],丞相谓曰[5]:"明府当为黑头公[6]。"《语林》曰:"丞相拜司空,诸葛道明在公坐,指冠冕曰:'君当复著此。'"

【注】

　　〔1〕诸葛道明:诸葛恢,字明道,见《方正》25注。初过江左:谓刚从北方渡江到江南。江左:江东,长江下游以东地区。指东晋辖区。古人叙地理以东为左,以西为右。

　　〔2〕自名道明:诸葛道明和荀道明(名闿)、蔡道明(名谟)三人有"中兴三明"之称。

〔3〕亚:次居第二位。王、庾:王导、庾亮。

〔4〕临沂:县名。旧治在今山东费县东。

〔5〕丞相:王导。

〔6〕明府:汉魏以来对太守、州牧皆称明府。黑头公:指年轻发黑而位登三公。

【评】

诸葛恢祖诞为魏司空,父靓为吴大司马,诸葛氏在汉、魏时期就建立了赫赫功勋,位至公卿,门第高华。诸葛恢一生恪尽职守,仕途顺利,为东晋元、明二帝赏识,在会稽内史任上,因政绩第一,皇帝下诏嘉奖。历任尚书右仆射、中书令、侍中等职,参与国家最高权力机构。王导以黑头公相期许,确实有知人之明。过江以后,恢名亚王、庾,心有不甘,老牌贵族心态,远非几十年的人世风雨所能冲刷尽净。王导与诸葛恢争族姓,王导曰:"人言王、葛,不言葛、王",这是历史运道的无情事实,王导言语之间未免有得意之色。恢曰:"不言马、驴,而言驴、马,岂驴胜马邪!"反唇相讥,令人称羡其智慧和机锋,但也仅以语言机巧取胜而已,老贵族的花落水流已是无可挽回。

7.12 王平子素不知眉子〔1〕,曰:"志大无量,终当死坞壁间〔2〕。"《晋诸公赞》曰:"王玄字眉子,夷甫子也。东海王越辟为掾,后行陈留太守,大行威罚,为坞人所害。"

【注】

〔1〕王平子:王澄,王衍之弟,见《德行》23注。知:赏识。眉子:王玄(?—313?),西晋琅邪临沂(今属山东)人,字眉子。王衍子。

〔2〕志大无量:无,袁本作"其",可备一说。坞壁:坞堡壁垒。一种军事防御性的小城堡。东汉末,各地坞堡林立,有的发展为武装割据势力。

【评】

　　王澄为王衍弟,亦有重名于世,时人许以人伦之鉴。有经澄所题目者,王衍不复有言,云:"已经平子矣",对王澄的鉴赏品味毫不怀疑,用今天的话说,凡是经过王澄检验、考核的,都属于"免检产品"。这个荣誉可是来之不易!不过,当我们知道王衍与王澄的特殊关系以后,就不必对王衍的话太过认真,因为他们是兄弟,难免自家人喝彩的吹嘘成分,说到底,是为家族利益鼓与呼。不过,这次王澄真没看走眼,出口就应验。他对衍子玄,也就是自己的亲侄子,从来看不上眼,给予评价是"志大无量,终当死坞壁间",王玄在任梁国内史时,为政苛急,大行威罚,甚失人心,终为仇家所杀。可怜衍、澄、玄这兄弟、叔侄三人,都死得不得其所,空有识人之明,而缺自知之明,悲哉!

　　7.13　王大将军始下[1],杨朗苦谏不从[2],遂为王致力[3]。乘中鸣云露平(车)径前[4],曰:"听下官鼓音,一进而捷。"王先把其手曰:"事克,当相用为荆州[5]。"既而忘之,以为南郡[6]。《晋百官名》曰:"朗字世彦,弘农人。"《杨氏谱》曰:"朗祖器,典军校尉。父冀州刺史。"王隐《晋书》曰:"朗有器识才量,善能当世。仕至雍州刺史。"王败后,明帝收朗[7],欲杀之。帝寻崩,得免。后兼三公[8],署数十人为官属。此诸人当时并无名,后皆被知遇。于时称其知人。

【注】

　　[1] 王大将军:王敦,见《言语》37注。始下:指王敦于晋元帝永昌元年(322)以诛刘隗为名,自武昌举兵,沿江而下,进军石头城。下,指王敦顺江而下攻打建康。

〔2〕杨朗:字世彦,东晋弘农华阴(今属陕西)人,有器识,为王敦、谢安所赏识,历南郡太守,官至雍州刺史。苦谏:极力劝阻。

〔3〕致力:效力。

〔4〕中鸣云露平:据袁本,"平"作"车",是。中鸣云露车,古代打仗时用的一种指挥车。车上有望楼,并置金鼓,以指挥进退。径前:径直前来相见。

〔5〕荆州:指荆州刺史。

〔6〕南郡:郡名。西晋治所在江陵(今湖北)。

〔7〕明帝:指晋明帝司马绍。收:拘捕。

〔8〕兼三公:"三公"下当有"曹"。《晋书·职官志》列曹尚书有三公曹,主典选。盖其以尚书摄职,而云兼。

【评】

杨朗的识鉴,包括两方面:一为人伦识鉴;一为对事理的识鉴,也就是料事如神的洞察力。故事中具体表现为:一、王敦谋反,杨朗苦谏,预知篡逆行为终将失败,尽了部下职守。主帅不听,也并不拼死力谏,这说明他能屈能伸、随缘任心,并非头脑发热而置生命于不顾的迂夫子;二、"一进而捷"云云,料定此役必胜,对交战双方形势有深入的洞察,有军事头脑;三、兼三公曹时,选官得人,知人善任。杨朗之识鉴,确实可圈可点。

7.14 周伯仁母〔1〕,冬至举酒赐三子曰〔2〕:"吾本谓度江托足无所〔3〕,尔家有相〔4〕,尔等并罗列〔5〕,吾复何忧!"周嵩起〔6〕,长跪而泣曰〔7〕:"不如阿母言。伯仁为人,志大而才短,名重而识暗〔8〕,好乘人之弊〔9〕,此非自全之道〔10〕。嵩性狼抗〔11〕,亦不容于世。唯阿奴碌碌〔12〕,当在阿母目下耳。"邓粲《晋纪》曰:"阿奴,嵩之弟周谟也。"三周,并已见。

【注】

〔1〕周伯仁:周颛,字伯仁,见《言语》30注。

〔2〕冬至:二十四节气之一。古人把冬至看成节气的起点,有在这天宴饮的习尚。

〔3〕谓:以为。托足:立足,谓容身。

〔4〕有相:有吉祥之相,有福相。

〔5〕罗列:排列。

〔6〕周嵩:周颛弟,见《方正》26注。

〔7〕长跪:直身而跪。古人席地而坐,坐时两膝据地,以臀部着脚跟。跪则伸直腰股,以示庄重。

〔8〕暗:迟钝,不精明。

〔9〕乘:利用,趁着。弊:危殆,衰败。

〔10〕自全:保全自己。

〔11〕狼抗:狂妄自大。

〔12〕阿奴:指周谟,周颛、嵩之弟,见《方正》26注。阿奴,此处为兄称弟的昵称。碌碌:随众附和,平庸无作为。

【评】

周家三子,周谟得享天年,颛、嵩均死王敦刀下。周嵩之言,竟成谶语,似有先见之明。细思之,其言不尽确凿。周嵩刚直太过,近于褊狭,每以才气凌物。自评"性狼抗,不容于世",倒也大体属实。诚如凌濛初之言:"自知不容于世,犹手批玄亮,火攻伯仁。"西谚有云"性格即命运",周嵩之死,确由性格致祸。颛则"性宽裕而友爱过人"、"以雅望获海内盛名"(《晋书》颛本传),王敦构逆,颛临危赴难,不屈而死。周嵩对其"志大才短"、"名重识暗"、"好乘人之弊"之酷评,属于片面之词。综观颛之为人,似难以得出上述印象。《世说》所载嵩多次言行,足见其妒忌狭隘的性格缺陷。颛、嵩兄弟都因不屈而为王敦所杀,可谓死得其所。但弟嵩与兄颛相较,因性格、修养原因,不为世人所喜,影响到对其抗争价值的充分评价。另,周嵩之狼抗,亦表现在家人团聚宴饮之际,丝毫不顾及母亲的情绪及和谐的氛围,发此恶谶,连最基本的人情世故都不顾,令人生厌!

7.15 王大将军既亡[1],王应欲投世儒[2],世儒为江州[3]。王含欲投王舒[4],舒为荆州[5]。含语应曰:"大将军平素与江州云何,而汝欲归之?"应曰:"此乃所以宜往也。《晋阳秋》曰:"应字安期,含子也。敦无子,养为嗣,以为武卫将军,用为副贰,伏诛。"江州当人强盛时,能抗同异[6],此非常人所行。及睹衰厄,必兴愍(愍)恻[7]。《王彬别传》曰:"彬字世儒,琅邪人。祖览,父正,并有名德。彬爽气出侪类,有雅正之韵。与元帝姨兄弟,佐佑皇业,累迁侍中。从兄敦下石头,害周伯仁。彬与颙素善,往哭其尸,甚恸。既而见敦,敦怪其有惨容而问之。答曰:'向哭周伯仁,情不能已。'敦曰:'伯仁自致刑戮,汝复何为者哉!'彬曰:'伯仁清誉之士,有何罪?'因数敦曰:'抗旌犯上,杀戮忠良。'音辞慷慨,与泪俱下。敦怒甚,丞相在坐,代为之惧。命彬曰:'拜谢。'彬曰:'有足疾。比来见天子,尚不欲拜。何跪之有?'敦曰:'脚疾何如颈疾?'以亲故,不害之。累迁江州刺史、左仆射,赠卫将军。"荆州守文[8],岂能作意表行事[9]!"含不从,遂共投舒,舒果沈含父子于江。《王舒传》曰:"舒字处明,琅邪人。祖览,知名。父会,御史。舒器业简素,有文武干。中宗用为比(北)中郎将、荆州刺史、尚书仆射,出为会稽太守。父名会,累表自陈。讨苏峻有功,封彭泽侯,赠车骑大将军。"彬闻应当来,密具船以待之。竟不得来,深以为恨。含之投舒,舒遣军逆之,含父子赴水死。昔郦寄卖友见讥,况贩兄弟以求安,舒非人矣。

【注】

〔1〕王大将军：指王敦。晋明帝时，王敦以诛奸臣为名，第二次起兵反，途中病死。人溃亡。

〔2〕王应（？—324）字安期，王含子。王敦无子，以应为嗣子。世儒：王彬（275—333），字世儒，王敦从弟，时为江州刺史。

〔3〕江州：指江州刺史。

〔4〕王含：王敦兄，见《言语》37注。王舒（266？—333）：字处明，王导从弟，时为荆州刺史。

〔5〕荆州：指荆州刺史。

〔6〕抗：抗论，直言不讳。同异：偏指于"异"，不同。

〔7〕愍恻：怜悯之心。

〔8〕守文：遵守礼法。

〔9〕意表：意外。

【评】

敦、含为亲兄弟，与彬、舒俱为从兄弟。故事运用两处对比手法，映衬人物性格。一是王彬、王舒人格境界对比。彬"闻应当来，密具船以待之"，可见其有情有义；又往哭周颢，痛斥王敦，刀戟加颈而不变色，有侠义心肠，是正气凛然的大丈夫。王舒受王敦知遇，是敦部下。王含、王应父子来投，王舒害怕受牵连，竟遣军逆之，沉之于江。其自私、残酷，令人发指，是落井下石的小人。二、王含、王应父子识鉴对比。虽为父子，而眼光差距若天渊。王含目光短浅，头脑昏聩，害人害己；王应目光敏锐，头脑清醒，却受制其父。刘辰翁评曰："英贤独见，为鉴后来，龟不自灵，可商可戒。"语涉沉痛，发人深思。

7.16　武昌孟嘉作庾太尉州从事[1]，已知名。褚太傅有知人鉴[2]，罢豫章还[3]，过武昌，问庾曰："闻孟从事佳，今在此不[4]？"庾云："试自求之。"褚眄睐良久[5],指嘉曰:"此君小异[6],得无是乎?"庾大笑曰:"然。"于时既叹褚之默识[7],又欣嘉之见赏[8]。《嘉别传》曰:"嘉字万年,江夏鄳人。曾祖父宗,吴司空。祖父揖,晋庐陵太守。宗葬武昌阳新县,子孙家焉。嘉少以清操知名。太尉庾亮领江州,辟嘉部庐陵从事。下都还,亮引问风俗得失,对曰:'待还,当问从事吏。'亮举麈尾,掩口而笑,语弟翼曰:'孟嘉故是盛德人。'转劝学从事。太傅褚裒有器识,亮正旦大会,裒问亮:'闻江州有孟嘉,何在?'亮曰:'在坐,卿但自觅。'裒历观久之,指嘉曰:'将无是乎?'亮欣然而笑,喜裒得嘉,奇嘉为裒所得,乃益器之。后为征西桓温参军。九月九日,温游龙山,参察毕集。时佐史并箸戎服,风吹嘉帽堕落,温戒左右勿言,以观其举止。嘉初不觉,良久如厕。命取还之,令孙盛作文嘲之,成,箸嘉坐。嘉还,即答,四坐嗟叹。嘉善酬畅,愈多不乱。温问:'酒有何好,而卿嗜之?'嘉曰:'明公未得酒中趣尔。'又问:'听伎,丝不如竹,竹不如肉,何也?'答曰:'渐近自然。'转从事中郎,迁长史。年五十三而卒。"

【注】

〔1〕武昌:郡名,治所在武昌县(今湖北)。孟嘉:东晋江夏(今河南信阳东北)人。三国吴司空孟宗之曾孙,陶渊明外祖父。少有文才,以清操知名,性嗜酒,饮多而举止不乱,自谓得酒中真趣。庾太尉:指庾亮。州从事:指江州庐陵从事。

〔2〕褚太傅:褚裒,见《德行》34注。鉴:照察的能力。

〔3〕罢豫章:免去豫章太守官职。

〔4〕不:同"否"。

〔5〕眄睐:目光左右流动着看。

〔6〕小异:稍有不同。

〔7〕默识:用思深秘、暗中识人的能力。

〔8〕见赏:被赏识。

【评】

孟嘉一代名士,"龙山落帽"、"渐近自然"之逸闻趣事高情千古,屡为后人称道。嘉乃田园诗宗陶渊明外祖父,大概因遗传基因所及与外家风尚流播,陶渊明亦濡染外祖酣饮不乱、崇尚自然的气质风度,并最终回归田园,成为将现实生活艺术化的文学大师。褚太傅于众座中盱睐良久,终于认出了孟嘉,可见名士间气息投合,自有会心得意处那一点灵犀,和高山流水、拈花微笑般的共鸣。总之,亮之识嘉,是超越门第和身份地位等世俗因素的一种精神契合。凌濛初曰:"既是异人,复逢善鉴,安得不识。每阅此等,令人愈急知己。"主客双方非凡意趣,缺一不可。此外,太尉庾亮也是有深情雅韵之人,不然,何以会在严肃的办公场所成就一段佳话?

7.17　戴安道年十馀岁[1],在瓦官寺画[2]。长史见之[3],曰:"此童非徒能画,《续晋阳秋》曰:"迨善图画,穷巧丹青也。"亦终当致名。恨吾老,不见其盛时耳!"

【注】

〔1〕戴安道:戴逵,见《雅量》34注。
〔2〕瓦官寺:东晋佛寺名。在都城建康城西南隅。
〔3〕长史:王濛,见《言语》66注。

【评】

　　戴安道是全方位发展的艺术天才,史载其少博学,好谈论,善属文,能鼓琴,工书画,各艺术门类无不通晓。王濛识戴安道于总角,缘于安道天资颖发,不同常童;亦由于濛和畅通脱,不拘一格。濛期以"非徒能画,亦终当致名"。揣摩其意,谓安道必当运势通达,有立功之名。不意安道忘情丘壑,栖心自然,朝廷三征而三不至,是绝意宦情的真名士。王濛地下有知,当作何想?中国古代为官本位社会,注重立功不朽,扬名立万。从事艺术创作,始终被看作是雕虫小技,正史之中屈居边角。不过安道成为一代大艺术家,为王氏子弟钦羡,也算是另一种被承认的方式吧!

7.18 王仲祖、谢仁祖、刘真长俱至丹阳墓所省殷扬州[1],绝有确然之志[2]。《中兴书》曰:"浩桓(楼)迟积年,累聘不至。"既反[3],王、谢相谓曰:"渊源不起,当如苍生何[4]?"深为忧叹。刘曰:"卿诸人真忧渊源不起邪?"

【注】

[1] 王仲祖:王濛,见《言语》66 注。谢仁祖:谢尚,见《言语》46 注。刘真长:刘惔,见《德行》35 注。丹阳:郡名。故城在今江苏南京江宁县东。墓所:墓地。省:访问。殷扬州:殷浩,字渊源,曾为扬州刺史,故称。见《政事》22 注。

[2] 绝有确然之志:绝,袁本作"殊",可备一说。绝,甚、颇。确然之志,坚定不移的栖隐之志。语出《周易·乾·文言》:"不易乎世,不成乎名;遁世无闷,不见是而无闷;乐则行之,忧则违之,确乎其不可拔,潜龙也。"

[3] 反:同"返"。

[4] 如苍生何:把百姓怎么样呢? 苍生,百姓,众生。

【评】

殷浩少与桓温齐名,为一时谈论者所宗,至有王、谢子弟"渊源不起,当如苍生何"之叹,将其与谢安等量齐观。面对殷浩貌似坚定不移的栖隐之志,众人被蒙在鼓里,唯有刘惔一针见血地指出殷浩膺情魏阙,却故作清高的内心真实,确如凌濛初所评,"真长口角无处不可畏"。殷浩后历任建武将军、扬州刺史及中军将军,以恢复中原为己任,上疏北伐失败被黜。桓温后来拟启用浩为尚书令,浩视此为东山再起的救命稻草,将复函检查了数十遍,急欲出仕的心态委曲毕现。但因心情过度紧张反而弄巧成拙,竟寄去了一只空信封。出山之事,只得作罢。殷浩晚年似有一定的心理障碍,即今天心理学上所说的"强迫症"。滑稽举止的背后引起人们对魏晋名士风度的反思,如此患得患失,恰与玄学"以无为本",和"一生爱好是天然"的精神实质异辙,与戴安道那样"三征而三不至"的真名士相比,其差距不可以道里计。

7.19 小庾临终[1],自表以子园客为代[2]。园客,爱之小字也。《庾氏谱》曰:"爱之字仲真,翼弟(第)二子。"《中兴书》曰:"爱之有父翼风,桓温徙于豫章,年三十六而卒。"朝廷虑其不从命[3],未知所遣,乃共议用桓温[4]。刘曰[5]:"使伊去[6],必能克定西楚[7],然恐不可复制[8]。"《陶侃别传》曰:"庾翼薨,表其子爱之代为荆州。何充曰:'陶公重勋也,临终高让。丞相未薨,敬豫为四品将军,于今不改。亲则道恩,优游散骑,未有超卓若此之授。'乃以徐州刺史桓温为安西将军、荆州刺史。"宋明帝《文章志》曰:"翼表其子代任,朝廷畏惮之。议者欲以授桓温,时简文辅政,然之。刘惔曰:'温去,必能克定西楚,然恐不能复制。愿大王自镇上流,惔请为从军司马。'简文不许。温后果如惔所算也。"

【注】

〔1〕小庾:庾翼,见《言语》53注。翼与兄庾亮并有名气,人称小庾。兄亮死后,为荆州刺史,镇武昌。

〔2〕自表:自己上表章。园客:庾爱之,字仲真,小字园客。庾翼第二子。为代:此谓作为代任荆州刺史的人选。

〔3〕不从命:不听从命令。

〔4〕桓温:见《言语》55注。

〔5〕刘:刘惔,见《德行》35注。

〔6〕伊:他。此指桓温。

〔7〕克定:平定。西楚:东晋称荆州一带地区。这里古属楚国,位居京师建康之西,故称。

〔8〕不可复制:不能再控制。

【评】

　　刘惔、桓温二人,恰似欢喜冤家,时而反目成仇,时而契若知己,然终道不同不能相谋。惔既雅重温之才能,称其为孙仲谋、晋宣王之流亚;又憎其政治野心,每劝朝廷多存戒备。庾翼死后,朝廷议用桓温为荆州,刘惔喜忧参半。东晋偏安江左,沿江多为要地,上游荆州与下游扬州尤为重镇。故继王氏、陶侃之后,庾氏兄弟以外戚之重,统治荆州十年之久,与在中央的王导相抗衡。庾翼死前,欲以子爰之代己,意在维护"庾与马,共天下"的大权独揽的局势,可见荆州战略上的重要性。若用桓温为荆州刺史,其人能力足以制庾克蜀,但长江中上游大权旁落于温,等于放虎归山,后必伤人。刘惔之隐忧,乃是出于对桓温个性及当时政治形势的透彻了解,有识人、识事之鉴。桓温统治荆州近二十年,桓氏桓豁、桓冲、桓石民等相继治荆,形成"桓氏世莅西土"的局面,而桓温之子桓玄,卒以荆州为根据地继而篡晋。可见荆州刺史一职在当时之重要。

　　7.20　桓公将伐蜀[1],在事诸贤咸以李势在蜀既久[2],承藉累叶[3],且形据上流,三峡未易可克。唯刘尹云[4]:"伊必能克蜀。观其蒲博[5],不必得则不为。"

《华阳国志》曰:"李势字子仁,洛(略)阳临渭人,本已(巴)西宕渠賨人也。其先李特,因晋乱据蜀。特子雄,称号成都。势祖骧,特弟也。骧生寿,寿篡位自立。势即寿子也。晋安西将军伐蜀,势归降,迁之扬州。自起至亡,六世,三(四)十七年。"《温别传》曰:"初,朝廷以蜀处险远,而温众寡少,悬军深入,甚以忧惧。而温直指成都,李势面缚。"《语林》曰:"刘尹见桓公每嬉戏必取胜,谓曰:'卿乃尔好利,何不焦头？'及伐蜀,故有此言。"

【注】

〔1〕桓公:桓温。见《言语》55注。蜀:此指成汉,十六国之一。

〔2〕在事诸贤:指掌持政事的官员们。李势(？—361):十六国成汉国君,字子仁。在蜀既久:晋惠帝元康八年(298),关中连年饥荒,巴氐首领李特率流民入蜀,至李势归降,前后六世,凡数十年。

〔3〕承藉:继承前代事业以为凭借。累叶:接连几世,数世。

〔4〕刘尹:刘惔。

〔5〕蒲博:即蒲戏。古代一种赌博游戏。

【评】

唐代诗人李白《蜀道难》诗曰:"蜀道之难,难于上青天。"蜀道易守而难攻,关键在于其"一夫当关、万夫莫开"的险要地势。桓温将伐蜀,朝中诸公咸精于地理而暗于知人,忽略了人的重要性因素,故得出否定性结论。刘惔通过观察桓温平日赌博不为则已,为则必赢等生活细节、琐事,深知桓温绝非轻率、盲动、贪功速成之辈,而是持重隐忍、多谋善断之统帅,具备成大事的基本心理素质。刘惔称温为孙权、司马懿之流亚,孙与司马皆为不世出的政治家,可见刘惔对桓温伐蜀的结果早已成竹在胸。故事可见刘惔超人的预见才能。

7.21 谢公在东山畜妓[1],简文曰[2]:"安石必出。既与人同乐,亦不得不与人同忧。"《宋明帝文章志》曰:"安纵心事外,疏略常节,每畜女妓,携持游肆也。"

【注】

〔1〕谢公:谢安。东山:山名。在浙江上虞市西南。谢安早年隐居于此。妓:古代贵族家中主要从事歌舞、音乐表演的侍女。

〔2〕简文:晋简文帝司马昱,见《德行》37注。

【评】

晋简文帝常被世人视为痴人,其实不然。简文乃脱略俗礼、大智若愚。《世说》所载,多见其吉光片羽之言。简文通过谢安东山蓄妓,推测其必出仕做官,刘辰翁评曰:"此语别见发微者也。"甚是。《孟子·梁惠王章句下》载孟子见梁惠王,问王:"独乐乐,与人乐乐,孰乐?"王曰:"不若与人。"又问:"与少乐乐,与众乐乐,孰乐?"王曰:"不若与众。"孟子通过正反对比及心理分析,得出了"今王与百姓同乐,则王矣"的乐观结论。孟子依据的正是儒家向来看重的"推己及人"的同情心。同情,不仅包括狭义理解的怜悯之心的"同情",更是现代心理学意义上所讲的"心理移情",即人同此心、心同此理。同情心是人际交流的前提基础,如能将其层层放大,自然能扩展为与人同其忧乐。简文料谢安终将出山,良有以也。

7.22 郗超与谢玄不善〔1〕。苻坚将问晋鼎〔2〕,既已狼噬梁、岐〔3〕,又虎视淮阴矣〔4〕。车频《秦书》曰:"苻坚字永固,武都氐人也。本姓蒲,祖父洪,诈称谶文,改曰苻。言己当王,应苻命也。坚初生,有赤光流其室。及诞,背赤色,隐起若篆文。幼有美度。石虎司隶徐正(统)名知人,坚六岁时,尝戏于路,正(统)见而异焉,问曰:'苻郎,此官街,小儿行戏,不畏缚邪?'坚曰:'吏缚有罪,不缚小儿。'正(统)谓左右曰:'此儿有王霸相。'石氏乱,伯父健及父雄西入关。健梦天神使者朱衣冠,拜肩头为龙骧将军。肩头,坚小字也。健即拜为龙骧,以应神命。后健僭帝号,死,子生立,凶暴,群臣杀之而立坚。坚立十五年,遣长乐公丕攻没襄阳。十九年,大兴师伐晋,众号百万,水陆俱进,次于项城。自项城至长安,连旗千里,首尾不绝。及(乃)遣告晋曰:'已为晋君于长安城中建广厦之室,今故大举渡江相迎,克日入宅也。'"于时朝议遣玄北讨,人间颇有异同之论。唯超曰:"是必济事[5]。吾昔尝与共在桓宣武府[6],见使才皆尽,虽履屐之间[7],亦得其任。以此推之,容必能立勋[8]。"元功既举[9],时人咸叹超之先觉[10],又重其不以爱憎匿善。《中兴书》曰:"于时氐贼强盛,朝议求文武良将可镇靖北方者。卫大将军安曰:'唯兄子玄可任此事。'中书郎郗超闻而叹曰:'安违众举亲,明也。玄必不负其举。'"

【注】

〔1〕郗超:见《言语》59注。谢玄:见《言语》78注。

〔2〕苻坚:前秦君主,见《言语》94注。问晋鼎:谋取东晋天下。问鼎,语出《左传·宣公三年》"楚子问鼎之大小轻重焉"。三代以九鼎为传国之宝,楚子问鼎,有觊觎周室之意。

〔3〕狼噬:像狼一样吞食。梁、岐:梁,指今四川、陕西等一带;岐,指今陕西一带。

〔4〕淮阴:此泛指淮河以南一带。

〔5〕济事:成事。

〔6〕桓宣武府:桓温幕府。

〔7〕履屐:比喻小事。

〔8〕容:当;或许。

〔9〕元功:大功。指淝水之战击退前秦大军之功。举:实行;实现。

〔10〕先觉:有预见。

【评】

郗超与谢玄关系不睦,或许与父辈的恩怨有一定的关系。谢安入掌机要,位高权重,郗超父愔虽出高门,却屈居下僚。愔心怀愤愤,时有怨怼之言,导致二姓交恶。后郗超为桓温入幕宾,专生杀之威,桓温几次欲诛杀谢安,均为郗超之计,不能排除其公报私仇、一石二鸟之用心。而在谢玄北伐之际,郗超却力排众议,促成壮举,表现了"先国家之急而后私仇"的雅量,并有见微知著的人伦识鉴。郗超、谢玄,合则双美,分则两伤。于此可见,政治运筹重在形成合力与平衡,尽管政见不同、交情不睦,只要秉持公心,取"和而不同"的思想立场,政治的机器仍然可以高效运转。今日西方政坛有所谓的"府、院之争"、"象、驴之争"等等现象,聚讼不休,令人有雾里看花之感,但仍可以产生高效政治,何也?读郗超与谢玄故事,应该有所启迪。

7.23 韩康伯与谢玄亦无深好[1],玄北征后[2],巷议疑其不振[3]。康伯曰:"此人好名,必能战。"《续晋阳秋》曰:"玄识局贞正,有经国之才略。"玄闻之,甚忿,常于众中厉色曰:"丈夫提千兵入死地[4],以事君亲故发[5],不得复云为名!"

【注】

〔1〕韩康伯:韩伯,见《德行》38注。谢玄:见前则。

〔2〕北征:指谢玄率师北上抗击前秦军。

〔3〕巷议:里巷间人们的议论。不振:谓不能奋力作战。

〔4〕提:带领。千兵:成千上万的兵士。死地:危殆之境。此指前线战场。

〔5〕君亲:偏义复词,指君王。

【评】

中国传统文化崇尚立德、立功、立言的三不朽,青史留名是士子们的至高追求。韩康伯评谢玄"此人好名,必能战"之语,虽有忿忿不平之意,却也道出了人之常情。而谢玄"丈夫提千兵,入死地,以事君亲故发,不得复云为名"之反唇相讥,出语冠冕堂皇,却难免几分矫饰之情,不可谓全是内心的真实。剥离了个体价值和个人追求的所谓大公无私,是虚幻的,也是不值得提倡的。正如西方思想家曼德维尔在《蜜蜂的寓言》等著作中所提出的,德行起于荣辱感,而荣辱感起于自私。英国经济学家亚当·斯密,在《国富论》书中也有类似观点。这里的自私,并非伦理学上理解的见利忘义、损公肥私的"自私",而是对个人应得利益的正当追求,有似"经济人"概念所揭示的人的趋利本性。西哲所言,一针见血,补充了我们认识中的某些片面性。同时,韩康伯在养病期间的妒忌心理(《方正》门记其讥讽诸谢"此复何异王莽时",与此则可互相印证),也是人类妒忌本能的变相发泄。

7.24 褚期生少时[1],谢公甚知之[2],恒云:"褚期生若不佳者,仆不复相士[3]!"期生,褚爽小字也。《续晋阳秋》曰:"爽字茂弘(弘茂),河南人,太傅裒之孙,秘书监韶(歆)之子。太傅谢安见其少时,叹曰:'若期生不佳,我不复论士!'及长,果俊迈有风气。好老、庄之言,当世荣誉,弗之屑也。唯与殷仲堪善。累迁中书郎、义兴太守。女为恭帝皇后。"

【注】
〔1〕褚期生:褚爽,字茂弘,小字期生。褚裒孙。好老庄,淡荣利。
〔2〕谢公:谢安。知:知遇,欣赏。
〔3〕仆:自称的谦辞。相:品评。

【评】
褚爽为褚裒之孙,又是生于阶庭的芝兰玉树,故为谢安激赏。"褚期生若不佳者,仆不复相士"云云,特极言其卓落特异,为加强语气之辞。"相士"一词,可见当时人物识鉴蔚成风气,谢安颇以此自负。

7.25 郗超与傅瑗周旋[1]。瑗见其二子[2],并总发[3],超观之良久,谓瑗曰:"小者才名皆胜,然保卿家,终当在兄。"即傅亮兄弟也[4]。《傅氏谱》曰:"瑗字叔王(玉),北地灵州人。历护军长史,安城太守。"《宋书》曰:"迪字长猷,瑗长子也。位至五兵尚书,赠太常。"丘渊之《丈(文)章录》曰:"亮字季友,迪弟也,历尚书令,左光禄大夫。元嘉三年,以罪伏诛。"

【注】

〔1〕郗超:见《言语》59注。傅瑗:字叔玉,东晋北地灵州(今宁夏灵武)人。以学业知名。周旋:交往。

〔2〕见:引见。

〔3〕总发:即总角。古代儿童头发束在顶上,因指代童年。

〔4〕傅亮兄弟:傅亮(?—426),南朝宋人,字季友。傅瑗子。宋武帝刘裕受禅,有佐命之功。因与徐羡之等杀少帝罪被处死。傅亮之兄傅迪,字长猷。位至五兵尚书。

【评】

《宋书》本传有"超令人解亮衣,使左右持去,初无吝色"三句,更觉其精彩。傅亮为人,善于揣摩上意,刘裕欲行篡逆,部下如呆瓜木头,"无人会得凭栏意",幸好傅亮想主子之所想,言人之所未发,进京游说,有创基之功;又与徐羡之诸人谋诛王室刘义真,谋废少帝,果决、残忍之性格暴露无遗。可见其当初的望风承旨,绝非出于对刘裕的忠贞,而是见风使舵的政治投机。小人之志,翻云覆雨,在上位者可不慎欤!郗超品目,察言观行,并非无根之谈,从一个人的枝叶细节间,可见其真精神。超见谢玄履屐之间咸得其任,而知其必然克立大功,亦属此类。

7.26 王恭随父在会稽[1],王大自都来拜墓[2],恭父蕴、王忱,并已见。恭暂往墓下看之。二人素善,遂十馀日方还。父问恭:"何故多日?"对曰:"与阿大语,蝉连不得归[3]。"因语之曰:"恐阿大非尔之友,终乖爱好[4]。"果如其言。忱与恭为王绪所间,终成怨隙。别见。

【注】

〔1〕王恭:见《德行》44注。王恭之父王蕴,太元年间任会稽内史。

〔2〕王大:王忱,见《德行》44注。小字佛大,故称"阿大"。都:京都。指建康。拜墓:祭扫坟墓。

〔3〕蝉连:连续不断。

〔4〕乖:背离。爱好:友情。王恭、王忱终因志向不同而相背离,成了仇家。参见《赏誉》153。

【评】

王恭、王忱同族齐名,俱为太原王氏,并流誉一时。名士间本同气相求,加上同族血缘,自然加深了亲近。诗云"总角之宴,言笑晏晏"(《诗经·氓》),大凡少年之好,热血来潮时耳鬓厮磨,一日三秋;热情退却时烟消云散,形同陌路。由于缺少挫折的考验和理性的驾驭,友谊的马车鲜能奔向终点。王忱拜墓,王恭与其流连十馀日,相濡以沫,如胶似漆。恭父王蕴冷眼旁观,预测二人友情终将乖戾,这是经历过人生风雨沐浴后"豪华落尽见真淳"的清醒认识。后二人在何澄坐上,因逼酒致怨,竟然刀兵相向,果然不出王蕴所料。

7.27 车胤父作南平郡功曹[1],太守王胡之避司马无忌之难[2],置郡于澧阴[3]。是时胤十馀岁,胡之每出,尝于篱中见而异焉。谓胤父曰:"此儿当致高名。"后游集,恒命之[4]。胤长,又为桓宣武所知[5],清通于多士之世,官至选曹尚书[6]。《续晋阳秋》曰:"胤字武子,南平人。父育,为郡主簿。太守王胡之有知人识裁,见,谓其父曰:'此儿当成卿门户,宜资令学问。'胤就业恭勤,博览不倦。家贫,不常得油。夏月,则练囊盛数十萤火以继日焉。及长,风姿美劭,机悟敏率。桓温在荆州,取为从事,一岁至治中。胤既博学多闻,又善于激赏。当时每有盛坐,胤必同之。皆云'无车公不乐'。太傅谢公游集之日,开筵以待之。累迁丹阳尹、护军将军、吏部尚书。"

【注】

〔1〕车胤:见《言语》90注。南平郡:郡名。治所在今湖南安乡北。功曹:官名。郡中佐吏。

〔2〕王胡之:见《言语》81注。司马无忌:(?—350),东晋宗室,字公寿,司马丞子,位至郡守。王敦杀丞,曾假手于王。无忌为父报仇,欲攻杀王胡之,故王胡之避之。

〔3〕澧:水名,源出湖南西北,至安乡(晋南平郡治)南注洞庭湖。阴,水之南。

〔4〕恒:常,总是。命:召。

〔5〕桓宣武:桓温。

〔6〕选曹尚书:即吏部尚书,主官吏之选拔考校任免等。

【评】

"车胤囊萤"的故事,作为激励贫寒子弟克服困难、刻苦攻读的典范而家喻户晓。车胤家贫不常得油,夏月则以绢囊盛数十萤火以照书——虽无膏油以继晷,而恒兀兀以穷年。立志笃学的莘莘学子,必与游手好闲的纨绔子弟,在精神面貌、行为习惯等方面表现殊异,王胡之于篱笆中赏识车胤,窥一斑而见全豹,而有超常之评。车胤果不负所望,成为国之栋梁。热心现代自然科学技术的清康熙皇帝,曾亲自试验,以大囊盛萤数百,以照字画,竟不能辨(事载《康熙东华录》)。囊萤之事,可能是后人以讹传讹,但车胤发愤读书,想必不虚也,不然,何以一贫寒子弟而为王胡之、桓温、谢安诸名士所赏识,甚而成为孝武帝讲《孝经》时的主讲人?

7.28 王忱死[1],西镇未定[2],朝贵人人有望[3]。时殷仲堪在门下[4],虽居机要[5],资名轻小[6],人情未以方岳相许[7]。晋孝武欲拔亲近腹心[8],遂以殷为荆州[9]。事定,诏未出。王珣问殷曰[10]:"陕西何故未有处分[11]?"殷曰:"已有人。"王历问公卿,咸云:"非。"王自许才地[12],必应在己,复问:"非我邪?"殷曰:"亦似非。"其夜,诏出用殷。王语所亲曰:"岂有黄门郎而受如此任! 仲堪此举,乃是国之亡征。"《晋安帝纪》曰:"孝武深为晏驾后计,擢仲堪代王忱为荆州。仲堪虽有美誉,议者未以方岳相许也。既受腹心之任,居上流之重,议者谓其殆矣。终为桓玄所败。"

【注】

〔1〕王忱:见《德行》44注,官至荆州刺史、建武将军。东晋孝武帝太和十七年(392)十月,死于任上。

〔2〕西镇未定:指荆州刺史之官职未任命。西镇:指荆州。

〔3〕朝贵:朝廷显贵。

〔4〕殷仲堪:见《德行》40注。门下:即黄门,后称门下省,直属于皇帝的顾问咨询机关,参与朝政。

〔5〕机要:掌管机密要事的地位、职务或部门。

〔6〕资名:资历名望。

〔7〕人情:人心,人们的意见。方岳:四方之岳。此指地方高级长官。许:称道,赞许。

〔8〕晋孝武:孝武帝司马曜,见《言语》89 注。拔:提拔。

〔9〕以殷为荆州:太元十七年十一月,以黄门郎殷仲堪为都督荆益宁三州诸军事、荆州刺史,代王忱之职。

〔10〕王珣:见《言语》102 注。

〔11〕陕西:东晋时指荆州。东晋以扬州、荆州为长江下游和上游重镇,比照周公、召公分治之陕东、陕西,称荆州为陕西。处分:处置。此指朝廷任命官吏。

〔12〕自许才地:以才能门第自许。地,通"第"。王珣出身琅邪王氏大族,此时任尚书左仆射,以才学文章深为孝武帝所倚仗。

【评】

自晋室播迁、王居建业,则以荆、扬为京师根本之所寄。荆楚地处上游,控制胡虏,为国藩屏,拟周之分陕,故有陕西之号,而荆州皆以重臣坐镇。殷仲堪为孝武赏识,荆州刺史王忱死后,孝武任用亲信殷仲堪为荆州,以加强皇权的势力。仲堪之任,孝武下诏曰:"卿去有日,使人酸然。常谓永为廊庙之宝,而忽为荆楚之珍,良以慨恨!"(《晋书》仲堪本传)可见君臣情笃。殷仲堪时为黄门侍郎,官卑言轻,但因与皇帝情好而被越级提拔。王珣自计才能门第,属意荆州刺史职于己,而轻仲堪为黄门侍郎。虽一时情急,却也无意中道出了当时政治混乱、官吏选拔临时抱佛脚的情况。后果如珣所言,仲堪死于奸雄桓玄之手,国亦败亡。余嘉锡氏考证,王忱死后,桓玄知殷仲堪弱才,易于掌控,乃遣尼妙音游说孝武以仲堪为荆州,果然实现险恶用心。可备一说。

赏誉　第八

【题解】　赏誉,欣赏赞誉之谓,其对象是人,也即品评人物、加以揄扬。本门共156则,比较集中地表现了魏晋人物品题的审美标准和眼光趣味。玄学,作为一种哲学体系和思想潮流,它决定着魏晋士大夫观察和解释宇宙万物的原则、思辨方式和审美观念。体现在人物鉴赏上,就是重玄远超脱的境界,注重人物的精神气度和内在品质。

　　魏晋士人赏誉成风,品题形式多样。具体而言,有今人对逝者的赏誉,如第79则载,桓温行经王敦墓边过,望之云:"可儿!可儿!"传达出对一代枭雄的由衷赞叹,同时也是"夺他人之酒杯,浇自己之块垒"的托古抒怀;书中更多的是同代人之间的互相赏誉,如第99则载朝野以殷浩拟管、葛,以其出处,卜江左兴亡。这是一则典型的对当世名士的疯狂崇拜行为,在今天还具有一定的启示意义;受六朝家族制度影响,家族成员间的"戏台里喝彩"的方式亦所在多是,如王大将军称其儿云:"其神候似欲可",望子成龙的心情溢于言表。

　　魏晋人重外在形貌、气质、风度、神情,表现出有别于汉儒绝重道德伦理的时代特点。所以,像王衍这样善于包装的大名士,也就能在士林中享有至高的声誉。王戎称"太尉神姿高彻,如瑶林琼树,自然是风尘外物"之语,可见其极有市场。但魏晋士人毕竟受老、庄思想濡染较深,能够由形入神,体会到人物更精微、更细腻的心灵世界，所以那些形残神全的大名士为人欣赏也就不足为奇了。第30则载庾子躬有废疾，甚知名，家在城西，号曰"城西公府"。奇人奇闻为士林画廊添上绝妙的一笔。

本门人物赏誉多用传统"意象思维"方法，言近旨远、言约意丰，给人无穷回味。如第2则记述，世目李元礼"谡谡如劲松下风"，第4则载公孙度目邴原"所谓云中白鹤，非燕雀之网所能罗也"，譬喻意象优美，表征了《世说》的语言魅力。《世说》记人记事多用白描手法，三言两语而勾画传神，极富生活气息。如第39则通过蔡谟之口，回忆陆机兄弟当年生活场景："陆机兄弟住参佐廨中，三间瓦屋，士龙住东头，士衡住西头，士龙为人文弱可爱，士衡长七尺馀，声作钟声，言多慷慨。"读来二陆音容笑貌，宛在目前。

8.1 陈仲举常叹曰[1]："若周子居者[2]，真治国之器。《汝南先贤传》曰："周乘字子居，汝南安城人。天资聪明，高峙岳立，非陈仲举、黄叔度之俦则不交也。仲举常叹曰：'周子居者，真治国之器也。'为太山太守，甚有惠政。"譬诸宝剑，则世之干将[3]。"《吴越春秋》曰："吴王阖闾请干将作剑。干将者，吴人。其妻曰莫邪。干将采五山之精，六金之英，候天地，司阴阳，百神临视，而金铁之精未流。夫妻乃剪发及爪而投之炉中，金铁乃濡，遂成二剑。阳曰'干将'，而作龟文；阴曰'莫邪'，而作漫理。干将匿其阳，出其阴以献阖闾。阖闾甚宝重之。"

【注】

〔1〕陈仲举：陈蕃字仲举，汝南平舆（今河南）人。汉灵帝时，官至太傅。谋除宦官，被杀。见《德行》1注。

〔2〕周子居：周乘，见《德行》2注。

〔3〕干将：古宝剑名。相传为春秋时吴人干将与其妻莫邪所铸，有

二剑,阳曰"干将",阴曰"莫邪"。

【评】

周子居之事迹,史乏详载,刘孝标注引《汝南先贤传》云:"为太山太守,甚有惠政。"极略。然可以通过观其交友、察其时誉,而勾勒其人的大致轮廓。诗云"嘤其鸣矣,寻其友声"(《诗经·小雅·伐木》),君子同声相应,同气相求。周子居与汝南陈蕃、黄宪为乡党,与"汪汪如万顷之陂"、气度深厚的黄宪交好,被"言为士则,行为世范"的陈蕃赞为治国之器,誉为干将宝剑。干将为吴钩之首,陈蕃实以无双国士、第一流人物目之。陈蕃诸人不交非类,却视周子居视为士人典范,可见子居其人品位非凡。故事还约略折射出汉末人物品藻重治世干才的时代特点。

8.2 世目李元礼[1]:"谡谡如劲松下风[2]。"《李氏家传》曰:"膺岳峙渊清,峻貌贵重,华夏称曰:'颍川李府君,颓颓如玉山。汝南陈仲举,轩轩如千里马。南阳朱公叔,飕飕如行松柏之下。'"

【注】

〔1〕目:品题;品评。李元礼:李膺,东汉颍川(今河南)人。汉末名臣,为世人所宗仰。见《德行》4 注。

〔2〕谡谡:象声词。同"肃肃",形容风之清冽强劲。

【评】

每一时代都有应运而生"为天地立心,为生民立命"的精神导师,李膺、郭泰等人就是把握汉末清议脉搏、领导时势潮流的领袖人物。李膺在桓帝时任司隶校尉,结交郭泰,反对宦官专政,后遭党锢之祸。太学生称"天下楷模李元礼",一经其品题者,则称"登龙门",乃士林间的"无冕之王"。膺与窦武、陈蕃谋诛宦官，败后不避其难，主动就狱，刑戮加颈而不变色，为追求正义、真理而死，死得其所。"谡谡如劲松下风"一语，继承了儒家文化"比德"于物的传统，以意象批评的方式，形象地传达出李膺刚劲方峻、高自砥砺的品格、气节。

8.3　谢子微见许子将兄弟曰[1]："平舆之渊[2]，有二龙焉。"见许子政弱冠之时[3]，叹曰："若许子政者，有干国之器[4]。正色忠謇[5]，则陈仲举之匹[6]；《汝南先贤传》曰："谢甄字子微，汝南邵陵人。明识人伦，虽郭林宗不及甄之鉴也。见许子将兄弟弱冠时，则曰：'平舆之渊有二龙。'仕为豫章从事。许虔字子政，平舆人。体尚高洁，雅正宽亮。谢子微见虔兄弟，叹曰：'若许子政者，干国之器也。'虔弟劭，声未发时，时人以谓不如虔，虔恒抚髀称劭，自以为不及也。释褐，为郡功曹，黜奸废恶，一郡肃然。年三十五卒。"《海内先贤传》曰："许劭字子将，虔弟也。山峙渊停，行应规表。邵陵谢子微，高才远识，见劭十岁时，叹曰：'此乃希世之伟人也。'初，劭拔樊子昭于市肆，出虞承贤于客舍，召李叔才于无闻，擢郭子瑜于小吏。广陵徐孟本来临汝南，闻劭高名，召署功曹。时表（袁）绍以公族为濮阳长，弃官还。副车从骑将入郡界，乃叹曰：'许子将秉持清格，岂可以吾舆服见之邪？'遂单马而归。辟公府掾，敦辟皆不就。避地江南，卒于豫章也。"伐恶退不（肖）[7]，有范孟博之风[8]。"张璠《汉纪》曰："范滂字孟博，汝南伊（细）阳人。为功曹，辟公府掾。升车揽辔，有澄清天下之志。百城闻滂高名，皆解印绶去。为党事见诛。"

【注】

〔1〕谢子微：谢甄，字子微，东汉末汝南召陵（今河南郾城东）人。与陈留边并善谈论，有盛名。当时名士郭泰称他"英才有馀"。许子将：许劭（150—195），字子将，东汉末汝南平舆（今属河南）人。能品鉴识人才，曾经当面品评曹操为"治世之能臣，乱世之奸雄"。他与从兄许靖俱负高

名,一同评论乡党人物,月更其品题,汝南效之成俗,称为"月旦评"。

〔2〕平舆:县名。东汉时为汝南郡治,今属河南,此指许虔、许劭家乡。

〔3〕许子政:许虔,字子政。许劭之兄。为人雅正,知名当时。弱冠:指男子二十岁左右。

〔4〕干国之器:治国的才能。干,辅佐。器,才干。

〔5〕正色:脸色庄重。忠謇:忠直。

〔6〕陈仲举:陈蕃。匹:匹敌,比配。

〔7〕伐恶:打击恶人。退不:据袁本,"不"下增一"肖"字。退不肖,即贬斥不良小人。或谓"不"当读"鄙",退不,即斥退鄙陋小人,可备一说。

〔8〕范孟博:范滂(137—169),字孟博,举孝廉,为清诏使,力图澄清吏治,每至州境,不法官吏望风而逃。

【评】

《续谈助》引《许劭列传》曰:"劭幼时,谢子微便云:'此贤当持汝南管钥。'"可与此相互印证。劭与从兄靖俱负高名,一同评论乡党人物,月更其品题,汝南效之成俗,称为"月旦评"。劭与郭泰齐名,天下言拔士者,咸称许、郭。曹操微末之时,劭评其"治世之能臣,乱世之奸雄",操竟大悦而去。可见其金口一开,士人便奉若神明。后诸葛恪、葛洪等人,出于僵化正统立场,对汝南月旦多所批评,以为"汉末俗弊,朋党分部。许子将之徒,以口舌取戒,争讼论议,门宗成仇"(葛洪《抱朴子》)。对此该如何看待呢?许、郭诸人,通过社会舆论改善现实风气进而影响政治,对于腐败政治有激浊扬清之效,客观上又有奖掖人才之功;虽不免有臧否任意以快其恩怨之弊,但在中国历史发展进程中,代表着一种要求社会舆论自由、改善腐败政治的正义呼声,其在历史上的积极影响远大于其负面效应,可谓功不可没。

8.4 公孙度目邴原[1]:"所谓云中白鹤,非燕雀之网所能罗也[2]。"《魏书》曰:"度字叔济,襄平人。累迁冀州刺史、辽东太守。"《邴原别传》曰:"原字根矩,东管(北海)朱虚人。少孤,数岁时,过书舍而泣。师问曰:'童子何泣也?'原曰:'凡得学者,有亲也。一则愿其不孤,二则羡其得学,中心感伤,故泣耳。'师恻然曰:'苟欲学,不须资也。'于是就业。长则博览洽闻,金玉其行。知世将乱,避世辽东,公孙度厚礼之。中国既宁,欲还乡里,为度禁绝。原密自治严,谓部落曰:'移北近郡。'以观其意。皆曰:'乐移。'原旧有捕鱼大船,请村落皆令熟醉,因夜去之。数日,度乃觉。吏欲追之,度曰:'邴君所谓云中白鹤,非鹌鹑之网所能罗也。'魏王辟祭酒,累迁五官中郎长史。"

【注】

〔1〕公孙度:子升济,一作叔济,东汉襄平(今辽宁辽阳北)人。自立为辽东侯、平州牧。曹操表之为威武将军,封永宁乡侯。目:品评。邴原(?—211):字根矩,东汉朱虚(今山东临朐东)人。少与管宁以操尚齐名。汉末黄巾起义,他避地辽东,士人百姓从者甚众。后回中原,归曹操。

〔2〕"云中白鹤"两句:邴原在辽东,公孙度很厚待他。后来他自坐捕鱼大船离辽东。过了几天公孙度才发觉,手下吏员建议追赶,公孙度说了这两句话。罗:张网捕捉。

【评】

邴原少与管宁俱以操尚称。因黄巾方盛,避地辽东,为公孙度优待。后欲还乡,公孙度以为人才宜得不宜失,故百般设防阻禁。邴原归思难收,设计将部署灌醉,坐捕鱼大船离开辽东。公孙度目邴原"所谓云中白鹤,非燕雀之网所能罗也",是在察觉邴原离后有感而发。"云中白鹤",意象优美,引人高远联想。鹤鸣九皋,杳然不群,非燕雀之网所能网罗。言外之意,邴原志存高远,辽东边邑非其终老之乡。公孙度气量不凡,成人之美,有知人、自知之明。邴原后归曹操,一展身手。

8.5 锺士季目王安丰[1]:"阿戎了了解人意[2]。"王隐《晋书》曰:"戎少清明晓悟。"谓裴公之谈[3],经日不竭。裴颁(楷)已见。吏部郎阙[4],文帝问其人于锺会[5],会曰:"裴楷清通[6],王戎简要[7],皆其选也[8]。"于是用裴。案:诸书皆云锺会荐裴楷、王戎于晋文王,文王辟以为掾,不闻为吏部郎。

【注】

〔1〕锺士季:锺会,见《言语》11注。目:品评。王安丰:王戎,见《德行》16注。

〔2〕阿戎:王戎。了了:聪明懂事。

〔3〕裴公:裴楷,见《德行》18注。

〔4〕阙:通"缺"。

〔5〕文帝:司马昭,见《德行》15注。

〔6〕清通:清明通达。

〔7〕简要:简洁切要。

〔8〕选:指人选。

【评】

锺会为太傅锺繇之子,少敏惠夙成。蒋济谓"观其眸子,足以知人",可见生就了一双慧眼。会博学名理,倾心名士,尝论"易"无互体,又博综当时才性辩论之要,著《四本论》。弱冠与王弼并知名,为一时谈宗。其论裴楷清通、王戎简要,可谓要言不烦,有知人识鉴。汉末章句之学渐趋烦琐、僵化,成为桎梏思想的枷锁;魏晋玄学崇尚清通简要,正是对汉代学风的反拨,故裴、王之清通、简要,与生俱来地带着魏晋时代的胎记。又锺会品评之词简至四言,片言居要,深得玄言清旨。锺会虽倡才性合同,然其为司马氏构陷名士,又据蜀造反,苍黄反覆,恰与其所持理论相背离,实为士林小人。

8.6　王濬冲、裴叔则二人总角诣锺士季[1]。须臾去,后客问锺曰:"向二童何如[2]?"锺曰:"裴楷清通,王戎简要。后二十年,此二贤当为吏部尚书,冀尔时天下无滞才[3]。"《晋阳秋》曰:"戎为儿童,锺会异之。"

【注】

〔1〕王濬冲:王戎,见《德行》16注。裴叔则:裴楷,见《德行》18注。总角:童年。诣:拜访。锺士季:锺会。

〔2〕向:刚才,先前。

〔3〕滞才:淹留遗落的人才。

【评】

故事从正面记述了锺会的一次人物赏誉的场面,客观上展示了人性的多面性和复杂性。锺会以裴、王二十年后为吏部尚书相期许,且向往彼时天下无遗贤的美好图景,可以看成是对太平盛事的憧憬。锺会一方面是甘为人梯、愿为伯乐的睿智长者,另一方面又是背叛人格尊严而向最高统治者靠拢、自甘堕落的士林败类。锺会对裴、王的美好期待并未变成现实,据王隐《晋书》记载王戎领吏部尚书时的情况曰:"自戎居选,未尝进一寒素,退一虚名,理一冤枉,杀一疽嫉。随其沉浮,门调户选。"根本就是一个政治滑头,实在大失人望。魏晋清谈尚清通简要,与汉儒考据之琐屑、拘泥相对立。然物极必反,一些人格操守本不强固的知识分子,举起清通简要的旗帜而放纵自己,越过了良心底线,堕落为玄学末流。王戎之苟媚取容,即为此类。清通、简要为时代利器,于汉代学术、思想有摧枯拉朽之功,但因所用之人有异,或促进时代思想的发展,或走向无所作为的虚无主义,或变成彻头彻尾的大奸大滑。不可划一以视,读者自当明辨。

8.7 谚曰:"后来领袖有裴秀[1]。"虞预《晋书》曰:"秀字季彦,河东闻喜人。父潜,魏太常。秀有风操,八岁能箸文。叔父徽有声名。秀年十馀岁,有宾客诣徽,出则过秀。时人为之语曰:'后进领袖有裴秀。'大将军辟为掾。父终,推财与兄。年二十五,迁黄门侍郎。晋受禅,封钜鹿公,后累迁左光禄、司空。四十八薨,谥元公,配食宗庙。"

【注】

〔1〕后来:晚辈。领袖:衣领和衣袖,为衣服的提契部位。因借喻能提契他人或为人表率的人物。裴秀(224—271):字季彦,西晋河东闻喜(今属山西)人。三国魏尚书令裴潜子。少好学能文,有才名,仕魏累迁至尚书仆射。司马炎即位(西晋武帝),他拜尚书令,官至司空。著《禹贡地域图》十八篇,为中国地图绘制学奠基之作。

【评】

裴秀天才颖发,八岁能属文。叔父徽有盛名,秀十馀岁时,宾客诣徽,出则过秀。其为世人所重如此。说起来似有些天方夜谭,一个乳臭未干的小孩子,有何德何能让士人们刮目相看!盖魏晋时代思想、学术相对自由多元化,神童容易涌现;又晋人等级、礼教观念相对淡薄,"无贵无贱,无长无少,道之所存,师之所存"(韩愈《师说》)的意识深入人心,才能发生这样的"咄咄怪事"。裴秀后著《禹贡地域图》十八篇,为中国地图学的奠基之作,果然不负众望。"后进领袖有裴秀",乃当时谚语,正说明裴秀声名广远,获得当时士林的承认。赞语运用了叶韵手法。汉末以后,有时通过"风谣"谚语的形式,来表达对某人的舆论鉴定,这一方式的特殊之处在于,它以押韵的语言来揭示人物特点,因生动形象而能够在社会上广泛流传。如本句中"袖"、"秀"之叶韵。

8.8　裴令公目夏侯太初[1]:"肃肃如入廊庙中[2],不修敬而人自敬[3]。"《礼记》曰:"周丰谓鲁哀公曰:'宗庙社稷之中,末(未)施敬而民自敬。'"一曰:"如入宗庙,琅琅但见礼乐器[4]。见锺士季[5],如观武库,但睹矛戟。见傅兰硕[6],汪廧靡所不有[7]。见山巨源[8],如登山临下,幽然深远。"玄、会、嘏、涛,并已见上。

【注】

〔1〕裴令公:裴楷,见《德行》18注。夏侯太初:夏侯玄,见《方正》6注。

〔2〕肃肃:恭敬貌。廊庙:朝堂。

〔3〕修敬:讲求恭敬。

〔4〕琅琅:形容玉石的光彩。礼乐器:礼器和乐器。宗庙中祭祀行礼奏乐所用。

〔5〕锺士季:锺会,见《言语》11注。

〔6〕傅兰硕:傅嘏,见《识鉴》3注。

〔7〕汪廧:"廧",为"翔"之讹文。水势浩大的样子。靡:无。

〔8〕山巨源:山涛,见《言语》78注。

【评】

此前二则裴楷、王戎为锺会所赏誉,此则锺会又成为裴楷品目的对象。于此可见魏晋名士间乐于相互品藻的风气,既以人伦识鉴自任,又以被人赏誉为荣。故事记载裴楷集中品目玄、会、嘏、涛四人,人才荟萃,气象万千,如浏览人物画廊。故事运用意象批评的方式,又称比兴之体,以生动妥帖的修辞比喻画活了人物形象,如夏侯玄之庄严肃穆,有圣人气象;锺会锋芒太露,令人心寒;傅嘏汪洋博大,黄金与泥土混杂;山涛幽然深远,风度涵容。故事用语虽含蓄混沌,而细加品味,尚可以决其人之高下,这就见出品评者精准传神的语言艺术功力。《晋书》载楷有知人识鉴,非虚言也。

8.9 羊公还洛[1],郭弈为野王令[2],《晋诸公赞》曰:"弈字泰业,太原阳曲人。累世旧族。弈有才望,历雍州刺史、尚书。"羊至界[3],遣人要之[4],郭便自往。既见,叹曰:"羊叔子何必减郭太业[5]!"复往羊许,小悉还[6],又叹曰:"羊叔子去人远矣[7]!"羊既去,郭送之弥日[8],一举数百里,遂以出境免官[9]。复叹曰:"羊叔子何必减颜子[10]!"

【注】

〔1〕羊公:羊祜,见《言语》86注。
〔2〕郭弈:字太业,一作泰业,西晋太原阳曲(今山西太原)人。"弈",《晋书》本传作"奕"。少有重名,山涛称其高简有雅量。初为野王令。官至尚书。野王:县名。晋属河内郡,在今河南沁阳。
〔3〕界:指野王县境。
〔4〕要:遮留、拦截。
〔5〕何必:为什么一定。减:逊色,不如。
〔6〕小悉:少顷;不多久。
〔7〕去人远:此谓羊祜人品远胜一般人。去,距离。
〔8〕弥日:整日。
〔9〕出境:越出境界。免官:古制,地方官不得无端越出自己所辖境界。
〔10〕颜子:颜回,孔子弟子。

【评】

故事"以追光摄影之笔,写通天尽人之怀";一唱三叹、淋漓尽致地展示出郭弈的交友过程。羊、郭之交,可分为三个阶段:郭弈一见羊祜便已倾心,视若同侪,有相见恨晚之叹;二见已仰之弥高,以为超出常人;三见之后,便视为孔门颜回,竟因送别出境而免官。郭弈交友超出了一般功利层面,是出于精神气象、风度气质的契合,表现了高雅名士一往情深的心灵世界。郭弈对羊祜有高山仰止般的赏誉,甚而为此丢官,非出于术士相面式的神秘预测,亦超越了功名、利益互求,完全是自然而然的应感之会,表征了晋人纯净澄明的精神世界,具有极大的感染力。送友"一举数百里",完全是情动于中而行于外,是对常礼的超越。其纵情越礼之举是否合适,为此丢官是否值得,尚可讨论。但由此而呈现出来的情对礼(理)的突破,在"但伤知音稀"的浇离俗世中,无疑是有深刻启示意义的,以至陈梦槐大发"如此流连叹赏,令我常怀古人"之叹。

8.10 王戎目山巨源[1]:"如璞玉浑金[2],人皆钦其宝[3],莫知名其器[4]。"顾恺之《画赞》曰:"涛无所标名,淳深渊默,人莫见其际,而嚚然亦入道。故见者莫能称谓,而服其伟量。"

【注】
〔1〕 王戎:见《德行》16注。山巨源:山涛,见《言语》78注。
〔2〕 璞玉浑金:未经雕琢的玉,未曾冶炼的金。比喻人的质性纯美。
〔3〕 钦:看重。宝:珍贵。
〔4〕 名:估量。器:才识度量。

【评】
王戎、山涛同为魏晋名士,共预竹林之游,相知当必甚深。"如璞玉浑金,人皆钦其宝,而莫知名其器",意谓人皆知山涛如璞玉浑金,质性纯美,而其价值到底几何,则人多茫然,有待识宝的慧眼。言外之意,能够真正衡量山涛价值的人并不多。这就与本门第八则裴楷之评"见山巨源,如登山临下,幽然深远"相互照应。竹林七贤之中,山涛既不同于嵇康的桀骜难驯,故缺少了"宁为玉碎,不为瓦全"的悲壮;也不同于阮籍的酣饮自藏,少了几分哲人痛苦的沉思;当然更不同于王戎的苟媚取容、自降身价的堕落。竹林七贤中,每个人都是独特而自足的个体存在,山涛身上似聚合了名士洒落不羁的风度,和常人惟求自保的平庸,故能允执其中、左右俱宜。他既为天下名士叹赏,亦被司马氏政权恩遇。山涛的人生轨迹,反映了知识分子在政治高压时代的"第三条道路"(与嵇康之不合作、锺会之甘当走狗相较)。

8.11 羊长和父繇与太傅祜同堂相善[1],仕至车骑掾[2],蚤卒[3]。长和兄弟五人,幼孤[4]。《羊氏谱》曰:"繇字堪甫,太山人。祖续,汉太尉,不拜。父秘,京兆太守。繇历车骑掾,娶乐国祯女,生五子:秉、洽、式、亮、忱也。"祜来哭,见长和哀容举止宛苦(若)成人[5],乃叹曰:"从兄不亡矣[6]!"

【注】

〔1〕羊长和:羊忱,见《方正》19注。繇:羊繇,忱之父。太傅祜:太傅羊祜,见《言语》86注。同堂:同一祖父。

〔2〕车骑掾:车骑将军的属官。

〔3〕蚤:通"早"。

〔4〕孤:年幼丧父。

〔5〕宛苦(若)成人:"苦"当是"若"之形讹。

〔6〕从兄:堂兄。

【评】

羊繇五子,羊忱最优,繇死,羊忱哀容举止宛若成人。这一

545

方面是长期良好家庭教育的体现,一方面又是"发乎情止于礼仪",会通情、礼的结果。临时抱佛脚是装不出"无声"的"真悲"的!羊祜因此感动,叹曰:"从兄不亡矣!"意谓羊忱虽最小而懔懔有父风,能振兴门庭。羊祜之言背后,传达出了中国人的家族传承意识,是儒家"兴灭国,继绝世"观念的一脉延伸。后羊忱果历官扬州刺史、侍中等高官,远远超过父亲羊繇的功业。在八王之乱中,忱能审时度势,拒绝赵王伦的封职,有识鉴之明。

8.12 山公举阮咸为吏部郎[1],目曰:"清真寡欲[2],万物不能移也[3]。"《名士传》曰:"咸字仲容,陈留人,籍兄子也。任达不拘,当世皆怪其所为。及与之处,少嗜欲,哀乐至到,过绝于人,然后皆忘其向议。为散骑(侍)郎,山涛举为吏部,武帝不用。太原郭弈见之心醉,不觉叹服。解音,好酒以卒。"山涛《启事》曰:"吏部郎史曜出,处缺当选。涛荐咸曰:'真素寡欲,深识清浊,万物不能移也。若在官人之职,必妙绝于时。'诏用陆亮。《晋阳秋》曰:咸行己多违礼度,涛举以为吏部郎,世祖不许。"《竹林七贤论》曰:"山涛之举阮咸,固知上不能用,盖惜旷世之隽,莫识其意故耳。夫以咸之所犯,方外之意;称其清真寡欲,则迹外之意自见耳。"

【注】

〔1〕山公:山涛,见《言语》78注。阮咸(234—305):字仲容,西晋陈留尉氏(今属河南)人。阮籍兄子。为"竹林七贤"之一,与阮籍并称"大小阮"。吏部郎:主管官吏选拔的官。

〔2〕清真:犹纯真。寡欲:少私欲,淡于外物。

〔3〕移:改变。

【评】

阮咸预竹林之游,任性放达、纵情越礼堪居七贤之首。其追鲜卑婢、与群猪共饮故事,以怪诞的方式传达了对儒家礼法名教教条化、桎梏化的激烈批判。由于大大超出常人的接受程度,致世俗舆论讥,而为礼法名教所禁锢。故山涛主吏部,举咸为吏部郎,三举而晋武帝不用,颇能说明问题。只有山涛等少数同是出身竹林的名士们,能把握阮咸的内心世界,目之以"清真寡欲,万物不能移也"。清真寡欲,是老、庄道家哲学的妙谛,魏晋士人以此相尚,是对自然宇宙和自然性情的回归。咸之怪异举止,虽能为少数开风气的先行者理解,但毕竟"曲高和寡",难得世俗认可。这种标新立异、无所不用其极的"耍酷"行为,难以得到封建伦理道德最高代表——皇帝的认可,也在料中。

8.13 王戎目阮文业[1]:"清伦有鉴识[2],汉元以来未有此人[3]。"杜笃《新书》曰:"阮武字文业,陈留尉氏人。父谌,侍中。武阔达博通,渊雅之士。"《陈留志》曰:"武,魏末河清(清河)太守。族子籍,年总角,未知名。武见而伟之,以为胜己。知人多此类。著书十八篇,谓之《阮子》。终于家。"郭泰友人宋子俊称泰:"自汉元以来,未有林宗之匹。"

【注】

〔1〕 王戎:见《德行》16注。阮文业:阮武(200?—265?):字文业,三国魏陈留尉氏(今属河南)人。

〔2〕 清伦:高雅豁达,人品清高。鉴识:洞察事物的能力。

〔3〕 汉元:汉代建元。犹言汉初。

【评】

余嘉锡先生以为,此评乃汉代宋子俊称郭林宗之言,而王戎取以称阮武,故陷入自相矛盾之境地。郭林宗为人伦领袖,高名盖世。信如王戎所言,则阮武为一时之选,林宗无足道;诚如宋子俊所称,则郭林宗为汉以来第一人,阮武无所处。二者必有一谬。其实,此恐名士之间互相标榜之言,大体须有,而不必太过拘泥求真。若一定把名士的品评之辞,当作不可改易的金科玉律,像数学公式一样,步步推算现实生活中的人和事,就未免有株守之嫌了。但以王戎之人伦识鉴,亦必非捕风捉影之谈,还是大体切实的。魏、晋二代,诸阮家风师心任性,名士辈出,气象万千,云蒸霞蔚。山公、王戎屡有嘉赞之词。王戎目阮武"汉元以来未有此人",殆出于一时会心的激赏,主观情绪化色彩不能排除。

8.14　武元夏目裴、王曰[1]:"戎尚约,楷清通。"虞预《晋书》曰:"武陔字元夏,沛国竹邑人。父周,魏光禄大夫。陔及二弟歆(韶)、茂皆总角见称,并有器望。乡人诸父,未能觉其多少。时同郡刘公荣名知人,尝造周,周见其三子。公荣曰:'君三子皆国士,元夏器量最优,有辅佐之风,力仕宦,可为亚公。叔夏、季夏不减常伯、纳言也。'陔至左仆射。"

【注】

〔1〕武元夏:武陔,字元夏,西晋初沛国竹邑(今安徽宿县北)人。年少知名,有知人之鉴。裴、王:裴楷,王戎。俱见前。

【评】

刘公荣于武陔有国士之目,观陔赏誉王戎、裴楷之言,与锺会英雄所见略同。公荣之评非虚言也。魏晋玄学清谈,崇尚清通简约,裴、王之精神气度与时代特点有契合之处,故屡为时人激赏,以致凌濛初有"清通简要,何以叠见"之微辞。细加揣摩,清通、简要之间亦有区别。"清"乃魏晋审美之核心范畴,清真、清通、清远、清平、清明等等,不一而足。由中国传统文化中清、浊二气之别,到汉末清流之清议、魏晋清谈,以及外化为六朝诗文中之山水清音,其间当有某种必然联系。"通"则通脱、通达,故无往而不通。能清通则该繁则繁,该简则简,随其时宜,变化无方,故清通之中实含简约。众人评价裴、王之清通、简约,看似并列处之,实则有高下之别。

8.15 庾子嵩目和峤[1]:"森森如千丈松[2],虽磊砢有节目[3],施之大厦,有栋梁之用[4]。"《晋诸公赞》曰:"峤常慕其舅夏侯玄为人,故于朝士中峨然不群,时类传(惮)其风节。"

【注】
〔1〕 庾子嵩:庾𢾺,见《文学》15注。和峤:见《德行》17注。
〔2〕 森森:树木高耸貌。
〔3〕 磊砢:树木多节貌。节目:树木枝干将接、纹理纠结不顺之处。
〔4〕 栋梁:房屋的正梁。用以比喻能为国家担当重任的人才。

【评】
诸贤以为故事中和峤当为温峤,可备一说。庾𢾺品目和峤之言,运用意象批评,以中国文化传统中常见的松树为喻,言其有栋梁之材。千丈松,伟岸高大,与魏晋人物惯用之"玉树"、"春月柳"等阴柔意象迥异,见出阳刚雄壮之美的追求。合而观之,可见魏晋人物品评,阳刚、阴柔等美学风貌共存,异彩纷呈,美不胜收。和峤一生刚直不阿,在立储问题上坚持己见,对晋武帝寸步不让;又疾恶如仇,不与佞人荀勖同车,表现了洁身自好和毫不迁就的叫真精神。和峤这样的千丈松多多益善。

8.16 王戎云[1]:"太尉神姿高彻[2],如瑶林琼树[3],自然是风尘外物[4]。"《名士传》曰:"夷甫天形奇特,明秀若神。"《八王故事》曰:"石勒见夷甫,谓长史孔苌曰:'吾行天下多矣,未

549

宦(尝)见如此人,当可活不?'苌曰:'彼晋三公,不为我用。'勒曰:'虽然,要不可加以锋刃也。'夜使推墙杀之。"

【注】

〔1〕王戎:见《德行》16注。

〔2〕太尉:王衍,见《言语》23注。神姿:风度姿态。高彻:高迈爽朗。

〔3〕瑶林琼树:传说神仙世界的美好洁净的玉树。

〔4〕自然:天然。风尘外物:尘世以外的人。物,人。

【评】

　　王戎品目王衍,俨然视之为不食五谷、吸风饮露的神仙。"瑶林琼树"之义,当从容貌非凡、神情高远两个层面看待。魏晋名士注重姿容,王衍之美丰姿闲雅,玉柄麈尾与手同色,山涛至有"何物老妪,生宁馨儿"之叹。其容貌为人间罕有,故有"瑶林琼树"之评,此第一义;又王衍尚清谈,祖述老庄,谈空说有,其谈锋玄旨,远离人间烟火,超越现实层面,直抵逍遥胜境。此"瑶林琼树"、"风尘外物"之第二义。又晋武帝曾问王戎,王衍当世谁比?王戎答曰:"未见其比,当从古人中求之。"戎为衍从兄,合上观之,难脱"戏台里喝彩"之嫌。王衍一张漂亮的脸蛋和能言善辩的利口,足以倾倒时人,而其人格道德和社会建树,最终不齿于人。魏晋风度虽兼容并蓄,但也难免鱼目混珠、泥金俱下,令人扑朔迷离,其审美标准耐人寻味!

8.17　王汝南既除所生服[1],遂停墓所。兄子济每来拜墓[2],略不过叔[3],叔亦不候。济脱时过[4],止寒温而已。后聊试问近事,答对甚有音辞[5],出济意外,济极惋愕[6],仍与语,转造精微[7]。济先略无子侄之敬,既闻其言,不觉懔然[8],心形俱肃。遂留共语,弥日累夜[9]。济虽隽爽[10],自视缺然[11],乃喟然叹曰:"家有名士,三十年而不知!"济去,叔送至门。济从骑有一马,绝难乘,少能骑者。济聊问叔:"好骑乘不[12]?"曰:"亦好尔。"济又使骑难乘马。叔姿形既妙,回策如萦[13],名骑无以过之。济益叹其难测,非复一事。邓粲《晋纪》曰:"王湛字处冲,太原人。隐德,人莫之知,虽兄弟宗族亦以为痴,唯父昶异焉。昶丧,居墓次。兄子济往省湛,见床头有《周易》,谓湛曰:'叔父用此何为?颇曾看不?'湛笑曰:'体中佳时,脱复看耳。今日当与汝言。'因共谈《易》,剖析入微,妙言奇趣,济所未闻,叹不能测。济性好马,而所乘马骏驶,意甚爱之。湛曰:'此虽小驶,然力薄不堪苦。近见督邮马,当胜此,但养不至耳。'济取督邮马,谷食十数日,与湛试之。长(湛)未尝乘马,卒然便驰骋,步骤不异于济,而马不相胜。湛曰:'今直行车路,何以别马胜不,唯当就蚁封耳。'于是就蚁封盘马,果倒踣。其隽识天才乃尔。"既还,浑门(问)济[14]:"何以暂行累日?"济曰:"始得一叔。"浑问其故,济具叹述如此。浑曰:"何如我?"济曰:"济以上人。"武帝每见济,辄以湛调之[15],曰:"卿家痴叔死未?"济常无以答。既而得叔后,武帝又问如前,济曰:"臣叔不痴。"称其实美。帝曰:"谁比?"济曰:"山涛以下[16],魏舒以上[17]。"《晋阳秋》曰:"济有人伦鉴识,其雅俗是非,少所优调。见湛,叹服其德宇。时人谓湛:'上方山涛不足,下比魏舒有馀。'湛闻之曰:'欲以我处季孟之间乎?'"王隐《晋书》曰:"魏舒字阳元,任城人。幼孤,为外氏宁家所养。宁氏起宅,相者曰:'当出贵甥。'外祖母意以盛氏甥小而惠,谓应相也。舒曰:'当为外氏成此宅相。'少名濐纯(迟钝),叔父衡使守水碓,每言:'舒堪八百户长,我愿毕矣。'舒不以介意。身长八尺二寸,不修常人近事。少工射,箸韦衣,入山泽,每猎大获。为后将军钟毓长史。毓与参佐射戏,舒常为坐画筹。后值朋人少,以舒充数。于是发无不中,加博(举)措闲雅,殆尽其妙。毓叹谢之曰:'吾之不足尽卿,如此射矣!'转相国参军。晋王每朝罢,目送之曰:'魏舒堂堂,人之领袖。'累迁侍中、司徒。"于是显名,年二十八始宦。

【注】

〔1〕王汝南:王湛(249—295),字处冲,西晋太原晋阳(今山西太原)人。王昶子,兄弟宗族皆以为痴。曾官汝南内史,故称。除所生服:守父母丧期满,除去孝服。所生:生养自己的父母。这里似指其父。

〔2〕兄子济:王济,见《言语》24 注。王湛兄王浑,浑子王济。

〔3〕略不:几乎完全。过:探望,问候。

〔4〕脱时:偶或,偶尔。

〔5〕音辞:言辞。

〔6〕惋愕:惊讶。

〔7〕造:至。精微:精深微妙。

〔8〕懔然:严敬的样子。

〔9〕弥日累夜:连日连夜。

〔10〕隽爽:俊迈豪爽。

〔11〕缺然:感到不足的样子。

〔12〕好:喜欢。不:同"否"。

〔13〕回策如萦:谓挥旋马鞭,萦绕自如。策,马鞭。萦,缠绕。

〔14〕浑门济:诸本"门"作"问",是。

〔15〕调:调侃;嘲弄。

〔16〕山涛:见《言语》78 注。

〔17〕魏舒(209—290):字阳元,西晋任城樊(今山东济宁附近)人。善于射箭,众人莫敌。

【评】

两晋之间,有几个著名的"痴"人。如故事所记之王湛及其王述、晋简文帝等。这几个人或少言寡语、拱默无为,或举止违常,以此获"痴"讥,实如璞玉浑金、大智若愚,不为人知赏而已。

王湛非惟乖违于世,阃门之内亦无知者,可见"知音其难",令人叹惋。湛有隐德,冲素自守、土木形骸,不交当世。若非有炉火纯青的定力和超凡脱俗的人生心态,不能达此大巧若拙的境界,庄子《逍遥游》中无名的圣人,无功的神人和无己的至人,假如真有其人,不过此耳。凌濛初曰:"岂有如此名士,三十年不知者,不信,不信。"盖湛得《周易》"潜龙勿用"之理,故能知止自足,遁世无闷。湛侄王济知耻能改,为叔逢人说项,亦深得名士旨趣。

8.18 裴仆射[1],时人谓为"言谈之林薮[2]"。《惠帝起居注》曰:"頠理甚渊博,赡于论难。"

【注】

〔1〕裴仆射:裴頠,见《言行》23注。
〔2〕言谈之林薮:比喻善于言谈。林薮,山林水泽聚集之处,比喻事物聚集的地方。

【评】

　　裴頠家学有自然科学传统,父秀为地理学家,著《禹贡地域图》十八篇;頠则通博多闻,兼擅医术。魏晋玄学主调乃希慕自然,以无为本。一般人的本能是迷信权威和从众随俗。但在玄学的时代大潮冲击下,裴頠却违俗而以儒术为宗,深患何、王之口谈浮虚,著《崇有论》,以纠虚无之偏。发表之后,士人群起围攻,王衍亲自上阵与其直接展开辩论,竟未能屈之。时人谓頠为"言谈之林薮",裴頠在众口一词的时代坚持独立思考,不人云亦云,抛开其理论的是非曲直不谈,裴頠至少是一位特立独行的名士,精神可敬可佩。

8.19　张华见褚陶[1],语陆平原曰[2]:"君兄弟龙跃云津[3],顾彦先凤鸣朝阳[4],谓东南之宝已尽;不意复见褚生。"陆曰:"公未睹不鸣不跃者耳!"《褚氏家传》曰:"陶字季雅,吴郡钱塘人,褚先生后也。陶聪惠绝伦,年十三,作《鸥鸟》、《水碓》二赋,宛陵严仲弼见而奇之,曰:'褚先生复出矣。'弱不好弄,清淡(谈)闲默,以坟典自娱。语所亲曰:'圣贤备在黄卷中,舍此何求?'州郡辟,不就。吴归命,世(祖)补台郎、建忠校尉。司空张华与陶书曰:'二陆龙跃于江、汉,彦先凤鸣于朝阳,自此以来,常恐南金已尽,而复得之于吾子。故知延州之德不孤,渊岱之宝不匮。'仕至中尉。"

【注】

〔1〕张华:见《德行》12注。褚陶:字季雅,西晋吴郡钱塘(今浙江杭州)人。聪慧早成,善属文。不乐仕进。

〔2〕陆平原:陆机,见《言语》26注。陆机仕晋为平原内史。

〔3〕云津:犹言云间、云中。"龙跃云津"比喻英才崛起,暗切二陆家乡华亭(今上海松江),古称云间。

〔4〕顾彦先:顾荣,见《德行》25注。凤鸣朝阳:比喻贤才遇时而起。语出《诗·大雅·卷阿》:"凤皇鸣矣,于彼高冈。梧桐生矣,于彼朝阳。"

【评】

平吴后,全国统一,中原士族的傲慢与偏见发展到极端,歧视南方士人,称之为亡国之馀。这就加剧了南北士人的矛盾和对抗,不利于国家发展。二陆兄弟与顾荣乃是吴平入洛的南士精英,时人谓之三俊。张华是深谋远虑的政治家,太康文坛的老将,以善奖掖人物著称。史称"穷贱候门之士有一介之善者,便咨嗟称咏,为之延誉"。(《晋书》本传)华于诸人有龙、凤之评,既出于其爱惜人才的心理,亦出于抚慰南士心灵创伤的"统一战线"的政治策略。龙、凤乃中华民族文化传统中至大至美之图腾,张华将其赠予陆、顾诸人,可见其宽广博大的胸怀。褚陶仅以文学名世,张华高扬其一偏之才,给予同陆、顾诸人相提并论的评价。虽未免夸饰,然实令人感其至诚,对招揽东南之士必将起到积极作用。张华品评词句又有艺术,"龙跃云津"喻英才崛起,暗切二陆家乡华亭(云间),语义双关。

8.20　有问秀才[1]:"吴旧姓何如[2]?"答曰:"吴府君[3],圣王之老成[4],明时之隽乂[5];朱永长[6],理物之至德[7],清选之高望;严仲弼[8],九皋之鸣鹤[9],空谷之白驹;顾彦先[10],八音之琴瑟[11],五色之龙章[12];张威伯[13],岁寒之茂松,幽夜之逸光;陆士龙[14],鸿鹄之裴回[15],悬鼓之待槌。秀才,蔡洪也。集载洪与刺史周俊书曰:"一日侍坐,言及吴士,询干(于)刍荛,遂见下问。造次承颜,载辞不举,敕令条列名状,退辄思之。今称疏所知:吴展字士季,下邳人。忠足矫非,清足厉俗,信可结神,才堪干世。仕吴为广州刺史、吴郡太守。吴平,还下邳,闭门自守,不交宾客。诚圣王之老成,明时之隽乂也。朱诞字永长,吴郡人。体履清和,黄中通理。吴朝举贤良,累迁议郎。今归在家。诚理物之至德,清选之高望也。严隐字仲弼,吴郡人。禀气清纯,思度渊伟。吴朝举贤良,宛陵令。吴平,去职。九皋之鸣鹤,空谷之白驹也。张畼字威伯,吴郡人。禀性坚明,志行清朗,居磨涅之中,无淄磷之损。岁寒之松柏,幽夜之逸光也。"《陆云别传》曰:"云字士龙,吴大司马抗之弟(第)五子,机同母之弟也。儒雅有俊才,容貌瑰伟,口敏能谈,博闻强记。善箸述,六岁便能赋诗,时人以为项托、扬乌之畴也。年十八,刺史周俊命为主簿,俊常叹曰:'陆士龙,当今之颜渊也。'累迁太子舍人、清河内史。为成都王所害。"凡此诸君,以洪笔为钮耒[16],以纸札为良田,以玄默为稼穑[17],以义理为丰年,以谈论为英华,以忠恕为珍宝,箸文章为锦绣,蕴五色为缯帛[18],坐谦虚为席荐[19],张义让为帷幕,行仁义为室宇,修道德为广宅。"案:蔡所论士十六人,无陆机兄弟。又无"凡此诸君"以下,疑益之。

【注】

〔1〕秀才:指蔡洪。字叔开,吴郡人。见《言语》22注。

〔2〕吴:吴郡。旧姓:旧族,历史悠久的名门望族。

〔3〕吴府君:指吴展。展字士季,三国吴人,官吴郡太守。

〔4〕老成:指年高有德者。

〔5〕"隽乂":才智高明俊秀出众的人。

〔6〕朱永长:朱诞,字永长,三国吴吴郡(治所在今苏州)人。举贤良,累迁至议郎。

〔7〕理物:从政治民。至德:有高尚道德的人。

〔8〕严仲弼:严隐,字仲弼,三国吴吴郡人。

〔9〕九皋之鸣鹤:《诗经·小雅·鹤鸣》:"鹤鸣于九皋,声闻于野。"九皋,深远的水潭淤地。鹤鸣九皋比喻人的声名高远。

〔10〕顾彦先:顾荣字彦先,吴郡人。见《德行》25注。

〔11〕八音:古代称钟、磬、琴瑟等八种乐器。琴瑟:八音中之弦乐。声音悠扬华美。

〔12〕五色:青、黄、赤、白、黑为五色。泛指各种色彩。龙章:龙形图纹,用于帝王、诸侯礼服,或仪卫军旗等。比喻文采光明显耀。

〔13〕张威伯:张畼,字威伯,西晋初吴郡人。禀性坚正,志趣高洁。

〔14〕陆士龙:据袁本,"士龙"前增"士衡"二字,是。陆士衡、士龙,即陆机、云兄弟。

〔15〕鸿鹄:大雁,即天鹅。裵回:同"徘徊"。

〔16〕洪笔:大笔。耝:同"锄"。耒:木制翻土农具。

〔17〕玄默:沉静寡言。稼穑:播种和收获。泛指农事劳动。

〔18〕缯帛:丝绸。

〔19〕席荐:席子,坐垫。

【评】

　　故事与《言语》门第二十三则"蔡洪赴洛"似同出一源。蔡洪出身吴郡,地域纽带使其对吴国旧姓天然地抱有浓厚感情,故一一道来,如数家珍。江南山川秀丽,人杰地灵,加以蔡洪踵色增华,出之以优美意象,足令人发神往之思。平吴之后,国家统一,中原士族之优越感空前膨胀。一批持狭隘本位立场的中原世族,视江南世族为亡国之馀,取歧视态度,造成严重的能量内耗,削弱了国家实力。吴地才士,在压抑中求生存。蔡洪极尽能事夸耀吴国旧姓,是对地域文化的自觉护卫,同时使人想起了关于南北文化差异较有名的一桩公案:北地才士王尔烈至南方,南人以"江南千山千水千夫子"相炫耀,王便以"塞北一地一天一圣人"反击,便足以说明这种隔阂的源远流长。即便在文化充分融合的今天,南北人之文化隔阂尚不能说已完全消除。在普通民众口中,"北方佬"、"小南蛮"之类口头禅,还是具有一定情感、文化色彩的象征符号。

　　8.21　人问王夷甫[1]:"山巨源义理何如[2]?是谁辈?"王曰:"此人初不肯以谈自居[3],然不读老、庄[4],时闻其咏[5],往往与其旨合。"顾恺之《画赞》曰:"涛有而不恃,皆此类也。"

【注】

　　〔1〕王夷甫:王衍,见《言语》23注。
　　〔2〕山巨源:山涛,见《言语》78注。
　　〔3〕初不:完全不,从不。谈:谈玄,清谈名理。
　　〔4〕老、庄:《老子》、《庄子》。魏晋玄学家崇尚《老子》、《庄子》和《周易》,总称"三玄",成为玄学清谈的主要题目。

〔5〕时:时常,常常。咏:讽诵。

【评】

评者王衍与被评者山涛恰形成鲜明对照。山涛为竹林中人,虽性好老庄,然并不以清谈自高,可谓老子所谓"为而不恃";王衍以名士自任,口中雌黄,其举止却最终违背道家主旨。山涛领会的是玄学的灵魂,作为儒家思想的有益补充,化为滋润心灵的营养,故无往而不达;王衍则照搬照抄,空得玄学之形式外壳,又缺乏儒者方正刚毅的人格底蕴,最后落得身败名裂的下场。

8.22 洛中雅雅有三嘏[1]:刘粹字纯嘏[2],宏字终嘏[3],漠字冲嘏[4],是亲兄弟,王安丰甥[5],并是王安丰女婿。宏,真长祖也[6]。《晋诸公赞》曰:"粹(粹),沛国人,历侍中、南中郎将。宏历秘书监、光禄大夫。"《晋后略》曰:"漠少以清识为名,与王夷甫友善,并好以人伦为意。故世人许以才智之名。自相国右长史出为襄(湘)州刺史,以贵简称。"案:《刘氏谱》,刘邵妻武周女,生粹、宏、漠,非王氏甥。洛中铮铮冯惠卿[7],名荪,是播子[8]。《晋后略》曰:"播字友声,长乐人,位至大宗正。生荪。"《八王故事》曰:"荪少以才悟,识当世之宜,蚤历清职,仕至侍中。为长沙王所害。"荪与邢乔俱司徒李胤外孙[9],及胤子顺并知名[10]。时称"冯才清,李才明,纯粹邢[11]。"《晋诸公赞》曰:"乔字曾伯,河间人。有才学,仕至司隶校尉。慎字曼长,仕至太仆卿。"

【注】

〔1〕洛中:指洛阳。雅雅:文雅之士众多貌。

〔2〕刘粹:字纯嘏,西晋沛国相(今安徽濉溪西北)人。

〔3〕宏:刘宏,字终嘏。刘粹弟。

〔4〕漠:刘漠,字冲嘏。

〔5〕王安丰:王戎,见《德行》16注。

〔6〕真长:刘惔,见《德行》35注。

〔7〕铮铮:形容人名声响亮。冯惠卿:冯荪,字惠卿,西晋长乐(今河南安阳东)人。

〔8〕播:冯播,字友声。

〔9〕李胤:字宣伯,西晋辽东襄平(今辽宁辽阳)人。官至司徒。

〔10〕顺:李顺,字真长,一说字曼长。

〔11〕纯粹:谓人品质纯净。

【评】

故事运用了人物品评中"事数标榜"和"音节相谐"两种常用方法。事数标榜是中古时期常见的文化现象,也是人物品藻的重要方式之一,由东汉末年清议名士开创。如三君、四友、敦煌五龙、卞氏六龙、八俊等等,都是概括某一些人或某一类人的群体特征。事数标榜的称谓方式,对后世较大影响,如文学史所谓的文章四友、江湖四灵、苏门四学士等,声气相求、类聚群分,当然其内涵也由原来的人物品评转为流派概括。雅雅,就是儒雅家风烙刻在刘氏兄弟三人身上的外在标志。另外雅、嘏,铮、卿、清、明、邢等均音节琅琅,声调相谐而添彩增色。

8.23 卫伯玉为尚书令〔1〕,见乐广与中朝名士谈议〔2〕,奇之,曰:"自昔诸人没已来,常恐微言将绝〔3〕,今乃复闻斯言于君矣!"命子弟造之〔4〕,曰:"此人,人之水镜也〔5〕,见之若披云雾睹青天〔6〕。"《晋阳秋》曰:"尚书令卫瓘见广曰:'昔何平叔诸人没,常谓清言尽矣。今复闻之于君。'"王隐《晋书》曰:"卫瓘有名理,及与何晏、邓飏等数共谈讲,见广,奇曰:'每见此人则莹然,犹廓云雾而睹青天也。'"

【注】

〔1〕卫伯玉:卫瓘,见《识鉴》8注。尚书令:官名。尚书省长官,负责政令。

〔2〕乐广:字彦辅,南阳人。见《德行》23注。中朝:晋代南渡以后,称西晋为中朝。

〔3〕微言:精深微妙的言辞。此指玄学清谈。

〔4〕造:拜访。

〔5〕水镜:比喻人的思想或性格如静水、如明镜一般清明。

〔6〕披:分开。

【评】

卫瓘"常恐微言将绝,今乃复闻斯言"云云,王敦品目卫玠亦有类此之评,以拟"孔子没而微言绝"之意。乐广在西晋是一个独特的存在,他以智者超凡的悟性将儒、玄二道融为一体,化作独立不倚、左右俱宜的人生智慧。他对王澄、胡毋辅之等玄学末流的任性放达、裸体之游,付之一笑;"名教内自有乐地"一语,足见其在众人愦愦之际,保持了我之昭昭。他并不固守儒家思想一端,而是赋予其玄学的时代内涵。《晋书》本传载其"所在为政,无当时功誉,然每去职,遗爱为人所思"。可见受道家无为思想影响较深,并不重风光一时的面子工程。乐广思想中还有可贵的唯物主义和辩证法倾向,如对卫玠阐释梦的含义为"想",为客人解释"杯弓蛇影"现象的成因,在"闹妖怪"的官舍居住,均体现了知识分子的独立思考和理性判断。乐广见识广博,故能释疑析理,境界圆通,涵容无滞,周流不居,是一个不可多得的思想家和学问家,故卫瓘有"水镜"美称。

8.24 王太尉曰[1]:"见裴令公精明朗然[2],笼盖人上[3],非凡识也。若死而可作[4],当与之同归。"或云王戎语[5]。《礼记》曰:"赵文子与叔誉观于九原,文子曰:'死者如可作也,吾谁与归?'"郑玄曰:"作,起也。"

【注】

〔1〕王太尉:王衍,见《言语》23注。

〔2〕裴令公:裴楷,见《德行》18注。精明:精细明察。朗然:高洁开朗。

〔3〕笼盖:高出……之上。

〔4〕作:起,起来。"死而可作",语出《礼记·檀弓下》:"死而如可作也,吾谁与归?"

〔5〕王戎:见《德行》16注。

【评】

程炎震通过考证官职,以此为王衍语;朱铸禹以为王夷甫不喜裴楷,当是王戎语。余意倾向程说。裴楷清通,得玄谈之神旨,故无往而不达。《晋书》载其"风神高迈,容仪俊爽,博涉群书,特精理义",可与"精明朗然,笼盖人上"相印证。故王衍有"与之同归"之妙赏。

8.25 王夷甫自叹[1]:"我与乐令谈[2],未尝不觉我言为烦[3]。"《晋阳秋》曰:"乐广善以约言厌人心,其所不知,默如也。太尉王夷甫、光禄大夫裴叔则能清言,常曰:'与乐君言,觉其简至,吾等皆烦也。'"

【注】

〔1〕王夷甫:王衍。

〔2〕乐令:乐广。

〔3〕烦:繁杂。

【评】

晋人尚简约,故高坐道人不作汉语,简文评曰:"以简应对之烦",不觉其短,而服其高,可见时代风气。乐广辞约旨达,是化繁为简的高手。如卫玠总角时,与其讨论梦的成因,乐广仅示一"想"字,卫玠琢磨不得,遂以成病;再如与客人探讨"旨不至"的命题,直以麈尾柄触几案,问客:"至不?"客曰:"至。"因又举麈尾,曰:"若至者,那得去?"客亦服其致。简约风格已深入晋人玄谈,后来禅宗顿悟的思维方式与之类似。于此可见影响。

8.26 郭子玄有隽才[1],能言老、庄,庾敳尝称之[2],每曰:"郭子玄何必减庾子嵩[3]!"《名士传》曰:"郭象字子玄,(自)黄门郎为太傅主簿,任事用势,倾动一府。敳谓象曰:'卿自是当世大才,我畴昔之意都已尽矣!'其伏理推心,皆此类也。"

【注】

〔1〕郭子玄:郭象,见《文学》17注。隽才:卓越的才智。

〔2〕庾敳:字子嵩,见《文学》15注。

〔3〕何必:为什么一定。减:不如,比……差。

【评】

庾敳于道家玄旨有着天然超常的领悟力,尝读《老》、《庄》,曰:"正与人意暗同。"郭象亦是治"庄"的专家,曾注《庄子》,清代郭庆藩《庄子集释》就保留了郭注,见其影响之深。其注以玄解庄,带有时代色彩。庾敳每言:"郭子玄何必减庾子嵩!"其伏理推心、坦诚相待之意,恰和魏晋名士间互相褒扬、赏誉的良好传统相凑泊,而绝无后世文人相轻乃至百般诋毁的恶习。庾敳因与郭象有心灵上的共鸣,故能逢人说"象",大相推介。但正常的学术交流,难在缺乏纯净的容身空间,有时不免受到学者政治态度的影响。当郭象做了太傅司马越的主簿,庾敳已很难与郭象平等相待,而是被迫为自己套上层层保护铠甲。敳对象曰:"卿自是当世大才,我畴昔之意都已尽矣。"(《晋书》敳本传)政治分野使人际温情受到如此"异化",不能不说是莫大的悲哀!

8.27 王平子目太尉[1]:"阿兄形似道[2],而神锋太隽[3]。"太尉答曰:"诚不如卿落落穆穆[4]。"王隐《晋书》曰:"澄通朗好人伦,情无所系。"

【注】

〔1〕王平子:王澄,见《德行》23注。王衍弟。目:品评。太尉:王衍。
〔2〕道:此指有道之人。
〔3〕神锋:神采锋芒。隽:特出。
〔4〕落落穆穆:疏淡平和。

【评】

王衍、王澄二人,虽为同出兄弟,而风度气质迥然不同。"神锋太俊"、"落落穆穆"寥寥数字,能大体概括二人性格特点。王世懋曰:"兄弟间品题略尽",甚当,可知兄弟间相知甚深。王衍以名士自矜,刻意矫饰,顾影自怜。"口未尝言钱"一例,看似脱俗,实大大损其自然;王澄则率性而为,师心自任。将镇荆州,为封疆大吏,责任重大,送者倾朝,澄则上树捉鸟,神气萧然,旁若无人,将庄重严肃的饯行气氛解构于无形,遂入任诞一路。王澄不能为王衍之刻意,王衍不能为澄之任心。

8.28 太傅府有三才[1]:刘庆孙长才[2],《晋阳秋》曰:"太傅将召刘舆,或曰:'舆,犹腻也,近将汙人。'太傅疑而御之。舆乃密视天下兵簿,诸屯戍及仓库处所,人谷多少,牛马器械,水陆地形,皆默识之。是时军国多事,每会议事,自潘滔以下皆不知所对,舆便屈指筹计,所发兵仗处所、粮廪运转,事无凝滞。于是太傅遂委仗之。"**潘阳仲大才**[3],**裴景声清才**[4]。《八王故事》曰:"刘舆才长综覈,潘滔以博学为名,裴邈强立方正。皆为东海王所昵,俱显一府。故时人称曰:'舆长才,滔大才,邈清才也。'"

【注】

〔1〕 太傅:东海王司马越,见《雅量》10注。
〔2〕 刘庆孙:刘舆,见《雅量》10注。长才:高才,多才。
〔3〕 潘阳仲:潘滔,见《识鉴》6注。大才:超群出众之才。
〔4〕 裴景声:裴邈,见《雅量》11注。清才:清俊之才。

【评】

刘舆乃刘琨兄,为东海王司马越左长史,是专门寻人之过而行构陷之实的小人。品行卑下与弟琨恍若天渊,但治事之才令人啧啧称奇。史称"宾客满筵,文案盈机,远近书记日有数千,终日不倦,或以夜继之,皆人人欢畅,莫不悦附"。因此获"长才"之誉,从惟才是举的角度看,未为不可。潘滔在王敦小时,预测敦"蜂目已露,但豺声未振",有一定人伦识鉴,目之"大才",亦不算牵强。对裴邈"清才"之评价,因合于时代精神,故属于至高的评价。观三才之中,长才为一偏之才,大才超出众类,清才最受推崇,一字之中能看出皮里阳秋之义。

8.29 **林下诸贤**[1],**各有隽才子**[2]:**籍子浑**[3],**器量弘旷**[4];《世语》曰:"浑字长成,清虚寡欲,位至太子中庶子。"**康子绍**[5],**清远雅正**;已见。**涛子简**[6],**疏通高素**[7];虞预《晋书》曰:"简字秀伦,平雅有父风,与嵇绍、刘漠等齐名,迁尚书,出为征南将军。"**咸子瞻**[8],**虚夷有远志**[9],**瞻弟孚**[10],**爽朗多**

所遗[11]；《名士传》曰："瞻字千里，夷任而少嗜欲，不修名行，自得于怀，读书不甚研求而识其要。仕至太子舍人，年三十卒。"《中兴书》曰："孚风韵疏诞，少有门风。初为安东参军，蓬发饮酒，不以王务婴心。"秀子纯、悌[12]，并令淑有清流[13]；《竹林七贤论》曰："纯字长悌，位至侍中。悌字叔逊，位至御史中丞。"《晋诸公赞》曰："洛阳败，纯、悌出奔，为贼所害。"戎子万子[14]，有大成之风[15]，苗而不秀[16]；《晋诸公赞》曰："王绥字万子，辟太尉掾，下(不)就，年十九卒。"《晋书》曰："戎子万，有美号而太肥，戎令食糠，而肥愈甚也。"唯伶子无闻[17]。凡此诸子，唯瞻为冠[18]，绍、简亦见重当世。

【注】

〔1〕林下诸贤：魏晋间山涛、阮籍、嵇康、向秀、刘伶、阮咸、王戎七名士，常共游宴于竹林之下，人称"竹林七贤"。

〔2〕隽才：有卓越才智的人。

〔3〕籍子浑：阮籍的儿子阮浑，字长成。

〔4〕器量：器局度量。弘旷：宏大旷达。

〔5〕康子绍：嵇康的儿子嵇绍，见《政事》8注。

〔6〕涛子简：山涛的儿子山简，字季伦。

〔7〕疏通：疏放通达。高素：高雅朴素。

〔8〕咸子瞻：阮咸的儿子阮瞻，字千里。

〔9〕虚夷：恬淡寡欲。

〔10〕瞻弟孚：阮瞻的弟弟阮孚，见《文学》76注。

〔11〕爽朗：直爽开朗。多所遗：指不拘小节、不矜细行的性格。

〔12〕秀子纯、悌：向秀的儿子向纯、向悌。纯，字长悌。悌，字叔逊。

〔13〕令淑：美好善良。有清流：清高而有时望。

〔14〕戎子万子：王戎的儿子王万子，名绥，字万子。

〔15〕大成：成大器。

〔16〕苗而不秀：《礼记·子罕》："苗而不秀者有矣夫！"是孔子哀叹

弟子颜渊早死的话,后用来比喻人才能尚未发挥而早逝。

〔17〕伶子:刘伶的儿子。无闻:没有名声。

〔18〕冠:最优。

【评】

故事专论竹林诸贤子弟,为我们从遗传学、教育学等角度审视晋人家庭,提供了典型的素材。从遗传学的角度看,阮浑、嵇绍、山简、阮瞻阮孚兄弟、向纯向悌兄弟、万子诸人,均遗传了父辈造化所钟的超凡资质。或成为立事、立功而名垂青史的政治家和晋室忠臣,如嵇绍、山简;或成为各具风姿神情的玄学名士,如万子、阮氏兄弟。其中阮瞻深合时代精神,最为清通。从教育学的角度看,阮氏老一辈纵情任心,无意仕宦,其子弟也多以名士风度,而非政治功业显;山涛仕途顺利,位至公卿,其子山简以政声致誉;嵇康虽桀骜不驯,然亦有谆谆《家诫》,嵇绍竟成为晋室忠臣。诸俊才之子的成功,家庭教育当占其中分量较重的比例。此间惟刘伶子湮没无闻,当与其酗酒无度,与优生学原则相悖有莫大关系。晋人好酒,自是通累,刘伶为晋人中酗酒之尤甚者,后世称其为酒仙,遂成为酒店招牌人物。

8.30 庾子躬有废疾[1],甚知名,家在城西,号曰"城西公府"。虞预《晋书》曰:"琮字子躬,颍川人,太常峻弟(第)二子,仕至太尉掾。"

【注】

〔1〕庾子躬:庾琮,字子躬。废疾:残疾。

【评】

刘孝标注以为庾琮为庾峻第二子,《晋书》峻本传载其二子:珉、敳,不见有琮,诸贤亦未辨。庾琮为太尉掾,因有废疾而家居。"城西公府"之号,盖谓其家地处偏僻,而名士魅力光芒四射,希心企慕者趋之若鹜,宾客络绎不绝、车马填巷,有如公府。秦大臣李斯位极人臣,其子李由省亲回家,借机贿赂者亦车马填巷,李斯有物禁大胜之叹。庾琮与李斯获誉当时,看似相同,而其本质南辕北辙。李斯位高权重,官吏们因缘射利而自甘谄媚;这就与废疾居家、无职无权的庾琮"太公钓鱼,愿者上钩"的交友方式异趣。魏晋名士追求自由适意的精神生活,许多人并不把案牍之事太过看重,宁愿参加一些与升官发财无涉的无功利性精神文化沙龙。魏晋风度以此胜出一筹。

8.31 王夷甫语乐令[1]:"名士无多人,故当容平子知[2]。"《王澄别传》曰:"澄风韵迈达,志气不群。从兄戎、兄夷甫名冠当年,四海人士一为澄所题目,则二兄不复措意,云:'已经平子。'其见重如此,是以名闻益盛。天下知与不知,莫不倾注。澄后事迹不逮,朝野失望。及旧游识见者,犹曰:'当今名士也。'"

【注】
〔1〕王夷甫:王衍。乐令:乐广。
〔2〕故当:自然,当然。容:允许。平子:王澄,王衍弟,见《德行》23注。知:知道。

【评】
　　王衍虽祖述老、庄,以无为本,而他于道家玄理,只不过是其取名世、装点门面的终南捷径而已,其高谈阔论的口实,根本经不起现实行动的检验。王衍在清谈领袖乐广面前,大力提携弟弟王澄,正透露出其胸中无法释怀的家族门第私计。王衍深知名士间舆论力量,可以化腐朽为神奇,故时时在乐广之类的大牌名士面前,为王澄作免费广告宣传。虽然手足之情可怀可感,但却难以掩其为门户计的自私本质。

8.32　王太尉云[1]:"郭子玄语议如悬河写水[2],注而不竭。"《名士传》曰:"子玄有隽才,能言庄、老。"

【注】
〔1〕王太尉:王衍。
〔2〕郭子玄:郭象,见《文学》17注。语议:指谈论玄学。悬河:瀑布。写:通"泻"。倾泻。

【评】
　　魏晋玄学的发展流变中,郭象是一位集大成的人物。其玄学思想,整合了嵇康、阮籍的以道批儒,裴頠、孙盛的以儒攻道,继承并发展了王弼"贵无"、裴頠"崇有"诸论,适逢其时地提出自己"独化"的理论主张,并反映在《庄子注》中。所谓"独化",指现象界一切事物是独自、孤立、无所凭依地生成变化,即"外不资于道,内不由于己,掘然自得而独化也"(《庄子·大宗师注》)。郭象的理论,折衷于名教与自然,是对当时各种玄学主张的总结和调和,是玄学发展愈加精致化的标志。王衍评其谈论"如悬河泻水,注而不竭",可见其理论自成系统,具有一种生生不息的创造力。

8.33　司马太傅府多名士[1],一时隽异[2]。庾文康云[3]:"见子嵩在其中[4],常自神王[5]。"《晋阳秋》曰:"敳为太傅从事中郎。"

【注】
〔1〕司马太傅:东海王司马越,见《雅量》10注。

〔2〕一时:指当世,当时。隽异:指卓越特出的人才。

〔3〕庾文康:庾亮,见《德行》31注。

〔4〕子嵩:庾敳,见《文学》15注,此时为太傅从事中郎。

〔5〕神王:精神振奋。王,通"旺"。

【评】

《晋书》本传载敳为陈留相时,未尝以事婴心,"从容酣畅,寄通而已。处众人中,居然独立"。与"常自神王"之意正合。敳借助道家的慧眼,看透了世间政治的无常纷争,自能元气内充,悠游其间。因能保全心灵之自足境界,而常于喧嚣中获取一份诗意快感,虽处官府之中,如游山川丘壑。与夫为蝇头微利而蜂聚蚁争之徒相比,自有天渊之别!

8.34 太傅东海王镇许昌〔1〕,以王安期为记室参军〔2〕,雅相知重〔3〕。敕世子毗曰〔4〕:"夫学之所益者浅〔5〕,体之所安者深〔6〕。闲习礼度〔7〕,不如式瞻仪形〔8〕;讽味遗言〔9〕,不如亲承音旨〔10〕。王参军人伦之表〔11〕,汝其师之〔12〕。"或曰:"王、赵、邓三参军人伦之表〔13〕,汝其师之。"谓安期、邓伯道、赵穆也。《赵吴郡行状》曰:"穆字季子,汲郡人。真淑平粹,才识清通,历尚书郎、太傅参军。代(后)太傅越与穆及王承、阮瞻、邓攸书曰:'礼,八岁出就外傅,十年曰幼学,明可以渐先王之教也。然学之所受者浅,体之所安者深。是以闲习礼度,不如式瞻轨仪;讽味遗言,不如亲承辞旨。小儿毗既无令淑之资,未闻道德之风,欲屈诸君时以闲豫,周旋燕诲也。'穆历晋明帝师、冠军将军、吴郡太守,封南乡侯。"袁宏作《名士传》〔14〕,直云王参军〔15〕。或云:"赵家先犹有此本。"

569

【注】

〔1〕太傅东海王:司马越。许昌:县名。在今河南。

〔2〕王安期:王承,见《政事》9注。记室参军:官名。诸王、三公、大将军等所设属官,掌表章文书等。

〔3〕雅:素常。知重:赏识器重。

〔4〕敕:告诫,诫饬。世子:帝王或诸侯正妻所生的长子。毗:司马毗,东海王越子。

〔5〕益:受益。

〔6〕体:体验履践。安:感到满意、合适。

〔7〕闲习:熟悉。反复演习。

〔8〕式瞻:瞻。式,发语词。仪形:仪容形貌。

〔9〕讽味:讽咏玩味。遗言:死者留下来的话。

〔10〕亲承:亲自聆听。承,闻。音旨:同"辞旨"。言辞旨趣。

〔11〕王参军:王承。人伦之表:为人的表率。人伦,指有名望、有身份的人。

〔12〕其:助词。表示祈使、期望。师:师从;师法。

〔13〕王、赵、邓三参军:王承、赵穆、邓攸三位参军。

〔14〕袁宏:见《言语》83注。《名士传》:书名,袁宏撰。

〔15〕直:通"特",只,只是。

【评】

两晋民间私学兴盛,成为官学的有益补充。司马越为世子延师课读,并对老师王承极尽赞美之词。事实证明,司马越于王承并非溢美。太尉王衍以王承比南阳乐广,而渡江名臣王导、卫玠、周顗、庾亮之徒皆出其下。请到王承这样的老师,可见司马越眼光犀利,有此贤父,是世子的造化。王承是一位有着儒者仁爱情怀的教育大师。《晋书》本传载,承为东海太守时,差役捉到一个因从师受学不觉日暮而犯夜的年轻学子,承曰:"鞭挞宁越以立威名,非政化之本。"于是命令下吏送还其回家。(宁越为春秋时期苦学成才的著名人物,后为周威王师。)故事说明,王承重视教育,深晓教育的精神实质,故不拘法律条文为下层寒士提供庇护。另外,东海王越训诫世子的一番话,也说明他对教育有独到的思考。其核心思想,就是反对生吞活剥地死记硬背,注重亲身体验、联系实际。这就必然为老师创造性地施教,提供宽松的氛围和良好的环境。

8.35 庾太尉少为王眉子所知[1],庾过江,叹王曰:"庇其宇下[2],使人忘寒暑。"《晋诸公赞》曰:"玄少希慕简旷。"《八王故事》曰:"玄为陈留太守,或劝玄过江投琅邪王。玄曰:'王处仲得志于彼,家叔犹不免害,岂能容我?'谓其器宇不容于敦也。"

【注】
〔1〕庾太尉:庾亮,见《德行》31注。王眉子:王玄,见《识鉴》12注。
〔2〕宇下:屋檐底下。比喻受到庇护。

【评】
王玄与卫玠齐名,亦沾溉名士家风。庾亮感叹玄知遇之恩,情深义重。"使人忘寒暑"一句有二义,一为忘记了寒来暑往之季节更替,可见其玄谈有吸引力,使人不觉时间流逝;二为忘却了冷暖,意谓王玄有人格感召力,使人感到如坐春风般的舒适惬意。二义虽歧而可相互补充,读者在阅读过程中有更多的思考联想空间,从而凸现了魏晋名士言谈简约风格所带来的魅力。台湾著名诗人、学者余光中先生在《朋友四型》一文中,将朋友概括为四种:高级而有趣,高级而无趣,低级而有趣,低级而无趣。做一个可能不太恰当的比较,汉儒有点像高级而无趣的朋友,大概是古人所谓的诤友,甚至是畏友;魏晋名士则多为高级而有趣的朋友,使人敬而不畏,亲而不狎。王玄当属于高级而有趣的类型,故庾亮有"忘寒暑"之譬。

8.36　谢幼舆曰[1]:"友人王眉子清通简畅[2],嵇延祖弘雅劭长[3],董仲道卓荦有致度[4]。"王隐《晋书》曰:"董养字仲道。太始初到洛,下(不)干禄求荣。永嘉中,洛城东北角步广里中地陷,中有二鹅,苍者飞去,白者不能飞。问之博识者,不能知。养闻,叹曰:'昔周时所盟会狄泉,此地也。卒有二鹅,苍者胡象,后胡当入洛;白者不能飞,此国讳也。'"谢鲲《元化论序》曰:"陈留董仲道,于元康中见惠帝废杨悼后,升太学堂叹曰:'建此堂也,将何为乎?每见国家赦书,谋反逆皆赦,孙杀王父母、子杀父母不赦,以为王法所不容也。奈何公卿处议,文饰礼典,以至此乎!天人之理既灭,大乱斯起。'顾谓谢鲲、阮孚曰:'《易》称知几其神乎,君等可深藏矣。'乃与妻荷儋入蜀,莫知其所终。"

【注】

〔1〕谢幼舆:谢鲲,见《言语》46注。

〔2〕眉子:王玄,见《识鉴》12注。清通简畅:清明通达,简约疏放。

〔3〕嵇延祖:嵇绍,见《政事》8注。弘雅劭长:宽宏端正,美好高尚。

〔4〕董仲道:董养,字仲道,西晋陈留浚仪(今河南开封西北)人。卓荦:卓越出众,不同流俗。致度:气度。

【评】

　　王玄有名士家风,谢鲲评其"清通简畅",正寄托了晋人的审美好尚。嵇绍公忠体国、勠力晋室,谢鲲评绍"弘雅邵长",符合汉儒贤良方正的风度。董养见大乱将作,乃与妻荷担入蜀,为"知机其神"的明哲君子。玄、绍、养三人,一道、一儒、一隐,各成佳胜。《语》曰:"益者三友",谢鲲可谓"三径俱开"的益者。

8.37　王公目太尉[1]:"岩岩清峙[2],壁立千仞[3]。"顾恺之《夷甫画赞》曰:"夷甫天形瓌特,识者以为岩岩秀峙,壁立千仞。"

【注】

〔1〕王公：王导，见《德行》27 注。太尉：王衍，见《言语》23 注。

〔2〕岩岩：高耸貌。清峙：挺拔的山峰。

〔3〕壁立：像峭壁一样笔直耸立。仞：古代长度单位，八尺（一说七尺）为一仞。

【评】

魏晋人重姿容体貌、气质风神，就此而论，王衍有着罕见其匹的先天优势，其人好像是竞秀千岩中矗立不群的顶峰，又如毫无垒块赘石的千仞峭壁。王衍若活在今天，凭借其迷人的外表，不凡的举止和优雅的谈吐，定会成为少男少女疯狂崇拜的明星偶像。常人多数不能识破其假象，必为其蒙蔽一时。这也从一个侧面说明了无论是精英文化还是大众文化，都难免其肤浅的一面，精英文化中一般名士有蚁附权威的心理，大众文化更是经常掀起疯狂的偶像崇拜狂潮，二者都与健全、理性的文化心态相去甚远，应该不断修正自身。正像今人评价大汉奸胡兰成，胡文有气韵而无气节，正像他做人，有灵气而无灵魂。这话完全适用于一千七百多年前的王衍。

8.38 庾太尉在洛下[1]，问讯中郎[2]，庾敳。中郎留之云："诸人当来。"寻温元甫、《晋诸公赞》曰："温几字元甫，太原人。才性清婉，历司徒右长史、湘州刺史，卒官。"刘王乔、曹嘉之《晋纪》曰："刘畴字王乔，彭城人。父讷，司隶校尉。畴善谈名理，曾避乱坞壁，有胡数百欲害之，畴无惧色，援笳而吹之，为《出塞》、《入塞》之声，以动其游客之思。于是群胡皆泣而去之。位至司徒左长史。"裴叔则俱至[3]，酬酢终日[4]。庾公犹忆刘、裴之才隽[5]，元甫之清中[6]。"中"一作"平"。

【注】

〔1〕庾太尉:庾亮,见《德行》31注。洛下:洛阳。

〔2〕问讯:问候。指礼节性问安。中郎:指庾敳。敳曾作司马太傅从事中郎。

〔3〕温元甫:温几,字元甫,西晋太原(今属山西)人。刘王乔:刘畴,字王乔,西晋彭城(今江苏徐州)人。刘讷子。裴叔则:裴楷,见《德行》18注。

〔4〕酬酢:主宾互相敬酒,主敬客曰酬,客敬主曰酢。引申为宾朋间谈论应对。

〔5〕才隽:卓越的才华。

〔6〕清中:心地清白。中,内心。

【评】

庾亮为敳堂侄,虽早年从父过江,犹忆洛下时事。故事追记,是一次曾在庾敳家举行的文化沙龙。聚会的主客有庾敳、温几、刘畴、裴楷诸人,庾敳为一时士人领袖,名士来聚其家,有如辐辏。大概庾氏子弟特别具有亲和力,易形成以其为核心的名士集团,本门庾琮废疾在家而蔚成"城西公府"条可与此印证。故事表现的场面,恰合宋儒所言"活泼泼"的生活教育,名士间酬酢的风雅,在庾亮幼小的心灵深处留下了深刻的烙印,故过江之后,犹忆诸人之"清中"、"才俊"。

8.39 蔡司徒在洛[1],见陆机兄弟住参佐廨中[2],三间瓦屋,士龙住东头,士衡住西头。士龙为人文弱可爱[3],士衡长七尺馀,声作钟声[4],言多慷慨[5]。《文士传》曰:"云性弘静,怡怡然为士友所宗。机清厉有风格,为乡党所惮。"

【注】

〔1〕蔡司徒：蔡谟，见《方正》40注。

〔2〕陆机兄弟：陆机、陆云。参佐：僚属。廨：官署。

〔3〕文弱：文雅柔弱。

〔4〕钟声：《晋书·陆机传》称："机身长七尺，其声如雷。"

〔5〕慷慨：意气风发，情绪激昂。

【评】

陆机、陆云惨死时，蔡谟年仅十九岁，可见故事为追忆之词。二陆兄弟为天才颖迈的南士精英，吴平入洛，怀负着超拔的家族理想走向西晋的政治舞台。故事所述细节，如住东屋、西屋，言语姿态等，富于生活情趣，读来栩栩如生；兄弟之音容笑貌，亦宛在目前，使人顿生沧海桑田、梓泽丘墟之感。陆云文弱可爱，息事宁人；陆机言多慷慨，锋芒毕露。然而他们的率真与才情，并没有为其带来好运，反而加速其成为复杂政治的牺牲品。王世懋评曰："二陆即被祸，犹为名贤忆慕如此，盖以得见为幸也。"可见二陆兄弟在士人心目中的地位。

8.40 王长史是庾子躬外孙[1]，《王氏谱》曰："濛父讷，娶颍川庾琮之女，字三寿也。"丞相目子躬云[2]："入理泓然[3]，我已上人[4]。"子躬，子嵩兄也。

【注】

〔1〕王长史：王濛，见《言语》66注。庾子躬：庾琮，见本篇30注。

〔2〕丞相：王导。

〔3〕入理：指钻研玄理，深入玄理之中。泓然：幽深宽广。

〔4〕已上：以上。

【评】

　　魏晋清谈的主要内容是辨名析理的形上探讨,前期以老、庄、易为"三玄",后期则有佛教义理的比附参与。除姿容相貌、气度风神之外,领悟事理的能力,成为人物赏誉又一重要考察标准。庾琮有废疾,虽然外貌欠佳,但形残神全,通过钻研玄理为士林所认可。王导称其"入理泓然,我已上人",评价相当高。

8.41　庾太尉目庾中郎[1]:"家从谈谈之许[2]。"
《名士传》曰:"敳不为辨析之谈,而举其旨要,太尉王夷甫雅重之也。"一作"家从谈之祖","从"一作"诵","许"一作"辞"。

【注】

　　[1] 庾太尉:庾亮。庾中郎:庾敳。
　　[2] 家从:我家从父(堂叔),指庾敳。谈谈:通"沈沈"、"潭潭"。指思想言论深邃。

【评】

　　"谈谈",深沉貌。深沉,故沉郁内敛。史载庾敳值天下多故、祸变屡起,常静默无为、袖手旁观。这是一种将通天尽人的生命智慧,化为不得已的自我保全之术,深沉中潜藏着几许苍凉和无奈。《晋书》本传载其与郭象关系的微妙变化,以及智对刘庆孙的刻毒构陷,都可以见出庾敳的良苦用心。没有人生来喜欢装疯卖傻,使自己理想和才情"匏瓜徒悬";人们期待着海晏河清时代的到来。但对于大多数人而言,在历史的长河中,这样的境界大多是一种奢望,少数"假高衢而骋力"者是幸运儿,不能将其看成是政治的常态。庾敳的"谈谈之许"实在是迫不得已的外在掩饰!

8.42 庾公目中郎[1]:"神气融散[2],差如得上[3]。"《晋阳秋》曰:"敳颓然渊放,莫有动其听者。"

【注】
〔1〕庾公:庾亮。中郎:庾敳。
〔2〕融散:恬淡豁达。
〔3〕差如:颇为。得上:能够超拔向上。

【评】
庾亮目从父敳"神气融散,差如得上"。类似于本门第三十三则所评之"常自神王"之意。从常态的审美标准而言,庾敳算得上畸形。论身材相貌,"长不满七尺,而腰带十围",十围约今天的五尺,称得上极胖,徒能成为世俗取笑的对象。然而却因"神气融散"、"雅有远韵"(《晋书》本传),为士林所重。敳兄弟琮有废疾,更加不堪,却有"城西公府"美誉。合而观之可见,晋人赏誉虽重外貌之美,但却尤其赏识内在的精神气度之美,从而呈现出一种健全、宽容的心态。

8.43 刘琨称祖车骑为朗诣[1],曰:"少为王敦所叹[2]。"虞预《书》曰:"祖逖字士稚,范阳遒人。豁荡不修仪检,轻财好施。"《晋阳秋》曰:"逖与司空刘琨俱以雄豪箸名。年二十四,与琨同辟司州主簿,情好绸缪,共被而寝。中夜闻鸡鸣,俱起,曰:'此非恶声也。'每语世事,或中宵起坐,相谓曰:'若四海鼎沸,豪杰共起,吾与足下相避中原耳。'为汝南太守,值京师倾覆,率流民数百家南度,行达泗口,安东板为徐州刺史。逖既有豪才,常慷慨以中原为己任。乃说中宗雪复神州之计,拜为豫州刺史,使自招募。逖遂率部曲百馀家,北度江,誓曰:'祖逖若不清中原而复济此者,有如大江!'攻城略地,招怀义士。屡摧石虎,虎不敢复窥河南。石勒为逖母墓置守吏。刘琨与亲旧书曰:'吾枕戈待旦,志枭逆虏,常恐祖生先吾箸鞭耳!'会其病卒,先有妖星见豫州分。逖曰:'此必为我也,天未灭寇故耳。'赠车骑将军。"

【注】

〔1〕刘琨:字越石。见《言语》35 注。祖车骑:祖逖(266—321),字士稚,东晋范阳遒县(今河北涞水)人。出身幽冀望族。青年时与刘琨同为司州主簿,俱以雄豪著称。中夜闻鸡起舞,常以恢复中原为己任。朗诣:开朗通达。诣,通"逸"。

〔2〕王敦:见《言语》37 注。叹:赞美。

【评】

祖逖闻鸡起舞、击楫中流,以刻石立功的方式实现对国家的贡献。他的故事流传广远,为中华大地上的热血儿女铭记在心,每当事关民族兴亡的易代之际,总能激发起国人同仇敌忾、保家卫国的爱国热情。南宋爱国诗人陆游诗曰:"刘琨死后无奇士,独所荒鸡泪满衣"(《夜归偶怀故人独孤景略》)、"功名在子何殊我,惟恨无人快着鞭"(《书事》),就是引用了刘琨、祖逖这一对慷慨义士的典故,呼唤南宋抗金志士的出现。逖与刘琨俱为豪杰,为两晋士风带来一股清刚之气。王敦一代枭雄,与逖同年(均为 266 年出生),因年龄相同、气质相近,故易从其身上找到某种精神上的共鸣。可惜人生价值取向不同,东晋初年,王敦觊觎京师,祖逖则志复中原,二人是道不同而不相为谋。

8.44 时人目庾中郎[1]:"善于托大[2],长于自藏[3]。"《名士传》曰:"敱虽居职任,未尝以事自婴,从容博畅,寄通而已。是时天下多故,机事屡起,有为者拔奇吐异,而祸福继之。敱常默然,故忧喜不至也。"

【注】

〔1〕庾中郎:庾敳。

〔2〕托大:托身于玄默之大道。谓襟怀恢廓,超脱世事。"托"即超脱,不为世事所牵。

〔3〕自藏:韬晦自隐,不露锋芒。

【评】

庾敳见世事混乱,有为者虽拔奇吐异而福祸相继,故采取托大自藏的办法以名哲自保。托大者,寄心博大,不拘细节;自藏者,以拱默自保也。但这是一个不讲常规的时代,玄学的障眼法,躲得过奸佞的利口,却躲不过胡虏的利刃,与王衍同为石勒所杀。纷乱的政治与无常的官场,消磨了多少有为之士的英雄豪气和无羁才情,造成了巨大的人才毁灭,只落得或红巾揾泪,或沉冥自藏,幸好有一个玄学天地聊以发挥过剩的能量。庾敳之死,说明个体对于自己的生死无能为力,这是时代和社会的悲哀,后人虽惋惜其智慧、才情,也只能徒唤奈何!

8.45 王平子迈世有隽才[1],少所推服[2]。每闻卫玠言[3],辄叹息绝倒[4]。《玠别传》曰:"玠少有名理,善通庄、老。琅邪王平子高气不群,迈世独傲。每闻玠之语议,至于理会之间、要妙之际,辄绝倒于坐;前后三闻,为之三倒。时人遂曰:'卫君谈道,平子三倒。'"

【注】

〔1〕王平子:王澄,见《德行》23注。迈世:超出世俗。隽才:卓越的才智。

〔2〕推服:推重佩服。

〔3〕卫玠:见《言语》32注。

〔4〕辄:就,总是。绝倒:极为佩服倾倒。

【评】

　　王澄长卫玠十七岁,论辈分则为忘年,而每为之倾心折节,"卫玠谈道,平子绝倒",成为魏晋名士的一段风流佳话。晋人尚达,不以齿序、地位相稊,在真理面前持平等的态度——"无贵无贱,无长无少"、"道之所存,师之所存也"。这样的美德对于学术、理论的繁荣进步,功莫大焉。然世易时移,此风日衰。唐柳宗元《答韦中立论师道书》云:"由魏晋氏以下,人益不事师。今之事不闻有师,有辄哗笑之,以为狂人。"概括了南朝以后的士风。"卫玠谈道,平子绝倒"的美谈,在后世很长一段时间内,恐怕将成为绝响了。

　　8.46　王大将军与元皇表云[1]:"舒风概简正[2],作雅人[3],自多于邃[4],王舒,已见。《王邃别传》曰:"邃字处重,琅邪人,舒弟也。意局刚清,以政事称。累迁中领军,尚书左仆射。"舒、邃,并敦从弟。最是臣少所知拔[5]。中间夷甫、澄见语[6]:'卿知处明、茂弘[7],茂弘已有令名,真副卿清论[8];处明亲疏无知之者。吾常以卿言为意[9],绝未有得,恐已悔之。'臣慨然曰:'君以此试。'顷来始乃有称之者[10],言常人正自患知之使过[11],不知使负实[12]。""使"一作"便"。

【注】

　　[1] 王大将军:王敦,见《言语》37注。元皇:东晋元帝司马睿,见《言语》29注。

　　[2] 舒:王舒,见《识鉴》15注。风概:风度气概。简正:简约正直。

　　[3] 作雅人:据袁本,"作"上增一"允"字。雅人,高尚之士。

　　[4] 自:原来,本来。多:胜过。邃:王邃,字处重。王舒弟。

〔5〕最是:尤其是,特别是。知拔:赏识奖拔。

〔6〕夷甫、澄:王衍,字夷甫,见《言语》23注。王澄,王衍弟,见《德行》23注。见语:对我说。

〔7〕处明:王舒。茂弘:王导。

〔8〕副:符合。清论:高明的议论。指对人的品评。

〔9〕以卿言为意:把你的话当回事。指重视你的话。

〔10〕顷来:不久以来,近来。

〔11〕言:以为,认为。正自:只,只是。患:忧虑,担心。知之使过:了解的就让说过头。

〔12〕负实:违背事实。

【评】

"言常人正自患知之使过,不知使负实"二句,较难解,意谓一般人对于人才的任用,只是担心知遇超过其(人才)的实际,而未考虑不知遇就会辜负了他的才干。王敦对元帝这番话,则反其意而行。可见其人物品评从人的未来发展着眼,宁可高估一些,而不致才非所用,淹没了一个人的真实水平。这就说明王敦并非只知攻城略地的武人,还有识人之鉴及对人才的宽厚态度。凌濛初曰:"古今同患",实际上指出人性中嫉妒心理比比皆是。一代枭雄对精英人才的注重,正与其勃勃野心相契合。

8.47 周侯于荆州败绩还[1],未得用。王丞相与人书曰[2]:"雅流弘器[3],何可得遗!"邓粲《晋纪》曰:"顗为荆州,始至,而建平民傅密等叛,逆蜀贼,顗狼狈失据,陶侃求(救)之,得免。顗至武昌,投王敦,敦更选侃代顗,顗还建康,未即得用也。"

【注】

〔1〕周侯:周顗,见《言语》30注。于荆州败绩还:在荆州大败而回。周顗荆州败绩事,见刘孝标注。

〔2〕王丞相:王导。

〔3〕雅流:高雅之流。流,辈。弘器:宏大之器。喻有大才之人。

【评】

元帝初镇江左,以周颉为荆州刺史。荆州有江、汉之险,元帝有社稷之托。建平流人迎蜀贼相攻,颉狼狈败绩,甚失朝野之望,故一时未得任用。王导总揆百僚,深知周颉气度宽宏、处惊不乱,是堂堂廊庙之器,而非节镇军国之才。若端委朝廷,足以雍容镇物;分符封疆,正是用其所短。可见人伦识鉴,式瞻仪形,仅能得其外在风度;闲习音旨,方能得其神髓。朝廷诸臣,地位声名相若者,可能时时心存提防、嫉妒。但王导并不落井下石,而是多方为之延誉,怎能不令孤独无助的周颉心存感激,并在日后王导失势、命悬一线时挺身营救呢?

8.48 时人欲题目高坐而未能〔1〕,桓廷尉以问周侯〔2〕,周侯曰:"可谓卓朗〔3〕。"桓公曰:"精神渊箸〔4〕。"《高坐传》曰:"庾亮、周颉、桓彝,一代名士,一见和尚,披衿致契。曾为和尚作目,久之未得。有云:'尸利(黎)密可称卓朗。'于是桓始咨嗟,以为标之极。但宣武尝云:'少见和尚,称其精神渊箸,当年出伦。'其为名士所叹如此。"

【注】

〔1〕题目:品评,品题。高坐:高坐道人,晋高僧帛尸黎密多罗,见《言语》39 注。

〔2〕桓廷尉:桓彝,见《德行》30 注。周侯:周颉,见《言语》30 注。

〔3〕卓朗:高超开朗。

〔4〕桓公:桓温。渊箸(著):深沉彰明。

【评】

　　王导、庾亮、周颛、谢鲲、桓彝,皆一代名士,见高坐道人,终日累叹,引为侪辈,可见魏晋玄学在东晋时期与佛教的密切关系,以及道人超凡的人格魅力。道人为西域某国王子,让王位于弟,继而悟心天启,遁入沙门,其经历有似佛祖释迦牟尼。道人对权位与荣华的超迈态度,与魏晋名士希慕的"逍遥"、"齐物"的人生追求,有着本质的默契,其让国后又远涉东土的传奇经历,更是名士们心仪,而决不肯付诸实践的高标。其为王公卿相激赏甚至迷恋,正在情理之中。名士们对道人的人生经历与佛教义理既感亲切,又觉新奇,他们以宽广的胸怀、友好的态度,接纳了异质宗教,证明东晋虽偏安一角,就文化的包容性而言,仍是一个极有活力的存在。对高坐道人这样的"外来和尚"进行品目,是一件严肃的事情。梁释慧皎撰《高僧传》载,并未表明是周侯所云,桓公品藻亦非同时,而是以回忆方式道出。晋人赏誉讲究瞻形得神,由"卓朗"到"精神渊著",恰是由形入神的路数,由外在气度到内在精神,处处透露出不凡。

8.49　王大将军称其儿云[1]:"其神候似欲可[2]。"王应也。

【注】

　　[1] 王大将军:王敦。其儿:指王应。王应,本王含子,王敦无子,养为嗣子,见《识鉴》15注。

　　[2] 神候:精神面貌。欲可:还行,还可以。可:称人心、使人满意均曰"可"。如桓温目王敦之"可人"。

【评】

　　王敦无子而以兄含子应为嗣子,敦对养子应满心喜爱,且寄予厚望。从字面上看,王敦品评之言较为低调,"欲可"意为尚可,无足多论,但此语出自舐犊情深的父亲之口,意味大不寻常,恐怕掩饰不住眼角眉梢所传达出的欣喜之情,与谢安之"小儿辈大破贼"有异曲同工之妙。《世说》记事记言简约传神,寥寥数字,可引发无限联想。读者如能以中国传统文学观念"兴味"的态度,或以西方接受理论所主张的"填空"、"对话"等阅读方式,进行创造性的还原,自能体会到无穷的艺术魅力,感悟不尽的阅读意趣。

8.50 卞令目叔向[1]:"朗朗如百间屋[2]。"《春秋左氏传》曰:"叔向,羊肸也,晋大夫。"

【注】
〔1〕卞令:卞壸,见《言语》48 注。叔向:刘孝标注为羊舌肸,字叔向,春秋时晋大夫,似误,疑卞壸有叔名向。
〔2〕朗朗:开朗明亮。

【评】
《世说》之赏誉、品藻两门,止于魏晋两朝。凡品题人者,多亲见其人。卞壸目其叔向朗朗如百间屋,盖言其气度恢宏,神情开朗,胸襟坦白,就像上百间屋子的宏大建筑。

8.51 王敦为大将军[1],镇豫章[2],卫玠避乱[3],从洛投敦,相见欣然,谈话弥日[4]。于时谢鲲为长史[5],敦谓鲲曰:"不意永嘉之中[6],复闻正始之音[7]。阿平若在[8],当复绝倒[9]。"《玠别传》曰:"玠至武昌见王敦,敦与之谈论,弥日信宿。敦顾谓僚属曰:'昔王辅嗣吐金声于中朝,此子今复玉振于江表,微言之绪,绝而复续。不悟永嘉之中,复闻正始之音。阿平若在,当复绝倒矣。'"

【注】

〔1〕王敦:见《言语》37注。

〔2〕豫章:郡名,辖境相当今江西省,治所在南昌。

〔3〕卫玠:见《言语》32注。避乱:指避西晋末年的战乱。

〔4〕弥日:竟日,整天。

〔5〕谢鲲:见《言语》46注。

〔6〕永嘉:西晋怀帝年号(307—313)。

〔7〕正始之音:正始,三国魏齐王芳年号(240—249)。当时以何晏、王弼为代表的士大夫崇尚玄学清谈,后称当时的言论风尚为"正始之音"。

〔8〕阿平:王澄,字平子,王衍弟。

〔9〕当:将,会。绝倒:因佩服而倾倒。

【评】

王敦讦谟军机,卫玠避乱江左,竟一见倾心,谈话弥日。他们对理论探讨的热情,超越了战火硝烟与门第稻粱等功利性层面,完全是纯粹的学术争鸣。中华民族虽偶或命悬一线,而其文化终数千载不绝,正是靠了千百代士人的传承与发扬之功。而精神之火的绵延对民族向心力与国家认同又会产生巨大的影响。王敦虽戎马倥偬,仍关心玄学建设,与大名士卫玠谈论弥日,足见其理论功底非等闲之辈可比;同时也验证了一个时代现象,即魏晋士人玄谈的生活化,或换言之,士人生活的玄学化。朱铸禹先生释"金声"、"玉振"曰:"金声言乐之将始,先击镈钟,以宣其声,声宣也。玉振,言乐之将终,其声靡杀。玉声锵然清越而作之,所以美成也。"(《世说新语汇校集注》)拟之于何晏、卫玠,若合符契。

8.52 王平子与人书[1],称其儿"风气日上[2],足散人怀[3]"。《永嘉流人名》曰:"澄弟(第)四子微(徽)。"《澄别传》

曰:"微(徽)迈上有父风。"

【注】

〔1〕王平子:王澄,见《德行》23注。

〔2〕其儿:王微,一作王徽,见《言语》67注。风气:风度气质。

〔3〕足散人怀:足以使人开怀。意思是使人散心高兴。

【评】

"早相题目"是魏晋人物品评的特点之一。人伦识鉴之水平高下,主要体现在对早慧人才的发现和预见是否准确。如卫瓘对卫玠、羊祜对王衍的品目就很准确。本门王敦对子王应、王澄对子王微(徽)的赏誉则属于心理预期。"望子成龙"一语,正是对王澄内在心态的最好说明。李慈铭则从否定角度论及当时人物品评中的恶劣倾向:"晋、宋、六朝膏粱门第,父誉其子,兄夸其弟,以为声价;其为子弟者,则务鄙薄父兄,以示通率……于是未离乳臭,已得华资;甫识一丁,即为名士;沦胥及溺,凶国害家。平子本是妄人,荆产岂为佳子,所谓风气日上者,淫荡之风,痴顽之气耳。"从六朝门阀制度的腐朽性角度立论,有一定道理,但将所有早慧人才都一竿子打倒,未免株连无辜。

8.53　胡毋彦国吐佳言如屑[1],后进领袖[2]。言谈之流,靡靡如解木出屑也。

【注】

〔1〕胡毋彦国:胡毋辅之字彦国。嗜酒放达,不拘小节,与王澄、王敦、庾敳为王衍四友,官至湘州刺史。见《德行》23注。屑:细末。

〔2〕后进:晚辈;后辈。

【评】

王澄、胡毋辅之等人为王衍四友,受嵇、阮"越名教而任自然"风气影响,纵酒裸裎,以任放为达,其实只得"自然"之细枝末节,未通大道之本,并无太多进步意义,未免使人兴东施效颦之叹。此举在当时,当属于少数标新立异者的"先锋"、"实验"行为,恐不为入流名士买账;若在今天,也只能成为新闻媒体捕捉的笑料,入八卦报刊一列。于此可以推测,王澄赏其"吐佳言如屑,后进领袖",恐不免出于名士小集团中人互相提携,以获世誉的狭隘功利目的。

8.54 王丞相云[1]:"刁玄亮之察察[2],戴若思之岩岩[3],虞预书曰:"戴俨字若思,广陵人。才义辩济,有风标锋颖。累迁征西将军,为王敦所害。赠左光禄大夫,仪同三司。卞望之之峰距[4]。"《卞壸别传》曰:"壸字望之,济阴冤句人。父粹,太常卿。壸少以贵正见称,累迁御史中丞,权门屏迹。转领军、尚书令。苏峻作乱,率众拒战,父子二(三)人,俱死王难。"邓粲《晋纪》曰:"初,咸和中,贵游子弟能谈嘲者,慕王平子、谢幼舆等为达。壸厉色于朝曰:'悖礼伤教,罪莫斯甚,中朝倾覆,实由于此。'欲奏治之,王导、庾亮不从,乃止。其后皆折节为名士。"《语林》曰:"孔坦为侍中,密启成帝,不宜拜曹夫人。丞相闻之,曰:'王茂弘驽骀耳,若卞望之之岩岩,刁玄亮之察察,戴若思之峰距,当敢尔不?'"此言殊有由绪,故聊载之耳。

【注】

〔1〕王丞相:王导。

〔2〕刁玄亮:刁协,字玄亮,见《方正》23 注。察察:明察的样子。形容人做事精明。

〔3〕戴若思:戴渊,字若思,东晋广陵(今江苏淮阴东南)人。岩岩:高峻的样子。比喻态度严峻。

〔4〕卞望之:卞壸,字望之,见《言语》48注。峰距:比喻为人严正有锋芒。

【评】

　　王导之言,似有未尽之意。《晋书》卞壸传载此事甚详,可助理解。东晋初,成帝临幸王导府第,尝拜导妇曹氏。侍中孔坦密表不宜拜。导闻之曰:"王茂弘驽痾耳,若卞望之之严严,刁玄亮之察察,戴若思之峰距,当敢尔邪!"读后令人豁然开朗。卞、刁、戴三人,卞、刁性情刚悍,与物多忤,不畏强御,连王导也敢于弹劾,有法家峻厉之风;戴若思为人亦有不拘常规的侠义之气。察察、岩岩、峰距,同义互文,三人都与王导之优游宽和的作风不同,因刚直太过而拒人千里之外。王导此语乃讥讽孔坦欺软怕硬。

8.55　大将军语右军〔1〕:"汝是我佳子弟,案:《王氏谱》,羲之是敦从父兄子。当不减阮主簿〔2〕。"《中兴书》曰:"阮裕少有德行,王敦闻其名,召为主簿。知敦有不臣之心,纵酒昏酣,不综其事。"

【注】

　　〔1〕大将军:王敦。右军:王羲之,官右军将军,见《言语》62注。
　　〔2〕阮主簿:阮裕,见《德行》32注。

【评】

　　刘劭《人物志》以为"夫人才不同,成有早晚,有早智而速成者,有晚智而晚成者……夫幼智之人,才智精达,然其在童髦,皆有端绪,故文本辞繁,辩始给口。"世间确有天才颖迈的凤慧之人。王羲之十馀岁时,为周顗所异,先割牛心炙与之,待以殊礼。王敦、王导更以传承家风的使命相期许。事实证明,王羲之没有辜负父辈的厚望,他不仅对现实政治有独到的思考,且创立了卓绝千古的书法艺术。他与谢安为领袖的"兰亭之游",在玄学发展史上是具有里程碑性质的大事。就此而言,王羲之不仅超越了阮裕等第一代过江名士,且其声名亦远非王氏家族"佳子弟"所能拘囿。

8.56 世目周侯"嶷如断山[1]"。《晋阳秋》曰:"颛正情嶷然,虽一时侪类,皆无敢媟近。"

【注】

〔1〕周侯:周颛,见《德行》30 注。嶷:高峻。断山:切断的山崖。比喻周颛性格清高刚正。

【评】

《晋书》颛传载颛"少有重名,神采秀彻,虽时辈亲狎,莫能媟也"。法国女权主义思想家西蒙娜·德·波伏瓦在《第二性》一书中,曾经说过这样一句话:"女人不是天生的,而是被造就的。"我们可以套用过来说:名士不是天生的,而是被造就的。周颛少有重名,代表社会对他的认同和期许,"时辈亲狎,莫能媟也"并不符合小孩子的天性,乃是他本人自觉认同并故意长期强化这种角色意识,进而内化成为外在的习惯。"嶷如断山"之评,见出世人对其"海内盛名"的承认,这正是其长期自觉向社会文化靠拢而获得的最好报偿。不仅是周颛,其实诸多名士,都经历过这样一个自觉或不自觉的社会化过程。甚至可以扩大一步说,每一种社会身份都是长期社会化的产物。

8.57 王丞相招祖约夜语[1],至晓不眠。明旦有客,公头鬓未理[2],亦小倦[3],客曰:"公昨如是,似失

589

眠。"公曰:"昨与士少语[4],遂使人忘疲。"

【注】

〔1〕王丞相:王导。招:请来。祖约:见《雅量》15注。
〔2〕头鬓:头发和鬓毛。
〔3〕小倦:略感疲倦。
〔4〕士少:祖约字士少。

【评】

祖约朝廷叛臣,王导未能预先体察,竟与之夜语不眠。遂使后代评家对王导之识鉴力提出质疑。王世懋曰:"祖约叛臣何足尔,清谈真不足贵。"凌濛初亦有"丞相每与作逆者倾注。"用今天的话来讲,就是批评王导敌我不分,阵线不明。该怎样看待这些质疑呢?王导作为一位有人格感召力的政治家,非常注重统一战线工作,他以有容乃大的胸襟团结南北士人形成合力、勠力王室,功不可没。对于北来的流民领袖人物,如祖逖、祖约兄弟以及郗鉴辈,更是努力争取和团结,以便在江淮地区,组织一支抗战御侮、捍卫京师的军事力量。因此,与祖约清言以示好,正是王导争取流民帅支持的措施,不可轻视其政治意义。而且,王导是人而不是神,其识人偶有走眼也在所难免,不必苛责,因为人的本性可以伪装,更何况人的思想又是变动不居的,祖约叛乱,是后来之事,而且也有朝廷执政处理不当而为形势所激的因素。以王导之贤,也不可能料事如神。

8.58 王大将军与丞相书[1],称杨朗曰[2]:"世彦识器理致[3],才隐明断[4]。既为国器[5],且是杨侯淮之子[6],"《世语》曰:"淮字始立,弘农华阴人。曾祖彪,祖修,有名前世。父器,典军校尉。淮,元康末为冀州刺史。"荀绰《冀州记》曰:"淮见王纲不振,遂纵酒,不以官事规意,消摇卒岁而已。成都王知淮不治,犹以其名士,惜而不遣,召为军咨议祭酒。府散停家,关东诸侯欲以淮补三事,以示怀贤尚德之事,未施行而卒,时年二十有七矣。"位望绝为陵迟[7],卿亦足与之处[8]。"

【注】

〔1〕王大将军:王敦。丞相:王导。
〔2〕杨朗:字世彦,见《识鉴》13 注。
〔3〕识器理致:识鉴能力、思想情趣。
〔4〕才隐:才学深邃。明断:明于判断。
〔5〕国器:治国之才。
〔6〕且是杨侯淮之子:"淮"当为"準"之误,《魏志·陈思王传》注引《世语》及《冀州记》并作"準"。杨準,字始立。杨修孙,杨朗父。
〔7〕位望:地位名望。陵迟:衰落不振。引申为淹滞。"位望绝为陵迟"之"绝",袁本作"殊"。
〔8〕足:值得。

【评】

《识鉴》门第 13 则载杨朗苦谏王敦事。杨朗为王敦赏识,有知人、料事识鉴,此则王敦给王导写推荐信,时间当在前。王敦认为杨朗才能与位望不符,屈居下僚,造成人才浪费,故向从弟王导说人情。王敦此举,符合其一贯的爱才之心,也昭示了窃国大盗另有其天真的一面。

8.59 何次道往丞相许[1],丞相以麈尾指坐[2],呼何共坐曰:"来,来,此是君坐[3]。"何充,已见。

【注】

〔1〕何次道:何充,见《言语》54 注。丞相:王导。许:处所。

〔2〕麈尾:魏晋时一种用具,兼有拂尘和凉扇的功用。清谈家手执麈尾以指授而增饰其容仪。

〔3〕此是君坐:这是您的座位。意谓何充当宰相之位。

【评】

王导为何充姨父,充少为与王导所赏,对其才能器局有深刻的了解,故虽为晚辈,而导雅重其人。导呼充共坐,看出二人情款非比寻常。且云"此是君坐",语义双关,意谓何充后当居宰相之位。"来,来"二字,殷切、急迫之情呼之欲出,描写极其传神,可见出《世说》言约意丰的语言艺术。

8.60 丞相治扬州廨舍[1],按行而言曰[2]:"我正为次道治此尔[3]!"何少为王公所重,故屡发此叹。《晋阳秋》曰:"充,导妻姊(姊)之子,明穆皇后之妹夫也。思韵淹济,有文义才情,导深器之,由是少有美誉,遂历显位。导有副贰己使继相意,故屡显此指于上下。"

【注】

〔1〕丞相:王导。治:修建。扬州廨舍:指扬州刺史官署。

〔2〕按行:巡行查看。

〔3〕正:仅,只。次道:何充字次道。尔:罢了。

【评】

东晋时京城建康属扬州,此州乃富足之区,地位极为重要。扬州刺史一职往往为宰相兼领,王导即以丞相而领扬州刺史。其后庾冰、何充、蔡谟、桓温、谢安诸人皆兼任扬州刺史。故事中王导言"正为次道治此尔",传达出以何充为接班人的坚定意愿。何充为王导外甥,又为明帝连襟,王导欲以后事相委,是否有任人唯亲之嫌呢?非也。其实非惟王导,庾亮亦曾郑重向成帝推荐何充。何充亦不负重托,居宰相期间,强力有器局,以社稷为己任,成为继王、庾之后优秀的政治家。王导屡屡赏拔,可谓得人。王世懋曰:"殊得佛祖传钵心事。"亦是此意。

8.61　王丞相拜司徒[1],而叹曰:"刘王乔若过江[2],我不独拜公[3]。"曹嘉之《晋纪》曰:"畴有重名,永嘉中为阎鼎所害。司徒蔡谟每叹曰:'若浦(使)刘王乔得南渡,司徒公之美选也。'"

【注】

〔1〕王丞相:王导。拜:拜官,授官。司徒:官名。东汉以太尉、司徒、司空为三公。晋时司徒官位相当丞相。

〔2〕刘王乔:刘畴,字王乔,见本篇38注。

〔3〕独:单独。公:指三公之位。

【评】

东晋初,王导拜司徒而思刘王乔,刘孝标注亦引蔡谟之叹,其为名流推重如此,刘王乔当有政治家的素质和风范。东汉以来官制,以太尉、司徒、司空为三公,名为领袖朝廷,但大多虚名尊美,少有实权。如《晋纪总论》六臣注曰:"皆萧然自放,机尔无为,名称标著、上议以正朝廷,则蒙虚谈之名。"只是为了尊崇世族中门望特高的人士而已。三公或八公,须加上录尚书事的称号,才可能接触实际权力。刘王乔乃汉高祖少弟楚元王刘交后裔,是老牌贵族,本人少有美誉,有良好的风度。这双重因素,使其获得了王导、蔡谟之流的赏誉。

8.62　王蓝田为人晚成[1],时人乃谓之痴。《晋阳秋》曰:"述体道清粹,简贵静正,怡然自足,不交非类。虽群英纷纷,俊乂交驰,述独蔑然,曾不莫(慕)羡。由是名誉久蕴。"王丞相以其东海子[2],辟为掾[3]。常集聚,王公每发言,众人竞赞之;述于末坐曰:"主非尧、舜[4],何得事事皆是!"丞相甚相叹赏。言非圣人,不能无过,意讥赞述之徒。

【注】

〔1〕王蓝田:王述,字怀祖,太原晋阳人。袭爵蓝田县侯,见《文学》22注。晚成:成就较晚。

〔2〕以其东海子:王述之父王承,曾任东海太守,故称。见《政事》9注。

〔3〕辟:征召,招聘。掾:属官。

〔4〕主:主人,指王导。

【评】

王述是太原王氏子弟中形象极其鲜明的一个,其个性可用两个字概括:真率。《晋书》本传载其:"每受职,不为虚让,其有所辞,必不不受。"这是一种纯净得容不下一丝杂滓的真率,庶几只可以用"不失其赤子之心"一语以写其一斑。这样的性格,大概也只有虚怀若谷的王导才能包容。凌濛初曰:"一语令千古佞谀羞死。"可谓入木三分。为了某种利益或原因,阿谀逢迎上司,似乎已成为中国的官场习俗,王导作为政治领袖,耳中颂声充溢;但是王述的大胆批评,让他在昏昏然的自我陶醉中清醒过来。人非圣贤,不可能一句顶一万句,过而能改,岂非大幸?若人人惟求自保,则主上充耳颂词,又怎能从善如流、改过自新呢?从这个角度看,王述真率几近于憨痴,而憨痴处,正见其可爱,并因此成为故事主角。但若细加品味,王导的形象也很可爱,在大庭广众之下,容忍、接受下属的讽刺批评。我们常常讲,领导要从善如流、闻过则喜,可作为至高的君子品格,在现实生活中,几人见过?王导之雅量,同样令人叹赏。

8.63　世目杨朗"沈审经断"[1],蔡司徒云[2]:"若使中朝不乱[3],杨氏作公方未已[4]。"谢公云:"朗是大才[5]。"《八王故事》曰:"杨淮(準)有六子,曰乔、髦、朗、琳、俊、伸,皆得美名,论者以谓悉有台辅之望。文康庾公每追叹曰:'中朝不乱,诸杨作公未已也!'"

【注】

〔1〕目:品评。杨朗:见《识鉴》13注。沉审:深沉明察。经断:有决断。

〔2〕蔡司徒:蔡谟,见《方正》40注。

〔3〕中朝:晋南渡后称渡江前的西晋为中朝。

〔4〕公:指三公。魏晋时,以太尉、司徒、司空为三公。方:正。

〔5〕大才:才能极高的人。

【评】

　　王敦、庾亮、蔡谟、谢安这些政界巨擘,交相称赞杨朗的才华,并为其生不逢时深深叹惋,可见朗之声誉绝非浪得。晋室南迁,中原板荡,命运多舛的士子,在国家的浩劫中,承受着个体的不幸与苦难,但士人群体并非铁板一块,其内部也发生了剧烈的分化:有识之士把握奋发有为的大好时机,加上老天眷顾,成就了一番功业;有人在硝烟战火中陨灭了理想和激情,因意志消沉而无所作为;还有一种人属于命运不济的类型,纵有理想和激情,在命运的大潮中奋力搏击,但难敌运道,终被无情岁月雨打风吹去,刘王乔、杨朗的时代悲剧就属于最后一类。

8.64　刘万安[1],即道真从子[2],庾公琮字子躬。所谓"灼然玉举[3]"。又云:"千人亦见,百人亦见。"《刘氏谱》曰:"绥字万安,高平人。祖奥,太祝令。父赋(斌),著作郎。绥历骠骑长史。"

【注】

〔1〕刘万安:刘绥,字万安,晋高平(今山东巨野南)人。

〔2〕道真:刘宝,字道真,见《德行》22注。从子:侄儿。伯父叔父为从父,故称侄为从子。

〔3〕庾公:庾琮,见本篇30注。灼然:明彻出众貌。一说,灼然为魏晋九品中正察举科目之名。玉举:美好的人选。玉,喻美好。

【评】

"灼然"为汉末人物品评之科目,晋世于"九品中正"中,称上层贵族二品门第有此目。《晋书·温峤传》载"举秀才灼然"。汉之陈寔、晋之邓攸等亦举灼然,魏晋时除皇族外无一品,故灼然二品为最高,可见此科难以跻入。故庾琮道万安"千人亦见,百人亦见"。意谓千百人中可谓特出。

8.65 庾公为护军[1],属桓廷尉觅一佳吏[2],乃经年[3]。桓后遇见徐宁而知之[4],遂致于庾公[5],曰:"人所应有,其不必有;人所应无,己不必无[6],真海岱清士[7]。"《徐江州本事》曰:"徐宁字安期,东海剡(郯)人。通朗有德素,少知名。初为舆县令。谯国桓彝有人伦鉴识,尝去职无事,至广陵寻亲旧,遇风,停浦中累日,在船忧邑,上岸消摇,见一空宇,有似廨舍。彝访之,云:'舆县廨也,令姓徐名宁。'彝既独行,思逢悟赏,聊造之。宁清惠博涉,相遇怡然。遂停宿,因留数夕,与宁结交而别。至都,谓庾亮曰:'吾为卿得一佳吏部郎。'亮问所在,彝即叙之。累迁吏部郎、左将军、江州刺史。"

【注】

〔1〕庾公:庾亮,见《德行》31注。护军:护军将军。

〔2〕属:嘱托。桓廷尉:桓彝,见《德行》30注。

〔3〕乃:竟。

〔4〕徐宁:字安期,东晋东海郯(今山东郯城北)人。知:知遇,欣赏。

〔5〕致:转达意旨。

〔6〕"人所应有"四句:谓徐宁才识高超,不同世俗。

〔7〕海岱:指东海郡与泰山一带地区,指《尚书·禹贡》所述青州、徐州。清士:高洁之士。

【评】

此则义解,前贤有二说。李慈铭根据本门第84则"王长史道江道群'人可应有,乃不必有;人所应无,己必无'"推断,本则"己不必无"中之"不"字为衍文。若"人所应无,己不必无",则庸下人矣,安得谓之清士。余嘉锡则以为,徐宁与江灌(道群)之为人不必相同,则品目之言,亦当有异。"人所应无"者,谓衡之礼法不当有者也。晋之名士因不为礼法所拘,礼所应无者而竟有之者多矣。如王澄、谢鲲之徒所为皆是也。徐宁见用于庾亮,疑亦不羁之流,故称"己不必无"。余谓二说似均有理,而李说更优。"不必有"、"必无",脱略两端,体中清通,更切近玄家体无之旨,故其下紧接"海岱清士"。若持"不必无"乃为崇有,已落第二义矣。

8.66 桓茂伦云〔1〕:"褚季野皮里阳秋〔2〕。"谓其裁中也〔3〕。《晋阳秋》曰:"哀简穆有器识,故为彝所目也。"

【注】

〔1〕桓茂伦:桓彝,见《德行》30注。

〔2〕褚季野:褚裒,见《德行》34注。皮里阳秋:谓口头不加评论,内心却有所褒贬。皮里,指腹中。阳秋,即春秋,晋人避简文宣郑太后阿春讳,以"阳"代"春"。孔子作《春秋》,暗含褒贬之义。

597

〔3〕裁中:指心中有裁断、分析。

【评】

谢安亦有此评:"褚季野虽不言,而四时之气亦备。"《易》曰:"吉人之辞寡。"褚季野之不臧否人物,并非出于明哲保身的庸人心理,而是有从容、沉着的人生智慧作内在的指南。这样的立身处世,不会因立意太狭,而冷落一批可以团结的同道,更不会口中雌黄挑起不必要的内耗。汉末党人持论高远,标置太厉,后世有党同伐异之讥;魏晋名士自矜门第,严分士庶,遂入顾影自怜窠臼。褚季野是康献皇后父,位为国丈,既谦冲自守,又敢于担当。去世时"远近嗟悼,吏士哀慕之",有良好的社会声誉。褚季野等一大批士人重建设、戒虚浮的人生态度,对于魏晋士风是有益的补充。

8.67 何次道尝送东人[1],瞻望,见贾宁在后轮中[2],曰:"此人不死,终为诸侯上客[3]。"《晋阳秋》曰:"宁字建宁,长乐人,贾氏孽子也。初,自结于王应、诸葛瑶。应败,浮游吴、会,吴人咸侮辱之。闻京师乱,驰出,投苏峻,峻甚昵之,以为谋主。及峻闻义军起,自姑孰屯于石头,是宁之计。峻败,先降,仕至新安太守。"

【注】

〔1〕何次道:何充,见《言语》54注。东人:指东边来的人。东指会稽、吴郡一带。东晋偏安江左,侨姓高门多在会稽一带广治田宅产业,常在此流连享乐。

〔2〕贾宁:字建宁,东晋长乐人。后轮:指随从在后车辆。

〔3〕诸侯:此指地方大吏。上客:尊贵的客人。

【评】

据刘孝标注引《晋阳秋》可知,贾宁乃一苍黄反覆、毫无士操的小人。初参与王应、诸葛瑶叛逆,事败后,浪迹江浙间,为人不齿。晋成帝咸和二年(327),历阳内史苏峻起兵,他投奔苏峻,为其出谋划策,深得信任。后见苏峻败死,归降朝廷,官至新安太守。王世懋评曰:"贼何足道,尝是缘丞相保存意耳。"此或许是何充意味深长的反语。观古今历史可知,"高明"的当政者有非常微妙的心理,即并非全然排斥小人,而是希望小人与贤臣并存,自己权衡轻重短长,以求政局的大体平衡。贤臣正直可能无趣,因冷若冰霜而拒人千里;小人奸邪却不乏取乐之术,亦或许具备一定的实际能力,因善于揣度上意,而经常代言主上之心声。关键在于驾驭得法。另外,对主上而言,若少了弄臣的开心取乐与言听计从,充斥着净臣板正的脸孔和道德训诫,将是多么憋闷无聊!因此,古来的当政者思考的不是如何远小人,而是如何利用小人!

8.68 杜弘治墓崩[1],哀容不称[2]。庾公顾谓诸客曰[3]:"弘治至羸[4],不可以致哀[5]。"《晋阳秋》曰:"杜乂字弘治,京兆人。祖预,父锡,有誉前朝。乂少有令名,仕丹阳丞,早卒。成帝纳乂女为后。"又曰:"弘治哭不可哀。"

【注】

〔1〕杜弘治:杜乂,字弘治。杜预孙。墓崩:指祖坟崩塌。
〔2〕称:适合。
〔3〕庾公:庾亮。顾:回头看。
〔4〕羸:瘦弱。
〔5〕致哀:过分哀痛。

【评】

司马氏以孝治天下,士人居丧尽礼以致鸡骨支床、杖而后起者所在多是。又有所谓生孝、死孝之别,走上反人性的误区。是居丧孝子的情不能已？还是统治者利用儒家名教加以鼓励诱导？抑或是二者兼而有之？杜乂因墓崩而哀容不称,不免引起爱才又重容止的庾亮的担忧。并有"弘治至羸"之叹。史载乂"肤如凝脂,眼如点漆",桓彝将其与卫玠并称"卫玠神清,杜乂形清"。合而观之,可见杜乂体质弱不禁风,属柔弱之美,与被"看杀"的卫玠为同一类型。

8.69 世称庾文康为丰年玉[1],稚恭为荒年谷[2]。庾家论云:"是文康称恭为荒年谷[3],庾长仁为丰年玉[4]。"谓亮有廊庙之器,翼有匡世之才,各有用也。

【注】

〔1〕庾文康:庾亮,谥文康。丰年玉:庆祝丰收之年的玉器。

〔2〕稚恭:庾翼,字稚恭,庾亮弟。见《言语》53注。荒年谷:饥荒之年的谷。

〔3〕恭:稚恭之省,即庾翼。

〔4〕庾长仁:庾统,字长仁,小字赤玉。庾亮从子。

【评】

刘辰翁评曰:"好语有味。"其"味"何在？味在因"丰年玉"、"荒年谷"之比喻意象生动、耐人咀嚼。丰年玉指庆祝丰收之年的玉器,喻太平之世的廊庙之器;荒年谷指饥荒之年的粮食,喻时事艰难中的匡济人才。"丰年器"踵色增华,有锦上添花之效;"荒年谷",切于实用,有雪中送炭之功。二者难分伯仲。个人质性有高下,学习有深浅,其才不必兼擅,亦不必求全。为政者如能善用一偏,则人尽其才,众星拱之,必能实现天下归心的局面。

8.70 世目杜弘治标鲜[1],季野穆少[2]。《江左名士传》曰:"乂清标令上也。"

【注】

〔1〕杜弘治:杜乂,见本篇68注。标鲜:风采华美,仪表光鲜。

〔2〕季野:褚裒,见《德行》34注。穆少:宁静淡泊,肃穆少言语。

【评】

杜乂、褚裒俱有盛名于江左,又皆是外戚,故二人并称。"标鲜"言乂风度俊美出众,与桓彝称赏之"形清"义正合;"穆少"言裒为人宁静淡泊,颇符彝"皮里阳秋"之评。

8.71 有人目杜弘治[1]:"标鲜清令[2],盛德之风[3],可乐咏也[4]。"《语林》曰:"有人目杜弘治标鲜甚清令,初若熙怡,容无韵非;盛德之风,可乐咏也。"

【注】

〔1〕杜弘治:杜乂。

〔2〕标鲜清令:风度俊美,纯洁佳妙。

〔3〕盛德:大德。

〔4〕乐咏:和着音乐歌颂。

【评】

杜乂身上兼备儒家人格理想的道德美和魏晋人物赏誉之风度美、形质美。融会内外之美的士人,在中国历史上如凤毛麟角,昙花一现,难得其全。有晋一朝,潘岳、王衍虽美轮美奂,而大节有亏;嵇康、卫玠、杜乂等造化所钟的宁馨儿,因难得一见,故为有爱美本性的世人激赏。魏晋品藻所表征的审美理想标准,与今天的崇尚形体美之风看似暗合,但更注重文化底蕴,和精神内涵外化的风度、气质之美，与今日单纯追求"酷"、"骨感"等标新立异、以求炫目之效的审美怪圈大相径庭。杜乂属于余光中先生所概括的高雅而有趣的一类，"可乐咏也"，即为精神风度之美对于世人的熏染。

8.72　庾公云[1]："逸少国举[2]。"故庾倪为碑文云[3]："拔萃国举[4]。"倪，庾倩小字也。徐广《晋纪》曰："倩字少彦，司空冰子，皇后兄也。有才具，仕至太宰长史。桓温以其宗强，使下邳（新蔡）王晃诬与谋反而诛之。"

【注】

〔1〕庾公：庾亮。
〔2〕逸少：王羲之，字逸少，见《言语》62注。国举：一国所举。意为全国推崇的人。
〔3〕庾倪：庾倩，字少彦，小字倪，庾冰子。
〔4〕拔萃国举：才能出众，国人所仰。

【评】

"国举"者，国士之目也。王羲之小时候，伯父王敦便称赞他是王氏"佳子弟"，后又成为郗鉴的"坦腹东床"。庾亮临死前曾向朝廷举荐其下属王羲之，使其升任为江州刺史，有选定接班人的意味。虽然王羲之有着琅邪王氏这样高华的门第出身，但他更膺情于浙东会稽的佳山秀水。四十五岁以后，他一直居于此地，与谢安、孙绰、许询诸人优游往还，以至终老。他虽有负于父辈的期待，却在诗歌、书法与清谈等领域蔚然而成一代名士领袖，实现了王氏历史上的超越。历史上少了一位高级官吏无关大体，而多了一位卓绝千古的书法家和玄学领袖，岂非浙东山水之幸，中华文化之幸？

8.73　庾稚恭与桓温书[1],称:"刘道生日夕在事[2],大小殊快[3],义怀通乐既佳[4],且足作友,正实良器[5],推此与君同济艰不者也[6]。"《宋明帝文章志》曰:"刘恢字道生,沛国人。识局明济,有文武才。王濛每称其思理淹通,蕃屏之高选。为车骑司马,年三十六卒,赠前将军。"

【注】

〔1〕庾稚恭:庾翼,见《言语》53注。桓温:见《言语》55注。

〔2〕刘道生:刘恢,字道生,东晋沛国(治所在今安徽濉溪西北)人。日夕在事:终日居官任事。

〔3〕大小:指职务、地位高者与低者。快:畅快。

〔4〕义怀:道义之怀。通乐:通达乐观。

〔5〕正:确实。良器:喻出众之才具。

〔6〕推:推荐。艰不:艰难困苦。不,读否,闭塞不通,命运不好。

【评】

　　这是一封情辞恳切、举贤为公的推荐信,推荐的对象刘恢工作勤勉、办事高效、开朗通达,有良好的人际关系。这样德才兼备的人才,在魏晋崇尚玄虚无为的官场中,当属罕见,在今天亦殊为难得,故庾翼有"同济艰不"之厚望。余嘉锡先生考证后认为,刘恢即刘惔刘真长。但惔"居官无官官之事,处事无事事之心",又高自标置、白眼向人,轻视兵家桓温,与庾翼描述之"日夕在事"、"且足作友"诸语不符,故知绝非一人。

8.74　王蓝田拜扬州[1],主簿请讳[2],教云[3]:"亡祖、先君[4],名播海内,远近所知,内讳不出于外[5]。《礼记》曰:'妇人之讳不出门。'馀无所讳。"

【注】

〔1〕王蓝田:王述,见《文学》22注。拜扬州:受任扬州刺史。

〔2〕主簿:负责文书、印鉴的属官。请讳:请教家讳。晋人重家讳,长官就任,僚属必先请讳,以防无意中触犯。

〔3〕教:上对下的告谕。

〔4〕亡祖:指王湛,见本篇17注。先君:对人称已故的父亲。此指王承,见《政事》9注。

〔5〕内讳:指应该避讳的已故女性尊长的本名。

【评】

"避讳"是我国古代特有的文化现象,其俗起于周,历史垂二千馀年。而避讳学则成为史学一辅助学科。司马氏高倡以孝治国,故晋人重家讳。桓玄闻"温酒"而流涕呜咽,陆机怒斥卢志,以其直呼父祖之名。新官上任,僚属请讳,以防他时无意中触犯。故事中王述回答主簿"亡祖、先君,名播海内,远近所知",与陆机"我父、祖名播海内,宁有不知?"语出一辙。言辞间流露出来的,无非是浓厚的家族自豪感和门第优越意识。陆机有《祖德》、潘岳有《家风》、陶潜有《命子》等诗、赋,堪为此证。李慈铭云:"此条是六朝人矜其门第之常语耳,所谓专以家中枯骨骄人者也,临川列之《赏誉》,谬矣。"言合常理。赏誉当来自他人,不应自卖自夸,但对真率的王述而论,则为胶柱鼓瑟之言。"馀无所讳"云云,述把避讳之尊降低到最低的程度,不能不说是开明之举,与陆游《老学庵笔记》中那个"不许百姓点灯"的郡守田登,可谓有天壤之别。王述之举实是对别人的一种尊重。

8.75 萧中郎[1],孙丞(承)公妇父[2];刘尹在抚军坐[3],时拟为太常[4]。刘尹云:"萧祖周不知便可作三公不[5]?自此以还[6],无所不堪[7]。"《晋百官名》曰:

"萧轮字祖周,乐安人。"刘谦之《晋纪》曰:"轮有才学,善《三礼》,历常侍、国子博士。"

【注】

〔1〕萧中郎:萧轮,字祖周,东晋青州乐安(今山东博兴一带)人。

〔2〕孙承公:孙统,字承公,东晋太原中都(今山西平遥西)人。孙楚孙,孙绰兄。妇父:妻子的父亲,即岳父。

〔3〕刘尹:刘惔,见《德行》35 注。抚军:东晋简文帝司马昱,时为抚军将军,见《德行》37 注。

〔4〕太常:官名。九卿之一,掌宗庙礼仪。

〔5〕三公:魏晋以太尉、司徒、司空为三公。

〔6〕以还:以下。

〔7〕堪:胜任。

【评】

萧祖周精《三礼》,简文拟以祖周为太常。太常为九卿之一,掌宗庙礼仪。东晋时期,九卿职权被尚书省侵夺,空有其名,失去存在价值。三公为位望极高的朝廷重臣,刘惔推荐祖周做三公,属于破格提拔,不合常例。从《世说》诸例可见,晋朝管理选拔,权在望族,重名人推荐,选拔制度形同虚设。虽不乏发自公心、慧眼识英的伯乐,王、庾、桓、谢诸公均有识珠玉于瓦砾、拔英雄于下僚的佳话,但毕竟例属偶然,因缺少有效选拔机制,不免沙金俱下,鱼龙混杂,造就了一批无所作为的尸位素餐者。萧祖周为人如何,史罕记载,不敢妄评。但透过刘惔荐贤之美誉背后,却让我们看到了六朝人事制度的危机。而由推荐察举走向科举选拔,虽为历史之必然,但却步履维艰,康庄大道望之而不及。悲乎!

8.76 谢太傅未冠[1],始出西[2],诣王长史[3],清言良久[4]。去后,荀子问曰[5]:王濛、子修并已见。"向客何如尊[6]?"长史曰:"向客亹亹[7],为来逼人[8]。"

【注】

〔1〕谢太傅:谢安。未冠:古代男子二十岁成年行冠礼,未冠即未成年。

〔2〕出西:往西边去。谢安少时寓居会稽,自会稽入都城建康,故称往西。

〔3〕王长史:王濛,见《言语》66注。

〔4〕清言:清谈、谈论玄学。

〔5〕荀子:王修,王濛之子,小字荀子。见《文学》38注。

〔6〕向:刚才。何如:比……怎么样。尊:称父亲。

〔7〕亹亹:侃侃而谈、言语不绝的样子。

〔8〕为:用在动词前,无实义。逼人:气势凌驾别人。

【评】

王濛、王修父子一问一答,真实可信,宛如目前。少年谢安卓荦不凡的形象,就由风流名士王濛口中赋予光鲜活力而丰满起来。孔子曰:"后生可畏",唐李白亦由此发挥出"宣父犹能畏后生,丈夫未可轻年少"(《上李邕》)之诗句。少年谢安,黄吻未退,其人生角色处于易塑期,社会阅历尚浅,甫一出西,就使前辈王濛有"为来逼人"之感,可见其不同于醉生梦死的贵游子弟,亦非仅恃门第欺人,而是对人生目标早有了高远的设计。故或出或处,或行或藏,均能游刃有馀,毫不局促。惟其如此,才能为日后成就功业打下坚实基础。

8.77 王右军语刘尹[1]:"故当共推安石[2]。"刘尹曰:"若安石东山志立[3],当与天下共推之。"《续晋阳秋》曰:"初,安家于会稽上虞县,优游山林,六七年间,征召不至。虽弹奏相属,继以禁锢,而晏然不屑也。"

【注】

〔1〕王右军:王羲之,见《言语》62注。刘尹:刘惔,见《德行》35注。

〔2〕故当:当然、肯定。安石:谢安,字安石。

〔3〕东山志立:确立东山隐居的志向。谢安曾在会稽上虞县隐居多年。后以东山志喻隐居的志向。

【评】

魏晋士大夫以隐为高,故谢安出山而获讥于世。此中可窥见当时世风。谢安四十岁以前,处会稽东山,与王羲之、刘惔、孙绰、许询诸人渔弋山水,言咏属文,在士人中有崇高威望。王羲之亦服其雅量,有推举其做领袖之意。刘惔以为谢安如确立隐居东山之志,就与天下共同推举他。言外之意,料谢安将出仕,则不足为高。颇有"非我族类,其心必异"的狭隘名士本位意识,实际上是对名士精神的片面理解,与其一贯的以名士头衔自矜的处世态度同出一源。持此类见解的士人不在少数,本书《排调》门载谢安出仕为桓公司马后,时人就以"远志"、"小草"之喻,以见出处异称,声价不同。魏晋士人隐于官、悠游两间者多矣,何以谢安独受此累?俗语道"人怕出名猪怕壮",公众人物一言一行有其影响力,名高谤至在所难免。

8.78 谢公称蓝田[1],掇皮皆真[2]。徐广《晋纪》曰:"述贞审,真意不显。"

【注】

〔1〕谢公:谢安。称:称誉。蓝田:王述,袭封蓝田县侯,见《文学》22注。

〔2〕掇皮皆真:极言王述真率爽直,不虚伪,无矫情的特点。掇皮,去掉皮。

607

【评】

"掇皮皆真"者,用晋世口语,仅四字而妙趣全出,言性情真率、表里如一。魏晋士人祖述自然,故崇尚性情之"真"。实际上,士人对真的理解不尽相同,有人因过分注重感官本能之真而堕入欲望的泥潭,有人追求性情风度之真,但因缺少理性的驾驭走进了顾影自怜的歧途。要之,皆背离了自然之真的本义。须知,离开了善与美的辅翼而片面求真,即是放纵人欲本能,人兽何异?有何风度可言?王述"座斥王导"、"不求虚让"等风流轶事,正是针对人性之伪而言,将真的本质演绎得淋漓尽致,其至性自然的背后,积淀着士大夫深沉的理性思考,故可敬可爱。

8.79 桓温行经王敦墓边过[1],望之云:"可儿[2]!可儿!"孙绰《与庾亮笺》:"王敦可人之目,数十年间也。"

【注】

〔1〕桓温:见《言语》55注。王敦:见《言语》37注。
〔2〕可儿:犹可人。即可爱的人,称人心意的人。

【评】

晋人"可儿"即"可人",意为可爱之人。王敦、桓温二人同出豪门,均为晋室女婿,又都威权震主,有非常之志。桓温赞王敦为可人,既出于对前辈的敬仰礼赞之情,更是惺惺相惜的自然反映,与王敦酒后以如意敲击唾壶而歌魏武之"老骥伏枥,志在千里",乃出于同一鹄的。这些历史上屈指可数的一代枭雄,千古以来默默承受着"包藏逆谋"的骂名(李慈铭语),偶有一二知己同好在坟前献一瓣馨香,以慰孤寂的灵魂。"可儿"之叹,内蕴知音难觅之慨。"王侯将相宁有种乎?"刘邦、李渊、赵匡胤、朱元璋,与王莽、曹操、王敦、桓温,前者成了开国明君,后者却要背负千古骂名！历史命运的公与不公,贤达又能奈何？明代王世懋评曰:"英雄相识,故不以成败论",见解倒是高明。

8.80 殷中军道王右军云[1]:"逸少清贵人[2],吾于之甚至[3],一时无所后[4]。"《文章志》曰:"羲之高爽有风气,不类常流也。"

【注】

〔1〕殷中军:殷浩,见《政事》22注。道:称道。王右军:王羲之,见《言语》62注。

〔2〕逸少:王羲之,字逸少。清贵:清高尊贵。

〔3〕于之:待他。至:诚恳。

〔4〕一时:当时。无所后:意为事事把他摆在前面,从无慢待失礼。

【评】

"清贵",清高尊贵之意,《晋书·王羲之传》载:"征西将军庾亮请为参军,累迁长史。亮临薨,上疏称羲之清贵有鉴裁。"与殷浩之言可互证。王羲之出身簪缨世家的琅邪王氏,又得魏晋玄学尚清通自然的真谛,蔚成一代清谈与清游领袖,故人有"清贵"之目。王羲之由各种因素叠加而形成的独特身份,庶几只有陈郡谢安堪可相与匹偶。

8.81 王仲祖称殷渊源[1]:"非以长胜人,处长亦胜人[2]。"《晋阳秋》曰:"浩善以通和接物也。"

【注】

〔1〕王仲祖:王濛,见《言语》66注。殷渊源:殷浩,见《政事》22注。

〔2〕处长:对待自己的长处。指殷浩不傲物凌人。处,对待。

609

【评】

　　现代著名报人、学者曹聚仁先生在其回忆录《文坛五十年》中有一段深刻的议论："人这种有血有肉的动物,总是有缺点的;一成为文人,便不足观,也可以说,他们的光明面太闪眼了,他们的黑暗面更是阴森;所以诗人住在历史上,几乎等于神仙,要是住在我们的楼上,便是一个疯子。"魏晋士人并不以道德君子命世,故其言谈举止表现出更多的个性"原生态",恰如曹聚仁所说的"诗人"。天公造物,各有长短。而人性弱点之一端,就在于"以己之长,度人所短"。故"文人相轻,自古而然","神仙"也可能变成"疯子"。王濛评价殷浩善于看待自己的长处,谓其能通和接物,谦逊礼让,不恃己长。这种态度与虚伪名教迥异其趣,在崇尚任真纵放的魏晋玄风中也别树一帜,令人想其风采。

　　8.82　王司州与殷中军语[1],叹云:"己之府奥[2],蚤已倾写而见[3];殷陈势浩汗[4],众源未可得测[5]。"徐广《晋纪》曰:"浩清言妙辩玄致,当时名流皆为其美誉。"

【注】

〔1〕王司州:王胡之,见《言语》81注。殷中军:殷浩。
〔2〕府奥:胸中所有。
〔3〕蚤:同"早"。倾写:倾泻。写,同"泻"。
〔4〕陈势:即"阵势"。指论战的阵容情势。浩汗:同"浩瀚"。
〔5〕众源:许多来源。

【评】

　　王胡之评价自己与殷浩的辩论,有二义。第一,"己之府奥,早已倾写而见",意谓如山间百转千回蕴蓄势能的溪流,化作不择地而出的悬河泻水,令人有一览无馀的瞬间震撼;"殷陈势浩汗,众源未可得测",如地上滚滚流淌的大江大河,一路上广聚千支万杈的溪流,故能浩瀚汪洋、不辨牛马,盖与"春江潮水连海平"的境界相垺。两个对比意象,可看出王胡之性情直率近于急迫,殷浩从容不迫近乎雍容。第二,两对比意象还给人这样的暗示:王胡之言谈因受学识限制而有捉襟见肘的局促感,如同形形色色的专卖店,精则精矣,商品未免单一;而殷浩因涉猎广博而气度涵容,如特大型的超市,琳琅满目,令人难测其深广。扬雄云:"言,心声也;书,心画也。"通过言谈方式、内容,可以看出其人之气质性情,正所谓"言如其人"。王胡之评殷浩句中,用"浩"、"源"二字,暗合殷浩字渊源之事,语涉双关,用意贴切,运思巧妙。

8.83 王长史谓林公[1]:"真长可谓金玉满堂[2]。"林公曰:"金玉满堂,复何为简选[3]?"王曰:"非为简选,直致言处自寡耳[4]。"谓吉人之辞寡,非择言而出也。

【注】

〔1〕王长史:王濛,见《言语》66注。林公:支道林,见《言语》63注。

〔2〕真长:刘惔,见《德行》35注。金玉满堂:语出《老子·九章》:"金玉满堂,莫之能守"。此比喻刘惔才学富实。

〔3〕简选:挑选。

〔4〕直:通"特",只。致言:发出言辞。自寡:自然少了。

【评】

"金玉满堂"这里用来描述人的先天才、气与后天学、习综合而成的丰富内心世界,属于"内语言";发为言辞(或为书面语,或为口头语),则为"外语言"。由内语言到外语言,则经历了意、象、言的艰难思维过程。故《文心雕龙·神思》篇云:"神用象通,情变所孕。物以貌求,心以理应。"支道林问王濛:"既然金玉满堂即可随意发挥,何以刘之言语矜慎,似有所选择检点而出?"林公所问,看似简单,实则已经涉及魏晋玄谈论题的"言意之辨"。王之回答,避其锋芒,将问题引到"吉人之辞寡"另一风马牛不相及的路径上去。今天的思维学、心理学,已将内语言和外语言涉及的心理机制讲得很清楚了。清代画家郑板桥谈"胸中之竹"与"画上之竹"之区别的著名论述,则更从艺术加工的角度给人以深刻启悟。王世懋评曰:"观此知林公未简于辞。"当是望文生义之言。

8.84 王长史道江道群[1]:"人可应有,乃不必有,人可应无,已必无[2]。"《中兴书》曰:"江權(灌)字道群,陈留人,仆射彪从弟也。有才器,与从兄逌(逌)名相亚。仕尚书中护军。"

【注】
〔1〕王长史:王濛。道:称道。江道群:江灌(?—375),字道群,东晋陈留(今河南开封东北)人。
〔2〕"人可应有"四句:参看本篇65注。

【评】
司马昱为抚军,引江道群为从事中郎。后迁御史中丞,转吴兴太守。他为人方正。"人可应有"者,如门第观念、功名意识等世俗观念,江灌不一定有;"人可应无"者,如阿谀权贵、骄矜之心这些人性的惯常弱点,江灌一定没有。史载,江灌性方正,视权贵蔑如也,为大司马桓温所恶,见其人格之一斑。王濛评价江灌应有、应无之言,乃一事两说,从正反两个角度叹赏其方正的品格。

8.85 会稽孔沉(沈)、魏顗、虞球、虞存、谢奉,并是四族之隽[1],于时之桀。沉、存、顗、奉,并别见。《虞氏谱》曰:"球字和琳,会稽馀姚人。祖授,吴广州刺史。父基,右军司马。球仕至黄门侍郎。"孙兴公目之曰[2]:"沉为孔家金[3],顗为魏家玉,虞为长、琳宗[4],谢为弘道伏[5]。"长、琳,即存及球字也。弘道,谢奉字也。言虞氏宗长、琳之才,谢氏伏弘道之美也。

【注】

〔1〕会稽:郡名。治所在今浙江绍兴。孔沉(沈):见《言语》44注。魏顗:字长齐,东晋会稽人。参看《排调》48。虞球:字和琳,东晋会稽馀姚(今属浙江)人。虞存:字道长,见《政事》17注。谢奉:字弘道,见《言语》83注。隽:优秀出众的人。

〔2〕孙兴公:孙绰,见《言语》84注。目:品评。

〔3〕金:比喻珍贵。下句"玉"同。

〔4〕长、琳:道长、和琳,即虞存、虞球。宗:尊崇;景仰。

〔5〕弘道:即谢奉。伏:通"服"。

【评】

"金"、"玉"为物之高贵稀有者,"宗"、"伏"状景仰推崇之情。孙绰尝居会稽十馀年,对会稽著姓及此邦贤达有至深之了解,故品评孔、魏、虞、谢四姓佳子弟如数家珍。故事还从一个侧面展示了晋人的家庭传承意识,江山维新,门第代兴,总要涌现出优秀的子弟才能光扬门第。因为姓氏家族的利益在魏晋时代是至关重要的大事。

8.86 王仲祖、刘真长造殷中军谈[1],谈竟俱载去。刘谓王曰："渊源真可[2]。"王曰："卿故堕其云雾中[3]。"《中兴书》曰："浩能言理，谈论精微，长于《老》、《易》，故风流者皆宗归之。"

【注】

　　〔1〕王仲祖：王濛。刘真长：刘惔。造：拜访。殷中军：殷浩。谈：指清谈。

　　〔2〕渊源：殷浩字。可：表示赞许，犹言"行"、"好"。

　　〔3〕故：真的。云雾：比喻使人迷惑之物。

【评】

　　故事可见识人之难。常言道，"智者千虑，必有一失"。刘惔素以人伦识鉴为世人所称。本书《识鉴》门第18夫的评则载王濛、谢尚、刘惔俱造殷浩所，王、谢为浩表象迷惑，感叹"渊源不起，当如苍生何？"独刘惔一针见血地指出殷浩矫情取誉的真实用意。此则恰好相反，刘惔为殷浩的"陈势浩汗"慑服，失去了理性的辨别力，唯发出啧啧称叹而已；王濛则不为所动，而是醍醐灌顶地泼下一盆凉水使刘惔猛醒。这就好比剧终人散，而观众的反应各不相同，有的还沉浸在故事情节中不能自拔，甚至与剧中人同哭同乐（符合斯坦尼斯拉夫斯基的"体验"理论）；有的则一直冷眼旁观，时时不失理性的判断（类似于布莱希特的"间离效果"说）。两次造访后的识鉴经历说明了，人伦识鉴绝非一蹴而就的易事，不经过察其言、观其行的多次往还，极有可能为表象蒙蔽，大名士刘惔这次就险些看走了眼。

8.87　刘尹每称王长史云[1]："性至通而自然有节[2]。"《濛别传》曰："濛之交物，虚己纳善，恕而后行，希见其喜愠之色。凡与一面，莫不敬而爱之。然少孤，事诸母甚谨，笃义穆亲，不修小洁,以清贫见称。"

【注】

〔1〕刘尹:刘惔。王长史:王濛。

〔2〕通:通达,豁达。节:节制。《晋书·王濛传》:"与沛国刘惔齐名友善,常称濛性至通而自然有节,濛每云:'刘君知我,胜我自知。'"

【评】

刘惔目王濛"性至通",当是指王濛通达任诞的个性。魏晋重父讳,王濛自矜美貌,揽镜自照,称父字曰:"王文开生如此儿邪!"又入市买帽,受老妪馈赠。达则达矣,不过掉了贵族的价,适足成为士人茶馀饭后的舆论谈资。然以宽容的眼光来看,王濛言行是展示生命之美的自我张扬,有似于西方当代社会的雅皮士风度,虽吸引公众眼球,却也无伤大体。又言"自然有节",当指王濛"晚节始克己励行,有风流美誉,虚己应物,恕而后行,莫不敬爱焉"(《晋书》濛本传)。通而有节,正是魏晋风度的主流。

8.88　王右军道谢万石"在林泽中,为自遒上〔1〕",叹林公"器朗神隽〔2〕",《支遁别传》曰:"遁任心独往,风期高亮。"道祖士少"风领毛骨,恐没世不复见如此人〔3〕",道刘真长"标云柯而不扶疏〔4〕"。《刘尹别传》曰:"惔既令望,姻娅帝室,故屡居达官。然性不偶俗,心淡荣利,虽身登显列,而每挹降,闲静自守而已。"

【注】

〔1〕王右军:王羲之。谢万石:谢万,字万石,见《言语》77注。林泽:山林水泽。指隐逸之所。为自:算得上,称得上。遒上:挺拔高迈。

615

〔2〕林公:支道林,见《言语》63 注。器朗:胸怀宽广开朗。神俊:风神秀出。

〔3〕祖士少:祖约,见《雅量》15 注。风领毛骨:指骨相气派不凡。没世:终身。

〔4〕刘真长:刘惔字真长。标云柯:指树枝高耸云端。比喻身登显位。扶疏:枝叶分披的样子。不扶疏,比喻在高位而自抑降,闲静自守。

【评】

王羲之品目四人,各为一类代表。谢万有隐逸之风,尝著《八贤论》,以处者为优,出者为劣;支道林为高僧大德,周顗曾有"卓朗"之目,桓温评"精神渊著",王评与前贤暗合;祖约是驰骋沙场的将军,有将军之风;刘惔为富贵优游的玄士。王羲之将隐、僧、武、玄各色人物并列齐观,可见其人伦识鉴眼光及标准是较为宽容的。

8.89 简文目庾赤玉[1]"省率治除[2]",谢仁祖云[3]:"庾赤玉胸中无宿物[4]。"赤玉,庾统小字。《中兴书》曰:"统字长仁,颍川人,卫将军择(怿)子也。少有令名,仕至寻阳太守。"

【注】

〔1〕简文:晋简文帝马昱,见《德行》37 注。目:品评。庾赤玉:庾统,小字赤玉,见本篇 69 注。

〔2〕省率:爽直坦率,不拘小节。治除:指治身修养,纯洁高尚。

〔3〕谢仁祖:谢尚,见《言语》46 注。

〔4〕宿物:隔夜之物,喻芥蒂,指中心的嫌隙不快。

【评】

现代心理学将人的气质类型分为胆汁质、多血质、黏液质、抑郁质等四种。庾赤玉之"省率治除"、"胸中无宿物",非纯然出于后天道德品格之涵养,更多的是先天气质作用的产物。临川将故事收入《赏誉》门,有叹赏其道德人格的意味,实际上是一种误解。中国文化传统中,颇有将伦理道德与气质性情纠结缠绕在一起的特点,"君子坦荡荡,小人长戚戚",就陷入了非此即彼的对立思维模式,值得反思。"君子"、"小人"是道德评价,"坦荡"、"戚戚"则属于心理学的范畴。君子未必坦荡,小人何以总是戚戚?刁协、卞壶诸人,在名士眼里属于小人一流,其身上何尝没有君子的刚峻之风呢?王导是君子吧,可他因猜疑而心怀愤愤,默许王敦杀害国之柱石周顗;谢安该算是君子吧,可他出山,乃出于谢万败后而重振陈郡谢氏的门户私计。王、谢二人也难免有戚戚之虞。常言道"江山易改,禀性难移",气质性情乃从娘胎里带来,任何人无力回天,故当善于发现各种性情之独特魅力,不必一定赋予其道德意义。有些心理现象,从伦理学的角度讲不通,而从心理学的角度看,就可能豁然开朗了。

8.90 殷中军道韩太常曰[1]:"康伯少自标置[2],居然是出群器[3]。及其发言遣辞[4],往往有情致[5]。"《续晋阳秋》曰:"康伯清和有思理,幼为舅殷浩所称。"

【注】
〔1〕殷中军:殷浩。韩太常:韩伯,见《德行》38注。
〔2〕康伯:韩伯的字。标置:标榜;自负。
〔3〕居然:显然。出群器:超越众人的人才。
〔4〕遣辞:用词。
〔5〕情致:情趣。

【评】
晋人赏誉因了主客体双方的不同,大体有如下区别:一、生人对逝者的赏誉,如桓温目王敦为"可人",这种情况为异代知

617

己,虽为思古,实为自赏,可慰生命行程中之寂寥。此方式在传统文化中有很大影响,后代如陈子昂登幽州台而思燕丹、荆轲;苏东坡临赤壁而叹"雄姿英发"的周郎;二、朋侪之间的赏誉,如庾子嵩目和峤"森森如千丈松",出于心灵交感、声气相求,招朋引类以丰富生命的内涵;三、家族或亲友间长对少的赏誉。魏晋重门第,此类数量不少。如王敦目王羲之为佳子弟,王衍对王澄的提携,以及本则殷浩对外甥韩康伯的激赏,其对家族(或亲族)利益的期待是不言自明的。这类赏誉,情感因素是很强烈的。虽少了几许谦冲礼让之风,却也符合魏晋玄风的自然真率。

8.91 简文道王怀祖[1]:"才既不长,于荣利又不淡[2],直以真率少许[3],便足对人多多许[4]。"《晋阳秋》曰:"述少贫约,箪瓢陋巷,不求闻达。由是为有识所重。"

【注】

〔1〕简文:晋简文帝司马昱。王怀祖:王述,见《文学》22注。

〔2〕荣利:功名利禄。淡:淡泊。

〔3〕直:只。真率:自然坦率。

〔4〕多多许:当时口语,谓众多。

【评】

简文评王述四句话,极具概括力,如漫画笔法之删繁就简,寥寥几笔线条,将其人的性情声吻烘托略尽。王世懋评此曰:"道尽蓝田,简文妙于言乃尔。"简文、蓝田是两晋有名的"痴人",或许"痴人"之间相对更多了一点灵犀,容易欣赏对方的神采。王述确实不见有什么大作为,又有为人检举的所谓受贿污点,然而如简文所说,正是真率这一点,便足以抵得上世人的诸多优点,也使其在中古人物画廊上永远风采依然。谢安称赞蓝田"掇皮皆真",正与此意同。魏晋尚清通真率,王述一生所为,形象而生动地展示了这一时代主题。

8.92 林公谓王右军[1]:"长史作数百语[2],无非德音[3],如恨不苦[4]。"苦,谓穷人以辞。王曰:"长史自不欲苦物[5]。"

【注】
〔1〕林公:支道林。王右军:王羲之。
〔2〕长史:王濛,见《言语》66注。
〔3〕德音:善言。此指明哲有卓识的言谈。
〔4〕如:转折连词。只是。恨:遗憾。苦:用为使动,使人苦,指陷人于困境。
〔5〕物:指人。

【评】
《诗经·邶风·谷风》云:"德音莫违,及尔同死。"李陵《答苏武书》亦曰:"时因北风,复惠德音。"德音,善言也,是对他人言辞的敬称。王濛言谈不以疾言厉色屈人,不以使人辞穷自高,充耳皆美善之言。在支道林眼里,这是一种遗憾、不足,在王羲之看来,正显王濛的高致。支道林看中的是辩论的技巧和结果;王羲之则更重视谈论中呈现出的雍容气度。支道林乃方外之人,却仗才使气,一定要在论辩中将对方挑个人仰马翻才大呼过瘾,未免执于名相、为目标所累;王羲之风流名士,反而超越胜负结果而逍遥无待。孙绰商略诸人风流,以为王濛"温润恬和",颇有儒家"温柔敦厚"的人格气象,就是"德音"的最好注脚。

8.93 殷中军与人书[1],道谢万"文理转遒[2],成殊不易[3]"。《中兴书》曰:"万才器隽秀,善自炫曜,故致有时誉;兼善属文,能谈论,时人称之。"

【注】

〔1〕殷中军:殷浩。

〔2〕谢万:见《言语》77注。文理转遒:指文辞义理愈发刚劲有力。

〔3〕成:通"诚"。实在,诚然。

【评】

殷浩评价谢万"文理转遒,成殊不易",可见其本人亦是深谙写作甘苦,才能发此在行、中肯之言。一个人的创作风格,与才气学习(刘勰语)或才胆识力(叶燮语)等因素,有莫大之关联,一旦形成,则相对稳定,很难移易。"文理转遒",当建立在生活阅历与思虑精进的基础上才有可能。杜甫诗称"庾信文章老更成,凌云健笔意纵横"。庾信成为南北朝文学的集大成者,是其由南入北生活经历所致。杜甫自己"晚节渐于诗律细",亦与其颠沛流离的生活遭遇和不懈的艺术追求有关。谢万虽不是什么文学大家,但其文理的转变,也符合艺术规律的变化。

8.94 王长史云[1]:"江思俊思怀所通[2],不翅儒域[3]。"徐广《晋纪》曰:"江惇字思俊,陈留人,仆射彪弟也。性笃学,手不释书,博览坟典,儒道兼综。征聘无所就,年四十九而卒。"

【注】

〔1〕王长史:王濛。

〔2〕江思俊:江惇,字思俊,东晋陈留(今河南开封东北)人。江彪弟。笃学博览,儒道兼综。尊崇礼法,著《通道崇检论》。思怀:思虑。通:通晓。

〔3〕不翅:通"不啻",意不仅,不止。儒域:儒学领域。

【评】

　　江惇笃学博览、儒玄双修,故王濛云:"不翅儒域。"江惇虽濡染时风,但总体上还是以儒者面目出现。他特别提倡儒家礼教,以为君子立行,应依礼而动,"若乃放达不羁,以肆纵为贵者,非但动违礼法,亦道之所弃也"。著《通道崇检论》,在玄风扇炽的东晋社会,江惇是一个异类。作为玄谈名家,王濛赞美江惇儒学,亦可见其宽容的学术胸怀。

8.95　许玄度送母始出都[1],人问刘尹[2]:"玄度定称所闻不[3]?"刘曰:"才情过于所闻[4]。"《许氏谱》曰:"玄度母,华轶女也。"案询集,询出都迎姊(姊),于路赋诗。《续晋阳秋》亦然。而此言送母,疑缪(谬)矣。

【注】

　　[1] 许玄度:许询,字玄度,见《言语》69 注。出都:赴京都,到京都。
　　[2] 刘尹:刘惔。
　　[3] 定:究竟,到底。称:适合,相副。所闻:听到的。不:同"否"。
　　[4] 才情:才华,才思。是魏晋品藻人物的重点之一。

【评】

　　故事似触及了人物赏誉中的"名人效应"。"名人效应"古今皆有,可谓见怪不怪。当今为传媒时代,当红人物为广告代言,出场费动辄成百上千万,甚至有人开出千万元以下免谈的身价。另一方面,大众又心甘情愿地把大把大把的钞票掏出来为少数人聚敛。今日"名人效应"之本质,不戳自破。魏晋时期"名人效应"表现在,品目者若名高位重,可服众人之口,造成一种社会风气,与今日之惟"财"是举的商业行为殊途。大概许询已然有了一定的社会声誉,而大家拿捏不准,是否名副其实?故请更大的名士刘惔作最后的甄别。刘惔评许询"才情过于所闻",给予了极高的评价,相信许询在短期内定会声名鹊起。古代之"名人效应",是名士间倾心的赞叹,总体上属于高雅的精神活动;今日之"名人效应",多出于传媒的热炒,则相当于一只无形的巨手操纵、分割社会舆论、财富,是变了味的炒作行为。

8.96 阮光禄云[1]:"王家有三年少:右军、安期、长豫[2]。"阮裕、王悦、安期王应,并已见。

【注】

〔1〕阮光禄:阮裕,见《德行》32注。

〔2〕右军:王羲之,见《言语》62注。安期:王应,见《识鉴》15注。长豫:王悦,见《德行》29注。三人是王家优秀子弟。

【评】

字安期者,有二人。一为琅邪王应,一为太原王承。此处之安期当为王应。因为阮光禄品目之其馀二人右军、长豫,为琅邪王氏子弟,而王承为太原王氏,且年辈高于三人。右军令名早已特出,不劳赘述;王应为王含子,继嗣王敦,敦尝称其"神候似欲可",受王敦牵连而惨死;王悦乃王导长子,事亲色养,性至孝,然中岁而夭。唯右军以五十五岁寿终。丰子恺先生有小诗打趣"车厢世界",其中有几句大意是:有的先上后下,有的后上先下。"人生天地间,忽如远行客。"寿夭福祸,你不得不承认有那么一股运道因素在起作用!另外,故事运用了"事数标榜"的品目方式。

8.97 谢公道豫章[1]:"若遇七贤[2],必自把臂入林[3]。"《江左名士传》曰:"鲲通简有识,不修威仪,好(《老》、《易》),迹逸而心整,形浊而言清,居身若秽,动不累高。邻家有女,尝往挑之,女方织,以梭投折其两齿。既归,傲然长啸,曰:'犹不废我啸歌。'其不事形骸如此。"

【注】

〔1〕谢公:谢安。豫章:谢鲲,曾为豫章太守,见《言语》46注。

〔2〕七贤:指竹林七贤,即阮籍、嵇康、山涛、向秀、阮咸、王戎、刘伶。他们相与友善,常宴集竹林之下。

〔3〕必自:一定。把臂入林:拉着胳膊。

【评】

谢鲲乃谢安伯父,安谓鲲"若遇七贤,必自把臂入林",当出于对伯父内心世界的深刻体察。谢鲲曾将自己和庾亮比较,以为"端委庙堂,使百僚准则,鲲不如亮。一丘一壑,自谓过之"。其一生钟情处,正在山川丘壑之自然。自我的舒张和对自然的挚爱,是林下诸贤的集体品格。在这一点上,谢鲲与他们有着精神交感。"把臂入林",状貌生动,点出了名士间心灵撞击后激发处的巨大情感磁力,能够超越身份、地位、相貌甚至是时间等阻碍性因素,亦可热情、诚挚的手紧紧相握,将矜持与忸怩扫于无形。正基于此,俞伯牙、锺子期才能在高山流水间寻觅知己,贺知章一见李白唤为谪仙,留下"金龟换酒"的感人诗章!

8.98 土(王)长史叹林公[1]:"寻微之功[2],不减辅嗣[3]。"《支遁别传》曰:"遁神心警悟,清识玄远。尝至京师,王仲祖称其造微之功,不异王弼。"

【注】

〔1〕王长史:王濛。林公:支道林。

〔2〕寻微:指在玄学上探寻精微深奥的义理。

623

〔3〕辅嗣:王弼,字辅嗣,见《文学》6注。

【评】

　　王弼、支遁,一玄一佛,对于探求事物精微之理,都做出了贡献。王弼这位玄学理论的奠基人,通过对有无、动静和言意关系的逻辑论证和抽象概括,构造出了一套颇有系统的玄学本体论。王弼注重义理辨析的思想方法,有批判两汉经学烦琐学风的积极意义,对提高中华民族的抽象思维能力有一定的促进作用。从思维的缜密和精细化程度而言,确有造微之功。余嘉锡先生评价其"排击汉儒,自标新学",恰如其分。支遁理趣符老庄,风神类谈客,乐与名士往还,以中国原有思想资料与佛学义理相比拟配合,目的使人了解信从佛教,同时亦适应清谈内容。其释《逍遥游》,向、郭之外揭示新理,以为逍遥乃指"至人之心",只有无待的至人(圣人)才能逍遥,境界显得高远,于当日一般玄士之逍遥义外又别开生面。汤用彤先生以为"实写清谈家心胸,曲尽其妙"(《汉魏两晋南北朝佛教史》)。支遁乃著名的宗教活动家,又能以玄学思想创造性地阐发了佛教义理,郗超称其"实数百年来,绍明大法,令真理不绝,一人而已"。

　　8.99　殷渊源在墓所几十年〔1〕,于时朝野以拟管、葛〔2〕。起不起〔3〕,以卜江左兴亡〔4〕。《续晋阳秋》曰:"时穆帝幼冲,母后临朝,简文亲贤民望,任登宰辅。桓温有平蜀、洛之勋,擅强西陕。帝自料文弱,无以抗之。陈郡殷浩素有盛名,时论比之管、葛,故征浩为扬州。温知意在抗己,甚忿焉。"

【注】

　　〔1〕殷渊源:殷浩字渊源。
　　〔2〕朝野:朝廷内外。拟:比作。管、葛:管仲、诸葛亮。

〔3〕起:出仕。

〔4〕卜:占卜。此指预测、估量。江左:长江下游以东地区。此指东晋王朝。

【评】

《识鉴》门有云:"王、谢相谓曰:'渊源不起,当如苍生何?'"《晋书》浩本传又载简文答浩书:"足下去就,即是时之废兴。"可与此条互证。盖其时穆帝幼冲,简文辅政,慑于桓温难驭,故起用名声极大的殷浩以抗衡桓温。殷浩好玄言清谈,时拟管、葛,时论以为殷浩的出仕与否,关系到东晋兴亡。然其人并无实战经验,受命北伐,大败而归,废黜为民。殷浩之人生沉浮,至少可以有两点启示:一、中国文化传统中有将文采等同于施政才能的误解。一个人的文章写得好,诗作得好,或口才雄辩,就自比伊、吕,希企管、葛,及至给他一个官做,却又做不好。当然,这种歧误深与选拔制度的不完善相关,无论是汉代的察举、征聘,还是唐代后的"诗赋取士",其中都蕴涵着自身难以克服的矛盾和危机。以今天的眼光来看,殷浩可以做律师、记者、大学教授,但古代士农工商的社会结构,使其除了做官,难以找到自身位置。二、一个国家或一个团体的安危存亡,切不可寄希望于一个人。事实证明,这样的权力运作方式既容易导致集权,又容易造成政权的极度不稳。考诸世界各国政权之风云突变与萧墙祸起,自当明了。那种"地球缺了谁都照样转"的政权体制,才是稳定、健全的。当然,在中国漫长的封建社会,特别是在魏晋门阀社会,权力集中于少数一二家族,这样的质疑显然是一种苛求。

8.100 殷中军道右军"清鉴贵要[1]"。《晋安帝纪》曰:"羲之风骨清举也。"

【注】

〔1〕殷中军:殷浩。右军:王羲之。清鉴贵要:地位尊贵显要,有高明的鉴赏能力。

【评】

此条与本门第80条"逸少清贵人"语同,似可并为一条,评略。

8.101　谢太傅为桓公司马[1]。《续晋阳秋》曰:"初,安优游山水,以敷文析理自娱。桓温在西蕃,之(钦)其盛名,讽朝廷请为司马。以世道未夷,志存匡济,年四十,起家应务也。"桓诣谢,值谢桓(梳)头,遽取衣帻[2]。桓公云:"何烦此!"因下共语至暝[3]。既去,谓左右曰:"颇曾见如此人不[4]?"

【注】

〔1〕谢太傅:指谢安。晋穆帝升平三年,谢安始出仕,为桓温司马。

〔2〕值谢桓头:"桓"当为"梳",诸本作"梳"。帻:包头巾。古代男子包裹发髻的头巾。

〔3〕暝:通"瞑"。天黑,日暮。

〔4〕颇曾:可曾。

【评】

故事用三个画面形象地反映了魏晋名士间的任达率真之风。桓温拜访谢安,是上级过访下级,乃不拘常礼的任性之举,下级诚惶诚恐,情在理中;于是引出了第二个画面,正在梳头的谢安,听到消息后,急忙穿戴衣服迎接。以儒家礼法来看,免冠见人为非礼之举,更何况是面对自己的顶头上司?一"遽"字状其紧张、无措。不料桓温不拘常规,"何烦此"三字,可见其尚通脱、简约的风格,一句随意的安慰,给谢安吃了定心丸,将紧张的气氛扫于无形;第三个画面,"因下共语至瞑",凸现令人叹赏的名士之风,二人的精神交流超越了世俗功利层面。可以想见,晤谈的内容绝非家长里短、田舍稻粱,亦非杀人窃国、沽名钓誉。故千载以下,令人神往、费人思量。桓温临去,由衷地对谢安发出至高赞叹。故事通过几个镜头刻画了一代枭雄桓温旷达、简约、情深蕴雅的名士风流。

8.102 谢公作宣武司马[1],属门生数十人于田曹中郎赵悦子[2]。伏滔《大司马寮属名》曰:"悦字悦子,下邳人。历大司马参军、左卫将军。"悦子以告宣武,宣武云:"且为用半[3]。"赵俄而悉用之,曰:"昔安石在东山[4],缙绅敦逼[5],恐不豫人事[6]。况今目(自)乡选[7],反违之邪?"

【注】

〔1〕谢公:指谢安。宣武:指桓温。宣武是其死后谥号。

〔2〕属:通"嘱"。托付。门生:门人。田曹中郎:官名。即田曹从事中郎,掌农政的官吏。赵悦子:赵悦,字悦子,东晋下邳(今江苏宿县)人。

〔3〕且:姑且,暂且。

〔4〕东山:谢安出仕前隐居东山。在今浙江省上虞市东部。

〔5〕缙绅:指官员、士大夫。敦逼:敦促。此指征召谢安出山为官。

〔6〕豫:参与。人事:世事。

〔7〕乡选:就乡里选拔人才。

【评】

《论语·为政》篇有言:"为政以德,譬如北辰,居其所,众星共之。"《老子》曰:"生而不有,为而不恃,功成而弗居。夫唯弗居,是以不去。"这两处经典,用以状谢安之人生信念和处世准则,都非常确切。谢安出山以前,为士林所宗,居官后更以无为之德政使士人推服。故赵悦子甘为之前驱,敢违桓温而成全谢安之美意。故事可见谢安人格感召力量之大,所谓四时无言而大美成者也。

8.103 桓宣武表云[1]:"谢尚神怀挺率[2],少致民誉[3]。"温集载其《平洛表》曰:"今中州既平,宜时绥定。镇西将军、豫州刺史尚,神怀挺率,少致人誉。是以入论百揆,出蕃方司。宜进据洛阳,抚宁黎庶。谓可本官都督司州诸军事。"

【注】

〔1〕桓宣武:指桓温。晋穆帝永和十二年(356),桓温北伐平洛,上表荐谢尚镇洛阳。

〔2〕谢尚:字仁祖,晋豫章太守谢鲲子。见《言语》46注。神怀挺率:胸襟怀抱率易挺达。

〔3〕少:年轻时。致:得。

【评】

桓温作《平洛表》,此年谢尚年近五十,距死期不远,故温"少致民誉"之"少",当指中年以前。谢尚乃谢鲲之子,自幼敏于言辞。有一次一位名士夸赞他像孔夫子的高足颜回。谢尚应声而答:"坐无尼父,焉别颜回!"这句带有调侃意味的回答,透露着翩翩少年的极大自信,赢得了客人们的喝彩。谢尚善跳一种八哥舞,这种舞蹈模拟八哥的动作并加以艺术化,为好奇尚异的名士们欣赏。王导设宴待客,请谢尚表演此舞助兴。谢尚毫不忸怩,"便著衣帻而舞。导令坐者抚掌击节,尚俯仰在中,傍若无人,其率诣如此"(《晋书》尚本传)。王导比之为王戎,常呼为"小安丰",又聘为自己的掾属,从此步入仕途。后由名士成为将军,善骑射,与庾翼打赌,控弦中的,庾翼以鼓吹(仪仗乐队)相送。谢尚与当时一些草包将军相比,并无多少浮诞之气,相反,却能文能武,才情兼备,在名士之中,殊为难得。桓温枭雄,自具只眼,"神怀挺率,少致民誉"云云,当指此。

8.104 世目谢尚为"令达"[1]。阮遥集云[2]:"清畅似达[3]。"或云:"尚自然令上[4]。"《晋阳秋》曰:"尚率易挺达,昭悟令上也。"

【注】

〔1〕谢尚:见前则。令达:美好通达。
〔2〕阮遥集:阮孚,见《文学》76注。
〔3〕清畅:清明晓畅。
〔4〕自然:自然天成。令上:美好卓越。

【评】

"令达"、"清畅似达"诸评,似乎集中在一个"达"字。谢尚之尚达,既是时代的大风气的濡染,更是受了乃父谢鲲的家风熏陶。谢鲲可与竹林七贤"把臂入林",谢尚号称"小安丰",父子承传的一脉,不难捕捉。谢尚仪容既美,又好修饰,"好衣刺文裤",就是好穿一条绣有花纹的套裤,更显得风流佻达,与众不同,如今日青少年之怪异装束与染发文身等,引领时代潮流。又如镇寿阳期间,军务倥偬之际,尚聊发少年狂,以堂堂朝廷二品命官,春日登楼,弹唱《大道曲》:"春阳二三月,柳青桃复红。车马不相识,误落黄埃中。"引得街头士女驻足倾听,举目观望。此举非达而何?然而又不越情废礼,传达了对青春之美的留驻,属于高雅的精神追求,这与玄学末流之任诞堕落之达,有着天壤之别。故时人在"达"之前加以"令"或"清"修饰,以见春秋笔意。

8.105 桓大司马病[1]，谢公往省病[2]，从东门入。温时在姑熟（孰）。桓公遥望叹曰："吾门中久不见如此人！"

【注】

〔1〕桓大司马病：桓温于晋孝武帝宁康元年（373）病死。

〔2〕谢公：谢安。往省病："往"字原形残，据诸本校补。省，问候。

【评】

桓温对谢安，既爱敬其名士风流，又恨其刚忠，视安为自己篡权路上的阻碍，因此对其时亲时疏，态度无常。但总体上，对谢安尚有爱敬之意。温病笃，不久死去。临终之际，当不免参透了名利纷争、看破了权力拼杀，一生问鼎逐鹿、激荡风云，最后还不是要将自己交付与这一掊黄土？倒不如风流名士，落得个生也潇洒、去也随缘。思来想去，"豪华落尽见真淳"，发为咏叹，其言也善。"吾门中久不见如此人"与前之"颇曾见如此人不"两相发明，视昔日的"异己分子"谢安如云山江水，景仰之情遂定格为生命弥留之际的临终感言。殷殷赤诚，不含一点矫饰，也活脱了桓温纯情士子的一面。

8.106 简文目敬豫为"朗豫"[1]。王恬，已见。《文字志》曰："恬识理明贵，为后进冠盖也。"

【注】

〔1〕简文：指晋简文帝司马昱。豫：王恬字敬豫，王导次子。见《德行》29注。朗豫：开朗快乐。

【评】

王恬为王导次子,因尚武而不为导喜爱。王导见了乖孩子——长子王悦眉开眼笑,见了舞刀动枪的王恬则怒从中来。有晋一代守文尚柔,贵族家风则好吟风月、舞文弄墨,动静行藏之际以流露出大贵族的雍容华贵为高,故王恬之打打杀杀、灰头土脸为导所恶。王恬心理健康,并未因家庭里的"歧视"和冷眼而影响其性格成长,而是一天生的乐天派。"朗豫",乐观开朗貌。王恬字敬豫,简文目其"朗豫",运用谐音双关手法。刘辰翁曰:"此一字连其人名,如谑如谥,更自高简。"分析巧妙。

8.107 孙兴公为庾公参军[1],共游白石山[2],卫君长在坐[3]。《卫氏谱》曰:"永字君长,成阳人,位至左军长史。"(孙曰):"此子神情,都不关山水[4],而能作文。"庾公曰:"卫风韵虽不及卿诸人[5],倾倒处亦不近[6]。"孙遂沐浴此言[7]。

【注】

〔1〕孙兴公:孙绰,见《言语》84注。庾公:庾亮。
〔2〕白石山:山名。在今江苏省。
〔3〕卫君长:卫永,字君长,东晋济阴成阳(今山东曹县东北)人。
〔4〕此子神情:据袁本,"此子"前脱"孙曰"二字。关:关心、注意。
〔5〕风韵:风度韵致。
〔6〕倾倒处:令人倾倒的地方。近:浅。
〔7〕沐浴:领会、涵咏。

【评】

孙绰是东晋著名的玄言诗人,早年与许询等人居于会稽,游弋山水。曾将自己与许询比较,云:"高情远志,弟子早已服膺;

631

然一吟一咏,许将北面矣。"对自己吟咏山水的文学才能,是十分自信甚至自负的。故事中孙绰讽卫永"神情都不关山水,而能作文",实是张扬己长,而暗寓讥刺,不自觉间犯了文人相轻的毛病。庾亮的回答,既盛赞了孙绰诸人的风姿韵度,更突出了卫永不同凡近的才华。可见庾亮气度雍容,能包纳各种类型人士为己所用。

8.108　王右军目陈玄伯"垒块有正骨[1]"。陈泰,已见。

【注】

〔1〕王右军:王羲之。陈玄伯:陈泰字玄伯,魏司空陈群子。见《方正》8注。垒块:土块,比喻胸中郁结不平之气。正骨:刚正的品格。

【评】

　　陈泰为魏司空陈群子。太丘陈寔至纪、群、泰四世,于汉魏两朝并有重名。泰亦自我砥砺、立事立功。王右军目陈泰"垒块有正骨",当指司马篡魏之际,陈泰所表现出的浩然正气。据《魏氏春秋》载,魏高贵乡公被杀后,陈泰枕帝尸于股,号哭尽哀。司马昭问计于泰,泰对曰:"独有斩贾充,少可以谢天下耳。"司马昭请更思他计,泰曰:"岂可使泰复发后言。"此句情感复杂,意谓"难道还要我把后面更难听的话说出来吗?"先是声讨杀人真凶贾充,后又将矛头直指司马氏集团。魏晋易代之际,士人或佯狂杜门,或望风使舵,或助纣为虐,像陈泰这样刚直难犯的臣子,确实有难能可贵的"正骨"。

8.109　王长史云[1]:"刘尹知我[2],胜我自知。"濛别传》曰:"濛与沛国刘惔齐名,时人以濛比袁曜卿,惔比荀奉倩,而共交

632

友,甚相知赏也。"

【注】

〔1〕王长史:王濛。
〔2〕刘尹:刘惔。

【评】

王濛与刘惔齐名友善,濛云"刘君知我,胜我自知",当是对刘惔常称其"性至通,而自然有节"的有感而发。常言道:人贵有自知之明,苏东坡诗有"不识庐山真面目,只缘身在此山中"之人生感悟。做到自知,何其难也!作为好友,刘惔能够透过王濛任诞的外表,得出"自然有节"的结论,是知人论世的认识,是同情之理解。具备这种同情,即使有千山万水的空间阻隔,也能因绵邈的深情而产生心灵的交流和碰撞;即使跨越百代的今人和古人,也能因"读其书、诵其诗"而结成旷世神交。何况王濛、刘惔相濡以沫、息息相通,更容易涵咏对方的人生意趣、精神旨归。

8.110 王、刘听林公讲[1],王语刘曰:"向高坐者[2],故是凶物[3]。"复更听[4],王又曰:"自是钵盂后王、何人也[5]。"《高逸沙门传》曰:"王濛恒寻遁,遇祇洹寺中讲,正在高坐上。每举麈尾,常领数百言,而情理俱畅,预坐百馀人,皆结舌注耳。濛(云):'听讲众僧,向高坐者,是钵盂后王、何人也。'"

【注】

〔1〕王、刘:王濛、刘惔。林公:指支遁。遁字道林,东晋僧人。
〔2〕高坐者:坐在上座的人。此指支道林。
〔3〕故:本来。凶物:不吉之人。

〔4〕更:再。

〔5〕自:原来,本来。钵盂后:钵盂,是佛门传法之器。钵盂后,犹言如来传法之后的佛界之中。王、何:指王弼、何晏。

【评】

《高僧传》载支遁初至京师,太原王濛甚重之,曰:"造微之功,不减辅嗣。"又载王濛因其才词,往诣道,作数百语,后乃叹曰:"实缁钵之王、何也。"与本篇内容互相补充。王濛对支遁由误解到理解并最终发出叹赏的过程,正符合文学阅读接受的一般心理机制。王濛首先是带着一定的"阅读经验期待视野",去解读支遁的讲经谈玄。支遁宣讲的内容与方式,带着鲜明的异教痕迹和个性化色彩,大大刺激东土士人的眼球和耳膜,因而其"期待视野"遇挫,产生抗拒与抵触情绪在所难免;随着接受活动的不断深入,王濛很快为支遁指示的豁然开朗的境界而振奋,并因扩充和丰富了"期待视野"而感到欣悦与满足(即如支遁注《逍遥游》与向郭义之外别立新解,新天下耳目)。"山重水复疑无路,柳暗花明又一村",王濛便在遇挫与开悟交替的精神活动中,体验到了支遁玄谈的无尽魅力,产生精神上的共鸣,并进而由衷地赞叹"自是钵盂后王、何人也"。

8.111 许玄度言〔1〕:"《琴赋》所谓'非至精者〔2〕,不能与之析理',刘尹其人〔3〕;'非渊静者〔4〕,不能与之闲止〔5〕',简文其人〔6〕。"嵇叔夜《琴赋》也。刘惔真长,丹阳尹。

【注】

〔1〕许玄度:许询,有才藻,善为五言诗。见《言语》69注。

〔2〕《琴赋》:嵇康所作,今存《昭明文选》卷一八。精:明细。

〔3〕刘尹:刘惔。

〔4〕渊静:沉静恬淡。

〔5〕闲止:闲居。

〔6〕简文:晋简文帝司马昱。

【评】

嵇康有很深的音乐造诣,有《声无哀乐论》、《琴赋》等论文,专门探讨音乐的艺术哲学。许询引用嵇康之言,实际上,已经触及了艺术接受活动中,非常普遍的"共鸣"现象。音乐种类、形式多样,人各有偏好,"非至精者,不能与之析理","非渊静者,不能与之闲止",就是马克思所说的"对于没有音乐感的耳朵来说,最美的音乐也毫无意义"(《1844年经济学哲学手稿》)。共鸣的大前提是主客体的双向契合,缺一不可。正如苏轼《琴诗》云:"若言琴上有琴声,放在匣中何不鸣。若言声在指头上,何不于君指上听。"否则,就陷入我们常说的"对牛弹琴"之境。

8.112 **魏隐兄弟少有学义**〔1〕,《魏氏谱》曰:"隐字安时,会嵇(稽)上虞人,历义兴太守、御史中丞。弟遐,黄门郎。"**总角诣谢奉**〔2〕,**奉与语,大说之**〔3〕,**曰:"大宗虽衰**〔4〕,**魏氏已复有人。"**

【注】

〔1〕魏隐兄弟:魏隐,字安时,东晋会嵇(稽)会上虞(今属浙江)人,安帝隆安中为义兴太守,孙恩陷会稽,隐弃职而逃。其弟魏遐,仕黄门郎。学义:学识。

〔2〕总角:古代男女未成年前束发为两结,形状如角,故称总角。谢奉:字弘道,晋会稽山阴人。

〔3〕说:通"悦",喜爱。

〔4〕大宗:始祖的嫡长子为大宗,其他为小宗。

【评】

　　谢奉于魏氏兄弟为乡邦长者,总角一见辄叹"大宗虽衰,魏氏已复有人"。谢奉的超拔激赏,以及《世说》所载众多长辈对童蒙小儿的赏识,均可见出魏晋士人对儿童早期教育的重视。现代教育学已然揭示,人生观、价值观,及诸多行为习惯,均萌蘖于童稚期,其未来成长方向,均与儿时的教养有莫大关联。"三岁看老"并不是一个被夸张的命题。贤明长者三言两语的夸赞,甚至是一个赞许的表情,既是对小儿的肯定,又为其以后的成长指示了方向。俗语云"鼓励能使猪上树",几句夸赞,言者无心,听者有意,情商高的孩子能因此产生人生的顿悟。如俄国文豪托尔斯泰的父母爱好文艺,时常教育孩子阅读俄罗斯古典文学作品,一次小托尔斯泰放开喉咙,朗诵普希金的《致大海》。父亲看到孩子对作品有一定的理解,就对其报以一个赞许的微笑。这个愉快的印象在托尔斯泰的心灵深处一直保持到晚年。又如我国著名画家朱屺瞻小时候苦练绘画,有一次他父亲过生日,他画了一幅《清供图》以祝贺生日。他父亲深情地看了他一眼,这不平凡的一瞥,成了朱屺瞻一生艺术追求的永恒动力。种种事例,不胜枚举,教育者可不慎欤?

8.113　简文云[1]:"渊源语不超诣简至[2],然经纶思寻处[3],故有局陈[4]。"

【注】

　　[1] 简文:晋简文帝司马昱。

　　[2] 渊源:殷浩,字渊源。超诣:高超卓越。简至:简明通达。

　　[3] 经纶:整理丝缕,理出头绪,此指思路条理。思寻:思考。

　　[4] 故:确实。局陈:即"局阵"。格局阵势,言人论谈布置有法,犹

如棋局兵阵。

【评】

简文评殷浩之"言"与"思",涉及了中国哲学的言意之辨问题,也可以说是涉及了人类思维的内外转换问题。中国文化传统中比较占优势的观点是"言不尽意"论。《庄子·天道》说:"语之所贵者意也,意有所随。意之所随者,不可以言传也。"《易传·系辞》中借孔子之口说:"书不尽言,言不尽意。"也承认言不能完全传达意,但又补充说:"圣人立象以尽意,设卦以尽情伪。"表现出调和的态度。陆机《文赋》则从人类一般思维规律的角度,阐发创作中"意不称物,文不逮意"的苦恼,其实是指从内语言(意或思)到外语言转换过程中的心理现象。殷浩长于思而非精于言,了然于胸而不能了然于口与手,于此病最为典型。或许正如唐大圆《文赋注》云:"意虽善构,若无词藻以达之,则又患在学俭。"解救之法,惟在勤学,可使由俭而博。

8.114　初,法汰北来[1],未知名,专(车)频《秦书》曰:"释道安为慕容俊所掠,欲投襄阳,行至新野,集众议曰:'今遭凶年,不依国主,则法事难举。'仍分僧众,使竺法汰诣扬州,曰:'彼多君子,上胜可投。'法汰遂渡江,至扬土焉。"王领军供养之[2]。《中兴书》曰:"王洽字敬和,丞相导第三子。累迁吴郡内史,为士民所怀。征拜中领军,寻加中书令,不拜。年二(三)十六而卒。"每与周旋行[3],来往名胜许[4],辄与俱;不得汰,便停车不行。因此名遂重。《名德沙门题目》曰:"法汰高亮开达。"孙绰为汰赞曰:"凄风拂林,明泉映壑,爽爽法汰,校德无怍。事外萧洒,神内恢廓。实从前起,名随后跃。"《泰元起居注》曰:"法汰以十五(二)年卒,烈宗诏曰:'法汰师丧逝,哀痛伤怀,可赠钱十万。'"

【注】

〔1〕法汰:竺法汰,见《文学》54注。北来:从北方来。

〔2〕王领军:王洽,字敬和。王导第三子。供养:供给生活所需。

〔3〕周旋:亲密往来。

〔4〕名胜:名流,著名人士。许:处,处所。

【评】

竺法汰在东晋士人中间享有至高的声誉。王洽之心驰神往、以礼相待,已如前述。又如,汰在桓温座共语,因病不堪久坐而提前退场,桓温听说后,匆匆抛开宾客,亲自将其接回。简文皇帝对他亦深相敬重,亲到瓦官寺听讲。这些人,上至帝王下至公卿,为何对不名一文、毫无权力,又丝毫不关涉国计民生的方外僧人心醉神迷呢?此中可透视出魏晋士人追求人生高致、探讨宇宙真谛、不汲汲于实用的无功利心态和超拔的精神取向,在历史长河中留下个性鲜明的一笔。这种态度,是治学求知最应有的态度,也最利于真理的产生。近代大学者王国维描述的学问"不分古今、不分中外、不分有用无用"的超迈境界,是这种态度的一脉延伸。只可惜,这种心态在中国文化传统重实用理性的强大潮流中,显得非常微弱,惜哉!

8.115 王长史与大司马书[1],道渊源识致安处[2],足副时谈[3]。

【注】

〔1〕王长史:王濛。大司马:指桓温。

〔2〕渊源:殷浩,字渊源。此盖为隐居墓所、未为扬州刺史之时。识致:见识情致。安处:平日居处。

〔3〕副:符合。时谈:时人的评说。

【评】

　　故事当发生在殷浩尚隐居墓所时。故时人对其出、处期望甚大。这里,我们暂时抛开王濛评价殷浩的真伪不谈,做出这样的推论,就是很多魏晋士人是名不副实的。有孔稚圭《北山移文》中所揭示的"形在江海之上,心存魏阙之下"的假隐士;有像王衍那样口中雌黄而大节有亏的空谈家;当然也有像谢万那样善于邀名窃誉而庸碌无能的纨绔子弟,等等,不一而足。魏晋文化是自由的,多元的,形形色色的人等粉墨登场,寻找其生存空间。"人格面具的过度膨胀者"(荣格语)所在多有,给人物品评带来较大难度,那种一蹴而就、盖棺定论式的品藻,实在要独具心眼才行。多数时候,察其言、观其行,经过从实践到认识,再从认识到实践的反复,是非常必要的。事实证明,王濛虽然观察了殷浩的见识情致、日常起居,自以为所见不差,其实最终还是看走了眼。

8.116　谢公云[1]:"刘尹语审细[2]。"孙绰为愊诔叙曰:"神犹渊镜,言必珠玉。"

【注】

〔1〕谢公:谢安。

〔2〕审细:周密严谨。

【评】

　　故事与本门第八十三条王长史谓刘惔"致言处自寡耳",有异曲同工之妙,可谓出言矜慎不凡。此处谢安又评其出言周密详细,众口一词,想必刘惔言谈确有审、慎特色。

8.117　桓公语嘉宾[1]:"阿源有德有言[2],向使作令仆[3],足以仪刑百揆[4],朝廷用违其才耳[5]!"嘉宾,郗超小字也。阿源,殷浩也。

【注】

〔1〕桓公:桓温。嘉宾:郗超,小字嘉宾,见《言语》59注。
〔2〕阿源:殷浩,字渊源。有德有言:有德望,有名言。
〔3〕向:先前。令仆:尚书令、尚书仆射,为综理朝政之官。
〔4〕仪刑:示范。百揆:百官。
〔5〕违:与……不相称。

【评】

　　桓温、殷浩是总角之交,用今天北京人话讲是"发小",长期耳鬓厮磨,相知甚深。后因人生追求不同,而成为分属于不同政治阵营的政敌。桓温一代枭雄,气魄宏大,虎视晋鼎;殷浩则成为简文帝所倚重的重臣,其实是用与桓温抗衡。历史和命运有时就是这样无情,它使昔日的至交好友,成为各有所主的冤家对头。然而,他们又不愧是滋养了魏晋风度的名士,即便明争暗斗,心底还时时流露不泯的人性温情。即如桓温,这一次还在为殷浩忧虑,向郗超念叨着,殷浩是仪刑百揆的廊庙之才,却不是指挥三军的好统帅。晋穆帝永和中,任用殷浩为中军将军,统师北伐,结果大败而回,浩也被废黜。用违其才,正指此事。为泄怨气,殷浩北伐失败后,桓温上疏请求严惩,落井下石不遗余力;后又旧情复萌,荐举殷浩作尚书令。魔鬼与天使、刚狠老辣与绵邈情深,完美地交织成一曲人性善恶的二重奏。桓温诸流,恰如林下名士王戎所谓的"情之所钟,正在我辈"。

8.118　简文语嘉宾[1]:"刘尹语末后亦小异,回复其言[2],亦乃无过。"

【注】

〔1〕简文:晋简文帝司马昱。嘉宾:郗超,见前则。

〔2〕回复:回味,反复思考。

【评】

刘惔自视言谈为第一流,与王濛俱为简文座上客。孙盛曾作《易象妙于见形论》,殷浩与辩不胜,简文命人迎请刘惔,孙理遂屈。好像专家出诊,手到病除。殷浩为清谈名家,然相形之下,逊惔一筹。言谈清辩,有时论难往还,汪洋恣肆,难免前后失应,语杂小痴;炉火纯青如刘惔者,也会犯"语末后亦小异"的毛病。然而,只需义理要点一以贯之,不枝不蔓,就不会影响大局。晋人尚通脱,不过分株守章句、拘泥文辞小异,支通玄讲取"九方皋相马,略其玄黄而取其俊逸"(谢安语)的态度,以及陶渊明"不求甚解"的读书方法,正可作为通脱的例证。

8.119 孙兴公、许玄度共在白楼亭[1],《会稽记》曰:"亭在山阴,临流映壑也。"共商略先往名达[2]。林公既非所关[3],听讫云:"一(二)贤故自有才情[4]。"

【注】

〔1〕孙兴公:孙绰,见《言语》84 注。许玄度:许询,见《言语》69 注。白楼亭:亭名,在今浙江绍兴附近。

〔2〕商略:商讨,议论。先往名达:先前有名望的贤达。

〔3〕林公:支通字道林,东晋僧人,人称林公。

〔4〕一贤故自有才情:据文义及诸本,"一"当为"二"。故自,确实,真是。才情,才华。

【评】

人物品藻虽是对被谈论对象的评价,而在商略、鉴赏的过程中,品目者本人的风度、才情也会借此洋洋洒洒地挥发出来。孙绰、许询这次在白楼亭探讨先往名达,因超越了现实人际利害关系的纠葛,而显得空明纯净、无拘无束。支道林因事不关己,以佛家的法眼在一旁静观,更有一种"众鸟高飞尽,孤云独去闲"的悠然体察。其评判孙、许才情,是不急不躁的智者之言。故事揭示出人物品藻过程中,评人与被评均属正常。正是:哪个背后不说人?哪个不被旁人说?要想逃脱被人评说的境地,也是枉然。此情此境,恰如现代诗人卞之琳先生在《断章》中所描绘的:"你站在桥上看风景,看风景的人在楼上看你。明月装饰了你的窗子,你装饰了别人的梦。"

8.120 王右军道东阳[1]:"我家阿林[2],章清太出[3]。""林"应为"临"。《王氏谱》曰:"临之字仲产,琅邪人,仆射彪之子,仕至东阳太守。"

【注】

〔1〕王右军:王羲之。东阳:王临之,小字阿林,官东阳太守,见《文学》62注。

〔2〕阿林:王临之。刘注:"林"应为临。

〔3〕章:通"彰",明亮。清:高洁。太出:很突出,很杰出。

【评】

　　王临之为羲之同宗侄辈,故羲之称"我家阿林(临)"。清,是晋人对人的至高赞美之词,"章清太出",当指其心理、才思极其清朗澄明,故羲之有此激赏。惜史不详载。

8.121 王长史与刘尹书[1],道渊源触事长易[2]。

【注】

〔1〕王长史:王濛。刘尹:刘惔。

〔2〕渊源:殷浩。触事:办事,处事。长:通"常",经常。易:平易;平和。

【评】

刘辰翁评此则为"费辞说",因词有歧义而影响意思之理解。一说以为"触"通"处","长"通"常",意谓殷浩处事经常很平易。一说以为"长",上声,语由《易·系辞》"触类而长"化用而出。原文曰:"引而申之,触类而长之,天下之能事毕矣。""触长"之义,指一卦六爻之动可变为六十四卦,六十四卦可变成四千零九十六卦。天下万物皆如此例,各以类增长,则天下所能之事,法象皆尽。如此,则王长史称道殷浩对于玄言义理能活学活用,不拘一隅,不局一器,上下周流,触类皆长。

8.122 谢中郎云[1]:"王修载乐托之性[2],出自门风[3]。"《王氏谱》曰:"嗜(耆)之字修载,琅邪人,荆州刺史廙(廣)弟(第)三子。历中书郎、鄱阳太守、给事中。"

【注】

〔1〕谢中郎:谢万,见《言语》77注。

〔2〕王修载:王耆之。王廙(廣)子,王胡之弟。乐托:同"落拓"。形容不拘小节,放荡不羁。

〔3〕门风:家风。

【评】

魏晋间以落拓不羁为名士本色,故谢万评价王修载落拓,临川乃列之于"赏誉"。王修载落拓之举,史所不载,但《晋书》载其父王廙(廣)行止,可资一观:"廙(廣)性隽率,尝从南下,旦自浔阳,迅风飞帆,暮至都,倚舫楼长啸,神气甚逸。"从社会学和

643

教育学的角度看,一个人的性格、情致和行为习惯的形成,确实有家族积淀、传承等因素在内。虽不能如基因遗传规律那样屡试不爽,然言传身教耳濡目染之功,不可小觑。

8.123 林公云[1]:"王敬仁是超悟人[2]。"《文字志》曰:"修之少有秀令之称。"

【注】

〔1〕林公:支道林。

〔2〕王敬仁:王修,字敬仁。见《文学》38注。超悟:高超颖悟。

【评】

王修少年颖悟,世称"秀出"。十二岁作《贤全论》,为刘惔所称;其辞章学问,挺拔出众,谢尚称其"文学镞镞,无能不新"。支道林又称其"超悟人"。综合各家印象,可见名不虚传。然二十四岁而夭,令人唏嘘!临终叹曰:"无愧古人,年与之齐矣。"其言颇费解,是否指青年夭亡的玄学天才王弼?待考。但有一点可以肯定,以王修之秀出、超悟,必自高自砥砺,取法乎上,这位古人一定是位青年夭折的贤人。

8.124 刘尹先推谢镇西[1],谢雅重刘[2],曰:"昔尝北面[3]。"案:谢尚年长于惔,神颖凤彰。而曰北面于刘,非可信。

【注】

〔1〕刘尹:刘惔。推:推崇;推许。谢镇西:谢尚,见《言语》46注。

〔2〕谢雅重刘:袁本"谢"下多一"后"字,于义更优。雅重,极为推重。

〔3〕北面:旧时君见臣,尊长见卑幼,南面而坐,故以"北面"指向人

称臣或居于人下。

【评】

刘孝标注以为谢尚年长于刘惔,而曰北面于刘,非可信。凌濛初曰:"推重耳何足致疑。况刘亦堪此,勿论年长。"凌说有理。唐韩愈《师说》以为"吾师道也,夫庸知其年之先后生于吾乎? 是故无贵无贱,无长无少,道之所存,师之所存也"。为追求学问真知,应该有一种"虽千万人吾往也"的态度和勇气,更何况名士间的倾心,本为超越身份、地位、年龄等一些外在附加性因素的高级精神活动,谢尚是潇洒不羁的名士,想必不会有倚老自重的蓬塞之心。

8.125 谢太傅称王修龄曰[1]:"司州可与林泽游[2]。"《王胡之别传》曰:"胡之常遗世务,以高尚为情,与谢安相善也。"

【注】

〔1〕谢太傅:谢安。王修龄:王胡之,见《言语》81 注。

〔2〕司州:王胡之曾任司州刺史,故称。林泽:山林水泽。山水胜境,是隐者所居。

【评】

谢安与王胡之乃林泽友,逯钦立先生辑《先秦汉魏晋南北朝诗》载二人交友酬唱诗各一首,可见一斑。谢安《与王胡之诗》六章,第六章曰:"朝乐朗日,啸歌丘林。夕玩望舒,入室鸣琴。五弦清澈,南风披襟。醇醪淬虑,微言洗心。幽畅者谁,在我赏音。"称王胡之为可以把臂入林的"赏音"。王《答谢安诗》八章,中述"畴昔宴游,缱绻苔龄。或方童颜,或始角巾"。又曰:"今也华发,卑高殊韵。形迹外乖,理畅内润。"从总角到垂

645

老,二人保持长期的友谊。在这里,我们要为这群名士庆幸,崇尚自然的时代风气,造就了一大批光鲜雅洁的名士,从容不迫的心态保证他们在多元的社会文化分层中,找到属于自己的群体,而不必忍受倾诉无门的悲哀!

8.126　谚曰:"扬州独步王文度[1],后来出人郗嘉宾[2]。"《续晋阳秋》曰:"超少有才气,越世负俗,不循常检,时人(为)一代盛誉者语曰:'大才槃槃谢家安,江东独步王文度,盛德日新郗嘉宾。'其语小异,故详录焉。"

【注】
　　[1] 扬州:州名。东晋时治所在建康。独步:独一无二,一时无两。比喻杰出的人才。王文度:王坦之,见《见语》72注。
　　[2] 后来:后辈、晚辈。出人:超越众人。郗嘉宾:郗超,见《言语》59注。

【评】
　　《晋书》王坦之传所载为"盛德绝伦郗嘉宾,江东独步王文度"。与此稍异。王坦之、郗超俱为名公之子,少有重名,在东晋晚期的政治舞台上均扮演了重要的政治角色。王坦之是简文帝死后与谢安辅助幼主的比肩重臣,对谢安的某些浪漫而不合礼俗的举动予以不遗馀力的抵制,相较之下,显其刚直近乎板正的儒者面孔;郗超有绝顶的聪明和超群的才华,在他身上矛盾的对立因素能够和谐共存。一方面他有优雅的风度,善于交友,拔寒素、轻金钱,为名士所推;另一方面,他又违背了忠孝仁义的古训,鬼使神差做了桓温的死党,有失名士节慨。或许他心目中的"大树",就该是桓温这样既雅于深情,又能刻石立功的实干家吧! 只可惜一失足成千古恨,成为朝廷的敌对势力,聪明反被聪

646

明误。王、郗这两位当年雄姿英发的贵公子,因人生选择路径不同,写就了自己在历史上一正一邪的形象,成为后世殷鉴。故事运用了谐音双关的艺术技巧。如"步"与"度","人"与"宾"俱叶韵。

8.127　人问王长史江虨兄弟群从[1]。王答曰:"诸江皆复足自生活[2]。"虨及弟淳(惇)、从灌,并有德行,知名于世。

【注】

〔1〕王长史:王濛。江虨:据诸本作"江彪",是。江虨,见《方正》25注。群从:指同族子弟。

〔2〕诸江:指江家兄弟子侄。皆:都。复,词缀,无实义。足自:完全能够。生活:生存,谓立足于世。

【评】

东晋高门世族中,陈留江家是奉儒守正的传统士人家庭,《晋书》载江氏子弟行止,皆以任道而行、刚正不阿著称于世。这样的家风虽然少了些浪漫潇洒的气质,在魏晋时代风气之下,显得有点落落寡合,却因其实践躬行的精神,为国家做出了实际的贡献。长史王濛与江虨游处情好,雅相钦重,出于对江家的了解,称赞江氏群从皆足以立足于世。一个大家族后来的守成者,若不是躺在祖先的基业上坐吃山空,也不是将父辈"老革命"的资格作为资本而讨价还价、邀功请赏,而是自己打拼挣得一份生活的资本和做人的尊严,何其难能可贵!中国有"人过留名,雁过留声"的古训,江氏兄弟可谓以自己的德业留名青史了。

647

8.128　谢太傅道安北[1]:"见之乃不使人厌,然出户去,不复使人思。"安北,王坦之也。《续晋阳秋》曰:"谢安初携幼稚同好,养志海滨,襟情超畅,尤好声律。然抑之以礼,在哀能至。弟万之丧,不听丝竹者将十年。及辅政,而修室第园馆,丽车服,虽期功之惨,不废妓乐,王坦之因苦谏焉。"案:谢公盖以工(王)坦之好直言,故不思尔。

【注】

〔1〕谢太傅:谢安。安北:王坦之,死后赠安北将军,故称。见《言语》72注。

【评】

刘孝标注以为谢安因王坦之"好直言,故不思尔"。朱铸禹《汇校集注》不以为然,驳之曰:"坦之性情冲悒平淡,故云见之不使人厌;而又无风流韵度,故云去不复使人思。盖谢似嘉其能而矜持自洁,不慕纷华耳。信如注云以苦谏而不思,则当如会孟所评使人畏,见之亦使人厌,且不当入赏誉矣。"二人所评,刘重政治道德,朱重风度品格。细加揣摩,当以朱评为是,以见晋人精神。与王坦之不同,谢安是一个懂得生活享受又魅力四射的中心型人物。谢、王二人性情不同,但却能以君子之交相忘于江湖的态度,共辅幼主,以济时艰。以宰相肚里能撑船的谢安,焉能包容不下王坦之的直谏而耿耿于怀呢?

8.129　谢公云[1]:"司州造胜遍决[2]。"《宋明帝文章志》曰:"胡之性简,好达玄言也。"

【注】

〔1〕谢公:谢安。

〔2〕司州:王胡之,见《言语》81 注。造胜:进入胜境。指探究玄理。遍决:遍释群难。

【评】

谢安谓老朋友王胡之谈玄论理能诣胜境,又能全面释疑解难,给人以很高评价。士林中有"攀安提万"之评,王胡之的清谈水平,当与安相去未远。

8.130 刘尹云[1]:"见何次道饮酒[2],使人欲倾家酿[3]。"充饮酒能温克。

【注】

〔1〕刘尹:刘惔。

〔2〕何次道:何充,见《言语》54 注。

〔3〕家酿:家中自制的酒。而陆游《老学庵笔记》则曰:"晋人所谓见何次道令人倾家酿,犹云欲竭家资以酿酒饮之。"所解可另备一说。

【评】

在乡土中国,特别是在酒风醇浓的中国北方的民间酒宴上,有"酒品看人品"的不成文规矩。这并非一般对北方民风、民德有所隔膜的南土人士所认为的那样,以为北方人喝酒就是要把人灌醉。真正酒德高尚的人,一定是生活中的道德君子,说到底,是追求一种与人和谐、其乐融融的人生境界。酒桌上,是否偷奸耍滑或者憨厚仗义,明眼人往往因酒德而判定其人德。这亦是一种见微知著的人物品目方法。在酒桌上,还经常会遇到耍小聪明的人士,采用偷梁换柱、装疯卖傻等小伎俩。酒桌上的小人,在现实生活中绝非君子,此言万世不易。儒家《礼记·乡饮酒义》有云"吾观于乡,而知王道之易易也",即通过乡间饮酒之尊贤尚齿而见王道教化。不过,儒家之饮酒礼实在太烦琐,最理想状态是合于"酒以成礼"的精神实质,不拘泥于形式上的束缚,同时尽可能展示饮者的个性风采,以收其乐融融之效。大概何充就是属于善饮而不乱,又颇具风度的类型。故人愿倾家酿,陪同畅谈。

8.131 谢太傅语真长[1]:"阿龄于此事,故欲太厉[2]。"修龄,王胡之小字也。谢曰:"亦名士之高操者[3]。"《胡之别传》曰:"胡之治身清约,以风操自居。"

【注】

〔1〕谢太傅:谢安。真长:刘惔。

〔2〕阿龄:王胡之,字修龄,见《言语》81注。故:确实。欲:好像。厉:严厉。

〔3〕谢曰:谢,诸本作"刘",是。高操者:品格高尚的人。

【评】

谢安所谓太厉者,当指《方正》门第52则陶胡奴送米,而王曰:"王修龄若饥,自当就谢仁祖索食,不须陶胡奴米。"王胡之严格士庶之别,拒绝陶范(胡奴)的友情馈赠,殊违人情之常,使人一腔热血化冰。同样一件事,谢安认为王胡之自矜太甚,刘惔却认为正反映出名士高格。相较之下,谢安心胸涵容,正合"王者不却众庶,故能明其德"(李斯《谏逐客疏》)之意。刘惔则与王胡之一样,其门阀意识已深入骨髓,对于名士的理解,已入刁钻偏狭一路。

8.132 王子猷说[1]:"世目士少为朗[2],我家亦以为傲朗[3]。"《晋诸公赞》曰:"祖约少有清称。"

【注】

〔1〕王子猷:王徽之,字子猷,王羲之子。见《雅量》36注。说:评论;评说。

〔2〕士少:祖约字士少,晋范阳人。见《雅量》15注。朗:高洁开朗。

〔3〕我家:我,说话人称自己。我家亦以为傲朗:傲,诸本作"彻"。彻朗,通达爽朗。

【评】

王徽之评,当在祖约死后几十年,可见魏晋士人不以成败论英雄的心态。《世说》人物品目,"朗"是使用频率极高的一个词,属于上乘的评价。《说文解字》释朗为"明",可见被誉为"朗"者,其性情气度必有透亮、开朗、舒展的特点。世人评祖约为"朗",王徽之在"朗"前加一修饰词,一字之增,见出魏晋之赏誉识鉴,态度严谨,非率意为之。

8.133 谢公云[1]:"长史语甚不多[2],可谓有令音[3]。"《王濛别传》曰:"濛性和畅,能清言,谈道贵理中,简而有会。商略古贤显默之际,辞旨劭令,往往有高致。"

【注】

〔1〕谢公:谢安。

〔2〕长史:王濛。

〔3〕令音:佳美言辞。

【评】

《晋书》王濛本传载孙绰与简文商略风流人物,亦称濛"能言理,辞简而有令",与谢安所见略同。晋人清谈辞令尚简尚通,谈道贵理中,不以锦饰文采、铺扬弘丽为高。从另外一个角度看,由繁入简,由雕饰返自然,自能虚室生白,易有令音佳言。

8.134 谢镇西道敬仁[1]:"文学镞镞[2],无能不新[3]。"《语林》曰:"敬仁有异才,时贤皆重之。王右军在郡,迎敬仁,叔仁辄同车,常恶其迟,后以马迎敬仁。虽复风雨,亦不以车也。"

【注】

〔1〕谢镇西:谢尚,曾作镇西将军。见《言语》46注。敬仁:王修,字敬仁,见《文学》38注。

〔2〕文学:辞章学问。镞镞:挺拔出众。

〔3〕新:更新,创新。

【评】

"若无新变,不能代雄。"(萧子显《南齐书·文学传论》)王敬仁于辞章学问博才出众,且在各方面都能有所建树,有所创新。这类人于知识、学问触类而长,举一反三,其思维方法值得学习。相反,迂夫子则皓首穷经,缺少变通而"白发死章句",最终不过是两脚书橱。《文心雕龙》曰:"文律运周,日新其业。变则其久,通则不乏。"其实不仅文律,人间万事无不以变通周流获其新生,这也正符合《易》之生生不息的精神旨归。

8.135 刘尹道江道群"不能言而能不言[1]"。江灌,已见。

【注】

〔1〕刘尹:刘惔。江道群:江灌字道群,见本篇84注。

【评】

刘尹此评,只将一词顺序颠倒而生新意,可谓巧妙。"不能言"指不善言辞,是语言天赋欠缺;"能不言"则是缄默之道,是后天的人格修养。江灌能够化不能言为能不言,实是化短为长,属于棋高一招的人生智慧。他之所以这样做,可能出于如下的原因:一、是一种品德修养,秉承了儒家"知之为知之,不知为不知"的态度。古往今来,夸夸其谈、不懂装懂者不可胜数,最终不免露出破绽,为世人耻笑。如今之学术界有一种"语不惊人死不休"的恶俗,搞新名词轰炸,"言必称希腊",实则如"七宝楼台,碎拆下来,不成片段"。就是做不到"能不言"。二、可能出于明哲保身的考虑而三缄其口,有似于阮嗣宗的"终身履薄冰,谁知我心焦"。这又是一种生存智慧。

8.136　林公云[1]:"见司州[2],警悟交至[3],使人不得住[4],亦终日忘疲。"《王胡之别传》曰:"胡之少有风尚,才器率举,有秀悟之称。"

【注】

〔1〕林公:支道林。
〔2〕司州:王胡之,见《言语》81注。
〔3〕警悟:机敏聪慧。
〔4〕住:停止。指王胡之的谈锋引人入胜,牵着人随他的思路走。

【评】

玄言清谈何以使人欲罢不能,终日忘疲？这一方面说明王胡之言语有一种令人着迷的魅力,另一方面说明了魏晋士人对于高雅的精神生活的热衷。这种热情,近于王国维独标之治学三境界的第二重"衣带渐宽终不悔,为伊消得人憔悴"。为探求真知义理,言听双方抛开一切尘世间的俗事,达到忘饥、忘疲的境界,长此以往,蔚然成风,可收移风易俗之功,民族的整体素质必然随之得以提高。这样的场景,人或讥之为痴,然而,痴情正是发明创新的原动力之一。反之,一个国家、民族,若集体性地沉陷于金钱的追逐和感性欲望的放纵之中,排斥宝贵文化遗产,漠视精神世界建设,乃是饮鸩止渴的慢性自杀行为!

8.137　世称苟子秀出[1],阿兴清和[2]。苟子,已见。阿兴,王蕴小字。

【注】

〔1〕苟子:王修字敬仁,小字苟子,王濛子,见《文学》38注。秀出:超群出众。

〔2〕阿兴:王蕴,字叔仁,小字阿兴,王濛子。清和:清静和平。

【评】

"秀出",超群出众意也;"清和",清净平和貌。二子同出而气性有异,但俱为太原王氏庭前的芝兰玉树。

8.138　简文云[1]:"刘尹茗柯有实理[2]。""柯"一作"打",又作"仃",又作"打(芋)"。

【注】

〔1〕简文:晋简文帝司马昱。

〔2〕刘尹:刘惔。茗柯:昏憒的样子。

【评】

各家解释皆以为"茗柯"为"茗芋"之误,即酩酊,后转为懵懂。此言刘惔看似精神懵懂,发言却往往有实理。老子曰"大巧若拙",又曰"俗人昭昭,我独昏昏。俗人察察,我独闷闷"。刘惔貌似懵懂,却不妨其真气内充,洞若观火。这就是人世的辩证法,世人大抵为表面现象欺骗,无法得出真相。即如今日的偶像崇拜,徒悦外貌形体或一些细碎、毫无内在意义的所谓"个性化"的酷言酷行,却对给人灵魂以深刻启迪、对社会进步做出重大贡献的人和事嗤之以鼻。其实无论是偶像,还是追星族(即今日所谓"粉丝"),伸出舌头,内里大多空空荡荡。这种对个性化的理解,实走入荒唐可笑的误区,是逃避崇高精神、放弃理性思考的自甘肤浅的偷懒行为。刘辰翁评曰:"五字最妙。大道之极,昏昏默默。"深得其中滋味。

8.139 谢胡儿作箸作郎[1],尝作《王堪传》[2],《晋诸公赞》曰:"堪字世胄,东平寿张人。少以高亮义正称。为尚书左丞,有准绳操。为石勒所害,赠太尉。"不谙堪是何似人[3],咨谢公[4]。谢公答曰:"世胄亦被遇[5]。堪,烈之子[6]。《晋诸公赞》曰:"烈字阳秀,早知名魏朝,为治书御史。"阮千里姨兄弟[7],潘安仁中外[8],安仁诗所谓'子亲伊姑,我父唯舅'[9]。是许允婿[10]。"岳集曰:"堪为成都王军司马,岳送至北如(邱)别,作诗曰:'微微发肤,受之父母。峨峨王侯,中外之首。子亲伊姑,我父唯舅。'"

【注】

〔1〕谢胡儿:谢朗小字胡儿,谢据长子,谢安侄,见《言语》71注。著作郎:官名,掌编修国史。著作郎始到职,必为名臣一人撰传。

〔2〕《王堪传》:文篇名,谢朗撰。

〔3〕谙:熟悉。何似:什么样的。

〔4〕咨:问。谢公:谢安。

〔5〕世胄:王堪字。被遇:被赏识。指受朝廷赏识。

〔6〕烈之子:王烈的儿子。

〔7〕阮千里:阮瞻,字千里,晋陈留人。阮咸子。见本篇29注。姨兄弟:姨表兄弟。

〔8〕潘安仁:潘岳,字安仁。见《言语》107注。中外:中表兄弟。

〔9〕"安仁诗所谓"句:潘岳有《北芒送别王世胄诗》五章,此处所引为第一章中两句。据诗,王堪之母为潘岳之姑母,潘岳之父为王堪之舅父,故王堪与潘岳为中表兄弟。

〔10〕许允(?—254):字士宗,三国魏高阳(今属河北)人。魏明帝时为吏部郎,后为晋景王司马师所杀。

【评】

《晋书·职官志》曰:"著作郎始到职,必撰名臣传一人。"侄儿谢据作《王堪传》,却不了解传主是何许人,向"活化石"叔父谢安讨教。谢安的回答,并未叙述王堪平生功业,却大谈特谈其社会关系。乍一看,令人如坠云里雾里。什么姨表亲、姑舅亲,好像是交代社会履历,但正是在这复杂的亲族坐标系中,王堪的身份逐渐凸显。谢安娓娓道来,王堪的社会关系图谱便基本鲜明了。中国人重裙带关系,晋人更重门第及血亲,谱系绵长,瓜瓞交错,历经千载,至今依稀可见此传统一脉相传的历史印痕。这在魏晋门阀社会中,谱牒学是一大学问。刘辰翁评曰:"作文不知来历,害事。谢公似不通。"刘氏未能深思谢安用心所在。

8.140 谢太傅重邓仆射[1],常言:"天地无知,使伯道无儿[2]。"《晋阳秋》曰:"邓攸既弃子,遂无复继嗣,为有识伤惜。"

【注】
〔1〕谢太傅:谢安。邓仆射:邓攸,字伯道,官至尚书仆射。见《德行》28 注
〔2〕伯道无儿:《晋书·邓攸传》载:永嘉之乱,邓攸南逃,步行担其儿及弟之子,计不能两全,乃舍己子而保全弟之子,后竟无嗣。时人语曰:"天道无知,使邓伯道无儿!"

【评】
《晋书》邓攸本传载攸逃往途中,步行担其儿及弟之子,计不能两全,乃舍己子而保全弟之子,系子于树而去。关于此事,历来有两种评价。一是当时人的观点,时人叹曰:"天道无知,使邓伯道无儿。"表达了赞赏与同情。二是传后的"史臣"之论,表达了相异的观点,以为邓攸把儿子系于树而去,"斯岂慈父仁人之所用心也？卒以绝嗣,宜哉！勿谓天道无知,此乃有知矣"。分歧端在所持之伦理道德视角不同。我们跳出其争论的圈子,试从另外角度观照。中国文化传统重香火子嗣、传宗接代,故《孟子》赵岐注有"不孝有三,无后为大"的训诫。这是以血统相传的后代。另一方面,春秋时期鲁国叔孙豹提出了"太上立德,其次立功,其次立言"的所谓"三不朽说"。不言自明,以德、业、言相传的才是禄之大者,可垂万世不朽。生理上的后代虽可瓜瓞绵长,但并不可靠。多少君子之泽,二世、三世而斩。纨绔子弟、不肖儿孙,虽多奚益？惟立德、立功、立言之人却没世而不绝。释迦、孔子、老子、耶稣、华盛顿、李白、杜甫诸人,史不绝书,均不以子孙传。从这个角度看,邓伯道的有儿无儿,就显

657

得不是那么重要了。刘辰翁评曰:"诔语如此,千古如生。"谢安、刘辰翁对邓攸的赞叹仅止于其身,何关乎有儿无儿呢?

8.141　谢公与王右军书曰[1]:"敬和栖托好佳[2]。"《中兴书》曰:"洽于公子中最知名,与颍川荀羡俱有美称。"

【注】

〔1〕谢公:谢安。王右军:王羲之。

〔2〕敬和:王洽字敬和,王导子。栖托:身心所寄托。

【评】

"栖托好佳"意为有安身立命的雄厚资本。王洽在王导诸子中最为知名,晋穆帝评价他"清裁贵令"(《晋书》本传)。虽出身王公巨卿之门,却毫无纨绔子弟的恶劣习气,其身心内外具有安身立命之资,为谢安赏识,殊为难得。相反,历朝历代都不乏养尊处优、不思进取得"八旗子弟",不仅本人毫无生存本钱,就连祖上遗留的家业也败得精光,则又是等而下之了。《世说》中有诸多士人家庭教育的良好范本,值得那些自身风光无限、子女们窝囊至极的家长们深思!

8.142　吴四姓旧日(目)云[1]:"张文[2],朱武[3],陆忠[4],顾厚[5]。"《吴录士林》曰:"吴郡有顾、陆、朱、张为四姓,三国之间,四姓盛焉。"

【注】

〔1〕吴四姓:吴郡顾、陆、朱、张四姓。旧日:据文义及诸本当为"旧目",即从前的品评。

〔2〕张:张昭之族。文:文才。

〔3〕朱:朱然、朱桓之族。武:武功。

〔4〕陆:陆逊之族。忠:忠诚。

〔5〕顾:顾雍之族。厚:宽厚。

【评】

不同家族由于其开创者独特的治家之道,而显示出同中有异的门风。今人萧华荣先生著书,以"簪缨世家"和"华丽家族"为题目分别概括王、谢家族的特点。王氏家族与谢氏家族相比,更追求权势;反之,谢氏家族更倾向于文采和浪漫。当然,这只是就主导倾向和代表人物而言,并不能概括其所有分歧。"门风"是在长辈的价值观念、生活取向、人生态度影响下形成的传统,既有传承性,也有变异。以四字概括四大家族传统,文字简约有味。张、朱、陆、顾为吴郡四大家族,文、武、忠、厚为各家族相对的区别性特征,张昭之文才,朱然之武功,陆逊之忠勇,顾雍之宽厚,大体而言是成立的。若说陆逊之武功,朱然之忠勇也未为不可。可见人物品目在力求精当到位的同时,亦无法排除含混、朦胧的特性。

8.143 谢公语王孝伯[1]:"君家蓝田举体无常人事[2]。"案:述虽简而性不宽裕,投火怒蝇,方之未甚。若非太傅虚相褒饰,则《世说》谬设斯语也。

【注】

〔1〕谢公:谢安。王孝伯:王恭。见《德行》44注。

〔2〕蓝田:指王述,袭爵蓝田侯。见《文学》22注。举体:全身,浑身。

【评】

谢安谓蓝田"举体无常人事",指其质性通透澄明,如浑金璞玉自然可爱。刘孝标注与谢安评语意忤,以为蓝田性急,如怒踏鸡卵,不当得此佳评。王世懋亦以为"注驳是"。余意以为,君子"不以一眚而掩大德",性情急躁与宽裕属于天生气质范畴,如能加强后天修养,如古人佩韦、佩弦以自缓、自急,则微瑕不足以掩盖美玉之姿。《晋书》载蓝田有自知之明,主动加强自身修养,"既跻重位,每以柔克为用。谢奕性粗,尝忿述,极言骂之。述(蓝田)无所应,面壁而已。居半日,奕去,始复坐"。《论语》云"君子之过也,如日月之蚀焉。过也,人皆见之;更也,人皆仰之"。王述善于改过自省的做法,难道不值得肯定和赞扬吗?

8.144 许掾尝诣简文[1],尔夜风恬月朗[2],乃共作曲室中语[3]。襟情之咏[4],偏是许之所长,辞寄清婉[5],有逾平日。简文虽契素[6],此遇尤相咨嗟,不觉造膝[7],共叉手语[8],达于将旦。既而曰:"玄度才情,故未易多有许[9]。"《续晋阳秋》曰:"询能言理,曾出都迎姊(姊)。简文皇帝、刘真长,说其情旨及襟怀之咏,每造膝赏对,夜以系日。"

【注】

〔1〕许掾:许询字玄度,东晋名士,见《言语》69注。诣:拜访。简文:晋简文帝司马昱。

〔2〕尔夜:此夜。

〔3〕曲室:密室,幽深隐秘的地方。

〔4〕襟情之咏:抒发情怀的吟咏。谓作诗。襟情,襟怀。

〔5〕偏:更,最。辞寄:言辞兴寄。清婉:清丽婉约。

〔6〕契素:意趣投合。

〔7〕造膝:促膝,形容亲切。

〔8〕叉手:双手相握。叉,原刻形似"义"。

〔9〕故:确实。许:句末语气词。

【评】

　　故事描述的乃是一次名士间高雅的晤谈。月夜清风,主贤客雅,谈诗论文,切磋琢磨,这样的场面可遇而不可求。良辰美景,赏心乐事,贤主嘉宾,有如辐辏,正如王勃《滕王阁序》所描绘的"四美具,二难并"的佳会盛况。这次晤谈的主客双方一为帝王,一为布衣隐士,身份悬殊而能促膝而坐,握手而谈,打破世俗界限,犹相咨嗟,是对封建礼教等级制的解构,契合庄子"齐物"之义。此情此景,在重事功、重利益而鲜有人情味的时代,殊为难得,或许已成为可艳羡而遥不可及的绝响。言谈忘疲,秉烛达旦,超脱日常生活之累,恰似"逍遥"的人生境界。故事从一个侧面反映出了晋人的生命观、审美观——在最动乱、最富于悲剧意味的时代里,却弹奏出了最浓情、最自由的华彩乐章,不能不令物质生活极丰富,而精神追求极贫乏的后人感到汗颜。

　　8.145　殷允出西[1],郗超与袁虎书云[2]:"子思求良朋,托好足下[3],勿以开美求之[4]。"《中兴书》曰:"允字子思,陈郡人,太常康弟(第)六子。恭素谦退,有儒者之风。历吏部尚书。"世目袁为"开美",故子敬诗曰[5]:"袁生开美度[6]。"

【注】

　〔1〕殷允:字子思,东晋陈郡长平(今河南西华东北)人,恭素谦退,有儒者风。出西:往西边去。指到京城去。

　〔2〕郗超:见《言语》59注。袁虎:袁宏字彦伯,小字虎,见《言语》83注。

　〔3〕托好:寄托友情。谓相结交。足下:对同辈的敬称。

　〔4〕开美:开朗美好。求:要求,责求。

661

〔5〕子敬:王献之,见《德行》39注。

〔6〕度:风度。

【评】

殷允恭素谦退,有儒者风范;袁宏开朗爽彻,沾溉了任放之气。郗超欲玉成二人之结交,却担心袁宏持论太厉,不交非类,而致书开导劝慰。拳拳之心令人感叹。郗超所虑不无道理,以己之长、轻人所短,正是人类弱点,自非豁达之士不能免此通病。临川收入《赏誉》门,固称袁之开美,然亦赏殷之谦退,尤赏郗超玉成之美。

8.146 谢车骑问谢公[1]:"真长性至峭[2],何足乃重[3]?"答曰:"是不见耳[4]。阿见子敬[5],尚使人不能已[6]。"《语林》曰:"羊骥因酒醉,抚谢左军谓太傅曰:'此家讵复后镇西?'太傅曰:'汝阿见子敬,便沐浴为论兄辈。'"推此言意,则安以玄不见真长,故不重耳。见子敬尚重之,况真长乎?

【注】

〔1〕谢车骑:谢玄,谢安侄。见《言语》78注。谢公:谢安。

〔2〕真长:刘惔。峭:严厉苛刻。

〔3〕何足:哪里值得。乃:如此,这样。

〔4〕是不见耳:谓谢玄未曾见过刘惔。刘惔死时,谢玄才六七岁。

〔5〕阿:我。子敬:王献之,见《德行》39注。

〔6〕不能已:情不能已。指使人钦敬。已,止。

【评】

程炎震以为,刘惔卒时,谢玄才六七岁,故不相见也。世传刘惔风操太厉,玄未晓叔父谢安何以雅相推重,故有此问。谢安回答,避其词锋,而以子敬尚使人钦敬,烘托真长之风度魅力。一"尚"字用意深长,情感天平倾向不言自明。"真长性至峭",

当指其严格士庶之别、名士调门高而言。不过,狂士如阮籍者,虽待世人以清白眼,可还有"青眼聊因美酒横"的时候,刘惔之"峭",也是有一定范围的。对于大名鼎鼎的妹夫谢安,刘惔恐不会太过放肆吧,或许一物降一物也说不定;另一方面,对于已经作古的名士,惔为安之妻兄,婚姻至亲,谢安总该有意回护才是。

8.147 谢公领中书监[1],王东亭有事[2],应同上省[3]。王后至,坐促[4],王、谢虽不通[5],太傅犹敛膝容之[6]。王、谢不通事,别见。王神意闲畅[7],谢公倾目[8]。还谓刘夫人曰[9]:"向见阿瓜[10],故自未易有[11],案:王珣(珣)小字法护,而此言阿瓜(苽),未为可解,傥小名有两耳。虽不相关,正自使人不能已已[12]。"

【注】

〔1〕谢公:谢安。领:以职位较高的身份兼任较低的官职。中书监:官名。中书设监、令各一人,并掌机密。

〔2〕王东亭:王珣,曾封东亭侯,王导孙,见《言语》102注。

〔3〕上省:到省台。

〔4〕坐促:座位窄狭。

〔5〕王、谢虽不通:王谢两家不相交往。王珣、王珉兄弟都是谢氏婿,以猜嫌致隙离婚,于是两家成仇衅。

〔6〕太傅:谢安。敛膝:收拢膝盖,留出馀地。

〔7〕神意:神态。闲畅:闲适舒畅。

〔8〕倾目:注目。

〔9〕刘夫人:谢安妻刘氏,刘惔之妹。

〔10〕阿瓜:王珣,小名阿瓜。

〔11〕故自:的确,确实。

〔12〕正自:真是,确实。已已:停止,休止。

【评】

　　谢安、王珣佳翁美婿,两家门当户对! 却因家族利益而猜嫌致隙,遂致离婚成愁,令人情郁于中,难以释怀。不料冤家路狭,翁婿恰巧同坐,不知有何好戏上演! 不料,谢安"敛膝容之",颇有宽厚长者之风;王珣"神意闲畅",毫无尴尬不安之态。回家后,谢安又向夫人盛赞昔日女婿的不凡举止,远非小肚鸡肠之人所能望其项背。故事通过生活中一突发事件,为我们展示了东晋士人超越门户私怨,将生活中琐事甚至憾事,化成雍容高雅的精神情趣,展示了不凡的胸襟和爱美的慧眼。后来,谢安死而王珣前去恸哭,同样是对名士风度发自内心的尊重,与此相映成趣,合成双美!

8.148　王子敬语谢公〔1〕:"公故萧洒〔2〕。"谢曰:"身不萧洒〔3〕,君道身最得〔4〕,身正自调畅〔5〕。"《续晋阳秋》曰:"安弘雅有器,风神调畅也。"

【注】

〔1〕王子敬:王献之,见《德行》39注。谢公:谢安。

〔2〕故:确实。萧洒:豁达不拘谨,超逸脱俗。

〔3〕身:我。

〔4〕君:你,侪辈之间称"君"。道:品题,评论。得:满意;得意。

〔5〕正自:确实,真正。调畅:和谐舒畅。畅,原刻作"暢"。

【评】

　　王子敬称赞谢安潇洒,谢言不敢自谓潇洒。他人之评皆皮相,唯子敬所评最为相得,故其胸襟自然畅快。谢安所言道出了一常见的心理现象,即人们面对鼓励与表扬时舒畅惬意的内心反应。贤人君子驭之以道,则能最大限度地发挥人之主观能动性;小人利用此人类弱点逢迎主上,以达到卑劣的目的。教育者善用此道,则"鼓励能使猪上树"。优点、缺点全在掌控之中。谢安虽有人之常情一面,不过还能保持清醒头脑,认为自己并不潇洒,殊为难能可贵。故王世懋有"谢公自知"之评。

8.149　谢车骑初见王文度[1],曰:"见文度,虽萧洒相遇[2],其复愔愔竟夕[3]。"

【注】

〔1〕谢车骑:谢玄,见《言语》78 注。王文度:王坦之,字文度,见《言语》72 注。

〔2〕萧洒:偶然,无意地。

〔3〕愔愔:安详和悦貌。竟夕:终日,整天。

【评】

愔愔,《康熙字典》释为"安和"、"深静"貌。王坦之与谢玄虽偶然相见,却整晚一直保持安和、深静的意态。主要原因是王坦之虽濡染了魏晋玄风潇洒不羁的一面,但总体上还是以儒者的面貌出现。王曾著《废庄论》,《晋书》本传载其"尤非时俗放荡,不敦儒教"。儒家待人接物注重居处恭、执事敬、治事勤;独处不愧屋漏,出门如见大宾。王坦之虽与晚辈偶然相逢,并非正式会面,还是展现了视听言动、一乗于礼的儒者风范。当代学者季羡林先生被请去吃饭,已经走至半路,觉得穿着随意不礼貌,折回去更换衣服,后被人强劝作罢(引自余秋雨《借我一生》)。季先生之举实与王文度之"愔愔竟夕"出于同一鹄的,都是儒家礼仪长期熏陶而化成内心自律的必然反映。这样也就可以理解,王坦之何以对谢安任情越礼的声色享受,总是予以坚决地抵制。

8.150　范豫章谓王荆州[1]:范宁、王忱,并已见。"卿风流隽望[2],真后来之秀。"王曰:"不有此舅,焉有此甥。"

【注】
〔1〕范豫章:范宁,曾任豫章太守,见《言语》97注。王荆州:王忱,曾任荆州刺史,见《德行》44注。
〔2〕风流:指人的仪容俊美,气度不凡。隽望:俊逸而有名声。

【评】
《方正》门第66则载王忱在舅氏范宁家遇吴士张玄,自恃门第,不与之语,曰:"张希祖欲相识,自可见诣。"本则舅甥间对话接此而来。细品语气,二人似有调侃味道,于诙谐谈笑间已见出名士间的互相标榜。范宁奉儒之家,一生功业志在兴学;王忱任性不拘,嗜酒裸游。舅甥之间,价值取向不同,而能互相包容,见出时代意识形态和而不同、多元共存的特点。

8.151　子敬与子猷书[1],道:"兄伯萧索寡会[2],遇酒则酣畅忘反,乃自可矜[3]。"

【注】
〔1〕子敬:王献之,见《德行》39注。子猷:王徽之,献之之兄,见《雅量》36注。
〔2〕兄伯:兄长。萧索寡会:落落寡合,孤寂不合群。
〔3〕酣畅:畅,原刻作"暢"。乃自:确实。可矜:值得夸耀。

【评】

　　王献之评徽之语，主观上褒，客观上却起了贬的效果。王家子弟以其高贵的门第而骄傲狂妄，以自我为中心，目空一切，俯视世人。由于目中无人，当然会落落寡合，只能借酒浇愁了。献之兄弟名士旨趣相通，故有此评。

　　8.152　张天锡世雄凉州[1]，以力弱诣京师，虽远方殊类[2]，亦边人之桀也[3]。天锡，已见。闻皇京多才[4]，钦羡弥至。犹在渚住[5]，司马箸（著）作往诣之[6]，未详。言容鄙陋，无可观听。天锡心甚悔来，以遐外可以自固[7]。王弥有隽才美誉[8]，当时闻而造焉。《续晋阳秋》曰："珉风情秀发，才辞富赡。"既至，天锡见其风神清令[9]，言话如流，陈说古今，无不贯悉[10]。又谙人物氏族[11]，中来皆有证据[12]。天锡讶服。

【注】

　　〔1〕张天锡：字纯嘏，小字独活，见《言语》94注。世雄凉州：世代称雄于凉州。凉州：指今甘肃、宁夏和青海地区。

　　〔2〕殊类：异族。

　　〔3〕桀：通"杰"，才能出众者。

　　〔4〕皇京：京都。此指建康。

　　〔5〕渚：小洲。住：停泊。言过江后尚停留在洲渚。

　　〔6〕司马箸（著）作：当时姓司马官著作之人。

　　〔7〕以：认为。遐外：边远之地。自固：自己固守。

　　〔8〕王弥：王珉，小字僧弥，见《政事》24注。

　　〔9〕风神：风度神采。清令：清雅美好。

　　〔10〕贯悉：通晓。

667

〔11〕谙:熟悉。人物氏族:指名士风流及门阀望族。

〔12〕中来:诸本皆作"中来",与影宋本同。不可解。李慈铭云:"中来当是中表之误。"魏晋重婚姻门望,故重中表亲。

【评】
　　京都因人物荟萃、资源集中,历来为各地人士向往,正所谓,越陌度阡,有如辐辏;争相趋鹜,有如过江之鲫。东晋虽偏安江左,可衣冠南渡,依然维系着繁荣。张天锡作为"边人之杰",就是抱着这样一种仰视的心情来到皇都建康。所见二人,一言容鄙陋,无可观听;一风神清令,言话如流。导致一悔一服,心情迥异。王珉为王导之孙,总算为京都士人争回了颜面。故事从一个侧面说明了中心与边缘不可绝对化,"山外青山楼外楼",《庄子·秋水》篇中海若关于河伯、海若、九州、宇宙的深层次思考就颇能说明这个道理。中心人物若自恃地缘或机缘优势而夜郎自大、不思进取,最终将逐渐失去优势,成为望洋兴叹的可笑角色;而边缘人物扬长避短,发挥自身优势,最终反而能跻身或开创某个中心。

8.153　王恭始与王建武甚有情[1],后遇袁悦之间[2],遂致疑隙[3]。《晋安帝纪》曰:"初,忱与族子恭少相善,齐声见称;及并登朝,俱为主相所待,内外始有不咸之论。恭独深忧之,乃告忱曰:'悠悠之论,颇有异同,当由骠骑简于朝觐故也,将无从容切言之邪?若主相谐睦,吾徒得勠力明时,复何忧哉?'忱以为然。而虑弗见用,乃令袁悦具言之。悦每欲间恭,乃于三(王)坐嗔让恭曰:'卿何妄生同异,疑误朝野!'其言切厉。恭虽惋怅,谓忱为构己也。忱虽心不负恭,而无以自亮。于是情好大离,而怨隙成矣。"然每至兴会[4],故有相思时[5]。恭尝行散至京口射堂[6],于时清露晨流,新桐初引[7]。恭目之[8],曰:"王大故自濯濯[9]。"

【注】

〔1〕王恭:见《德行》44注。王建武:王忱,官建武将军,见《德行》44注。王忱是王恭同族长辈。

〔2〕袁悦之:袁悦,字元礼,东晋陈郡阳夏(今河南太康)人。王恭与王忱友善,由于袁悦离间,王恭怀疑王忱谗害他,王忱又无以自明,二人遂失和。间:离间。

〔3〕疑隙:因猜疑而产生的感情裂痕。

〔4〕兴会:兴致因有所感而被触发。

〔5〕故:仍然,还。

〔6〕行散:服五石散后散步调适,称"行散"。京口:今江苏镇江。射堂:讲武演习射艺之所。

〔7〕引:此谓抽芽,发芽。

〔8〕目:品评。

〔9〕王大:王忱,小字佛大。故自:确实。濯濯:鲜明而有光泽的样子。

【评】

故事中王恭运用比兴之体,以清晨露水中刚抽嫩芽的梧桐喻王忱光鲜亮洁,意象优美生动,如在目前。又状王恭"每至兴会,故有相思时",昔日友情时时涌上心头,令人感动。王恭、王忱原本情意绸缪,虽因小人挑拨乖谬情好,仍能奉行"君子绝交不出恶言"之义,为对方的气质才情发出由衷的赞叹。与常人之"爱之欲其生,恶之欲其死"(《论语·颜渊》),或爱之欲上青天,恨之欲堕地狱的两极做法,有本质差异,于细微处见出名士宽广的胸襟和脱俗的精神修养。凌濛初因而感叹曰:"疑隙而相思,后世亦往往有之。然未易能。"

8.154 司马太傅为二王目曰[1]:"孝伯亭亭直上[2],阿大罗罗清疏[3]。"恭,正直亢烈;忱,通朗诞放。

【注】

〔1〕司马太傅:司马道子,见《文学》58注。二王:王恭、王忱。目:品评。

〔2〕孝伯:王恭,字孝伯。亭亭:耸立挺拔的样子。

〔3〕阿大:王忱,小字佛大。罗罗:疏朗放达的样子。清疏:爽朗疏放。

【评】

王恭为王忱族子,二人情好绸缪如同兄弟,堪称佳话。故司马道子以二王并称。恭正直亢烈,深存节义,故有"亭亭直上"之目;忱任达不拘,放酒疏诞,恰合"罗罗清疏"之旨。王恭于司马道子为政敌,但道子仍为其气质发出由衷的叹美,于此见其风度。

8.155 王恭有清辞简旨[1],能叙说而读书少,颇有重出[2]。《中兴书》曰:"恭虽才不多,而清辩过人。"有人道孝伯常有新意,不觉为烦。

【注】

〔1〕王恭:见《德行》44注。清辞简旨:清丽的言辞,简约的旨意。

〔2〕重出:重复出现。

【评】

读书之道在精不在多。晋人更注重删繁就简,由博返约。迂夫子满腹经纶,却舍本逐末、贪多不化,故鲜能有所创新,不过为世间多一两脚书橱而已;王恭读书虽少,而能清辞简旨,常有新意,当与其善于思考、提纲挈领的思维方法有关。这样的方法,与魏晋玄学以无为本、探本求源的玄学精神暗合。若方法正确,又加以博学之功,则学问将精进一层。

8.156　殷仲堪丧后[1],桓玄问仲文[2]:"卿家仲堪,定是何似人[3]?"仲文曰:"虽不能休明一世[4],足以映彻九泉[5]。"《续晋阳秋》曰:"仲堪,仲文之从兄也,少有美誉。"

【注】

〔1〕殷仲堪:见《德行》40注。

〔2〕桓玄:见《德行》41注。仲文:殷仲文,仲堪从弟,见《言语》106注。

〔3〕定:究竟。何似:怎样。

〔4〕休明:美好清明。

〔5〕九泉:犹言黄泉。

【评】

　　故事当发生在桓玄袭取荆州后得意之时。殷仲文为仲堪从弟,仲堪为桓玄袭杀,故仲文与桓玄有家族血仇。桓玄之问真假参半,骄恣、戏弄成分不可排除,仲文回答不卑不亢,恰到好处。仲堪兵败而身死人手,徒留英雄失路之悲;平生功业虽不及桓玄,然固是一时名士,身死之后,当以其立言不朽而光景常新;在当时人眼里,桓玄窃国大盗,虽立功业,但其"不朽",乃是遗臭万年,并非千古流芳,用殷仲文语,即不能"映彻九泉"也。现代思想家胡适在古人之"三不朽"学说的基础上,加以发展创造,他认为:善言善行固永垂青史而不朽,而恶德恶行因烙刻在历史的耻辱柱上,也可以不朽。但在历史的天平上,二者一为正值,一为负值,并不具有等量齐观的意义。殷仲文评价一语而双关,与胡适之"新不朽观"相通。